ROMANS DE MER

Roger Vercel

Remorques
En dérive
La Caravane de Pâques

ROMANS DE MER

Albin Michel

ROMANS DE MER

EN DÉRIVE
Copyright © 1931

REMORQUES
Copyright © 1935

LA CARAVANE DE PÂQUES
Copyright © 1948

22, rue Huyghens, 75014 Paris

ISBN 2-226-03392-0

SOMMAIRE

Remorques

I

L'OURAGAN cernait la chambre. On l'eût dite hissée au sommet d'une tour carrée, tant le vent appuyait sur ses quatre faces. Il lançait, par poignées, contre les vitres, une pluie dure, et, en même temps, il secouait la porte, rebroussait les ardoises claquantes du toit, emplissait la maison de chocs et de rumeurs, si bien que l'on suivait sa course tout le long des murs, au-dessus du plafond, sous le plancher.

Cela criait de partout, des cris d'égorgés, des hurlements à bouche béante qui se déchiquetaient en râles, puis une tenue longue montait, ainsi que l'acclamation d'une foule forcenée. Et tout ce qui pouvait vibrer tremblait comme si des hordes de singes furieux logés partout avaient tout secoué, les vitres des impostes, les tabliers fracassants des cheminées, les loquets, les lames des contrevents, jusqu'aux chevrons qui grinçaient en pliant sous la pression des toits. La vieille maison s'essoufflait dans le tourbillon des huées ; chacun de ces glapissements pointus lui arrachait un lambeau, on ne savait quoi, qui cédait, cassait, croulait. Mais jamais l'on ne cessait d'entendre, sous les plaintes des choses violentées, sous les sifflets et les clameurs de la bise, le passage inlassable d'un puissant souffle égal : l'air de tout un pays qui s'enfuyait.

Et pourtant, le petit bruit aride que fit la femme en tournant la page du journal domina facilement, dans la chambre, tous les vacarmes du dehors. Chaque soir, couchée, elle lisait ainsi l'*Ouest-Éclair*, sous la lampe voilée d'un taffetas jaune. Ses doigts fragiles et pâles s'allongeaient à plat sur la feuille que relevait le gros édredon bleu. Le visage détendu s'abandonnait maintenant à toute la lassitude du jour, un visage négligé que cette femme, visiblement, ne disputait plus à l'usure, un visage émouvant où se confondaient la douceur et la fatigue. Point encore de rides, mais un appauvrissement des chairs meurtries, la lente consomption des joues qui se vidaient, un front maigre sous les cheveux sans couleur. Pourtant, le menton droit, le cou élancé avaient gardé leur ligne délicate. La bouche, les derniers traits que la vieillesse efface, restait fine et jeune encore, mais une souffrance sourde et tenace la griffait aux commissures. Les yeux gris-bleu qui, délaissant le fait divers, regardaient maintenant vers la fenêtre, étaient de ces yeux instables et trop clairs qu'une femme dérobe d'instinct parce qu'elle se sait à chaque instant trahie par la transparente sincérité de leurs regards.

Elle écouta longuement la tempête et demanda, anxieuse :

— Tu entends ?

— Oui.

De l'homme qui répondait, couché sur le flanc et qui avait ramené le couvre-pieds jusque sur son oreille, il ne demeurait visible qu'une chevelure noire lustrée, qui s'argentait à la tempe.

Elle reprit :

— J'ai bien peur que tu n'aies une drôle de nuit, mon pauvre chéri !

Il grommela, déjà à moitié endormi :

— Probable !...

Puis une préoccupation revint à la surface de son sommeil et, d'une voix plus claire :

— As-tu acheté des bouchons ?

— Oui... mais tu ne comptes pas mettre ton vin en bouteilles par ce temps... Le voyageur t'avait dit un temps sec !

— Je crois que tu pourras l'attendre longtemps, ton temps sec !...

La pluie fouaillait les vitres comme des jets puissants de pompes et, dans l'intervalle des bourrasques, on entendait son ruissellement sur les toits, sa course à pleines gouttières, son vaste écoulement. On sentait qu'au dehors la terre débordait et que ces trombes d'eau furieuse noyaient tout.

Le femme saisit la poire qui pendait au bout de son fil

blanc, le long de la colonne du lit Directoire, et éteignit l'électricité. Il n'y eut plus que la raie blême de la fenêtre.

— À propos de bouchons, reprit-elle, je ne voulais pas te le dire, mais, tout de même, il vaut mieux que tu le saches : en allant les commander, j'ai rencontré Le Gall, à Recouvrance.

— Tu as rencontré Le Gall !

La voix sonnait dans l'ombre avec une force, une netteté d'articulation scandée, stupéfaite, à la fois, et menaçante.

— Oui. Avec la femme de la Civette... Il m'a très bien vue : il a rougi. Naturellement, il a fait celui qui ne me voyait pas...

— À Recouvrance ? À quelle heure ?

— Vers les trois heures.

L'homme, tout à fait réveillé, remua, se retourna :

— Je m'en doutais !... Attends, il prendra la planche demain matin, celui-là !

Elle se désola :

— Je ne suis qu'une bête de t'avoir dit cela, ce soir ! Tu vas encore t'énerver et mal dormir...

— Tu as très bien fait ! Comme ça, ce sera réglé à la première heure. Le petit saligaud !...

— C'est un gamin, tu sais. Là dedans, c'est elle la coupable... Je t'assure qu'il est pourtant bien gentil et bien serviable ! Et puis, il se mettrait au feu pour toi !...

Il cria :

— Ah ! ça, je m'en fous, par exemple !

— Oh !...

Elle avait eu un sursaut, une contraction brusque du corps tout entier, une aspiration brève et sifflante. Il demanda d'une voix toute changée, qu'une compassion sincère ralentissait, feutrait :

— Qu'est-ce qu'il y a ? Ça te reprend ? Ça ne va pas, ce soir ?

Elle répondit d'une voix courte :

— Mais si... c'est passé... Je t'assure, mon petit, que tu aurais dû me laisser mettre le lit-cage dans la salle à manger ! Je serais sûre, au moins, de ne pas te réveiller ! Tu as tant besoin de ton sommeil.

— Pour que tu te fasses du chagrin toute la nuit ? Jamais de la vie ! Si tu ne peux pas dormir, tu n'as qu'à allumer, à lire... et ne pas rester des heures éveillée, à faire quoi ?

— Je t'écoute dormir.

— Jolie distraction ! Et toutes les sottises qui te trottent par la tête !

— Ce ne sont pas des sottises... C'est tellement triste de n'avoir plus de forces, plus de goût à rien, d'être devenue vieille tout d'un coup, à quarante ans !...

Frappé de ce qu'elle venait de dire et qu'il n'avait encore pensé qu'avec précaution, avec, aussi, une espèce de honte, il répliqua hâtivement, la hâte de quelqu'un qui se cache :

— Tu es folle !

Elle chercha sa main, la serra dans les siennes.

— Regarde comme mes doigts sont froids : il y en a deux que je ne sens plus... Mon pauvre chéri, tu n'as plus qu'une vieille bonne femme !

Il répéta :

— Tu es folle !

Et comme sa voix était revenue de sa surprise, qu'elle sonnait à peu près juste, il ajouta, en forçant un peu l'enjouement :

— Ce n'est pas très gentil pour moi qui ai juste six ans de plus que toi !...

— Oh ! toi, tu es plus jeune qu'à trente ans ! Tiens, Mme Raoul me le disait encore hier.

— Elle a soixante-dix ans : elle est mauvais juge !...

— Les jeunes ne s'y trompent pas non plus !

— Qui ça ?

— Ne serait-ce que la femme de Tanguy... Il n'y a qu'à la voir te regarder.

Il coupa brusquement :

— Oh ! celle-là...

Elle supplia :

— Tu ne prendras jamais de maîtresse, dis ?...

La voix était si désolée qu'il comprit aussitôt qu'elle lui livrait, avec cette supplication absurde, la plus tenace de ses angoisses et il s'écria, dans une indignation facile qui ne put la tromper autant qu'elle l'eût voulu :

— Mais qu'est-ce que c'est que ces histoires-là ? Qu'est-ce qu'on a été te raconter ?

— Rien ! Tu sais bien qu'on n'oserait jamais me dire la moindre des choses sur ton compte... Mais, la nuit, on pense à tant de malheurs... Tu me le promets ?

— Tu ne voudrais pas que je te réponde, non ?

— Ça me ferait tant de mal ! Quand je ne serai plus là...

D'un geste qui raflait tout le panneau du lit, il attrapa le fil électrique, ralluma et la vit tout en larmes. Il saisit un verre d'eau, préparé sur le marbre de la table de nuit, fit tomber d'un tube un cachet, et ordonna :

— Tu vas m'avaler ça, et dormir !

Quand il eut éteint de nouveau, elle pria :

— Donne-moi ta main...

Une heure peut-être passa : c'était lui qui ne dormait plus...

Le coup violent frappé à la porte ne réveilla qu'à demi la malade que le somnifère écrasait, mais lui, s'était assis comme s'il avait été déclenché.

— Qu'est-ce que c'est ?

— S. O. S., capitaine !

— Bon, j'y vais...

Il alluma et sauta du lit. Ses vêtements étaient soigneusement pliés sur une chaise. Il s'habilla avec une étonnante rapidité. Debout, il était grand, un torse droit serré dans une vareuse de drap noir. Pas de carrure : la pente des épaules qui dégageaient le cou lui gardait une silhouette étonnamment jeune. Un visage rasé, de teint marin, à la fois sanguin et bilieux, tons vermeil et ivoire : l'air du large et les conserves échauffantes. Les yeux ardoise, dès qu'ils se posaient, prenaient une fixité dure. Le nez paysan, large de base, apparaissait, mais de profil seulement, assez fortement busqué, et l'on suivait le ressaut des maxillaires jusqu'au menton bref. Il aplatit rapidement ses cheveux avant d'enfoncer la casquette timbrée d'une ancre, puis il éteignit.

Quand il se pencha sur sa femme, que ses lèvres effleurèrent au front, elle demanda, sans pouvoir encore s'arracher à la torpeur de la drogue :

— Tu pars ?

Il répondit tout bas :

— Dors...

Elle murmura avec effort :

— Pour longtemps ?

— Je ne sais pas... mais avec ce temps-là, c'est probable... Dors.

Comme il atteignait la porte, elle recommanda d'une voix incertaine :

— Ne laisse pas sortir le chat...

Dans l'escalier, il s'arrêta subitement sous l'ampoule électrique qui charbonnait à l'angle du mur.

— Avec le véronal, pensa-t-il, demain matin ou même cette nuit, elle ne se rappellera plus que je suis parti...

Il songeait à sa stupeur quand elle se réveillerait seule, que son bras ne le trouverait plus le long d'elle. Il arracha une feuille à son calepin, y griffonna quelques mots et rentra dans la chambre. Sans bruit, en quelques pas sûrs qui ne le heurtèrent ni à l'armoire, ni à la chaise longue, ni à l'angle du lit, il atteignit le fond de la pièce, enroula le papier autour du fil électrique, au-dessus de la respiration rapide et un peu sifflante de la dormeuse, puis il ressortit et referma avec précaution. Dans le couloir, le chat blanc s'allongeait le long du mur, sournoisement, derrière son pas, guettant l'entrebâillement de la porte, mais à l'instant juste, il arrêta du pied la détente de la bête, la rejeta sans violence mais fermement jusqu'au milieu du corridor et se glissa dans la rue.

La nuit, la pluie, le vent le frappèrent ensemble, l'éblouissant comme une lumière trop vive. Sa maison ouvrait sur le quai du Commerce où luisait la lueur fixe des becs électriques.

Au delà de leur clarté s'étendait un espace que l'on pressentait extraordinairement vaste et vide. C'était de là qu'accouraient le vent et la pluie. Des feux blancs, des feux verts, des feux rouges piquaient cette fosse sans contours, et ces feux montaient et descendaient inexplicablement. Ce ne fut qu'après avoir dépassé le long mur d'un dock que le capitaine Renaud, commandant le remorqueur de sauvetage *Cyclone*, en station d'assistance à Brest, aperçut son bateau.

Il était violemment illuminé. À l'avant de la passerelle, une lampe de cinq cents bougies projetait sa lumière crue sur le gaillard et l'énorme treuil autour duquel les hommes s'empressaient. Deux autres lampes, à l'arrière, plongeaient dans le chaos puissant des pompes, des canons à incendie, des arceaux de remorque. Des lampes baladeuses étaient encore accrochées en girandoles sur le pont, aux porte-manteaux des embarcations, aux batayoles de la passerelle. Le bateau éclatant s'enfonçait sous le quai, se relevait. La cheminée, très haute, ne parvenait pas à bien cacher ses étincelles que le vent aplatissait, rabattait sur l'arrière.

Le capitaine monta droit au poste de T. S. F., une cabine qui ouvrait sur le château-milieu, près de la chambre à cartes. Le chef radio y était assis, un crayon en main, un cahier sous les doigts, le casque aux oreilles. Quand le capitaine entra, il se leva, repoussa un peu les écouteurs, et ce fut seulement après qu'il serra la main tendue.

— Alors, Gouédic, qu'est-ce que c'est ?

— Un vapeur grec, capitaine. Par 46, 44 nord et 6,50 ouest. Avarie de gouvernail.

— Vous avez leur appel ?

— Voilà, capitaine.

Il tendit le cahier.

— Le moral a l'air d'être bas, dit Renaud... Ils se sont informés des conditions ?

— Je leur ai demandé si nous étions d'accord : « No cure no pay », en leur passant l'avis de départ. Ils ont répondu : « Accepté aux conditions du Lloyd, mais vite, sommes à bout. »

— Parfait... Le Gall n'est pas là ?

— Il vient de sortir à l'instant, capitaine.

— Dès qu'il sera revenu, vous me l'enverrez.

Il redescendit et s'en alla dans sa cabine, à l'avant. En traversant le pont, il croisa des hommes silencieux, déjà engoncés dans les cirés et qui s'affairaient aux besognes d'appareillage. Ils vérifiaient la fermeture des panneaux et des claires-voies, tendaient des prélarts et ne marquaient son passage qu'en se rangeant avec déférence. Seul, le maître d'équipage, Kerlo, s'avança, leva sa casquette et dit :

— Bonsoir, capitaine.

Puis il tendit la main.

Renaud entra dans sa chambre, décrocha une longue capote

de toile cirée noire, l'endossa, se coiffa d'un très vieux chapeau mou, enroula une serviette éponge autour de son cou, en prit deux autres dans sa petite commode, les fourra dans ses vastes poches. C'étaient le costume et la coiffure qu'il avait éprouvés les meilleurs, car le suroît, en se raccordant au ciré, serrait trop les oreilles et gênait pour entendre. Lorsque la serviette était trempée, il en changeait... Puis il se déchaussa, mit des chaussons de basane et enfila ses énormes bottes de mer qui montaient jusqu'au haut des cuisses.

Le second, Tanguy, l'attendait sur la passerelle supérieure. On y serait en pleine tempête, sauf aux deux extrémités où se dressaient deux guérites ouvertes, faites comme les abris des locomotives et percées comme elles de deux fenêtres rondes. Sur l'avant, un long pavois de toile brune montait jusqu'au menton des trois hommes debout qui saluèrent.

— Alors, Tanguy ?...

— On est paré, capitaine.

Cela coûtait quatre-vingt-dix mille francs par mois à la Compagnie, cette réponse du second. Toute l'année, nuit et jour, sans en excepter un seul jour, le *Cyclone* était prêt à prendre la mer, dix minutes après qu'un S. O. S. lui parvenait du large. Pour garder sa pression, il brûlait à quai, immobile, des tonnes et des tonnes de charbon, dans les foyers de ses trois chaudières, devant lesquelles veillaient toujours trois chauffeurs. L'équipage ne quittait pas le bord.

Les deux opérateurs de T. S. F., eux, vivaient dans leur poste. La nuit, l'un écoutait, l'autre dormait sur un canapé, à portée de la main de son camarade. Quand cette main l'empoignait et le secouait, il se levait, courait alerter l'équipage et les sous-officiers à l'avant, puis le capitaine et le second dans leurs maisons du quai, à cent mètres du bateau. À tous, il criait les trois lettres d'appel, cet S. O. S. qui était comme la formule magique du bord, y déchaînait une activité précise et rapide. Le bateau s'illuminait, on poussait les feux, le chef radio télégraphiait aux naufragés : « Nous partons. » Ce « nous » signifiait : « Notre treuil qui peut soulever cent vingt tonnes, nos douze pompes capables de noyer votre incendie ou d'affranchir vos cales, nos dix-huit cents chevaux, nos remorques de cinquante mille francs qui vous traîneront jusqu'au quai, nos trente hommes, presque tous médaillés de sauvetage, notre capitaine à qui le président de la République a donné la Légion d'honneur en Sorbonne, à qui les consuls ont apporté des croix danoises, anglaises et italiennes. »

Tanguy déclara :

— Avec ce suroît, ça ne sera pas commode de décoller !...

Le vent du sud-ouest appuyait en effet le *Cyclone* au quai. Ses bourrelets épais, mal protégés par des pneus bourrés de paille, y frottaient durement aux levées et aux retombées de la houle. La coque raclait la pierre comme un taureau le bat-flanc de l'étable. Après s'être penché pour regarder aux deux bouts de son remorqueur, le capitaine gronda :

— Et naturellement, une gabarre devant, une autre derrière ! Qu'est-ce qu'il fout donc, l'officier de port ?

Il était interdit, en effet, d'amarrer les barques près du *Cyclone* afin de ne point gêner ses manœuvres de sortie. Mais par ce temps pourri, où la rade n'était pas sûre, les rafiaux s'attachaient où ils le pouvaient. Renaud, qui regardait avec rancune un mât danser sous son étrave, déclara :

— Si on lui casse le cul, ils viendront se plaindre à moi...

Et tourné vers Tanguy :

— Faites tout larguer, sauf la garde montante arrière.

Le *Cyclone* battit alors doucement, forçant sur sa dernière amarre. La manœuvre appelait l'arrière vers le quai, et le remorqueur écarta de l'avant.

— Larguez tout !

En même temps, le chadburn sonnait :

— En avant toute !

Renaud fouettait son bateau, afin de gouverner dès le premier mètre. L'étrave qui fonçait frappa durement une barque joufflue qui s'était jetée dessous, au coup de roulis. L'homme de barre fit remarquer tranquillement :

— Je crois qu'on lui emporte un peu de sa peinture...

Renaud haussa les épaules :

— Ça en fera toujours un qui ne reviendra pas tout de suite s'amarrer sous mon nez.

Les lampes aveuglantes s'éteignirent, le *Cyclone* ne garda que ses feux de route. Il doublait les môles de la rade de commerce quand Le Gall, le téséfiste en second, arriva sur la passerelle.

— Vous m'avez fait demander, capitaine ?

C'était un grand garçon athlétique qui, dans cette nuit oscillante, n'était plus qu'une ombre massive dressée en haut de l'échelle, mais qui, le jour, au repos, devenait un beau gars vigoureux, à cheveux châtains, aux traits droits, mais dont on ne rencontrait point facilement le regard.

Les deux pas que fit Renaud sur l'étroite passerelle l'amenèrent face à face avec l'homme debout contre l'abri de tribord :

— Où étiez-vous tantôt à trois heures, Le Gall ?

— À trois heures ?

La voix se tenait en garde, tâtait, évitait de s'engager.

— Si vous l'avez oublié, je m'en vais vous le dire. À trois heures vous étiez à Recouvrance, à trois quarts d'heure du bateau... Et puis, ça ne me plaît pas de voir un garçon de vingt-trois ans promener une femme qui, en s'y prenant de bonne heure, aurait pu être sa mère...

Ça me regarde ! gronda l'autre.

— D'accord... Ce n'est pas moi qu'on traitera de maquereau... Pourtant, ce qu'on dit de mon équipage me regarde un peu, et je n'aime pas voir mes sous-officiers nager à pleines nageoires !... Mais ce qui me regarde, tout à fait, c'est que vous soyez à votre poste. Vous saviez à quoi vous vous engagiez, en venant ici ? Vous le saviez ?...

— Je n'ai pas été parti plus d'une demi-heure...

Renaud se rapprocha encore de lui et le roulis, qui déjà saisissait le bateau, les jetait poitrine contre poitrine :

— Une demi-heure ! Tais-toi ! Tu sais mieux qu'un autre ce que ça peut valoir, une demi-heure, ici !... Tu nous as vu vingt fois risquer de tout casser pour gagner dix minutes !... Je t'aurais fait prendre la planche tout de suite, avec ton sac, si j'avais pu te remplacer au pied levé ! Comme j'ai besoin de toi, je t'emmène, mais au premier manquement, je te fous à quai ! Tu peux disposer !

L'ombre dense qu'il chassait décrut dans l'échelle, et le capitaine revint, encore soulevé de colère, à sa place, vers tribord, entre le chadburn et les porte-voix.

— Vous avez entendu ça, Tanguy ?

Le second souleva ses larges épaules.

— J'en ai débarqué quarante, en six mois, quand j'ai pris le commandement, cria le capitaine, dans la bourrasque. Si nous n'étions pas partis ce soir, il ne compterait plus à bord !

Le Gall avait enfreint la loi capitale du *Cyclone*, celle qui enchaînait, à chaque heure de chaque jour, l'équipage tout entier au bateau. Le bateau, lui, était toujours prêt à prendre la mer, armé et sous pression. Amarré au quai d'un grand port, sous une grande ville, il cloîtrait ses trente hommes qui mangeaient, couchaient, vivaient à bord et ne s'en écartaient que de cinquante mètres, à des heures fixées, pour aller boire dans les deux cafés du quai qui leur étaient concédés. De là, ils bondissaient sur le remorqueur au premier signal de la sirène. On en citait qui n'avaient point achevé leur verre, mais c'était une légende...

La nuit, Renaud multipliait les appels comme dans une chambrée de caserne. Il descendait dans les deux postes du gaillard d'avant, où quinze hommes s'allongeaient à la file dans leurs couchettes, de longues gouttières de bois, dont la courbe épousait le flanc du bateau. Puis, il frappait chez les sous-officiers, aux portes des cabines exiguës qui s'ouvraient tout le long de la coursive d'avant. Chaque fois qu'il avait contasté une absence, un renvoi immédiat s'en était suivi. Comme il s'en vantait, quarante mises à quai avaient gravé chez les autres le respect absolu de la consigne. Ainsi que les pompiers des grandes villes, le piquet d'incendie des casernes, ils ne dormaient qu'en alerte et prêts à gagner le large. Un absent, lors d'un départ, c'était ce départ retardé, entravé, une affaire compromise, — car les sauvetages du *Cyclone* étaient aussi des affaires — parfois des hommes, en mer, qui coulaient avec une épave.

Le capitaine, comme les autres, ne lâchait point le quai. Il demeurait toujours à portée de la sirène et ne manquait jamais, quand il quittait le bord, de dire :

— Je serai chez moi, à la douane, au café, chez le capitaine de port, afin qu'on sût toujours où le retrouver.

Jamais il ne s'était permis une promenade : elle eût pu devenir une forfaiture. Sa vie, à terre, était bornée par son bateau, le quai et les maisons du quai, ces maisons du quai du Commerce accroupies sous les hauts jardins et les rampes qui montent à la ville, minable morceau de banlieue, maisons tavelées qui semblent transportées des abords fumeux d'une gare et impudemment alignées au grand air.

— Au moins, disaient d'elles les hommes du *Cyclone*, on n'y est pas empoisonné par les « fayots » !

Ils nommaient ainsi les quartiers-maîtres de la flotte, pour les haricots qu'ils prodiguent à l'ordinaire des équipages. Les marins de l'État, en effet, dédaignaient de descendre sur les quais du Commerce.

Le voisinage des croiseurs et des avisos aidait pourtant les matelots du remorqueur à respecter les inflexibles consignes du bord. L'air, autour d'eux, restait imprégné de discipline ; ils y voyaient alignées les fumées de l'escadre, il retentissait des sonneries réglementaires. Les jeunes, ceux qui étaient encore tout près du service, trouvaient ainsi l'occasion de maintes comparaisons, toutes à l'honneur de leur vie nouvelle. Les vieux qui avaient navigué au long cours étaient habitués à demeurer ainsi cloués aux navires. Tous appréciaient les avantages de cette croisière au bord d'un quai où arrivaient les journaux, les lettres, leurs femmes, le dimanche. N'étaient-ils pas bien payés et décemment nourris ?

Mais, surtout, ils étaient possédés par l'esprit de corps. Pas un n'avait honte de se montrer fier de son bateau et de son métier. On pouvait les appeler « hardis sauveteurs » sans leur sembler ridicule : ils étaient ceux qui sortent quand les autres rentrent. On parlait d'eux, à chaque tempête, sur le quai et dans les journaux. La marine de guerre leur témoignait une déférence flatteuse et leur accordait dans le port de nombreux privilèges. Et l'émulation jouait : le *Cyclone* était mieux tenu qu'un torpilleur. L'équipage ne s'ennuyait jamais, car après chaque sortie, le remorqueur de haute mer revenait à sa position d'attente, assez mal en point pour fournir à tout le monde du travail urgent. L'été était plus dangereux, à cause du long chômage, mais Renaud leur accordait, à tour de rôle, une permission de quinze jours. Quand il avait eu trié sans pitié son équipage, il s'était flatté de l'avoir rivé à ses tôles, de le trouver tout entier, à toute heure, paré, comme son remorqueur, à prendre le large.

C'est pourquoi, la faute de Le Gall l'échauffait d'une colère indignée :

— Un t. s. f. !

Il y en avait deux à bord : le chef, Gouédic, d'Audierne, une figure si large qu'il semblait qu'il se la tirât de deux doigts en crochet passés dans les joues. C'était la conscience même : cinq ans sur les chalutiers de Terre-Neuve où il faut être aussi toujours à l'affût, afin de capter les indications que se donnent, en code, les bateaux concurrents. Sur les Bancs, en effet, quand deux collègues bavardent de façon anormale, on a beau ne pas les comprendre, on est alerté et l'on s'en va, au gonio, voir ce qui se passe de si intéressant dans leur coin...

Les t. s. f. !... Personne, sur le *Cyclone*, n'était attaché de si court à son poste. À chaque minute du jour et de la nuit, l'un d'eux devait être à l'écoute, sur le château, entre les embarcations de sauvetage, dans la baraque trapue que surmontait, comme une girouette trop grêle, le losange du goniomètre. Le veilleur était assis devant une table, le casque aux oreilles, le manipulateur du morse sous la main. Et son fauteuil tournait comme un tabouret de piano, afin de le placer devant un coffre-fort de tôle noire à manettes, l'émetteur. En arrière, deux banquettes, des lits de moleskine brune, s'allongeaient sous le volant du gonio.

Or, toute la vie, toute la fortune du bateau étaient suspendues à cette écoute perpétuelle qui ne devait laisser fuir ni un point ni un trait émis du large. On contait avec terreur, chez les t. s. f., que l'opérateur d'un remorqueur concurrent, descendu, un matin, après une nuit de veille, à la cuisine, pour y avaler, en hâte, une tasse de café, avait laissé échapper, pendant ses trois minutes d'absence, le S. O. S. d'un grand cargo dont le sauvetage avait rapporté un million et demi au *Cyclone*, beaucoup plus éloigné, pourtant, du vapeur en détresse. La compagnie avait mis à quai le capitaine et tous les officiers du bord.

S. O. S. !... Trois points, trois traits, trois points : un appel précipité qui s'essouffle, puis insiste... Les postes côtiers avaient sur-le-champ imposé le silence à tous les bateaux, et sitôt connue la position du navire en danger, le *Cyclone* qui seul avait le droit de parler l'avait attaqué : « Ici, *Cyclone*, remorqueur de dix-huit cents chevaux, demande si vous avez besoin d'assistance ? »

Le Grec avait répondu :

— Accepte assistance aux conditions du Lloyd...

— S'il avait fallu partir sans ce gamin, pensait Renaud, Gouédic aurait dû s'appuyer peut-être soixante heures d'écoute !...

On doublait le feu vert de la rade-abri, car le *Cyclone* avait le privilège de traverser ces domaines de la marine de guerre, quand Le Gall reparut sur la passerelle.

— Capitaine, annonça-t-il d'une voix domptée, ils disent que leur bateau a beaucoup souffert et que la mer les mange. Ils demandent qu'on se presse.

Renaud se détourna :

— Vous répondrez ceci : « Faisons route sur vous à toute allure. Courage !

Puis il ajouta après un rire bref qui lui leva les épaules :

— Pour bien faire, avec ceux-là, comme avec les autres, il faudrait être arrivé avant d'être parti !

II

Le *Cyclone* sortit par la passe de l'Ouest. À tribord, les lampes de Recouvrance et de Saint-Pierre clignotaient à travers l'averse, et à bâbord, la longue jetée de la rade fusait avec un roulement de canonnade. Elle était devenue un mur de geysers furieux, mais exactement alignés.

Sur la passerelle, les embruns cinglaient, et Renaud noua plus étroitement sa serviette eponge... Le *Cyclone* fonçait vers des éclairs blancs et obstinés : les éclats du phare de Portzic. C'était la borne de l'aventure...

Dès l'entrée du Goulet, le remorqueur se heurta vraiment pour la première fois, cette nuit-là, à la mer et au vent. La passe ouvrait devant lui un large torrent d'écume qui accourait contre son étrave. Il régnait, dans ce détroit, une effervescence chaotique de déversoir, et un immense bruit d'eau bouillante l'emplissait. À l'avant, les premiers coups de mer s'ouvrirent en hauts éventails blêmes, les premières lames s'ecrasèrent en tonnant, contre les tôles.

Les yeux de Renaud s'étaient rivés à l'avant.

À chaque sauvetage, son attention s'attachait ainsi à l'avant pendant l'aller, à l'arrière, lors du retour, car c'était à l'arrière que se jouait la partie décisive, l'arrière où se fixait la remorque qui traînait le bateau « sauveté ».

Mais, tant qu'on naviguait le nez vers le large, la vie du remorqueur dépendait de son étrave, de sa haute étrave dressée à six mètres au-dessus de l'eau, et derrière laquelle tout le navire se défilait en lignes obliques, jusqu'à son arrière rond, sa croupe basse solidement assise sur la mer. Cette étrave énorme avait fasciné Renaud, le jour où il était allé à Tunis, avec les ingénieurs de la Compagnie, visiter le *Cyclone*.

C'était un brise-glace russe, une épave plus rouillée qu'un vieux fourneau et qui avait pourri tranquillement, pendant des années, dans l'eau tiède des bassins. Des échelles rongées pendaient des passerelles, en pointes de herse. Des pustules d'acier s'écaillaient sous le doigt tout le long de la coque et le pied enfonçait dans le bois spongieux du pont. Les ingénieurs revenus sur le quai faisaient la grimace. Celui qui s'était attardé à la visite des machines assurait pourtant qu'elles étaient en état. Mais, Renaud, lui, ne quittait pas du regard l'étrave épaisse et coupante comme un coin d'acier, une étrave faite pour labourer les icefields et crever les packs. Il avait, du premier coup, jugé ce bateau à sa carrure, ainsi qu'il jugeait les hommes, et il avait assuré :

— Avec deux millions, vous en ferez le plus beau remorqueur d'Europe !

L'option avait été aussitôt levée télégraphiquement, à la grande stupeur de la Marine militaire, qui, depuis plus d'un an, assemblait des commissions pour étudier la transformation éventuelle du bâtiment en mouilleur de mines...

Maintenant on doublait Mengam, un feu rouge dressé au milieu du Goulet, si exactement au milieu qu'on ne pouvait croire à un écueil et qu'on était tenté de rendre grâce aux Ponts et Chaussées, pour avoir ainsi planté cette lanterne avec tant de justesse. Elle semblait y régler la circulation... En réalité, un sacré caillou, qui embêtait fortement Renaud à chaque rentrée, parce que le bateau désemparé qu'il traînait à bout de laisse manquait, à tous coups, d'aller s'y écraser le nez, comme un ivrogne sur un bec de gaz.

Mengam doublé, l'étrave se mit au travail. Le *Cyclone* accentua son allure de pioche. Avec ces vents de la partie sud-ouest, il fonçait mer et vent debout. On était donc abonné, pour tout le voyage, à ce tangage heurté et brutal de bateau court que chaque lame soulève pour l'asséner. On brimbalerait ainsi autour de l'axe, et maussadement, de même que ces poutres mises en bascule par des gosses et qui leur cognent les fesses à chaque retombée.

— Ah mais !... dit Renaud.

Il venait de relever le feu du Petit Minou, et vraiment il s'étonnait de trouver une mer pareille dès la sortie du Goulet : elle était montée d'un coup sur le bateau, de géantes colonnes d'eau jaillies à l'avant et qui s'abattaient sur vous comme des arbres.

— Je crois qu'on va embarquer de la plume, déclara l'homme de barre.

Le capitaine, les yeux brûlés, le ventre massé par la rambarde, n'apercevait de son remorqueur qu'une île noire qu'il poussait devant lui : son gaillard d'avant, vaguement distinct et qui émergeait seul. L'eau clapotait avec force sur le pont, jetée au tangage contre le gaillard et le château. Et cette eau intérieure que le bateau emportait, secouait, qui se ruait partout, contre les pavois, les capots, les portes des coursives, cette eau-là, était la seule que l'on pût surveiller de la passerelle. Assurément, la mer devait être énorme, mais on ne le voyait pas. On l'imaginait seulement aux mouvements excédés du bateau qui boitait de plus en plus bas.

À chaque pointe que l'on doublait, le suroît, devant qui tombait une barrière, renforçait son attaque. Il frappait maintenant les tôles et les visages comme un projectile ininterrompu. Il arrivait à ce degré de force et de ténacité où son appui, ses poussées sont ressentis comme le choc d'un poing et le coup d'une arme. Il devenait impossible, sur la passerelle, de croire que ce ne fût simplement qu'un souffle. Les quatre hommes qui étaient là, debout, pour voir, pour guetter des feux, et qui devaient y rester, sous le ciel noir, sous les coups de l'ouragan, sous le fouet des embruns plus cinglant que les jets dont les dompteurs martèlent les fauves quand ils se battent à mort, ces hommes, capitaine, second, timonier, homme de veille, comprirent tous les quatre à la fois, que la partie serait une des plus dures de toutes celles qu'ils avaient jouées. Mais ils gardaient, tous les quatre, une assiette que les cabrades incohérentes du bateau n'avaient point encore surprise. Ils collaient aux planches comme des mouches ! Pourtant, lorsque l'homme de barre qui ne s'était point effacé à temps, eut reçu sur tout le corps un coup de mer qui sembla le mouler, il jura, en crachant :

— Les sacrées garces, on ne les voit que quand elles vous tombent sur le paletot !

Renaud n'exposait que ses yeux ouverts au ras du pavois qui, tant bien que mal, garantissait la bouche et le corps. Aussi, pleurait-il sans interruption, sous son chapeau gorgé d'eau et flasque comme un champignon pourri. Le vent lui secouait des tôles aux oreilles, ces crépitements métalliques qui tambourinent seulement aux plus grandes vitesses des tempêtes, les jours où les anémomètres semblent délirer. Il songea :

— Qu'est-ce que ce sera par le travers de Saint-Mathieu ?

Car chaque sortie était graduée. Une mer de plus en plus creuse les attendait sur trois seuils : à l'entrée du Goulet, à sa sortie, et enfin à la pointe extrême du monde, quand la dernière terre abandonne à cette pointe Saint-Mathieu, où commence l'Iroise. C'est entre deux sinistres îles, Sein et Ouessant, le corridor Manche-Atlantique, tout plein de courants d'air et d'eau. Le sens des lames s'y renverse deux fois par jour, au flux et au reflux, oscillant entre deux barrières de brisants, la chaussée de Sein au sud, au nord les Pierres Noires, Ouessant et ses nébuleuses d'écueils. C'était l'ordinaire champ de bataille du *Cyclone*, mais cette fois, on en sortirait pour s'en aller dans le suroît passer le licol à ce Grec désemparé.

En sentant se creuser dans son ventre le vide d'une interminable chute, Renaud pensa :

— Les hommes seront malades !...

Cela leur arrivait presque à chaque sortie, comme à tant de marins qui reprennent la mer, et quand ils la reprenaient, elle n'était jamais bonne à prendre ! Puis, on ne leur laissait pas le temps de s'y habituer : on les ramenait à quai dès que ça allait mieux !... Et ce n'était pas une des moindres originalités de cet étonnant bateau, que ces matelots, verts comme des Parisiens, qui y travaillaient, les dents serrées sur des nausées.

— Plus on dégueule, plus y a à faire ! constatait Kerlo, le maître d'équipage.

Car la mer leur démolissait à la fois l'estomac et le bateau...

On passa la Parquette vers une heure du matin, une pierre à feu vert que Renaud entrevit avec plaisir. Il avançait, et bon train ! Parmi tant de mouvements absurdes qui le secouaient il y en avait tout de même d'utiles qui mangeaient de la route ! Dans cette nuit de poix, on avait l'impression de faire du surplace, mais les feux vous prouvaient le contraire. On gagnait ses milles, brasse par brasse, et on en était fier comme de l'argent gagné sou à sou.

Cependant, on sentait que l'on n'avait plus les flancs couverts par aucune terre protectrice, qu'on était désormais livré au déchaînement des espaces, à l'enveloppement de la nuit furieuse. Car le vent avait débordé le bateau et se refermait derrière lui. Ce n'était plus seulement son appui dur sur le visage, son passage brutal sur les joues et les oreilles qu'il collait à la tête. Il frappait maintenant de dos comme de face et les lames jaillissaient le long du bateau tout entier. Le *Cyclone* titubait dans des chutes soudaines de l'avant, retombait a contretemps dans la mer comme dans un mur ; des chocs dangereux l'ébranlaient. Sur la passerelle, les quatre hommes oscillaient d'une hanche sur l'autre au bout de leurs bras rivés à la rambarde.

— Pourvu que ça tienne !

L'attention inquiète du capitaine se diffusait déjà sur toute la surface du bateau. Si dès le début on encaissait des coups pareils !... La coque était solide comme une enclume, mais le pont y laisserait des morceaux !...

— Allez voir un peu, Tanguy, si ça étale partout !

Le second revint un quart d'heure après, son inspection faite :

— Un panneau de la cale II enfoncé. C'est paré.

Renaud lui cria à l'oreille :

— Les embarcations n'ont pas bougé ?

— Non !

Ils s'étaient parlé visage contre visage, et Renaud, à la lueur de la lampe de timonerie, avait revu la bouche désastreuse de son second, la lèvre supérieure coupée jusqu'aux dents par le bec-de-lièvre que la moustache cachait mal, une seconde bouche verticale, qui remuait lorsqu'il parlait, et la narine étalée, plate, descendue vers la fente.

Avec cette bouche, Tanguy ne parlait guère... Il était redouté des hommes, comme tous les chefs affreux qui veulent faire rentrer, par la crainte, la raillerie dans les gorges. À

Brest, il vivait sur le bateau, en disparaissait à peine à l'heure des repas. Il y passait de longues heures, la nuit, et couchait même souvent dans sa cabine. Pourtant, il était marié et habitait deux pièces dans le quartier du port, rue de Madagascar, marié à un bout de femme effrontée qui, affirmait l'équipage, lui en faisait porter. Il était devenu courant de dire sur le *Cyclone*, les jours où ça fraîchissait : « Un temps à démâter le second. » Car ils lui octroyaient, comme ramure, des mâts et des vergues.

Mais, en vérité, Renaud qui connaissait les femmes, et s'y serait encore frotté volontiers, à l'occasion, n'eussent été sa situation et tous les embêtements qu'amène la rigolade, Renaud s'était toujours demandé si la petite Tanguy allait au dela du badinage énorme. Sans doute, elle ne parlait que par allusions égrillardes, en vous plantant dans les yeux ses yeux luisants. Il l'avait entendue, a l'heure de l'apéritif, tenir tête à un tablée d'officiers du commerce, leur tirer des « oh ! oh ! » de maquignons par ses équivoques éhontées, répondre avec précision à des questions d'une cordiale obscénité, mais il en avait conclu, seulement, avec ses camarades qui en riaient encore sur le quai : « Elle est rudement rigolote ! » Il savait que ceux et celles qui disent des bêtises n'en font pas toujours, et que les vraies dévergondées sont plus retenues en paroles. Tanguy qui accompagnait sa femme ce jour-là et qu'elle avait mis, comme de juste, en cause, s'était contenté de hausser placidement les épaules :

— Elle serait malade, si elle ne disait plus de blagues !...

Lui n'en disait jamais. Renaud ne se souvenait pas d'avoir vu s'éclairer ses yeux mornes, et de sa bouche à encoche, on n'imaginait pas un sourire... Dans ses relations avec l'équipage, il lui suffisait le plus souvent d'un mot pour stimuler les lenteurs, presser l'exécution d'un ordre, s'enquérir de son exécution ; il disait : « Alors ? »... Mais ce mot qu'il éructait dans tous les coins du remorqueur, qu'il jetait dans les porte-voix, dans les coursives, dans les postes, au moindre retard, au moindre flottement, devenait dans sa bouche monstrueuse un aboiement rauque et puissant, un « Halaud », que coupaient ses dents et qui laissait, quelques secondes, ses joues gonflées, ses babines frémissantes. À la mer, splendide, et d'une force de taureau intelligent. Un coup d'œil infaillible pour envoyer l'amarre au navire « sauveté ». Jamais Renaud ne l'avait entendu jurer, comme si jamais ça n'en avait valu la peine. Jamais Tanguy n'avait injurié ni tutoyé un homme, et pour cela aussi, ils le redoutaient. Un jour qu'une lame sourde l'avait aux trois quarts assommé en le projetant contre les arceaux de remorque, il s'était relevé sur les genoux, sur les mains, en repoussant vers leur travail, d'un « Alors ? » qu'il arrachait comme un cri de l'instinct, les hommes qui, afin de le relever, avaient lâché leur grelin. Renaud lui portait la même estime qu'à sa machine et à son étrave. C'était pour lui un magnifique instrument de travail mais, en dehors du service, il ne se souvenait, dans leurs conversations, que de l'avoir entendu répondre : « Non », « Oui », et « Ça se pourrait », qu'il disait comme « Je m'en fous ! » Le capitaine savait encore que le second était capable de rester debout sur la passerelle plus longtemps que lui, sans dormir ; il l'en respectait. Il avait aussi depuis longtemps deviné que si Tanguy se taisait, ce n'était pas stupidité mais fierté et méfiance : or, il ne détestait point que l'on fût méfiant...

À 2 heures, par le travers des Pierres Noires, Gouédic, le chef T.S.F. apparut sur la passerelle mieux rincée qu'un caillebotis de bains-douches et, n'y trouvant que le second, demanda :

— Le capitaine ?...

Tanguy fit un signe de tête brusque qui montrait la gauche, et le bras de Renaud dépassa, pour appeler, de l'abri de bâbord. Il venait de se réfugier dans la guérite, car le *Cyclone* embarquait de plus en plus, et les coups de mer fouaillaient la passerelle de navigation. On n'y recevait pas le plein coup, mais c'était la crête de la lame, la brûlure de la mèche du fouet, et Renaud qui se savait là pour trente heures, au moins, avait jugé inutile de se faire abrutir continûment par ces chocs : ils finissent par vous loger dans le crâne une somnolence tenace. Pour atteindre les porte-voix, il n'avait qu'un pas à faire, un autre pour aller au compas, et au moins il veillait la route à couvert des directs de la mer et de l'ouragan. Il s'étayait là dedans, des coudes et des genoux, afin de n'être pas trop massé par les deux parois de l'abri. En se serrant dans le cercueil, il y fit une place au chef t.s.f., et il eut, tout contre ses yeux, la face large du télégraphiste qu'on eût dite vraiment déformée dans la boule d'un jardin. Gouédic récita :

— Ils viennent de signaler : « Télégraphiez à quelle heure vous serez sur nous, parce que les matelots sont démoralisés. »

— Tiens, dit Renaud, il n'a pas trop d'amour-propre, le collègue ! Qu'on ne puisse plus rien tirer des hommes, ça arrive... Qu'on le télégraphie à toute la terre, c'est moins courant !... Répondez-lui : à 10 heures.

— Bien, capitaine... On n'a pas besoin de bottes aujourd'hui, ajouta le téséfiste, en regardant l'eau s'abattre à seaux sur la passerelle.

C'était là une plaisanterie courante : elle signifiait que les bottes étaient inutiles, puisque la mer embarquait dedans !...

— Vous avez le bon métier, Gouédic, assura Renaud : être assis bien au sec, à écouter bavarder les copains...

— Sauf que ma bouteille d'acide s'en est cassée dans la danse, et qu'elle m'a tout brûlé les mains. On dirait que ça fraîchit encore !...

Il se laissa glisser rapidement le long de l'échelle, pour tenter de passer entre deux lames.

En annonçant son arrivée pour 10 heures, le capitaine du *Cyclone* mentait. Il savait qu'en mettant les choses au mieux, en supposant, ce dont il doutait de plus en plus, qu'on pût garder cette allure de casse-tout, il ne serait pas sur le Grec avant midi ou une heure. Mais ces mensonges faisaient partie du sauvetage : il était de son devoir de relever le moral des équipages en détresse, et il n'y manquait jamais. Cependant, il eut l'impression d'avoir déjà menti une fois avant celle-ci... Il n'eut point le loisir d'y réfléchir, car à un plongeon presque à pic du remorqueur, la volée d'une lame lui renfonça les yeux dans le crâne, lui griffa les joues, lui entonna de l'eau jusqu'au fond de la gorge, une grande goulée qu'il faillit avaler comme un mousse, et qu'il ne rattrapa qu'en se raclant l'œsophage. Ce n'était pas l'instant de penser à ses petites affaires de famille !

Une lueur blême et diffuse montait de la mer battue, hachée. Le *Cyclone* était devenu plus distinct, et quand il s'enlevait pesamment à la lame, Renaud découvrait tous les détails de l'avant, les remous autour de la cale, les chocs contre les panneaux du gaillard, le mât de misaine gainé d'explosions jusqu'à la hune de vigie, la pyramide noire du grand treuil, même la double poulie de l'éperon étonnamment précise. Il s'aperçut alors qu'une lune rouge et démesurée venait d'affleurer les nuages et qu'elle courait dans le ciel.

Elle roulait, elle aussi, dans les houles des nuées que le vent dispersait en embruns de vapeur. C'était la grande lune rousse et brûlée des nuits d'ouragan. Il ne fit que l'entrevoir, ainsi qu'un naufrage de bateau en feu : elle fut assitôt submergée par le déchaînement noir du ciel. Il ne resta d'elle que cette lueur larvaire et glacée que brassait la mer.

— Si on n'avait pas l'habitude, pensa Renaud, il y aurait de quoi vous foutre la frousse !...

— Capitaine !

C'était encore Gouédic.

— Ils viennent d'envoyer, capitaine : « S'il vous plaît, venez aussi vite que vous pourrez. Bateau couvert par la mer souffre énormément. À quelle heure serez-vous ici ? »

Renaud répondit, comme s'il dictait, en scandant bien :

— Signalez-leur : « Nous forçons l'allure, serons sur vous dans la matinée. Redonnez votre position. »

Cinq minutes après, le chef T.S.F. était de retour sur la passerelle :

— Vous parlez de clients ! grommela-t-il. Le temps que je m'amène ici, ils ont encore repassé à Le Gall : « Mais dépêchez-vous ! Tout le monde à bout. Bateau donne de la bande. Perdus si n'arrivez pas. » Qu'est-ce qu'ils veulent qu'on y fasse ? À moins de leur envoyer la remorque par T.S.F.

Renaud cria, dans le vent et les écroulements d'eau, des phrases qu'il ponctuait d'un balancement lourd de tout le corps.

— Dites-leur que nous poussons les feux... que nous serons sur eux très vite... qu'alors ils n'auront plus rien à craindre...Qu'ils tiennent jusqu'au jour !... Il n'y a pas de récif là où ils sont... Arrangez-leur ça comme vous voudrez, Gouédic, répétez-le sur tous les tons, mais parlez, mon vieux, parlez-leur tant que vous pourrez, même pour ne rien dire.

Il avait compris qu'il fallait leur donner, comme à des gosses, le réconfort d'encouragements incessants, leur répéter :

« Je viens, j'arrive. Tenez bon, j'arrive... » Il savait que les Nordiques sont discrets, qu'ils ont comme la pudeur d'avouer leurs avaries, leur danger. Quand il avait sauvé des Norvégiens et des Danois, une fois données les indications de position, ils se taisaient pendant des heures, et c'était lui qui devait attaquer leur poste... Il se souvenait de ce Danois qui dérivait sur Molène, après avoir cassé ses deux ancres et qui, au bout de deux heures de silence, cinq minutes avant d'aller s'ouvrir sur Pen-Ven-Guen, avait télégraphié : « Vous ne pouvez plus rien pour nous. Inutile de continuer votre route. Merci beaucoup. Adieu ! »

Mais les équipages du Sud étaient impressionnables et bavards. Ils avaient, sans cesse, besoin d'exhortations. Renaud ne s'en indignait pas, car son métier avait fait de lui un spécialiste des paniques. Même parmi les meilleurs, il avait trouvé des êtres vidés, déchus, qui s'abandonnaient entre ses bras, des fous parfois, d'autres qui pleuraient, d'autres qu'il fallait charger comme des quartiers de frigo.

C'était normal que les ponts des navires en détresse ne fussent point pavoisés de héros, de matelots de romans empressés à mettre leurs frusques des grands dimanches pour couler en beauté et en chantant. Il était encore bien plus beau d'y rencontrer des hommes capables, après soixante ou quatre-vingts heures de bataille, de découvrir, sous leur épuisement, la force de mailler une remorque...

Après une embardée plus dure qui arracha le capitaine de l'abri et l'envoya sur le ventre, mesurer la passerelle, le porte-voix des machines siffla.

Renaud, après avoir débouché l'oreille de cuivre, entendit :

— Allô, capitaine... Je voudrais bien diminuer, capitaine... Elle est folle !... Et pourtant, qu'est-ce qu'on a scié, comme fromage !...

Scier du fromage, c'est manœuvrer d'avant en arrière le levier d'admission de la vapeur, en fermant quand l'hélice évente, en ouvrant quand elle replonge...

La voix insista :

— Est-ce qu'on peut diminuer ? Ça cogne à tout faire sauter !...

Renaud savait son chef mécanicien, Lauran, incapable

d'exagération : il connaissait trop, lui aussi, son métier de fabricant de vitesse et l'urgence d'avaler des nœuds quand on courait sur un bateau. Il avait averti parce qu'il le *devait*, pas avant ! Le risque, dans la machinerie, comme sur tout le *Cyclone*, on l'acceptait sans un mot, mais le danger immédiat, cela se signalait. Renaud, qui avait déjà écouté le propulseur ronfler subitement lorsqu'il émergeait, et qui avait entendu les chocs violents frappés dans la machine, aux replongées de l'hélice, s'attendait depuis longtemps à cette demande. Il répondit donc :

— Diminuez de quelques tours, mais tout juste, car ils m'ont l'air malades !

La barque filait ses onze nœuds forts, on tomba à dix, puis à neuf, mais par ce temps, contre cette mer debout, c'était encore une jolie allure ! Tout de suite, le tangage diminua, la violence des rencontres, mer contre remorqueur, faiblit. Le *Cyclone*, moins pressé, prit le temps de s'enlever, de monter tant bien que mal sur la lame, au lieu de passer au travers : il s'ensuivit une accalmie relative, bien que la mer grossît encore. Alors le capitaine traversa la passerelle, marchant comme il marchait à quinze mois, en glissant de côté, en s'accrochant, main après main, à la rambarde. Le pont, sous ses pieds, était un talus à pic qui renversait à chaque instant le sens de la pente. Renaud alla heurter le second dans l'abri de tribord pour lui dire :

— Veillez cinq minutes, Tanguy. Je descends voir le baromètre...

Puis, comme il aimait les situations nettes, et ne voulait point mettre son repos sur le compte du service, il ajouta :

— Et fumer une cigarette en bas.

Il descendit dans la chambre de veille, sur la passerelle inférieure et, la porte refermée, il fut, comme à chaque fois qu'il entrait là par gros temps, satisfait et décontenancé de ne plus sentir ni le vent, ni la pluie, de trouver dans cet endroit clos et bien éclairé, une réplique sèche et parfaitement précise de ce qu'il venait de quitter en haut et qui était noir et ruisselant. Il y avait là, comme en haut, un compas, un chadburn, une boîte de morse et un second poste de timonerie. Tout cela formait le prolongement perpendiculaire des mêmes appareils qu'il venait de laisser là-haut, noyés, comme des cailloux dans un courant. Il regarda autour de lui, avec complaisance, ainsi qu'un général contemple ses réserves. Derrière la barre, le long de la chambre à cartes, s'allongeait un canapé de moleskine noire. C'était là qu'il venait parfois s'étendre quelques minutes, lorsqu'il était resté debout tout un jour, toute une nuit. Le baromètre était suspendu dans un angle. Il s'en approcha : il descendait toujours et marquait 745. La ligne rouge que traçait le style avait même, depuis une heure, amorcé une pente qui ressemblait de plus en plus à une chute verticale. Renaud pensa : « Nous n'avons pas vu le pire. » Il connaissait les tempêtes d'avril et savait qu'il leur faut un jour tout entier pour bien s'établir.

— Heureusement, songea-t-il encore, qu'il fera jour pour lui passer la remorque, mais il dansera une sacrée danse au bout de la ficelle !

Il s'assit sur le canapé et roula une cigarette. Le tangage le lançait en avant, lui cassant le buste ; c'étaient les demi-chutes de ceux qui luttent contre le sommeil. Et pourtant, il n'avait nulle envie de dormir. La somnolence ne le gagnerait pas tant que durerait sa mission. Mais après les sauvetages, il dormait dix-huit heures... à moins qu'il ne repartît sitôt rentré, comme cela se produisait souvent.

Dans cette chambre bien éclairée, les mouvements furieux du court bateau se traduisaient de façon particulièrement nette. Rien n'échappait à l'attention, ni la montée abrupte du plancher, ni ses soudaines descentes, ni aucun des angles insensés que faisaient les objets longs, colonnes du chadburn et du compas, axe de la barre, avec la verticale, cette verticale dressée dans l'instinct humain, qui cède rarement chez un homme jeté à terre, et ne cède jamais chez le marin. Renaud ne s'arrêta point à ce branle-bas familier, car il n'était occupé que des étroites vitres de l'avant où la mer cognait. Du verre double, mais qui sonnait désagréablement sous les coups. Il fit claquer sa langue, mécontent, et dit tout haut :

— Ça va bien finir par crever !

Il lui était arrivé deux fois déjà de revenir avec cette passerelle arrachée, sans avoir pu en sauver un morceau.

— Tenez, capitaine.

Le cuisinier venait d'apparaître comme par miracle et il remplissait un bol de bouillon chaud.

Renaud ne regarda pas l'homme, il regarda le bol.

— Ça, apprécia-t-il, c'est du beau travail !...

Il fallait Royer, en effet, pour verser sans gâter par ce temps ! L'homme sourit, une grimace rapide qui entailla le coin de sa bouche hérissée d'une brosse courte de barbe. Il portait un béret basque graisseux, et dans ses yeux bigles bougeait une flamme maligne. Avec les grands voiliers, il avait roulé d'Australie à Portland et à « Frisco ». Au cap Horn, il avait hissé des marmitées d'eau chaude en haut des mâts, pour dégeler les poulies, et pendant trente-deux jours, il avait nourri tout un équipage avec du blé moulu dans un moulin à café, un moulin qui tournait vingt-quatre heures sur vingt-quatre, afin que Royer pût enfourner du pain de son. Il avait été dix ans le cuisinier de Renaud et l'avait suivi sur le *Cyclone*, après la mort du dernier long-courrier à voiles.

Il tendait toujours son bol :

— Ça m'a l'air de mollir un peu, s'pas capitaine ?

Renaud se mit à rire franchement :

— Que tu trouves, toi ?... Ces sacrés cuistots, ça ne se doute jamais du temps qu'il fait !...

Il ajouta, en lui jetant un coup d'œil moqueur :

— Avant qu'on ne soit rentré, tu pourrais peut-être encore grimper sur ton fourneau !...

Royer, qui n'aimait pas qu'on lui rappelât ce souvenir, haussa les épaules :

— Pour ça, faudrait encore un de ces sacrés timoniers qui prennent l'est pour le sudet et s'en viennent sur bâbord à treize nœuds ! On n'en fait plus de comme ça, heureusement !

C'était arrivé sur un voilier chargé de pétrole, chargement léger et navire mal lesté. Après la faute du timonier, le bateau debout à la lame était tombé en travers et s'était couché sur le côté. L'eau montait jusqu'à la porte de la chambre de veille, quand Royer s'était levé tranquillement pour faire son pain. Entré par la claire-voie, il avait trouvé sa cuisine pleine d'eau. Il avait alors débouché le dalot pour l'évacuer, mais au lieu de s'écouler, l'eau était rentrée à force, « gros comme moi par le corps », racontait-il, car l'écoutille était sous l'eau, elle aussi, et

Royer ne s'en doutait pas. Il lui avait fallu grimper sur son fourneau, en tenant embrassé le tuyau, et le bosco l'avait retiré de là par la peau du cou lorsque l'eau lui arrivait aux lèvres. Mais seul, Renaud pouvait lui rappeler sans risques cette humiliation...

Comme le capitaine ne se hasardait pas à prendre le bol où le bouillon tanguait, Royer dit :

— Il faut boire, tant que c'est chaud.

— Je vais en mettre la moitié par terre et m'envoyer le reste dans le cou...

Or, Renaud n'aimait à paraître maladroit devant personne. Il se décida pourtant, mais tandis qu'il buvait, en renversant généreusement, Royer annonça, sans malice apparente :

— La prochaine fois, je vous l'apporterai dans une bouteille.

— Pourquoi pas un biberon ?

Royer le regarda, et quand il fixait quelqu'un de ce regard-là, ses yeux semblaient presque droits tant ils devenaient judicieux.

— Dame ! dit-il, je saurais encore ! Mme Renaud m'avait bien montré à les faire !...

— C'est vrai...

Le cuisinier reprit le bol, et comme Renaud mettait sa cigarette aux lèvres, Royer offrit du feu en annonçant :

— Quand M. Tanguy sera descendu, je lui monterai du bouillon. Vous serez gentil de lui dire, capitaine.

Car le cuisinier était le seul de l'équipage qui eût pour le second des égards et des attentions. Quand on s'en étonnait, il répondait seulement :

— Y a des chances que je n'aie pas navigué trente-cinq ans sans m'y connaître en vaches et en bons gars !...

Resté seul, Renaud se souvint brusquement de celle qu'à propos de biberon, Royer venait d'évoquer. C'était sur un voilier revenant de Portland, quand la chienne du bateau avait été écrasée, que Mme Renaud et Royer avaient élevé ses chiots au biberon et au lait condensé. Car Yvonne Renaud était de tous les voyages, de ces grands voyages qui duraient plus d'une année... C'était la fille d'un armateur, et lui, avant son mariage, n'était que second sur un vieux caboteur qui traînait, le long des mers du Nord, sa panse bourrée de blé. Mais il était aussi le marin jeune, déluré, bien tourné, à qui les filles, sur les quais, faisaient des yeux blancs de congre mort, et qui, sans autre instruction que les cours du soir, savait se tenir et parler comme un monsieur, grâce à une finesse innée et à beaucoup d'ambition. Il se sentait fort et de la race des chefs.

C'était elle qui l'avait remarqué, elle qui, adroitement, l'avait fait présenter à son père. Renaud avait d'abord été flatté, dans sa vanité de petit paysan, par l'amour de cette jolie fille riche, élevée en demoiselle et qui jouait du piano. Mais, dès qu'à son tour, il l'avait aimée avec la fougueuse énergie qu'il apportait à toutes ses belles entreprises, il avait mieux mesuré la différence des conditions, les préjugés qu'il devrait vaincre et le découragement l'avait saisi. Alors, Yvonne, sans l'avoir prévenu, au cours d'une visite banale, avait déclaré, devant lui, à son père qu'elle l'exigeait pour mari. Elle avait tenu tête, avec une inflexible douceur, aux refus forcenés de l'armateur qui avait à peu près jeté dehors le présomptueux futur. Un an plus tard, vaincu par la tranquille obstination d'Yvonne, le père l'avait rappelé, jugé, lui avait confié sa fille et son meilleur bateau. Yvonne s'y était embarquée : elle avait imposé cette condition à Renaud dès les premières entrevues, de le suivre au bout du monde. Pendant les années du long cours, elle avait ainsi accompagné son mari sur les grands voiliers confortables, où l'on trouvait de vastes salons avec des glaces et un piano. Les compagnies et les armateurs accordaient parfois ce privilège aux capitaines dont ils étaient sûrs. Leurs femmes étaient traitées à bord avec un respect et des prévenances qui ne se relâchaient jamais. Mme Renaud, en particulier, avait joui sur les long-courriers d'un prestige dont Royer, le cuisinier, conservait le souvenir attendri :

— Jamais un mot plus haut que l'autre, proclamait-il quand il l'évoquait. Toujours là pour te faire refiler un quart de vin en rab, pour te torcher un gâteau les jours de fête, et même pour te sauver la mise à un retour de bordée... Une femme qui t'appelait « Monsieur » et qui aurait mieux aimé crever que de te demander une chose à quoi elle n'avait pas droit... Une femme comme ça, un homme en rencontre quand il lui tombe un œil !...

Renaud, qui eût préféré se passer de second que de partir sans elle, n'avait jamais bien distingué les raisons qui donnaient tant de prix à sa présence. Il les résumait en disant :

— Autrement, ce ne serait plus vivre !...

Cela signifiait qu'il n'entendait point sacrifier une part de sa vie à l'autre, son intérieur à son métier, devenir un de ces veufs provisoires, de ces capitaines long-courriers sur qui pesaient parfois si lourdement le vide et l'ennui de la mer. Il possédait une bonne et jolie femme, un bon bateau : il voulait les deux ensemble, l'une sur l'autre, et s'estimait fort d'être parvenu à les réunir. La jalousie des camarades le flattait :

— Il ne te manque rien, à toi, grand cochon ! Tu n'as pas besoin d'aller à Pine Street !...

Pine Street, le quartier réservé de San Francisco... Et pourtant, ce n'était pas à ce corps mince, capable d'enserrements de liane, qu'il songeait, lorsqu'il exigeait de ses armateurs la présence d'Yvonne à son bord. C'était à cette présence même, au sentiment de plénitude qu'elle lui apportait... Sans doute, ils avaient eu de belles nuits de jeunesse sur les grands voiliers, des nuits de gros temps, où entre deux manœuvres, il descendait chez elle, y conquérir l'orgueil de lui faire, dans ses baisers, oublier la mer tonnante ; d'autres où la tendresse d'Yvonne le pénétrait enfin, comme l'eau une vieille coque, et l'attendrissait jusqu'au bord des larmes, de ces nuits lucides où l'on descend en soi assez pour se trouver un instant de niveau avec l'amour profond d'une femme qui répète : « Jamais tu ne sauras combien je t'aime ! »

Il ne l'avait, en effet, jamais su. Elle l'aimait comme elle était châtain clair, et au point d'avoir pu lui cacher, pendant des années de navigation, ses fatigues et ses accablements de prisonnière. Royer, lui, l'avait vue souvent pleurer, mais il ne l'avait jamais dit et le capitaine ne l'avait jamais su... Dans ses découragements brusques, après ses colères brisantes, après les mauvaises affaires et les déboires des escales, Renaud la retrouvait calme et apaisante. Souvent, après s'en être irrité, il la payait de ce regard qu'il avait, les lendemains de tornade, pour les mers étales et les ciels purs. Il l'aimait d'être ainsi, mais ne l'en remerciait point.

— Es-tu assez heureuse d'avoir un caractère comme le tien !...

Elle souriait. Elle ne lui avait jamais laissé deviner combien elle mesurait son orgueilleuse faiblesse d'homme, et que ce qui la soutenait, c'était justement la certitude de lui être partout et toujours indispensable. Il ne l'avait pas même pressenti pendant la guerre où il avait porté son cafard et sa nostalgie au compte de son mauvais bateau, de son détestable équipage, de son écœurant métier de dragueur de mines !

Après l'armistice, elle l'avait encore suivi aux Kerguelen, où il était allé, plusieurs années, pêcher l'huile de phoques sur un bateau à autoclaves. Elle avait été malade de dégoût, au milieu de cet abattoir marin où l'on tuait les éléphants de mer par dizaines de mille avec des merlins de boucher. Elle fuyait les chantiers où Renaud les dépeçait, fondait leur graisse pour fabriquer des crèmes de beauté, ces crèmes dont les réclames amusaient tant le capitaine lorsqu'il y lisait que telle star n'acceptait à aucun prix de se graisser le museau avec autre chose que de l'huile de phoque...

Quand son mari avait pris le commandement du *Cyclone*, Yvonne avait loué un petit appartement de quatre pièces, à plafond bas, sur le port de Brest.

Et c'était là que s'était produit ce naufrage brusque dont le souvenir s'imposait maintenant à Renaud plus que la présence de la tempête, plus que la pensée du bateau en perdition vers lequel il courait. Yvonne, en quelques semaines, était devenue une vieille femme ! Pouvait-on même encore dire une femme, puisque c'était aux organes mêmes de la femme que la maladie avait mordu, que le bistouri avait tranché ?... Quand il était allé la chercher à la clinique, qu'il l'avait revue habillée, debout, il avait été saisi d'une vraie panique, parce qu'on lui remettait pour sa femme une étrangère qui ressemblait dérisoirement à celle qu'il avait amenée, une caricature desséchée d'Yvonne. Le médecin l'avait pris à par :

— Beaucoup de précautions... Usure précoce... Elle restera une malade... Un cœur très fatigué, inquiétant... à surveiller de très près !...

Et lui qui si souvent répétait, avec un égoïsme candide qui la faisait rire :

— Tu as six ans de moins que moi. Comme ça, je suis sûr de t'avoir toujours jeune !...

Elle avait perdu sa force, toute sa force ! Il avait découvert, ces deux dernières semaines, une femme puérile, nerveuse, impressionnable, et qui reculait devant les efforts les plus faciles et les plus courts. Elle qui, un soir de typhon, sur un bateau crevé, debout dans la cabine, avec de l'eau jusque sous les bras, l'avait embrassé, en lui disant sans crier, sans pleurer : « Cette fois, mon chéri, c'est fini ! »... Ce soir, tout à l'heure, c'était elle-même qui avouait sa déchéance : « Tu n'as plus qu'une vieille femme ! » Et, dit par elle, avec cet accent, cela chassait tout espoir, c'était vrai, irrémédiablement ! Renaud en était resté écrasé. Maintenant encore, il n'avait pas épuisé la stupeur de cet instant...

Il écoutait, sous lui, le grondement rythmé de sa machine qui vissait dans la mer une hélice géante, et lançait le bateau musclé contre les lames, un bateau qui ramassait dans sa courte taille une force prodigieuse de poussée et d'arrachement.

Et il sentait grandir une inquiétude anxieuse : lui qui avait toujours tant aimé la force, la sienne et celle des autres, comment se tiendrait-il, maintenant qu'il allait être, à son tour, le maître responsable d'une épave ? Car c'était là, mieux que sur les bateaux solides, qu'on voyait les hommes et les salauds.

III

Le jour ne se leva vraiment qu'à sept heures, et la première chose qu'ils virent, ce fut que leur bateau dégouttait d'écume ainsi qu'un cheval fourbu. Elle s'était collée partout où le jet de la mer ne lavait pas, en gros tampons jaunes troués comme par des doigts. La lumière semblait dissoute dans la mer et battue dans son eau sale, car l'on n'en voyait pas trace dans l'air opaque qui ruisselait dans ce que l'on continuait, par habitude, d'appeler le ciel. Les embruns giclaient parmi le déluge des averses et bouchaient toute vue. À peine si, parfois, du haut d'une lame, on entrevoyait, à un demi-mille, le mur noir et mouvant des grains qui crevaient sans répit. L'espace tout entier ronflait, une vibration de moteur démesurée, et des falaises d'eau croulaient sur le pont, sur la passerelle sans cesse recouverte : un vrai seuil de cataracte. Renaud regarda sa montre et nota l'heure dans sa mémoire, avec cette indication : « Mer énorme. » C'était la plus grosse épithète de ses rapports, mais il lui arrivait, comme à un écrivain de regretter que les mots ne fussent point à la taille des choses.

— Ça vaut tous les jours le cap Horn, pensa-t-il. Il n'avait vu que là-bas et ici des lames d'un pareil creux. Il se rappela l'aspect de son quatre-mâts quand il entreprenait de doubler la Corne, un navire clos comme un coffre-fort, les écoutilles, les portes condamnées, qu'on calfatait encore avec des tresses suiffées, les manœuvres sur des passerelles volantes établies à deux mètres au-dessus du pont où se heurtaient des tonnes d'eau... Il cria dans le porte-voix des machines :

— Diminuez de cinq tours.

Vraiment, on n'était plus dessus, on était dedans ! L'avant ressemblait à une tête de noyé, une grosse tête noire qui tentait obstinément de se soulever, de revenir à flot, mais que des coups terribles renfonçaient à chaque tentative. Des lames sourdes s'abattaient avec des mouvements bas et courbes de pattes griffues, et le *Cyclone* nageait entre deux eaux, ainsi qu'un poisson malade, dont le dos crève la surface... Les yeux de Renaud lui cuisaient ; il sentait ses joues dures, comme après la cocaïne du dentiste.

Et le Grec, depuis trois heures, appelait comme un enragé. Il appelait surtout, sans la moindre pudeur, les autres remorqueurs concurrents, le *Tourbillon* de Belle-Île, le *Buffle* de Saint-Nazaire, le *Hollandais* de Camaret. Ils refusaient d'ailleurs tous de se déranger, sachant bien que le *Cyclone*, avec son avance de dix heures, crocherait le premier dans l'épave, et qu'ils en seraient, eux, pour leurs avaries et leur charbon. Mais cela n'empêchait pas l'*Alexandros*, c'était le nom du cargo en détresse, d'émettre sans relâche des télégrammes d'homme saoul. Jusqu'à cinq heures, il était resté à peu près décent : « Voulons votre assistance immédiatement. Quand serez-vous ici, capitaine ? » Ou bien : « Si n'arrivez pas, serons par le fond avant deux heures. À quelle heure serez-vous ici ? »

Pourtant, un de leurs radios avait fait ouvrir de grands yeux à Renaud : « Mais dépêchez-vous. Si tardez ainsi, serez responsable de notre perte. »

Ce radio, Le Gall avait tenu à l'apporter sur le cahier, pour bien montrer qu'il n'inventait rien, que ce n'était pas une blague ! Et Renaud, à qui l'on venait pourtant d'annoncer que sa claire-voie était défoncée, s'était payé cinq minutes de bon temps. Il avait appelé Tanguy pour lui faire part de la chose, et le second avait redit son éternel : « Alors ! »..., mais cette fois, avec une stupéfaction sincère.

Et ce n'était que le début ! D'autres radios invraisemblables avaient suivi, des appels à des gens impossibles, à tout ce qui flottait ou pouvait flotter à deux cents milles à la ronde, des adieux à n'en plus finir, mais surtout des reproches véhéments au capitaine du *Cyclone* pour la lenteur de son bateau, le secours dérisoire qu'il offrait : « Regrettons avoir accepté votre assistance. Autres compagnies plus rapides et énergiques. » Et toujours : « À quelle heure serez-vous ici ? » Alors, Renaud qui, au risque de tout casser, était remonté à dix nœuds, avait aussitôt diminué de vitesse, non point par représailles, mais par connaissance des hommes. Il s'était dit : « Puisqu'ils m'engueulent, ils ne doivent pas être si bas qu'ils l'annoncent !... »

Maintenant, il observait son bateau désert. L'homme de barre qui ne pouvait plus tenir debout, juste dans l'axe des coups de mer, s'était depuis longtemps réfugié sur la passerelle inférieure. Renaud ne voulait point encore y descendre. Il s'était abrité côte à côte avec Tanguy dans la vigie de bâbord, et n'en sortait que pour aller au compas, veiller la route. Tous deux guettaient, le visage encadré par l'étroite fenêtre, tels un mécanicien et un chauffeur de rapide. Ils ne parlaient pas, abrutis par ces dix heures de chocs. Leur pensée faisait eau ; encore vigilante, mais trop engourdie pour devancer l'événement, elle se contentait de rebondir quand elle était frappée. À chaque coup de mer, le capitaine, en essuyant ses yeux pleins de sel, songeait :

— Du dégât !... Probable !...

Puis, lorsque, après plusieurs minutes, personne n'était venu lui annoncer une avarie sérieuse, il pensait seulement :

— Ça a tenu...

Mais il le pensait de façon morne, avec indifférence. Le vent lui râpait les paupières et les lèvres. Il avait soif, mais savait qu'il ne faut jamais commencer à boire quand on doit veiller :

— Tiens, une mouette !...

Tanguy la montrait qui s'était abattue sur le bout du grand treuil d'avant. Avec ce temps, elle venait de loin : la tempête avait dû l'arracher des pointes ouest de l'Espagne. Là où elle se posait, elle était perdue. Sur la passerelle, on l'aurait ramassée... Quand l'avant eut été coiffé par une lame, on ne la revit plus.

— C'était une rieuse à tête noire, dit Renaud.

Puis il ajouta, alarmé par la mort de l'oiseau :

— Allez donc dire à Kerlo que, s'il faut que ses bonshommes sortent, il fasse attention de ne pas les faire enlever. Voilà que ça fraîchit encore...

Tout l'équipage, toute la vie du bateau, s'étaient retranchés dans le château-milieu. L'avant et l'arrière, les carrés, les postes, les logements, tout cela était aussi lointain, aussi inaccessible, pour l'instant, que les cabarets du quai de la Douane. Les hommes s'étaient réfugiés partout où l'on pouvait s'abriter, d'où l'on pouvait partir au signal. Ils s'étaient bloqués dans les deux coursives, à l'entrée des machines, dans la chambre du servo-moteur, dans le trou aux escarbilles, aux deux portes de la cuisine. Car la cuisine étroite et longue, qui réunissait les deux corridors de tôle des coursives, devenait, par sa position, à ces heures d'attente, un des points vitaux du navire, une manière de seconde passerelle. Le bosco s'y tenait presque en permanence. Il passait d'une porte à l'autre, repoussait les hommes qui embarrassaient, afin d'aller voir, après chaque grand coup, le gâchis que cela avait pu faire.

Le bosco du *Cyclone* devait avoir plus de quarante ans. Alors que tous les maîtres d'équipage sont des forts-à-bras qui s'imposent par leurs muscles, leur puissance d'arrachement ou de levier, celui-là, avec sa figure maigre et glabre, ses yeux jaunes, ne tirait son prestige que de l'autorité de sa parole et du mystère qui l'entourait. On prétendait qu'il avait commandé des cargos, qu'il était riche et faisait le métier pour son plaisir et peut-être pour oublier des choses... Personne, à la manœuvre, ne lui avait vu les mains, car c'était le seul maître d'équipage au monde qui travaillât ganté, de gros gants épais d'automobiliste qu'il enfilait avec ses bottes et ne quittait plus. Il assurait que ça glissait moins, mais les matelots savaient qu'il ne tenait plus à rien de la vie qu'à garder des pattes de monsieur.

S'il crochait lui-même rarement dans l'obstacle, il était admirable de décision aux instants les plus critiques, et son coup d'œil était vanté. Qu'une embarcation fût arrachée de ses bossoirs, il montrait instantanément les points exacts où il fallait la saisir, l'instant précis où le mouvement du bateau aiderait à la remettre en place. Et à ce fragment de seconde, le « saille » qu'il poussait était si aigu et vibrant, qu'il tendait du même coup tous les muscles de ses hommes. Il les avait rompus à conjuguer exactement leurs efforts, et il leur répétait un mot que tous ne comprenaient pas bien :

— Ça doit se faire comme une attaque d'orchestre !

À terre, il buvait seul, sans sortir de sa cabine, et Renaud le tolérait. Un jour, cependant, il lui avait dit :

— S'il fallait sortir maintenant, comme vous voilà, Kerlo, et si, une fois sorti, il fallait se mettre tout de suite au travail, qui mènerait les hommes ?

À compter de ce jour, Kerlo n'avait plus bu, il avait lu, et c'était pire ! Rien que des bouquins de types dégoûtés !... Il racontait, après cela, aux hommes, que le mieux était d'enjamber la lisse quand on avait, comme lui, assez vécu pour savoir ce que la vie pouvait être garce avec les meilleurs gars du monde. Renaud alarmé était accouru, il avait abattu, d'un revers de main, une pile de livres :

— Foutez-moi ces conneries-là en l'air, mon vieux, et noyez votre cafard si vous en avez !... J'aime encore mieux vous emmener plein que de vous repêcher dans le bassin !

Kerlo avait remercié, avait rebu, et tout était rentré dans l'ordre...

Lorsque Tanguy lui eut transmis la recommandation du capitaine, de veiller à ce que les hommes ne fussent pas emportés pendant leur travail, il haussa les épaules, mécontent :

— Si ça m'arrivait par ma faute d'en perdre un, je le rattraperais moi-même ou je resterais à lui tenir compagnie !

Il le disait, en essayant de cueillir, dans la cuisinière, une braise pour coiffer sa pipe, et Royer qu'il gênait prit un bout de journal, l'alluma — il appelait cela un filibus — et le lui tendit :

— V'là du feu. Poussez-vous de là, monsieur Kerlo...

Royer, en effet, surveillait attentivement l'énorme marmite d'aluminium que le tangage éprouvait. Ce faisant, il confectionnait des sandwiches au saucisson, qu'il refilait aux hommes, car il n'était pas question, par ce temps, de repas réguliers. Chacun attrapait un morceau et mordait dedans, quitte à le fourrer dans sa poche si le travail l'exigeait. Et le cuisinier, qui était un bavard plein de souvenirs, ne manquait jamais, à ces heures où son auditoire était à la fois nombreux et muselé par la mangeaille qu'il dispensait, de lui infliger des récits choisis dans les fastes de la marine en bois, où il avait bourlingué dix-huit ans. Comme sa cuisine ruait et qu'il avait les plus grandes peines du monde à empêcher sa marmite de cracher partout et de se retourner, cul pour tête, il jugea l'instant venu d'évoquer les longues bonaces et les beaux loisirs de la voile.

— Quand vous arriviez dans les alizés, de Madère jusqu'au cap Vert, c'est là que vous pouviez dire que vous étiez tombé dans le bon coin ! Vous filiez vent sous vergue, sans presque manœuvrer. Un homme à la barre, un autre au bossoir, et ça marchait !... Les autres avaient monté leurs paillasses sur le panneau, et ça ronflait de six heures du soir à huit heures du matin ! On ne se réveillait que pour le lavage !...

Il se tut, parce que soudain, on appela au taud de la baleinière qui venait d'être arraché. Un sacré travail !... On traîna d'abord devant le bosco un prélart où il tailla, de son couteau à gaine qu'il portait toujours suspendu au derrière. Puis on s'en alla le ficeler sur l'embarcation... Dans le vent fou, la toile dure formait poche, promenait les hommes à genoux. Ils ne lâchaient pas le morceau qui battait de l'aile, comme un albatros pris à la ligne et menaçait de leur faire passer la lisse... On emmaillota pourtant la baleinière, on lui tourna, autour du ventre, un bout d'orin.

Quand ils revinrent, dix minutes plus tard, s'abriter de nouveau dans les coursives, Royer demanda :

— La baleinière décoiffée ?... Tant qu'elle ne se balade pas en long et en travers... J'en ai vu une, une fois, qui a aplati trois bonshommes. Elle vous courait après sur le pont, la garce, à croire qu'elle avait le diable à bord ! Comme capitaine, t'avais sur la barque, un quatre-mâts de trois mille cinq cents tonnes, une sacrée vieille crasse de soixante-douze ans, qui avait été marchand de tabac ! Lui fallait deux hommes sous les bras pour le tenir sur le pont... En qualité de vieillard, il avait ramassé la touille de tafia sous sa couchette, et il la sifflait à la santé. Il y en a eu comme ça qui saligotaient la navigation !...

Un homme l'interrompit pour lui demander du pain. Il lui en tailla un large morceau.

— Vis bien, conseilla-t-il. Tu mourras gras !

Puis il enchaîna :

— Le capitaine-là, ça me rappelle un autre pauvre failli Jean-Foutre de lieutenant, un grand « sanctificetur »...

Mais le bosco criait dans la coursive :

— La porte tribord de passerelle vient de s'arracher... Tout le monde dessus !

Sa tête apparut dans l'embrasure, le temps d'ordonner :

— Un coup de main, cuistot, pour dégager ça.

Le cuisinier arracha sa marmite du feu, la cala dans un coin et sortit. C'était la règle, c'était dans le contrat : l'équipage tout entier, même le t. s. f. au repos, même les chauffeurs, les mécaniciens et le cuisinier, devaient donner la main aux matelots de pont dans les coups durs. On ne les appelait que lorsque l'affaire était sérieuse et qu'on travaillait pour sa vie.

Quand il arriva à l'entrée de la coursive, qu'il apparut en plein air, Royer dit avec beaucoup de considération, en contemplant le pont ravagé, les débris affalés au-dessus de sa tête :

— Quelle furie de temps !

C'était comme l'attaque générale du bateau. Dans la machinerie, le chef criait qu'un paquet de mer, passé, au coup d'acculée, par la descente, venait de l'envahir. Deux panneaux d'écoutille étaient arrachés sur le pont avant. Le hauban tribord arrière avait cassé son ridoir et, faisant fouet, cinglait dangereusement. Une autre ruée avait brisé les carreaux de la claire-voie, et faussé les batayoles avant. On eût dit le dépeçage du bateau par un tir enfin réglé, dont toutes les salves portaient. Le *Cyclone* sonnait, fumait sous des coups à le défoncer. Des trombes le parcouraient de l'avant à l'arrière. Les lames ne se cabraient plus pour s'asséner de tout leur poids. C'étaient à présent des volées obliques et basses, qui semblaient dirigées par une volonté féroce de détruire tout ce qui dépassait de ce bateau. L'air et l'eau sifflaient, crissaient, comme une colossale chaudière crevée et crachant sa vapeur.

Renaud laissa porter pour couvrir le travail et Kerlo lança ses hommes sur le pont, dans le torrent. De son doigt ganté, il désignait les matelots, formait des groupes à qui il montrait la besogne.

— Et accrochez-vous, hein !

Car il fallait d'abord lutter contre des forces effrayantes d'arrachement, cette aspiration de l'eau en fuite qui hume le corps tout entier, ne laisse pas un centimètre de ce corps sans le pomper... « Cinq doigts pour sa vie, cinq doigts pour l'armateur » : l'ancienne loi des voiliers où les hommes, à trente mètres de haut, avec 90° de ballant, s'accrochaient d'une main à l'étrier, pendant que l'autre étouffait la toile, l'ancienne loi de sauvegarde redevenait en vigueur. Ils travaillaient couchés, assis, à genoux, un bras ou une jambe replié sur un espart. Ceux qui besognaient de la scie et de la pince dans les débris de la passerelle, s'attachaient à ce qu'ils allaient couper, arracher. Et comme Renaud l'avait prévu, plus de la moitié d'entre eux avaient le mal de mer, de pauvres gueules creuses, jaunes sous la crasse. Mais sans s'arrêter de tordre ou de scier, ils vomissaient sur leurs mains. Certains, et c'étaient les plus forts que Kerlo avait choisis, se battaient contre les gros morceaux et sous les coups directs de la mer ; ceux-là frappaient tête basse, aveuglés, comme des boxeurs groggy. Et plusieurs saignaient...

On ne put toutefois refermer la brèche de la passerelle, car on clouait du dedans, et les coups de mer repoussaient les pointes. Renaud décida :

— On se laissera laver... Ça déchargera par la porte de bâbord.

De nouveau, les hommes regagnèrent leurs abris. Royer, qui rapportait une bosse au front, et s'était cogné de tous ses os à la lisse et au treuil, grondait :

— J'attendrai, pour remettre ça, qu'il me soit poussé des crochets aux pattes, comme aux morpions !...

Mais il oublia ses maux personnels en retrouvant sa marmite vide qui roulait par la cuisine. Il l'avait lestée d'une gueuse de fonte, aussi ce naufrage l'écrasait :

— Ben dit-il, voilà une chose qui ne m'était jamais arrivée !

Il gémit, en regardant clapoter contre ses bottes son bouillon mêlé à de l'eau de mer qui venait de la coursive ; le tangage y remuait des yeux dorés.

— Un bouillon qui était déjà tout cuit !...

— De quoi que tu te plains ? dit un homme très grand, qui restait courbé sous le linteau de la porte de fer, le v'là salé !...

Mais il le dit sans rire, sans vouloir faire rire, d'une voix morne qui semblait parler ailleurs.

— C'est pourtant des choses, grommela Royer, qui n'arrivaient jamais sur un voilier, parce qu'avec un voilier tu prenais la lame, comprends-tu, tu ne butais pas dedans comme ce sacré maudit tramway...

Il revenait à sa marotte, on le laissa dire. Ça n'empêchait personne de dormir autour de lui, debout, au chaud...

Mais quelque chose lui tomba sur l'épaule et l'interrompit, des doigts minuscules s'accrochaient à son cache-nez de laine et le secouaient comme une corde de cloche.

— Allons, Lucie, dit-il, va te coucher !

C'était la guenon du bord, la mascotte du *Cyclone.*

Le jour où Royer l'avait sauvée sur un voilier caboteur, il avait bien failli terminer là sa vie aventureuse. Elle se balançait, insouciante, dans les haubans du bateau qui coulait bas. On avait croché, avec bien du mal, dans les huit hommes d'équipage, on avait oublié la petite bête. Alors Royer s'était affalé, au tangage dans le canot qui avait amené les naufragés.

En voyant, de la passerelle, son cuistot nager dans les lames énormes, Renaud avait piqué une des grandes colères de sa vie... Heureusement, un coup de roulis avait jeté la guenon à l'eau, assez près du canot plein comme un baquet. Royer assurait avoir vu, à ce moment, la bête appliquer ses petits poings fermés sur ses yeux et pleurer comme un enfant... Il lui avait lancé un de ses avirons au risque de tomber vingt fois en travers. Les singes ne savent pas nager, mais la guenon s'était accrochée à la pale. Et Royer était allé la cueillir à la godille, avec l'aviron qui lui restait. Quand on l'avait rehissé à bord avec sa conquête, Renaud blême de rage lui avait dit :

— Fous le camp ! Tu recevrais mon poing dans la gueule !

Jamais, sur le *Cyclone*, le capitaine n'avait touché, du bout du doigt, à un homme, mais sur les voiliers, comme Renaud le rappelait volontiers lui-même, il fallait avoir le dessus, et pour cela, cogner le plus dur... Royer, qui se souvenait de l'avoir vu régler ses comptes au pancrace, avec les indésirables de son bord, avait disparu sans hésitation.

Mais c'était plus fort que lui. Il ne pouvait voir se noyer des animaux ! Les chevaux et les cochons naufragés surtout, lui crevaient le cœur, les chevaux parce qu'ils se débattent contre la mort avec une terreur affreuse à voir, qu'ils veulent se dresser, se cabrer sur l'eau, que leurs hennissements deviennent peu à peu des cris humains et qu'ils ne coulent qu'au bout d'une demi-heure d'agonie furieuse ; le cochon, parce qu'il tient sur l'eau plus longtemps encore, mais en se déchirant la gorge avec ses pattes de devant dont la nage trop haute rode hâtivement son lard, et qu'il ne coule qu'au milieu d'un grand cercle d'eau ensanglantée...

La guenon, restée accrochée aux mailles roses du cache-nez, montrait à terre, avec des cris désolés, la marmite échouée, et qui roulait bruyamment sur le ciment de la cuisine. Royer fut réconforté de voir comment elle partageait son sentiment sur l'importance du désastre !

— Ça n'a pas plus gros de cervelle qu'un œuf de pigeon, et ça comprend mieux les choses que n'importe lequel de ces faillis pieds de choux !

Il se fouilla pour trouver dans des débris de tabac une amande qu'il donna à Lucie, puis il s'occupa de renflouer sa marmite et d'évacuer son bouillon.

Vers onze heures du matin, les grains s'espacèrent, mais la mer n'avait rien cédé : les tempêtes sont longues comme des maladies, elle épuisent les vigueurs et les patiences. On n'y résiste que grâce à l'épuisement qui rend les hommes insensibles comme elles... On somnolait un peu sur le *Cyclone.* Renaud était descendu sur la passerelle inférieure. Par la porte arrachée, la mer y entrait comme chez elle.

— Une baignoire ! disait Renaud à qui, souvent, l'eau venait jusqu'au ventre.

L'armoire aux pavillons était crevée et toute la série multicolore s'en allait dans le courant d'une porte à l'autre. Des coups de mer arrivaient aussi sur l'avant, et ceux-là s'appliquaient aux vitres étroites en masses d'eau si profondes, que l'on se croyait devant les bacs d'un aquarium... Pas de vue ! On n'apercevait que les revers glauques et froids des vagues qui passaient sur le navire, le glissement luisant de leur course.

Et il semblait, à chaque fois, que la passerelle ainsi rebroussée par la montée verticale de la colonne d'eau allait la suivre dans son élan, s'enlever, elle aussi, dans l'aspiration de cette force dont on entendait le frottement puissant, dont on sentait presque la brutale succion. À ce premier temps du rythme colossal, à cette levée de la mer, il se faisait un « pchitt » énorme, un souffle de monstrueuse fusee qui, plus encore que les tonnerres des écroulements, quand la lame retombait, imposait la crainte et l'immobilité. On ne remuait qu'au retrait de l'eau, quand tout ruisselait, que des rideaux liquides retombaient le long des vitres.

— Et on tient quand même les dix nœuds, dit Renaud. Oui, on doit les tenir à peu près... Dans une heure, on verra le Grec...

Il ajouta :

— Ça fait longtemps qu'il nous fiche la paix !... Si je ne savais pas qu'il a accroché un Anglais de passage, je croirais, en vérité, qu'il a coulé bas !

Maintes fois, en effet, Renaud trouvait pres des bateaux desemparés, un vapeur accouru à ses S.O.S. et qui restait la, comme un garde-malade près d'un agonisant, en attendant l'arrivée du médecin. Il ne pouvait rien, ni remorquer, ni approcher d'assez près le bateau ataxique, dangereux comme toutes les épaves, pour lui être d'un secours efficace. Mais il restait là, il veillait patiemment, et l'équipage en détresse pouvait toujours croire que si le pont s'enfonçait sous leurs pieds, ils seraient aussitôt recueillis par le collègue. Il leur parlait. Parfois, il parlait pour eux quand leur T.S.F. était hors de cause et qu'ils ne pouvaient plus se faire entendre qu'à vue, par les signaux du scott.

Cet Anglais, positif et qui, lui, voyait le Grec, avait d'ailleurs, par un simple télégramme, remis les choses au point et précisé la situation mieux que tous les bavardages de la nuit. Il avait signalé : « *Alexandros*, cargo de sept mille tonnes, chargement de charbon, désemparé de son gouvernail, bande légère à tribord. Navire neuf, Machine intacte, pont ravagé mais étanche. »

C'était grave, assurément. C'eût été mortel, par ce temps, pour un petit bateau, ou près des côtes avec une dérive qui l'eût sûrement jeté au plein. Mais, un bateau neuf, dont les œuvres vives tenaient, une cargaison qui ne roulerait jamais assez pour vous coller le bâtiment sur le flanc, la pointe des mâts à tremper dans l'eau, comme Renaud en avait vu, cela redevenait possible !...

Le télégramme lui avait fait plaisir. Après les criailleries du cargo, il avait vraiment craint d'arriver trop tard !... Cela survenait, parfois... Un t. s. f., la figure chavirée, grimpait sur la passerelle et tendait un dernier papier : « Nous coulons ! », mais le plus souvent, c'étaient des mots tronqués, un bafouillage tragique, les soubresauts d'une main démente, et qu'il avait écoutés au casque, les dents serrées, la gorge nouée, comme on écoute un râle d'agonie... Alors, le poste du *Cyclone* attaquait, pendant des heures, le silence ; il répétait sans se lasser les lettres de l'indicatif d'appel... Rien ne répondait plus, et quand le remorqueur arrivait sur la position indiquée, elle était vide, jusqu'à l'horizon. Renaud croisait alors longuement sur le lieu du naufrage, cherchant une épave, un canot peut-être, un homme encore soutenu par sa ceinture de sauvetage. Si c'était la nuit, il attendait le jour, après avoir exploré les lames des feux de ses projecteurs. Puis, à regret, il virait de bord, remettait le cap sur Brest en annonçant son échec. Échec double, vies perdues et détestable affaire : cent mille francs de frais et le manque à gagner. Car si Renaud avait de bon cœur risqué déjà vingt fois d'aller au plein pour sauver l'équipage d'un bateau condamné à couler, il n'était point, comme ceux des canots de sauvetage, un sauveteur désintéressé. Ce qu'il voulait avant tout, c'était ramener à quai le bateau malade afin de pouvoir lui présenter la note. Or, ce matin, d'après le témoignage de l'Anglais, la note serait forte, car elle se proportionnait toujours à la valeur du bateau et de sa cargaison. Sept mille tonnes, un cargo neuf, une cargaison de charbon ; il ferait bon crocher dedans !

En attendant, on ne serait sur lui qu'au début de l'après-midi ! Et il fallait s'estimer heureux de n'avoir qu'une heure de retard sur l'horaire prévu, car à deux reprises, le capitaine avait été sur le point de prendre une cape courante, de céder à la mer et au vent. Prendre la cape, c'était diminuer de vitesse jusqu'à ce que le bateau reculât, en présentant l'épaule, une garde de boxeur fourbu. On dérivait dans le lit du vent, en se protégeant par son propre remous, par la trace de sa fuite. On souffrait moins, mais on faisait de la route à rebours ! Renaud ne s'y était résigné qu'une fois, un jour qu'il avait eu des hommes d'enlevés !...

Il tira sa montre :

— Midi.

Il faisait à peu près nuit dans la cage de verre. De la neige, maintenant, accourait, sans jamais parvenir à toucher les vitres, mais elle dessinait en tourbillons fous les élans et les voltes du vent. En haut, c'était noir-violâtre, un ciel opaque qui paraissait saturé de foudre. Pourtant, le second qui revenait de la chambre à cartes, annonça :

— ... romètre remonte.

Et il alla regarder aux vitres, l'air embêté et absent.

L'homme de barre gronda :

— En attendant, il fait noir comme chez le diable !

Puis ce fut Gouédic, les épaules hautes, qui secouait ses manches pleines d'eau :

— Est-elle froide, la garce !

Il ajouta :

— Cochon de printemps !

Il venait dire que d'autres bateaux demandaient du secours, qu'il captait des S. O. S. à la pelle !

Renaud hocha la tête et répondit avec une férocité inconsciente :

— On n'y peut rien !... Les bons coups arrivent toujours tous ensemble. On ne peut pas tous les ramasser !...

Ce sacré Grec l'avait entraîné loin : vingt heures de route ! Le temps de le ramener à toute petite allure et les autres seraient tirés d'affaire... C'était la mi-avril. Le beau temps allait s'établir, la morte-saison d'été. Il n'y aurait plus à compter que sur les bouchons de brume... Une incendie, peut-être, par-ci, par-là...

On se défendait, sur le *Cyclone*, d'espérer, de souhaiter la tourmente... Il y régnait, à cet égard, une sorte d'hypocrite pudeur. On n'allait tout de même pas crier de joie, comme les oiseaux de mer, à l'approche des tempêtes, quand ils espèrent du poisson tué ! Mais tous savaient que le bateau héroïque était un bateau monstrueux qui vivait du malheur des autres. Et pourtant : ils sauvaient les vies gratis, et à leurs frais. Or, ça coûtait gros et c'était dangereux !

Renaud se fit énumérer par le t. s. f. la position des autres navires en détresse. Aucun coup double possible !... Tandis que Gouédic lisait avec difficulté, car les embruns avaient délayé son crayon bleu, le capitaine crut entendre le second qui, le nez collé à sa vitre, grondait :

— Saloperie d'invention !...

Appliqué à la T. S. F., c'était fou à tel point, que Renaud cria :

— Qu'est-ce que vous dites, Tanguy ?

— Rââäh.

Renaud pensa que cela voulait dire « rien ». Cela ressemblait à ces rauquements que jette au dompteur, avant de sauter sur le tabouret, un fauve excédé. C'était dit avec le même lancé brusque de la tête hargneuse. Gouédic regarda le capitaine, qui lui fit signe de continuer. Il n'avait pas le temps d'essayer de comprendre...

Dans cette cabine obscure, ils se tenaient comme des ivrognes, ils titubaient, avec de brusques rentrées du ventre, des oscillations, des cambrements des reins, des fléchissements brutaux sur les hanches, une gymnastique grotesque et lourde. La lueur boueuse passée par les vitres ne touchait que les nez, les fronts, les pommettes et les mentons ; elle y accrochait quelques touches plus claires, qui creusaient davantage l'ombre des faces, leur faisaient à tous des visages de charbonniers en cours de lavage.

Royer entra. Il tenait un de ces bouteillons à couvercle profond, qui s'emboîte bien et ne s'arrache pas. Il portait, sur le dos, une boîte de facteur à couvercle de zinc, dont il était l'inventeur orgueilleux, et qu'il posa avec précaution près du chadburn. Il l'ouvrit, elle contenait des quarts d'aluminium et des sandwichs pour géants.

— Au jus ! cria-t-il. Y a tout juste le temps de casser la croûte, avant de se mettre à travailler...

« Se mettre à travailler... » Le mot ne surprit personne. On n'avait encore rien fait que d'aller au chantier...

IV

Ce fut le second, toujours collé à sa vitre, qui aperçut d'abord, vers 3 heures, la fumée de l'Anglais en veille. Il le désigna dans le suroît, d'un coup de menton, et aussitôt le capitaine cria, dans le porte-voix des t. s. f., un télégramme de remerciements. Il ne manquait jamais à ce devoir de politesse, qui était comme la prise en charge officielle du naufragé. Il congédiait aimablement le navire assistant et prenait sur lui la responsabilité entière du sauvetage. En même temps, il annonça son arrivée à l'*Alexandros*, qu'il ne voyait pas encore. Il lui demanda de se préparer à prendre la remorque, de démailler sa chaîne, afin d'y mailler le câble d'acier qu'il lui enverrait sitôt qu'il serait sur lui.

— On va remonter, Tanguy, ordonna-t-il. On n'y voit rien, ici. D'ailleurs, ça calmit un peu.

Son œil exercé ne s'y trompait pas : il se faisait comme un palier dans la tempête. Renaud s'en apercevait à ce que les lames, depuis quelques instants, embarquaient mal. Le *Cyclone*, à l'avant et à l'arrière, emmenait toujours deux baquets débordants d'une eau cahotante, mais les coups de mer jaillis à la proue devenaient de plus petit calibre et ne coiffaient plus que son gaillard. Aussi, le capitaine donna l'ordre d'augmenter de dix tours.

Quand il eut gravi l'échelle de la passerelle de navigation, et que de l'abri de tribord il eut braqué ses jumelles sur l'horizon, il aperçut l'Anglais qui s'éloignait déjà dans l'est. En même temps, au fond d'une lame, il découvrit le cargo grec.

Il était tombé en travers et ressemblait à un écueil flottant, où la mer brisait. Un écueil... C'était ainsi que toujours apparaissaient les navires en perdition, devant un écran blême de lames qui montaient jusqu'à hauteur des mâts. Ils n'avaient plus ni avant, ni arrière à opposer aux chocs et tous donnaient de la bande, car leur cargaison roulait du côté où le vent et la mer les poussaient. Ceux qui, déjà, buvaient par leurs panneaux crevés s'enfonçaient d'un bout ou de l'autre, selon la cale qui était noyée. Et ceux-là faisaient corps avec la mer, lui appartenaient à un tel point que le travail des dix-huit cents chevaux du *Cyclone* semblait incapable de les en arracher.

Renaud avait vu des cadavres à terre, mais rien ne lui imposait l'idée de la mort comme ces épaves qui recevaient avec une stupidité de trépassé les pires coups des lames sans réagir, sans se garer. À ces instants, devant ces grands corps de navires inertes, le capitaine et tout l'équipage du *Cyclone* sentaient avec plus d'orgueil vibrer sous eux la force de leur bateau râblé. Plus d'un songeait à l'hélice gigantesque, une hélice de paquebot, qu'ils avaient tous admirée longuement, quand le remorqueur carénait en cale sèche, et qui les poussait avec fermeté, comme une main qui, empoignant le bateau par l'arrière, le menait à son but à travers et malgré tout. La certitude d'opposer au déchaînement des mers une force encore supérieure, de demeurer maîtres de l'ouragan au point d'emporter l'épave qu'il tenait, grisait les plus frustes et leur inspirait, à l'heure de la rencontre, une audace à la mesure de la redoutable besogne qui allait commencer.

— On va s'atteler, les gars, et il viendra ! promettait Kerlo, dont les yeux flambaient.

Le *Cyclone* n'était plus qu'à un demi-mille du cargo et, dans la cabine de T. S. F., l'émetteur crépitait :

— Je vais vous passer la remorque. Stop. Êtes vous prêts à la prendre ? Stop. Avez-vous disposé votre chaîne ?

Dans les jumelles de Renaud, le pont du Grec paraissait, comme l'avait dit l'Anglais, absolument dévasté. La passerelle était arrachée, une embarcation brisée pendait encore, retenue par on ne savait quoi. Des porte-manteaux vides secouaient un bout de filin dans le vent. Le château central disparaissait sous des ruines hachées, un enchevêtrement de câbles et de ferraille tordue. Renaud aperçut une manche à air curieusement démolie, dont le haut ne tenait plus que par une étroite bande de tôle, et qui battait au roulis, saluant mécaniquement de sa difforme tête noire.

Tout ce qu'on voyait du cargo appartenait à la mer : elle s'y asseyait. Incliné comme une digue, son pont n'était plus qu'un haut déversoir par où, sans fin, l'eau descendait. Elle en ruisselait comme d'une vasque. L'*Alexandros* se soulevait pourtant encore à la lame, car, l'Anglais l'avait attesté, ses panneaux avaient tenu, et c'était une jolie réclame pour le constructeur !...

Sur le *Cyclone*, le travail commençait. Pendant le voyage, la remorque lovée sur le pont, un énorme cylindre de chanvre et d'acier, avait fait des siennes. Elle avait sauté sur la lisse et brisé les saisines. Il fallait, maintenant, la dérouler, la présenter et c'était déjà une besogne écrasante. Elle valait cinquante mille francs. Il y en avait cinq comme elle dans la cale et une de rechange sur le pont. Celle qui allait servir était déjà engagée sur le tambour de remorque.

Quand le moment était venu de passer aux clients l'anneau dans le nez, on leur lançait d'abord une ligne de quatre cents mètres, de la corde brune et solide. Puis suivaient trois grelins de grosseur croissante. Enfin arrivait la remorque, un câble d'acier, qui s'en irait sur le remorqué, et le spring, un autre énorme câble, mais fourré, celui-là, d'une tresse de chanvre qui lui donnerait de l'élasticité, lui permettrait de s'allonger un peu dans les secousses brisantes qu'il recevrait tout à l'heure.

Un homme s'approcha, une hache au poing, et se mit à couper à grands coups les filins qui retenaient chaque tour de la remorque. Les autres empoignaient le câble pesant, déroulaient les cercles de la pelote colossale. Ils étaient vingt sur l'arrière, à haler, en appuyant les torsades géantes contre leur ventre, vingt dans l'eau jusqu'aux cuisses, qui se cramponnaient à la remorque sous les ruées des lames et oscillaient avec elle d'un bord à l'autre.

Car ils travaillaient maintenant au ras de la mer, sur ce pont arrière si bas que, depuis le départ, sa lisse ressemblait à une digue submergée. Ils travaillaient parmi des choses courtes et dangereuses, sous les arceaux de remorque, deux cintres d'acier que le spring, bientôt, ferait plier comme des ressorts ; ils tendaient à la hauteur des nuques, des poitrines, leurs arcs qui assommaient des hommes à chaque sauvetage. On avait les jambes fauchées par les rebords de fer des cales, le capot du carré, les bornes des pompes, et aux coups d'acculée, tous tombaient par rangs, comme des quilles.

Enfin, le maître d'équipage s'en alla crier dans le porte-voix :

— Paré !

Le *Cyclone* était venu à très petite vitesse sous le vent du cargo. Les hommes soutenaient dans leurs bras les tours de la remorque, comme les dompteurs présentent les grands boas. Ils avaient reculé en ligne jusqu'au pied du château-milieu où le bout du spring irait s'attacher. Il y avait là, profondément enfoncé dans la passerelle, un demi-cercle d'acier où se suspendait un pesant croc mobile, semblable à ceux qu'on voit, au bout des chaînes des grues, soulever des charges de vingt tonnes. C'était à cela que le maître d'équipage devrait accrocher l'œil de la remorque, un anneau d'acier ovale, entouré d'un bourrelet de chanvre. Le remorqueur était harnaché, mais il restait à atteler le cargo et, avec ce ciel pourri, on ne pouvait plus guère compter que sur deux heures de jour. Renaud aussitôt demanda au Grec :

— Êtes-vous prêts à mailler la remorque ?

L'autre prit son temps et répondit :

— Trop de risques. Personne ne veut sortir pour démailler la chaîne. Équipage à bout de forces.

Renaud se rapprocha encore et examina longuement, à la jumelle, le pont du vapeur. Il l'inspecta, comme s'il avait voulu l'acheter. Certainement tout était en pantenne, mais des gars décidés auraient déjà eu dégagé ça aux trois quarts !... Même dans cette pagaille, rien n'empêchait vraiment d'aller à l'écubier travailler la chaîne. Il ne s'agissait, après tout, que d'une goupille à chausser, et le long du chemin, il y avait de quoi s'accrocher, dans cette ferraille !... Même si ça coûtait un homme ou deux, le collègue n'avait pas le choix !

Le capitaine insista donc :

— Je vois votre pont. Possible de démailler. Très souhaitable de frapper la remorque de jour pour faire route cette nuit. Courage ! Demain vous serez à Brest.

La réplique arriva aussitôt, scandée, rapporta le téséfiste, avec une rapidité trépidante.

— Matelots ne veulent pas sortir. Disent que le bateau est perdu. Veulent aller sur votre remorqueur, capitaine. Prière prendre les dispositions pour nous recueillir.

Quand Renaud eut lu, il fit un geste de colère, et garda le poing levé :

— Enfants de salauds ! Ça ne veut pas foutre le nez dehors pour dévisser un maillon, mais ça se sent capable de mettre tous les canots du bord à la mer pour lâcher leur barque ! Ça n'a que le courage de sa frousse !

Gouédic l'approuva chaleureusement. Jamais il n'avait rencontré de clients aussi bavards. Depuis le départ, ils l'avaient abruti de télégrammes, lui, le Breton laconique qui devait toujours s'arracher les mots de la gorge.

— Ils n'ont que de la jappe, conclut-il.

— Vous allez leur dire, expliqua Renaud, qu'ils nous...

Il n'acheva pas la grossièreté impatiente que Gouédic attendait.

Puisqu'il découvrait des avaries graves au moral comme au bateau, il n'avait pas à se laisser déconcerter par les unes plus que par les autres. Il devait, aux équipages en détresse, ses encouragements et son sang-froid, comme il leur devait ses dix-huit cents chevaux et la solidité de ses remorques. Cette fois, il fallait d'abord crocher dans ce que l'homme avait gardé au ventre de courage ou de peur, avant de crocher dans le bateau. On y crocherait !... Il reprit donc posément :

— Vous leur direz bien, Gouédic, qu'ils sont cent fois plus en sûreté à leur bord que dans les canots, qu'avec cette mer, quitter le bateau, ce serait un suicide — vous enverrez le mot « suicide », hein ! Je ne pourrais pas les recueillir. Je ne le pourrais pas ! Compris ?... La seule chose nécessaire et possible, c'est qu'ils prennent la remorque. Vous ajouterez : « Gardez tout votre sang-froid »... Attendez, Gouédic... Vous ajouterez encore : « Je réponds de ramener votre bateau à Brest si vous suivez mes instructions. »

Mais, dix minutes plus tard, Gouédic rapportait la réponse obstinée :

— Matelots refusent de sortir, si ce n'est pas pour aller à votre bord.

Renaud ne put se retenir de gronder :

— Je serais curieux de voir la gueule de ce type qui, depuis une heure, se cache derrière ses matelots ! Ça devrait commander une *Marie-Salope*...

Les *Marie-Salope* sont ces péniches où les dragues déversent leurs vases.

Renaud voulut prendre une cigarette dans son paquet. Il était sûr de pouvoir l'allumer, la fumer là, en pleine passerelle, sans se la faire arracher des lèvres par la mer, preuve que ça avait molli. Mais ses doigts mouillés la crevèrent et cette déconvenue l'irrita.

Le *Cyclone* doublait de près le bateau désert, toujours rincé comme une margelle, mais plus clos et hermétique qu'une boîte de conserves.

— Les sacrés maudits feignants !... Mais, bon Dieu, on essaie ! On amène sa gueule à la fenêtre, ne serait-ce que pour renifler le temps !...

Il s'exaspérait à se heurter contre cette inertie. Il manquait d'armes contre cette peur-là, peur paralysante, peur de volailles gardant la tête enfouie sous l'aile. Il l'avait cependant vue à l'œuvre, et souvent, la peur ! Mais la peur désespérée, qui inspire des audaces magnifiques... Quant à ces faillis bavards, ils crèveraient au fond de leur trou !

Il les imaginait empilés dans le carré, marinant dans leur sueur, leur colique, se cognant, en gueulant, contre les cloisons de tôle, du bétail fou, alors qu'ils avaient encore sur la tête et sous les pieds, un bon couillon de cargo étanche qui tenait le coup ! Ils devaient être à vingt ou trente, sous le pont, à se verser des bidons de larmes dans le cou l'un de l'autre, à appeler leur mère, à promettre des brassées de cierges à ces saints de Grèce, qu'il avait vus, pendant la guerre, dans les petites églises des îles, la tête au milieu d'une roue, avec une barbe dorée et des yeux de poisson !... Furieux, il regarda le ciel, à l'ouest. Le couchant y creusait la grande caverne de cuivre des tempêtes, mais la grotte fauve ne s'y ouvrit qu'un instant : des nuages ronds et noirs roulèrent devant le trou béant et l'obstruèrent. La nuit descendait dans la pluie. Descendaitelle, montait-elle ?... Et d'où ?... On ne savait. L'obscurité jaune gagnait, comme une maladie du ciel, une pourriture brusque de ce que, faute d'autres mots, on nommait le jour et qui n'était qu'une cohue de fumées. L'eau boueuse noircissait. Le gris de l'écume en devenait presque clair.

— Dans une demi-heure, pensa Renaud, il fera noir comme sous terre !

Les feux de route soudain s'allumèrent.

— C'est joué pour aujourd'hui, déclara le capitaine. Demain, ils seront peut-être mieux disposés.

La mer l'avait dressé à passer de la colère à la résignation avec une rapidité d'embrayage...

Mais aussitôt, le Grec affolé par l'ombre, l'assiégea de recommandations pleurardes :

— Jurez, capitaine, de rester tout près de nous ! Allumez beaucoup pour que les hommes voient vos feux. Approchez le plus possible pour être prêt à nous recueillir.

Renaud assura qu'il croiserait jusqu'au matin devant le cargo, que la tempête mollissait et que leur bateau n'était pas en danger. Ils devaient donc profiter de la nuit pour démailler leur chaîne et être prêts, dès l'aube du lendemain, à prendre sa remorque.

Puis, aussitôt, il les saisit dans son projecteur comme un enfant peureux qui réclame de la lumière.

Le grand jet pâle éclaboussait les lames, tirait de l'ombre un cône de mer furieuse, et sa clarté froide s'attachait au vapeur, qu'elle frappait au bout d'une avenue de clarté. Elle l'isolait de la nuit. Souvent, dans le tangage, elle le perdait, semblait s'enfoncer sous lui, elle l'atteignait de nouveau, détaillait les brisures de son pont, en accusait le pillage. C'était vraiment un extraordinaire hérissement de débris, un abattis de fer jeté de l'avant à l'arrière, sous un réseau de ronces géantes. La mer défrichait le buisson d'acier, en repoussait les retailles sur tribord, où elles pendaient. Le château-milieu, surmonté de la haute cheminée qui fumait encore, rappelait ces masures bancales que les zoniers plantent parmi les amoncellements de ferraille et qui disparaissent à demi sous la montée des bidons déchirés, des cercles de barrique et des fourneaux crevés.

Renaud contempla un instant tout ce saccage, puis il donna

le cap au timonier et le *Cyclone* commença sa promenade monotone de sentinelle.

Le capitaine avait résolu de veiller.

Cela ne lui coûterait pas : après vingt-quatre heures de passerelle et d'ouragan, les pensées se sont tues ; or, en mer, la pensée fatigue et alourdit le poids du temps. Renaud sentait qu'il pouvait compter sur cette demi-conscience, où le guet se fait tout seul, où ne surnagent plus que les données essentielles : un bateau là-bas, le mien ici... Telle distance entre les deux... Telle distance à conserver.

— Vous devriez aller vous coucher, Tanguy. Vous auriez bien trois heures à dormir...

Il avait donné ce conseil par convenance, mais il le savait inutile : le second ne dormait jamais en mer, et, au fond de lui-même, Renaud n'en était pas mécontent. Tanguy lui offrait un étai solide et toujours disponible. Il meublait la passerelle et, à force d'y rester, finissait par y sembler aussi indispensable que le chadburn ou le compas.

Le premier quart de nuit se serait passé sans incident notable si, vers 11 heures et demie, Gouédic n'était monté, avec une face encore élargie par une stupéfaction scandalisée :

— Je viens vous avertir, capitaine, qu'ils attaquent tous les bateaux pour leur demander du secours !

C'était vrai. Les Grecs appelaient de nouveau à grands cris toute la mer. Avec un merveilleux aplomb, ils assuraient que le *Cyclone* était impuissant, qu'il n'avait pu les prendre en remorque, et pouvait encore moins recueillir l'équipage du bateau condamné. Il fallait donc venir en hâte les chercher, sauver leurs trente pauvres vies !

— Ah ! ça, alors !... dit Renaud.

Ça, c'était, en effet, de l'inédit ! Il lui était arrivé d'entendre des gens réclamer, sans même l'avoir prévenu, le secours supplémentaire d'autres remorqueurs. Mais c'était toujours lorsque le remorquage était commencé et que le capitaine sauveté avait jugé, à l'épreuve, l'aide du *Cyclone* insuffisante. Quant à prétendre que Renaud avait échoué, alors qu'il n'avait pas même essayé de leur jeter un bout de filin, cela dépassait les bornes de l'impudence !

Et c'était, de plus, une saloperie complètement inutile !

Comme il s'y attendait, tous les vapeurs, à cent milles à la ronde, s'étaient poliment récusés. Ils avaient répondu que si le *Cyclone* équipé pour la remorque était impuissant, ils le seraient, eux, encore bien plus ! D'ailleurs, puisqu'il était sur place, il ne manquerait pas de sauver l'équipage si besoin en était.

Le capitaine dicta cependant deux télégrammes, le premier de démenti, l'autre de semonce au Grec avec menace de le planter là, s'il continuait à faire l'imbécile.

La nuit se traîna dans une veille lourde. L'équipage, dont c'était le premier répit depuis trente heures, dormait debout dans tous les coins abrités. Ils encombraient surtout les courtines où les genoux fléchis, la tête tombée dans le ciré, ils dormaient comme s'ils avaient été attachés, morts, à un poteau de torture et soutenus par une corde passée sous leurs aisselles. En vérité, des morts en accordéon, dont les cassures jouaient d'elles-mêmes, à chaque coup de tangage, pour l'étaler au mieux. D'autres, accroupis dans un angle de fer, raclaient quelques ronflements, puis relevaient en sursaut la tête et ouvraient des yeux étonnés. Ils ne se rendormaient qu'après avoir compris, une fois de plus, où ils se trouvaient.

Les plus éveillés s'étaient rassemblés vers l'avant, dans la cuisine surtout où l'on avait chaud. Royer, pas plus que Tanguy, ne dormait jamais en mer. Il était trop sec, tout en tendons, en muscles, en choses actives, et le sommeil ne s'installe que dans les graisses. Alors, ne dormant pas, il recevait... Il s'était assis sur son tabouret de bois, sous la petite échelle de corde qui montait au logement de la guenon, une villa somptueuse, sculptée au couteau. Royer, ciseleur de trois-mâts pour bouteilles, y avait mis tous ses soins. Elle avait le chauffage central, car un des mécanos y avait branché un minuscule radiateur sur un tuyau de dégagement des machines... Royer écoutait Kerlo raconter la Chine et les Chinois. Le bosco ne parlait guère qu'au large, comme s'il eût fallu, pour donner le branle à ses beaux souvenirs, le mouvement des bateaux auxquels ils étaient attachés. À terre, c'était un autre passé qui remuait au fond de sa mémoire, un passé inconnu de tous et qu'il tuait d'alcool. On l'écoutait parce qu'il ne se répétait jamais et qu'il livrait, à chaque récit, un peu de ses aventures dont tous étaient curieux. Il connaissait le monde entier, et l'équipage assurait qu'il l'avait couru sur un yacht, le sien. Cela les flattait...

— C'était, disait-il, le bon temps où chacun gagnait de l'argent et le dépensait... La Chine était la Chine, Java était Java... J'avais un équipage moitié chinois... Les sacrés maudits gars ! Moins vaches que nous, quand même ! Réguliers... Douze heures à plein rendement, mais le samedi pour laver leur linge et repos le dimanche... Tous les soirs, un petit bâton d'encens devant l'autel des ancêtres. Ils auront peut-être notre peau, un jour, et ça ne sera pas dommage ! Ça ne boit que du thé, ça se soutient entre eux : tout marche par congrégations !... Et puis, ils savent être propriétaires : une famille s'appuiera un kilomètre pour aller crotter dans son pré. C'est de l'engrais ! Et à la page : aujourd'hui, les pirates ont la T.S.F. ! De mon temps, la grande défense des jonques, c'était de semer des pointes à cinq étoiles parce que les pavillons noirs s'amenaient pieds nus.

Il s'interrompit pour aller faire sa ronde et revint en appelant au capot du carré qui venait d'être crevé comme d'un coup de poing. Ça faisait un bel entonnoir par où toute l'eau de l'arrière s'engouffrait, et l'arrière était plein comme un bénitier ! Le bosco appelait sous le château-milieu et les hommes chancelaient hors des abris jusqu'à cette voix, jusqu'à la nuit sabrée de lames obliques. Ils allaient s'agenouiller près du maître d'équipage, accroché aux rebords de fer de la cale et qui braillait après des planches et des prélarts. Kerlo les voyait à travers le grillage de la pluie, bizarrement éclairés par la grosse lampe électrique de tribord, qui lançait sur eux des jets d'ombre. Ils avançaient, cambrés puis fléchis, par brusques saccades. Il leur cria d'accélérer, et ils furent bientôt une vingtaine d'agglomérés autour du capot, à genoux, penchés sur le trou comme s'ils avaient voulu cracher dans un puits. Lorsque l'arrière embarquait, ils recevaient le coup, le dos rond, la tête inclinée, comme une bénédiction.

Le maître d'équipage enfonça le bras et fit jouer sa lampe électrique.

— Ça a tout du balnéum ! Un bonhomme en aurait jusque sous les bras. Il va falloir me vider ça !...

Derrière lui, une voix où s'attardait un reste de rigolade pas méchante, mais quand même satisfaite, dit :

— Les complets du patron vont se trouver rafraîchis !

Renaud, dont la cabine s'ouvrait sur le carré, gardait toujours dans sa commode deux complets de rechange, car il arrivait que le *Cyclone*, traînant un rescapé, abordât au Havre ou à Dunkerque et il fallait être propre, hors de chez soi !...

— Tiens bon les gars !...

Le bosco, qui avait l'œil, venait de crier en voyant comme se levait la lame à tribord, dans un mauvais moment, juste au coup de tangage qui mettait tout l'arrière dessous. D'instinct, ils s'aplatirent contre le sol, ainsi qu'à l'explosion d'un colossal obus. L'arrière fut coiffé d'un coup par la trombe. On eût dit la rupture d'une digue déchargeant à bout portant un fleuve. Vingt souffles furent écrasés dans les poitrines par l'écroulement, vingt visages aplatis contre les planches du pont. Alors le bosco, dans l'ombre toute noire, car la seconde lampe d'arrière venait d'être soufflée par le choc, appela son monde d'une voix essoufflée, basse qui ne parvint à s'enfler qu'aux derniers noms, ceux qu'il devait répéter. À l'appel, ils se levaient pesamment de tous les coins de la nuit où ils avaient été drossés, les uns contre le treuil de remorque, les autres sous les colonnes des pompes. D'autres encore s'aidaient, pour se redresser, de l'échelle des passerelles, ou embrassaient le mât comme des ivrognes un bec de gaz. Le bosco cria :

— Il me manque Le Hellégouarch.... Et puis trouvez-moi de la chandelle... des baladeuses, et en vitesse !

Quand elles furent allumées, on retrouva le matelot, un petit gars si blond qu'il en avait les sourcils blancs, assommé contre les arceaux de remorque, et gisant le long de la lisse.

— Sacré maudit veinard, dit un homme qui le relevait. Là où il est allé se coucher, il aurait dû passer dix fois par-dessus bord !

Le garçon avait le front ouvert, on l'emporta à la cuisine et Renaud averti descendit en hâte. Royer versait déjà une pleine bouteille de teinture d'iode dans la large plaie et, satisfait, il assura, en entendant gémir le blessé, en le voyant remuer une tête excédée :

— Ça les réveille toujours !... Vous rappelez-vous du père

Taco, capitaine, quand il était tombé dans la cambuse, à l'aplomb du panneau ? Je lui avais lavé à l'eau-de-vie sa pauvre gueule défoncée. Ça le réveillit du coup : « Bougre de vieux machin, qu'il me dit, si encore tu me l'avais mise sur la langue ! »

Renaud qui n'écoutait pas s'approcha du petit. Il arrêta, du pouce, un filet de teinture d'iode qui coulait avec du sang sur la joue du matelot. Le Hellégouarch le regarda :

— Tu me reconnais ? demanda le capitaine.

Le gars ouvrit des yeux très grands à la question insolite :

— Pourquoi, que je ne vous reconnaîtrais pas ?...

— Ça va, dit Renaud, du moment que tu as ta tête, c'est que tout ce qu'il y a dedans est resté arrimé à sa place... T'en seras quitte pour te faire recoudre en arrivant, et si c'est proprement reprisé, ta connaissance n'y verra que du feu. On va te panser et tu vas rester là.

Il remonta sur la passerelle. Il écouta vibrer la pompe qui vidait le carré, puis il regarda la mer se lever dans le projecteur. Une rafale faillit lui arrracher son vieux chapeau éponge.

— Ce qui est rigolo à penser, cria-t-il à l'oreille de Tanguy, c'est qu'il y a des millions de gens qui, à cette heure-ci, ne savent même pas qu'il y a du vent !...

Le second grogna quelque chose d'indistinct, mais Renaud sentait qu'il venait de dire là quelque chose d'essentiel, que les hommes ne se partageaient vraiment, en cet instant de la nuit, qu'en deux parts : ceux pour qui le vent existait comme la réalité la plus formidable d'un monde qu'il emplit tout entier, et les autres, ceux qui, au fond des villes, dans les fosses des profondes rues, derrière les murs redoublés et complexes des maisons, ne soupçonnent pas même que tout le ciel est en fuite. Obscurément, il comprenait qu'il était, lui, au contact des forces éternelles, et un instant il entrevit qu'il pouvait y avoir là quelque chose de grand. Puis, sa pensée, très vite lasse quand elle ne travaillait pas pour l'action, lâcha l'idée et s'amusa un moment d'une femme avec qui il avait bu, à Montmartre, lors du dernier dîner des capitaines au long cours. Elle ne voulait pas croire qu'il fût marin : « Alors, vous vous êtes mis en civil », disait-elle. Car elle ignorait, l'enfant, qu'il existât une marine de commerce !...

Quand le capot eut été condamné, que le bosco et ses hommes se furent repliés sur le château-milieu, Kerlo fit le compte des avaries :

— Une moitié de passerelle, la baleinière bousillée, les haubans écourtés, deux capots crevés sans parler des claires-voies et des hublots défoncés, on n'aura ni mine ni grâce pour rentrer !...

Ce fut la dernière alerte grave de la nuit, car le *Cyclone*, à ce rôle de factionnaire, fatiguait moins. Il avait pris la cape, dérivait obliquement, en crabe, puis, arrivé au bout de son parcours, il remontait sa dérive à petite allure, épaulait la lame à trois quarts du vent et son avant robuste lui frayait une route, comme un front obstiné et rocailleux de buffle. La mer, d'ailleurs toujours aussi haute, était devenue moins brisante. Quelques lames, déjà, s'arrondissaient en houle, d'énormes rouleaux qui vous couchaient bord sur bord. À 5 heures, au café du matin, Royer regarda, narquois, les visages défaits, maussades des consommateurs :

— Vous avez de bonnes gueules !

— Tu ne vois pas la tienne, empoisonneur de chrétiens !...

— Oh moi, toutes mes conquêtes sont faites !

Pendant ce temps, le capitaine télégraphiait au Grec :

— Avez-vous démaillé ? Êtes-vous prêts à prendre la remorque ?

— Non, nuit trop dure !

— Démaillez immédiatement. Nous passerons la remorque à 7 heures. Urgent de profiter de l'accalmie pour mettre en route...

Il faudrait, confia-t-il à Gouédic, pouvoir les enfumer sous leur tôle comme des blaireaux... Mais au fait... tenez, signalez donc encore : « Ouessant annonce nouvel ouragan du suroît. » C'est une blague, mais ça les fera sortir...

La visibilité était mauvaise. Renaud crut cependant apercevoir des mouvements sur le pont du cargo. Toutefois, le capitaine grec demanda qu'on attendît 9 heures pour lancer la remorque.

À 9 heures, le *Cyclone* passa sous le vent. Tanguy était descendu à l'arrière. Il tenait la grosse fusée porte-amarre. Son coup d'œil était renommé, mais le roulis restait si cassant et le

Grec faisait de telles embardées, quand une lame le prenait par le travers, que la première fusée le manqua. Le second hurla :

— Passez au vent !

Le *Cyclone* doubla lentement l'épave et vint au vent. Tanguy s'était calé entre le corps de pompe de bâbord et la lisse. Il tenait, serré dans son poing, contre son ventre, son briquet à amadou et la mèche de la fusée. Quand le cylindre cracha des étincelles, le second le pointa à bras tendu, au bout de la longue baguette, et lâcha. La fusée jaillit. Elle passa, juste au-dessus de l'*Alexandros*, par son milieu, retomba dans la mer, de l'autre côté : un mince fil noir, étonnamment distinct sur la mer savonneuse, reliait maintenant les deux bateaux.

Renaud, qui guettait le pont du cargo, gronda :

— Mais bon Dieu, ils ont l'air de s'en foutre que le filin leur soit tombé dessus ! Ils vont nous le laisser écourter !

Il prit son sifflet et les appela rageusement. En hâte, un matelot, à l'arrière du *Cyclone*, larguait la ligne qu'une embardée pouvait casser. Enfin, après quelques minutes, il y eut dans la longue corde comme une vibration légère, ainsi qu'il arrive quand un poisson mord. Les Grecs se décidaient à prendre la remorque.

C'était, cette première partie de l'envoi, un travail de demoiselle, ridiculement délicat. Au bout des gros doigts, le mince fil de ligne s'allongeait, manié avec des précautions de dentellière, une hâte anxieuse s'il venait à se raidir. Les hommes, debout autour de l'énorme paquet de cordages qui allait suivre, se mettaient à quatre, à six, pour le dérouler, l'élonger à bout de bras, donner du mou, à temps.

Cette première ligne de quatre cents mètres paraissait à Renaud interminable. Jamais, depuis qu'il était dans le sauvetage, il ne l'avait vu haler plus mollement. Sûrement, ces gars-là ne tiraient que d'une main, bien abrités de peur de se faire laver la figure. Par instant même, la ligne restait molle, ne filait plus, le poisson semblait décroché, puis, elle repartait, indolemment, et le capitaine s'exaspérait :

— Ils tirent comme pour un autre !

— C'est des Grecs, expliqua le timonier perspicace, qui avait escorté, pendant la guerre, sur un torpilleur, les transports de troupes vers Itéa. Ils calculent sûrement à combien que ça leur reviendra le mètre !...

Enfin, la ligne embarquée, un grelin gros comme un doigt glissa vers le cargo. La corde brune s'en allait lentement, elle aussi : on la perdait de vue dans les lames, puis on la revoyait nager comme une algue mince. Quand elle émergeait, brusquement tendue, on eût dit que ceux du remorqueur jouaient au cerf-volant avec le gros cargo noir. L'*Alexandros* avait, en effet, les mouvements imprévisibles, les brusques glissements, les chutes et les retraits d'un cerf-volant pris dans les remous. Et les hommes du *Cyclone* qui dévidaient les spires de corde, montraient, eux aussi, les visages tendus de gosses qui craignent de perdre leur planeur avec toute leur ficelle.

Après les trois grelins, la remorque partit à son tour. C'était maintenant le puissant câble d'acier noir, que le tambour du treuil déroulait, que les hommes guidaient, à tribord, à bâbord, avec des bouts de filin neuf. Aux embardées, ils halaient ferme pour le tenir dans l'axe, sans quoi il se fût engagé sous la fesse du remorqueur, et une fois le *Cyclone* assis dessus !... D'autres dépliaient les tours du spring et les paquets de mer lavaient leur sueur.

Kerlo regardait la remorque filer jusqu'au couronnement arrière où elle disparaissait dans la mer furieuse. Il fit un signe : le stoppeur grinça, ses mâchoires serrées sur les torons. À deux bras, le bosco souleva l'œil de la remorque et l'engagea du premier coup dans son croc. Le *Cyclone* était attelé.

Par ce temps « forcé », le Grec, en dérive, allait tirer comme une vache rétive. Renaud lui recommanda de filer trois maillons de chaîne, trois fois trente-deux mètres de sa chaîne d'ancre, afin que le poids colossal fît sous l'eau une courbe qui amortirait les brusques tensions. Sa stupéfaction fut grande lorsque, au bout d'une demi-heure, on lui télégraphia de l'*Alexandros* qu'il ne voyait plus dans le crachin :

— Parés.

— Ils ont fait vite, constata-t-il, avec un retour d'estime.

Il comptait, en effet, qu'il faudrait une bonne heure de travail pour frapper proprement la remorque. Pris d'un doute, il demanda des détails. On lui répondit qu'il avait été impossible de s'attacher sur la chaîne, que l'on n'avait pu que tourner le câble autour du mât. Cela augmentait de plus de cinquante pour cent les chances de casse ! Renaud jura.

— Biffins, soldats ! Il est dit qu'ils n'en rateront pas une !

Il regarda, penché, tout le corps dehors. Le câble noir encore au repos s'allongeait sur ses arceaux. Le capitaine hésita une seconde. Sa responsabilité venait subitement de doubler : il n'était plus libre, il devenait solidaire, lui, le bateau bien portant, raisonnable, du bateau saoul qui titubait dans les lames. Il était désormais lié à ses écarts qui retentiraient dans ses tôles à lui.

Il soupesait le spring des yeux, en supputait la force. Son attention se logeait en lui, en comptait les torsades d'acier, devenait comme la conscience, l'âme même de la remorque... C'est qu'à la mer le cordage, le câble remplissent à fond l'office essentiel du lien : attacher la vie à l'homme, au bateau. Amarre ou étai, drosse ou cargue, l'ancre, le mât, le gouvernail, la voile sont confiés à leur force, et leur rupture est souvent plus meurtrière que l'enfoncement d'une tôle.

Renaud se retourna vers l'homme de barre :

— Laisse abattre.

Puis, il poussa la manette du chadburn sur : « Avant. Le plus doucement possible. »

Le *Cyclone* vira de bord.

V

LA remorque ne cassa que vers le soir.

En dix heures, on avait à peine gagné vingt-cinq milles. N'était-on pas descendu jusqu'aux deux nœuds à l'heure ? Un pas d'enfant !... C'est qu'il avait fallu traîner le cargo en travers, et il embardait, à bout de remorque, comme un mauvais cheval au dressage, à bout de longe. Ses sauts l'avaient jeté maintes fois à la hauteur du *Cyclone* qui ne s'était garé que de justesse.

Et pourtant Renaud n'avait rien brusqué. Il n'avait conservé de vitesse que ce qu'il en fallait pour gouverner, mais jamais il n'avait eu affaire avec une remorque si enragée !

Elle s'était vraiment conduite en bête féroce lâchée sur l'arrière. Elle pliait ses arceaux comme des osiers, se tordait en roulant sur le portage. Vers trois heures, elle avait sauté par-dessus les bittes de sécurité, deux butoirs qui bornaient sa course en largeur. Ainsi libre, elle pouvait causer une catastrophe, faucher, arracher tout ce qui dépassait sur le pont, couper les haubans, décapiter les pompes et les manches à air. Il n'était au pouvoir de personne de la faire rentrer entre ses barreaux, à cause de la formidable traction de son poids et de la mer. Heureusement, au roulis, elle s'était replacée d'elle-même entre les bittes...

Renaud l'avait vue, à chaque minute, sauter ruisselante, hors des lames, faire ventre comme une corde de harpe que l'on pince, puis replonger en sifflant. Une remorque de quatre cents mètres comme celle-là, qui pesait des tonnes et des tonnes, aurait dû, cependant, se tenir dans l'eau, tracer sous la lame sa large courbe, faire un peu ressort. Or, malgré l'allure de corbillard qu'avait prise le *Cyclone*, elle était restée plus raide qu'une barre, exactement comme si Renaud en eût filé vingt-cinq mètres, au lieu de quatre cents, et navigué avec l'étrave du Grec sur son arrière !

Et ce Grec qui, tout le long de la journée, n'avait cessé de geindre et de protester ! Attaché à son mât, le câble, disait-il, cassait tout chez lui. Il avait scié la lisse, entaillé les tôles, démoli le guindeau, brisé les claires-voies. Tout ça devait arriver ! Renaud pourtant avait offert, à midi, de prendre la cape, pour que le collègue pût rafraîchir son portage. Monsieur avait refusé... Trop de travail !...

On avait bien essayé, vers la fin de la journée, de se servir des machines de l'*Alexandros*. Cela n'avait abouti qu'à renforcer ses embardées. On avait tout de suite arrêté les frais !

Quand la remorque cassa, à six heures dix, il y eut, comme toujours, sur le *Cyclone*, un instant de stupeur à la voir ainsi inerte, pendante et molle. Puis Renaud pensa un chiffre : cinquante mille francs. C'était cinquante mille francs qui venaient de tomber à l'eau... Il télégraphia au Grec de rentrer son morceau de câble afin de pouvoir lui en envoyer un autre. Lui-même rentra le sien.

C'était le treuil qui s'en chargeait. Il se mit à broyer son « cra, cra » hâtif, un bruit à dents, fait de déchirures métalliques, et qui semblait découper la masse des autres bruits. Le tambour amenait le spring sur le pont, et les hommes le lovaient. Et il y avait là quelques minutes d'extraordinaire travail : les doubles du câble mouillé se plantaient debout, en larges arceaux, au-dessus des gars qui s'y jetaient comme à des barres fixes, s'y suspendaient pour casser la boucle, faire tomber la remorque dans ses plis. Des genoux, du ventre, ils écrasaient ces grands huit de chanvre et d'acier, dansaient dessus, avec le regret de ne pas peser dix tonnes !

Le pont dégagé, il fallut arracher la rechange du fond de la soute. Renaud s'était remis debout au vent, afin d'empêcher les mauvais paquet de mer d'enlever les hommes à la manœuvre. Malgré cela, l'arrière embarquait tout ce qu'il voyait !...

Ils étaient tous là, trente paires de bras : cuisine, téséfiste libre, mécaniciens, chauffeurs, tout le monde halait dessus, à s'en faire éclater les veines ! Ils travaillaient, en ligne serrée, mains contre mains, une grappe de corps arc-boutés qui tombaient, roulaient d'un bord à l'autre, gagnant mètre par mètre sur l'énorme enchevêtrement. Il y en avait un, Mahurec, de Crozon, qui déhalait de toute sa force, comme les autres, mais en vomissant discrètement dans le vent, un filet de vinasse et de gluante salive qu'il éructait à chaque effort et qui s'en allait droit dans la face de son vis-à-vis, un petit Cornouaillais, patient et obstiné, qui ne se dérangeait point pour autant, mais qui finit cependant par faire remarquer :

— T'aurais quand même pu te mettre sous le vent pour dégueuler.

Heureusement, les paquets de mer vous rinçaient jusqu'au fond des narines !

Le maître d'équipage attelé comme les autres, mais au plus près de l'arrière, rythmait de cris la traction, des cris gutturaux, appris des pirates et qui traversaient les hommes ! Eux haletaient avec de terribles visages. On eût dit qu'ils se battaient pour leur vie. Des injures passaient entre leurs dents serrées, car aucun, au fond de son instinct, ne s'attaquait seulement à l'inertie d'une grosse corde. C'était un ennemi vivant, auquel ils s'affrontaient, avec cette haine, cette colère qui décuplent les forces et les laissèrent penauds, les bras vides, leur fureur sans objet, quand la remorque de rechange fut montée, que ses dernières spires apparurent hors de la cale :

— On en a quand même eu le bout, la garce !

Tanguy alla chercher une nouvelle fusée et revint, morne et indifférent, s'adosser à la pompe de tribord. Il tenait cette fusée comme un cierge.

La nuit recommençait, la troisième nuit, et qui s'annonçait mal. Land's End signalait un ouragan se déplaçant du S.-O. au N.-E. et Renaud voulait faire vite. Il télégraphia au Grec qu'il ne voyait plus, dans cette ombre noyée :

— Absolument indispensable de mailler la remorque sur votre chaîne. Sacrifiez votre ancre bâbord si nécessaire.

C'est toujours encourir une responsabilité grave que d'ordonner à un bateau de sacrifier son ancre. Renaud pourtant n'hésita pas. Il savait ceux-là incapables de la brider proprement, mais la laisser couler avec son maillon pour libérer la chaîne, ça, ils sauraient le faire... Or, c'était par la chaîne qu'il entendait tirer le cargo, cette nuit-là. Autrement, on y laisserait toutes les remorques de la cale !

Il vint se placer sur l'avant du vapeur, à trente mètres à peine sous le vent, une imprudence, car, dans ses écarts fous, le Grec pouvait se jeter sur le *Cyclone*, le heurter au fond d'une lame. Mais il fallait décider ces gars-là à travailler, et ils ne le feraient que sous le regard et les encouragements d'un chef. Alors, dans la nuit qui tombait, une nuit qu'on sentait au-dessus de soi haute et lourde comme une montagne, ceux du *Cyclone* se mirent à brailler, à appeler de gestes frénétiques les Grecs sur leur pont.

Ils avaient tous senti, ces Bretons point causants, que les autres n'attaqueraient la besogne que sous les clameurs et les hourras, et ils applaudirent, en gueulant comme à l'arrivée d'une course, le premier qui sortit de la coursive. Un second, d'autres se hasardèrent. On les couvrit de cris cordiaux tant qu'ils n'eurent point achevé de mailler le câble, jusqu'à ce que les feux de remorque du *Cyclone* se fussent allumés au mât de misaine. Avec le feu de route, cela faisait trois étoiles qui signalaient un danger supplémentaire aux bateaux traversiers, les avertissaient de s'écarter du convoi, afin de ne pas trébucher dans la ficelle, de se garder, surtout, de cette masse qui tournoyait sur la mer, une fronde de sept mille tonnes.

Le remorqueur avait repris son allure hachée de forçat traînant son boulet. Tantôt le cargo résistait, se lançait à rebours de la route, de toute sa force incohérente, tantôt il cédait brusquement, paraissait résigné à suivre et, quand son entraîneur avait pris confiance, il se dérobait dans un écart violent. On fuyait maintenant S.S. O.-N. N.E., en plein dans le lit du vent. L'attaque de la mer avait changé de sens et de forme. Elle montait sur l'arrière où rien ne l'arrêtait, et s'y appuyait pour escalader le château. La remorque, sous les feux des lampes, apparaissait aux reflux. Elle sortait des lames pour mordre le bateau à la croupe et l'attirer au fond. Car elle se tendait brusquement cent fois par heure, et toujours de façon effrayante, à en arracher la lisse ! On eût dit que sous la mer deux mains s'y rivaient pour sonner le remorqueur, comme les bûcherons attelés sonnent un arbre qui penche. Par-dessus le vent, les chocs de l'eau, on l'entendait crier contre les billes de bois qu'elle écorchait. Tout l'équipage était en veille. Les hommes massés à l'entrée des coursives la guettaient, comme des dompteurs un fauve lâché. Il y avait du danger, aussi leurs yeux tenaient encore le coup, mais leurs yeux seuls. Dans le relâchement des muscles empoisonnés de fatigue, les bouches s'entr'ouvraient, la jeunesse s'effaçait des visages creux. Il faudrait vraiment toute la force de la mer pour que leur force à eux répondît.

Renaud, lui, sur la passerelle, s'inquiétait au contraire de sentir monter en lui la fatigue de l'attention, la pire. Sa vigilance qui, depuis soixante heures, était demeurée attachée au compas, à la mer, à la remorque, se trouait maintenant de distractions dangereuses. Il se rappelait ce qu'un de ses amis, capitaine de chalutier, appelait la crampe du regard. Celui-là restait assis, neuf mois de l'année, sur un tabouret de piano, et son devoir était de braquer les yeux sur son pont, nuit et jour, afin que les cinquante hommes qui y travaillaient le poisson sentissent toujours le poids de cette surveillance. Après un coup d'œil jeté à sa petite fenêtre, ils constataient : « Il y est » et ne se relâchaient point. Ce collègue-là, à terre, il était presque impossible de lui trouver les yeux. Il vivait paupières baissées, comme une nonne.

Quand Renaud se fut aperçu qu'il regardait sans intérêt sa remorque et les demi-cercles que traçaient derrière lui les feux de route du Grec, il comprit qu'il était temps d'appeler la cambuse à la rescousse, et il fit distribuer un boujaron aux hommes. Pourtant, il ne filait l'alcool que comme les autres filent l'huile, dans les cas graves.

À une heure du matin, Gouédic monta. Lui aussi avait des yeux ivres. Depuis soixante heures, les points et les traits lui entraient dans la tête en piqûres d'épingles. Le crâne lui en éclatait. Le Gall l'avait vu faire des gestes de détresse, se boucher les oreilles à une minute où les bateaux parlaient tous à la fois, et les postes côtiers. Il avait crié furieusement :

— Oh ! vos gueules !

Il apportait la dernière du Grec :

— Prière venir à côté de nous. Impossible de tenir. Abandonnons le bateau.

Leurs instances puériles pour s'en aller lassaient même

l'indignation de Renaud. Il n'en éprouvait plus qu'un ennui excédé. Il dicta un télégramme plein de longueurs et de redites : « Votre bateau n'est pas en péril. Je ne puis aller près de vous qu'en larguant ma remorque et je ne pourrais pas la reprendre après. Votre bateau sera perdu et un danger pour tout le monde. Si besoin était, nous larguerions tout pour prendre votre équipage. Mais ayez courage, tout ira bien. »

Un quart d'heure plus tard, le Grec signalait :

— Tous les matelots sont décidés de se sauver pour aller sur vous. Faites tout pour les recueillir et les contenter dans la mesure du possible sans quitter la remorque.

— Ce qu'ils sont poissants ! dit le capitaine.

Au fond, il s'en amusait, comme jadis des angoisses de ses passagers, lorsque son petit paquebot remuait. Car il était bien décidé à les laisser dire. Il n'avait plus besoin d'eux pour quoi que ce fût, et ils ne pouvaient plus faire de blagues. Dans l'affaire, il n'y avait d'empoisonné que le t.s.f. qui se faisait rincer copieusement à chaque télégramme.

— Ils vont vous loger une fourmilière dans le poignet, mon pauvre Gouédic, à secouer comme ça votre émetteur.

— Mon émetteur, il cafouille depuis un moment, annonça Gouédic préoccupé, et pour lui regarder dans le ventre, avec un roulis de même !

Renaud cherchait pourtant des phrases convaincantes :

— Eh bien, répondez : « Prévenez les matelots que s'ils quittent le bord, je ne pourrai pas les sauver. — Stop. Que je ne puis larguer la remorque qu'en cas d'absolue nécessité. — Stop. Qu'ils sont plus en sûreté à bord de leur navire que dans les canots. — Stop. Qu'ils prennent courage. — Stop. Ils seront certainement sauvés s'ils restent à bord. — Stop. S'ils gardent leur sang-froid... »

Il regarda sa montre : elle marquait deux heures. Il termina donc :

« Ce soir nous serons à Brest. »

Mais quand il vit revenir Gouédic pour la troisième fois, il acheva l'injure qu'il avait déjà retenue :

— Signalez-leur qu'ils nous emmerdent !...

Le téséfiste grommela en se fouillant pour trouver le cahier :

— Ils disent qu'ils ont une femme à bord...

— Eh bien, qu'ils couchent avec, ça les occupera !... Mais qu'ils nous laissent travailler, nom de Dieu !

— C'est la femme du capitaine, précisa Gouédic, et ils disent qu'elle est blessée.

— Qu'est-ce qu'ils veulent que j'y fasse ? Que je lui envoie mes souhaits de meilleure santé ?...

— Ils veulent que vous la preniez sur votre bateau, capitaine. « Un devoir d'humanité » à ce que j'ai cru comprendre, car comme parasites !... Et pourtant on les entend ! J'aimerais mieux tripoter leur émetteur que le mien. Il ne gaze plus du tout !...

— Dans ce cas, ne le fatiguez pas. Répondez : « Impossible. » Pas d'autres explications, hein !

Gouédic parti, Renaud ne pensa pas une seconde à la femme en détresse sur l'épave. Elle n'était pour lui qu'un mauvais prétexte à lâcher le bateau. Il venait de le repousser comme il le devait. Incident négligeable...

D'ailleurs la mer l'occupait tout entier depuis quelques minutes. Il la connaissait trop pour ne pas deviner qu'elle préparait un de ses sales coups. Il s'en apercevait à une amollie trop brusque, à un silence où l'on entendit tout à coup avec une étrange netteté le battement de la machine, mais surtout à la danse large de la mer. C'était devenu, sous le *Cyclone*, un vaste creux lisse et froid qui oscillait. Les eaux se déhanchaient, se balançaient d'est en ouest comme lorsqu'on secoue un baquet à demi plein. Renaud savait que ce balancement était un élan, celui que prennent les eaux pour frapper et il siffla au porte-voix des machines afin d'ordonner :

— Diminuez de dix tours !

Puis il changea d'embouchure pour dire à Kerlo :

— Faites rentrer les hommes dans les logements et...

Le cri de l'ouragan le fit taire. On venait de rattraper la piaule. Il sentit sous lui le remorqueur trembler. Puis une force glacée emplit d'un coup la passerelle crevée, hésita un fragment de seconde et se rua. Renaud avait croché des deux mains à une épontille : le passage de la cataracte lui arracha les pieds du sol, ils partirent... La lame lui tapait dans le ventre, des tonnes d'eau lui passaient le long des oreilles ; il se sentait battre de tout le corps, comme une flamme à une tête de mât.

Quand il reprit pied, qu'il eut longuement craché, il dit à Tanguy, qui, lui aussi, tenait à deux mains son épontille, comme un gosse la barre des chevaux de bois :

— Il y avait bien dix ans que ça ne m'était pas arrivé de faire pavillon !... Avec ça, les feux sont éteints !

Une secousse violente frappée à l'arrière le rasséréna : la remorque avertissait qu'elle était toujours là... C'était un bonheur, car dans le coup, elle eût pu, tout aussi bien, casser comme un cheveu.

Renaud, toutefois, jugea dangereux de continuer le remorquage. Le grain extrêmement dur passerait vite, croyait-il. Le mieux était de se mettre en cape pour étaler le mauvais quart d'heure. Il fallait donc prévenir le collègue qu'il allait tomber en travers et passer un moment désagréable. On aurait l'œil sur lui... On devait se trouver à environ vingt-cinq milles dans le sud-ouest d'Ar-Men. Cela permettait de dériver quelque temps encore sans danger, le temps que la mer s'abattît. Or le baromètre remontait déjà.

Mais comme on venait de prendre la cape, Le Gall accourut. Il venait dire que l'émetteur était en panne et que Gouédic réparait en hâte. Il venait surtout annoncer que le Grec n'apercevant plus les feux du remorqueur, ne sentant plus la remorque tirer, télégraphiait partout, depuis cinq minutes, que le *Cyclone* avait disparu. Il criait « au secours » au nom des deux navires... Impossible, avec la panne de Gouédic, de démentir, à Ouessant, ses S.O.S. !... Dans quelques heures, au réveil, vingt familles affolées se répandraient sur les quais du port du commerce. Les femmes courraient après les renseignements comme après des enfants perdus...

— Bande de salauds !

Renaud tournait autour de l'étroite plate-forme, cherchant il ne savait quoi, peut-être quelque chose à leur jeter pour leur fermer leurs sales gueules !...Ses colères, jadis, faisaient rentrer sous le pont les équipages des voiliers, lorsque, arrachant sa veste, il marchait contre eux en grondant : « Vous voulez mes tripes... J'aurai les vôtres avant ! » Mais cette fois, sa fureur, qui ne pouvait rien atteindre, l'étouffait. Il en ôta son chapeau, d'instinct, pour se faire doucher le front... Ces enfoirés-là s'en prenaient à des femmes ! Il compta ce qui restait de sommeil à

Yvonne, avant d'être frappée par la nouvelle... À supposer que Gouédic réparât avant le jour, qu'on pût démentir, ce sont toujours les nouvelles de naufrages qui surnagent, quand les télégrammes se contredisent, et qui enfoncent dans l'âme de celles qui attendent une inquiétude aiguë... Derrière lui, l'homme de barre, l'homme de veille, saisis des mêmes inquiétudes, remâchaient l'idée de deux femmes et de sept enfants en larmes, et cela les atterrait :

— Eh ben ! Oh ça !... Ça, alors !...

Seul, Tanguy haussa les épaules :

— Quand on rentrerait sans rien dire, grommela-t-il, ce ne serait pas un si grand malheur !...

Renaud se retourna agressivement :

— Vous feriez mieux de faire rallumer les feux pour que cet abruti ne nous croie pas tous lavés !...

Le second avait à peine pris l'échelle que le timonier, la voix pourrie de rancune, murmura :

— Si sa femme est contente d'en être débarrassée, ça le regarde, mais tout le monde ne se trouve pas dans son cas !...

Renaud courut après le second, le rappela :

— Non. Restez ici. Je vais aller voir moi-même si Gouédic va pouvoir reparler...

Dans la cabine de télégraphie, Gouédic, dépoitraillé, se livrait à un travail dérisoire : il alignait sur sa table les bobines des selfs, des vis minuscules, tout un démontage que le roulis bouleversait. Il poursuivait, à quatre pattes, de petits bouts de métal brillant qu'il jetait dans sa bouche avec une voracité d'autruche. Puis, entré à mi-corps dans le coffre de l'émetteur, il essayait d'engager, sous l'éclateur, un imperceptible écrou nickelé qui s'échappait entre ses doigts épais. Le roulis du *Cyclone* le jetait contre les bords coupants du coffre. Il ne pouvait parvenir à engager le boulon trop fin, et à cette besogne menue, il tremblait d'effort, la sueur coulait en rigoles de ses cheveux trempés juque dans son gros cou rouge, plus que s'il avait halé la remorque.

— Pourrez-vous réparer, Gouédic ?

Il gronda, les joues gonflées de vis et d'écrous :

— Faudra bien ! J'y crèverai plutôt... Vous les avez entendues ces tantes-là ?

Le Gall, assis à la table, dans le petit fauteuil tournant, le casque aux oreilles, dit avec horreur :

— Les voilà qui remettent ça !

Et il ajouta en hochant la tête et en regardant le capitaine :

— Rien à faire pour qu'ils la bouclent : ils ne verraient pas le morse, le sifflet ne porterait pas.

Renaud songea à la sirène, mais il y renonça, en prévoyant qu'ils y entendraient le dernier appel d'un bateau qui sombre...

Quand il sortit, en se glissant le long de la baleinière, en crochant dans ses porte-manteaux pour regagner la passerelle, il vit un feu osciller à la hauteur de ses yeux, le long du mât de misaine, un feu qui clignotait comme une âme à l'agonie, s'éclipsait, disparaissait pour briller un peu plus haut... Dès que la nouvelle des télégrammes de panique avait déferlé dans sa cuisine, Royer avait empoigné sa lampe-tempête et, malgré la guenon qui, pressentant un risque, lui avait jeté les bras autour du cou et n'avait cédé qu'à la chaîne, il était monté, en sacrant, dans le cocotier d'avant, au risque de s'en faire vingt fois arracher par les lames et de tomber brisé sur le pont. Il attachait maintenant son fanal juste au-dessous du feu de route éteint, à l'extrême pointe des haubans.

Quant à Renaud, à peine de retour sur la passerelle, il fit remettre en route, cap au nord-est, préférant encore se faire démolir le derrière plutôt que de laisser croasser ces charognards. Lorsqu'ils se sentiraient de nouveau emmenés par le nez, et à une sacrée vitesse, car le *Cyclone* filait ses dix bons nœuds devant la tempête, ils seraient bien obligés de la fermer ! Et, si leur capitaine n'était pas le dernier des derniers, il démentirait lui-même et annoncerait que le remorquage continuait...

La brise mollit vers quatre heures du matin, à l'instant où Renaud aperçut le feu d'Ar-Men, le grand phare debout à l'extrémité ouest de la Chaussée de Sein. Il lui sembla que la lueur des terribles écueils lui ôtait un poids très lourd. C'était le premier feu qui annonçait la terre. Il se retourna pour dire au timonier, car Tanguy lui paraissait, sans qu'il sût pourquoi, à l'opposé de tous les sentiments normaux :

— Voilà des clients que je ne serai pas fâché de déposer ce soir à quai !...

Mais la seconde remorque cassa à six heures, à l'aube, en même temps que la mer. Le bosco qui, avec une ténacité magnifique, l'avait veillée toute la nuit, comme un malade grave, avait annoncé qu'elle fatiguait beaucoup, qu'elle ne cessait de passer d'un bord à l'autre, en enlevant les plats-bords de lisse, et qu'elle s'était coupée dangereusement en deux endroits. Elle tint pourtant jusqu'à six heures du matin, puis elle lâcha, tranquillement, à l'embellie. Naturellement, elle ne cassa point là où elle s'était coupée, mais beaucoup plus loin, dans la mer qui l'avait tordue, arrachant brin à brin ses fils de chanvre, rongeant brin à brin ses fils d'acier.

Dans le petit jour gris, des gerbes de fusées montèrent du cargo, en même temps que sa sirène mugissait longuement. Renaud haussa les épaules :

— Est-ce qu'ils croient que je ne m'en suis pas aperçu ?...

Il se trouvait dans les lieux familiers, au sud-est du haut fond de la Chimère, et il savait qu'à tribord avant, à dix milles environ, commençait la Chaussée de Sein. On ne voyait pas encore les brisants, mais le vent et le courant y portaient, le grand courant de la mer montante où l'Océan donne à la Manche. Il pensa :

— Ce n'est pas le moment de laisser dériver le collègue trop longtemps...

On profiterait de l'embellie pour lui passer la troisième remorque. Cent cinquante mille francs de câbles pour le voyage, la note serait lourde... Puis, on doublerait la Chaussée, à un bon mille de la bouée lumineuse qui en marque le bout dans l'ouest, et après, ce serait l'entrée dans l'Iroise, un vrai labour de courants, mais une bénédiction du bon Dieu, après ce qu'on venait de voir, car si la mer restait dure, le temps devenait nettement maniable.

L'équipage se portait déjà à l'arrière pour déhaler son morceau de remorque. Les hommes avaient cet air mal nourri, affalé, des valets de cirque, quand au petit jour ils roulent la grande tente. Kerlo, en les passant en revue, venait de les traiter de « margageats » !

Le *Cyclone*, activement, s'était remis debout à la lame, tant pour couvrir le travail que pour se rapprocher du « sauveté », lui jeter un troisième câble. Et tous étaient surpris de ce que le cargo continuât à mugir à pleine gueule, comme si la sirène avait été bloquée. Puis les Grecs envoyèrent des coups saccadés. Manifestement, ils voulaient retenir l'attention et le regard. De fait, sur le *Cyclone*, les matelots, avant d'empoigner la remorque à la traîne, gardaient les yeux fixés sur le vapeur, en se demandant :

— Qu'est-ce qu'ils vont encore faire ?

Ce fut si court qu'ils pensèrent avoir mal compris : ils avaient vu des hommes se ruer dans un canot, une bousculade féroce et rapide. Puis, tout à coup, l'embarcation suspendue à six mètres au-dessus de l'eau y était tombée comme une pierre : ils avaient coupé les garants.

Renaud, de sa passerelle, fut vraiment stupéfait, après cette chute, de les voir revenir sur la lame. Le timonier, sans attendre l'ordre, mit le cap sur les naufragés en disant cependant :

— Ils sont foutus !

Car, la mer n'était pas de celles que peut étaler un canot chargé à ras bord. Et ceux-là devaient couler bas. Le tout était de savoir si l'on serait sur eux à temps pour repêcher celui ou ceux qui surnageraient...

Le *Cyclone* arriva tout près d'eux. On les voyait monter à la hauteur de la passerelle, à la pointe des lames. Parvenu là, celui qui nageait — il n'y en avait qu'un dans le canot à se servir des avirons — les remuait dans l'air comme deux moignons dérisoires... Après la plongée au creux de la houle, les sauveteurs cherchaient, sur l'eau, les vestiges du naufrage, des rames, des hommes, mais ils revoyaient le canot escalader le talus, un canot presque rond, fait comme un gros nid, et tout plein de choses noires, écrasées.

Tout l'équipage avait sauté sur les bouées, les gaffes et les filins. Le second s'était comme écroulé de la passerelle : on l'avait vu en haut, puis en bas, tant il avait fait vite ! Il avait empoigné un rouleau de cordages, si durs qu'ils semblaient de fer, et pourtant il y avait tordu un nœud de bouline. Cet énorme lasso en mains, il attendait, penché sur la lisse.

Le *Cyclone*, en panne, était devenu, pour les naufragés, le danger le plus menaçant. Ils avaient toutes les chances de venir se fracasser contre sa coque, ou s'ils parvenaient à l'accoster, de s'engager sous ses bourrelets débordants. Alors, ils couleraient, enfoncés, au roulis, par le coup de hanche du remorqueur qui crèverait leurs caissons à air comme des sacs de papier. Or, c'étaient ces caissons qui les gardaient à flot...

Tanguy fit un « han » de bûcheron et on crut à la volée d'une hache quand il lança à bout de bras son câble dans le canot. Au moment où le *Cyclone* s'élevait à la lame, tous virent le second saquer : il avait pris son homme. Il l'avait pris correctement, sous les bras, et d'un coup il l'arracha du bord. Mais comme le remorqueur retombait et qu'il allait casser la tête du Grec, une tête qui venait à la rencontre des tôles, Tanguy donna du mou, laissa couler sa prise comme un poisson qu'on noie. Ce fut seulement quand le *Cyclone* eut touché le fond de la houle, qu'il commençait de remonter, qu'en trois brassées rapides le second amena l'homme, le visage au ras de la lisse, une tête de décapité, exsangue, les paupières closes, la bouche ouverte. Il l'empoigna au collet et le jeta par-dessus bord, derrière les jambes des matelots qui ne se retournèrent pas.

Car, ils se livraient tous à un jeu effrayant : ils pêchaient dans le canot avec une brutalité rapide de sauveteurs. Leurs gaffes mordaient dans les vêtements et les chairs. Ils en prirent un par le cou et le hissèrent à demi étranglé, les mains rivées à son garrot. Un autre leur tendait un bras tellement fixe qu'il ne semblait plus lui appartenir. Ce fut par ce bras qu'un nœud coulant de filin le saisit, l'enleva. Mais la ligne avait formé clef autour de deux doigts, et quand celui-là fut à bord, elle garda ces deux doigts arrachés. Il courait sur l'arrière en rond, stupidement, en secouant sa main, en secouant du sang. Royer l'empoigna par le bras et l'emmena dans la cuisine.

Il en restait cinq. On en sauva encore deux : une lame en effaça un qui s'était levé, qui avait lâché une seconde, en voyant la corde tomber sur lui, le banc qu'il tenait embrassé. Car la mer fouillait à chaque lame le canot insubmersible : elle le recouvrait, le balayait, l'écartait du *Cyclone* ou le rejetait sur lui... Dans les chocs, les gaffes que les hommes de Renaud lui opposaient cassaient comme des bâtons de verre... Le troisième qu'on saisit ensuite se mit à danser sur le pont, une danse pesante d'ours las : celui-là était fou.

Il n'en restait plus que deux, deux que l'on manquait, comme on manque les plus belles poupées à la foire. La houle s'amusait obstinément à balancer le *Cyclone* et l'embarcation dans des montées et des descentes opposées : on les eût dit aux deux bouts d'une bascule. Les coups de mer piochaient dans le canot, sans en arracher ces deux-là, l'un parce qu'il était engagé sous les bancs, qu'il avait fait le voyage sous les pieds de ses camarades, l'autre, parce qu'il semblait avoir une force d'accrochage démesurée, qu'il s'était agenouillé à l'avant, les mains retournées sur les bordés, les ongles sous la préceinte de fer. Ainsi, il semblait écartelé en croix de Saint-André, cloué aux deux bords du canot. Sur son corps immobile, la tête seule virait et vivait, une tête glabre, chauve et ridée, une tête de vieux ou d'enfant naissant, car il gardait les yeux fermés, grimaçait et crachait avec dégoût, comme une enfant naissant...

Tanguy lança pour la seconde fois son câble dans le canot, et l'homme se jeta dedans. Il se jeta dans le nœud ouvert sur les planches, la tête la première, goulûment, comme un chien affamé dans l'ouverture d'un chaudron de pâtée. Mais le second fila son aussière en beuglant :

— Non !

La stupeur de sentir la corde dont il s'était ceint demeurer lâche fit enfin relever la tête, après un long temps, au petit homme ridé. Tout l'équipage du *Cyclone*, pressé le long de la lisse, criait, en lui montrant, étendu dans le fond de l'embarcation, son compagnon évanoui ou mort. Ils lui criaient de le dégager, de lui passer l'aussière sous les reins. Ils brandissaient leurs bras vers cette forme allongée dans l'eau, qui avait de l'eau jusqu'à la bouche... Mais la stupidité tragique du vieux persistait sur son visage. C'était la dernière chose au monde qu'il pût comprendre et peut-être accepter : que ce n'était pas son tour d'avoir la vie sauve, qu'il fallait la donner à son camarade.

Quand il fut prouvé que ce malheureux ne se retournerait jamais, qu'il avait tout oublié, que pour lui, n'existaient que trois choses au monde : sa peau, le bateau sauveur, la corde qui l'emporterait, Tanguy haussa les épaules et l'amena à bord.

Le canot soulagé bondit à la lame. Il s'éloignait quand Renaud survint : il tenait un grappin d'abordage qu'il lança assez adroitement pour l'engager sous un banc. Puis il dit :

— Mainteant pour aller le chercher, celui-là !...

On hala le canot jusqu'à l'avant. Les hommes l'appliquèrent, en le tenant de court, le long de la proue, là où le bourrelet cessait, où le roulis l'enfoncerait sans l'écraser tout de suite. Pourtant, sous les chocs des tôles, ses planches, éclataient, il se brisait en détail, mais il restait là, maintenu par le grappin, contre le flanc terrible du *Cyclone*... Tanguy arriva, tenant toujours son lasso. D'un coup brusque, comme il enfilait son chandail, il se passa la boucle sous les bras.

— Déhalez, dit-il.

Les hommes hésitaient. Il les regarda.

— Alors !...

Ils empoignèrent le câble, et comme le bateau se couchait sur bâbord, le second se laissa glisser le long de la coque. Il risquait cent fois d'être écrasé entre l'étrave et le canot, mais quand le remorqueur se releva, tous virent Tanguy debout dans l'embarcation se baisser et empoigner l'homme couché. Ceux qui tenaient le câble, devant la réussite presque impossible, pensèrent :

— Il a une veine de...

Ils n'osèrent point achever, même dans leur pensée. Renaud, lui, admira :

— Il est fort comme une bête !

— Hisse !

Quand ils l'élevèrent, il donna un grand coup de reins afin que ce fût son large dos arqué qui reçût le choc contre la tôle... Vingt bras se tendirent pour l'aider à franchir la lisse. Il tomba sur les genoux, à côté du naufragé. Puis, se relevant avec peine, il essuya du sang sur son front, et regarda le rescapé, avec une satisfaction qui éclairait son morne visage d'une bonhomie de grand-père : le Grec avait des cheveux clairs, extrêmement longs, un visage fin... Inquiets, les yeux du second descendirent le long du ciré, cherchant la main du naufragé, une main noire, mais délicate, où brillaient des bagues, où les ongles cassés restaient roses sous la crasse. Tanguy regarda cette main comme quelqu'un qui s'aperçoit d'un vol :

— ... de Dieu ! gronda-t-il, mais on dirait que c'est une femme !

VI

QUAND on vint dire à Renaud, sur la passerelle, que c'était bien une femme que Tanguy venait de hisser à bord, la femme du capitaine grec, évanouie, peut-être assommée et noyée, il répondit :

— Ça va. Portez-la chez les t. s. f. et qu'ils fassent pour le mieux.

Les t. s. f. exerçaient les fonctions d'infirmiers du bord et gardaient le coffre à médicaments. Le capitaine ajouta :

— Qu'ils pansent les autres, sans perdre trop de temps à la réveiller, s'il n'y a rien à faire. Royer leur donnera un coup de main. J'irai voir ça tout à l'heure.

Car il n'avait d'yeux que pour le cargo qui l'avait doublé pendant le sauvetage et filait au nord-est dans le courant. Il devenait urgent de lui couper la route. Il songea :

— S'ils savaient où ils vont, ils gueuleraient pourtant encore !...

Et au timonier :

— Manœuvre à les approcher sous le vent...

La mer restait forte, mais le temps mollissait de plus en plus. Le jour s'était établi, un matin lavé et net de printemps, fait, à tribord-avant, de zones roses et bleues, de l'aquarelle faible. Les lames ne conservaient qu'une force passive et lourde, un élan qu'on sentait venir de très loin, mais qui s'amortissait et les soulevait mal. Heureusement, cette mer s'en allait dans le même sens que le grand courant de l'Atlantique. S'ils étaient contrariés, elle aurait encore monté sur les passerelles... Les hommes, le sauvetage achevé, s'étaient remis à haler le bout de remorque, à traîner la rechange. Renaud poussa la manette du chadburn. Au tintement du timbre répondit le bouillonnement de l'hélice. Puis le chadburn sonna de nouveau : « Plus vite. »

Tous, sur le *Cyclone*, entendirent le bruit familier du battement qui s'accélérait, les « chitt, chitt » qu'imitent les enfants, lorsqu'ils jouent au départ de la locomotive... puis le grand coup frappé par la machine enrayée, les dix-huit cents chevaux du remorqueur butant contre l'obstacle, la cassure subite de la vapeur, le tremblement des tôles après l'effrayant choc de bélier. Renaud se jeta sur le porte-voix :

— Qu'est-ce qu'il y a ?

D'en bas, une voix un peu courte répondit :

— L'hélice est bloquée.

Arrêt du cœur !...

Puis, quelqu'un, à l'arrière, cria :

— C'est la remorque !...

Elle s'était engagée autour de l'hélice. Pendant le sauvetage, pour lequel on l'avait négligée, elle avait remué dangereusement dans les remous. Elle y avait pris ces attitudes flexibles, ces courbes mouvantes et souples de tous les cordages abandonnés aux flots et qui, entre deux eaux, semblent si capricieusement vivants. Puis quand le *Cyclone* virant de bord avait présenté l'arrière au courant et à la mer, une lame avait engagé le spring sous le bateau une pale de l'hélice l'avait happé puis enroulé en une monstrueuse bobine. L'arbre avait serré, de toutes les forces des machines, les tours du câble contre la coque, et le propulseur était maintenant emprisonné dans un énorme cylindre d'acier et de chanvre.

Renaud aperçut, dans le nord-est, les trois éclats du phare d'Ar-Men. En lui-même, quelque chose compta les vingt secondes d'éclipse : l'habitude de relever les feux... Puis les trois éclairs reparurent pour la dernière fois. Le phare s'éteignait.

— Une heure après le lever du soleil, pensa-t-il.

Il se tourna vers Tanguy qui demeurait placidement accoudé au rebord de sa vigie, et lui dit :

— Si elle ne se dégage pas, nous sommes foutus !... Restez là cinq minutes, je vais voir le chef.

Dans les coursives, il croisa des hommes muets et fixes. Il

jeta un coup d'œil dans la cuisine : Royer s'arrêta de panser un Grec, pour le regarder passer... Dans le dégagement des chaufferies, le treuil à vapeur montait toujours sa charge d'escarbilles, mais dans la chambre du servo-moteur, les deux barres, deux roues inégales axées l'une sur l'autre et qui répétaient chaque mouvement du timonier de passerelle, les deux barres inutiles ne bougeaient plus.

Le capitaine entra dans la machinerie, largement éclairée par ses lampes électriques. C'était une profonde fosse où couraient, comme dans les gorges des montagnes, d'étroites galeries, des grilles de fer dont l'entrecroisement semblait encager la machine. Renaud passa devant un compresseur, un bloc d'acier trapu qui bourrait d'air les caissons, lors des opérations de renflouement. Il frôla une gigantesque turbine d'épuisement peinte en vert. À sa droite, ces puissants appareils se répétaient. Et Renaud sentait tout le ridicule d'être si fortement armé, dans un pareil moment, pour secourir les autres.

Il descendit jusqu'au fond de la fosse, par les échelles de fer presque à pic, dont les mains-courantes restaient grasses des paumes huileuses qui s'y frottaient. Le chef mécanicien, Lauran, un gros rouge, à cotte bleue, était debout devant les cadrans des manomètres, devant les trois dynamos qui actionnaient les pompes. Il avait devant lui tout l'échafaudage puissant de la machine, les cylindres, les bielles luisantes, l'énorme tuyau pourpre d'évacuation. Et il faisait tourner dans un sens, puis dans l'autre, lentement, un volant d'acier poli, le volant d'admission de la vapeur. Deux autres mécaniciens adossés à la paroi le regardaient.

Et ce geste, le seul qui pouvait encore sauver le bateau et trente vies, parut à Renaud tout à fait dérisoire. On eût dit un enfant manœuvrant le volant de carton d'une de ces automobiles qu'ils fabriquent avec des chaises renversées, car rien ne bougeait de la puissante machine. Dans cette fosse profonde pleine d'infatigables bras d'acier, de masses qui toutes étaient faites pour se ruer en mouvements furieux, il n'y avait à remuer que cette petite roue inutile. Et pourtant, à chaque demi-tour, le chef mécanicien qui envoyait alternativement la vapeur en avant, puis en arrière, lançait la force de dix-huit cents chevaux contre ses pistons immobiles. Il expliqua :

— Quand c'est arrivé, j'ai cru que tout était sauté... Et regardez : pas un écrou n'a bougé... Je savais que c'était de la bonne camelote, mais je n'aurais jamais cru que ça résisterait à ça !...

Renaud l'interrompit :

— Mon vieux, si vous ne la coupez pas, nous allons au plein !

Le chef approuva, d'une voix essoufflée :

— Je m'en doute... Où est-on ?...

— À neuf milles de la Basse Froide, et avec un courant qui nous y porte à huit nœuds.

Lauran calcula :

— Ça fait une heure à peu près... Vous voyez. Ça ne bouge pas d'un millimètre... L'arbre est étranglé : il y a peut-être cent mètre de spring autour !... Et pourtant comme pression !... Ils chargent à en faire péter les chaudières !

En parlant, il continuait son balancement monotone des bras : Avant... Arrière... Avant... Arrière... Il marquait un temps d'arrêt quand il arrivait à bout de course, toute l'admission ouverte, afin de laisser la vapeur appuyer... Mais rien ne répondait, rien que le sifflement des jets qui fusaient par tous les joints, comme dans un établissement thermal. Renaud conclut en s'en allant :

— Enfin, faites pour le mieux...

Les hommes qui se rangèrent devant lui, le long des galeries, ne l'interrogèrent pas, à peine s'ils le regardèrent. Ils ne parlaient pas non plus entre eux. C'était une tacite loi d'honneur sur le *Cyclone* de ne s'épater de rien quand on était à la mer. On se trouvait là entre hommes spécialisés dans la catastrophe. On y savait qu'à chaque sortie, du départ à l'arrivée, on luttait pour sa peau autant que pour celle des autres, mais on n'en disait rien...

Renaud songea cependant, à les voir partir au travail, leurs pinces et leurs haches bien en main, qu'ils s'en allaient réparer un bateau qui, lui, était jeté à la côte. Et il pensa :

— Pas un ne souffle ! Ils sont chics !...

L'avarie qui venait d'émerveiller le chef mécanicien en lui révélant la résistance de sa machine, l'émerveillait, lui, en lui révélant la qualité de son équipage. Il remonta sur la passerelle et dit à Tanguy :

— Rien à faire qu'à attendre.

L'autre haussa les épaules : il semblait vouloir dire qu'attendre cela ou autre chose !...

Attendre... Renaud savait parfaitement que c'était la seule chose au monde à quoi il ne pouvait se résigner. Son hélice bloquée, comme une toupie de gosse, par de la ficelle brouillée !... Glisser à la côte comme tous ceux qu'il avait sauvés, prendre leur place dessous, lui qui toujours avait été dessus !... Surtout, ne plus rien pouvoir pour son bateau, lui, le chef, avoir délégué son initiative à un autre, à celui qui, en bas, sous ses pieds, répétait son geste mécanique : Avant... Arrière... Avant... Arrière... Un geste absurde, monotone et énervant ! Il était parti brusquement pour ne plus le voir...

Maintenant, il tournait sur la passerelle, autour des commandes inutiles. De là, on devinait les lignes des brisants... Ils apparaissaient, quand le *Cyclone* montait au tangage, comme un frottis blanc sur le gris bilieux de la mer. L'œil aigu de Renaud y devina des points noirs qui étaient les dents de la gigantesque herse de pierre.

— On s'en va droit sur l'est d'Ar-Men, pensa-t-il. Les gardiens nous verront, s'il vient un peu clair. Ils pourront raconter la chose.

Il se rappelait le phare debout sur son socle étroit, au milieu de remous tortueux, entouré parfois d'un manchon de lames, des gerbes cylindriques qui montaient jusqu'à la lanterne. Il l'avait vu de près, un jour qu'il avait accompagné l'ingénieur, sur le baliseur des Ponts et Chaussées. Par aucun temps, aucun bateau, aucun canot n'y abordait. On y faisait passer les hommes et les vivres au bout d'un fil d'araignée, par un va-et-vient de câbles... La pensée de Renaud quitta Ar-Men pour glisser un peu à droite : on irait s'ouvrir sur les écueils de l'est, sur le Huron ou le Cornoc Argo... Auparavant, le capitaine aurait mouillé ses deux ancres qui casseraient, puis fait mettre à la mer les canots qui écraseraient leurs hommes et seraient happés par l'irrésistible courant...

La sirène du Grec recommença de mugir : il avait de l'avance et voyait mieux les étocs où il courait. Vraiment,

Renaud, depuis dix minutes, ne songeait plus à lui ! En l'entendant, il leva les épaules :

— Cause toujours ! Qu'est-ce que tu veux que j'y fasse !...

Puis il aperçut Gouédic au haut de l'échelle de passerelle :

— L'émetteur est réparé, capitaine.

— Bon... Et les autres devant, qu'est-ce qu'ils disent ?

— On n'a pas tout pris, parce que je réparais et que Le Gall pansait les Grecs et la femme.

— Ah ! oui... Qu'est-ce qu'elle a ?

— Une fracture du bras, que je crois, et l'épaule ouverte... C'est justement pourquoi on a mal entendu, parce qu'elle criait.

Renaud hocha la tête :

— Elle s'est réveillée ? Elle choisit mal son moment !... Elle pouvait rester dans les pommes, pour ce qu'il lui reste à voir ! Enfin bref...

Il pensait qu'il l'embarquerait la première, dans un canot, comme il se doit, et qu'il serait ainsi quitte envers elle.

— Alors, qu'est-ce qu'ils chantent en définitive ?

— Ils appellent... Ils disent qu'ils vont au plein.

— Oui, rien d'intéressant, apprécia Renaud. Enfin, si le canot de l'île les entend, il en ramassera peut-être trois ou quatre... Avertissez-les que j'ai une panne de machine, Gouédic, pour la bonne règle, et que je les reprendrai, si je me dégage. Dites-leur aussi que je leur signalerai quand mouiller leur ancre... N'ajoutez pas que ça ne servira à rien : ils le verront bien assez tôt ! Mais surtout, dites-leur qu'ils bouclent leur sacrée sirène, si possible ! Ça ne sert à rien et ça embête tout le monde. Allez.

Pas un instant, il ne lui était venu à l'esprit de lancer un S. O. S. pour son compte.

Mais Gouédic avait à peine tourné le dos qu'une subite colère souleva Renaud contre cette ferraille inerte, cette mécanique détraquée, obtuse, dont la vie profonde lui échappait, à lui, l'homme des voiliers, et qui obéissait à un autre... Sur un trois-mâts, on se battait, on manœuvrait. On avait sous les pieds un bateau qui vibre, obéit au tour de main du capitaine. Même quand on doublait la Corne, on endurait de la toile ! Lui, Renaud, avec les sacrés singes qu'il avait dressés à monter dans ses cocotiers, il n'avait jamais eu ses bateaux déshabillés dans les pires cyclones, même quand un grain vous arrivait dessus à cent à l'heure, que votre baromètre tremblait ! Et puis, pas de panne à craindre, tant que vous aviez une queue de chemise à hisser sur une vergue ! Tandis que sur ce maudit ponton !...

Il était de ceux que l'impatience étouffe. Tête basse, il arpentait la plate-forme et de ses mains qu'il joignait derrière le dos, les ongles jouaient, s'enfonçaient dans les paumes. Arrivé à la rambarde, il aperçut un matelot sur l'avant, debout, une grosse pince en main, et qui s'immobilisait, depuis un instant, dans la contemplation des brisants. Car on les apercevait maintenant comme des mottes noires dans un champ où la neige aurait commencé de fondre. Le corps tout penché, le capitaine cria :

— C'est tout ce que tu as à foutre ? C'est pour ça que tu es payé, pour regarder le décor, comme un Parisien ? Tu les verras quand tu seras dedans !... D'ici là, jusqu'à ce que je t'aie dit de sauter, tu feras ton boulot, tu entends !

L'homme se hâta de rattraper le bout du hauban qu'il devait « saisir ». Deux matelots, près de lui, se détournèrent, regardèrent pendant une seconde le capitaine, puis se remirent à ligaturer les montants d'une échelle à demi arrachée...

On n'était plus qu'à quatre milles des étocs... À l'ouest, on apercevait Sein, un seuil plat, une dalle gercée et noire, basse sur l'eau comme un radeau échoué, si basse que ses mille habitants se réveillent, la nuit, tous ensemble, avec de l'eau le long du ventre, Sein tellement usée par les lames, que cette île de roc a pris les courbes molles, allongées, des bancs de sable, qu'elle apparaît sur les cartes avec une figure inquiétante d'ectoplasme. Ses prolongements enserrent des lagunes bouillantes et seules les maisons s'y élèvent un peu au-dessus du flot.

Renaud, à force de la doubler, en était devenu curieux. Il avait tenu à la visiter un jour, à descendre chez les femmes à coiffes noires...

Yvonne, sa femme, l'accompagnait. Il l'avait photographiée debout entre les « Causeurs », les deux grands menhirs qui se font face à la pointe extrême de l'ancien monde. Yvonne... Il songea : « Elle aura beaucoup de chagrin. » Mais il fut impuissant à penser au-delà. Accaparé par le danger, il ne trouvait d'intérêt qu'aux souvenirs qui pouvaient se rapporter au naufrage prochain.

C'est pourquoi il se souvint d'être monté au phare de Men-Briale et d'en avoir reçu une grande satisfaction. En tournant autour de la lanterne, n'avait-il pas aperçu, pour la première fois, dans la lumière vibrante de ce dimanche de juillet, tout l'ensemble de cette Chaussée de Sein contre laquelle il se battait dans le noir, dans les embruns, dans les brumes et qu'il n'avait vraiment jamais vue, même quand il allait chercher les navires jusque dans ses crocs. Il revoyait, avec une précision parfaite, le tableau : une chaussée, oui, une route d'écume, une avenue cahoteuse, large de quatre milles et hérissée de milliers de cailloux noirs. Et là-dedans, les entrelacs incohérents des courants et des remous, une sorte de foisonnement de l'eau, d'enchevêtrements absurdes, de retours, de repentirs. Sur les deux bords de cette route, deux rangées de geysers, des arbres d'écume sans cesse renaissants et retombés. Les cailloux, il les avait nommés comme un vainqueur dénombre une armée vaincue : la Tête du Chat, Dentock, Moédock, Penbara, Nerroth, à l'ouest et au nord ; Gouelvanic, Forhok, Men Mankik à l'ouest. Et tout le semis des autres qui portent des noms celtiques de sens farouche ou grotesque... À ses pieds, l'île des naufrageurs allongeait ses tentacules de pieuvre, ses formes protoplasmiques. Le gardien de phare lui avait dit :

— Il y a là-dedans encore plus d'épaves que de cailloux...

Puis il s'était mis à rire :

— Et pourtant, on ne peut pas dire qu'il y ait eu sur la chaussée un seul bonhomme de noyé...

Renaud l'avait regardé et l'homme avait expliqué :

— Non, ils ne se noient pas, ils s'assomment... Pour eux, c'est un bien : c'est plus vite fini !... La mer est toujours tellement dure qu'elle leur fend le crâne sur les rochers. Et puis, elle leur casse les os : ceux qu'on retrouve, on dirait des poupées de son...

Ces souvenirs calmaient Renaud. C'était comme une revanche sur le naufrage que de prévoir au-delà... et de s'en foutre... L'homme avait dit encore :

— J'ai fait du scaphandre avant de venir ici, et je peux dire comment que ça se passe en dessous... J'y ai vu une fois des crabes et des homards se battre, et comment ! pour un bonhomme... Les crabes s'étaient fourrés dans la poitrine du type. Fallait les voir sortir de dessous les côtes, pour sonner à coups de pinces les homards qui en voulaient un morceau... Être bouffé par un beau homard, c'est tout de même plus flatteur que par les asticots... C'est pas votre avis, capitaine ?

Si, c'était son avis...

Le gardien avait ajouté :

— Dès qu'il y a un peu de fond, vous retrouvez toujours les bateaux debout, bien droits sur leur quille... Pour ça, il faut cinquante à soixante mètres. Plus haut, la houle attaque tout, démâte tout, démolit les passerelles et les cheminées, mais déjà à cinquante mètres, vous trouvez la barque intacte, droite comme si elle était à caréner.

Cela causait maintenant au capitaine un obscur plaisir : là où l'on s'en allait, on trouverait assez d'eau pour se tenir droit sur le fond, pour durer...

Un grain creva, noyant tout. Quand le nord redevint clair, les brisants surgirent si proches que Renaud en reçut un choc, comme de retrouver présente, au réveil, la menace d'un cauchemar. Un moutonnement furieux y courait, d'est en ouest, et les recouvrait. C'était quelque chose de prodigieusement vivant, une galopade d'avalanche, des crinières démesurées qui s'échevelaient. Les roches, parfois, pointaient sous l'écume comme des engins difformes crachant à d'extraordinaires hauteurs des explosions tonnantes.

Et leur immobilité, sous la formidable ruée qui les parcourait, semblait miraculeuse et presque méritoire. À ces heures de détresse où l'on ne choisit plus ses pensées, une idée absurde arrêta Renaud quelque temps, une vague sympathie pour cela qui tenait le coup, reparaissait après chaque coup de mer, ainsi qu'un bateau solidement mouillé... Puis il songea, ce qui l'affecta davantage, qu'il allait couler comme un imbécile, pris dans une rencontre qui ne le regardait pas. La mer n'était plus qu'une route en pente où il descendait. Elle ne lui portait plus aucun coup direct : elle l'entraînait seulement dans les cahots des courants, le briserait avec elle, en une seconde, puis continuerait, après lui, à se fracasser éternellement contre la barrière.

La pluie, de nouveau, lui cacha le Grec, qui dérivait un peu en avant, dans le nord-est, et criait toujours, comme crient les folles le soir... Renaud ne vit plus qu'un peu de mer courte, hachée, une eau qui venait de jaunir tout d'un coup comme si l'on y avait basculé des tombereaux de terre. L'averse cinglait, fermant le mur à quelques mètres de la lisse. Il en fut contrarié : il n'aimait pas qu'on lui bandât les yeux avant de le coller au mur.

Son regard, en quête d'un appui précis, s'attacha au large dos de Tanguy qui, affalé sur la rambarde, bien à son aise, semblait un de ces retraités qui regardent, le soir, le flux monter dans les petits ports. Une telle tranquillité déplut à Renaud, bien qu'il n'y vît aucune ostentation, et il dit en regardant sa montre :

— Dans une demi-heure, ce sera réglé !...

L'autre, à qui le roulis imprimait un léger dandinement d'un coude sur l'autre, et qui se laissait faire, rectifia :

— Peut-être un peu plus, parce que le bout de la remorque traîne et que ça nous retarde... Trois petits quarts d'heure, quoi...

Renaud se rappela soudain quelque chose de lui qui l'avait intrigué, et il demanda, car il fallait ne laisser aucun point obscur, tant qu'on pouvait l'éclaircir :

— Qu'est-ce que vous aviez donc, tantôt, à grogner contre la T. S. F. ?

L'autre se redressa et réfléchit :

— Parce que tout le monde sait quand on va rentrer, avec les radios...

— Ah ! oui... dit Renaud.

Et il pensa que le second avait vraiment des idées à lui...

— Alors, expliqua Tanguy, quand on rentre chez soi, il n'y a pas de surprise à craindre... Vous êtes attendu !...

Renaud comprit, et il eut pitié. Celui-là allait aux étocs avec quelque chose qui le rongeait en dedans. Le capitaine revit la petite Tanguy, hardie, frôleuse ; il se souvint de ses propos à double sens, que ses yeux précisaient si bien, et pour la première fois, depuis le départ, le souvenir chaud d'Yvonne l'emplit tout entier. Lui, au moins, il serait regretté !... Mais il sentit tout le danger de cette pensée : ce qui était suspendu, refoulé en lui comme par une digue, pouvait, à la moindre imprudence, crever et le submerger. Il se hâta donc de porter secours à l'autre pour s'échapper de lui-même :

— Votre femme ne mérite pas ça, Tanguy... Vous ne devriez pas dire ça, dans un moment pareil... Vous savez bien que ce ne sont pas celles qui aiment le plus à rire qui sont les moins sérieuses...

L'autre grandit encore et, les jambes écartées, prit appui fermement, de ses grosses mains, sur la lisse. Puis, fixant sur le capitaine son regard lourd :

— C'est là-bas qu'il faudrait être demain matin, pour être renseigné une bonne fois...

D'un coup de tête, il montrait l'ouest, Brest, la maison. Renaud, en un éclair, imagina Yvonne à l'instant de la nouvelle. Sa langue chercha de la salive, puis ses yeux allèrent aux écubiers et, pour la première fois de sa vie, il mendia un peu d'espoir :

— Croyez-vous que les ancres tiendront ?

— Sûrement que non !

— On va pourtant essayer, déclara Renaud avec colère, et il prit son sifflet.

À ce moment, ils ressentirent un choc sous leurs pieds, un coup rapide frappé à l'arrière du bateau. Ils se regardèrent, le souffle coupé... L'ébranlement se répéta, plus long : l'hélice venait de tourner d'un quart de tour...

Il s'écoula un instant d'interminable guet, puis elle ébranla de nouveau le bateau, cognant comme une hache maniée de trop près et qui manque d'élan. Renaud, inconsciemment, fit un pas vers le porte-voix des machines, mais il resta debout devant le tube de cuivre, à le regarder, comprenant qu'il ne fallait pas troubler celui qui attaquait en bas...

Quand l'hélice repartit avec précaution, en battant lentement, comme un pouls après une syncope, le capitaine, la bouche entrée dans le porte-voix, cria :

— Bravo, Lauran !... Elle est claire ?

Une voix fourbue, qu'on sentait hachée par un effort exténuant, exhalée par une bouche grande ouverte à la poursuite du souffle, répondit :

— Oui... Ça y est ! Ah ! la vache ! Le mal que j'ai eu à la couper !...

Il n'avait fait, depuis une demi-heure, que manœuvrer un petit volant, et il était à bout, comme s'il avait, lui-même, de ses mains, tranché, scié, dénoué la corde monstrueuse.

Penchés à l'arrière, par-dessus la lisse, des hommes cherchaient à apercevoir les tronçons qui se tordaient dans l'eau...

Derrière Renaud, l'homme de barre dit simplement, en mettant « toute dessous », pour relever le bateau :

— J'ai ben cru que mes cors ne me feraient plus jamais mal !...

⁂

Sur le *Cyclone*, on parlait, on n'avait plus que cela à faire. On avait reparlé en même temps que l'hélice. Cela avait été le seul changement appréciable dans la vie du bord. On était allé d'abord au plus pressé. Gouédic s'était remis à tripoter ses manettes pour avertir le Grec qu'on lui courait de nouveau dessus, qu'on allait lui couper la route, se jeter entre lui et la chaussée, lui passer une remorque, et que ce n'était pas le moment de la rater ! Ils s'en étaient donné garde ! Tous sur le pont, les mains tendues comme à quelque chose qui tomberait du ciel !... C'était la première fois, depuis le départ, qu'on les voyait, si nombreux, des silhouettes de brume qui gesticulaient dans la pluie oblique des grains, sous le coaltar des nuages traînant sur leur pont... Le *Cyclone* avait reculé devant eux, des fuites coupées d'arrêts brusques, celles d'une crevette devant le havenet, et on leur lançait les fusées. Elles tombaient à côté : on en relançait.

Ils n'avaient saisi la remorque que lorsqu'on avait eu le cul entre deux brisants, dans une mer mauvaise comme une râpe, un dégorgement d'eaux furieuses, et sales comme des lavures d'abattoir. Jamais vivants n'avaient vu les étocs de si près : un quart d'heure de manœuvres entre les dents noires qui chuintaient, sifflaient, crachaient, dans une mer enragée, toute en remous féroces. C'était là-dedans, à vingt-cinq mètres de la mort, que Tanguy leur avait envoyé le plomb de sa ligne en pleine gueule. On eût dit qu'ils l'avaient avalé et, avec lui, tout le filin qui suivait, tant ils s'étaient jetés dessus, tant cela avait disparu soudainement... Ah ! ils avaient eu vite tourné le câble autour des bittes, du mât, de tout ce qui dépassait !... Et quand leur rafiau en laisse avait remonté le courant, s'était enfin éloigné des étocs, de toutes ces têtes obscures, hérissées qui se levaient et guettaient sous l'écume, ils avaient crié, puis chanté un cantique... Oui, ils avaient encore découvert cette force au fond de leurs pauvres tripes de pousser un cantique !... On en avait rigolé sur le *Cyclone*, mais sans méchanceté, avec un peu d'attendrissement rude. Les clients étaient même désormais si bien dressés qu'ils avaient, par la suite, largué leur amarrage et maillé sur la chaîne au premier ordre de Renaud.

Maintenant, on défilait par le travers d'Ar-Men, on entrait dans l'Iroise. Il était deux heures à peine de l'après-midi, et l'on tenait ses quatre nœuds, bien qu'il n'eût pas été possible, même en filant une drome, de modifier le cap de l'*Alexandros* que le *Cyclone* traînait toujours en travers. Mais la brise mollissait de plus en plus et la partie était gagnée. Un plafond de nuages qui se trouait de gouffres bleus, une mer verte, avec belle houle de suroît qui lavait encore l'arrière, mais ne gênait plus.

On serait le soir à Brest.

Le Grec fumait plus que dix locomotives. Renaud lui avait enjoint de garder de la pression afin de rentrer sa chaîne. Le capitaine de l'*Alexandros* avait promptement obéi et poussé ses feux. Puis il avait poliment demandé qu'on lui filât du spring pour moins fatiguer. Renaud avait filé trois cent soixante mètres, ce qui, avec les trois maillons de chaînes du cargo, faisait plus de quatre cent cinquante mètres à la traîne. Maintenant le remorquage se poursuivait normalement et le capitaine, délivré, se souvenait d'autres heures mauvaises, et comparait.

— Tant qu'il a du vent pour l'appuyer, disait-il, le voilier est décidément plus maniable que le vapeur. Même au cap Horn, les cargos étaient plus misérables que nous. Ils s'en allaient des deux côtés et maussadement. Le voilier, lui, a toujours un matelas de vent...

C'était la seule conversation qui fût possible avec Tanguy : la supériorité du voilier sur tout ce qui flotte, a flotté et flottera. Et aujourd'hui, après la défaillance de son bateau, Renaud, qui lui gardait de la rancune, l'immolait aux grands quatre-mâts qu'il avait commandés.

— Dans ce temps-là, enchérissait Tanguy, y avait du matelot !... Maintenant, on n'a plus que des femmes de chambre. Si vous savez laver un pont, passer de la potasse sur de la peinture, ça y est, vous êtes marin !

Et Renaud, qui venait d'admirer le silence de son équipage, un bon équipage de haleurs, de forgerons et de menuisiers, Renaud approuvait :

— J'en ai eu qui avaient des guillotines de tatouées sur le front ! Mais dame, des matelots !... Vous les voyiez arriver avec bottes et casaques, gréés pour être lavés. Ils montaient, dans la nuit... Au bout de trois mètres, vous n'aperceviez plus que la semelle de leurs bottes. Dans le noir, sur des centaines de cargues, ils vous mettaient du premier coup la main sur la bonne, autrement, ils cassaient la gueule du type d'en dessous !... Vous, d'en bas, vous pensiez avoir assez tiré dessus pour que ce soit cargué. Ils redescendaient, avec de l'eau plein leurs bottes, parce que là-haut, à vingt mètres, les paquets de mer leur rinçaient encore les fesses :

« — Capitaine, y a du jour dans la misaine...

« Et ils remontaient ! Ça représentait quelque chose, hein, de descendre et de remonter !... Là-haut, le gars essayait, debout sur son fil, avec un ballant de 90°, de poser sa cargue-fond : elle pétait. Il redescendait. On réamurait, mais Jean Gouin voulait remonter :

« — Laissez-moi y aller, capitaine !

« — Tu vas te faire laver !...

« Mais il ne pouvait pas s'empêcher d'y remonter et de passer sa cargue pour sauver sa voile majeure !... »

Sous ses pieds, Royer, son matelot des voiliers, parlait, lui aussi... La catastrophe à laquelle on venait d'échapper l'avait, comme Renaud, dégoûté. En somme, il ne s'était rien passé. Qu'est-ce qu'on aurait à raconter sur le quai ? L'hélice s'est arrêtée, et puis elle est repartie. On a eu chaud ! Pas un mot de plus !... Il ressentait profondément toute la pauvreté d'un pareil péril. Dans la marine en bois, au moins...

— Tiens, sur le *Vincennes*, un trois-mâts barque de 4 500 tonnes, à son premier voyage... On était à Nouméa, tout chargé et v'là qu'on annonce un cyclone sur la côte de la Nouvelle. Naturellement, on attend... On attend dix jours. Mais pendant ce temps-là, on mangeait de l'argent à la compagnie et le capitaine enrageait :

« — Tans pis pour leur sacré cyclone, qu'il dit. Il n'en finit pas d'arriver !... »

Royer conta longuement le choc, le bateau crevé, l'agonie des hommes écrasés, la folie furieuse du capitaine :

— Et pourtant, c'était un marin ! Une fameuse vache, mais un fameux homme ! Une vache, sûr ! Je n'ai jamais vu mesurer le vin comme il le mesurait...

Gouédic, qui entrait dans la cuisine, l'interrompit :

— As-tu du thé pour ma gonzesse ? Elle veut boire.

— Elle a été bien mouchée ?

— Elle a l'épaule coupée, quoi... Et puis, elle gueule... La fièvre.

Royer remplit un pot de thé et le lui remit avec des plaisanteries appropriées aux circonstances...

Puis, sans achever son cyclone, car personne ne le lui demandait — tous étaient trop las et s'en foutaient — il parla des femmes sur les bateaux.

— J'en ai connu deux, la femme du capitaine : huit ans de voyage si tu les mets bout à bout. Cinq fois le cap Horn. Une comme ça, tu n'en trouveras pas deux sous le tournant du soleil !... Dans ce temps-là, elle était maigre comme un fil à voile, mais un cran à ne pas tiquer dans un typhon !... Tu ne la voyais pour ainsi dire pas ; elle restait chez elle. Elle repassait son linge, faisait de la broderie. Et puis, elle t'avalait les bouquins !... À propos de bouquins, va le raconter à un type qui en fait, qu'une femme vivait à bord, avec trente bonshommes, des dix-huit mois, sans mettre pied à terre. Tu verras ce qu'il te fabriquera avec ça : un équipage de chevreuils... bâbordais et tribordais à baver, à renifler sous le vent de la poule. Une bonne petite mutinerie, pour que le capitaine la prête aux copains. Des saloperies, quoi, et des conneries !... Va-t'en voir !

Elle était plus tranquille que chez elle ! Personne ne l'embêtait. Des parties de cartes avec les officiers, des gâteaux de Savoie qu'elle faisait, pour les fêtes. Elle te prêtait des jupons pour te déguiser au passage de la ligne. Quand ça ventait trop frais, le patron l'enfermait dans les logements de l'arrière, et elle attendait l'embellie. Moi, je lui demandais :

« — Alors, combien que vous avez fait de vœux à Notre-Dame d'Espérance, madame Renaud ?

« Elle répondait :

« — Je n'ai pas eu peur : je savais que mon mari était en haut...

« À moi, elle me causait.

« — C'est le soir que je pense à la France, qu'elle me disait. La mer est si triste, le soir !...

« Et ça, c'est vrai, au fond.

« J'en ai connu une autre, une sacrée vieille garce, qui ne dessoûlait point, laide comme le péché. Et elle était mauvaise, avec ça, quand elle était pleine, le chameau !... Tout le temps derrière son vieux, à le monter contre les bonshommes :

« — Il t'a fait ci, il t'a fait ça ! Vas-tu le laisser manquer ? Retranche-le de son quart de vin !... » Tous les soirs, elle se baladait sur le pont. Alors, on lui tendait des filins en travers des pattes, pour la faire se casser la gueule. Quand elle était par terre, on s'amenait à deux pour la ramasser. On l'étayait sous les bras : « Vous vous êtes-t-i' fait mal, madame Eugène ?... » On la descendait au vieux, on l'asseyait gentiment : « Donne-leur un quart de vin. Ils m'ont relevée, qu'elle disait. Mais faut donc qu'il y ait toujours quelque chose à la traîne sur ton sacré bateau !... » On avait été obligé de faire un tour, tant y avait la presse pour la remettre sur quille... »

Le soir descendait et la mer exsudait une brume lourde qui se dilatait parfois subitement jusqu'à emplir le ciel sombre. À ces moments, le Grec noircissait puis se fondait en fumées. La Parquette était doublée, le feu rouge du Trépied se distinguait par bâbord avant. À l'instant même où un bouchon de brume s'effiloquait dans le vent, les trois éclats prestes du Toulinguet étincelèrent dans la zone obscure de l'air. Le voyage s'achevait. Avant trois heures, on se serait engagé dans le Goulet. Là, un dernier coup d'œil à donner, une manœuvre de justesse pour que le corps-mort à la traîne, avec les embardées qu'il faisait, n'aille pas se jeter contre Mengam ou talonner sur les Fillettes, et ce serait gagné !

Pourtant, malgré la réussite, l'ennui rentrait chez le capitaine, comme s'il l'eût absorbé par ses yeux qui voyaient les feux de terre, comme s'il eût avalé, jusqu'au fond de l'âme, cette brume sale qui traînait partout. Pour la première fois, au retour d'un sauvetage, il allait retrouver chez lui une femme malade !...

Il était très las, et ne réagissait plus. Il était donc parfaitement sincère. Aussi, devant la perspective d'une maladie longue, il ne pensait qu'à lui, à tous les embêtements que ça allait lui valoir... Faudrait-il faire venir sa belle-sœur pour soigner Yvonne ? Elle avait un caractère de dogue. On pouvait se mettre en quatre pour elle, jamais on n'en faisait assez !... Et pourtant, il faudrait l'appeler. Yvonne n'était plus capable de rester seule : son caractère avait trop changé ! Lui, ne pouvait plus aller chercher un paquet de tabac sans qu'elle dise : « Où vas-tu ? Tu ne seras pas longtemps ?... » Il pensa cruellement : « Je l'ai trop habituée à me suivre, à l'emmener partout !... »

Amphibie, il s'était, jusque-là, accommodé au mieux de ses deux moitiés de vie. À bord, le danger, la lutte, l'épuisement et le succès. À terre, les paperasses de la Compagnie et les marchandages de l'armement, mais en revanche, les camarades, le café et les cartes, la considération, la bonne cuisine, la bonne cave, la chaude présence d'Yvonne, ses regards, ses gestes, ses robes, ses paroles qui n'avaient que lui pour objet, un repos bourgeois où il s'abandonnait avec satisfaction et dont sa femme avait la charge. Et voilà que ces escales, ces vacances seraient désormais empoisonnées, heure par heure, de récriminations, d'impatiences de malade, et de malade debout, les pires ! Descendre exténué de sa passerelle pour aller remuer des tisanes !

Et si le médecin ordonnait un changement d'air, comme il l'avait laissé prévoir... Obligé de prendre sa retraite, à quarante-six ans !

Pour larguer cette pensée, secouer le froid que ça lui donnait, il laissa Tanguy sur la passerelle et s'en alla chez les t. s. f. Il fallait voir ce que devenait la femme ramassée dans le canot, ne fût-ce que pour demander une ambulance, voir aussi les Grecs abîmés.

En la trouvant anéantie, la face crayeuse, les lèvres violettes, les cheveux couleur de poussière, encollés de sel et de sueur, les paupières closes et gonflées comme si elle avait reçu deux coups de poing, ce fut Gouédic qu'il questionna :

— Qu'est-ce qu'elle en dit ?

La femme ouvrit les yeux avec effort, et le capitaine se pencha :

— Ça va mieux ?

— Un petit peu...

Renaud se retourna vers le chef t. s. f. et l'interrogea plus bas :

— Elle comprend le français ?

— Elle est Française.

— Ah !

Il revint à la banquette et demanda avec plus de considération :

— Où souffrez-vous ?

Péniblement, une main grise où les bagues mêmes s'étaient ternies monta jusqu'à l'épaule :

— Là...

— Oui, dit Gouédic. Elle a l'épaule ouverte. On voyait l'os. Mais le bras n'est pas cassé, comme je croyais.

— Vous avez nettoyé ça ?

Gouédic avait fendu les vêtements. Il les écarta pour montrer le bourrelet du pansement correct. La dentelle déchiree d'une chemise apparut et un coin de peau blanche qui étonnait dans cette déchéance du corps prostré.

Renaud dit avec une douceur cordiale :

— Je vais demander une ambulance par T. S. F. Huit jours dans un bon lit, et vous n'y penserez plus !

Elle hocha la tête, sans répondre. À l'instant de sortir, Renaud se retourna, jeta encore un regard à la blessee. Ça pesait tout de même moins qu'un bonhomme, une femme, quand ça se heurtait à la mer !... Pourtant, jamais Yvonne, sur les bateaux qu'il commandait, n'avait eu de misère... Quel âge donner à celle-là ? Pour le savoir, il eût fallu le lui demander, car elle était comme morte et l'on ne devine jamais juste l'âge des morts qu'on ne connaît pas...

— Où a-t-on mis les autres, Gouédic ?

— Le bosco les a installés dans la chambre à cartes, capitaine.

— Bon. Je vais aller voir ça.

Renaud partait quand un choc l'arrêta, un choc qui venait une fois encore de l'arrière, une saccade rude comme la morsure d'un cachalot géant, de ceux qui broient les doris terreneuvas. Gouédic, plus attentif que s'il avait écouté au son, déclara :

— C'est la remorque...

— Sûrement, mais...

À ce moment, le maître d'équipage apparut près de la baleinière et cria à Renaud, demeuré debout au seuil de la cabine :

— La remorque a cassé, capitaine. Je fais rentrer le bout.

Le capitaine revint jusqu'au milieu du poste, sous le gonio :

— Cassée !... Un spring tout neuf ! Et par ce temps !... Je ne comprends plus !...

En lui-même, il pensa, mais sans le dire, à cause de la femme :

— Ils l'avaient encore maillée comme des cochons !

Puis, tout haut :

— Ça va faire la quatrième !... Signalez-leur que je m'en vais la leur passer. Puisque ça avait à péter, mieux vaut encore que ce soit maintenant qu'en rentrant...

Dans le Goulet, en effet le Grec se serait tout de suite jeté au plein.

— Dites-leur de rentrer leur bout et de se préparer à en reprendre un autre. Ils vont finir par avoir de l'entraînement !...

L'éclateur déchira rapidement le silence. À travers les tôles passaient des éclairs bleus. Puis Gouédic écouta longuement et fit tourner le tabouret à pivot pour regarder Renaud, avec des yeux emplis d'une stupeur qui lui ouvrait lentement la bouche.

— Qu'est-ce qu'ils disent ?

L'autre hésita :

— Je suis pourtant sûr d'avoir compris, capitaine. Ils disent qu'ils ont réparé leur drosse cassée, que le navire gouverne un peu, qu'ils vont essayer de rentrer seuls et qu'ils vous remercient...

Le capitaine demeura quelques instants écrasé, tête basse, les mains au fond de ses poches. « *No cure, no pay...* » Le bateau qu'on traînait depuis trois jours et qui lui eût appartenu, de la quille à la pointe des mâts, s'il l'avait lui-même amarré au quai, en sûreté, au fond du port, à quelques milles de là, ce bateau, rentrant tout seul, ne paierait pas un sou !... Ils avaient réparé tandis qu'on les remorquait et maintenant : « Plus besoin de vos services... Les derniers mètres, les seuls qui comptent, nous les ferons seuls et nous ne vous devrons rien que de la reconnaissance. Vous vous arrangerez pour les petits frais... »

Renaud leva le poing :

— Les fumiers !

Réveillée par son cri, la femme blessée le regardait avec des yeux devenus soudain extraordinairement vivants.

VII

— VOUS les voyez, vous, Tanguy?

Le second, qui eût mis le cap droit sur une lanterne sourde piquée en plein milieu de la rade, secoua la tête.

— Non... Ils se seront planqués derrière Quélern, au fond de la baie.

— On ira les voir demain, à la première heure! menaça Renaud, et je vous garantis qu'ils me l'expliqueront, leur petite manœuvre! Vous me ferez armer un canot, dès 5 heures. Je couche à bord.

Le *Cyclone* était revenu s'amarrer au bout du quai de la Douane, à son poste d'assistance. On finissait de dégager le pont qui reprenait de la mine, mais on mettrait plus longtemps à se débarbouiller de toute la colère embarquée dans le Goulet. Car on s'y était morfondu à regarder l'autre rentrer sur trois pattes. Tout l'équipage, rangé à bâbord, comme pour une photographie et bien étagé, avait contemplé, pendant une demi-heure, la manœuvre de l'*Alexandros.* On avait repris d'abord quelque espoir à le voir se présenter si mal devant la Pointe des Capucins. Il gouvernait comme une futaille, avec sa bande, son hélice qui battait l'omelette en surface, son gouvernail qui ne trempait que du bout. Mais ses machines donnaient à plein, et il broutait, brasse par brasse, sa route.

Quand il avait eu passé le seuil, on avait encore espéré ferme qu'il serait pris de frousse dans le corridor : le courant, les feux au bout des cailloux... Hélas! On n'en avait que plus enragé à lui voir tenir à peu près le milieu du chemin. Alors là, mon Dieu, oui, on lui avait souhaité, en sacrant à faire crouler le plafond de la nuit, d'aller s'ouvrir, de la tête au cul, sur Mengam qui semblait vraiment planté là tout exprès par le bon Dieu pour venger la morale...

Tout le temps que le cargo était descendu vers le caillou, ils étaient restés agglomérés contre la lisse, et ils avaient retrouvés, au fond des âges, pour l'occasion, les vieilles gueules de leurs grands-pères, les mufles des pilleurs d'épaves quand ils guettent le choc sur les brisants, l'ouverture du fruit mûr, et qu'ils l'attendent pour hurler...

Mais, en trois tours d'hélice, ils avaient pris l'air dépité, le rire bilieux du guide patenté dont on vient de refuser les services, et qui voit la visite s'achever sans lui. Car Mengam, dans cette nuit lavée, brillait devant le Grec, tel un cierge au fond d'une église, et l'*Alexandros* l'avait doublé, sans se presser, en boitant, son feu vert tout près du flot à cause de la bande qu'il tenait, mais doublé correctement : la mer s'affaissait de mètre en mètre sous sa quille, la houle mal moulée, tournait au clapotis et ne le gênait qu'à peine.

Alors, Renaud avait remis en route, sans accepter d'en voir davantage.

Maintenant qu'il s'était amarré aux bornes du quai, à son emplacement de taxi disponible, il regrettait de n'avoir point assisté au mouillage du filou. Il aurait dû regarder dans quel coin de la rade il allait s'embusquer, lui sauter dessus au débotté, lui demander quelques petites explications. On s'arrangeait parfois... Il se rappelait un boarding-master de Frisco chez qui il était allé, en bleu de chauffe et en casquette, afin de n'être point reconnu et de pouvoir causer à l'aise... Il voulait lui réclamer le sac d'un de ses matelots, et il avait très vite réussi à lui faire ouvrir la trappe de sa cave pour y aller prendre le ballot. Le type lui avait dit seulement, avec une estime visible pour sa façon de traiter les affaires :

— Vous ferez mieux de ne plus sortir le soir...

Mais, chez le marchand d'hommes, il y avait des habits volés à rattraper sous le panneau d'une cave. Sur le Grec, il pourrait toujours courir après son morceau de remorque, que l'autre avait largué par deux cents brasses de fond, sitôt son mauvais coup fait... Il regarda sa montre : minuit moins le quart. Un avion passa dans la nuit violette : un feu mobile qui s'en allait, en droiture, sous les feux fixes des étoiles. Le ciel profond répétait étrangement la rade sombre, elle aussi constellée de feux, où une vedette menait la même lueur et la même vibration.

— Demain à 5 heures ! répéta Renaud.

Ce serait d'ailleurs, ce voyage, un déplacement tout à fait inutile. Quelques minutes de réflexion avaient suffi à l'en convaincre. Il avait eu affaire, dans sa vie, à trop de crapules pour ne pas savoir que la partie était jouée et perdue, que des gars qui réussissent un coup pareil réussissent mieux encore à le camoufler. Mais le besoin de crâner, devant soi et les autres !...

Il s'en allait à l'arrière, au carré, quand un jet de lumière le frappa en plein visage. Il fit face à l'auto, la fixant droit dans les phares, malgré l'éblouissement. Elle stoppa à l'extrême bord du quai. Un homme en descendit et se dirigea vers la passerelle d'embarquement, mais la voix du capitaine l'arrêta net.

— Dis donc, tu ne sais pas que la nuit, c'est à leurs feux qu'on reconnaît les mufles ?...

— Mais... dit l'autre.

— En veilleuse, d'abord ! Tu causeras après !

Subjugué, le conducteur obéit. Puis, un infirmier descendit, en blouse blanche, et expliqua :

— On vient pour une femme blessée.

— Faites passer votre brancard.

— On ira la prendre nous-mêmes. Dites-nous...

— Faites passer votre brancard !

Il le leur arracha des mains et le donna à un matelot.

Alors, trois blessés apparurent sous les lampes de la coursive : l'homme aux doigts arrachés, un autre le front ouvert, un troisième qui marchait tout courbé parce que c'était dans le ventre qu'il avait des choses d'écrasées. Des matelots qui les suivaient les empoignèrent par le bras, les guidant à travers les rouleaux de câbles et les débris qui encombraient le pont. Renaud les regarda sans rien dire prendre la planche. Le conducteur s'avança, à toucher la lisse :

— Je ne sais pas si je vais avoir de la place... S'il y a encore une femme couchée...

— Emmenez-les, laissez-les, c'est vous que ça regarde. Ils ont quitté mon bord...

Puis Kerlo et Gouédic apparurent, manœuvrant avec beaucoup de mal le brancard dans l'échelle. Le chef t. s. f., qui venait le premier, à reculons, le tenait à bout de bras, au-dessus de sa tête, et le maître d'équipage, en haut, descendait, accroupi, les poings à la hauteur des chevilles.

Quand la femme allongée, dont la tête bougeait, passa devant Renaud sans le reconnaître, elle dit, parce que c'était le dernier homme du bateau, celui qui se tenait droit appuyé à la passerelle d'embarquement :

— Merci.

Lui, leva deux doigts jusqu'au bord de son chapeau, un geste bref qu'il laissa retomber, puis il ordonna au conducteur :

— Les couvertures sont du bord : vous me les renverrez avant midi.

Il leur tourna le dos et disparut par l'échelle du carré. À 3 heures du matin, il était encore assis dans ce carré, sous le diplôme d'honneur décerné au *Cyclone*, en face du petit bar de palissandre, à élaborer le brouillon de son rapport de mer. Dès que l'aube parut, il fit armer un canot par des matelots qui se cachaient pour bâiller ; il mit dedans les deux Grecs intacts qu'il avait gardés et il s'en alla fouiller la rade pour retrouver l'*Alexandros*. Gouédic avait appelé le cargo, sans succès, trois fois depuis l'arrivée. Le Grec faisait le mort : c'était dans l'ordre.

La mer s'étalait brillante et lisse comme du mercure. Des fumerolles de brume s'y traînaient qu'une brise diligente balayait à grands coups. Crozon, sur l'étendue polie, s'allongeait et, derrière elle, d'autres pointes se dépassaient comme des panneaux à glissières qu'on aurait oublié de tirer à fond. Prête à cesser, la terre semblait se répéter, se redoubler pour arrêter la mer. Inutile défense : deux falaises ne pouvaient se rejoindre. L'une était coupée à pic, l'autre en vain s'étirait sur l'eau : par la brèche du Goulet, le flot entrait, et le vent. Renaud se détourna : frappé par l'orient, le port de commerce luisait de toutes ses toitures de zinc ; des grues extrêmement noires pêchaient patiemment à la ligne dans les bassins. À l'est, le pont de Plougastel s'élançait, si blanc et si plat qu'on l'eût dit découpé aux ciseaux dans du carton léger.

Les deux Grecs rescapés s'étaient assis à l'arrière, en face de Renaud, leurs genoux contre ses genoux. Sans rien comprendre de précis, encore écrasés de sommeil, ils avaient deviné cependant, aux brusqueries de l'équipage, puis à la mine du capitaine, qu'ils avaient cessé d'être des personnages intéressants et pitoyables. Renaud reconnut le petit vieux que Tanguy avait pêché avant la femme : il avait rajeuni, parce qu'on avait enfoncé un béret sur son crâne lisse. Réveillés par la brise, ses yeux avaient déjà repris des forces et viraient, emplis de toute la mobile curiosité de sa race. Grâce à son instinct marchand qui décelait les déconvenues, il sentait que ce capitaine étouffait de rancune, qu'il partait à l'abordage de leur cargo. Aussi avait-il pivoté sur son banc et, détourné, il regardait la rade. L'autre s'était rendormi, sitôt assis, et sa tête hochait.

L'*Alexandros* apparut brusquement, comme on doublait l'Île Longue, tapi au fond de la baie de Roscanvel. Renaud s'étonna, à le voir ainsi d'en bas, de le trouver si grand, et le regret le mordit, comme un coup de pince, d'avoir perdu une pareille prise. L'équipage n'avait point déblayé le pont : tout y était crevé, tordu, enfoncé.

En haut de l'échelle de coupée, le capitaine se tourna vers le vieux rescapé :

— Navarkos [1] ? demanda-t-il.

Il avait appris trois mots de grec, pendant la guerre, dans la mer Égée.

Le matelot partit sur le plan incliné du pont, à travers les buissons de ferraille. Arrivé à l'échelle du carré, il s'effaça et laissa le Français descendre le premier. Renaud ouvrit brusquement et recula : c'était une sentine immonde dont la puanteur suffocante repoussait comme un coup : trente hommes avaient croupi là-dedans, quatre jours, sans en sortir... Sur ses pas, un de ses matelots dit en se pinçant le nez :

— C'est pas des pompes d'épuisement qu'il faudra leur envoyer, c'est la pompe à merde !...

1. Le capitaine.

Renaud se détourna, fixa durement son guide qui multipliait les gestes d'excuse, à paumes ouvertes, les mines désolées : non ! il n'avait pas voulu faire une mauvaise blague au capitaine français... D'un coup de la tête, Renaud le chassa de nouveau devant lui et ils s'en allèrent aux postes d'équipage.

Là, ils dormaient ! Ils dormaient en morts, sans bouger, sans qu'on les entendît même respirer, gisant au fond des profondeurs du plus noir sommeil. Les mantelets des hublots étaient fermés, la lumière n'entrait que par l'entrebâillement de la porte et traînait à la surface des corps prostrés. On ne distinguait ni visage ni membres ; des tas qui luisaient, car ils n'avaient pas pris le temps d'ôter leurs cirés.

Renaud savait réveiller les hommes ; il avait assez souvent jeté les siens à bas de leurs couchettes, quand ils devaient prendre le quart après des jours et des nuits de tempête. Il fit un pas dans le poste, crocha dans une épaule et secoua rudement. L'homme se laissa faire comme un épouvantail bourré de chiffons. Sa tête brimbalait, grotesque et ne semblait retenue que par la peau du cou. L'autre main du capitaine l'empoigna à l'autre épaule et, brutalement, Renaud l'arracha de la couchette, le planta sur le ciment :

— Allons, debout !

Mais quand il l'eut lâché, le Grec se cassa de partout et retomba accroupi sur ses talons, les mains à terre, le front presque à toucher les genoux : les culs-de-jatte dorment ainsi aux portes des églises.

— Montez-le-moi dehors !

Tandis que ses matelots l'y traînaient, il avisa sur le pont une flaque d'eau dans le pli d'un prélart. Il en emplit ses deux mains, la jeta brusquement à la figure de l'homme, qui sursauta, comme brûlé, et ouvrit des yeux fous : il croyait être, une fois de plus, réveillé par le coup de fouet d'une lame.

— Navarkos ? répéta Renaud.

Le petit vieux expliqua à son camarade ce que voulait le Français, et l'autre répondit par quelques paroles mornes que le rescapé développa avec une volubilité de moulin.

D'un coup sec de la main, Renaud le fit taire et, pointant l'index sur le pont, il affirma :

— Navarkos, édô !... Le capitaine, ici !...

L'homme secoua la tête affirmativement :

— Ôchi, ôchi ! dit-il.

Renaud savait que cela voulait dire « non » et se marquait par ce hochement de tête de haut en bas, un signe contraire au nôtre et par conséquent absurde... Il s'en était assez souvent irrité aux escales des îles pour s'en souvenir, et ses hommes avaient mis à mal plus d'un marchand grec qui niait, avec ces branlements affirmatifs, d'avoir la marchandise demandée.

— Sors-la ! ordonnaient-ils, puisque tu dis que t'en as. Ou alors, tu te fous de not' gueule ?

Comme le matelot grec hochait sans relâche la tête, ainsi que ces bergers de crèche qui remercient longtemps, lorsqu'on a mis un gros sou dans leur tirelire, Renaud répéta, avec une hargne qui lui découvrait les dents :

— Navarkos !

L'autre montra la rade, Brest : le capitaine était là-bas, à l'abri de la grande ville. Son camarade le confirmait en remuant la tête de droite à gauche :

— Né, né, oui, oui !

C'était trop naturel qu'il n'eût point attendu la visite de son sauveteur...

Renaud réfléchit :

— Je le retrouverai à l'hôpital, auprès de sa femme...

Il jeta un coup d'œil sur le pont :

— Il ne pourra partir qu'après avoir remis tout cela à peu près d'équerre. Je l'aurai joint avant...

Puis, comme il se connaissait :

— Mieux vaut peut-être que je ne l'aie pas rencontré...

Avant de quitter le cargo, il s'en alla sur l'avant et contempla longtemps l'écubier de bâbord : il avait été durement rodé par la remorque. Elle avait encore écorché la lisse, rongé le mât de misaine au ras de l'emplanture, là où ils l'avaient tournée. Renaud découvrait une à une, sur le gaillard, toutes les traces de son travail, mais aucune de sa fuite. On coupe, on largue : ça ne se voit pas dans les choses... Ça se voit parfois dans les hommes, quand on leur parle leur langue, quand on a le temps et le droit de les interroger, quand ils ont été dans la confidence du mauvais coup... Il haussa les épaules, enjamba la lisse et prit l'échelle, sans un regard au petit vieux qui lui tirait son béret, sans savoir que ce Grec le contemplait avec une reconnaissance de bon chien.

Dès qu'il fut dans son canot, il sentit que l'*Alexandros* lui échappait pour toujours, qu'il n'en aurait pas un morceau! L'empêcher de partir?... Il le pouvait... Mais il pouvait aussi payer une indemnité pour chaque jour de retard, quand le Grec aurait prouvé, et ce serait facile, qu'il ne lui devait rien: « No cure, no pay... Pas de sûreté, pas d'argent... Et en sûreté, je m'y suis mis tout seul, avec mes machines, mon gouvernail, sans votre aide. — Mais tu avais claqué ma remorque, salaud! — Prouvez-le, ou gare à la diffamation... »

Il acheva tout haut ses réflexions par un juron si crépitant que les deux matelots qui nageaient devant lui se gardèrent bien de se détourner...

Il était de ceux chez qui les déceptions grandissent à mesure que le raisonnement y ajoute. Ainsi que tant d'hommes de mer, il excellait à se tourmenter, à ressasser des pensées dangereuses, au fond des longs silences qui finissent par éclater en furieuses colères. On disait de lui, comme de beaucoup de marins: « Qu'il est violent! » Cela signifiait qu'il était sujet à des emportements subits, à des brutalités apparemment inexplicables. C'étaient pourtant des explosions préparées par un long travail de mine. Et si, dans sa carrière, beaucoup de fureurs et de consternations avaient avorté, c'était, le plus souvent, à Yvonne qu'il le devait. Sans l'avoir prémédité, sans prendre même conscience de cet instinct qui, après ses échecs, le chassait vers elle, il se hâtait, où qu'il fût, de la rechercher.

Quand il arriva chez lui, à 7 heures, il hésita pourtant une seconde à la porte, mais le bouton de porcelaine tourna de lui-même dans ses doigts, car Yvonne avait reconnu son pas et ouvrait...

Dans le vestibule sombre, les yeux perçants de Renaud la scrutèrent, s'en allèrent droit aux enlaidissements du visage, à la racine des cheveux décolorés, aux enfonçures des joues, aux tendons du cou, à des griffures de peau qu'un autre n'eût point discernés dans cette pénombre, mais que lui retrouvait comme des reprères le long d'une côte dangereuse. C'était la première fois qu'elle l'accueillait, au retour de la mer, avec cette figure séchée de vieille femme malade, et en lui, quelque chose cassa, douloureusement : l'espoir tenace du miracle qui dort au fond de tous les cœurs de marins, celui de retrouver, en débarquant, la terre, les choses, les femmes plus belles qu'on ne les a quittées. Avec un optimisme d'enfant, ils croient tous, au fond d'eux-mêmes, que leur absence est magique, arrange tout, efface tout. Ils y comptent, sans accepter de discuter raisonnablement cet espoir. C'est pourquoi, dès qu'ils sont rentrés, qu'ils ont vu, ils ne songent qu'à repartir, afin de retrouver le large, l'illusion.

— Mais tu étais arrivé hier soir, fit remarquer Yvonne.

Il fut étonné qu'elle le sût, et le reproche éveilla en lui une autre surprise : celle d'avoir spontanément décidé de passer la nuit à bord, lui qui rentrait chez lui sitôt le bateau à quai et quelle que fût l'heure.

— Il fallait, expliqua-t-il, que je reparte en rade dès l'aube. Alors, te réveiller, te faire lever pour si peu, je m'en serais voulu.

Il entra dans la chambre, vit sur la tablette, près du lit défait, des fioles de pharmacie et un compte-gouttes :

— Et alors, comment ça va-t-il ?

— Toujours pareil... Les forces qui ne veulent pas revenir... Tu vas dormir ?

Il se déshabillait déjà :

— Je vais faire un bout de somme... Oui... Il m'est arrivé une sacrée histoire...

Il lui conta rapidement la félonie du Grec et, malgré la fatigue qui lui chargeait les paupières, il gardait les yeux grands ouverts, en plissant le front jusqu'aux cheveux, pour l'observer, car elle semblait distraite et indifférente. Il insista :

— Encore une fois, aussi sûrement que nous sommes là deux, ce salaud-là a cassé la remorque exprès... Comment ? Je n'en sais rien, et je n'ai aucun moyen de le savoir. Ce que je sais, c'est que la sortie coûtera trois cent mille francs, au bas mot... Quand je vais leur annoncer ça, à Paris, ils vont plutôt faire la pâle gueule !...

Affaissée sur un petit divan, les yeux éteints, elle dit seulement :

— Puisque tu n'y peux rien...

Il attendit encore qu'elle s'indignât, qu'elle posât, comme d'habitude, des questions et des questions... Car toujours, après les déconvenues, elle le faisait parler, ainsi qu'on fait saigner une plaie pour la nettoyer. Puis elle parlait à son tour avec une conviction telle, une autorité si douce, une si claire vision des choses qu'elle finissait par le détendre et le persuader... Il laissa le silence s'établir, longuement, espérant toujours qu'elle allait dire ce qu'il fallait, ce qu'elle devait lui dire. Enfin, il gronda, en arrachant son col, en le lançant à l'autre bout de la chambre sur la table :

— Tu prends ça très bien !

Le sarcasme la laissa insensible, échouée ; elle répéta :

— Mais puisque tu n'y peux rien !...

Puis elle s'anima un peu, en le voyant rejeter le couvre-pieds pour ouvrir le lit :

— La femme de ménage devait faire la chambre à fond, ce matin...

Il s'arrêta brusquement, les doigts immobiles sur la bretelle qu'il déboutonnait :

— Si je te gêne, je peux aller dormir à bord...

— Mais non, voyons !... Elle la fera aussi bien demain.

Il ne s'endormit que tard, parce que l'irritation lui chauffait la tête... À 5 heures de l'après-midi, il se réveilla brusquement, comme il se réveillait à bord, jadis, quand l'homme de quart appelait, les nuits où ça fraîchissait dangereusement. Ce fut le même sursaut alerté, la même prise de conscience soudaine ; puis, quand il eut compris d'où venait la menace, il retomba, déçu, en s'étirant, en remâchant le vert-de-gris que laissent sur la langue les sommeils trop courts après les insomnies prolongées.

Il trouva Yvonne dans la salle à manger, sur la chaise longue de rotin où le médecin lui avait prescrit des heures d'allongement. Elle lui tendit les bras, mais sans se lever, et il l'embrassa sur le front.

— Tu as bien dormi, assura-t-elle. Je suis allée te voir deux fois.

Ces deux visites le détendirent un peu, mais elle ajouta :

— La femme de ménage a oublié d'aller chercher le pain. Il va falloir que tu y ailles.

Il en fut interloqué. Jamais elle n'avait accepté qu'il portât dans la rue des choses qui se voient :

« — Ça a l'air si bête, disait-elle, un homme qui porte des paquets... »

S'il lui arrivait parfois de le charger de menues commissions, lorsqu'il sortait, jamais elle ne l'avait dérangé pour l'y envoyer ; jamais elle n'eût admis qu'il défilât le long des quais avec un pain de trois livres sous le bras.

Il objecta froidement :

— Il est plus de 5 heures, et il faut que mon rapport parte au courrier.

— Oh ! c'est à deux pas !...

— C'est bon. J'y vais...

Lorsque la boulangère, après avoir demandé des nouvelles de Mme Renaud, ajouta :

— Alors, c'est vous qui faites les commissions, capitaine ?

Il répondit, en riant de ce rire bon garçon qu'il savait prendre pour donner le change :

— Hé oui, ça me rajeunit !...

Mais à peine rentré, il demanda, avec cette indifférence feinte qu'il opposait aux armateurs ou aux courtiers, quand il les questionnait, afin de les voir venir :

— Vas-tu pouvoir taper mon rapport ?

— Je vais essayer... Mais tu n'iras pas trop vite : ma pauvre tête n'est pas bien solide...

— Si ça te fatigue...

Mais déjà, elle engageait le papier dans la petite Underwood portative. Il dicta, en marchant, sans cesser de fumer des cigarettes :

« Rapport de mer du capitaine André Renaud, commandant le remorqueur de haute mer *Cyclone* :

« Je, soussigné, André Renaud, capitaine au long cours, commandant le remorqueur *Cyclone*, d'une force de 1.800 HP., en station d'assistance à Brest, déclare que, le 11 avril 1933, j'ai intercepté, à 22 h. 18, un radio du vapeur grec *Alexandros*, m'informant qu'il se trouvait désemparé de son gouvernail, par une latitude de 46°44 nord et une longitude de 6°50 ouest. J'offris mes services à ce vapeur, qui les accepta aux conditions du Lloyd. J'appareillai à 22 h. 40 pour me rendre à la position indiquée.

« La tempête soufflait avec violence, vent de la partie S.-S.-O., mer énorme... »

C'était Yvonne qui tapait tous les rapports de mer du capitaine. Il arrivait qu'elle s'interrompît ou qu'elle s'exclamât parce qu'elle apprenait, en les écrivant, des dangers qu'il lui avait cachés, mais qu'il était bien forcé de lui révéler à ce moment. Elle savait aussi lire au travers des phrases sèches de ses communiqués : elle avait navigué et mesurait ce qui pouvait se cacher derrière des mots comme « mer énorme »...

« Passé la Parquette à 24 h. 10. Mer et vent debout m'obligeant à diminuer de vitesse, les paquets de mer embarquant sur le pont et me faisant craindre des avaries sérieuses, en raison notamment des forts emballements à la machine.

« Passé à 24 h. 45 par le travers des Pierres Noires. Fait route toute la nuit sur la position indiquée. Reçu de nombreux télégrammes du vapeur *Alexandros* nous priant de hâter notre allure et demandant vers quelle heure nous pourrions être sur lui. Répondu que nous le joindrions vers midi. Le *Cyclone* donne son maximum.

« Le 12 avril, à 6 heures du matin, la tempête augmente encore d'intensité et nous cause des avaries sérieuses. Deux panneaux d'écoutille sont défoncés sur le pont avant. Un coupe de mer brise les carreaux de la clairevoie et fausse les batayoles avant. Réparé provisoirement.

« À 15 heures, aperçu la fumée du navire anglais en veille près de l'*Alexandros.* Remercié ce vapeur, qui continue sa route et signalé à l'*Alexandros* de prendre ses dispositions pour le passage de la remorque. À cet effet, nous lui demandons de démailler sa chaîne... »

Puis il rapporta les ruptures des premières remorques, la passerelle arrachée, le sauvetage du canot.

« ... Elle était engagée sous les bancs... »

— Sous les bancs ? demanda Yvonne.

Il scanda impatiemment :

— Sous les bancs ! oui... « Le second du *Cyclone* ne peut l'arracher à sa périlleuse situation qu'au prix des pires difficultés et en faisant preuve du plus grand courage. »

— Qu'est-elle devenue ?

— Je n'en sais rien... Continue : « Quand les naufragés eurent été embarqués, le *Cyclone* vint en travers à la lame pour se diriger sur l'*Alexandros.*

« À ce moment, le bout de la remorque cassée s'engage dans notre hélice et immobilise la machine, à environ 10 milles dans le S.-S.-E. d'Ar-Men. La situation devient périlleuse en raison de la proximité des brisants sur lesquels nous dérivons. Obligé de sacrifier la remorque, en la déclenchant de son rochet d'échappement.

« Pendant ce temps, le chef mécanicien fait marcher sa machine en avant et en arrière pour tâcher de dégager l'hélice. Par un grand hasard, nous pouvons nous dégager et nous porter de nouveau sur l'*Alexandros...* »

Yvonne se détourna :

— Quand vous vous êtes dégagés, étiez-vous loin de la chaussée de Sein ?

— Justement...

Et il acheva :

« Nous nous trouvions, à ce moment, environ à 2 milles au sud du phare d'Ar-Men. »

Yvonne n'ajouta rien. Sans doute, elle savait que son mari détestait d'être interrompu quand il dictait un rapport, parce que c'était pour lui un travail difficile. Ses formules ne variaient guère, et cependant il avait du mal à les assembler. Pourtant, il eût accepté, approuvé un cri d'épouvante à cet endroit. Mais Yvonne attendait, les doigts sur le clavier, et comme elle lui tournait le dos, il ne s'aperçut pas qu'elle pleurait... Il continua donc :

« À 15 h. 30, passé une troisième remorque à l'*Alexandros* et continué le remorquage sans nouvel incident. »

Sa voix durcit brusquement :

« Vers 20 heures, par le travers de la Pointe des Capucins, au moment où j'allais dans la cabine de T. S. F. pour contrôler les soins que l'on avait donnés aux blessés grecs, et particulièrement à la femme du capitaine, qui était restée plusieurs heures inanimée, je ressentis sur l'arrière un choc très net et dur. On vint m'avertir que la remorque venait une fois de plus de se rompre. L'état de la mer ne pouvant expliquer cette rupture, je l'attribuai à une erreur de manœuvre du capitaine grec, peut-être à une mise en marche intempestive de ses machines. Quoi qu'il en soit, je l'avisai aussitôt que j'allais lui passer une quatrième remorque, afin d'entrer dans le Goulet. Mais il me répondit qu'il avait réparé la drosse de son gouvernail et qu'il essayerait de rentrer par ses propres moyens. Il me remercia de mes services. Je le vis en effet doubler à petite allure, mais correctement, la pointe du Grand Minou. Je ralentis moi-même, jusqu'à ce que l'*Alexandros* eût doublé, sans encombre, Mengam. Le navire gouvernait assez difficilement, à cause de sa bande à tribord. Mais lorsqu'il fut évident que le cargo pourrait mouiller sans mon aide, je rentrai en rade, à 21 h. 18, et repris mon poste d'assistance.

« Je fais toutes mes réserves sur la rupture de la troisième remorque, survenue juste au moment où l'*Alexandros* commençait à gouverner. Sans pouvoir l'affirmer, j'ai de fortes raisons de croire que cette rupture a été volontairement provoquée par le capitaine du vapeur sauveté... »

Yvonne demanda, sans se retourner, de la voix lente qu'elle avait maintenant :

— Tiens-tu absolument à mettre cela ?

— Pourquoi ?

— Je ne sais pas... Mais n'as-tu pas l'air un peu trop sûr ?

Il s'emporta :

— Trop sûr !... Mais je le suis, sûr ! J'en donnerais ma tête à couper qu'il a cassé la remorque exprès, quand je l'ai eu amené à la porte et qu'il n'avait plus qu'à entrer ! Alors ?... Je n'aurais pas le droit de le dire, de prouver que si je n'ai pas réussi, c'est que j'ai eu affaire à une sale crapule ?...

D'ordinaire, Yvonne ne se laissait point facilement convaincre. Elle discutait longtemps et l'emportait presque toujours. Cette fois, elle céda tout de suite :

— Enfin, tu sais mieux que moi...

Cette soumission trop prompte le déçut, et, agacé, il fit claquer ses doigts :

— Si je ne savais pas, je ne dirais rien... Finissons-en : « Je certifie ce présent rapport conforme et véridique, et me réserve le droit de l'amplifier si besoin est.»

Le lendemain, on l'appela à Paris.

Il prit le rapide de nuit, et ce fut une nuit de révolte. Puisqu'on le faisait venir pour lui demander des comptes, il les rendrait, mais si l'on insistait, si l'on osait lui marquer de la méfiance ou lui laisser deviner un blâme, il jetterait sa démission sur leur table... Colonne crédit : les millions qu'il leur avait gagnés ; colonne débit : trois cent mille francs, cette sortie malheureuse. Une position de comptes que l'on peut avouer !...

Il avait ouvert la glace et se laissait aller, le front dehors, au vent de la course, un vent égal, mais qui n'était après tout que de l'air immobile, dans lequel on cognait à cent à l'heure. Et ça se sentait, qu'il n'arrivait point du large !... En regardant s'enfuir les flammèches de la locomotive, il pensa avec sympathie au mécanicien sur sa machine : un collègue qui savait ouvrir les yeux, avait, lui aussi, des feux à relever... Puis il revit le mécanicien du *Cyclone* : avant... arrière. Un sacré tamponnement qu'il leur avait évité, celui-là ! Il leur dirait ça, demain, et qu'ils étaient bien heureux d'avoir encore leur bateau. Puis il se demanda froidement s'ils n'auraient pas préféré le perdre, à cause de l'assurance...

Il marcha le long du couloir, jetant un regard aux compartiments bourrés de dormeurs et de bagages. Toutes ces bouches ouvertes, ces faces suant les sueurs de la nuit, ces femmes dépeignées et tombantes le dégoûtaient. Le sommeil assis est ignoble : tout y est lâche. Le lit donne de la tenue, c'est un tuteur horizontal. Mais ces affalés !... Lui était d'ailleurs incapable de dormir sur quelque chose qui marche...

Une femme, vêtue d'un sweater rouge, vint s'accouder près de lui. Le vent lui tripotait les cheveux. Elle dit, pour engager la conversation :

— C'est long !

Il fumait. Il répondit : « Oui », du coin de la bouche, sans ôter sa cigarette.

Elle insista :

— La nuit surtout !...

Il inclina à peine la tête, laissant tomber. Il avait autre chose à faire qu'à amorcer une aventure de wagon!... Découragée, elle se tut et rentra bientôt dans un compartiment. Il ne songea plus à elle que pour se dire que les voyages, même les moindres, dévergondaient certaines femmes qui, chez elles, étaient tenues tant bien que mal par leurs voisins, leurs habitudes. Mais, dans un chemin de fer, sur un paquebot, elles se croyaient en route pour la belle aventure et raccrochaient le premier venu. Il l'avait observé souvent quand il commandait le vapeur qui faisait Le Havre-Southampton... Un petit voyage, cependant, mais plus d'un tiers des femmes qui s'embarquaient seules débarquaient accompagnées, et de près...

L'aube qui montait de l'horizon, devant lui, l'occupa un instant : il y avait des années qu'il n'avait vu se lever le jour sur la terre. « Cela fait sale, pensa-t-il. Sur mer, la moindre lueur accroche des reflets aux lames... »

Puis son wagon sauta et ressauta à des bifurcations. Cela l'intéressa : il admirait la perspicacité des roues qui se débattaient sur des faisceaux de rails, choisissaient le bon et continuaient d'y courir avec leur diligence monotone. À Versailles, il rentra dans le compartiment pour y prendre son pardessus. Il revint aussitôt dans le couloir, afin d'assister à l'arrivée. Elles l'étonnaient toujours, ces maisons de banlieue, aux uniformes toits rouges, toutes entourées, ridiculement, de petits murs qui ne cachaient rien, puisque, du haut des trains, on leur voyait jusqu'au fond des chambres. Leur nombre, leur défilé monotone lui imposaient le sentiment très vif que les vies dans ces boîtes étaient plates et misérables. Derrière les volets, il imaginait les sommeils de femmes à peau grise qui, sitôt éveillées, se hâteraient de se peindre violemment. Il allait sortir de là-dedans des employés remontés pour la journée, et tous pareils, des types qu'on n'aérait que le dimanche. Le mépris paisible du provincial pour le Parisien grégaire, du marin pour le dernier des « éléphants », celui qui vit en cage, s'épanouissait en lui, largement. Aussi, malgré l'insomnie, était-il d'excellente humeur en débarquant à Montparnasse.

Mais les trois heures à tuer avant de pouvoir se présenter décemment chez ses administrateurs l'énervèrent. Il lut les journaux dans un café, puis il marcha jusqu'à la Seine, le long de la rue du Bac, où les chinoiseries des antiquaires l'amusèrent un peu au passage. Sur le quai Conti, accoudé au parapet, il regarda venir un train de péniches, derrière un remorqueur qui abattit sa cheminée pour saluer le pont. La remorque, aussi rigide qu'une barre, lui parut absurde : il s'en alla.

Quand il entra dans le bureau de l'administrateur, un gros homme jaune qui lui rappelait, à chaque entrevue, un maquereau de Canton à qui il avait jadis botté le ventre, il résolut d'être aussi insolent que possible, parce que l'autre l'avait laissé faire dans le bureau trois pas sans se lever. Dès qu'il eut serré la main molle qu'on lui tendait, pendante au bout du gros bras court, il s'assit et, se retournant, il contempla curieusement une très grande photographie du *Cyclone* accrochée au-dessus de la porte.

— Je ne connaissais pas ça, dit-il. C'est récent ?...

La réponse qu'il attendait en gardant la tête levée sur l'agrandissement tarda quelque peu. L'administrateur, désarçonné, reprenait son équilibre et assurait sa voix avant que de répondre :

— De l'année dernière... Nous vous avons prié de venir...

Renaud fit face. Les yeux baissés, derrière ses lunettes d'écaille, l'administrateur remuait des papiers sur son bureau. Le capitaine croisa les bras, se renversa dans sa chaise, et attendit.

— ... À propos de cette affaire de l'*Alexandros*, une affaire ennuyeuse...

Il se tut quelques instants, en retournant des feuilles. Renaud reconnut son rapport.

— Ou, du moins, corrigea-t-il, une affaire qui pourrait le devenir... L'un dans l'autre, charbon, remorques, réparations, la sortie nous coûtera bien deux à trois cent mille francs ?...

— Plutôt trois...

— Ah !... trois cent mille francs ! Nous nous doutions que ce serait très gros... C'est pourquoi nous vous avons prié de venir, afin d'avoir des précisions... Voyons : quand le Grec a cassé la remorque, comment cela s'est-il passé ? Qu'avez-vous vu, au juste ?

— Rien, dit Renaud.

Et il ajouta, sûr d'avance de son effet :

— Je n'étais pas sur la passerelle...

L'immobilité de l'autre mesura tout l'intérêt de cette annonce, et aussi le ton de sa voix volontairement feutrée, où ne voulait pas encore sonner la satisfaction d'avoir si tôt découvert un grief précis :

— Où vous trouviez-vous donc à ce moment ?...

— Relisez mon rapport. C'est spécifié en toutes lettres : j'étais dans la cabine de T. S. F... J'allais voir si on avait pu ranimer une femme qu'on avait retiré d'un canot aux trois quarts morte...

La tête de l'administrateur, derrière les casiers du bureau, commença de hocher curieusement, comme si elle oscillait entre les secours dus aux naufragés et les intérêts de la compagnie. Puis il relut une des feuilles :

— En effet : « Au moment où j'allais dans la cabine de T. S. F. contrôler les soins »... C'est ce « j'allais » qui m'avait trompé. J'espérais que vous voyiez encore l'*Alexandros* en vous rendant à la cabine...

— Je ne m'y rendais pas, corrigea Renaud, j'y étais, et déjà depuis quelques minutes, quand la rupture s'est produite.

Il n'apercevait que le crâne de son interlocuteur qui descendait de plus en plus bas dans ses papiers.

— C'est évidemment très fâcheux, murmura l'administrateur, que vous ne vous soyez pas trouvé sur la passerelle à ce moment... Vous auriez pu, vous-même...

— Tanguy s'y trouvait, coupa Renaud. Il a d'aussi bons yeux que les miens, et il n'a rien vu... Il y avait de la brume, et on avait filé quatre cents mètres de remorque. Quant à rester sur la passerelle, du moment que le second y était, qu'il n'y avait, à ce moment, aucun incident de route à prévoir, j'aurais pu, tout aussi bien, être à dormir sur le divan de la chambre de veille... Cela peut arriver, quand on a dans les reins soixante-dix heures de quart !...

Le crâne lisse branla, approbateur.

« Cependant, ajouta Renaud, si vous estimez que j'aie eu tort de ne pas prendre racine devant le compas, ne vous gênez pas pour me le déclarer. Je vous signerai ma démission, et tout sera dit. »

L'autre leva des bras de noyé :

— Mais jamais de la vie ! Pouvez-vous supposer une seconde que la Compagnie ait oublié ce qu'elle vous doit ? Vous n'êtes pas de ceux qu'on remplace !

Il s'aperçut à temps que le compliment pouvait passer pour un aveu naïf, et il ajouta très vite :

— Le jour où vous lâcheriez le *Cyclone*, nous le lâcherions aussi. C'est vous dire combien nous étions loin de toute pensée de blâme. Mais voici exactement ce dont il s'agit :

Il ajusta ses lunettes, saisit une feuille du rapport, la tint devant ses yeux, à deux mains :

— Vous avez écrit : « J'ai de fortes raisons de croire que cette rupture a été volontairement provoquée par le capitaine du bateau sauveté. » Quelles sont ces raisons ?

Renaud, posément, expliqua :

— La remorque a cassé par le travers de la Pointe des Capucins. Aussitôt après, ce bateau qui ne gouverne plus depuis quatre jours signale qu'il a réparé et va essayer de rentrer seul... Par ailleurs, nous marchions à très petite allure, avec de la houle, certainement, mais pas assez pour expliquer une cassure brutale qui a arraché le portage. Et puis, la remorque était neuve et n'avait, pour ainsi dire, pas fatigué. Étant donné qu'une rupture, juste à l'entrée du Goulet, arrangeait si bien les affaires du Grec...

L'administrateur avait relevé la tête et fixait le capitaine de son regard froid. Il haussa longuement les épaules :

— Mais naturellement, il l'a coupée. C'est l'évidence même !... Seulement, je dois vous avouer que nous attendions de vous des preuves, de vraies preuves qui nous auraient permis de poursuivre l'affaire... Malheureusement, vous ne nous apportez que des présomptions. Vous n'avez pas essayé de voir le capitaine de l'*Alexandros*, de faire parler son équipage ?

Renaud, à son tour, leva les épaules :

— Je suis allé à son bord et je ne l'ai pas trouvé... Mais quand je l'aurais pris à la gorge, en lui disant : « Tu es le dernier des salauds : tu as coupé la remorque ! », à quoi cela m'aurait-il avancé ? Il m'aurait dit : « Prouvez-le ! Deux avaient déjà cassé. Une troisième casse... Que voulez-vous que j'y fasse ! Ayez-en de meilleures. » Quant à faire bavarder son équipage, c'est un métier de mouchard, et de mouchard qui saurait le grec... Ce n'est pas mon cas !

Il laissa s'étaler le silence et ajouta :

— Il n'y aurait qu'un moyen...

L'autre redressa la tête :

— Lequel ?

— Déposer une plainte et faire ouvrir une enquête.

L'administrateur se leva, fermement :

— Non, dit-il, c'est impossible et vous le savez bien. Si nous ne sommes pas absolument certains de pouvoir faire la preuve — et nous ne le sommes pas du tout — c'est impossible ! L'acquittement du capitaine grec nous coûterait plus cher que de réparer à nos frais, sans parler du procès en diffamation qu'il ne manquerait point de nous intenter. Vous voyez l'effet sur la clientèle : poursuivre un capitaine parce qu'il a eu la chance de se tirer d'affaire sans nous, ce ne serait pas seulement odieux, ce serait une menace directe à tous nos clients éventuels, et ils s'adresseraient ailleurs, au *Hollandais* de Camaret, par exemple, qui peut déjà faire des prix plus bas que les nôtres... Encore une fois, sommes-nous sûrs de pouvoir prouver le mauvais coup ?

— Non... au contraire.

— Alors, n'en parlons plus !

L'administrateur-délégué soupira :

— Ces messieurs du Conseil d'administration vont être très déçus. Ils s'imaginaient que votre rapport ne faisait qu'amorcer l'exposé de preuves positives qui permettraient de porter l'affaire, à coup sûr, devant le Tribunal maritime.

Renaud qui marchait vers la porte se retourna :

— Qu'est-ce qu'ils voulaient ? Un extrait du journal de bord où le Grec aurait consigné la manœuvre qui lui a permis de couper la remorque ? Je ne l'ai pas sur moi...

L'administrateur regardait ses pieds, et son immobilité seule accusa l'insolence. Il connaissait la valeur marchande de celui qui maintenant tournait le bouton de porcelaine. Les vingt-sept sauvetages de Renaud, sa Légion d'honneur, ses croix danoises, anglaises, italiennes, sa réputation presque légendaire dans les milieux maritimes, l'estime que lui marquaient les chefs militaires, les privilèges et les subventions qu'il avait obtenus, le prestige dont il jouissait dans ces bureaux mêmes où il se conduisait si cavalièrement, l'administrateur faisait exactement le compte de tout cela, et le total le rendait conciliant. Il tendit la main et sourit de son mieux, un sourire qui n'ouvrait les lèvres que pour fermer les yeux :

— Au revoir, capitaine. À moins d'instructions nouvelles, classez donc l'affaire ! C'est, hélas ! la sagesse... Nous sommes d'ailleurs parfaitement tranquilles : vous prendrez votre revanche !

Renaud, à qui la phrase déplut, s'offrit le plaisir d'effacer le désagréable sourire, qui semblait inscrit pour toujours dans cette face comme dans une glaise :

— J'ai grand'peur que ce ne soit pas pour bientôt. Nous entrons dans le beau temps...

L'administrateur rouvrit les yeux, les leva au plafond, douloureusement, puis il sourit encore, en inclinant la tête, et referma la porte.

VIII

LA sirène d'un vapeur en partance envahit la salle à manger, par la fenêtre ouverte qui découpait, au-dessus du fauteuil Renaissance, un étroit rectangle de ciel et de rade. Renaud y vit passer une voile rouge que l'embrasure rogna puis anéantit. Alors il ramena les yeux sur les haricots de son assiette. Sa femme et lui dînaient en face l'un de l'autre, et Yvonne, après avoir écouté le dernier appel du cargo, proposa :

— Sais-tu ce que tu devrais faire... Tu devrais repartir, reprendre un commandement au long cours.

Renaud dressa la tête et la regarda, stupéfait. Elle ne lui livrait, en effet, que la conclusion de ses recherches, des méditations désolées qui avait hanté ses jours et ses nuits, depuis son retour de la clinique. Mais ce conseil, qu'elle avait longuement mûri, ne pouvait que paraître extravagant au capitaine, l'inquiéter comme un accès de délire. Il n'avait rien deviné, ou si peu, des souffrances qui le dictaient.

Bousculée par la maladie, Yvonne s'était heurtée, dix ans trop tôt, comme à un mur subitement levé devant elle, au poignant problème de la vieillesse des femmes. Elle avait engagé, avec l'étrangère surgie dans sa glace, un matin, le cruel dialogue : « Tu es vieille, tu es laide, tu as perdu ton attrait : il ne te reste plus que des droits... »

Car il n'est permis qu'aux hommes de vieillir sans préjudice majeur, de conserver grâce à leur nom, à leur situation, à leur passé, la place qu'ils se sont faite et qui, dans un monde où le vieillard commande, s'élargit, le plus souvent, au seuil de la soixantaine, sous la pression des succès accumulés. Mais la femme, elle, reste prisonnière de sa forme ; la plus austère se sent déchue dès qu'elle cesse d'être désirée et, quoi qu'elle en ait, elle gémit sous l'ombre de la dure loi biblique qui fait conduire par l'épouse caduque la jeune esclave au lit du patriarche embarrassé d'un reste de vigueur...

Les femmes de marins, pour avoir été, toute leur vie, soumises aux caprices des vents et des eaux, pour avoir appris les résignations et les patiences, savent mieux que d'autres se plier aux abdications. Puis, elles disposent d'un secours puissant : l'absence. Elles n'en attendent pas de prodiges, mais savent quel antidote puissant est le large : quelques jours de mer, et l'esprit, le cœur du marin sont lavés de tous les poisons de la satiété.

C'était à ce remède que la pensée d'Yvonne avait très vite recouru pour Renaud. Elle avait souffert longuement de le retrouver si veule devant les tâches d'assistance, de découvrir, à la première épreuve, tout son candide égoïsme d'homme qu'elle avait si longtemps refusé d'apercevoir. Son conseil de départ était d'abord le blâme infligé à un incapable que l'on engage à quitter une fonction où il s'est montré insuffisant. Mais il lui était inspiré, en même temps, par l'espoir que Renaud discernerait mieux, loin d'elle, à quel point, même diminuée, elle lui demeurait indispensable. « Il comprendra... », se disait-elle, et, derrière ce mot, elle sous-entendait toute sa vie qu'elle lui avait donnée. Il s'en était tellement enrichi qu'il mesurerait, à la première absence, la force de tous les liens qui les attachaient encore, et qu'elle connaissait, elle, pour les avoir, un à un, tendrement tissés. Mais pour cela, il fallait d'abord que se fussent dissipés le dépit de l'inaction où elle le tenait et le dégoût des humbles soins auxquels l'astreignait la présence...

— Oui, tu devrais repartir.

Renaud, dans la voix calme et volontairement négligente, n'entendit que le reproche, et fit face :

— Cela veut dire, si je comprends encore le français, que je ne suis bon à rien ici et que je te soigne à contrecœur ? Dis-le !

— Mais tu sais bien que c'est vrai !

Elle s'indignait de cette dérobade qui le rapetissait. Lui,

reçut le mot comme un coup de poing entre les deux yeux : il rejeta la tête en arrière, ses paupières battirent. Il répéta :

— Je le sais bien ?...

Elle le fixa de ses yeux clairs où reparaissaient des reflets brillants que la maladie avait ternis, et elle insista, de cette voix doucement obstinée que Renaud nommait « sa voix de bonne sœur », et qu'il redoutait, parce qu'il n'avait jamais pu fléchir les décisions ou les jugements qu'il avait entendu énoncer de cette voix-là, soit par sa femme, soit par les religieuses des hôpitaux maritimes :

— Mais avoue-le, va, que tu es à bout ! Si tu savais comme tu le caches mal ! Tu passes toutes tes journées à la fenêtre, à guetter le temps, à attendre un S. O. S. qui te débarrasserait de la maison sans que je puisse rien te reprocher... Ce n'est pas vrai ?

Il s'attendait si peu à l'attaque qu'il rompit encore d'un pas :

— Qu'est-ce que j'ai dit ? Qu'est-ce que j'ai fait ?

Elle sourit amèrement, un sourire que Renaud lui voyait pour la première fois et qui l'inquiéta plus que l'apparition en mer d'un écueil oublié sur la carte.

— Rien !... Tu n'as rien dit. Tu ne desserres plus les dents !... Tu as fait tout ce qu'il fallait faire, mais avec quelle figure, grand Dieu !... Ne hausse pas les épaules ! J'aimerais mieux que tu l'avoues franchement, que tu me dises : « Écoute, ce n'est pas mon affaire de mesurer des cuillerées de potion. Ne m'en veux pas, mais je m'ennuie et je m'en vais. » Oui, j'aimerais mieux cela !

Buté, il se rendit témoignage :

— J'ai conscience d'avoir fait tout ce que je devais faire !

Car il s'était imposé des consignes de maladie comme des consignes de bord et les avait strictement observées.

Yvonne, les mains appuyées sur la table, se souleva à demi, et l'indignation enflammait ses joues :

— Ce que tu devais !... Tu en es à faire le compte de ce que tu *dois !...* Alors que je n'ose même plus te dire d'ouvrir un placard, de fermer une fenêtre, d'apporter une assiette !... Mon pauvre ami ! Si l'on faisait le calcul de ce que tu *dois*, comme tu dis !... T'es-tu seulement aperçu, que pendant vingt ans tu as pris toute la place, toute !... Que tu as disposé de ma vie, de mes goûts, sans jamais te demander, tant tu trouvais cela naturel, si je n'aurais pas mieux aimé... je ne sais pas, moi, autre chose...

La tête basse comme pour donner un mauvais coup, si basse qu'elle tirait à fond sur les muscles de la nuque, il répliqua de son ton le plus maussade :

— Tu as attendu bien longtemps pour m'apprendre que je t'ai rendue malheureuse ! Une bonne surprise !...

— Non... Je n'ai pas été malheureuse, et tu le sais bien !... Mais ce qui est arrivé, je vais te le dire. Quand je suis tombée malade, j'ai été forcée, pour la première fois, de vivre un peu pour moi, avec tous mes misères, entre ces quatre murs, forcée de penser un peu à moi, et cela tu ne l'as pas admis... Et puis, j'étais si lasse, j'avais la tête si vide que je n'ai pas toujours pu m'intéresser, comme auparavant, à tes affaires, et tu m'en as voulu... Si... Si !... Mais surtout, il a bien fallu que je te demande quelques services, pour le ménage... Le moins possible, et pourtant je ne pouvais pas penser que cela te coûterait tant de m'aider...

Il jeta, méchamment, arrêté à la lettre de son devoir, aussi intransigeant que lorsqu'il courbait un armateur sous un fait indiscutable :

— Que cela m'ait coûté ou non, je l'ai fait. Alors ?...

— Alors, cria-t-elle, je ne veux plus des aumônes que tu me jettes depuis que tu es rentré de Paris ! Une mendiante que l'on n'ose pas mettre dehors, voilà ce que je suis devenue chez moi !... Tu vis ici, comme un étranger dans un mauvais hôtel où il serait obligé de faire une partie du service... Alors, je t'en prie, pendant que j'ai encore la force de garder un peu de fierté, pars !

Il gronda, menaçant :

— Je ne te conseille pas de me le dire trop souvent !

Mais elle ne l'entendit pas, tant elle mettait de hâte et de fougue à le pourchasser, à lui jeter, en touffes, des négligences, des fautes, des lacunes qu'elle avait constatées, excusées, couvertes, pendant vingt années, mais qu'elle n'avait plus la force de dissimuler. Ainsi, une étoffe usée jusqu'à la trame laisse passer le vent et le froid...

— Jamais je n'ai vraiment compté pour toi ! Ou plutôt, si :

j'ai compté comme un meuble, pour l'utilité ou le plaisir que tu retirais de moi !... Je n'avais qu'une raison d'être, pour toi : te rendre la vie agréable à terre !... Et encore, cette vie-là, ta maison, t'y es-tu jamais vraiment attaché ? Ose donc dire oui !...

Il murmura :

— Si je m'y étais attaché, comme tu dis, je n'aurais jamais pu repartir !...

Elle ne ressentit que l'injure du maladroit aveu. Lui voulait seulement rappeler qu'il est interdit au marin de s'abandonner sans réserve à des biens qui ne lui sont que prêtés...

— Pourquoi t'es-tu marié, alors ? cria-t-elle. Quand on est décidé à ne rien donner, on ne demande pas tout aux autres. Moi, j'appelle ça voler, tu endends ?...

Il ne répondit point, parce qu'elle venait d'être injuste : sa réussite, son argent, sa réputation, n'en avait-elle pas profité comme lui, n'avait-elle pas été de moitié, en tout ? Son plaisir, à lui, n'était-il pas, toujours, de lui faire la part plus large qu'à lui-même ? À chaque succès, il pensait : « Elle sera contente »... S'il l'avait accaparée, comme elle le lui reprochait, n'était-ce pas sa façon, à lui, de la faire profiter de tout ?... Avec une paire de bottes, un vieux ciré, lui, il était paré ! Le reste, c'était tout de même pour elle !... À le constater, il reprenait du calme, comme il lui arrivait chaque fois que la colère ou le dépit jetaient son contradicteur dans des excès déraisonnables. « Bien sûr, pensait-il, elle a été la plus dévouée des femmes, mais elle y trouvait son agrément, comme moi j'ai toujours trouvé mon plaisir à lui faire plaisir... »

Il arrivait brusquement devant la réalité même de l'amour qui ne vise que soi à travers les autres et ne cherche, en aimant, que la jouissance d'aimer. Mais, tout de suite rebuté par cet embrouillement, il haussa les épaules :

— Tout ça, c'est parler pour ne rien dire !

C'était sa pensée qu'il jugeait ainsi. Yvonne, une seconde fois, se méprit : elle crut qu'il faisait fi de ses plaintes et redoubla les coups :

— Pour ne rien dire ?... Aimerais-tu mieux que je te dise que si tu ne partais pas, moi je partirais ?... Est-ce parler pour ne rien dire que de s'apercevoir que je me suis trompée sur ton compte, pendant vingt ans, et que tu n'as pas de cœur ?... Tiens, j'ai pensé souvent, depuis quinze jours, à ton pauvre matelot qui avait pris le typhus à Valparaiso et que tu n'avais pas pu débarquer... Tu te rappelles la scène que tu as faite, lorsque tu as su que tu serais obligé de le garder pendant tout le voyage ? Tu te rappelles que c'est moi qui l'ai soigné, parce que je ne voulais plus te voir le faire avec cet écœurement que tu ne te donnais même pas la peine de cacher ? C'est toi tout entier, ça !... Je ne t'ai jamais vu aimer que ce qui était fort, ce qui était neuf, ce qui te faisait honneur, et ça, dans tes hommes, dans tes bateaux, dans tout ! Ce qui est usé, abîmé, quand c'est à toi, tu en as honte ! Tous les bibelots que la femme de ménage a ébréchés, tu me les fais jeter ! Tu ne t'es jamais demandé si j'y tenais...

Le grief, pourtant grave, lui sembla puéril : il leva les épaules.

— C'est idiot !

Mais, frémissante, elle frappa, dans la même ligne, un second coup qui, lui, pénétra profondément :

— Et tes bateaux, tes vieux bateaux, combien en as-tu laissé pourrir ou démâter, sans même un mot de regret ! On te donnait un neuf en échange du vieux, tu étais content, tu ne demandais que cela !

Il se leva, les mâchoires et les poings serrés :

— Laisse les bateaux !

Car cette injustice-là l'atteignait plus que les autres. S'il se détournait jadis de ses voiliers au rebut, s'il affectait de s'en désintéresser, c'était seulement par peur de s'attendrir, un attendrissement qu'il jugeait absurde ; c'était par une pudeur d'homme fort qui ne veut point paraître regretter des débris, quelques morceaux de vieux bois, des regrets qu'un marin cache à tous, mais surtout aux femmes. Ses bateaux !... Il portait en lui leur nom, leur âge, leur image ineffaçable et précise, leurs blessures, leurs voyages, leur vie entière ainsi que le souvenir d'amis disparus. Il n'y avait que Tanguy à le savoir, parce que causer avec Tanguy, c'était causer tout seul...

Mais Yvonne, au cri qu'il avait poussé pour l'écarter de ses voiliers, avait senti flamber en elle la jalousie du bateau, du violent plaisir qu'il donne aux hommes :

— Eh bien ! je te le répète, pars, pars dessus, puisque tu n'as jamais aimé que cela, puisque c'est là que tu es libre, que tu commandes ! Pars, ou je partirai !

Il la fixa durement, mais la colère ne troublait pas la clairvoyance redoutable de son regard. Yvonne était debout, bien droite, du sang aux joues et aux lèvres. La tête que le défi rejetait en arrière cachait, derrière le front levé, les cheveux couleur de cendre. Elle était redevenue subitement jeune, ardente, et cette jeunesse factice, rallumée par la colère, trompa Renaud, lui suggéra une pensée mauvaise et basse : « Allons donc ! Elle n'est pas si malade qu'elle voudrait bien me le faire croire !... » La crainte d'être dupe lui ôta toute pitié, il rafla sa casquette qui traînait sur la desserte, l'enfonça jusqu'aux yeux et dit :

— Partir ? C'est bon ! Je vais m'en occuper...

Il sortit, sans qu'elle le rappelât.

Sur le quai, après quelques pas, il s'arrêta brusquement pour faire le point. En vingt ans, Yvonne ne s'était pas emportée dix fois. Mais il se rappelait, mieux que des tornades, chacune de ses colères. Car c'étaient des révoltes de femme patiente et douce qui n'éclate que poussée à bout mais garde, dans la fureur, un discernement cruel. Renaud entendait alors de dures vérités qu'elle démentait passionnément après : « Si je l'avais pensé, te l'aurais-je dit ? »

Aujourd'hui, cependant, il était sûr qu'elle ne se rétracterait pas, et ce pressentiment le gonflait de rancune.

Il repartit, et s'en alla, à grands pas, au *Cyclone.* Il comptait y trouver Tanguy, car on profitait de ce beau temps qui rendait improbable un appel, pour visiter les pompes, et c'était un travail important dont le second avait la charge. Mais Royer, qui flânait sur le pont, avertit le capitaine que Tanguy s'en était allé chez lui : il s'offrit à y courir. Cette absence déplut vivement à Renaud. Il fit appeler Kerlo qui arriva pourpre, les yeux mouillés, empestant le rhum. Le capitaine le regarda sévèrement :

— Alors, maintenant, vous n'attendez même plus le soir pour être plein ?

Le bosco le fixa de ce regard insolent des gens qui cherchent avec qui se battre et il répondit, en mordant, tant qu'il pouvait, dans l'excuse :

— Je m'emmerde trop, capitaine !

— Vous pourriez peut-être trouver d'autres distractions...

— Lesquelles ?... Et puis, ça ne m'empêche pas d'avoir l'œil au boulot !

C'était vrai : il fallait rendre cette justice à Kerlo qu'il réglait ses doses sur les travaux en cours... Renaud le renvoya d'un signe maussade.

Puis il monta chez les t. s. f. Le Gall, qui était à l'écoute, se leva, le casque aux oreilles, pour saluer. La veille déjà, il avait salué, mais autrement, au bureau de tabac, auprès de la patronne rousse, quand Renaud était venu chercher du Job blanc... C'était lui qui avait demandé, goguenard et crâneur :

— Gommé ou non gommé, capitaine ?

Car, depuis que la buraliste était sa maîtresse, il servait les clients et jouait au patron : ça valait bien ça !...

Tanguy arriva enfin et se présenta au carré où Renaud l'attendait. Au premier regard, le capitaine discerna toute la laideur supplémentaire du chagrin sur sa pauvre gueule déjetée.

— Qu'est-ce qui ne va pas, Tanguy ?

L'autre hésita, puis d'une voix basse, honteuse :

— Elle n'est pas rentrée depuis hier soir...

— Ah !... Et alors, qu'est-ce que vous allez faire ?

— Je suis allé voir si elle n'était pas revenue... J'y suis allé trois fois ce matin... Et puis tantôt... C'est pour ça, que je n'étais pas là, quand...

— Oui... Ça, on en reparlera plus tard... Mais quand elle sera rentrée, qu'est-ce que vous ferez ?

L'autre le regardait, stupide, comme si le capitaine avait parlé une langue étrangère. Ses yeux clignotaient. Il était visiblement tout à fait incapable de répondre, de dépasser l'instant présent de son angoisse et de son misérable désespoir. Renaud mit une main dans sa poche et le regarda fixement :

— Eh bien, quoi ? Qu'est-ce que vous ferez ?... Vous lui demanderez si elle ne s'est pas trop fatiguée dans sa petite promenade ?... Aurez-vous au moins le cran de me la foutre dehors ?

L'autre hocha la tête : doutait-il de lui, ou seulement du retour de sa femme ?... En le voyant hésiter, Renaud éclata :

— Mais, nom de Dieu, qu'est-ce qu'on vous fait donc à terre ?... Vous n'avez pas le pied dessus que vous manœuvrez tous comme les derniers des marlous !... Kerlo qui ne dessaoule pas, Le Gall qui s'engraisse avec les gros sous de la tabatière, vous qui êtes cocu et qui dites merci !... Mais, mon vieux, il faut tout de même que vous le sachiez : tout l'équipage se fout de vous ! Quelle autorité aurez-vous sur les hommes, si une petite garce peut vous en faire porter autant qu'un quatre-mâts grand largue, et que vous en redemandiez ?...

Il s'indignait, parce qu'il avait devant lui un brave type sans défense qu'on bernait, parce que la petite Tanguy lui avait toujours fait de l'œil, qu'il s'était toujours fait, lui, scrupule d'y toucher et qu'elle était partie avec un autre, parce qu'enfin il éprouvait un plaisir vengeur à rabaisser les femmes :

— Écoutez-moi, Tanguy : quand elle rentrera, car elle rentrera, foutez-la-moi à la rue avec sa chemise sur le derrière ! Ne lui donnez pas un sou : vous aurez le droit pour vous... Et puis, prenez-moi une autre tête ! Une femme, ça se remplace, surtout celle-là !... Et même les meilleures, valent-elles tout ce qu'on fait pour elles ? S'en rendent-elles même compte ?... En tout cas, maintenant, pour vous, la situation est nette ; vous allez me la balayer, hein ? Dire « amen » ? Vous valez mieux que ça !

Le voyant ébranlé, il lui porta un dernier coup, extrêmement habile :

— Et je vous en cause sans parti pris... Vous vous rappelez que j'ai été le premier, quand on dérivait sur Ar-Men, à vous dire que tant que vous n'auriez pas de preuves...

— C'est vrai ! attesta Tanguy, frappé.

Et il promit, avec une colère lente qui montait en même temps que le sang aux yeux, et durerait longtemps :

— Il n'y a à faire ce que vous dites, capitaine... C'est le mieux !...

Quand Tanguy avait dit : « C'est le mieux », les dix-huit cents chevaux du *Cyclone* ne l'en eussent point fait démordre... Sa soumission détendit Renaud. Il le garda près de lui pour surveiller le démontage des pompes, et il retournait dans ses doigts un joint rongé par l'eau de mer, quand un matelot lui apporta une carte qu'il lut et relut : sa naufragée, la femme du Grec, le priait de passer pour la voir à l'Hôtel de France. Il l'avait oubliée, celle-là !

— Qui a apporté ça ?

— Un drôle de gosse, en vélo, tout en vert, avec une calotte de curé.

Le groom de l'hôtel...

Méfiant, il relisait la brève formule et s'étonnait de la haute écriture, cette écriture standard qu'elles ont toutes adoptée, comme les cheveux courts, et qu'avec un vague respect il jugeait distinguée, parce qu'il n'avait encore connu que des écritures sincères.

Cet appel inattendu l'intriguait. Il en espéra brusquement quelque chose, un rebondissement quelconque de l'affaire, car il se résignait comme il mettait en cape, le moins longtemps possible.

Malgré le désistement de la Compagnie, malgré l'indifférence et l'oubli qui, autour de lui, sur le quai, commençaient à recouvrir le souvenir plaisant du bateau filou, sa rancune n'avait point désarmé et espérait encore une revanche. Mais il ne l'attendait point de ce côté. Que cette malheureuse lui eût écrit, qu'elle fût capable de cette initiative, à la réflexion, cela le surprenait de plus en plus. Il revoyait ce mannequin mou abandonné sur le pont, entre les bottes des hommes, puis la noyée verte qui, sur la banquette des t. s. f., crachait des mots hagards et des filets de bile. Il n'entrait d'ailleurs dans son souvenir aucune pitié, car il pensa :

— Si par hasard, elle savait quelque chose, il faudra qu'elle le sorte !

Puis il se souvint qu'elle était Française et cela ne manqua point d'armer sa méfiance :

— Française, oui, et la femme du plus beau saligaud qui ait jamais mis le pied sur une passerelle. Son salopard doit se demander si je ne vais pas le rebaiser au tournant ! Il a chargé sa femme de se renseigner... Si elle entreprend de me la faire à la compatriote, elle sera reçue !

Il fit appeler Tanguy :

— S'il y avait quelque chose, vous m'enverriez un matelot à bicyclette à l'Hôtel de France.

Il gravit les rampes et s'arrêta un instant sur le cours d'Ajot, au pied de la statue de l'Abondance dont la corne déverse des fruits de pierre moisis par le crachin. Il alluma une cigarette. Devant lui, les arbres élevaient leur brouillard de jeune verdure, des gamins s'enfuyaient sur des patins à roulettes. Il s'approcha du parapet et observa la rade. L'eau y était si pâle et à ce point immobile qu'on ne la distinguait plus ; les bateaux semblaient plats et posés sur une glace. Il haussa impatiemment une épaule : avec ce càlme, il attendrait longtemps une belle sortie !...

L'hôtel s'ouvrait dans une rue étroite et calme, assez en pente pour que les automobiles évitassent de s'y aventurer. Dès qu'il eut mis le pied sur le tapis profond du vestibule, qu'il eut jeté un regard à la caisse en palissandre, au large escalier, à la rampe de fer forgé, il se renfrogna : l'hôtel était visiblement confortable.

— Et c'est moi qui le paie ! pensa-t-il.

Une femme de chambre, en Bretonne de Pont-Aven, l'introduisit dans un salon vitré, aux boiseries claires, peuplé de divans, d'étagères et de ces profonds fauteuils qui vous gainent jusqu'aux aisselles et dont les soufflets cèdent sous vous, ainsi que le ventre d'une bête vivante...

En voyant entrer cette jeune femme en blouse de crêpe blanc, ces ondulations molles, cette bouche très rouge, il ne sourcilla pas : une quelconque pensionnaire, agréable... Le salon était tout en longueur et elle l'abordait par l'autre extrémité. Elle le traversa de bout en bout sans que Renaud eût compris. Ce fut seulement lorsqu'elle s'arrêta, au bord même de son fauteuil, et qu'elle se fût nommée qu'il se leva, stupéfait.

Ainsi, c'était elle qui avait ramassée sur son pont, écrasée comme une méduse, à demi fondue ? Ce tas de chair et de loques lui avait alors semblé tellement gorgé d'eau que les rigoles qui en découlaient paraissaient emporter, délayée, le reste de sa substance. Il avait classé son image parmi celles des créatures les plus dissoutes, les plus flasques qu'il eût jamais tirées de la mer... Et elle était là, si droite, la poitrine ferme, si stable devant lui, et avec un visage précis, un joli visage de blonde à peau dorée. Il la contemplait comme un prodige. Elle s'amusait visiblement de sa stupeur, mais il s'en aperçut et se reprit. Il s'était dès longtemps entraîné à secouer très vite ses étonnements. Marin, il avait l'habitude de se soumettre sur-le-champ aux aspects changeants du ciel et de la mer. Il savait accepter les embellies soudaines et en profiter sans attendre... C'est pourquoi il aimait les hommes qui restaient impassibles devant l'extraordinaire... Pourtant, lorsqu'elle repartit afin de fermer la porte demeurée ouverte, il s'émerveilla de nouveau : sa démarche le surprenait plus encore que son visage. Il l'avait connue à tel point inerte ! Et maintenant, ce pas élastique et ferme, sans réticence des jambes, sans hésitation des hanches, mais aussi sans cette dureté, cet appui volontaire qui marque la timidité vaincue... Une démarche décidée, juste, à laquelle, marin des voiliers, spécialiste de toutes les allures, il était, plus qu'un autre, sensible.

Elle tendit la main, cette main longue et trop baguée qui l'avait fait reconnaître de Tanguy, et en même temps, elle se logeait dans les lèvres un sourire d'accueil qui ne venait que du relèvement de la lèvre supérieure et n'intéressait pas les yeux. Car eux ne riaient pas, ils demeuraient perspicaces et scrutateurs.

— Que je suis heureuse de vous voir, capitaine ! Heureuse..., le mot n'exprimait pas tout à fait l'avidité étrange de son regard...

— Mais asseyez-vous !

Elle-même poussa un fauteuil pour le rapprocher du sien, et s'assit en face de lui, leurs genoux presque en contact, bien différente en cela de tant de femmes qui, d'instinct, cherchent à parler de biais. Ces avances le tenaient en garde, et il dit, pour voir venir :

— Je ne vous croyais plus à Brest...

Habilement, elle saisit la balle :

— Pouvez-vous penser que je serais partie sans vous avoir remercié ? Je suis allée déjà vous demander sur votre bateau. Vous n'y étiez pas. Je n'ai vu que votre second. Il ne vous l'a pas dit ?

— Non... il vient souvent des gens qui demandent à visiter...

— Mais j'ai réclamé votre adresse, on n'a pas voulu me la donner...

Il approuva :

— C'est la consigne ! Sans cela, je serais dérangé vingt fois par jour. On me trouve à bord, ou alors, si c'est pour une affaire de service, Tanguy, mon second, m'envoie chercher.

— Il m'a très mal reçue, votre second, il n'est pas galant !...

Il hocha la tête, avec un demi-sourire :

— Non, il n'est pas galant pour un sou, mais sans lui, vous seriez quelque part dans l'Iroise, entre deux eaux, à régaler les crabes...

Il la regarda avec une effronterie appuyée et ajouta :

— Ce serait dommage !

Elle répliqua hardiment, les yeux rivés aux siens :

— Vous trouvez ?...

— Oui !

— Vous êtes gentil !

Pour la première fois, depuis leur rencontre, elle abaissa son regard, comme si elle avait été atteinte par le bref compliment ; puis elle arrangea deux plis de sa robe :

— En somme, je vous dois la vie.

Elle lui jeta un regard qui se moquait :

— C'est une phrase bête ! On la lit dans tous les feuilletons... et pourtant c'est vrai !...

— Absolument !

Elle prit ses deux genoux dans ses mains jointes, se balança, mi-sérieuse, mi-plaisante :

— Alors, vous avez droit à toute ma reconnaissance...

La désinvolture du ton lui déplut, puis l'étonna. Il entra, toutefois, dans le jeu :

— À votre reconnaissance, seulement ?

— Que pourrais-je vous donner de mieux ?...

— On ne sait jamais...

Elle rejeta la tête en arrière et regarda le pafond :

— Ou plutôt, on le sait trop !...

La pente de l'entretien surprenait Renaud de plus en plus. Où voulait-elle l'emmener ? Que cherchait-elle, avec ses façons d'allumeuse?... À le désarmer, entre deux draps?... Cela semblait tellement évident qu'il ne le croyait qu'à demi. Elle n'avait point cet air sot qui eût convenu à une ruse aussi grosse. Sans doute, dès les premiers mots, le capitaine avait songé à une revanche goguenarde: « Il m'a eu, j'aurai sa femme... » Mais cela s'annonçait comme si facile, qu'il ne s'y arrêtait plus... Il cherchait assidûment le piège qui devait être ailleurs ou au delà...

Elle tambourinait du bout des doigts sur les bras du fauteuil. Comme elle n'avait point cessé de le guetter, elle avait peut-être suivi sur son visage tout le flux de la méfiance. Elle reprit de son ton le plus détaché:

— Cela va faire trois semaines aujourd'hui que vous êtes devenu mon sauveur...

L'anniversaire n'était pas de ceux qu'on fête, et il dit sèchement:

— En effet.

— Savez-vous que cela me donne des droits sur vous?

— Quoi?

— Que vous m'ayez sauvée.

— J'aurais plutôt cru le contraire...

— Oui, naturellement... si l'on veut...

— On veut toujours!

La conversation s'échouait de nouveau dans de froides et inutiles équivoques. Renaud décida qu'il avait assez perdu son temps. Il n'était pas au café, à blaguer avec la bonne... Puisqu'elle ne se décidait pas à cracher le morceau, à demander: « Qu'est-ce que vous allez nous faire? » il allait l'aider, en finir!... Le temps de la ramener sur mer, au jour et à l'heure du mauvais coup et, subitement, il l'écraserait de menaces. Épouvantée, elle en raconterait peut-être trop long... Qui sait, elle négocierait peut-être une transaction.

— Vous n'aviez même aucun chic pour une noyée!

— Non?

— Aucun!... Qui est-ce qui vous avait si bien installée sous les bancs?

— Quels bancs?

— Du canot.

— J'ai eu à peine conscience qu'on m'y jetait et je ne me

souviens plus du tout de ce que j'y ai fait, ni comment j'en suis sortie.

— Vous n'y avez rien fait que d'y rester allongée, de vous y faire piétiner par une demi-douzaine de vos sauvages. En voilà à qui vous auriez pu reprocher de n'être pas galants... et peut-être aussi à votre mari qui avait bien mal choisi vos compagnons de promenade !...

— Oh, lui !...

« Tiens, tiens ! pensa Renaud, en voyant se clore le visage de la jeune femme, ses yeux le quitter pour fixer en elle des griefs, va-t-on me jouer la scène de ménage, me dire pis que prendre du pirate, et conclure : "Ne faites rien pour lui, faites tout pour moi" ?... »

Il guettait toujours activement d'où pourrait venir l'attaque, mais en même temps, il inclinait à croire sa naufragée sincère. C'est que tout en elle semblait spontané : le geste, le regard, la voix, tout, sauf ce qu'elle disait. Mais ses feintes maladroites, même, ne pouvaient tromper. Elle avait si mal joué son rôle provocant, avec une aisance si visiblement forcée qu'on ne pouvait lui garder rancune de l'avoir essayé. Quant à ce « Oh, lui ! », il avait sonné tout autrement, un cri hostile qu'elle avait jeté d'instinct, sans avoir eu le temps de l'étudier, même de le retenir.

« On va savoir, décida-t-il, ce qu'il y a derrière, et tout de suite ! »

Il se pencha, un coude sur son genou, l'autre sur le bras du fauteuil, une attitude familière, détendue :

— Quel homme est-ce, votre mari ?

— Une brute !

Le mot est fait pour y mordre, elle y mordit. Renaud ne s'attarda point à le méditer : le visage de la jeune femme lui causait trop d'étonnement. Il était redevenu son visage de noyée, celui qui gisait dans la cabine des t. s. f., le jour du naufrage. L'altération des traits était la même, comme si le choc de la passion pouvait donner, un instant, à certaines femmes, le masque de l'agonie. Tout, dans cette face, demeura quelques secondes figé, inconscient. Puis la bouche frémit la première, un tremblement presque imperceptible au coin des lèvres, les narines, comme aspirées, battirent, les yeux noircissaient, et Renaud se rappela ces grains dangereux qui effacent d'un seul coup le ciel, retournent la mer et ne laissent, après une minute, que le hérissement furieux des lames, là où régnait auparavant le rire à larges plis des flots. Le visage de la femme grossissait, devenait vulgaire et puissant, la dureté des os y apparaissait, sous les chairs, dans une contraction qui repoussait les maxillaires et tendait le front sous le ressaut des orbitres. Elle répéta :

— Une brute..., une canaille.

Jadis, Renaud, capitaine de long-courrier à voiles, était renommé pour son habileté à prendre du bon côté, sous le calme noir des tropiques, les risées qui l'avanceraient de quelques mètres et le rejetteraient dans les grandes brises, dans les alizés du S. E... Devant cette femme toute gonflée d'orages, comme autrefois sur les passerelles, il découvrit la fine manœuvre, la question juste et imprévue :

— Pourquoi l'avez-vous épousé ?

Elle ne parut point surprise. Elle n'hésita pas :

— Parce qu'il m'avait mise enceinte... Mon père était commissaire de la marine. Lui était venu suivre des cours d'hydrographie...

Elle hésita, comme si elle avait eu à dire quelque chose d'inconvenant :

— Il était joli garçon : des yeux de fille et il en faisait ce qu'il voulait. Moi j'étais sérieuse, mais têtue, terriblement ! Papa, qui nous avait vus ensemble, m'avait défendu de le fréquenter : cela suffit pour que, le soir même, j'aille le retrouver sur le bateau d'un de ses amis. Ils m'ont fait boire... Et puis, un croc-en-jambe qui vous abat sur une couchette... On crie, on se défend des ongles et des dents comme avec un assassin... Quand on se relève, on voudrait être morte... Et voilà.

Renaud fit remarquer :

— Je ne le connais pas beaucoup, mais ce que vous me dites là me paraît assez dans sa manière... Et après ?

— Après, il n'a cherché, naturellement, qu'à filer avant la fin de son stage, et pour ça, à m'endormir de promesses et de protestations ! C'est tout à fait par hasard qu'en rangeant le bureau de mon père j'ai trouvé sur sa table la demande de mutation qu'il avait faite. Alors, j'ai tout raconté à papa. La gifle qu'il m'a donnée m'a jetée par terre et j'avais vingt-deux ans !

« C'était après dîner. Mon père est sorti. J'ai su plus tard qu'il était allé le chercher à son hôtel. Il faisait nuit : il l'a emmené le long des bassins, l'a empoigné, et lui a dit : "Au choix ! l'épouser : elle a une dot de cinquante mille francs, ou le bassin ! Personne ne t'endendra ni crier, ni tomber. Avec ton pardessus et tes bottes, tu ne nageras pas, et quand on te repêchera, ce n'est pas à moi qu'on viendra demander des comptes !"

« Papa était trois fois fort comme lui. Naturellement, il a choisi les cinquante mille francs. Alors, papa l'a enfermé dans un des bureaux du port. Ils y ont passé toute la nuit et le lendemain, mon père l'a mené au consulat, à la mairie pour les publications. Quand papa est rentré le soir, il m'a dit :

« — Je regrette de t'avoir calottée. Je le connais maintenant !... Tu seras assez punie avec lui, mais ce sera juste, car une femme doit savoir choisir son homme. C'est la seule affaire de sa vie...

« Ça, je le savais que je serais malheureuse ; il n'avait pas besoin de me le promettre, mais j'ai répondu :

« — Ne t'inquiète pas de moi, ce que j'ai, je l'ai voulu !... En tout cas, tu peux être tranquille, je ne viendrai jamais me plaindre à toi !

« Je l'entends encore s'écrier :

« Et tu feras aussi bien !...

« J'ai cru qu'il allait encore me gifler. Pourtant il s'est calmé, et m'a dit :

« — Tout ce que je peux faire, c'est de mettre ta dot à l'abri, avec un contrat. Je vous en ferai les rentes, largement.

« Quand l'autre a été mis au courant de l'arrangement, il n'a rien osé dire devant mon père, mais c'est à partir de ce moment-là qu'il m'a vraiment détestée... Je vous assure qu'il ne doit pas y avoir beaucoup de lunes de miel comme la nôtre !... Sitôt mariés, en route pour le Pirée où il devait prendre un commandement. Un voyage dont je me souviendrai !... »

Renaud la regardait s'enfoncer, tête basse, dans sa rancune, serrer les dents sur d'âpres souvenirs. Mais comme c'était le

Grec qu'il poursuivait à travers ses confidences et qu'il voulait aviver un ressentiment capable de le servir, il demanda, tranquillement :

— Il vous battait ?...

Elle rectifia, avec vivacité :

— Dites que nous nous battions !... Le soir, dans la cabine, comme des portefaix, sans dire un mot. Je m'étais juré qu'il ne me retoucherait jamais !...

Renaud, goguenard, interrompit :

— Serment d'ivrogne ?...

Elle haussa impatiemment les épaules :

— Ah ! non. Je vous préviens : ne cherchez pas de gaudrioles dans ce que je vous raconte ! Vous en seriez pour vos frais !...

Puis appuyant sur lui un regard de reproche un peu méprisant :

— C'est si difficile que ça, pour un homme, d'essayer de comprendre certaines choses au lieu d'en rire ?... C'est vrai que pour eux, des chagrins de femme !...

Il faillit regimber sous la leçon, puis l'accepta brusquement :

— Vous avez raison : je suis idiot !... Êtes-vous restée longtemps au Pirée ?

— Non. Dès le lendemain du débarquement, il m'a emmenée chez sa mère, dans le fond de la Phthiotide. Un chemin de fer, mais quel chemin de fer ! jusqu'à Lamia, et puis une vieille Ford et les mulets, le cacolet... en pleine montagne... Figurez-vous, au pied de l'Oxia, une douzaine de masures qui sortaient à peine de la roche, et sales ! Le jour, un four chauffé à blanc ! Le soir, comme attraction, l'illumination du petit cimetière, une demi-douzaine de lampes sur les tombes !

— Je vois ça, assura Renaud. Pendant la guerre, j'ai chaluté du sous-marin dans la mer Égée...

— Alors, vous devinez ce que pouvait être la vie là-dedans. Le premier bourg, Krikélou, était bien à vingt kilomètres. Dans le village, quelques vieux et des femmes : les hommes, tous bergers, étaient dans la montagne. Les vieux, on les rencontrait accroupis dans tous les coins d'ombre, en train de faire tourner leur comboloïon, vous savez, leur petit chapelet d'os ?...

— J'en rapporté un, en ivoire... Je vous l'offrirai.

— Ah ! non, gardez-le !... J'avais trop envie de leur arracher ça des mains, tant ils m'exaspéraient à le faire tourner sous leurs pouces, pendant des heures et des heures... Quand ils m'épiaient, en faisant défiler les grains, c'était comme s'ils m'avaient dit : « Regarde, voilà ce qu'on fait de la vie, ici, ce qu'on fera de la tienne ! Elle te passera, comme nos boules d'os, entre les doigts sans que tu en reçoives rien, sans que tu en gardes rien. »

« J'y suis restée quatre mois, et quels mois !... C'est là que j'ai accouché : un enfant mort-né...

« Sitôt rétablie, il m'a rappelée à Patras, son port d'attache... Je ne vais pas vous ennuyer avec notre vie là-bas : deux chiens enragés ! On reçoit, on rend... Je rendais plus que je ne recevais... Il se rappellera longtemps certains tours que je lui ai joués !... Je dois pourtant convenir qu'il était aussi tenace que moi : il n'était pas question de nous lâcher ! Il restait toujours entre nous un arriéré de comptes à régler... »

Renaud ne la quittait pas du regard pendant la violente confession. Elle ne le surprenait pas. Il en avait tant connu, des femmes de marins qui tenaient tête à des brutes et faisaient, à l'occasion, victorieusement, le coup de poing avec eux. Des gaillardes ! Mais ce qui justement l'étonnait dans un tel débordement d'énergie et de dureté, c'était ce corps élancé, mince, qui semblait facile à briser, à mater. Le capitaine gardait, à l'arrière-plan de sa mémoire, l'image du tas inerte qu'elle avait été sur le pont du *Cyclone*... Il observait ses bras nus jusqu'au-dessus du coude et en calculait la force dérisoire... « Les nerfs », pensa-t-il. C'est un mot qui, pour les hommes, explique tout ce qu'ils ne comprennent pas des femmes. Il avoua pourtant sa surprise :

— Je n'aurais jamais cru qu'il pût tenir autant de cran dans... combien ?... Cinquante kilos de jolie femme ?

— Méfiez-vous, répliqua-t-elle. Les maigres sont mauvaises !... Pour en finir, il arriva, un matin, à Patras, des contre-torpilleurs français. Je fis la connaissance d'un lieutenant de vaisseau. On dit qu'il vaut mieux faire envie que pitié. Celui-là, pourtant, a eu pitié de moi avant d'en avoir envie... Le jour où il est reparti, je me suis un peu consolée en racontant tout à l'autre, et dans le détail !... Tenez, voilà un souvenir de notre explication.

Elle écarta des cheveux et montra, sur le côté droit de la tête, une longue raie blanche qui avait dû être une profonde coupure.

— Il m'a manquée de peu, ce jour-là, dit-elle avec une sorte d'estime. Fumez-vous ?

Elle tira de son sac un paquet de gauloises jaunes, en offrit une à Renaud, lui donna du feu avec son briquet, alluma la sienne et en souffla de longues bouffées.

— Mon ami est à Toulon, précisa-t-elle, sur le *Trident*. Vous connaissez ?

— J'ai entendu le nom. Maintenant, vous savez, les torpilleurs... Moi, je suis entrepreneur de transports !...

— Je ne le reverrai jamais, déclara-t-elle. Il est marié, et je ne veux pas compliquer sa vie, je lui dois trop !... C'est grâce à lui que j'ai pu croire de nouveau à quelque chose, reprendre goût à vivre. J'ai écrit à mon père. Il m'a répondu : « Ta tante est morte — c'était aussi ma marraine. Elle te laisse tout ce qu'elle a : achète ta liberté, paie-lui ton divorce et reviens. » Il le connaissait bien !

« L'affaire a été très vite arrangée. Il devait partir pour l'Angleterre avec une cargaison de raisins de Corinthe. À l'aller, il ferait escale à Marseille et m'y laisserait. Je lui ai tout de suite versé un acompte. Ce soir-là, il m'a emmenée dîner dans le meilleur hôtel de Patras, et c'était comme si j'avais dîné avec mon domestique, tant il était rampant ! On s'est embarqué huit jours plus tard. Vous n'avez pas entendu le plus beau ! »

Elle se mit à rire en cherchant des yeux un cendrier pour y jeter la cigarette qu'elle avait fumée très vite. Elle n'en trouva point, se leva souplement et, après deux pas, la lança par la fenêtre ouverte. Puis elle en alluma une autre, et poursuivit :

— Nous avions à peine doublé Missolonghi qu'il me déclara que nous n'aborderions pas en France, qu'il irait sans escale à Cardiff, que je ne débarquerais pas, qu'il m'enfermerait dans la cabine et me ramènerait en Grèce.

« Il préférait, affirmait-il, à tout l'argent du monde, le plaisir de me tenir et de me garder ! Il me le répétait vingt fois par jour, et il ajoutait : "Cette fois, il faudra bien que tu en crèves !"

« Cela, il me l'a crié devant tout l'équipage, en affirmant que toutes les Françaises étaient des filles et qu'il fallait des hommes comme lui pour les dresser. Les matelots ont pu s'amuser, je vous assure : des scènes de ménage, ce n'est pas une distraction courante sur un cargo !... Il n'y avait que le chef mécanicien à ne pas trouver ça drôle et à oser le dire. Un vieux Corfiote... J'ai envoyé d'ici un colis de bonbons à ses gosses.

« Le bouquet, ce fut en sortant du détroit de Messine, au carrefour des routes de Marseille et de Gibraltar. En faisant mettre le cap à l'ouest pour passer au sud des Lipari et doubler Palerme, à l'instant d'abandonner la route de France, il est devenu enragé ! Il me montrait le noroît et il bafouillait, en bavant, que Marseille était là, qu'on en passerait à 500 milles, qu'il ne me lâcherait jamais !... Les hommes le regardaient sans rire, cette fois ; ils commençaient à s'inquiéter pour leur peau, en voyant le bateau aux mains d'un pareil énergumène !... Un type empoisonné de haine ! Il suait le fiel par tous les pores, il s'étranglait : j'aurais pu en avoir pitié !... Je lui ai promis seulement, en lui montrant, derrière nous, les maisons blanches de Reggio :

« — Si, au retour, je suis encore sur ton bateau, tu ne repasseras pas le détroit : je t'aurai tué avant. »

« Je vous assure que ça l'a calmé ! Il savait parfaitement que j'étais capable de l'abattre. Quand on se déteste, on se connaît mutuellement, et à fond : c'est nécessaire pour bien se faire du mal... À partir de ce moment, les rôles ont changé : il crânait toujours, mais moi, je voyais se battre en lui sa haine et sa peur... À Cardiff, au lieu de m'enfermer, comme il m'en avait menacée, il affecta de m'ignorer, de ne plus même m'apercevoir. Il espérait visiblement que je m'en irais de moi-même, qu'il ne serait pas obligé de me céder devant ses hommes... Mais je me suis bien gardée de bouger : j'avais juré qu'il m'amènerait lui-même à quai. Et il l'aurait fait !...

— D'après sa position, quand j'ai reçu son appel, déclara Renaud, il vous aurait débarquée à Bordeaux... Où la tempête vous a-t-elle pris ?...

— Par le travers de Belle-Ile, je crois. Ça a fraîchi subitement, et aussitôt il a perdu la tête. J'avais encore une illusion sur son compte : je le croyais marin... Moi, toute gosse, j'ai navigué au cabotage, avec mon père... En moins d'une heure, j'ai été fixée : dès que c'est devenu sérieux, il s'est mis à courir par tout le bateau en criant, en injuriant les hommes. Il leur ordonnait vingt choses à la fois, des ordres à faire enlever d'un coup la moitié de l'équipage. Ils haussaient les épaules, sans même le regarder !... C'était à mon tour de m'amuser ! À chaque lame qui tombait, je leur criais qu'ils allaient couler, que leur bateau casserait, que leur capitaine ignare les jetterait au plein ! J'étais enragée, moi aussi : une crise de paludisme qui m'était tombée dessus, presque en même temps que le premier grain. Quarante de fièvre et rincée sur le pont que je ne voulais pas quitter. Quand la drosse a cassé, j'ai applaudi, comme une folle !... Je leur en ai tant et tant dit qu'ils se sont mis à quatre pour me rejeter en bas, dans le carré. C'est en tombant dans l'échelle que je me suis ouvert l'épaule et aux trois quarts assommée. Ils y étaient allés fort !

— Vous aussi !...

Renaud était choqué de ces imprécations frappant un bateau en péril, de cette joie sacrilège qui saluait une avarie majeure, de ces prédictions de mort jetées à des marins qui luttaient pour leur vie ! Cependant, bien des fois, il avait entendu des hommes maudire le bateau, son bateau... Ceux qu'on embarquait ivres-morts et qui se réveillaient au large, en hurlant : « Sacré maudit ponton, où j'ai été foutre mon sac ! I' ne va donc pas nous couler sous les pattes, que ça soye fini une bonne fois ? » Ça n'avait aucune importance, et ceux-là, sur un signe, eussent aussitôt risqué vingt fois de se casser les reins pour sauver large comme la main de toile... La petite, là, au moins, qu'une piaule du tonnerre de Dieu n'était pas même capable de faire taire, elle avait de la suite dans les idées !... Tout en la désapprouvant, il l'admirait :

— Sacrée mâtine que vous êtes, c'est péché de souhaiter la mort à un bateau !... Tout de même, si j'avais su que vous étiez à bord, c'est à vous, à vous toute seule que j'aurais voulu avoir affaire... Parce que moi, au moment où vous faites les cent coups sur votre pont, je pars de Brest, pour aller crocher dans vos jupons, et je peux vous dire que ce qui se passe sur votre rafiau m'intéresse beaucoup plus que ce qui se passe sur le mien... Donc, vous voilà dans le carré... Votre mari vient vous border dans votre couchette... Et après, qu'est-ce qu'il fait ? Qu'est-ce qu'il dit ?

— Je ne sais plus... La fièvre m'a écrasée, comme toujours ; je ne sentais même plus mon épaule. Je crois qu'ils ont fini par tous descendre dans le carré. Ils ont dû hurler... Ils se sont sûrement battus... Longtemps... Mais je ne me rappelle tout cela que comme un cauchemar. Qui est-ce qui m'a jetée dans le canot, je ne sais pas. Lui, peut-être, s'il supposait qu'on allait couler, ou un autre qui a eu pitié : il n'avait pas que des crapules à bord... Je ne me souviens que du froid de l'eau et puis des ciseaux de votre t.s.f. sur ma peau, quand il a coupé ma chemise...

— C'est dommage ! dit Renaud, déçu. J'aurais aimé savoir ce qui s'était fait et dit cette nuit-là, dans votre carré... Pourtant, ça ne m'avancerait à rien. Je vous ai embarquée trop tôt, ou vous vous seriez réveillée trop tard...

— Pourquoi ?

— Parce que...

Il songeait à ce qui fût arrivé si elle était restée à bord du cargo, avec toute sa vigilance, quand la dernière remorque s'était rompue. Des oreilles et des yeux comme les siens eussent certainement entendu et vu des choses capables de changer le cours des événements !...

— Et votre mari ? Vous l'avez retrouvé quand ?...

— Je ne l'ai pas revu. À peine à la clinique, j'ai fait envoyer un télégramme à mon père. C'est lui qui a reçu le monsieur, le lendemain, ou plutôt qui l'a jeté dehors... Alors l'autre m'a écrit qu'il m'attendait, que ses avaries le retiendraient au Havre tout le temps nécessaire pour qu'il pût de nouveau m'emmener... Il s'était renseigné : il avait la loi française pour lui, je n'étais qu'une étrangère dans mon pays et il pouvait me faire ramener à son bord par les gendarmes... Naturellement, j'ai commencé des démarches, mais mon avoué assure que je devrai partir avec lui s'il l'exige, ne pas me mettre dans mon tort, et poursuivre le divorce à Patras. Vous pensez bien que je ne repartirai jamais, mais cela me révolte de penser qu'un tribunal français pourrait lui donner raison... Je veux le divorce à mon profit. Je n'ai pas besoin de son argent, mais je veux qu'il soit condamné à me faire une pension. Ce sera ma vraie revanche ! Tous les ans, il en crèvera de rage... Malheureusement, pour cela, il faut du temps... ne serait-ce que pour enquêter auprès de l'équipage sur la façon dont il m'a traitée pendant le voyage. Et les gens de loi n'en finissent pas ! Lui, appareillera dans une dizaine de jours... C'est pour cela que je vous ai prié de venir, pour savoir si, en qualité de sauveteur, vous n'avez pas le droit de retarder son départ jusqu'à ce que toutes les questions d'indemnités soient réglées. Pour être très franche, je voulais vous demander de mettre tous les bâtons possibles dans son hélice, de le traîner en longueur... Vous seriez si gentil, et ça me rendrait un tel service ! Le temps que les papiers arrivent, que la procédure soit lancée... Mon père assure que vous retenez souvent les bateaux jusqu'au versement d'une caution et que, lorsqu'il y a jugement, cela dure parfois des semaines...

Renaud approuva :

— Cela arrive... Mais dans le cas, il n'y a rien à faire !

— Pourquoi ?

— Parce que votre mari ne me doit rien... que des remerciements qu'il m'a d'ailleurs aimablement adressés par T.S.F.

— Comment, il ne vous doit rien ? Et vos frais ? Vous avez brûlé du charbon pour aller le chercher ?...

— Mon charbon, mes avaries, mes remorques qu'il a si proprement claquées, ça et le reste, tout est à mon compte !... Vous avez beau ouvrir de grands yeux, c'est comme ça ! Je lui ai dit : « Voulez-vous que je vous tire de là ? » Il m'a répondu : « Si vous voulez, mais à vos risques et périls. Si vous ne m'amenez pas à quai, vous n'aurez pas un sou ! » Moi, j'ai répondu : « D'accord. Je pars ! »... Parce que j'étais sûr, vous entendez bien, absolument sûr de crocher assez solidement dans le morceau pour le ramener au quai du Commerce, aussi en sûreté que les tonneaux qui y sont alignés !... Après ça, le bateau qui, sans moi, était perdu, devient à moi : c'est juste. Mais, dans l'affaire, trente bonshommes... et une très jolie femme gagnaient la vie, comme prime... Tout cela est net ! J'ai croché deux fois dans l'épave. J'ai eu du mal parce qu'il ne s'aidait pas, le collègue ! Je l'ai remorqué sur cent milles, à peu près. Chemin faisant, j'ai bien failli aller m'ouvrir le ventre sur les cailloux. Mais ça, c'est un détail, un risque connu : il n'y était pour rien... Une troisième fois je lui ai passé la remorque, une troisième fois elle a cassé, justement quand j'etais en train de prendre de vos nouvelles. Et elle cassait, comme par hasard, à l'entrée du Goulet, quand il n'y avait plus que quelques tours d'hélice à donner pour s'amarrer à un bon quai solide... Comme par hasard, encore, elle cassait au bon moment, alors qu'il venait d'épisser, tant bien que mal, la drosse de son gouvernail... Moi, bonne bête, je lui offre gentiment ma quatrième remorque parce que le passage n'est pas commode, qu'il y a de fameux cailloux en plein milieu du corridor, et qu'un navire désemparé, le sien l'était, vous festonne là-dedans comme un gabier retour d'une bordée... Il me répond alors poliment qu'il avait réparé, qu'il me remerciait beaucoup de mes services mais qu'il rentrerait tout seul, comme un grand garçon... J'avais insisté moi-même pour qu'il garde de la pression : on peut toujours en avoir besoin, ne serait-ce que pour virer les treuils... Il s'est trouvé que ses chauffeurs ont tenu le coup, peut-être parce qu'il n'était pas descendu les embêter dans leur soute. Alors, avec un gouvernail qui tourne un peu, une hélice qui tourne un peu de côté, par temps maniable, on rentre dans Brest ; on y met le temps, on rentre comme une bouée, mais on rentre, et on ne doit rien à personne. Voilà !

— Mais, si c'est lui qui a coupé la remorque, et il l'a coupée, cela saute aux yeux !

— Il ne l'a pas coupée, il l'a arrachée et avec elle un morceau de ma lisse. Et il aurait très bien pu arracher en même temps deux ou trois têtes de bonshommes !

— Alors ?

— Alors, il aurait fallu le prouver, et vous pensez bien qu'un coup pareil ça peut toujours se camoufler... Il y avait encore un peu de houle ! On lui met ça sur le dos... Deux remorques cassent, donc une troisième peut casser... Avec la brume, personne n'a rien vu...

— Mais, si c'était prouvé qu'il l'a cassée exprès ?

— Quelques mois de prison pour commencer, et la saisie

du bateau... Le tribunal maritime, puis le tribunal tout court ne sont pas tendres pour ces manœuvres-là !...

— Alors, qu'est-ce que vous attendez ?

— Tout simplement qu'un autre plus honnête ou plus bête, comme vous voudrez, paye pour deux... Pour prouver qu'il y a eu rupture volontaire, il faudrait une enquête. Pour qu'il y ait enquête, il faudrait une plainte. Si l'enquête n'aboutit pas, et il y a quatre-vingt-dix-neuf chances sur cent qu'elle n'aboutisse pas, ça ferait une sale impression sur les clients possibles... On s'adresserait ailleurs. Quand on saurait que nous sommes si mauvais coucheurs, que nous traînons devant les tribunaux ceux qui ont réussi à se passer de nous, ça ferait une réclame à l'envers dont la compagnie ne veut pas. L'administrateur me l'a dit lui-même. Il faut prendre les gens comme ils sont... Tous ceux qui nous appellent ne le font que contraints et forcés. Tant qu'on les traîne, ils gardent l'espoir qu'ils pourront peut-être finir, une fois qu'on les aura sortis du plus creux, par se tirer d'affaire tout seuls. Lorsqu'ils y réussissent, si vous appelez les gendarmes, eux appelleront le collègue... Alors, si votre remorque pète à deux milles du quai, tant mieux pour eux, tant pis pour vous !

Elle l'écoutait mal, toute à la décision qu'elle mûrissait :

— Si vous aviez la preuve... si vous étiez certain de pouvoir la fournir aux juges, vous marcheriez ?

— Je pense bien, et grand largue !

— Eh bien, je vous l'apporterai !

Il haussa les épaules :

— Trop tard, petite fille !... Pourtant, vous êtes tenace. Ça me plaît !

Il s'était levé et lui avait pris les mains.

— Je vous affirme que je vous l'apporterai. Demain je serai au Havre...

Il rit mais rapidement. Ses doigts qui serraient les poignets minces, montaient doucement le long des bras. La caresse audacieuse devenait une prise : ses yeux changeaient. C'était le grand coup de fouet aux reins des escales, mais, surtout, l'appétit brûlant de cette force jeune. Ce corps tendu, cette violence, ces chairs dures, cette révolte, il aimait ça, il voulait ça ! C'était vivant, au moins, ça le dépoisonnerait des tisanes !

— Lâchez-moi.

Les doigts de Renaud s'étaient logés dans le creux chaud des aisselles, ses poignets tournaient, les paumes glissaient vers les seins étroits.

— Lâchez-moi, voyons !

La voix n'était qu'ennuyée et froide. Puis elle le regarda et dit simplement :

— Vous y tenez ?...

Si elle s'était débattue, il l'eût renversée sur le divan, mais il la lâcha, stupéfait, puis furieux :

— Puisque c'est une formalité, je vous en dispense !

Elle haussa les épaules :

— Que voulez-vous que je vous dise ? Qu'il vaudrait mieux, pour vous et moi, rester simplement des associés ? J'en suis sûre ! Autrement, nous nous quitterions très mécontents l'un de l'autre, croyez-moi ! Pourtant, encore une fois, si vous y tenez...

Renaud enfonça brusquement sa casquette :

— Vous parlez comme une fille ou vous vous foutez de moi !

— Ni l'un ni l'autre, vous le savez bien, mais...

La porte qu'il flanquait sembla, derrière lui, avoir tranché la voix.

Le surlendemain, il reçut une carte postale :

« Bon souvenir du Havre. »

IX

L'HOMME qui venait d'ouvrir la porte du cafe s'était arrêté sur le seuil. Les consommateurs se retournerent, parce qu'il ne fermait pas cette porte béante sur l'averse. Tous comprirent qu'il était ivre ou fou, les deux, peut-être, car son regard fixait, par-dessus les têtes des buveurs, au delà des murs, quelque chose qui l'emplissait d'une menaçante stupeur. Debout, devant les rais de la pluie, il leva soudain les bras, des bras raidis, où tournaient les cordes des muscles. Tous le guettaient, et derrière le comptoir, la fille de la patronne, une brune hardie, en robe rouge, demeurait toute saisie, le verre et le torchon immobiles. Renaud, son éventail de cartes en main, et qui tournait le dos à la rue, avait pivoté sur sa chaise et regardait l'homme. Pourtant, jamais un ivrogne inconnu n'avait obtenu de lui plus qu'un coup d'œil. Ce devait être un docker ou un échappé de chaufferie, tant il était noir et maigre, avec des joues sèches, hérissées de barbe grise, et qui s'avalaient sous des pommettes pointues. Mais c'était sa rigidité de supplicié mort qui pesait à tous. Renaud pourtant allait revenir vers son jeu, quand l'homme cria :

— A-a-a-ah !

Ces marins, qui tous gardaient, cependant, au fond de leur mémoire, des cris inoubliables d'hommes enlevés par une lame ou tombés des mâts, tressaillirent, prêts à chasser le misérable, à jeter entre eux et lui le rempart de la porte. Le cri strident, un étrange cri monotone, égal, les avait tous alarmés à la fois, parce qu'ils n'y découvraient rien de connu, qu'il ne signifiait ni appel, ni effroi, ni colère, ni douleur... Ils y avaient tous entendu la menace de l'inexplicable, la seule chose qu'ils eussent jamais redoutée sur la mer.

Et la bouche qui l'avait jeté en était restée largement ouverte, un trou noir qui tirait vers le bas tout le maigre visage, tendait les joues arides, écartelait les paupières. Le crieur s'effaça sans avoir refermé cette effrayante déchirure, ainsi que ces agonisants qui meurent la bouche béante du cri qu'ils éructent, une bouche que ne peuvent dompter les mentonnières, et qui prolonge dans la mort l'écho de la dernière épouvante.

Renaud se leva : le vent lui chassait de l'eau dans le cou, car il était le plus près de la porte. En la fermant, il jeta un coup d'œil à droite et à gauche, sur le quai, mais ne vit personne.

— Il m'a fait peur ! dit la jeune fille, dont les doigts, repartant au ralenti, tournaient lentement le torchon dans le verre humide. Renaud haussa les épaules :

— La pluie va le doucher... À toi de parler, Corfec.

Corfec encore loin du jeu, dit :

— Il était rigolo !

Cela voulait dire : étrange et inquiétant...

Mais Renaud abattit sa premiere carte...

Lorsqu'il eut compté les plis et marque les points, ce fut a lui de donner. Il ramassait son jeu quand la porte s'ouvrit encore, et un matelot du *Cyclone*, portant le bout des doigts à sa casquette, dit :

— S.O.S., capitaine.

Renaud se leva en hochant la tête, puis il étala d'un coup ses cartes sur la table :

— Trois atouts maîtres ! soupira-t-il.

Quand il fut sorti, Corfec cligna un œil :

— En voilà un, dit-il, qui paiera pour le Grec !...

L'autre, un retraité de la marine, qui ne s'arrachait du quai que lorsqu'il pleuvait des cordes, approuva :

— On peut dire qu'il ne les lâche que saignes à blanc.

La patronne, survenue derrière son comptoir, demanda :

— Paraît que sa femme ne va pas fort ?

Corfec haussa les épaules :

— Ça doit aller toujours pareil : il n'en dit rien...

Il n'en disait rien, mais il avait agi et s'en félicitait. « Il est juste », proclamait-on de lui, sur ses bateaux. À la réflexion, il avait mieux jugé la situation, reconnu ses torts et compris ce qu'il y avait de fondé dans les doléances d'Yvonne. Il avait, en conséquence, arrêté une série de mesures qui permettraient d'étaler le coup... Un soir, il s'était fermement appuyé des avant-bras sur la table, et avait déclaré :

— Écoute, mon petit, ça n'avance à rien de récriminer. Il faut voir les choses telles qu'elles sont... Ce n'est de la faute de personne. Le tort qu'on a eu, a été de s'imaginer que ça s'arrangerait tout seul... Rien ne s'arrange tout seul ! Il faut donc s'organiser autrement et changer de cap dès demain !...

À cet exorde, Yvonne l'avait regardé avec un espoir qu'elle n'osait encore accepter : il allait lui promettre de l'emmener loin de Brest, il avait enfin compris qu'elle n'y pouvait plus vivre ! Ils étaient presque riches, ils n'avaient, hélas ! point d'enfants... Une maison, à la campagne, ou leur villa de Cancale qu'ils louaient, tous les ans, à la saison... Du repos, des arbres, des fleurs, au lieu de ce quai minable écrasé entre la rade et les remparts, de ces terrains vagues où dormaient des rôdeurs, de ces grues dressées comme des gibets !... Là, elle ne serait plus hantée par la menace des S.O.S. qu'elle en était venue à redouter presque autant que ceux qui les envoyaient ! Elle avait usé ses dernières forces à se taire, lors de ces sorties où André, à chaque fois, risquait sa vie. Jamais elle ne lui avait reparlé de cette remorque engagée dans l'hélice, mais elle en rêvait toutes les nuits et se réveillait en criant.

— Toujours les nerfs !... grommelait-il à demi éveillé par son hurlement.

Mais il avait senti qu'elle était à bout, et il allait sûrement l'emmener...

— Voilà, avait-il expliqué, tandis qu'elle épiait la naissance des mots sur ses lèvres, voilà ce que j'ai décidé. Ça tient en deux mots : repos et distraction. D'abord, la femme de ménage toute la journée, même et surtout au moment des repas ! Et puis une promenade tous les jours. Je me suis arrangé : tous les jours, un taxi viendra te prendre...

Heureusement, tandis qu'il parlait, le crépuscule était descendu. Le visage d'Yvonne placée à contre-jour n'était plus qu'une tache blême, immobile. Il n'en avait point vu la poignante désolation. Il avait donc pu librement s'applaudir de ses décisions et se rendre toute son estime : c'est par des actes que se prouve l'affection !... Les réformes dataient de trois jours.

En sortant du café, il héla le matelot qui filait devant lui vers le *Cyclone.*

— Tu vas faire un saut chez moi, dire à Mme Renaud qu'on vient de recevoir un appel : tu as cinq minutes.

C'était un vapeur anglais qui avait annoncé laconiquement : « Feu à bord ». Il était 6 heures du soir, la pluie avait cessé. L'étrave froissait une mer opaline, et le ciel de mai était redevenu extraordinairement clair. La Pointe des Espagnols plongeait, sous les larges ondulations des houles, son avant oblique. Les bois de pins la couronnaient d'une frange vert-bronze, et quand le *Cyclone* la doubla, les rocs y relevaient un long mur rose où le couchant creusait de profondes enfonçures d'ombre violette. Puis, on dépassa le Petit Minou, son phare trapu, son fort déclassé où s'est installé un hôtel agrémenté d'un pont-levis absurde.

Au sud de Saint-Mathieu, le phare du Vieux-Moine s'alluma dès qu'on l'eut doublé. Il redevenait une lampe, après avoir été, tout le jour, un ermite de pierre, à capuchon de zinc. Puis au-dessus de Renaud, dans le ciel, quelque chose tourna. Ce n'était pas encore une lueur, mais un rayon d'air doré qui traçait, dans le soir clair, un vaste cercle : le phare-balai de Saint-Mathieu.

De la passerelle, Renaud distingua, comme si elle eût été toute proche, la face navrée de la femme qui, sur le haut pylône dédié aux marins disparus, ne regarde point le large, mais attache ses yeux baissés aux cadavres de ses fils morts. Cette figure dressée au-dessus de l'Océan, lavée par la vague, insultée par l'écume et dont le regard dédaigne la mer. Renaud ne la comprenait pas, ne pouvait la comprendre. Il trouvait laide sa grimace de vieille, et pensait comme ce pêcheur de la Pointe qui lui avait dit un jour en lui montrant le pathétique visage : « Dire qu'ils ont dépensé plus de deux cent mille francs pour faire ça ! »

Autre chose occupait son esprit dans ce crépuscule, le plus

lumineux et le plus tranquille à coup sûr de tous ceux où le *Cyclone* avait été appelé en mer : le clignement des phares, la lueur rigide des feux fixes, ceux qui restent allumés, de jour comme de nuit, sur des écueils où ne consent à vivre aucun gardien, énormes lampes qui plongent leur mèche dans le ventre du roc, dans un réservoir contenant du pétrole pour six mois et que le baliseur des Ponts et Chaussées vient remplir deux fois l'an. Leur nombre, dans cet air pur où ils étaient tous distincts, émerveillait Renaud. Lors des sorties du *Cyclone*, sorties de nuit, chaque phare, chaque feu devenait une conquête sur la mer, le vent, la pluie, l'ombre opaque. On l'attendait, on « l'espérait » comme disent les marins, on guettait avec des yeux que meurtrissait l'effort, le point obscur où il devait apparaître à travers l'écran brutal des lames et la profondeur dense de la nuit. Leur retard emplissait l'âme d'inquiétude et de doute. Ne les point découvrir, ou voir le feu rouge que l'on attendait à sa droite saigner brusquement à bâbord, c'était la perte du bateau et la mort pour trente hommes. Il fallait comme les mériter l'un après l'autre... Or, ce soir, ils s'offraient tous ensemble et Renaud oubliant un instant leur position, leur sens, le rythme de leurs éclats qui est comme leur nom jeté à toutes les aires du large, Renaud admirait que la mer fût à ce point peuplée de lumières actives. Les dangers qu'elles couronnaient surgissaient de partout, enfermaient le *Cyclone* dans ce redoutable chenal du Four, un des cimetières marins les plus peuplés du monde. Mais ces feux n'étaient, pour le capitaine, que les pièces éclatantes d'un échiquier où il jouait à coup sûr et avec plaisir, ce soir !

Lorsque, la nuit venue, le *Cyclone* doubla les Platresses, et qu'il eut, devant lui, la mer libre pour monter vers le bateau en feu, Renaud cessa de s'appliquer tout entier à la route. Le ciel était jonché d'étoiles et l'air si calme que le briquet qu'il alluma ne s'éteignit pas même dans le vent de la course. Le capitaine songea tout naturellement, en contemplant la nuit, qu'il avait vraiment de la chance de trouver si tôt une occasion de revanche, car le temps était déjà celui de la morte-saison, et l'on ne pouvait raisonnablement espérer avant juillet, l'appoint des grands incendies.

On atteignit à l'aube le bateau en feu. Il n'y avait que lui sur la mer. Il s'y tenait droit, à peine marquait-il une légère bande à tribord. Toute la nuit on l'avait attaqué par T.S.F., sans qu'il répondît. Une colonne de fumée épaisse montait de l'avant, toute droite dans le matin calme : de la fumée encore errait sur ses flancs, se traînait le long des tôles. Il avait le feu dans le ventre, ce feu sourd qui mine les bateaux, lentement, comme s'il était allumé dans un four, un feu qui descend, alors que tous les incendies montent, et qui va chercher de quoi manger jusqu'au fond des cales. De loin un bateau qui brûle n'est qu'un bateau qui fume de partout, une source colossale de fumée. Ses formes ne sont point altérées, ses superstructures sont debout. Il n'y a qu'à l'approche que la ruine flottante se révèle crevée, tordue, affouillée par la flamme.

De celui-là, l'arrière semblait intact. L'équipage aurait dû s'y masser, mais la sirène insistante du *Cyclone* ne faisait apparaître aucun mouvement sur le grand cargo.

— C'est rigolo ! dit Renaud.

Il répétait le mot dont Corfec s'était servi, la veille, pour marquer la mystérieuse crainte de l'ivrogne surgi dans la pluie, au seuil du café de la Douane. Il fit le tour de l'épave qui dansait doucement sur la houle. Le cargo semblait, d'en bas, n'être environné que de brume, une brume blanche qui en émanait. Renaud pensa que, pris de panique, tout l'équipage s'était bloqué sous les panneaux du carré, que le t.s.f. lui-même avait lâché sa cabine trop bien chauffée pour son goût. Il ne pouvait croire à un abandon, car le bateau n'était nullement de ceux qu'on abandonne, surtout par ce temps. Il revint sous l'avant, puis brusquement se décida :

— Faites armer un canot : on va y aller voir !

Quand il fut sur le pont du cargo avec Tanguy et deux hommes, il s'aperçut que le feu avait plus travaillé qu'il ne le supposait du *Cyclone*. Il avait dévoré le gaillard d'avant. Ce n'était plus que des décombres de tôles boursouflées, jetées sur un trou d'où montaient des flammes. On devinait que le feu sapait déjà le château central, car de la fumée flottait sous les claires-voies. Chaque porte qu'on poussait découvrait un nuage fétide qui se mettait à osciller comme surpris et entreprenait de sortir. On entendait sous ses pieds le foisonnement laborieux de la flamme, les cris du fer surchauffé, des choses qui éclataient en crépitant et un sourd grondement de tempête qui était le souffle de l'incendie dans les cales.

— Il n'y a pas la presse !

En trouvant le pont désert, le capitaine s'était détourné vers Tanguy qui gardait en mains une grosse ligne rouge, pour, tout à l'heure, haler la remorque. Cette ligne s'en allait à l'arrière du *Cyclone* et l'on eût dit que le second tenait le remorqueur en laisse. Quand Renaud le regarda, il haussa un peu les paupières et dit :

— Drôle de barque !

Renaud marcha rapidement vers l'arrière. Comme c'était un bateau anglais, tout y était propre et luisant. Le capitaine descendit l'échelle du carré. Sur la table, les couverts étaient mis, il restait du vin dans les verres, mais les serviettes avaient été jetées hâtivement sur les banquettes, sur le sol. Et en les regardant, Renaud qui avait vu jadis, au Cap Horn, sans sourciller, son voilier, tous mâts arrachés, courir comme une brute à la roche, sentit son étonnement tourner à l'inquiétude. Ce ne pouvait être ni la mer paisible, ni le feu encore lointain qui avaient épouvanté ceux qui avaient fui. Ils étaient Anglais, et pour que des Anglais quittent une salle à manger en tumulte, qu'ils abandonnent un bateau qu'on pouvait sauver, que lui Renaud allait sauver, qu'ils désertent sans prendre même le temps de lui signaler : « Nous partons », de quelle extraordinaire menace étaient-ils donc frappés ?

Le capitaine n'hésita cependant qu'un instant :

— On va voir, dit-il, ce qu'il a dans le ventre !

En mer, tout ce qu'il ne comprenait pas l'irritait et rien ne lui coûtait pour sortir d'incertitude.

Remonté sur le pont, il chercha pourtant d'instinct son remorqueur et ne l'aperçut pas, car le *Cyclone* était masqué par l'étrave de l'Anglais. Il ne voyait que l'avant du cargo, vomissant comme un cratère dans la lumière froide, cette lumière de limbes qui traîne sur les eaux avant le lever du jour. Il se secoua :

— Allons !

Ils arrivèrent tous les quatre au fond d'une cale. Elle était entièrement tapissée de caisses de bois mince. Tanguy en arracha une, en s'étonnant de la trouver si légère. L'étrange bateau semblait transporter du vent. Le second la jeta à terre et la creva d'un coup de botte : par la fente, une tête glissa, une minuscule tête de porcelaine à cheveux blonds. Renaud fit sauter le couvercle, déchira des papiers : c'était une caisse de poupées, de poupées en robes fraîches, et qui toutes dormaient parce qu'elles avaient des yeux à bascule et étaient couchées sur le dos. Les quatre hommes les contemplaient, stupéfaits. Renaud en prit une. Dès qu'il la redressa, elle ouvrit les yeux. Il la reposa sur le ventre : elle pleura, un petit cri aigre et long, un miaulement de chat naissant.

Et leur présence, leur sommeil en rang, le cri de celle qu'on avait dérangée et qui gisait en travers des autres, ses petits bras tendus, tout cela était tellement imprévu, à cette heure et dans ce lieu, que les quatre hommes hésitaient à faire, à dire quoi que ce fût, embarrassés comme dans une église. L'un des matelots reprit la poupée tombée, la replaça doucement entre ses sœurs, sur le dos. Renaud, en mesurant des yeux les hautes rangées de caisses toutes semblables, hocha la tête :

— Il y avait là-dedans de quoi faire le bonheur de centaines de gamines.

Il pensait au feu où les caisses flamberaient comme des allumettes, à ces milliers de petites chevelures en flammes, à ces têtes délicates qui éclateraient et perdraient leurs yeux. Cela le dérangeait plus que des cargaisons précieuses qu'il avait vues couler. Il se retourna vers ses trois compagnons :

— Si vous avez des gosses, c'est le moment de vous servir !

Tanguy ne bougea point. L'un des matelots rabattit le couvercle, l'autre se raidit comme frappé, puis se détourna, avec précaution, et se donna l'air d'examiner un boulon : sa petite était morte, en janvier, de la méningite, et le capitaine ne s'en souvenait plus...

Les autres restaient là, tous les trois, debout autour de la caisse, incertains, car les marins aiment et comprennent les poupées : ils en façonnent et en rapportent des bouts de la terre.

— Foutons le camp ! dit le capitaine.

Et quand il fut sur le pont, qu'il revit le navire abandonné sur la mer verte, ainsi qu'un tas énorme d'herbes noires qu'on laisse se consumer, pendant des jours, au milieu des champs, il grommela tourmenté par cette énigme qui mettait en défaut sa logique et sa clairvoyance de chef :

— Avec une cargaison comme celle-là, pourquoi diable ont-ils lâché le bateau ? Du pétrole, je comprendrais !...

Puis il ordonna au second :

— Appelez-moi douze hommes pour mailler le câble.

Tanguy s'en alla vers l'avant, et se pencha sur la lisse brûlante. Il siffla, puis cria l'ordre : sa vocifération portait maintenant très loin sur la mer. Quelques instants après, Kerlo arriva avec son équipe. Ils halèrent, à bras, cinquante mètres de câble que Renaud fit mailler directement sur la cigale de l'ancre : avec cette mer droite, l'attache tiendrait toujours ! Puis, avant de partir, ils défoncèrent des claires-voies, ouvrirent tout ce qu'ils purent de panneaux : la fumée en jaillissait dense, et les trous soufflaient des bouffées carrées de chaleur. On donnait de l'air au brasier, mais pas pour longtemps.

Quand ils furent revenus sur le *Cyclone*, le maître d'équipage fit visser aux pompes les flexibles terminés par les lances de bronze. Renaud pointa lui-même le canon d'arrière et, brusquement, les fusils lance-jets, les deux canons extincteurs, les quatorze lances crachèrent ensemble. Chacune débitait cent cinquante tonnes d'eau, cent cinquante mille kilos à l'heure. Les deux canons en crachaient le double et à quatre-vingt-dix mètres. L'électricité des dynamos s'employait toute à lancer les geysers. Le *Cyclone* était devenu une fontaine énorme, toute pavoisée de jets puissants qui se croisaient, sifflaient, convergeaient sur l'avant du cargo où ils retombaient en cataractes.

Cela dura jusqu'à midi. La fumée domptée ne parvenait plus à se soulever de l'avant, et Renaud jugea que les cales étaient noyées. Il savait, toutefois, qu'un incendie de bateau ne s'éteint pas ainsi, que le feu s'endormait seulement et se réveillerait, mais il le réduirait à loisir, en rade de Brest. On allait l'y emmener.

Jamais épave n'avait suivi aussi docilement. La remorque était courte, cent mètres à peine et ne fatiguait pas. Le cargo venait, l'étrave bien en avant, répétant plus mollement encore, à cause de sa taille, le tangage léger du remorqueur. Renaud le regardait de la passerelle et s'étonnait obscurément de sa docilité presque inquiétante. Des fumerolles erraient toujours le long des sabords, s'attardaient sur le pont, semblaient ne pouvoir s'en détacher, ainsi que ces fumées de cigarettes que l'on souffle sur une étoffe râpeuse. Ce n'était pas le premier bateau qu'éteignait le *Cyclone*, et son capitaine savait lire les fumées rien à craindre avant l'arrivée en rade. On tenait sans mal les huit nœuds, et Renaud, en songeant au rapport de mer qu'il enverrait le lendemain à Paris, pensait :

— Au moins, là-dessus, il n'y aura personne pour couper la remorque...

À 6 heures du soir, on rencontra, par le travers du Stiff, des langoustiers qui levaient leur béret et l'agitaient. Ils savaient qu'on emmenait là une bonne prise, et cela chauffait toujours ce reste de sang des vieux naufrageurs qu'ils gardaient aux veines.

À 7 heures, devant le feu fixe des Trois-Pierres, ceux du *Cyclone* entendirent sur le cargo une explosion de mine ; un remous, propagé sous l'eau, les coucha brutalement sur tribord. Puis ils virent Kerlo, la masse levée, se ruer contre le croc de remorque, le faire basculer d'un coup furieux, pour en arracher le câble : derrière eux, le grand vapeur coulait comme une pierre...

Quand l'eau se fut refermée, ils restèrent là sans comprendre, les yeux attachés sur la mer que creusait encore la puissante aspiration du bateau sombré. Puis les remous s'effacèrent, le passage régulier de la houle se rétablit et une odeur étrange leur arriva, tandis que crevaient encore à la surface du naufrage d'énormes bulles sales. C'était l'odeur que l'on respire dans les petits cirques, celle de l'acétylène.

Le navire de poupées avait ses soutes remplies de carbure. Les pompes du *Cyclone* y avaient accumulé d'énormes masses de gaz... Et puis, une étincelle...

Renaud télégraphia à tous les postes côtiers de France et d'Angleterre qu'une épave venait de couler et que les bateaux eussent à y prendre garde. Il resta là, jusqu'à la nuit noire, craignant, pour les autres, la flottaison entre deux eaux. Pendant la monotone faction, il arpentait la passerelle, les mains derrière le dos, les dents serrées sur son échec, enfoncé dans une de ces rages muettes que l'équipage avait appris à connaître et à redouter. Une heure durant, il croisa sur les lieux, fouillant la mer de ses projecteurs, puis, son devoir achevé, il repartit, n'ayant plus qu'un désir, rentrer chez lui, lâcher le bateau, ce cochon de métier, tous ces hommes à qui la défaite, la prime coulée faisaient la figure longue, cet équipage qu'il sentait douter au fond d'eux-mêmes de la chance, de sa chance à lui.

Le *Cyclone* n'était pas amarré au quai, à son poste d'attente, qu'il sauta dans la nuit en disant à Tanguy :

— Faites le nécessaire. À demain.

X

IL lui arrivait souvent de rentrer la nuit. Cependant, jamais il n'avait pu surprendre Yvonne endormie, ni ouvrir lui-même la porte de la chambre à coucher. Dès que sa clé tournait dans la serrure, l'imposte s'illuminait et, serrant contre elle son peignoir brun, pieds nus, elle accourait dans le vestibule, pour l'embrasser, s'enquérir du sauvetage, plaindre sa fatigue et son insomnie. Puis elle s'en allait au fourneau à gaz, aux casseroles, pour qu'il bût tout de suite quelque chose de réchauffant. Elle remuait dans la cuisine les cafetières et les pots à lait avec des mains hagardes encore de sommeil...

Cette fois, dès le tournant de l'escalier, il aperçut l'imposte éclairée et, quand il fut entré dans le vestibule, la porte de leur chambre s'ouvrit. Mais au lieu du visage d'Yvonne, de ce visage à la fois incertain et joyeux qu'ébauchait le brusque réveil, de ces paupières mi-closes qui la forçaient de lever la tête pour le voir, ce fut, dans l'entrebâillement de la porte, la silhouette épaisse de Mme Lepoy, la voisine du rez-de-chaussée, sa plate figure immobile, ses énervantes pendeloques d'oreille qui battaient et ses longs cheveux rouillés, qui rappelaient toujours à Renaud du cordage pourri, une des choses qu'il détestait le plus au monde.

Avant même l'inquiétude de la rencontrer là, il en éprouva de l'irritation. Ainsi, elle avait enfin forcé l'entrée ! C'était elle qui l'accueillait chez lui, elle dont ils avaient toujours repoussé les avances, parce qu'elle traînait sur le port une réputation fondée de vieille entremetteuse ! Elle le regardait de ce regard hardi, nu, qu'elle posait sur les hommes :

— Ça ne va pas, vous savez !

Il demanda, en accrochant son pardessus à la patère :

— Mais, qu'est-ce qu'il y a eu ?

— Elle est tombée sans connaissance dans l'escalier. Une syncope... Mme Briand m'a aidée à la remonter. On l'a couchée. Le médecin est venu. Il a fait une piqûre. Il a dit que le cœur était très bas. Il reviendra demain matin...

La première chose que Renaud aperçut dans la chambre, ce fut qu'on avait tordu autour de la lampe d'applique un papier brun d'emballage qui ne laissait passer qu'une lumière grasse, cassée par les arêtes du papier, et couleur de sang séché.

Yvonne était étendue sur le lit, non pas étendue, mais comme entrée dans le matelas qu'elle creusait, avec cette densité qu'ont les morts ou les malades graves, dont tout le corps abandonné pèse continûment à la même place. Le visage fixe semblait étiré par son extrême pâleur, et des lèvres presque jointes s'échappait un sifflement, celui que l'on fait en soufflant sur une cuillerée trop chaude. C'étaient les cheveux qui révélaient l'affreuse crise, parce qu'ils étaient coagulés en plaques par la sueur, qu'ils descendaient sur les joues en mèches coupantes et froides. Renaud se rappelait avoir vu déjà ces cheveux-là, ce visage-là, et il ne put s'empêcher de chercher, jusqu'à ce qu'il eût trouvé dans sa mémoire la naufragée de l'*Alexandros* allongée sur le pont du *Cyclone.*

Avant tout, il entendait se délivrer de l'insupportable présence. Il se tourna vers la voisine :

— Je vous remercie... Maintenant, je vais la garder.

Elle ne bougea pas :

— Pendant que j'y suis, vous savez !

— Non, j'ai l'habitude... Y a-t-il quelque chose à lui faire prendre ?

— Voici l'ordonnance. Mais vous ne pourrez pas l'avoir avant demain matin. D'ici là, il n'y a qu'à attendre... Vous feriez mieux pourtant de me laisser veiller et d'aller vous coucher. Pour les malades, les hommes ne sont pas bons à grand'chose.

Elle le disait avec cette autorité des femmes qui en ont connu beaucoup et les ont jugés.

Il dut capituler, à demi :

— Si j'avais besoin de quelque chose, j'irais vous chercher. Mais puisqu'il n'y a rien à lui faire...

— Rien. Vous voyez, ça l'a assommée. Le médecin disait qu'elle n'aurait jamais dû rester debout dans cet etat-là... Sûrement, elle ne voulait pas vous inquiéter. Il y en a comme cela qui vont jusqu'à ce qu'elles tombent...

Ayant rendu ce témoignage, elle sortit en recommandant :

— Ne craignez pas de m'appeler.

Dès qu'il fut seul, le visage de Renaud se bouleversa, l'anxiété le recouvrit comme une ombre. Il se pencha, saisit la main flasque et glacée abandonnée sur le drap :

— C'est moi, Yvonne...

Les doigts ne vivaient plus. Ils étaient dans sa main comme un petit paquet de choses visqueuses et froides. Pas un tressaillement de la malade ne marqua qu'elle eût reconnu l'étreinte ou la voix. Renaud comprit qu'il ne l'atteignait plus, qu'il n'existait plus pour elle, que sa femme l'avait quitté et ne reviendrait peut-être jamais.

Il sentit l'étonnement atroce des chutes inattendues, quand le pied s'effondre au bord d'une falaise, le grand spasme du vide qui tord les entrailles et la gorge. Sa femme lui manquait, comme manque un sol ferme. Et dans le même instant, il comprenait, avec une terrible évidence, la cohésion de leurs deux vies : il ne pouvait pas se passer d'elle, il n'avait jamais pu se passer d'elle ! Cela lui apparaissait si nettement qu'il en fut, un instant, stupidement assure ; il était impossible qu'elle le quittât, puisqu'elle lui était à ce point nécessaire, qu'il savait maintenant à quel point elle lui était nécessaire !

Il la regardait, de ce regard fixe, inquisiteur, libéré de toute contrainte, de toute retenue, que l'on pose sur quelqu'un qui dort et s'offre à vous sans défense ni retrait. Il découvrait dans cette femme prostrée le vrai secret de sa force à lui, et de sa durée paisible. Son assurance lui venait de la confiance passionnée qu'Yvonne lui avait vouée, sa vigueur, de l'atmosphère de tendresse qu'il avait, à pleins poumons, mais sans en prendre seulement conscience, respirée pendant vingt ans. Il ne l'avait jamais soupçonné avant ce moment, pas plus qu'on ne songe aux fondations obscures et puissantes d'un bel édifice, mais il n'avait réussi que parce qu'il était heureux, et heureux par elle !

Hâtivement, comme s'il eût craint de se laisser devancer par les événements redoutables qui commençaient, de ne pas leur opposer à temps toute sa clairvoyance enfin réveillée, il accumulait les repentirs et les témoignages. Elle avait brillé dans sa vie avec une douceur, une fidélité de lampe. Toutes les sottises de sa carrière, il les avait faites seul ; dans tout ce qui était bien, elle avait la grande part. Sans elle, il n'allait que par à-coups, brutalement. Ça réussissait encore, lorsqu'il ne s'agissait que d'arracher à force un gros morceau à la mer, mais à terre, dans la vie, chez les hommes, dans les affaires, on ne casse rien impunément... Et dans les pires moments, après les grands échecs, elle n'avait jamais eu un mot de reproche, elle avait toujours nommé ses fautes des accidents. Lors de sa grosse histoire avec la prohibition américaine, quand il avait, malgré ses conseils et ses prières, caché de l'alcool à son bord, elle avait vendu sans récriminer une maison héritée de sa mère pour désintéresser l'armateur, rembourser l'argent de la caution... Et quand la crise avait désarmé ses bateaux, qu'il ne trouvait plus d'engagement, avec quelle admirable ténacité elle l'avait maintenu à flot, lui soufflant de la confiance, comme il soufflait, lui, de l'air dans les caissons des vaisseaux échoués !... Il l'apercevait maintenant : en toute circonstance, elle l'avait manœuvré au mieux, comme un voilier dans les grains, carguant, quand il le fallait, devant ses colères, sachant mettre en panne et se taire longtemps, mais reprenant la bonne route, avec une inflexible et douce volonté, jusqu'à ce qu'elle l'eût conduit au port et l'y eût laissé, toujours fort satisfait d'y être arrivé seul, le malfaisant imbécile !

Car ses remords dépassaient le regret égoïste de perdre une associée précieuse. Il se désespérait, de toutes ses forces, à se rappeler sa vaniteuse ingratitude. C'était en vain qu'il cherchait au fond de sa mémoire une parole qu'il eût dite jadis pour la remercier, lui marquer, au moins, qu'il comprenait tout le prix de son aide et de son amour. Il avait vécu dans cette affection vigilante, sans plus s'en étonner que de retrouver l'air pur sur sa passerelle !

Il contemplait, écrasé de repentir, ce corps inerte usé à son service jusqu'aux dernières fibres. À regarder sa bouche qui semblait faire l'économie de la moindre vibration, qui ne tressaillait même plus au passage du souffle court, il modelait les lèvres pâles sur les paroles de réconfort tant de fois entendues :

« — Tu grossis tout, mon chéri !... Tu en as vu bien d'autres et tu n'y penses même plus... Un autre, oui, mais toi !... Tu es certain de réussir. N'as-tu pas toujours réussi ?... Mais, laisse-les dire, tu sais bien que pas un d'eux ne te vaut !... »

Et il avait accepté tout cela comme les acomptes d'une dette. Il avait tranquillement pavoisé avec ses compliments ! Lui, il ne l'avait louée que de sa bravoure sur les voiliers. Pourquoi ? Parce que c'était flatteur d'avoir une femme qui l'aimait assez pour le suivre au bout du monde, dans les tempêtes et les équipages. Mais, il le comprenait trop tard, les campagnes d'Yvonne n'avaient été pour elle qu'un repos. Son exténuant travail, ç'avait été, à terre, de le déséchouer patiemment, puis de le remorquer, jusqu'au bout de ses forces, pendant les semaines, les mois que duraient ses découragements, ses dégoûts. Car, au long de ces vingt années, il avait pesé sur elle de tout son poids, il lui avait transmis, en les amplifiant, avec une sauvagerie d'épave à la remorque, tous les chocs qu'il avait reçus. Et quand elle s'était plainte, dans la salle à manger, qu'elle lui avait demandé grâce, alors qu'il était encore temps de la sauver, lui qui diminuait l'effort de ses machines à l'instant même où Lauran l'avertissait de leur fatigue, il l'avait repoussée, blessée de son mieux et était sorti en claquant les portes !...

Il se pencha sur elle, des sanglots plein la gorge :

— Yvonne, ma chérie !... Yvonne.

Il posa sur la face inerte des baisers passionnés et gauches qui se retenaient d'appuyer et, quand ses lèvres effleurèrent les lèvres blêmes, tout le passé rentra en lui comme par une voie d'eau. Le visage qu'il avait sous les yeux n'était plus celui d'une mourante, le corps où il moulait ses mains reculait dans le temps et le souvenir. Car l'approche de la mort inflige à ceux qu'elle menace un rajeunissement cruel. Elle ravive dans la mémoire de ceux qui les contemplent des images anciennes, les confond, les accorde, évoque les moribonds à toutes les saisons de leur vie, comme pour mieux désespérer ceux qui les perdent, en emportant à la fois ce qu'ils furent et ce qu'ils sont. Renaud, derrière les paupières bleuies, obstinément closes, retrouvait le premier regard d'Yvonne : c'était à la musique, sous l'insinuant parfum des tilleuls, un soir de juin... Il la revoyait en robe de mariée... Puis son sourire tremblant et brave, la première fois qu'il l'avait vue dans ce lit, les bras ouverts... Il se débattait contre ces souvenirs qui profanaient l'heure et le torturaient.

Le souffle qu'il écoutait lui parut soudain baisser. Alors, il se précipita dans l'escalier, en proie à la panique de ceux qu'il arrachait aux épaves et qui le regardaient avec des yeux fous. Il frappa à coups redoublés chez la voisine du bas... Quand elle fut entrée, qu'elle eut appuyé sur Yvonne son regard froid, méfiant, que lui guettait parce qu'il en sentait la pénétration et la justesse, elle dit :

— Mais elle dort. Jc la trouve plutôt mieux...

Elle ne se trompait pas, car au matin, le médecin déclara :

— La crise paraît surmontée... Mais elle est à la merci de la prochaine...

Renaud se rappela l'instant où l'hélice du *Cyclone* avait tourné d'un quart de tour dans l'enserrement du câble d'acier...

⁂

— Tu verras !.. Je lâche le métier... On partira dès que tu iras mieux. On fera bâtir une jolie maison... Tu auras des fleurs ! Je t'achèterai une voiture...

Il lui promettait avec frénésie de prendre sa retraite, il lui vantait le bonheur qui l'attendait, comme à un enfant que l'on veut retenir.

Aucun serment ne lui coûtait. Sa femme était tombée dangereusement malade tandis qu'il travaillait. Menacée, elle avait repris en lui sa vraie place, au-dessus du bateau et de la mer. La garderait-elle ?... Dans sa ferveur de converti, il n'en doutait point et s'accorda même une seconde d'orgueilleuse excuse : dans la vie, comme sur sa passerelle, il ne réagissait bien qu'aux chocs graves ; il lui fallait le danger pour donner sa mesure et se renoncer.

Yvonne l'écoutait exténuée, faible à en mourir. Ses deux mains, pourtant, s'étaient refermées sur celle de son mari, et elle s'efforçait encore de sourire à ce bavardage qui la fatiguait, un misérable sourire qui découvrait les dents, ne relevait que la lèvre supérieure, comme une nausée.

Puis une religieuse arriva, qui mit un tablier blanc, de fausses manches de toile blanche, une bonne sœur douce et ferme qui comprit tout de suite :

— Il faut la laisser, monsieur... Il faut qu'elle se repose. Embrassez-la et allez faire un petit tour.

Il partit. Sur le quai, il croisa Tanguy et sa femme. Le second eut un haut-le-corps, en le reconnaissant, et rougit comme un gosse en faute. Mais la petite Tanguy aborda le capitaine, et sans la moindre gêne, lui demanda des nouvelles, offrit ses souhaits de rétablissement avec toute sa sincérité de bonne fille. Renaud lui répondit sans raideur, avec le naturel de jadis, comme si elle ne revenait point de bordée. Et près d'elle, Tanguy, tout contracté de honte, se détendait. Sa poignée de main broya la main du capitaine.

— Il a raison ! songeait Renaud. Quoi qu'elle lui ait fait, il l'a !...

Il se terra dans le carré du *Cyclone*. Il y resta deux heures, écroulé sur la banquette, la tête dans ses mains. Puis il rentra chez lui. Quand elle l'entendit ouvrir la porte du vestibule, la sœur vint à sa rencontre, l'examina :

— Je ne veux pas d'une figure comme celle-là auprès d'une malade ! Je ne vous laisserai pas la voir si vous n'avez pas le sourire !

C'était une sœur jeune et mince, à visage enfantin, effrayant de sérénité. Dompté, il se composa tant bien que mal un air assuré, mais c'était la première fois qu'il dissimulait devant Yvonne et la fraude se voyait, il en était sûr.

— Te sens-tu mieux ?

La malade répondit par un simple abaissement des paupières, et les yeux restèrent clos. Toujours cet air absent, cette tragique indifférence à tout, à lui, une lourde torpeur où elle retombait, comme une noyée, après avoir fait un léger signe à la surface...

— Mais bien sûr, elle se sent mieux, protesta la sœur, mais

cela la fatiguerait de vous le dire et il ne faut plus qu'elle se fatigue ! Il lui faut du repos, et à vous, monsieur, il faudra de la patience, beaucoup de patience...

Elle rit, malicieuse, au fond de sa cornette :

— Et les messieurs n'en ont jamais beaucoup, ajouta-t-elle.

La nuit, comme il ne pouvait dormir, et que la religieuse lui consignait la chambre, il s'en alla, vers une heure du matin, faire un contre-appel à bord. Il lui semblait qu'à reprendre pour son compte le cours habituel de la vie, il amènerait cette vie à rentrer d'elle-même dans le lit coutumier des heures paisibles. Mais les hommes qu'il réveillait dans leur couchette furent stupéfaits de sa voix étrange, de ses yeux qui les regardaient sans paraître les avoir reconnus.

À 6 heures, quand il se présenta à la porte de la chambre, la sœur hocha la tête :

— La nuit n'a pas été bonne... J'ai cru que j'allais être obligée de vous appeler.

La malade était oppressée et gardait les yeux fermés. Renaud restait debout au pied du lit, muet, car la sœur venait d'ordonner :

— Ne lui parlez pas.

Pour la première fois, il devait garder son tourment pour lui seul, et cela l'étouffait. Jamais Yvonne ne l'avait laissé un instant s'inquiéter seul, en dedans. Toujours, avec une infaillible sûreté, elle dépistait les préoccupations qu'il essayait de lui cacher, et elle arrivait très vite à forcer ses confidences. L'anxiété le rendit bavard. Il alla quémander des encouragements dans le quartier, chez les fournisseurs. Avec des ruses enfantines, il essaya d'influencer le médecin, la religieuse, de leur faire dire qu'Yvonne allait mieux. Ils refusaient, bouche close, avec des gestes évasifs.

Il lui semblait que tout cela durait depuis un siècle. Lui qui, sur sa passerelle, opposait aux crises de la mer une patience inusable, capable d'attendre pendant des semaines une embellie, ne parvenait point à se discipliner devant la maladie, à admettre qu'elle pût se prolonger.

— Vous avez moins de raison qu'un enfant ! grondait la sœur.

L'après-midi où Yvonne parvint à murmurer :

— Manges-tu bien, au moins ?

Il sortit très vite, parce que la religieuse commandait tout bas :

— Il faut aller pleurer dehors...

Dans le vestibule, elle le gourmanda :

— C'est au moment où il y a peut-être un peu de mieux que vous perdez pied !... Vous n'êtes pas raisonnable ! Il faut vous secouer, travailler. Vous n'avez donc rien à faire ?

Il répondit, comme il le faisait dans la classe enfantine :

— Si, ma sœur.

— Eh bien, allez à votre bureau. C'est la meilleure façon de nous aider. Puisque vous allez travailler pour sauver de pauvres gens, vous direz au bon Dieu : « Faites donc pour elle ce que j'ai fait pour les autres... »

Elle ouvrait une voie : il s'y jeta avec la frénésie de ses vieux matelots blasphémateurs, quand ils entreprenaient de forcer le ciel par la surenchère de vœux extravagants. Des vœux, il n'en avait jamais fait pour sauver sa peau, mais il en connaissait de méritoires et choisirait dedans.

La bonne sœur avait parlé de ses sauvetages... Pourquoi ses qualités de mer le lâchaient-elles, dès qu'il mettait le pied sur le quai ?... Que devenaient, à terre, sa patience, son indulgence à la détresse, son zèle pour aider et soutenir ?... Son métier, transporté chez lui, n'eût-il pas sauvé sa femme ?... Il pressentit soudain qu'il n'en disposait pas, et que son assistance ne pouvait atterrir ! Le sauveteur appartenait au large et ne s'éveillait que sur la passerelle ; à terre, il ne restait de lui que lui-même, un médiocre, un négligent !... La mer, quand il la quittait, reprenait l'homme qu'elle avait façonné, pour ne le rendre qu'au premier S. O. S... Tout de même, quelle tristesse de si peu se ressembler !...

Il se rendit au *Cyclone* comme la sœur le lui avait commandé. Des matelots y travaillaient autour d'une petite forge, d'autres, assis sur les rebords de fer de la cale aux remorques, détordaient avec de gros poinçons des câbles.

Il les regardait quand Kerlo arriva :

— Comment ça va-t-il chez vous, capitaine ?

— Pas fort !

— Mme Renaud est encore jeune, répliqua le bosco avec

décision. Elle est bien soignée. Et puis, les femmes ont une résistance dont on ne se doute pas. Elles remontent de sacrés courants. Bien sûr, ce sont des moments terribles. Chacun a sa part, allez, capitaine...

Il hésita, puis offrit le réconfort de son chagrin, à lui :

— Moi, ma fille se marie aujourd'hui et je suis là !... J'ai fait des blagues dans le temps, alors je fais le mort... Et pourtant, une petite dont j'étais fou... Je ne me la rappelle que gamine, je la revois dans son petit lit, le soir... Alors, depuis dix ans, de penser qu'on lui a appris à me mépriser ou tout au moins à m'oublier... Et puis, aujourd'hui... Et, plus tard, quand je serai... grand-père ! Des petits que je ne verrai jamais !... Enfin !... Il y a un compresseur qui ne donne pas, capitaine, Lauran ferait bien d'y jeter un coup d'œil.

— Je vais m'en occuper, dit Renaud.

Il s'en allait, le long de la lisse, vers la porte des machines, quand il s'entendit appeler :

— Capitaine !

Une femme était debout au bord du quai, devant les rangées de tonneaux, une femme en tailleur bleu, avec une tranche de feutre sur l'oreille. Il resta quelques secondes sans la reconnaître : elle était si loin de sa pensée ! Puis elle le déroutait vraiment par ses perpétuelles métamorphoses : une première fois, cette loque trempée, aplatie sur son gaillard, puis une blonde en corsage clair, les bras et le cou nus, les yeux et les cheveux à l'air et, maintenant, cette dame élégante, le regard avivé par la courte voilette, gantée, ce renard qui supprimait le cou, le tailleur strict qui allongeait la minceur du corps... Ce fut à son sourire qu'il la reconnut tout à fait, son sourire fabriqué, voulu, un sourire que les peintres appellent anatomique parce qu'ils savent par quelles contractions des muscles l'obtenir.

— Je pourrais vous voir ?

— Embarquez !

Elle sauta lestement à bord, son pied fin prenant appui sur le bordage, sans qu'il eût le temps de lui offrir la main.

— Je vous donne moins de mal à embarquer que la dernière fois...

Elle était debout sous un arceau de remorque, et elle regardait l'enchevêtrement du bateau étroit, toute cette profusion d'acier vertical qui donnait au remorqueur l'aspect d'un bois foudroyé où ne demeuraient que les tronçons noirs d'arbres gigantesques. Son regard se perdait à travers les engins de l'usine à sauvetages, les treuils, les cylindres de pompes, les tambours, les mâts de charge, les bittes énormes, l'entrelacs de câbles et des haubans.

La tête levée, elle demanda :

— Où m'aviez-vous mise ?

Renaud lui montra, sur le château, entre deux manches à air, le goniomètre qui surmontait la cabine de T. S. F., un gros anneau sur un trépied.

Là-haut, dit-il.

Maintenant, elle posait un regard assuré sur les hommes qui travaillaient et ne s'occupaient point d'elle, habitués qu'ils étaient aux visites et aux curieux. Elle fit quelques pas vers la remorque écrasée à bâbord et la regarda longuement. Renaud, qui l'attendait près de l'échelle du carré, lui dit, quand il rencontra ses yeux :

— Si vous voulez descendre...

À regret, elle s'en alla vers l'arrière, s'attardant du regard et du pas sur le pont. Elle désirait visiblement qu'on lui fît les honneurs du bateau. Elle eût surtout voulu remonter dans cette cabine de T. S. F. où on l'avait jetée à demi morte, revoir le gros garçon qui l'avait déshabillée en coupant ses vêtements aux ciseaux et l'avait pansée rudement, avec un air si embêté de l'avoir prise en charge. Elle le demanda, dans un désir de coquette revanche.

— C'est Gouédic, dit Renaud. Il n'est pas là, il est à l'arsenal pour l'équipement de son émetteur.

Alors, elle suivit le capitaine dans l'échelle brusque du carré, assurant avec précaution le talon sur les degrés étroits à rebords de cuivre.

Il la fit asseoir sur la banquette de moleskine, juste sous la lyre d'éclairage où deux ampoules électriques encadraient une lampe à pétrole pansue. Elle fouilla rapidement dans son sac :

— C'est gagné !

Elle tendit un papier plié.

Renaud lut : c'était la déposition du chef mécanicien de l'*Alexandros.* Il attestait qu'on lui avait donné l'ordre :

« Arrière toute » par le chadburn, alors que le cargo, dont on venait de réparer la drosse, s'était pour la première fois, depuis son avarie, relevé à la lame. L'ordre lui avait paru si extraordinaire qu'il avait rappelé par son porte-voix : on était en remorque et à trois nœuds au moins. Alors le capitaine l'avait injurié et sommé d'obéir. Sitôt la vapeur renversée, il avait senti un choc violent et compris que la remorque venait de se rompre. Aussitôt le chadburn lui avait transmis l'ordre : « Stop ! » Ce n'était qu'une demi-heure plus tard que la passerelle avait commandé : « En avant, doucement. »

Il y avait encore une attestation signée de plusieurs matelots : ils affirmaient que le capitaine leur avait ordonné, en les menaçant, de ne jamais avouer ce recul du cargo qui les avait renversés dans tous les coins du pont. Ils devraient dire que la remorque s'était rompue dans un coup de tangage. Autrement le bateau serait confisqué et l'équipage emprisonné...

Renaud replia les feuilles :

— Comment vous êtes-vous procuré cela ?

Elle se mit à rire :

— Je n'ai pas eu beaucoup de mérite. Sans vous froisser, c'est incroyable ce que les hommes peuvent être bêtes !... Je lui ai d'abord envoyé un télégramme pour l'appeler ici, sous prétexte que vous repreniez l'enquête, que j'avais déjà été interrogée et qu'il fallait que nous nous concertions... Cela ne lui a pas paru extraordinaire que je prenne ainsi ses intérêts ! Comme toutes les canailles, il trouve tout naturel, quand il a peur, que tout le monde s'attelle pour le tirer d'affaire... En venant à Brest, il me laissait les mains libres sur son bateau, et il avait si bien affolé l'équipage par ses menaces et ses promesses que cela a été très facile ! Ils ont tout de suite compris qu'il était seul en cause et que leur intérêt était de le lâcher. Après ça, ils ont signé, juré, tout ce que j'ai voulu. Ils l'ont répété devant témoins. Ah ! je vous assure que vous pouvez y aller !

— Et lui, où est-il ?

— Ici... pour le temps que je voudrai. Il se cache à l'hôtel. Je lui avais laissé une lettre pour lui dire de m'attendre, que je m'occupais de l'affaire... C'est moi qui le renseigne et je le promène par de drôles de chemins !... Et il est devenu d'une docilité ! Il est passé par tout ce que j'ai voulu pour notre divorce. Il est persuadé que je redoute autant que lui sa ruine et sa mise à pied, parce que j'y perdrais la pension qu'il m'a promise. Ce sont des préoccupations qu'il comprend très bien et ne discute pas !

Elle prit dans son sac un petit mouchoir trop parfumé, s'en tamponna le nez...

— Vous n'avez pas l'idée de ce que ça peut être répugnant, un homme qui a peur comme celui-là a peur... Il y a des moments où il me dégoûte tellement que j'ai envie de lui dire : « Va-t'en ! Je te laisse filer... Mais va-t'en, que je ne te revoie plus, que je n'entende plus jamais parler de toi ! » Ce serait trop commode d'en être quitte à si bon compte !... Alors, vous allez déposer votre plainte et dès que ce sera fait, on commencera l'enquête là-bas : je me suis informée au commissariat de la marine.

Renaud la regarda, du regard dont il surveillait ses remorques en action, un regard chargé d'estime pour leur solidité, de méfiance pour leurs écarts et la traîtrise de leurs coups :

— C'est bien monté !

— N'est-ce pas ?

— Trop bien...

Elle ne comprit pas :

— Vous avez peur qu'il ne se méfie.

Il secoua la tête :

— Oh ! ça, non ! C'est du beau travail !

— Alors ?

— Alors, je vois très bien ce que, moi, j'ai à gagner dans l'affaire et je vous en remercie. Mais vous ? Qu'est-ce que vous cherchez là-dedans ? Pas votre divorce, puisque vous m'avez dit qu'il était consentant... Pas d'argent, puisque vous le ruinez et que vous le faites jeter à quai.

Elle le regardait, très étonnée :

— Je croyais vous avoir dit comment il m'avait traitée, tout ce qu'il m'a fait voir depuis deux ans !... Ça ne vous paraît pas suffisant ?... Quand je peux lui rendre la monnaie de sa pièce, en le faisant prendre la main dans le sac, lui faire payer sa canaillerie et en même temps toutes les saletés, toutes les hontes, toutes les heures atroces qu'il m'a fait endurer, il faudrait se quitter bons amis en disant : « Bonne chance ! » Après deux ans d'une vie pareille, je n'aurais pas droit à une vengeance ?...

Renaud, la tête basse, haussa évasivement les épaules. Est-ce que ça le regardait, ces histoires de mal mariés ! Toute sa pensée était demeurée dans la chambre du quai où Yvonne livrait son effrayant combat, et celle-là venait l'assommer avec les tours de rosse qu'elle avait joués à son Grec ! Mais il s'en foutait, d'elle comme de lui ! Il ferait le nécessaire, évidemment, et, d'ailleurs, l'affaire était gagnée... Il n'en éprouvait ni orgueil, ni plaisir de revanche : un comptable qui encaisse la grosse somme, à l'heure où il va fermer son guichet et qui ne songe qu'à s'en aller, à rentrer chez lui !... Alors, si elle s'attendait, par-dessus le marché, à le voir se passionner pour ses règlements de compte, si elle comptait l'embarquer dans ce qu'elle appelait, comme au cinéma, « sa vengeance »... Il se leva :

— Eh bien ! c'est entendu, je vous remercie : je vais en référer à ma compagnie.

Elle sentit le lâchage dans la voix indifférente, dans la distraction du regard et elle demeura assise, tête dressée :

— Alors, ils vont porter plainte ?...

Il secoua la tête :

— Ça m'étonnerait. Comme les choses se présentent maintenant, votre mari est forcé de payer la grosse note à présentation. Dès lors, à quoi bon un procès ? Ils préfèrent toujours, dans ces cas-là, un arrangement à l'amiable.

Elle se ganta nerveusement :

— En somme, ce sera pour votre compagnie que j'aurai travaillé ?

— Pour vous aussi, puisque vous tenez votre divorce. Au fond, qu'est-ce que vous auriez gagné de plus à le voir emmené entre deux gendarmes ?... En tout cas, je vous l'avais déjà dit, la première fois que je vous avais vue, une plainte et un procès alors qu'on peut rentrer dans ses frais autrement, c'est une mauvaise réclame que la Compagnie tient à éviter.

Railleuse et irritée, elle jeta :

— La Compagnie ! Si vous aviez voulu, vous !... C'est vous là-dedans qui lâchez et vous tout seul ! Vous étiez pourtant décidé à l'hôtel. Aujourd'hui, vous laissez tomber. Pourquoi ?...

Pourquoi ? Il le comprit subitement : parce que l'abnégation d'Yvonne dont il avait enfin pris conscience l'armait d'une horreur de néophyte contre la trahison patiente et tenace de cette femme qui le guettait, le front barré de rancune. Sa femme à lui en mourait d'avoir dépensé toutes ses forces à l'aider, et celle-là venait se vanter d'avoir coupé la remorque en pleine tourmente, elle lui demandait un coup de main pour jeter son mari à la côte ! Il oubliait l'indignité du Grec, et pour s'être reproché, cent fois depuis trois jours, son ingratitude, il jugeait sans pitié le crime contre la solidarité conjugale. C'était chez lui un instinct, profond déjà de vingt années, que de s'appuyer en toute circonstance sur l'affection et la fidélité de la femme, et cet instinct-là se révoltait, le poussait au mépris, à dire avec cette injustice tranquille des privilégiés :

— Et votre rôle là-dedans, pensez-vous qu'il aurait été joli, joli ?...

Elle tressaillit, comme piquée :

— Ça me regarde !... Vous trouveriez plus « joli », comme vous dites, d'être battue et d'en redemander ! Ah ! vous êtes bien un homme, vous aussi !

Elle se sentait devant un mur et comprit qu'elle ne l'atteignait pas. Elle revint en arrière, cherchant la brèche :

— Peut-être que si je m'étais laissé faire à l'hôtel, vous auriez marché à votre tour... Si c'est absolument nécessaire pour vous décider...

Il ne répondit pas. Avait-il même compris ? Exaspérée, elle ordonna :

— Rendez-moi mes papiers !

— Que voulez-vous en faire ?

— Ça encore, ça me regarde. Rendez-les-moi !

Renaud les prit sur la table. Machinalement, il ouvrit les feuilles. D'un geste prompt, elle les lui arracha, puis, à deux mains, les déchira. Elle y parvenait mal, parce que les dépositions étaient écrites sur du papier épais. Elle faisait de grands efforts qui se voyaient jusque dans ses épaules, dans l'appui du buste et sa flexion à chaque tentative.

— Voulez-vous que je vous aide ?

Renaud n'avait pas bougé : il savait bien que des preuves, il en aurait maintenant autant qu'il en voudrait, que son agent du Havre, ferait, dès le soir même, après un coup de téléphone, tout le nécessaire et qu'elle avait trop bien taillé pour qu'elle pût recoudre... Dès qu'il eut posé la question insolente, elle lui lança à la tête une poignée de larges morceaux qui retombèrent sur la table.

— Le mousse les recollera, pensa Renaud...

Et la regardant avec cette moquerie calme dont les hommes cinglent les colères des femmes quand elles ne les atteignent pas :

— Ça va mieux ?

Penchée, elle lui jeta, les dents découvertes par un rictus de rage :

— Vous n'êtes qu'un sale lâche ! Ce que vous cherchez, c'est des gros sous ! Du moment que vous serez payé, hein, les autres peuvent crever !... Il fallait me le dire tout de suite que vous ne marchiez que pour un pourboire ! Je vous l'aurais donné ! Ça se serait ajouté à l'argent que vous tirerez de son bateau. Vous ramassiez des deux côtés !...

Elle partait. La question de Renaud l'atteignit dans le dos, comme elle ouvrait la porte :

— Croyez-vous que vous êtes la première, de ceux que j'ai sauvés, à m'injurier en partant ?...

Elle se retourna, frappée. Lui, s'était assis et remuait du bout des doigts les débris qu'elle lui avait lancés au visage. La violence de l'assaut l'avait un instant distrait de sa peine. Il y revenait, par d'autres chemins, en se rappelant d'autres tristesses, qu'il avait toujours orgueilleusement refusé d'avouer :

— Croyez-vous, même, que ce que vous venez de dire, vous l'ayez inventé ?... À chaque sauvetage, je l'entends !... Vous risquez votre vie et celle de trente hommes pour aller en sauver d'autres. Ils vous doivent leur peau, mais ils vous doivent de l'argent... Pourtant vous les avez sauvés gratis, vous avez été les cueillir sur une épave, quand elle allait s'ouvrir et couler bas avec eux. Pour ça, vous avez passé trois, quatre, cinq jours en mer, sans dormir, sans manger, trempés, glacés, en danger de mort à chaque tour d'hélice. Quand vous êtes sur eux, vous dépensez plus de force et de cran à leur jeter un bout de câble qu'il n'en faudrait à un équipage pour faire le tour du monde. Pour les ramener, vous perdez des hommes, vous en blessez d'autres, vous émiettez votre barque, à vous... Si vous avez mis cinq jours à l'aller, vous en mettrez dix au retour, dix jours où vous n'avez pas droit à une seconde de repos. Vos hommes se traînent sur les genoux, les mains en sang, les ongles arrachés, aux trois quarts assommés, parce qu'ils sont allés cent fois s'écraser partout, et pourtant ils feront tout ce qu'il faudra faire, et aussi longtemps qu'il le faudra, parce qu'ils se sont juré de ramener à quai l'épave et ceux qui sont dessus.

« Et une fois au port, c'est toujours la même chose, on vous embrasse, on vous bénit, on vous baise les mains, on vous jure des tas de choses ! Vous débarquez sur les épaules des gars que vous avez sauvés : ils vous appellent leur père ! En trois ans, j'ai appris comment ça se dit « papa », dans toutes les langues du globe... Et puis, quelques jours après, arrive la note... Parce que, tout de même, vous avez usé du charbon à aller les chercher, que vous en usez à vous tenir prêt à courir sur eux sitôt qu'ils vous appellent, que vous avez démoli votre bateau pour sauver le leur !... Pourtant, à compter de ce moment, vous n'êtes plus bon qu'à jeter aux chiens ! Dans l'affaire, vous n'avez pensé qu'à votre bénéfice, à votre « pourboire », pour parler comme vous...

Il haussa les épaules et aligna soigneusement, un par un, sur la table, les petits morceaux de papier...

— Il y a aussi une chose qu'on ne manque jamais de vous dire, c'est qu'on se serait bien sauvé sans vous. Vous n'avez rien fait, ou presque ; vous exagérez votre rôle, vos avaries, vos frais ! Vous voulez voler les pauvres compagnies, les pauvres assurances ! Tout juste si on ne vous traite pas de pilleurs d'épaves ! Comme vous le disiez si bien : ce que vous avez cherché sur la chaussée de Sein, devant Ouessant, dans le Fromveur, c'étaient des gros sous et rien que ça ! Depuis le temps que je l'entends dire, ça ne m'émeut plus !

Il se leva, enfouit les mains au fond de ses poches, arpenta l'étroite pièce, le long du petit bar, en parlant pour lui seul, tête basse, sans songer peut-être qu'elle était encore là :

— C'est le métier !... Au fond, je les comprends : ça les embête de payer. C'est toujours une mauvaise note pour les capitaines de coûter cher aux compagnies...

Il s'arrêta et la fixa brusquement :

— J'en ai sauvé trois cent quarante-deux, sans vous compter, vous et votre fournée. Là-dessus, il y en a eu un, un matelot, un Danois, qui a tenu à me donner sa montre. Moi, en échange, je lui ai donné cinquante francs ; elle en valait bien trente... Il y en a deux qui m'écrivent au premier de l'an, un Irlandais et un Allemand. Le reste m'a engueulé !... C'est peut-être la terre qui veut ça !... À bord, personne n'a grand mal à être un type épatant... À terre, on redevient, tout naturellement, plus ou moins salaud, dans les petites choses comme dans les grandes.

Il se tut, mais continua de marcher en rêvant. Il ne s'arrêta que lorsqu'elle revint vers lui, la main, non pas tendue, mais ouverte :

— Au revoir, dit-elle...

Il l'accompagna :

— Vous réfléchirez, vous verrez que j'avais raison...

Sur le pont, ils rencontrèrent Tanguy, penché sur la cale aux remorques où des hommes brassaient de pesants cordages. Renaud, au passage, lui frappa sur l'épaule, pour le redresser :

— Je vous présente mon second, celui qui vous a ramenée au sec et qui a eu du mal !...

Elle inclina la tête et dit, comme à quelqu'un qui lui eût offert sa place dans un tramway :

— Merci, monsieur.

L'autre grommela :

— Pas de quoi.

Elle se prit à rire de la naïve réponse, un rire qui finit mal en ricanement amer :

— Vous avez bien raison, il n'y a pas de quoi !

Puis elle attrapa la passerelle, sauta sur le quai et partit sans se retourner.

Tanguy, tout de même interloqué, la suivit des yeux jusqu'à ce qu'elle eût disparu à l'angle des docks. Alors, il regarda le capitaine, haussa les épaules, puis se penchant de nouveau brusquement sur la fosse béante, il cria à ceux qui, au fond, ne s'activaient pas assez à son gré :

— Et alors !...

XI

LA nuit du surlendemain, une nuit de grand vent, vers une heure du matin, il s'assit brusquement dans son lit-cage. Depuis la veille, la sœur partait le soir et il s'en était réjoui comme d'un signe indiscutable d'amélioration. C'était lui qui veillait, tout près de la malade, et qui veillait comme dans la chambre de veille, ne cédant qu'à peine à un sommeil dont un soupir l'arrachait, en le dressant parfaitement éveillé et lucide.

Il s'assit, écouta une seconde, puis bondit, sa main tâtonnant le long du mur, cherchant la poire de la lampe électrique : il venait de ressentir le même choc que le jour où le cœur de son bateau avait subitement cessé de battre. Son oreille qui enregistrait continûment le souffle de sa femme l'avait alerté à l'instant même où ce souffle s'était arrêté.

Dès qu'il eut allumé, il vit la syncope, l'effroyable fixité du visage penché sur la mort, et se jetant à la commode, avec des gestes de noyé, il arracha les tiroirs, puis les renversa à la volée sur le plancher, parce qu'il n'avait découvert du premier coup que des ampoules d'huile camphrée et qu'il ne trouvait pas la petite boîte nickelée où étaient la seringue et les aiguilles.

Quand il l'eut en main, qu'il l'eut ouverte, l'épouvante le saisit : il ne pouvait pas, tant ses mains tremblaient, plonger l'aiguille dans la cassure de l'ampoule et pomper l'huile épaisse. Il fallait maintenir la seringue et le tube droits, relever, entre le pouce et l'index, le petit piston de verre, des gestes délicats, simples et impossibles que la sœur lui avait appris. L'ampoule lui échappa. Il l'écrasa d'un coup de talon, en lima une autre. Mais il sentait, derrière lui, l'âme fuir du corps : il pensait au prix abominable des secondes et cela l'affolait, à en pleurer ! Dans un éclair, il vit Gouédic, ridicule et magnifique, le jour où, dans sa cabine bouleversée et qui ruait, il s'acharnait, de ses gros doigts, à épisser de minuscules cheveux d'acier, à visser, dans les secousses et les cabrades du bateau, d'imperceptibles vis de cuivre. Grâce à son t.s.f., il put se reprendre, emplir sa seringue, en se répétant stupidement un mot qu'il avait lu et qui lui avait paru juste et de bon conseil : « Ne nous dépêchons pas, parce que nous n'avons pas de temps à perdre !... Ne nous dépêchons pas... Pas de temps à perdre ! »

Puis il fit la piqûre, très mal, sans oser crever d'un coup sec la peau de la cuisse maigre, de ce coup avec élan, que donnent les médecins, et qui enfonce l'aiguille comme dans de la laine. Lui ne l'entra qu'à force d'appuyer en creusant la chair avec la pointe, en retenant et en forçant à la fois ; la sueur de son front tombait à grosses gouttes sur la chair de sa femme où il se penchait, tout cassé. À terre-Neuve, il avait ouvert, sans même une grimace, des phlegmons horribles. C'était lui qui avait coupé la main du capitaine danois, et si proprement que le chirurgien, à l'hôpital, l'avait complimenté...

Quand il eut vidé la seringue, il bondit sur le palier et appela de toutes ses forces :

— Madame Lepoy !

Il répéta plus violemment encore, de cette voix terrible qu'on attrape dans son métier, au milieu des tempêtes :

— Madame Lepoy !

Puis il descendit, en quatre sauts, ébranler la porte de la voisine à coups de poing, des coups qui résonnaient dans le vide de l'appartement.

— La vieille saleté, dit-il, elle est encore à courir !

Pourtant, il savait bien que c'était jeudi, qu'elle était simplement au cinéma, à l'autre bout de la ville. Alors, il sauta dans la rue, courut le long des docks, s'élança par-dessus la lisse du *Cyclone*, rencontra sans étonnement, à l'entrée de la coursive, Kerlo qui ne dormait pas, l'empoigna des deux mains aux épaules, et ses doigts mordaient de la chair, à travers la laine du chandail :

— Courez chercher un médecin !

L'autre, sans un mot, l'écarta pour passer et s'élança sur le quai.

Un quart d'heure plus tard, il ramenait un médecin sans col ni cravate qui écouta longuement le cœur et dit :

— Vous avez fait une piqûre. C'était ce qu'il fallait faire. Je vais en faire une autre...

Il resta après, le temps convenable, et déclara :

— Il n'y a qu'à attendre. Je reviendrai à six heures...

Il gardait le pouls de la malade sous son doigt et murmura, mais Renaud crut que c'était seulement pour justifier son départ :

— Le cœur remonte un peu...

— Alors ?...

— Alors, dit le médecin, c'est très grave... D'autant plus que ce n'est pas la première crise. Je vais vous envoyer une garde.

Et il sortit avec Kerlo.

Dix minutes plus tard, Mme Lepoy rentra et, en l'entendant ferrailler dans sa serrure, Renaud lâcha la main dYvonne et courut l'appeler.

— Quoi donc ? dit-elle. Ça ne va pas ?

— Non !... Pouvez-vous monter ?

Elle s'ébranla lourdement dans l'escalier :

— Le médecin avait bien dit que ça recommencerait...

Quand elle l'eut vue, elle resta debout, immobile, le visage impénétrable.

— Comment la trouvez-vous ? implora Renaud.

— Il faudrait voiler la lumière, répondit-elle.

Et prenant un journal sur le guéridon :

— C'est celui d'hier. On peut s'en servir ?

Il haussa les épaules et elle tordit le papier autour de la lampe. La chambre fut noyée dans une pénombre cuivrée, une lueur de four ou de chaufferie.

Une heure passa. Renaud regardait sa femme, fixement. Mme Lepoy, renversée dans sa chaise, les bras croisés, ne parlait pas, habituée aux silences des hommes, de ceux qui avaient traîné chez elle des désespoirs comme celui-là. De temps en temps, elle allongeait le bras pour poser sur le front d'Yvonne un mouchoir humecté d'eau de Cologne.

À deux heures du matin, on frappa à la porte.

— L'infirmière, dit Mme Lepoy.

Elle se leva et ouvrit doucement. Un matelot du *Cyclone* parut et ôta sa casquette. Mme Lepoy s'effaça, en le regardant. L'homme rougit. Ses yeux allèrent rapidement deux ou trois fois de la femme étendue à Renaud assis près d'elle et qui le foudroyait du regard, comme s'il eût voulu lui défendre de dire ce qu'il allait dire, lui renfoncer ça dans la gorge! Mais l'homme était marin, il avait une consigne, quelque chose à signaler, pas même un mot: trois lettres. Il les murmura, en tordant sa casquette:

— S.O.S., capitaine...

Renaud, plus rouge que lui, les veines subitement gonflées, mima d'une bouche violente, avec des lèvres qui se projetaient, se déchiraient jusqu'au bout des gencives, en torturant tout le visage, en plissant le front jusque dans les cheveux, sa réponse exaspérée:

— Je m'en fous! Fous le camp!...

Et d'un coup de tête forcené, il chassa le matelot... Puis il tressaillit, parce qu'on parlait tout haut dans la chambre. Mme Lepoy disait de sa voix sans timbre, rompue à toutes les complicités:

— Ils partiront bien sans vous...

Il secoua la tête: non, le *Cyclone* ne partirait pas sans son capitaine...

— Ah!... dit la femme.

Il leva les yeux, rencontra son regard pénétrant et froid qui avait couvé tant de hontes d'hommes. Elle conclut lentement:

— Vous avez raison... Dans ces moments-là, chacun pour soi... Soi d'abord, les autres après...

Il avait repris son immobilité et rivé de nouveau son regard au visage d'Yvonne. Mais les paroles abjectes descendaient en lui et remuaient sa stupeur, de même qu'un cadavre immergé trouble les couches d'eau sombre qu'il traverse.

Lorsqu'elles eurent touché le fond, il se leva, défiguré, et le regard de la vieille s'agrandit, parce qu'elle le crut fou. Car il avait vraiment des yeux de fou, des yeux qui ne voyaient plus rien de ce qui était là.

— Voilà, dit-il en s'étranglant, moi, je suis... je suis forcé!

Ils m'attendent... Elle-même me le dirait... Télégraphiez-moi par la préfecture maritime... Vous trouverez l'argent dans le tiroir... Ah ! c'est terrible !

Il s'abattit en sanglotant sur le lit, ses lèvres s'écrasèrent contre le front d'Yvonne. Derrière lui, la vieille s'était levée, perplexe, et le regardait. Pour passer, il la rejeta de l'épaule.

Quand elle eut compris qu'il s'enfuyait, qu'il la laissait seule avec la mourante, elle alla crier dans l'escalier :

— M'sieur Renaud !...

Mais il était déjà sur le quai, dans le vent et dans la nuit, chancelant comme l'épave vers laquelle il marchait.

En dérive

Au capitaine Fernando,
à bord de la Madeleine.
Grand Hellefiske.
(Groenland.)

DANS les bassins de Saint-Malo, sur les bateaux de Terre-Neuve, fin septembre, au bord des quais les femmes de la côte piquent la morue.

En travers des quais, pour amarrer les bateaux de Terre-Neuve, de gros cordages sont tendus.

Des dames de Paris et les derniers messieurs en flanelle blanche se promènent encore, fin septembre, le long des quais.

Quand elles voient venir les dames, les femmes regardent en l'air et crient très haut :

— Descends, petit, descends ! Depuis plus d'une heure que les marins sont montés l'attacher dans la hune, le pauvre petit mousse ! Il est sûrement tout gelé ! Le capitaine ne devrait point le punir si fort ! Descends, petit, descends !

Les dames regardent, elles aussi, en l'air.

Elles ne voient point le mousse dans la hune :

Il n'y en a pas.

Elles ne voient point les cordages sur le quai :

Il y en a.

Elles tombent.

Les femmes rient.

Mais les dames croiront désormais que les capitaines envoient les marins attacher les petits mousses dans les hunes.

Elles le croiront, parce qu'elles n'ont vu sur les bateaux de Terre-Neuve ni capitaines, ni marins, ni mousses, mais seulement des femmes de la côte, et qui se moquent.

Car mousses, marins et capitaines ne s'attardent pas sur les bateaux de Terre-Neuve, fin septembre, au bord des quais, dans les bassins de Saint-Malo.

Ils débarquent et s'en vont chez eux.
Il faudrait les suivre, pour savoir où c'est.

I

— Ah ! non ! Non et non ! Les grandes mannes, tant que tu voudras, mais les petites, je veux qu'elles restent à bord. Dans quoi vais-je mettre mon sel, moi, cet hiver ? Allez ! reporte-la, vide-la, et mets tes affaires dans une autre.

A regret, l'homme traîna au bateau la manne pesante, lui fit repasser la lisse, et l'armateur continua de rôder sur le quai, l'air absent.

Son voilier lui était arrivé, la veille, aux trois quarts vide, et l'équipage, ce matin, déménageait ses hardes. Des femmes et des coffres attendaient le long d'un camion débordant d'étranges bagages qui empestaient le foie de morue, des tonneaux rugueux, des gabions clos de toile parcheminée que maintenaient de savants entrelacs de corde brune, des caisses de bois gras, des sacs rapiécés de morceaux de voiles. Tout cela, en s'empilant, crachait du sel gris, et des bottes d'ogre, attachées aux ridelles, trépignaient avec le moteur.

Deux douaniers violets arrachaient parfois de leur pèlerine un bras nonchalant, pour flatter, au passage, un colis, mais, cordiaux, ils se détournèrent des musettes que les matelots leur tendaient ouvertes :

— Ça va, ça va !

Puis, ces formalités accomplies, ils s'absorbèrent dans l'examen désintéressé du *Saint-Landry* terre-neuvier de 300 tonnes, entré, le 28 septembre, dans les bassins de Saint-Malo, après cinq mois et neuf jours de pêche sur le Grand Banc.

— Dites, monsieur Morin...

Rejoint dans sa morne promenade par une jeune femme courte et potelée, l'armateur s'arrêta, et, penché, écouta. Le groupe des épouses guettait son visage maigre et étroit, un de ces visages que les anxiétés et les déboires trouvent tout enfoncés et qu'ils rongent jusqu'a l'os. Il se redressa, maussade :

— Et moi, alors ! Je perds trois cent mille francs, moi !

Les femmes, apitoyées, bougèrent :

— On le sait bien, allez, monsieur Morin !

Elles avaient trop de bon sens, elles savaient trop les choses pour murmurer et chercher un responsable au désastreux échec. Ce n'était la faute de personne, ni de l'armateur qui n'avait point lésiné, ni de l'équipage à qui ces huit cents quintaux de mauvaise morue avaient coûté plus de peine et de dangers que les six ou huit mille qu'ils débarquaient jadis :

— Et dire qu'après la guerre, y en avait à faire fumier ! Ils ne revenaient qu'à bout de sel !

— Jamais on ne reverra ces temps-là !

Elles guettaient le voilier du coin de l'œil, de peur qu'un de leurs maris ne les surprît à se désoler.

— Il va rester plus de trente bateaux dans le bassin, cette année !

— C'est, tout comme, un grand malheur !

Une vieille Cancalaise, très droite, très haute, casquée d'un cône de dentelle, déclara sévèrement :

— Ils sont quand même revenus de bonne heure !

— Valait mieux qu'ils reviennent que de perdre leur vie !

Elles se turent parce que des hommes alertes, franchissant d'un bond la lisse, apportaient au camion les derniers colis. Ils étaient tous bien rasés et vêtus de complets bleus.

— Attention à tes braies, murmuraient-elles inquiètes, quand ils sautaient sur le voilier que la pompe sans relâche inondait, à cause d'une mauvaise voie d'eau, griffure d'iceberg.

— Ça se tire !

L'un d'eux, assis sur un coffre, remontait des chaussettes indociles, et sa braguette bâillait. Une femme menue, aux traits lisses, tachée de son, lui adressa des signes scandalisés :

— Boutonne-toi donc !

Il se rajusta, glorieux, en s'excusant sur son appétit de prouesses. Les femmes rirent avec simplicité.

A cent mètres de leur groupe, des hommes seuls regardaient accoster un autre bateau, le *Capitaine-Huret.*

Il venait, celui-là, de franchir l'écluse et d'envoyer à terre deux amarres sur lesquelles il se halait, tout son équipage renversé au temps le long des haussières qui se raidissaient en vibrant.

Un gamin, à terre, fredonna :

Hale dessus, ça ira.
Mon père est marchand de noix,
Deux sous la douzaine...

C'était la chanson qui, les années précédentes, scandait l'effort d'arrivée. Mais le voilier restait muet. Les muscles, d'ailleurs, étaient si bien synchronisés par les six mois de campagne, que le souffle des haleurs suffisait à rythmer le dur travail. Aussi, dans ce silence, on entendit fort clairement du quai une voix venue du bateau :

— Envoyez un bout de pain !

— Doit pas y avoir gras à bord, dans ce cas, fit remarquer un spectateur.

Mais un électricien portant sur sa casquette une foudre neuve expliqua :

— C'est pas ça, mais y a pas de boulangerie sur le *Capitaine-Huret.* Alors, ça fait six mois qu'ils se les calent avec du biscuit.

Et, enfourchant son vélo, il proclama, confirmé dans son apostasie :

— C'est pas encore ceux-là qui me feront regretter d'avoir plaqué les bancs !

Le voilier, lourdement, aborda, et les hommes, après ces derniers mètres exténuants de traversée, soufflèrent. Ils étaient vêtus sordidement, bien que tout, dans leurs guenilles, eût été choisi, éprouvé contre l'air et contre l'eau. Certains, qui avaient conservé leurs cirés, semblaient emmantelés de carton jaune, culottés d'arêtes et de cassures. Quand les amarres de poste furent capelées aux canons du quai, ils disparurent tous par les écoutilles.

Le capitaine, seul, continua de flâner sur le pont, hirsute et bonasse. Il avait des épaules comme des portes d'armoire dans un ciré que la crasse avait peint en faux bois.

— Qu'est-ce que c'est que celui-là ? demanda un gros monsieur debout sur l'extrême bord du quai, en montrant un doris [1] jaune coiffant une pile de doris bruns.

— Un portugais qu'on a ramassé.

— Vide ?

— Vide.

— Il faudra le déclarer...

Les hommes, cependant, remontaient des postes d'équipage, ayant mis, pour la première fois depuis six mois, des souliers, des vestons, des cols et des cravates noires. Leurs joues luisaient, bien frottées; tous étaient dodus, ronds d'épaules et de visage. Ils avaient, comme les bêtes boréales, emmagasiné, jusque autour de leurs yeux rapetissés, de la graisse protectrice venue des lards et des langues adipeuses de morue, leur seule nourriture pendant la campagne. Avant de s'enfuir, ils vinrent serrer la main de l'armateur et s'excuser :

— Il n'y avait rien, monsieur Favier. On a pourtant travaillé dans de beaux fonds, mais on avait beau allonger des vingt-huit et trente pièces de lignes, on revenait avec une demi-parquée et souvent bouriau.

Et comme l'autre, le visage clos, ne répondait rien, certains ajoutaient fermement :

— On n'a jamais passé pour fainéant, et s'il y en avait eu, on en aurait pris, pour sûr !

Après le *Saint-Landry* et le *Capitaine-Huret*, chaque journée en amena d'autres : le *Gloire-à-Dieu*, le *Pescador*, le *Gagne-Petit*, la *Noëlla*, la *Brocéliande*. C'était, au même point de l'horizon, l'apparition d'un haut trapèze noir; dans les jumelles incessamment braquées, entre un demi-cercle turbulent de mer et un paisible demi-cercle de ciel, le brick-goélette

1. Embarcation plate se manœuvrant a l'aviron et qui sert a tendre les lignes sur les Bancs.

gonflé de brise, trébuchant contre la houle; dans le bassin, des coques vides sonnant à l'arête des quais, et aux guichets des gares, l'appel de tout le pays de Rance :

— Pour Saint-Suliac, s'i' ou plaît. Pour Le Minihic, pour La Vicomté, pour Saint-Samson, pour Trigavou, pour Saint-Jouan-des-Guérets...

Ils habitaient presque tous, en effet, les bords marins de la belle rivière.

⁂

Gouriou, Menguy, Le Cosquer et Burlot, du *Saint-Paul*, arrivèrent à Trévallon, les premiers, dans un char à bancs de rencontre. La jument, dans la descente grasse, retenait avec de durs arrêts d'épaules et de croupe qui leur enfonçaient le ventre et rythmaient le chant des freins. L'eau, dont les torsades brillaient d'un éclat froid dans les ornières profondes, se hâtait devant eux et glissait rapide, à leur droite et à leur gauche, sur l'herbe houleuse des fossés. C'était elle qui avait tracé ce chemin, qui l'avait commencé d'ouvrir; aussi était-il tortueux et profond. Parfois, les sabots et les roues sonnaient sur des dalles luisantes de granit, et les têtes des marins passaient le long de choux verts, au bord des champs élevés, par-dessus les talus dont la terre échappait aux mailles usées des racines.

Un petit pont tremblant de bois, une croix de pierre mutilée par les attelages, et ce fut le village, tombé jusqu'au fond d'un entonnoir de collines qui lui versaient l'eau et la boue.

Les lourds toits de tuiles fauves, rongées de lichen, ployaient. Des façades grises se reculèrent dans les marais des cours, et, sous les gerbières closes, des cintres épais de belle pierre encadraient les portes noires entrouvertes sur le va-et-vient des poules et des enfants.

— V'là les marins !

Un gamin s'élançait, talonnant ses fesses rapiécées. Des femmes accoururent sur les seuils concaves :

— Vous v'là revenus ? La pêche a-t-i' eté bonne ?

Menguy et Burlot, assis aux bouts de la banquette, durent avouer :

— Quinze cents quintaux. On n'a pas pêché pour la soupe !

Ils avaient honte de revenir vaincus dans une voiture si haute ; ils en descendirent, sur la place, devant le mur bas qui retenait de vieilles tombes autour d'une église neuve.

Tous quatre avaient des casquettes à visières de drap brodé, et leur tricot était à demi coupé à la ceinture pour avoir été trop rentré dans le pantalon. Sitôt sauté, ils se balancèrent, un reste de roulis dans les hanches. Quand le fermier eut attaché sa bête, ils entrèrent au Café de la Place.

En leur honneur, la patronne, Mme Cahurel, sortit de sa cuisine. C'était une gloire du village : elle pesait plus de trois cents livres, et le menuisier lui fabriquait des chaises renforcées.

On la surnommait le Mont-Dol, et ses bonnes, le soir, après l'avoir hissée dans son lit, la poudraient de talc dans les plis, parce qu'elle « coupait » comme un bébé fessu :

— Alors, vous v'là au pays ?

Burlot, en tiédissant son mique [1] à grands coups d'eau-de-vie, répondit :

— I' n'était que temps !

Et Gouriou, en blasphémant, affirma :

— Ils ne me rebaiseront plus l'année prochaine !

Le 30 septembre, Conan Pierre, du *Salve-Maria*, quitta la vedette de Dinan, lorsque, se soulevant dans l'écluse de La Hisse, elle eut affleuré les berges. C'était une vedette de fin de saison bondée d'Anglaises au rabais, cruellement laides.

Le terre-neuva avait parié trois bouteilles qu'il s'en irait chez lui avec ses bottes de pêche et qu'il frotterait les joues de sa bourgeoise à sa barbe de campagne en porc-épic. A bord, pour un quart de vin, il se coupait les cheveux aux enfants d'Édouard ou ne se rasait qu'une moitié de visage.

Dès la petite Tournique, il prétendit embrasser les filles. Elles se sauvaient en riant et il leur criait :

— T'as pou de mâ ?

Elles répliquaient :

— Nenni, mais vous êtes trop vilain tout comme !

Dans le bourg, à chaque porte, on l'arrêtait :

---

1. Café.

— Viens-tu goûter à not'cidre ?

Il acceptait partout :

— Faut ben refaire connaissance avec le bon piot !

Quand il sortit de chez Kervisic, un enfant jouait devant la maison :

— C'est ton gars Ugène. Tu n'le reconnais pas ? Il a grandi, dame !

Le marin eut un élan, mais le garçon s'enfuit en hurlant conter à sa mère qu'il avait vu Jean des Bouchons, l'ogre local qui mange de la soupe d'enfants bouillis. La femme sortit sur le chemin et courut :

— Mais c'est ton père, sacré p'tit mâtin !

Le 2 octobre, Larsonneur, de l'*Anne-Marie*, fit arrêter un taxi malouin devant une fenêtre ouverte, fleurie de géraniums, derrière quoi une jeune femme tricotait une chemise de laine.

Quand il sauta, elle abandonna son tricot et ses mains sur ses genoux perclus de bonheur :

— C'est-il possible !

Ils s'étreignirent fougueusement, comme des gens de ville ; puis elle courut, au fond de la chambre, ouvrir une porte sur des poireaux et des marguerites-reines :

— Denise, Marcel, vot' père qui est là !

Marcel se moucha de sa manche, afin d'embrasser proprement ; Denise, se suspendant au tricot, l'allongea d'un bon pied :

— As-tu apporté du bonbon ?

— Oui, une pouchonnée, et du biscuit, et du flétan.

— Et des empis ?

Les garçons de la Rance font des fouets redoutables avec ces rognures incassables de lignes.

— Toute une rabiaudée ! Soupèse ma musette. Et puis v'là une lavette pour ta mère.

Il tenait à l'offrir tout de suite. Il en avait longuement sculpté le manche, aux jours de repos, quand la mer ne permettait point aux doris de sortir. Les fils, serrés autour du bois par des entrelacs de laines multicolores, avaient été, un par un, tirés de morceaux de toile à voile quémandés au capitaine. Tandis qu'elle admirait, émue, comprenant la grande valeur du présent, Larsonneur, avec précaution, largua les quatre bras tyranniques, et, du seuil, appela le chauffeur qui finissait de tourner sa voiture :

— V'nez boire un coup, tant que ça se donne.

Ceux qui avaient assisté au départ de Goasdoué, lorsque, après avoir vécu sa vie pendant deux jours de bordée innommable, il avait quitté Saint-Malo, l'avaient prévenu :

— T'es trop saoul tout comme, Marie-Ange. Tu vas te casser la gueule !

Il n'avait point répondu, tout entier aux manœuvres d'appareillage, à son vélo qui se dérobait dès qu'il prétendait l'enfourcher, et il était parti dans la réprobation, en traçant, d'un trottoir à l'autre, des festons extravagants.

— Et il n'a même pas de lanterne !

Les bermes de la route de Rennes se le renvoyèrent longtemps. À son approche, les cyclistes inquiets mettaient pied à terre et s'arrêtaient pour le regarder tomber. Mais il se relevait, en s'encourageant :

— C'est ren que ça, mon gars Goasdoué... Du roulis, un p'tit.

Il surgissait brusquement de la nuit sous les phares des autos, traversant d'une embardée la route, à toucher les pare-chocs. Les conducteurs terrifiés cassaient tout pour stopper, mais il était déjà loin et n'entendait pas les injures vociférées par les portières.

Ce fut en descendant la côte du Chien-Maigre qu'il rencontra la borne kilométrique n° 6.

Un laitier le trouva, à l'aube, couché dans le fossé, le visage encroûté de sang. Il empoigna sous les bras ce corps inerte et tenta de le soulever, mais il le lâcha aussitôt, à cause des affreuses injures qu'il en tirait.

Quand le marin arriva, vers midi, à Trévallon, une joue coupée, les mains et les genoux emportés, sa femme l'accueillit avec bienvaillance et dit aux voisines :

— L'année dernière, il s'était cassé une patte...

Le dernier, ce fut Roinel Armand, de la *Galatée*, qui frappa chez lui le 18 octobre, à une heure du matin, après vingt et un kilomètres de marche diligente dans la campagne ruisselante de lune :

— Viens-tu m'ouvri', Louise ?

La serrure lâcha ses deux coups l'un sur l'autre. Tirée et poussée à la fois, la porte s'ouvrit, abandonnant sur le seuil, aux mains froides du voyageur, une femme en camisole blanche, tiède et douce à presser :

— T'as pas eu trop de misère ?

— Attends... J'ai mon briquet...

Il se fouillait, parce que, d'émotion, elle ratait toutes ses allumettes.

— Et le petit gars ?

Prudemment, elle découvrit, dans le berceau, un peloton de graisse rose :

— Regarde-le, s'il est bon corps pour son âge !

Une flamme crépita dans la cheminée goudronnée par les suies. Accroupie, ses cheveux nattés qu'étranglait un velours noir, se balançant sur son dos gras, Louise cassait du fagot qu'elle fourrait sous le trépied.

Elle n'osait point s'informer de la campagne : elle tremblait d'anéantir son travail à lui, son espoir à elle, en une minute, alors qu'ils avaient duré tout un semestre. Elle prit un biais :

— Y a quinze jours que Menguy et Burlot sont arrivés... Ils se plaignent ben haut.. Paraît qu'ils n'auront pas un sou de retour.

— C'est comme nous ! On a eu juste deux jours d'encornet. Aussi on n'en rapporte pas lourd... Sûrement que je serai redevable sur mes avances.

— De quoi que tu veux y faire, mon pauvre gars... Puisque c'est tous les ans pareil...

Il s'assit, brusquement las :

— M'en parle pas, tiens ! On ne fait plus que des campagnes de misère !

Alors, pour le réconforter, elle le gorgea de nouvelles et de café frais :

— La fille Bouéno qui est mariée, du mois dernier, avec José Puchet, hein !

Il rit. Décidément, il se trouvait des couvercles pour toutes les marmites ! Une souillon qui empruntait des jupes pour aller se les faire lever...

— Le père Moal est mort la semaine dernière...

— Bon D'zi, que c'est chaud !

Il secouait ses doigts brûlés au bol rempli à ras bord.

— Ça te réchauffera... Sais-tu bien que Pierre Gasnier et Louis Roulier sont partis en dérive, le 28 juillet, et qu'on n'en a jamais rentendu parler ?

— Gasnier et Roulier, de la *Rosalba* ?

— Oui. La femme à Pierre a reçu une dépêche de l'armateur. Ça va faire six semaines... Sur le Bonnet Flamand.

— Sur le Bonnet Flamand, que tu dis ?... Un sale coin !... Ils seront partis avec un fort courant de dessous, et ils n'auront pas pu gagner...

Il rêva un moment :

— C'était deux bons gars... Gasnier surtout... Depuis le 28 juillet ?

— Oui.

— Alors, y a longtemps que les bulots [1] leur ont chiqué les yeux.

---

1. Gros escargots de mer dont on se sert à Terre-Neuve pour boëtter les lignes.

II

— Bonjour tout le monde. Je vous apporte des langues.

La fermière atteignait une assiette que le marin, à grosses poignées magnifiques, emplissait de langues de morue ivoirines et grasses.

Ils en rapportaient chacun, comme part de pêche, une pleine manne, avec une douzaine de morues, quelques flétans et du faux-poisson que les capitaines dédaignaient de saler.

Habituée aux parcimonieuses pesées des marchés, la paysanne s'exclamait :

— Ah ! que t'es un bon gars ! Mais tu vas te ruiner ! T'en mets de trop !

— Croyez-vous ? Vous m'avez ben donné une belle andouille, vous, avant de partir.

— En te remerciant... Vous allez boire un coup ?

La femme du donateur, qui l'accompagnait toujours dans ces visites, répondait parfois :

— I' n'a point besoin. I' va core être saoul à t'soir !

Personne n'y prenait garde. Elle ne pouvait que retourner les bolées des enfants qui étaient là, eux aussi, parce qu'on leur glissait des sous au départ.

— Merci pour eux : ils seraient malades.

Roinel s'attardait volontiers devant chaque table. Les autres ne pausaient guère, et partaient en remerciant, sitôt lampé le coup d'eau-de-vie blanche.

Mais Roinel était glorieux et contait bien, encore qu'il exagérât volontiers la hauteur des lames, lors du dernier cyclone, le poids de la plus belle morue qu'il avait prise et la fermeté de ses remontrances au capitaine. Et voici qu'il était six heures —

ancienne heure — et il lui restait, pour ce jour-là, deux maisons « à faire », deux maisons redoutables, conservées pour la fin de la tournée, après que le distributeur de langues aurait été confirmé par les purs jus et les miques véhéments :

— Faut y aller, tout comme...

Sous de profondes rafales d'ouest, la nuit courait bas au-dessus de la route. Les arbres en désordre se débattaient, excédés, en donnant à droite, à gauche, de grands coups de tête, et les pommiers jetaient leurs dernières pommes, celles qui étaient restées après les feuilles : leur chute claquait sèchement, comme si elles étaient tombées de très haut.

Louise Roinel maintenait croisé son fichu, et le marin, soucieux, effeuillait au passage des branches basses. Devant eux s'enfuyaient longtemps, tout droit, avec des cuicuis de rats, des feuilles mortes. La femme fit un brusque écart devant un crapaud qui traînait son ventre vers le fossé. La tempête, au-dessus de leur hâte, déchiquetait une aigre dispute de corbeaux.

À gauche, une imposte rougeoyait, un étroit rectangle de pauvre lumière. Ils y marchèrent, firent geindre une barrière, aboyer un chien. La bise tordait le jardin et un grand laurier-sauce les cingla au passage.

— On vous dérange bien tard, ma pauvre Marie, mais les bonshommes, ça n'en finit point !

Louise était entrée la première. Roinel, sur le seuil, ôtait une casquette pourtant immuable.

Tous deux regardaient trop attentivement celle qui venait vers eux et qui, depuis deux mois, s'était aguerrie au choc de ces regards-là. Marie Gasnier, la femme du disparu, tenait la lampe haut levée, sans craindre de s'éclairer toute, de la tête aux pieds, parce que la santé paysanne triomphait encore de l'angoisse sur son beau visage précis et plein, parce que rien n'avait encore fléchi de son corps robuste, ni les épaules cambrées, ni le cou un peu long, ni le regard brun devant qui les regards des arrivants plièrent.

— Mais vous avez bien fait. Asseyez-vous donc.

Un enfant, réveillé par l'accueil, grinça. Marie offrit des chaises, avant de gagner le fond de la spacieuse chambre où un berceau se mit à osciller, tout blanc, dans la pénombre.

Tandis qu'elle leur tournait le dos, penchée sur des cris qui s'espaçaient, les visiteurs examinaient rapidement la pièce. Aucun désordre n'y révélait le découragement. Le roulis du berceau balançait un grand papillon de soie fraîche posé sur la flèche ; trois armoires reluisaient de front ; sur la machine a tricoter, de la laine rose s'entrecroisait, et la toile cirée de la table était neuve. Ils ne remarquèrent ni le chapelet abandonné sous la lampe, ni le poêle encore froid à cette heure pourtant proche du souper, ni le cadre doré où souriait, depuis la veille, un Pierre Gasnier rehaussé d'aquarelle.

— Alors, vous n'avez toujours pas de nouvelles ?

Marie était revenue s'asseoir à la table. Ce fut pourtant Roinel qui répondit hâtivement à Louise, à cause de la désolation tragique qui envahissait le visage penché, de l'ongle qui grattait à s'arracher une fleur lisse de la toile vernie.

— Y a encore rien de perdu, dit-il. On en a vu rallier après des trois, des cinq... des six mois !

Mais, gravement, Marie énuméra tous ses motifs de désespérer : Pierre et Louis Roulier étaient partis en dérive sur le bord est du Bonnet Flamand. Roinel savait bien, n'est-ce pas, que c'était le plus étroit, le moins fréquenté des bancs de Terre-Neuve. Les vents et les courants les dépannaient à l'est. Il n'y avait plus de bateaux à espérer par là. Ils s'étaient perdus une fois leurs lignes allongées. Alors, ils n'avaient plus ni ancre pour mouiller, ni sonde pour se maintenir sur les faibles profondeurs du banc où pêchaient les voiliers. Enfin, la brume tenace de juillet avait duré huit jours, et la mer était creuse...

Elle attendit en vain d'être contredite, car Roinel, qui cherchait assidûment un espoir à lui donner, n'en trouvait point.

— On ne sait jamais...

— Cela va faire trois mois !... Et vous ? Ça n'a point marché à votre désir, il paraît ?

— Douze cents quintaux et de la saloperie. Y avait rien au Grand Banc. On a pêché au Banquereau et rien que des pistons. On prenait un beau poisson quand il vous tombait un œil...

Son dos robuste plia :

— Ça ne va pas être commode de manger tous les jours, cet hiver...

Sans effort, Marie s'apitoya et s'informa des autres. Puis elle versa le cidre et Roinel proposa des langues, en hésitant, car c'était la première fois que la femme de Pierre en recevrait au lieu d'en offrir :

— En cas que vous en voudriez quelques-unes... C'est de bon cœur.

Elle accepta et laissa le marin faire bonne mesure, mais c'étaient ses poules qui les mangeraient...

Sur le seuil, en partant, Louise, toute remuée, répéta l'exhortation qui leur servait l'été, quand elles espéraient les nouvelles :

— Faut de la patience, dame. Faut leur donner le temps.

Mais elle buta dans une touffe de buis, à cause du merci étouffé, poignant, qu'on lui avait répondu.

Roinel, à la barrière, respira profondément :

— À l'autre, maintenant !

Après dix minutes de marche, ils trouvèrent close la porte de Berthe Roulier.

— Elle n'est pas loin. V'là son vélo.

Une bicyclette neuve luisait, en effet, appuyée au mur de la maison. Du dehors, Roinel et sa femme regardèrent, par la fenêtre, dans la chambre éclairée. La lumière descendait d'une suspension de faïence bleue, sur la table, dans un litre de vin rouge aux trois quarts vide, sur le disque de lait qui affleurait les bords d'un pot de grès. Les draps pendaient du lit et les chaises s'encombraient de vêtements en tas.

Roinel s'écarta un instant pour s'abriter du vent et rallumer un fond de pipe qu'il avait, par politesse, éteint à l'arrivée. Louise, dont le regard était resté sur la table, vit un chat noir y sauter, se dresser contre le pot à lait et s'apprêter à boire. Quand elle tambourina sur les vitres, il détourna vivement la tête, fixa sur la fenêtre sa vue jaune et, dédaigneux, commença de lapper. La clef était restée dans la serrure : Louise entra et chassa la bête. Comme elle ressortait, elle trouva sur le seuil Berthe Roulier et s'excusa :

— Ton chat qui buvait ton lait...

L'arrivante manqua son coup de pied au larron qui s'esquivait en rampant et demanda :

— T'es pas toute seule ?

Roinel, sa pipe de nouveau éteinte, s'encadra dans l'embrasure.

Berthe Roulier le toisa :

— Mâtin ! Vous avez toujours bonne mine, vous ! Vous ne devez pas vous en faire, là-bas...

Le marin avait repris, pour entrer chez le second disparu, la figure de circonstance qu'il avait tout à l'heure chez Marie Gasnier. Il l'abandonna :

— Allez-y donc voir, manger de la soupe de biscuit et sucer des têtes de morues !

Elle rit, sans répondre. Lui, posa hardiment sur elle un regard qu'elle appâtait de ses yeux insistants.

C'était une coquette sale. D'un chemisier neuf de satin dépassait la broderie encrassée de la combinaison, et elle portait des bas de soie claire dans des savates crevées. La taille était courte, mais, les membres ronds, les seins solides, toute la chair dense et gonflée de suc devait être, pensaient en la voyant les hommes, plaisante à empoigner. Elle était, à Trévallon, la seule qui possédât deux dents d'or, des cheveux parfumés et plusieurs bagues à ses doigts dont elle rongeait les ongles.

— On n'est pas en avance, hein ? dit le pêcheur.

— Mais si. C'est juste l'heure de l'apéritif.

Elle atteignit, sur la haute planche du buffet, une bouteille de Pernod. Cela venait du café de Saint-Malo où elle faisait, tous les ans, la saison. Louise se récria :

— Ah ! non ! Pas pour moi ! Depuis midi qu'on prend !

Berthe haussa les épaules :

— Si tu n'en veux pas, tu te coucheras auprès... Est-ce que t'as pas ton homme pour te remmener ?

En ôtant le litre entamé, elle expliqua :

— Je l'avais débouché pour Calvez. Si vous étiez venus plus tôt, vous l'auriez vu.

— Il y a longtemps, demanda Roinel, qu'il est arrivé ?

— Quatre jours, et toujours aussi bileux...

Elle rit, pour elle seule, de ce qu'il lui avait dit, tandis que Louise s'excusait :

— Venir plus tôt ? Avec la jappe qu'il a ! Il n'a jamais tout dit, quand il est quelque part. Et puis, on est passé par chez Marie Gasnier...

Berthe posa la bouteille sur la table et, les mains sur les hanches, dit au marin :

— On peut dire qu'on a de la chance toutes les deux, hein ?

Roinel refit son geste vague de tout à l'heure :

— Faut pas encore désespérer...

Mais, d'un coup de tête impatient, elle chassa l'hypocrisie charitable :

— Dès que j'ai reçu la dépêche, vous entendez bien, je savais qu'il ne reviendrait pas.

Elle versa largement l'alcool :

— Combien que ça peut tenir, deux hommes, dans un doris ? Dix jours ? C'est le bout du monde...

— Des fois plus...

— Mettons quinze. Le capitaine dit qu'il avait vérifié les boîtes de biscuit, la veille. Ça leur en faisait seize, de biscuits, à un par jour... Il y a plus de deux mois que c'est fini. C'était fini même avant que je sache rien.

Dès le premier instant, elle en avait décidé ainsi. Elle avait refusé tout sursis, et ne permettant point au malheur de se dérober pour revenir ensuite, elle l'avait fixé, afin de l'épuiser farouchement, d'un seul coup.

Elle sourit, méprisante :

— Et Marie Gasnier qui les espère toujours !

Roinel s'étonna maladroitement :

— Non ?

Berthe renversa d'un grand geste fauchant le chat qui griffa la table en tombant :

— Si. On s'est à moitié disputées à cause de cela. À quoi que ça sert d'attendre des mois et des mois ? À se manger le sang. À devenir folle. Enfin, ça la regarde... Depuis, elle est toujours fourrée dans les jupes du recteur. Il est à son affaire, tiens ! Vous parlez s'il en ramasse avec elle des messes, des cierges et des neuvaines ! Ça n'a pourtant jamais fait revenir personne...

Louise dit, conciliante :

— Puisque c'est son idée.

Le visage de Berthe se durcit :

— Et puis, c'est le capitaine qui lui monte le coup...

— C'est Forgeot qui commandait la *Rosalba* ?

— Oui... Ce qui m'étonne, c'est qu'un malheur ne soit pas arrivé plus tôt, avec lui. Ça ne le gêne pas, celui-là, de donner un coup de pouce au baromètre, les jours où il vente à écorner les bœufs ! Combien de fois que Roulier a dû lui refuser de sortir ! Mais, c'est pas fini, cette affaire-là ! En tout cas, il peut toujours revenir chercher des marins ici... Il sera reçu !

Le terre-neuva, qui redoutait la pénurie d'engagements et pensait à Forgeot pour la prochaine campagne, ne voulut point se compromettre :

— Il passe pour point commode, le monsieur !

— Dites donc que c'est un vrai sauvage ! C'est pas assez de les faire crever de misère, pendant six mois, sans qu'ils rapportent un sou ? Je lui en veux autant que s'il les avait lui-même balancés par-dessus bord.

Roinel, cette fois, fit écho. « Sans qu'ils rapportent un sou » : ces mots lui rappelaient cruellement qu'il était, une fois de plus, dupe du trompeur métier. Il ne l'oubliait jamais longtemps !

Qui maudire ? Les armateurs ? Ils perdaient, eux aussi, trop d'argent. Restaient les capitaines. Sans doute, ce n'était point leur faute si le poisson manquait, mais c'était vrai pourtant qu'ils étaient plus d'un à risquer la peau des bonshommes pour quelques morues. Il avait même navigué avec deux qui ne dessaoulaient pas de toute la campagne et qui ne tenaient pas debout, même les jours où il fallait changer de mouillage ! Ça se cuitait au vin rouge, le vin de la cambuse, et ça donnait de l'eau à boire à l'équipage. Il en connaissait d'autres qui n'avaient jamais su mener un bateau sur le poisson. Ainsi, Bouranton...

Berthe eut un rire étroit qui ne lui tira qu'un coin de la bouche :

— Il ne doit pas pouvoir passer sous la grande vergue, celui-là. Sa femme lui en fait porter en long et en travers.

— Elle a pourtant au moins quarante ans, objecta Louise.

Le chiffre étonna Roinel :

— Elle n'est, ma foi, point tant déchirée, pour son âge !

— Peuh ! dit Berthe. Trop maigre. Il n'y a pas de belle chair si près des os. Faut croire, pourtant, que les hommes la trouvent à leur goût.

Louise se pencha, curieuse :

— Alors, c'est vrai, ce qu'on dit ?

— Si c'est vrai ! On la trouve partout, avec n'importe qui ! Pas plus tard que tout à l'heure, Calvez se vantait de lui avoir fait plus d'une fois voir les feuilles à l'envers dans les bois de Sainte-Anne.

— C'est un bon, celui-là, attesta Roinel.

Berthe se mordit la lèvre en hochant la tête :

— Il a rapporté des cartes postales de Bordeaux !... Si tu voyais ça ! Et il les montre à toutes les filles !

Roinel se mit à rire à des souvenirs :

— Ah ! dame ! À Bordeaux...

— Oui, dit Berthe, vous devez en avoir fait de belles, par là, vous aussi !

Louise haussa une épaule placide :

— Pardi ! Sont-ils pas tous pareils !

Puis, comme elle se laissait malaisément distraire de l'idée du chômage menaçant :

— Sais-tu si Pierre Fourdan va faire couper du bois, cet hiver ?

— Je crois que oui. Faudra y passer.

— J'irai demain, promit Roinel, et si j'trouve un chantier pour durer, ils n' me reverront pas sur le Banc l'année prochaine !

Louise, en se levant, rétorqua :

— Tu seras encore le premier engagé !

Le marin jura de façon compliquée, enchaînant les blasphèmes avec une dextérité de gabier habile à nouer. Berthe l'écoutait, narquoise :

— Vous dites tous cela !

— Parions, lui proposa Roinel sur le seuil.

— Tout ce que vous voudrez.

— Si j'y retourne, j' vous paie une noce à tout casser !

— C'est comme si j'y étais.

— Mais si j'y retourne pas, on couche ensemble.

— Entendu.

— Bonsoir, dit Louise, Rentre, toi. Il n' fait point chaud dehors.

III

Mais toi, regarde bien comme la mort m'a mis,
Et m'a fait tout quitter, les parents, les amis...

LA PROCESSION de la Toussaint venait d'entourer la grande croix du cimetière, et les enfants de chœur, bossus pour avoir gardé sous leur soutane de trop gros pardessus de drap, le vieux chantre, la bouche tordue par les chocs du rythme, le recteur dont le vent ballonnait le surplis, tous chantaient *La Mort*, cantique n° 27.

Entre donc, et regarde au fond du monument:
Les vers ne m'ont laissé que les os seulement!

Deux lourdes bonnes sœurs scandaient, comme celles d'une lecture scolaire, les syllables, en braquant des regards sévères sur des gamines bavardes couvertes de chapeaux à fleurs. Répandues sur les tombes, des femmes s'étaient agenouillées, leur ample cotillon noir autour d'elles.

La plupart, cependant, restaient groupées derrière le prêtre : des scarabées de dentelles s'accrochaient à leurs cheveux lissés. Des dos étriqués de jeunes filles frissonnaient dans des manteaux beiges à parenthèses de ganse. Quant aux terre-neuvas, qui s'étaient insérés dans la procession, à son passage devant le Café de la Place, ils étaient debout, découverts, au premier rang.

Renverse ce tombeau, tu n'y verras qu'ordure,
Que vers, que puanteur, qu'horreur, que pourriture...

La naïve brutalité du vieux texte opérait. On s'en apercevait aux heurts du chant syncopé par les voix rudes qui soulevaient les paroles macabres et les assenaient.

Le noroît, qui penchait tout le cimetière, à l'est, ses ifs et ses croix de bois noir, jetait au visage de Marie des feuilles mortes et des versets. Elle les recevait debout derrière les hommes, aussi grande qu'eux, et plus droite, parce qu'elle se roidissait pour retenir son courage qu'elle sentait la quitter.

« Regarde, mais regarde, lui criait le chœur. Je suis mort, emporté. Je succombe. Je ne suis plus, je ne suis plus rien... » « Plus rien », répétaient les enfants avec du retard.

Ce n'est pas qu'elle crût entendre Pierre, son mari, l'apostropher d'outre-tombe : elle connaissait trop bien le cantique. Il y avait vingt ans qu'elle l'avait appris chez les bonnes sœurs, les mêmes qui, maintenant, empoignaient les fillettes pour les mettre en rangs. Mais le numéro 27 n'avait point épuisé sa vertu de bonne réclame : les défunts occupaient les avenues des âmes. Les défunts, mais point la mort abstraite qu'on ne voit qu'imprimée.

Or, c'était comme défunt que Pierre Gasnier vivait, depuis un instant, dans l'âme terrifiée de Marie. Cela venait de se faire, là, tout de suite, en écoutant chanter. Elle s'apercevait qu'elle était, dans ce cimetière, comme les autres, pour un mort familier. Entrée mariée, elle allait ressortir veuve. Un grand froid monta en elle, puis une stupeur.

Comme cela était arrivé vite ! Elle savait bien, pardi, que ce serait elle seule qui déciderait, à son heure, quand elle serait à bout d'obstination ; elle seule qui dirait : « C'est fini » ; elle seule qui choisirait le soir où l'on sonnerait le glas. Mais elle croyait qu'elle serait allée plus longtemps ! Elle se sentait de tenaces réserves d'espoir, et voici qu'elle était à bout, déjà, à cause de ces chants, de ces tombes, de ce jour où il convient d'avoir des morts à soi.

Autour d'elle, les femmes s'employaient à renouveler l'eau des vases de bronze, à balayer les pierres des entourages, à équilibrer des bouquets. Leur douleur ancienne s'était muée en souci de ménagères diligentes. Elles quitteraient le cimetière avec la satisfaction d'avoir tout laissé bien propre. Elle, elle n'aurait même pas son mort à entretenir !

La croix démontée, le clergé s'en allait, retroussé. Elle suivit, mais elle marchait vite et dépassa les enfants de chœur qui se bousculaient dans le chemin gras. Alors, elle ralentit : devant elle, levant très haut des pieds récemment délestés des lourdes bottes, les terre-neuvas remontaient vers le bourg.

Le dernier de la file, Goasdoué, s'arrêta, tourna le dos au vent pour faire jouer son briquet. Il avait encore une joue à vif. Ayant aperçu Marie, il vint à elle :

— Je suis allé à Dinan tantôt, et j'ai vu le capitaine Forgeot, m'ame Gasnier. Il m'a dit de vous dire qu'on attendait demain un chalutier à Saint-Malo, un chalutier qui revient de Saint-Pierre. Alors, il ira aux nouvelles.

Elle remercia d'un air si las que le marin s'en aperçut :

— Faut pas vous en faire comme ça ! Tenez, moi, j'ai ben passé pour mort, y a trois ans. Le 3 décembre que j'ai rappliqué... Pas vrai, Menguy ?

Les hommes les attendirent. Ils furent tous à la fois, en la voyant, frappés de pitié, et l'embarras qu'elle causait toujours disparut.

Est-ce qu'on n'en voyait pas, tous les ans, revenir, après des mois et des mois, de pays impossibles, emmenés, par leurs sauveteurs, dans des tournées à n'en point finir ? Est-ce qu'il n'y en avait pas, à chaque campagne, de drossés par les courants dans le nord de Terre-Neuve, et qui rôdaient dans l'île, des semaines, avant de rencontrer un consul qui prenait encore tout son temps pour les rapatrier ? Et Kervégan, de Saint-Suliac, qui était revenu du Labrador. Le 10 février, qu'il était rentré chez lui !

Ils étaient vingt à l'encourager avec une rude ferveur ; vingt à jurer, à enchérir sur les miraculeux retours.

Par une délicatesse dernière, en la quittant, sur la place de l'église, ils osèrent la plaisanter :

— Je lui dirai, moi, à Pierre, menaça Goasdoué, je lui dirai que vous étiez si pressée d'en être débarrassée...

— On ne saura pas avant longtemps, murmura Cosquer, quand ils l'eurent perdue de vue.

Ils pensaient à une mer lisse, avec dessus un doris retourné.

Puis venait un cargo, un chalutier qui envoyait deux gars, dans un canot, lire à l'envers un nom enfoncé dans l'eau : *Rosalba*. Ces rencontres, encore, étaient rares ; aussi Goasdoué corrigea :

— Si on sait què'que fois !...

Mais Marie, grâce à eux, s'était remise à attendre.

Elle savait bien attendre : depuis cinq ans, elle y employait ses printemps et ses étés. C'était, chaque année, comme une torpeur un peu fébrile, après que le départ s'était cicatrisé, un hivernage du cœur, difficile parfois à réussir, en plein soleil, parmi l'activité de la belle saison. Les autres femmes de pêcheurs l'y aidaient. Mais, aujourd'hui, elle restait seule en souffrance, et quelle souffrance ! Sentir le poids de fer de la grosse horloge enfoncer, avec mesure, le disparu dans la mort ! Regarder, chaque matin, s'allonger au calendrier offert par le facteur les colonnes des jours, depuis le 28 juillet marqué d'un point noir !

Les besognes d'homme, auxquelles elle s'était ruée, l'empêchaient de trop sentir sa pensée. Piocher, bêcher, arracher des ajoncs, épierrer une lande, c'est bon pour les idées, les idées qu'on se fait dès qu'on tricote, dès qu'on se met à coudre. C'était la faute d'un jour de fête et de désœuvrement si elle avait lâché son attente avec le manche de ses outils.

Le surlendemain de la Toussaint, elle reçut une lettre de Forgeot ; le chalutier n'avait entendu parler de rien à Saint-Pierre. Mais on annonçait, comme très prochaine, l'arrivée de l'*Hercule*, qui avait justement chaluté sur le Bonnet Flamand et fait escale à Saint-Jean-de-Terre-Neuve. Dans une dizaine de jours, on serait fixé de ce côté.

La lettre était précise et cordiale, mais elle eut beau la scruter, elle ne découvrit point de pitié entre les lignes. Le capitaine lui écrivait ainsi depuis son retour, relançant son espoir, lui fixant des relais, la manœuvrant avec adresse et précaution, comme une goélette à demi désemparée que l'on fait louvoyer longuement, avant de la jeter à la côte, au moment choisi.

Il l'estimait, car il connaissait toutes les épouses de ses hommes. Aussi la reçut-il fort mal, lorsque, le second jeudi de novembre, venue à Dinan, au marché, elle passa chez lui mendier quelques paroles. C'était malheureux, tout de même, qu'une maîtresse femme comme elle n'ait pas plus de patience qu'une gosse ! On n'épousait pas un marin, quand on n'était pas capable de l'attendre quelques semaines ! S'il lui fallait un mari qui rentrât tous les soirs, à la même heure, elle aurait dû prendre un calicot, un employé, n'importe quoi ! Elle savait mieux que lui qu'il n'y avait plus rien à espérer ? Alors, qu'elle le dise une bonne fois, et il cesserait de s'en occuper !

Jamais il ne lui avait fait tant de bien. Elle revint de la ville avec du courage frais.

— Bonjour.

José Couesnard, le fils des voisins, se tenait debout sur le seuil, raidement, la casquette bien enfoncée. Il tendit une botte de plantes terreuses, liées par un osier jaune.

— Vous voulez-t-i' du plan de choux-prompts ? Ça va être le moment d'en piquer.

Elle remercia, inquiète ; les Gasnier étaient en froid avec les Couesnard, qui les méprisaient ou les jalousaient, selon le succès des campagnes de pêche. Puis, son père à elle, Victor Le Boull, un retraité de la marine, qui avait des médailles de sauvetage plein ses poches, ne cachait point assez son mépris des « pieds-de-bœuf » — les pêcheurs nomment ainsi les paysans — et les rudes brocards qu'il assenait, en toute occasion, au gars José, qui passait pour point fin, avaient valu, à son gendre et à sa fille, de la part de leurs voisins, une rancune tenace et sournoise. On se disait encore bonjour, mais à regret, quand on s'était déjà dépassé.

Il fallait qu'à la ferme on fût bien sûr du malheur pour autoriser le fils à ce geste.

— Je ne voudrais point t'en priver, dit-elle.

Il répondit par politesse :

— Oh ! on ne sait qu'en faire.

Puis il déclara fermement :

— Faudrait point trop attendre, dame, à cause des gelées. Si vous voulez me montrer où qu'il faut les mettre...

Elle le guida dans le jardin à l'abandon, où les pois à la reine achevaient de noircir autour des tuteurs, où les artichauts poussaient dru leurs grosses fleurs rêches de chardons bleus.

José bêchait lentement, profondément, entaillait la tranchée bien droit et émottait méticuleusement la glèbe. Sa planche haute, gonflée, légère et relevée sur les bords, déprisait celles de Pierre, qui défonçait à la diable, avec des enfonçures mal comblées par le râteau. Il ne parla que peu, et de choses ordinaires, du ciel et de la terre : le premier annonçait du froid, la seconde manquait de fumier.

Les choux piqués, Marie n'offrit qu'un verre de cidre. L'importance du service eût pourtant exigé le café, mais chaque coup du plantoir aigu l'avait blessée.

Il advint que Berthe Roulier, qui s'ennuyait, lui fit des avances. Elle ne les repoussa pas. C'était permis d'obéir au sort qui les rapprochait, car elle avait, récemment, défendu avec une telle vigueur, et justement contre Berthe, son droit à l'espoir, qu'il n'était plus jamais entre elles question de la dérive.

Mais la femme du second disparu enrageait d'avoir été oubliée dans la distribution d'hommes, et vipérine, elle abondait en racontars hostiles, maladies honteuses rapportées des escales, filles séduites, fraudes paysannes découvertes, adultères brutaux et crottés.

— Tu crois que c'est pas malheureux ! s'exclamait-elle après chaque morsure, d'un air scandalisé et friand.

Elle n'était indulgente qu'aux frasques des marins. La femme de Laurec lui avait fait la vie, pour avoir trouvé, dans son portefeuille, la photo d'une fille de Bordeaux :

— Est-ce qu'on ne sait pas ce que c'est que les hommes, quand ça tombe, après six mois sans femmes, dans un port où, comme dit Calvez, on ramasse plus facilement les morues que sur le banc ?

« Et François Gourgan, il avait si peu son compte hier soir qu'il ne pouvait pas attraper la passerelle du ruisseau pour rentrer chez lui. Il mettait toujours le pied à côté et il roulait en pleine flotte : « C'est c'te sacrée planche qu'empêche de passer », qu'il disait. Alors, il a voulu traverser à même l'eau, mais il est tombé à plat ventre, et si Burlot n'était pas arrivé, il se noyait par un demi-mètre de fond... Tu me croiras si tu veux, la Gourgan ne lui a même pas donné de quoi se changer !

« Et Clémence Miossec, qui a quitté de chez elle pour aller

chez sa sœur. Tout ça parce que Miossec, qui n'est point facile quand il a bu, l'a tirée de son lit pour l'asseoir dans la cheminée... Une idée d'homme saoul. Faire une vie pareille parce qu'elle a eu un peu chaud aux fesses ! Quand les bonshommes cognent, on cogne. Je ne m'en suis jamais privée, moi ! »

Marie, d'ailleurs, ne s'indignait point non plus contre les marins en liberté. Pierre Gasnier était le meilleur des gars, et ne lui avait jamais manqué. N'importe, à lui comme aux autres du Grand Banc, on ne pouvait demander des manieres de vicaire. Ils étaient violents, oui, près des coups comme les bouviers, les maquignons, les gendarmes, tous ceux qui doivent faire équilibre à la force des brutes. Ils se battaient parfois, à terre, entre eux, comme à bord contre les voiles, les avirons, la barre du guindeau, les pelles à creuser les drains, tout ce à quoi l'on ne peut toucher qu'avec de farouches efforts, ces efforts qui ont pour mesure la vitesse des courants et du vent. C'était vrai qu'ils cassaient tout ce qui ne cédait pas : vieille habitude des Bancs, où il fallait avoir le dessus, sous peine de mort. Alors, elles, leurs femmes, leur en vouloir de cette rudesse, leur sauvegarde dans le sauvage métier ! Les meilleures, comme Marie, mariées aux meilleurs, comme Pierre, s'émerveillaient seulement de leur tendresse et de leur expansive bonhomie :

— Y aurait pourtant de quoi les faire devenir de vrais brigands, disaient-elles.

C'était autrement que Berthe l'offensait, par sa hâte d'oublier, sa course aux projets, son indiscret appétit de vie, de joie.

Ah ! non. Elle ne resterait point à se morfondre dans ce trou ! Elle retournerait à Saint-Malo, dans les cafés où elle servait l'été. Elle avait la chance de n'avoir point de gosse et ce n'était pas à vingt-neuf ans qu'on s'enterrait !

Mais surtout, elle était tellement effrontée avec les hommes ! Elle les forçait à lui dire des bêtises, des bêtises qu'ils ne hasardaient qu'avec de la gêne, une obscure réprobation... Marie saisit le prétexte d'une bronchite du petit pour cesser les visites.

D'ailleurs, l'Avent était venu, et avec lui, deux missionnaires diocésains que le vieux recteur de Trévallon avait appelés pour défricher sa paroisse en jachère.

La nuit tombée, l'église s'allumait et, debout dans leur mur noir, les quatre saints des vitraux neufs s'enlevaient au-dessus de la place obscure, dans un brasillement d'azur et de rubis acides. Par les cheminées, la cloche descendait dans chaque maison, et Marie se hâtait, le long des chemins creux, où pleuraient doucement les chênes difformes, à l'heure redoutée où la peine monte comme la fièvre.

Dès la porte, la nef, où s'alignaient, stricts, les bancs de bois, lui soufflait au visage sa tiédeur humide, ses relents de cire chaude et d'encens. La voûte basse de sapin verni luisait : on eût dit l'ogive chavirée d'une profonde cale de bateau. Dans les claquements de sabots retardataires, des quintes étouffées de toux, le recteur lisait la prière du soir, puis les missionnaires s'emparaient de la chaire. Un cantique leur déblayait le chemin des âmes :

Profitons de ce saint temps,
Car il passe, il passe, il passe...

L'un des prêtres était jeune et émacié, nez busqué, masque torturé de zèle et d'eczéma. Il ne prêchait que les mystères formidables, la face terrifiante de Dieu : la mort, le jugement, l'enfer, la noirceur du péché. Ses sermons se hérissaient de citations imprécatoires et de métaphores guerrières empruntées du Combat Spirituel : Armons-nous ! Serrons les rangs ! Malheur à vous, lâches déserteurs !

— Ah ! qu'il parle ben ! disaient les bonnes femmes, et elles assiégeaient son confessionnal.

L'autre était un vieil homme, candide et ridé comme son surplis. Il ressassait, dans un bafouillis de mansuétude, des exhortations chevrotantes. Son confrère lui abandonnait le ciel, l'amour divin, la confiance en Marie.

— Il nous endort, disaient les femmes.

Ce fut dans son confessionnal, exhalant l'étable et le tabac à priser, que Marie s'agenouilla.

Il écouta sa détresse, la main en cornet derrière son oreille :

— La Nativité approche, chuchota-t-il à travers le treillis de bois, avec une allégresse de Père Noël. Nous sommes en Avent. Ce sont des jours d'attente... Il faut être patiente, comme la Sainte Vierge, ma bonne fille. Et puis, il faut lui dire : « Le vingt-cinq décembre, vous aurez votre fils. Vous serez bien heureuse. Ramenez-moi donc mon mari pour ce jour-là, Bonne Mère. »

Elle sortit, résolue à ne désespérer qu'après la fête.

Pour se rendre à la mission, elle laissait le petit chez sa mère et le reprenait en revenant :

— Tu vas attendre ton père, lui dit un soir la mère Le Boull. Il a été à Saint-Malo toucher ton retour.

Grâce, en effet, au savoir-faire de Forgeot, la pêche de la *Rosalba* avait quelque peu dépassé le point mort, et il revenait aux hommes, une fois le poisson vendu, quelque cinq cents francs, mille aux meilleurs patrons. Pierre Gasnier, pour ne s'être perdu que pendant la seconde moitié de la campagne, avait droit à sa part entière.

Marie s'assit sous le haut manteau de la cheminée. Elle changea le bébé que la couche trempée moulait comme une ébauche de glaise, puis elle commença de tricoter une brassière, en s'arrêtant parfois pour compter ses mailles à voix basse.

Sa mère somnolait en face d'elle. L'air chaud du foyer agitait les brides amidonnées de sa coiffe, et les sursauts de la flamme veloutaient son caraco noir de tiretaine.

Les retours !

Jadis, ce jour-là, Marie accompagnait Pierre à Saint-Malo.

Quand il sortait de la Marine, son portefeuille bourré de billets, ils se hâtaient de descendre vers les rues commerçantes et se promenaient fiévreusement le long des vitrines, absorbés par tous les articles en montre, les souliers fins, les casseroles, les écharpes, les vélos, qui pouvaient, ce matin-là, s'ils le voulaient, leur appartenir.

Ils déjeunaient à la carte, dans un restaurant des Halles qui exposait des langoustes, et ils commandaient des plats inconnus. Ils buvaient à chaque rencontre et, le soir, à la maison, ils constataient pleins d'orgueil, en développant les emplettes :

— On en a mangé de l'argent !

Pourtant, les meilleures années, même, ils ne mettaient aucune ostentation à la dépense, tandis que certaines déployaient, ces jours-là, un faste ruineux. Le flux d'argent affolait aussi des hommes. Marie s'était toujours souvenue d'un terre-neuva qui, dans la grande salle du Café de France, à l'heure du thé, avait enflammé un billet de cent francs pour allumer sa pipe. Elle ne s'était pas récriée, ayant bien compris, en regardant le pêcheur que la stupeur des assistants lui donnait pour plus de cent francs de plaisir.

Traversée par les explosions des triques vertes dont la sève s'égouttait dans les cendres, sa rêverie fit longtemps escale, un an en deçà, à la nuit du dernier retour.

Elle était, ce soir-là, comme à présent, assise devant le feu, guettant, comme à présent, des pas sur le chemin.

Dans le village, on chantait, si haut que les coups de voix lui arrivaient chez elle. Une main hésitante cherchait le loquet. Pierre, dès l'entrée, expliquait qu'il n'était point ivre.

— Oui ! t'es joli, disait-elle, en se retenant de rire.

Le lendemain, elle s'apitoyait, moqueuse, sur sa courbature, mais devant les femmes, elle l'excusait, tout attendrie :

— Ils ne sont plus habitués... Il leur en faut si peu !

Elle gardait pour elle les sottises qu'il avait dites et faites, tandis que les autres épouses racontaient tout, avec la fierté clandestine que causent aux mères les farces corsées d'enfants terribles.

— Il se fait attendre, ton père !

La mère Le Boull, réveillée par la durée insolite de son assoupissement, regardait l'horloge. Marie caressa de l'ongle la tête du chat qui se frottait à ses sabots :

— Oh ! tu sais, un soir de retour, ils ne sont jamais pressés !

— Dans quel état qu'il va rentrer ! Il sera encore commode, demain !

Fluette, ses bandeaux gris tendus sous la coiffe, son front incliné rougi par la flamme, la vieille femme eut un étroit frisson des épaules. Elle redoutait son mari depuis trente ans, sans en avoir pris l'habitude.

Elle n'était point, d'ailleurs, la seule. Pour sa carrure, ses colères improvisées et fracassantes comme des grains, Victor Le Boull, patron-pêcheur de la Rance, était craint sur le marché au poisson et obéi sur la rivière que, depuis sa retraite du Banc, il fouillait, jour et nuit, de Dinan à l'estuaire.

Connaissant, comme s'il les eût creusés, tous les trous du fond, il se guidait sous l'eau, avec une sûreté d'aveugle, y ramassait tout ce qui dormait, tout ce qui passait, et, les jours de grande marée, quand il était descendu jusqu'aux cailloux du Jardin, il rentrait hérissé de crabes poilus, enveloppé dans les replis gluants des congres.

Il se plaignait toutefois, amèrement, que le métier, en somme acceptable, fût gâté, tout l'été, par d'incessants sauvetages.

C'étaient les gamins à la baignade qu'il fallait, d'un adroit coup de gaffe, happer par leur caleçon, quand ils coulaient à pic ; les touristes dont la yole surchargée glissait dans les courants ; les filles opiniâtres que la ruée du flot surprenait à picorer un banc de sable farci de palourdes.

Pour le temps et le poisson qu'ils lui faisaient perdre, les rescapés de Victor Le Boull, une fois hissés dans sa barque, y subissaient, tout ruisselants, de farouches admonitions, de cuisants sarcasmes, et cela durait jusqu'à ce qu'il les eût chassés de son bateau, par un « Foutez le camp ! » si furieux qu'ils détalaient sur la digue, en grelottant de peur et de froid.

La mère Le Boull leur marquait une aversion égale, à cause de l'exécrable humeur du marin qui lui faisait payer, à elle, son mécompte.

Elle se rappelait pourtant une petite Parisienne qu'elle avait admirée, comme une bonne Vierge, sans l'avoir jamais vue, au seul récit de son exploit. Mal noyée, elle avait répliqué vertement au patron : après tout, elle n'avait pas été le chercher, ce malappris !

Soulevé de rage, il l'avait empoignée, crochant dans ses jupes, et l'avait tenue, à bras tendus, au-dessus de l'eau, ainsi qu'il faisait jadis, sur le Banc, aux mousses rétifs, et, en poussant d'effroyables blasphèmes, il avait crié qu'il allait la remettre où il l'avait prise, et tout de suite, si elle ne demandait pas pardon. Mais l'obstinée avait gardé closes ses lèvres que l'eau effleurait, et il l'avait reportée sur son banc, presque doucement. Cinq minutes plus tard, il l'enveloppait dans son pardessus de pluie, et on assurait qu'il l'avait aidée à sauter sur la jetée :

— Elle ne me pesait pourtant pas lourd dans la main, racontait-il, plein d'attendrissement.

— C'en est une comme cela, qu'il lui aurait fallu !

La mère Le Boull le pensait chaque fois qu'elle appréhendait un éclat, maintenant encore qu'elle écoutait s'approcher des pas lourds, frappés comme des coups sur la route gelée.

— V'là le patron !

La porte s'enfonça brusquement, remplacée par de vastes épaules :

— Tiens ! t'es là, Marie !

L'ivresse de l'arrivant désarmait dès le seuil, et sa femme, qui le guettait, s'applaudit de s'être ménagé un secours. Victor Le Boull s'assit, les bras étalés sur la table.

Ainsi tassé, il devenait presque difforme à force de muscles, et la face devant laquelle la mère Le Boull venait de poser la lampe de cuivre apparaissait large, forte de nez et de mâchoires, tendue de peau saine sur des joues restées dures.

— Je te remercie d'être allé, dit Marie.

— C'était-il pas la moindre des choses ?... Et puis, ça m'a rappelé mon jeune temps. J'en ai rapporté de l'argent de la Marine, moi !

Les femmes craignirent qu'il n'en fît le compte, car il se souvenait exactement de ce que lui avait valu chacune de ses trente-deux campagnes à Terre-Neuve. Il se contenta d'affirmer :

— Tel que je suis aujourd'hui, je ne me tirerais pas core de ma place pour en mettre un jeune !

Il parla longtemps sur ce thème, exaltant ses prouesses récentes, son endurance aux bolées :

— J'ai pourtant sucé aujourd'hui autre chose que de la réglisse !

Marie, amusée par sa faconde insolite, déclara :

— En tout cas, t'es bon de la langue.

De la voir sourire, pour la première fois depuis quatre mois, il perdit toute prudence :

— Dis toujours, ma fille ! Les anciens valent tous les jours les jeunes... Mais, y a des jeunes qui vaudront les anciens, tout comme ! Moi, mes beaux coups sont faits, mais tu connais ben Yves Pinsard, de La Vicomté ? En v'là un bon petit gars et un fameux marin !

Il plissa ses paupières lourdes pour regarder la jeune femme d'un air finaud :

— Il m'a parlé de toi, justement... Jeune comme t'es, au lieu de rester à sécher comme un cabillaud...

— Tu devrais avoir honte, dit-elle durement.

Et lui montrant le lit :

— Va te coucher, va ! Tu n'es bon qu'à ça, ce soir.

Il obéit, piteux et pesant.

IV

TOUT l'éclat des arbres est tombé dans les cours boueuses, dans les jardins morts où croulent des talus vernis de pommes jaunes, rouge et vert pomme.

Elles ont nom : Fréqui, Monte-en-l'air, Gros-Doux. Blettes, elles sont mûres pour le cidre, aussi le manège est planté chez Victor Le Boull ; les rouages du moulin dégouttent d'huile, et Marie a pourvu son père de sabots bien récurés, afin qu'il marche proprement dans le pressoir quand le moment sera venu de faire le marc.

La mère est debout sur le seuil et appelle :

— Accourez manger la soupe. Elle est trempée depuis plus d'un quart d'heure.

Berthe Roulier, venue pour aider, s'était déjà assise près de Calvez, un beau gars, aux yeux agiles. En s'épanouissant, largement, sur la table, il heurta le bras voisin. Berthe le regarda :

— Vous n'avez pas fini de me faire du coude, vous ?

Marie, agacée, se poussa sur la bancelle :

— Approche-toi ! C'est pas la place qui manque !

On n'attendait plus que José Couesnard qui, la veille, au grand étonnement des Le Boull, avait offert de prêter aide avec son cheval.

Il n'arriva qu'après la soupe grasse, accordé au pas nonchalant de sa bête.

Le père Le Boull considéra son pantalon de toile, surprenante association de morceaux inégalement déteints, et demanda :

— C'est au moins les braies que mettait ton grand-père quand il allait voir les filles, ça, mon gars ?

Le paysan eut un rire qui découvrit les trous de sa mâchoire gâtée, et s'assit devant le lard et la viande douce.

— Faut pas vous faire prier, disait la mère Le Boull en versant à boire.

Ils mangeaient sur le pouce, adroitement, serrant la tranche de viande contre leur pain et taillant des bouchées nettes.

Le café bu, les hommes se dépouillèrent, puis Joseph attela son cheval au manège. Il serrait dur, à coups pointus d'épaules, car la bête était connue pour se gonfler au sanglage. Calvez aidait aux femmes à porter au moulin les mannes pleines que le père Le Boull faisait basculer dans la trémie.

— Hue, dia ! Grrrrrr !

Des claquements forts comme des coups de feu enveloppèrent la bête qui avait un tour de cou en laine rouge. Quand elle fut lancée, José appela un gamin, l'assit sur la plate-forme en lui confiant le fouet. Lui s'en vint au moulin.

La pommade pleuvait déjà dans l'auge. Des pommes broyées, passées par les axes, tombaient, noircies d'huile et de cambouis, sur le plateau. Couesnard les ramassa soigneusement et rejeta dans l'auge la visqueuse marmelade :

— Faut ren perdre, déclara-t-il.

Mais, comme une fillette venait, curieuse, manger sa tartine au-dessus du marc, il la chassa, bouleversé :

— Bon D'zi ! Veux-tu foutre le camp ! Tu vas faire aigri le cidre, avec ton pain !

Et, penché, il regarda, plein d'inquiétude, si une miette, tombée par malheur, n'allait point gâter toute la cuvée.

Calvez, à cheval sur les mannes, les emplissait à larges brassées. Quand c'était le tour de Berthe, il prenait son temps et lui lançait des mots risqués auxquels elle ripostait sans presque remuer les lèvres.

Joseph, manœuvrant la pelle de bois, faisait descendre le marc dans le cuveau, mais il ne manquait point, chaque fois que Marie s'efforçait de hausser son panier jusqu'au bord de la trémie, de le lui prendre des mains :

— C'est point un travail de femme, disait-il.

Le père Le Boull, cependant, quittait le moulin pour le pressoir et tous le suivirent.

Debout sur la table étanche, dans ses sabots blanchis à l'eau de Javel, il entassait le marc au pied de la vis. Calvez le nivelait et dressait les angles à l'équerre :

— Combien que vous allez faire de couches ? s'enquit José.

— Huit, répondit fièrement Le Boull.

— Chez nous on n'en fait que six, déclara le gars.

Comme on ne lui répondait pas, il insista :

— J'ai jamais vu en faire plus de six avec des pressoirs comme le vôtre.

Le Boull haussa les épaules :

— Ceux qui t'ont fait ont fait plus difficile.

José ricana :

— Chacun a sa manière, tout comme...

Mais, sournoisement, il guettait l'édifice de bouillie, maintenant achevé, sur qui on empilait de lourdes planches aggravées d'épais madriers. Calvez et le patron hissaient à grand-peine, au sommet, le mouton, une énorme pièce de chêne, sur laquelle allait descendre la couronne d'acier. Le marc devait, sous la pression, durcir en dalles, sans que ses trente-deux côtés bougeassent d'un centimètre. Sinon, c'était la giclée, l'aplatissement, la honte :

— À toi l'honneur, dit Le Boull, en montrant la plate-forme à José.

Le paysan monta, empoigna la barre motrice et la manœuvra de droite à gauche : la couronne du pressoir tourna doucement et une sueur subite perla sur la masse fauve. Couesnard se déhanchait, tête basse, comme le dimanche, sur son vélo, le long d'une dure montée. Le marc écumant, déjà pressé, résistait. Bientôt la barre se bloqua, malgré les secousses de l'homme qui se rejetait de toutes ses forces en arrière, un masque grimaçant d'effort sur le visage :

— Allons boire un coup pendant que ça s'affaisse, ordonna Le Boull. Après, on lui en rejettera une volée.

Au retour, Calvez et lui prirent la barre.

Les femmes remplissaient les seaux et les emportaient au cellier, dans un claquement de galoches et d'anses. Quand elles revinrent pour la troisième fois, les deux hommes étaient descendus et roulaient une cigarette :

— On lui en a mis un coup ! Il n'a plus grand-chose dans le corps !

Le père Le Boull fit le tour de l'énorme pudding, compact et correct.

— Tu vois, le gars, ça n'a pas bougé.

José cracha :

— J'dis pas le contraire.

Berthe laissa tomber ses deux seaux vides et, le visage en feu, regarda Calvez :

— Vous n'avez pas chaud, vous ?

— Nenni, répondit fièrement le marin.

— Vous avez de la chance !

Elle se dégrafa largement et Calvez fit claquer sa langue en l'honneur de sa chemise rose exactement tendue.

— Et après ? Je ne les ai pas volés, dit-elle.

L'après-midi, les hommes burent beaucoup :

— Faut faire de la place au jeune, répétait le père Le Boull.

Et il prodiguait le vieux cidre dont ils ne sentaient plus les coups de râpe. Berthe, derrière le moulin, derrière le pressoir, rabattait, de tapes courtes et dures, les mains toujours pointées de Calvez.

Marie continuait ses voyages réguliers au cellier. Il s'adossait à la maison. La porte en était large, pour le passage de six tonneaux qui bombaient puissamment, sur les chantiers, leur ventre de mille litres. Un petit fût d'eau-de-vie se calait au flanc du dernier.

Deux odeurs se battaient : une grosse, celle du pur jus qui détrempait la terre glissante et celle plus aiguë du foin, qui, passée à travers le plancher disjoint du grenier, en tombait avec des toiles noires d'araignées noires.

Glissée entre les pièces, Marie renversait les seaux dans un auget, cerclé de cuivre, qu'on refusait chaque année aux antiquaires. Le cidre chantait, au creux du bois sonore, un chant printanier de ruisseau, dont les dernières notes s'égouttaient lentement.

— Alors, de quoi que vous comptez faire, à c'te heure ?

José Couesnard était entré et la regardait de façon déplaisante.

— Tu le vois bien... Y en a encore deux à remplir.

— J'parle pas des tonneaux... Vous devez ben comprendre c'que j'veux vous dire...

Comme il se rapprochait et la gênait, elle répondit seulement :

— Ôte-toi de là. Tu me bouches le jour.

Il s'écarta, sans cesser de la regarder fixement. Il avait bu avec justesse, pour se donner de l'aplomb. Puis, sa mère lui avait préparé une phrase : « Elle est travailleuse, avait-elle déclaré. Et puis, elle aura une bonne pension. C'est point méprisable. Tu lui diras :

« — Vous n'allez point rester de même toute vot' vie... On est censément du même âge... Vous êtes à l'habitude du travail... Pourquoi qu'on ne ferait point affaire ensemble ?...

Elle le crut tout à fait ivre ; pourtant, elle s'indigna :

— C'est à moi que t'as le toupet de parler comme ça !

Lui crut qu'elle se méprenait et se hâta de la rassurer :

— Y a ren d'offensant. Y a core, Dieu merci, des maires et des curés...

Il trouva drôle cette réponse et rit. Puis, comme elle ne disait rien, il fit un grand geste d'homme délicat, qui comprend les choses :

— On attendrait tout le temps qu'il faudra...

Elle marchait sur lui :

— T'as pas honte !... Alors, t'as décidé que j'étais bonne à remarier, que Gasnier ne reviendrait point ?

Il comprit alors seulement qu'elle espérait encore. Une telle déraison l'étonna :

— Eh ben ! Comme si vous ne saviez pas !... C'est pas de dire qui le ramènera... Vaut mieux pas s'entêter, allez...

— Va-t'en !

Il n'obéit point, et, comme elle se penchait pour reprendre ses seaux, à terre, qu'il l'avait là, sous les yeux, toute tendue, sa nuque moite où collaient des cheveux, ses épaules rondes, ses bras pleins, il l'empoigna.

D'un coup de reins, elle se dégagea, le heurtant si rudement qu'il recula, déséquilibré, en ramant dans l'air.

— Ah ! C'est pour ça que tu nous as amené ton cheval !...

Il la vit s'élancer au manège, détacher la bête, la traîner à la barrière et, d'un grand coup de fouet, la chasser au galop dans le chemin. Il serra les dents, comme s'il avait reçu en pleine face le choc de la lanière, et il courut :

— Ne v'nez toujours ren nous demander ! cria-t-il, haineux, en passant devant elle.

Mais il dut se baisser pour ramasser son fouet qu'elle lui lançait dans les jambes.

Le père Le Boull ayant entassé dans la soupière la soupe trop épaisse y planta la louche en jetant sur sa femme un regard menaçant. Elle balbutia qu'ils étaient en retard, servit hâtivement et tous mangèrent, sans parler.

Calvez, le premier, repoussa, vidée, la lourde assiette :

— I' courait ben, le gars, tout comme !

Le souvenir de José, précipité dans le chemin derrière son cheval en fuite, les détendit. Marie elle-même fit un rapide sourire :

— Qu'il se donne garde, le sacré pied-de-bœuf ! gronda Le Boull. J'te vas lui manœuvrer la goule, moi !

Berthe, hypocritement conciliante, excusa Couesnard :

— Il est si bête ! Il dit, sans faire attention, tout ce qui lui passe par l'idée. Un innocent comme ça, ça ne sait point se taire quand il faut...

Marie la regarda, mais déjà Calvez protestait :

— Il va un peu vite, le frère ! Il est bien pressé d'envoyer les marins se faire laver ! C'est pourtant dur à tuer, les pelletas ! Ça revient de loin !

Il bomba le torse :

— J'suis parti en dérive de même, moi, et me v'là !

— Y en a moins qu'autrefois, prononça Le Boull. De mon temps, à cause de l'eau-de-vie, ça arrivait souvent, parce que les capitaines étaient à moitié pleins et les hommes aussi. C'est comme ça qu'on se perd. Et tous ceux qui ont coulé dans le bassin de Saint-Pierre ! On peut dire que le Barachois en a mangé des bonshommes, plus que le Grand Banc ! Ça revenait saoul perdu, la nuit, et ça mettait le pied à côté du quai... Ou ben ça embarquait à dix dans un doris qui se retournait. On les retrouvait trois, quatre jours après, le ventre en l'air, sur les chaînes, sur les pilotis des cales.

— C'est core dans les bolées qu'on se noie le mieux, attesta Calvez en se faisant verser à boire par Berthe.

— Quand on sait y faire, continua le père Le Boull, on peut étaler de sacrés coups de chien !

« Je suis resté quatre jours dehors, moi, il y aura dix-huit ans de ça, au mois d'avril. Un cyclone !... Tous les bateaux avaient cassé leur chaîne. J'ai tout de même tenu... Mais j'avais coupé le cul de ma manne et je l'avais attaché sur la bosse, devant le nez du doris, pour qu'il soit plus marin. Il n'a pas embarqué une goutte d'eau, pendant les quatre jours que ça a duré. Seulement, j'avais pas visité mes caisses depuis le commencement de la campagne, et le biscuit était tout pourri... C'est le quatrième soir qu'on a entendu un pierrier dans le vent. Il était temps, parce qu'on commençait à avoir les dents longues ! On a monté à bord... Ils nous ont donné à manger et on a couché dans la soute à voiles.

« Le lendemain matin, le capitaine voulait qu'on reste, parce que le temps s'était encore sali. J'ai dit :

« — Ah ! non. J'vas m'en aller. Puisque vous me dites que mon bateau est dans le suroît-quart-sud, j'veux risquer le coup.

« I' ventait bonne piole. Tout de même, j'ai foutu la voile. Ah ! ça torchait ! Mais avec mon compas, je suis tombé en plein sur le navire... C'était pourtant une saloperie de compas, que l'aiguille touchait quand ça roulait un petit. Fallait le vider tous les quarts d'heure et le mettre à sécher dans le four quand on rentrait...

Calvez savait de plus belles histoires, des histoires drôles et réconfortantes, qu'il conta quand on en fut au café et aux pipes, celle de Nicolas de Trigavou, revenu après six mois — « oui, six mois, m'ame Gasnier ! » — et juste le jour de sa messe d'enterrement :

« — C'est ta messe d'enterrement, qu'on lui dit.

« — Ma messe d'enterrement, qu'il dit. J'y vas, dame ! C'est ben la moindre des choses !

« Et il rentrit dans l'église. Même que sa femme et tous ceux qui y étaient, ils avaient z'eu tellement pou, qu'ils s'ensauvaient en criant et que le recteur ne voulait point finir sa messe. Mais Nicolas lui dit :

« — Faut la finir, monsieur le recteur. Puisque c'est commandé, pas vrai !... J'voudrais point vous la faire perdre. »

Et les deux du *Grand-Pierre* qui étaient restés onze jours dehors et qui avaient été recueillis par l'*Ile-de-France.*

— Ils étaient si esquintés qu'il a fallu les hisser avec des sangles dans le paquebot. Pendant trois jours, on ne leur a donné que du lait, c'est vrai ! Mais, qu'est-ce qu'ils n'ont pas ramassé, avec les passagers ! On a fait une quête à bord et ça leur a rapporté des sous, tiens ! Et puis, ils ont su y faire : ils ont tout vendu sur enchères : leurs avirons, leurs mannes, leurs cirés, comme souvenirs. Trois mille francs qu'un Américain avait payé leur compas ! Vous parlez s'ils auraient ben, tous les ans, recommencé une campagne comme celle-là !

Ceux de la *Mélusine* avaient peut-être encore été plus malins. Deux tire-au-flanc, qui étaient partis en dérive en 1918, un jour de beau temps, exprès, pour se faire ramasser par une goélette américaine qu'ils avaient repérée la veille, dans le suroît. Ils disaient qu'ils avaient manqué leur bouée...

On les avait débarqués à Boston. Là, ils s'étaient assis sur une place, l'air très embêté, et comme ils avaient gardé leurs bottes, on les avait pris pour des vrais naufragés. Ils racontaient qu'ils n'avaient plus retrouvé leur bateau au mouillage, qu'ils étaient restés des jours et des jours à crever de misère dans leur doris. Ça avait collé parfaitement. Toutes les sociétés de charité de là-bas se les étaient repassés. On les avait renippés à neuf, engraissés comme des gorets. Ces deux-là étaient revenus avec des dollars ! L'eau-de-vie qu'il se laissait distraitement verser par la mère Le Boull décapait les souvenirs de Calvez, les rendait nets et brillants. Il baissa la voix, en même temps que la mèche de la lampe qui fumait, et il retraça les plus belles aventures, les plus consolantes pour les femmes, celles qui prouvent qu'on revient de partout.

Sur le Platier, un voilier, à l'aube...

Les hommes dorment, écrasés, dans les alvéoles du poste d'équipage :

— Branle-bas !

L'homme de quart vient d'ouvrir la porte. Derrière lui, les agrès sifflent, les cordages cinglent. Réveillés, les reins sentent se cabrer le bateau qui tire, à l'arracher, sur sa longe de deux cents mètres :

— Ah non ! Il fait un temps à rester couché...

— T'as pas de culot de faire branle-bas par un temps pareil !

— As-tu prévenu le capitaine ?

— Oui. C'est lui qui m'a dit d'appeler.

— Ça se voit ben qu'il n'embarque pas les doris, celui-là !

Sur le pont, c'est la pluie, la brume, le vent, la « hogne » de la mer, la hargne des hommes.

— Croche !

Le second a crié ça trop mollement... Les gars se détournent et regardent dans le vent, les mains au plus creux des poches...

— Eh bien, quoi ! Qu'est-ce qu'on attend ? Croche !

Cette fois, c'est le capitaine, affermi par la contemplation du baromètre, qui prend l'ordre à son compte.

À regret, les mains s'extirpent, se chaussent de mitaines, se posent sur les brindindins.

— Largue toute !

Les doris tombent, giflant la mer qui crache. Les hommes empoignant les tire-veilles, s'affalent hâtivement dans les bateaux plats, puis nagent à travers la brume noire, les yeux fixés sur le compas de bois rouge, dont le cadran, entre leurs pieds, tourne indolemment, derrière le verre rayé par les chevilles des bottes :

— On devrait plus être loin de not' bouée !

Ils ont calculé cela d'instinct, à leur fatigue, et ils tâtonnent, cahotés durement par des lames qu'ils aperçoivent seulement au moment où elles frappent :

— C'est pas ça ?... Là-bas ?

Ça ressemble bien, en effet, à une guenille qui bat dans le vent, à un pavillon de bouée au bout de sa hampe. Mais ce n'est qu'un oiseau, une satanite disloquée par la bourrasque.

Et voilà qu'on entend parler, près de soi, sans rien voir :

— T'as pas vu ma bouée ?

— Ren vu. Toi, t'as pas entendu le corne, le pierrier ?

— Ren entendu... J'suis dérouté... Dans quelle aire de vent que se trouve le bateau ?

— J' crois que le courant porte au vent...

— Alors, on est trop loin. Faut revenir.

Maintenant, c'est le voilier qu'ils cherchent, le voilier inquiet qui doit meugler faiblement, et dont les coups de pierrier ne portent pas à deux cents mètres, dans cet air noyé.

— On devait y être... Sûrement qu'on devrait entendre qué'que chose !

Ils se couchent, l'oreille tendue près du bordé, au ras de l'eau, bonne conductrice des bruits. Ils entendent mieux les lames, rien que les lames, qui bouillent. Ils laissent porter, afin de se placer sous le vent. Il est, lui aussi, vide de tout signal.

— On a été dépanné... et dur !

Il n'y a plus désormais qu'à se tenir sur les avirons, pour étaler la dérive, tâcher de n'être pas, trop vite et trop loin, entraîné par les courants.

Il ne restera plus, si la mer se creuse encore, qu'à se coucher au fond du doris instable, en espérant l'éclaircie.

Comme vivres, on possède une boîte de dix-huit biscuits, piétinée, crevée, que l'on sait pleine de bouillie saumâtre ; une autre boîte dont l'eau s'est enfuie par un coup de piquois. Si le temps s'obstine...

Minouard et Tellier se sont perdus sur le Bonnet Flamand. Ils ont fait du sud, pour retrouver la ligne des grands vapeurs. Après sept jours faméliques, la sirène enrouée d'un paquebot a crevé la brume, tout près d'eux.

Furieusement, ils ont mis le cap sur le bruit, au risque d'être coupés par l'étrave, chavirés par le remous... et le bruit est passé au-dessus d'eux, dans le ciel opaque, sans qu'ils aient rien pu voir des cinquante mille tonnes lancées à vingt nœuds vers la France, cinquante mille tonnes de nourriture, de chambres chaudes, de lits ; sans qu'ils aient pu même s'entendre hurler dans le mugissement inflexible. Un chalutier les a recueillis le lendemain. Pendant un mois, ils ont eu les oreilles déchirées par des sirènes illusoires...

Miniac et Lornan étaient partis en dérive, dans une tourmente de neige, en avril, quand les mâts du voilier, gainés de glace, avaient doublé d'épaisseur, que la chair gluante des bulots cassait comme verre. Ceux-là avaient eu froid !

Pourtant, ils avaient tenu cinq jours, en nageant, pour survivre, avec des mains enflées comme des gants de boxe, en envoyant, dans les fragiles planches, des coups dangereux de leurs pieds tenaillés.

Puis, Miniac s'était couché, violet, et Lornan, épouvanté, s'était jeté sur lui :

— Te laisse pas aller ! T'endors pas, bon Dieu !

Mais il répondait excédé, la langue pâteuse :

— Oh, dis ! laisse-moi crever !...

Alors Lornan avait écrasé de coups de poing son visage inerte. Il avait ensuite tiré son couteau et lui avait coupé l'oreille, toute l'oreille : le mourant s'était redressé...

Sur le cargo, il avait fallu, encore, couper leurs vêtements rigides et la jambe gangrenée de Miniac. Il a une belle pension...

Et Calvez disait la peur longue de deux hommes couchés à l'arrière du doris ingouvernable, au centre d'un étroit cercle d'eau folle ; jouets des lames, comme on dit, jouets anxieux qui culbutent et tournoient, en guettant la seconde toute proche où le féroce caprice qui les secoue va les lancer dans un trou d'eau ou les briser. Il racontait les yeux hallucinés, cruellement battus d'embruns ; la salure cuisante des plaies vives ; le chevalet des bancs pénétrant, pendant des jours, les chairs ; les nourritues immondes ; les désespérances enragées et les hébétudes ; les prières de damnés qu'on vomit contre Dieu, pour qu'il descende « s'il n'est pas fainéant », qu'il sauve ou qu'il tue ; la Vierge que l'on appelle au secours avec d'ignobles noms, quand on crache au ciel et que le vent rabat les crachats sur les faces forcenées :

— Et pourtant, ils en sont revenus !

Car ils en revenaient tous ! À la fin des sauvages récits, toujours, apparaissait, comme tombé du ciel sur l'horizon, un vapeur, un voilier. La mort entre les dents, les marins buvaient l'eau-de-vie, et la vie leur rentrait au corps. Ils étaient maintenant morts de maladie, retraités, cantonniers..., marins, même.

Les femmes écoutaient, transies et avides. Marie d'abord, aurait voulu imposer silence au conteur ivre. Elle ne le pouvait plus ! Dans sa maison déserte, elle se levait la nuit, quand le chien aboyait, pour aller voir. Ce fut la même angoisse active qui lui fit prendre la bouteille de goutte et en verser une rasade à Calvez, de peur qu'il ne se tût.

Le vent, dehors, secouait la porte et la pluie fouillait les vitres.

Le marin but d'un trait :

— C'est rien que tout ça ! Mais des gars d'attaque, comme Lejeune du *Saint-Jean* et Méreuc de la *Madeleine*, disent qu'on y voit et qu'on y entend de drôles de choses dans les doris... J' parle pas des cachalots... Pourtant, Lourdais, du *Saint-François*, est sûr qu'à son troisième jour de dérive, il n'a pas eu affaire à une bête naturelle ! Toute une journée, qu'il a tourné autour du doris, ce cachalot, et tout seul, alors qu'ils vont toujours en bande. Au moins quinze mètres de long, qu'il faisait ! Son dos, quand il le remontait, arrivait à plus de dix mètres au-dessus de l'eau...

— Faut rester sur place, interrompit Le Boull. Tant que tu nages, ils te suivent, dans ton sillage.

— C'est ce qu'a fait Lourdais : il a laissé porter. Alors le cachalot est venu : il s'est piqué tout debout, sur les nageoires, à moins de trois brasses du doris, toute sa tête hors de l'eau, en ouvrant une gueule comme une armoire. Et il les regardait avec ses yeux rouges, grands comme votre bassine, m'ame Le Boull.

« Il ne les a pas touchés. Non. J'ai pourtant vu, à Saint-Pierre, un doris qui avait été entamé par un, et comment ! Il ne les a pas touchés, mais, pendant des heures et des heures, il s'est levé à bâbord et à tribord, au nez et au cul du doris, que j'en ai encore la colique quand je pense à sa gueule, m'a dit Lourdais.

« Quand la nuit est venue, ses yeux se sont allumés, comme des lanternes rouges de... Oui... Et puis, il s'est mis à beugler, comme une cloche.

« — Il sonne not' glas, que disait Bassé, le matelot de Lourdais.

« De fait, Bassé s'est tué, le mois suivant, en tombant du grand mât.

— Il avait six gosses, dit Berthe. Sa femme s'est remariée...

— Je parlais de Méreuc, reprit Calvez. Il y avait huit jours qu'il était en dérive, avec Kerdan, de Saint-Solen. Un soir, ils se sont entendus appeler, dans la brume, et ils ont vu, comme je vous vois, un doris à bâbord, qui était haut sur l'eau, mais haut comme s'il était vide. Et pourtant, dedans, ils ont parfaitement reconnu Créhen et Taillefer du *Cancalais*, dont on n'avait pas rentendu parler depuis la dernière campagne.

« Méreuc, qui est un as, a voulu les accoster, malgré Kerdan. Mais il a eu beau ramer, les autres, qui ne touchaient pas aux avirons, restaient toujours à la même distance. Juste à ce moment, il est venu clair, mais y avait plus rien sur la mer.

« Eh ben ! Méreuc qu'est pourtant pas dévot, il a promis une messe pour ces deux-là, s'il en réchappait :

« — J' veux qu'ils me foutent la paix, tout comme, qu'il disait.

« Lejeune, c'est pire : « Pour un million, je ne recommencerais pas une nuit pareille », que je l'ai souvent entendu dire.

« Ça a d'abord commencé le soir, autour d'eux, par des cris de gosses dans le vent, des cris comme quand ils se sont fait très mal. Ça venait de tous les coins de la mer. Ça montait, ça descendait : « Oh ! Oooooooh ! »

« Ils s'étaient couchés, mais ils savaient qu'ils filaient à toute vitesse dans la nuit, parce qu'ils entendaient l'eau galoper le long des bordés, frotter contre les planches du fond. Et il n'y avait plus qu'un grand cri qui venait du bout de la mer, qui leur courait après, qui leur arrivait dessus...

« — Salut, Marie ! Salut, Marie ! que disait Lejeune.

« Il n' savait plus que ça de prière, le pauvre gars !

« Alors ça s'est tu et le bateau s'est arrêté, mais... Vrai ! ça m'en fout la frousse, de raconter ce qui est arrivé après !... V'là qu'ils sentent leur arrière s'enfoncer, comme si quelqu'un de très lourd s'y accrochait. Ils entendent des ongles gratter les planches, et puis...

Calvez se tut, les yeux très grands, l'oreille tendue : dehors une main tâtonnait le long de la porte, cherchait longuement le loquet. Les trois femmes, la respiration coupée, le cœur battant jusque dans la gorge, écoutaient.

Le père Le Boull se leva, en renversant sa chaise, et cria :

— Qui est là ?

Personne ne répondit mais, après une interminable seconde, le loquet claqua, la porte s'ouvrit.

Un seul cri de terreur, fait de trois cris fous : Pierre Gasnier, le disparu, debout sur le seuil, les regardait.

V

IL paraissait surpris qu'elles eussent crié :

— Me v'là tout de même, dit-il.

Et il entra. Derrière lui, s'engouffra de la pluie oblique. Sous sa casquette ruisselante, un pansement luisait jusqu'au bord des yeux fiévreux.

Berthe, la première, l'accepta parmi les vivants. Elle le regardait refermer la porte avec impatience, comme s'il interdisait l'accès au second disparu :

— Et Louis ?

Gasnier fit un grand geste las d'ignorance, et deux pas dans la salle. Mollement, il donna la main aux hommes.

Dès qu'ils l'eurent touchée, il ne leur resta que de la curiosité. Le père Le Boull s'assit, Calvez remua. La mère Le Boull tremblait dans un coin, tranquillement, sans que personne la dérangeât. Marie comprit seulement que c'était vrai quand le revenant, très lourd, se fut appuyé sur ses épaules :

— Ma pauvre femme ! Hein, tout de même !...

Alors, elle put joindre les mains :

— Grand Dieu, Seigneur ! dit-elle.

Il s'abattit sur la bancelle :

— J'en peux plus !... J' boirais ben un coup.

Marie se leva. Elle s'était tant de fois levée, en l'entendant dire cela ! Elle rapporta une bolée et versa, en arrosant la table. Le père Le Boull lui reprit le pichet et servit, à bras tendu, de loin et de haut, en demandant :

— D'où que tu viens à cette heure, mon gars ?

Il but d'un trait, avant de répondre :

— De Saint-Malo... C'est un chalutier qui m'a ramené de Saint-Jean-de-Terre-Neuve. Avant, j'étais à l'hôpital, à Halifax.

Il rejeta sa casquette en arrière, et l'on vit les brisques des bandes Velpeau, savamment croisées.

— T'as donc été blessé ? gémit Marie.

— Oui... Un sacré trou.

Il tendit encore sa bolée que le père Le Boull remplit. Berthe, qui guettait le premier silence pour y jeter une question, dit impérieusement, quand il leva sa tasse :

— Et alors, Louis, où qu'il est ?

Elle dut attendre qu'il eût égoutté dans sa gorge le petit bol à fleurs :

— J'en sais rien...

Il fixait son regard sur la table, hébété. Habituée à faire parler les hommes, elle insista :

— Enfin, on vous a retrouvés en dérive ?

— Ben sûr !

— Quand ? Où ça ? Quel bateau ?

Ennuyé, il haussa les épaules :

— Puisque je vous dis que je ne sais pas. J'ai repris ma connaissance qu'à l'hôpital... Ils m'ont dit qu'on m'avait retrouvé, couché sur le sable, au cap Breton, à moitié mort.

— Qui est-ce qui t'avait amené là ?

Le père Le Boull rallumait sa pipe froide. Pierre répondit avec effort :

— Ils m'ont dit que ça devait être un contrebandier d'alcool...

— T'étais tout seul dans le doris quand il t'a accosté, le contrebandier ?

— Ça, c'est à eux qui faudrait le demander...

Berthe et Calvez se regardèrent, soupçonneux. Ce regard décida Le Boull. Il fallait que son gendre eût parlé avant le départ de ces deux-là. Il s'accouda fermement sur la table :

— Écoute. Tu te rappelles ben que t'es parti en dérive, le 28 juillet, sur le Bonnet Flamand, avec Louis Roulier ?

Gasnier fronça les sourcils et, maussade, comme si on le tirait d'un tenace sommeil :

— De rien que j'vous dis. Je me rappelle de rien... Même

mon nom que j'avais oublié. C'est pour ça que j'ai été si longtemps...

Marie et sa mère échangèrent un coup d'œil navré. Le Boull continua :

— Écoute encore : ce que j'vas te dire, je le sais par le capitaine Forgeot et par les gars de la *Rosalba*. Le 28, le temps était sale et y avait une grosse brume. Leborgne, ton matelot, avait attrapé un phlegmon en boëttant. Ça se trouvait aussi que Jalais, le patron de Louis Roulier, couvait une mauvaise grippe. Alors, le capitaine t'a dit : « Tu vas embarquer avec Roulier. » Même, paraît que t'as répondu — faites excuse, Berthe, c'est pour qu'il se rappelle — t'as répondu : « J'en aimerais vantié mieux un autre... » Le capitaine t'a dit : « Penses-tu que je vas désarmer deux doris parce que la tête du gars Roulier ne te revient pas... » Tu te rappelles ?

— Puisque vous le dites...

Le Boull ne put se retenir de rosser la table :

— Je le dis parce que c'est !

Toutefois, comme il avait d'autres détails à livrer, il s'apaisa :

— Ta bouée était comme à un mille sous le vent. Roulier renâclait : « Un vrai temps à faire des trous dans l'eau, qu'il disait. C'est une sauvagerie de faire sortir des bonshommes à matin ! Embarque, que t'as dit, toi. Si tu ne sais pas, à ton âge, ce que c'est qu'un temps maniable, j'vas te l'apprendre. » C'est Rehel de Taden qui t'a entendu... Tu te rappelles pas ?

— Ni de ça ni du reste, gémit le malheureux. Après le coup que j'ai reçu !

Il soutenait sa tête blessée dans ses paumes, ses doigts gris allongés sur le pansement. Marie s'approcha, la bouche tirée par la pitié :

— De quoi que t'as eu, donc ?

Pierre leva les yeux, rencontra le regard fixe de Berthe et fit un geste vague. Mais, parce que c'était, cette fois, sa fille qui venait de questionner, parce que le patron semblait résigné à se taire, la mère Le Boull intervint, indignée :

— Tu va p't'être le laisser un petit tranquille ! Il est à bout, c't'homme-là ! Il guerlotte la fièvre. Faut qu'il se couche et tout de suite, le pauvre gars ! Va faire le lit dans la chambre.

Marie se précipita vers l'armoire et elle saccageait les piles, ne trouvant plus les draps convenables. Calvez et Berthe s'étaient levés.

Inquiète de lui voir des yeux durs, des lèvres gauchies par le dépit, la mère Le Boull s'en alla vers la jeune femme, lui prit le bras, le lui secoua avec une lippe encourageante :

— En v'là un de revenu... L'autre suivra... Il se rappellera peut-être demain, quand il aura dormi...

Calvez, en sortant, vint frapper sur l'épaule de Pierre qui somnolait :

— T'es tout dégrabâti, mon pauv' vieux ! On va te laisser te coucher.

Quand ils furent partis, Gasnier se redressa :

— J' voulais pas le dire devant elle, mais c'est un coup d'aviron que j'ai reçu... Ils me l'ont dit à l'hôpital.

Marie lâcha de saisissement l'oreiller qu'elle tenait :

— Un coup d'aviron !

Grave, Le Boull demanda :

— Alors... ça serait Roulier ?

Et Pierre répondit avec indifférence et une grande lassitude :

— Qui que vous voudriez que ça soit ?

VI

Au pays de Rance, la terre et la mer s'unissent dans la campagne et dans la vie des hommes.

Les mâts des barques à l'ancre oscillent, tout le long du fjord, parmi les branches. Les flots s'y bordent de mousse, et les lagunes bercent des feuilles mortes. La mer insinuante y renfloue, loin des plages, les bateaux et les villages, pour les abandonner, au jusant échoués sur de la vase grise.

Les travaux s'y règlent au rythme des équinoxes, car les hommes y ont fait deux parts de leur vie, une pour les sillons, l'autre pour les vagues : ils sont ainsi trahis deux fois.

On les loue, il est vrai, dans les livres, et dans les discours locaux, d'être à la fois marins et paysans, de refléter dans leurs tâches le double aspect de leur campagne marine. Amphibies, depuis plus de mille ans, ils abordent en automne la Bretagne, roc tiède, afin d'y manger le poisson capturé, l'été, sous l'eau glacée des pôles. Mais depuis plusieurs années, les mers boréales se réchauffent et se vident de leurs morues qui aiment le froid. Et quand les pêcheurs accostent, la terre s'endort.

Ils n'ont point le loisir d'attendre son réveil, car elle donne ses fruits à la saison où la mer promet les siens. Les reflux de printemps les emportent, sans cesse ballottés entre les arbres et les mâts, également, pour eux, dépouillés et stériles.

Jamais encore, cependant, il n'avait fait si dur vivre.

On avait eu vite déchargé, en psalmodiant les chiffres, sur les quais pluvieux de Saint-Malo, les quelques quintaux de morue qui attendaient dans les cales. Cette besogne n'avait point occupé quinze jours les équipages les mieux partagés.

Les terre-neuvas s'étaient, ensuite, dispersés sur le pays, quêtant du travail chez les pieds-de-bœuf goguenards :

— Ils ne font plus tant d'embarras, les marins. On voit ben qu'ils n'ont plus de sous !

Les pêcheurs payaient ainsi leurs dédains, lors des bonnes années, quand les routes n'étaient pas assez larges pour eux, et qu'ils refusaient dédaigneusement d'aller chez le fermier casser de la terre.

— Ils peuvent courir ! S'ils croient que j'vas aller dans leur clos cotir la tête des crapauds pour dix francs par jour !

La ville, elle aussi, travaillait en veilleuse, après la flambée de la saison. Les marins en revenaient, aigris, une feuille communiste en poche et couraient aux carrières se battre avec des Italiens qui peinaient au rabais. Les femmes, alors, enfourchaient leur bicyclette et partaient à la recherche de journées à faire, de linge à laver. D'autres prenaient des nourrissons. Toutes faisaient chez le boulanger, chez le boucher, des dettes qu'on règlerait sitôt touchées les avances sur la campagne prochaine.

Ainsi, rentrés les poches vides, les marins étaient acculés à se vendre encore, et ils n'avaient qu'une crainte : que l'armateur, découragé par les mauvaises années persistantes, renonçât à armer le bateau d'où ils s'étaient échappés comme du bagne.

Quelques-uns, pourtant, avaient trouvé un « chantier » et travaillaient par bouffées. Parce qu'ils avaient des bottes et de l'agilité, les paysans leur donaient à nettoyer des mares et des arbres.

Ils sont adroits à miracle. Sur le bateau, leurs doigts épais tordent et nouent les cordages avec une dextérité de dentellière. Chirurgiens experts, leur couteau ne dévie jamais d'une ligne dans la chair glissante du poisson. Acrobates laborieux, paumoyant la toile à quinze mètres au-dessus des ponts, vertigineusement balancés aux marche-pieds des vergues, ils n'en redescendent que pour trouver à terre des tâches de « pattes vasouses » ou de terrassiers !

Ceux dont les femmes, placées pendant la saison, ont ramassé quelque argent, dédaignent de bricoler de la sorte. Les mains au fond des poches, ils descendent, quatre et cinq fois par jour, sur la petite cale de Trévallon, voir leur doris, ou bien ils tendent des cordes sur le banc de sable. S'il pleut, ils espèrent l'embellie, assis à quatre ou cinq dans un cellier, sur les chantiers, près du tonneau coiffé d'un bol, et ils épient les passants :

— Viens-tu goûter not' cidre ?...

— Des fainéants ! Ça ne veut rien faire, déclarent les paysans.

Ce fut vers ceux-là, les meilleurs marins, ceux qui n'appartiennent qu'à la mer, que Pierre, convalescent, descendit, par un beau matin de janvier. Le froid bleuissait la rivière. Elle coulait toute mince, dans une vaste arène blonde rétrécie en amont par des rochers où veillaient deux tours féodales. Dans le ciel blanc, au nord, le givre d'un pont suspendu scintillait.

Sur la plaine, deux hommes en tricot, pieds nus, se hâtaient, courant d'un empis à l'autre, pour les boëtter de vers de vase, l'arénicole frangée de branchies. Allègres, ils jouaient à la pêche sur le vaste lit du petit fleuve à courant alternatif.

Ces lignes qu'ils tendaient, si droites, sur le sable sec de l'estuaire, c'était la réduction de celles qu'ils larguaient dangereusement à Terre-Neuve, de ces kilomètres de cordes qu'ils mouillaient là-bas, par soixante mètres de fond, dans les doris chancelants, drossés par les lames, brûlés par les rafales, en garant leurs doigts gourds des deux mille morsures d'hameçons encharognés.

Maintenant, ils jouaient, oui. La mer venait, à l'heure fixée, quand ils avaient fini, et si peu de mer ! Juste ce qu'il en fallait pour recouvrir les lignes et y accompagner le poisson plat ; du si petit poisson ! Des plies d'une livre, les bons jours, alors qu'ils avaient eu, sur le Banc, les jambes fauchées par des agonies de cent kilos.

En somme, ici tout était petit, la mer, les poissons, la peine, tout était réduit à l'échelle du jeu comme dans les bazars les chemins de fer et les vaches en bois.

Ce qu'on appelle aux bords de la Rance la mer, montait doucement. On ne s'en apercevait d'abord qu'à l'hésitation du courant sur les ruisseaux qui drainaient la plaine de sable. Ils grossissaient un peu en rebroussant chemin. Mais la lente submersion continuait ; une pellicule d'eau grise s'étalait sur le sol spongieux comme une tache sur un buvard. Les bords mobiles du premier flot s'ourlaient d'écume et de petites bulles y éclataient par milliers, faisant une vaste et douce rumeur.

Le Mintier boëtta son dernier empis dans cinq centimètres de mer. Le courant remuait les avançons. Les deux hommes ramassèrent hâtivement leurs mannes et revinrent vers la jetée. Ils avaient de l'eau jusqu'aux genoux en traversant le dernier lagon dans un grand clapotis.

Pierre les regardait arriver, un Pierre qui, plus qu'eux encore, avait fait corps neuf, grâce aux soins et aux sommeils, aux nourritures fraîches et aux tendresses. Il avait retrouvé son visage rond où les joues envahissaient les yeux, sa haute taille de beau gars, sa placide satisfaction de bon gars. Ses pas souples n'ébranlaient plus sa tête bien refermée. Toutefois, debout sur la cale, il ne s'unissait point au déhanchement léger, écho durable des roulis, qui balançait les deux autres arrêtés à l'admirer.

On lui tendit des mains activement frottées.

— Alors, te v'là revenu ?

— T'es tout récaupi ! T'as pourtant dû en voir !

Ils s'émerveillèrent qu'il ne se souvînt de rien. Ils rappelèrent cependant d'étranges amnésies de guerre. Et puis, ces blessures à la tête, c'était si surprenant, tout comme !

Cosquer, un rouquin carré qu'un mètre soixante de haut obligeait à regarder tout le monde dans les yeux, s'informa :

— Alors, le pauvre gars Roulier ?

Pierre refit son geste habituel d'ignorance qui s'affirmait chaque jour, plus aisé, presque désinvolte. Roulier, pour lui, ce n'était qu'un nom, une figure confuse et lointaine : il l'avait vu parfois, le dimanche, ici, l'année dernière... jamais, depuis.

— Il se sera détruit, opina Cosquer.

Mais Le Mintier avait une autre idée, pour avoir, une fois, à Saint-Pierre, prêté la main à des *bootleggers.* D'un doigt en crochet, il retira sa chique par le coin de la bouche, la rangea dans le fond de sa casquette et cracha :

— Moi, j'en sais rien... On ne peut point savoir... Mais qui te dit que le gars Roulier n'est point, à c'te heure, sur le bateau de contrebande qui t'a ramassé ? J'les connais, moi, ces gars-là : c'est des vrais sauvages ! Quand on a mis le pied sur leur pont, on n'sait ni où, ni quand qu'ils vous lâcheront !... Une supposition qu'ils vous aient trouvé aux trois quarts crevés dans le doris et puis qu'après, ils aient voulu vous embaucher de force... Toi, tu ne veux rien savoir et tu ne le leur envoies pas dire : ils te font taire avec un coup d'aviron su' le coin de la gueule... Aviron pour aviron, t'as pas écrit sur la tête le numéro de celui qui t'a amoché, pas vrai ? Et puis, ils se débarrassent de toi, à la première fois qu'ils débarquent de la gniole... Après ça, le gars Roulier, qui est malin, il la boucle, comprends-tu ?... D'autant qu'il y a de l'argent à gagner. C'est casse-gueule, si tu veux, mais c'est tout en or, ces trucs-là. Ça fait que je ne serais pas trop épaté de le voir se ramener, en douce, un de ces soirs, moi, le gars Roulier !

Il plongea le visage dans sa casquette et renvoya, d'un adroit coup de poing, la chique en place.

— Ça se pourrait, hasarda Cosquer ébranlé.

— Dame ! fit Pierre.

Le Mintier s'exaltait. Pour lui, comme pour beaucoup de terre-neuvas, ces *bootleggers* qui croisaient autour d'eux, l'été, c'était l'aventure neuve et farouche, l'aventure éternelle vers qui penchent toujours les rêves des marins, rêves que les contrebandiers d'alcool ravitaillent, après les corsaires, en trésors, en îles merveilleuses, en forbans comblés.

— Tu comprends, insista-t-il, en assiégeant de gestes persuasifs l'immobilité de Gasnier, ces gars-là, c'est tout de même marin ! Ils vous repêchent. Mais quand t'as boulotté et roupillé, tu te trouves en mer avec quarante types qui rigolent, et comment ! quand tu parles de retourner chez toi. Plus souvent qu'ils vont te mener tout droit chez le consul pour se faire baiser par la prohibition !... Alors, tu cognes, ils cognent. Voilà !

Après trois bolées prises à la première auberge, Pierre les quitta et revint chez lui, en flânant, le long des crêtes.

La vallée se défaisait sous une vapeur bleue. Les arbres, debout au-dessous de lui, rosissaient, car la tendre lumière de la Rance pose, l'hiver, une aurore sur chaque heure du matin.

Pierre s'arrêta, regarda longuement, en s'étonnant de son plaisir, puis il se mit à lancer des cailloux, par jeu, dans le val-lon et ne partit qu'après les avoir, au prix d'un grand élan, envoyés jusqu'au milieu de la rivière.

— Comme tu as été longtemps !

Marie ne savait plus attendre et le moindre retard l'inquiétait stupidement, elle qui n'avait rien oublié depuis le vingt-huit juillet.

— C'est devenu plus fort que moi, avouait-elle.

Il s'excusa sur la rencontre.

— Tu ne sais pas ce que vient de me dire le gars Le Mintier ?

Elle se retourna, tout d'une pièce, anxieuse, mais elle lui vit son air satisfait de tous les jours. Elle prit son temps pour trouver le ton indifférent qui convenait :

— Non. Quoi donc ?

Il raconta, en abrégeant, car il n'avait point la faconde de l'autre. Marie, bientôt, n'écouta plus... Non, ça ne pouvait pas servir... Ça ne lui vaudrait qu'un haussement d'épaules, si elle jetait ça en pâture aux étonnements hypocrites des femmes, de celles qui lui disaient en regardant leurs sabots :

— C'est tout comme ben drôle qu'il s'en soit revenu tout seul...

VII

IL était six heures du matin, et le capitaine Forgeot cherchait, parmi les papiers épars sur son bureau, sa liste d'équipage. Il dérangeait de nombreuses lettres. Une se présenta tout ouverte. Il la prit et la relut :

Capitaine,

Je vous serai reconnaissant de me dire si vous auriez une place de patron de doris à votre bord. J'ai été, l'année dernière, à bord du Gabriel, *mais comme il n'arme pas, je serais content d'aller avec vous. Répondez-moi, s'il vous plaît.*
Je vous salue sincèrement.

Il avait répondu à celui-là, comme aux trente autres qui lui avaient écrit : « Désolé, mon gars, mais c'est complet chez moi : cherche ailleurs. »
C'eût été mal, en effet, de leur donner le moindre espoir, de les traîner en longueur. On risquait ainsi de leur faire manquer un engagement, si, par extraordinaire, il s'en présentait.
Et celle-là, une lettre bleue, à la haute écriture décidée. Il la savait par cœur. Il savait aussi tout ce qu'il fallait lire entre les lignes :

Mon cher Forgeot,

En souvenir de notre vieille amitié, je viens voir si tu ne pourrais pas faire quelque chose pour moi. Tu sais que le Fidèle, *que je commandais depuis dix ans, va rester désarmé. Or, je viens d'apprendre que le* Saint-Maurice *est disponible. Je suis assez connu des armateurs; néanmoins, je crois que si j'étais recommandé par toi, j'aurais plus de chances d'être agréé. Tu me rendrais un vrai service en envoyant un mot à ce sujet à M. Nansal.*

En dehors de la pêche, en effet, je ne vois pas où je pourrais me caser, car au cabotage les navires désarment. Pourtant, les enfants ne sont pas élevés, et il ne faut pas songer à mettre bas le collier. Je suis sûr que tu feras cela pour moi, et je t'en remercie à l'avance.

Bien cordialement.

Cette fois, il avait bien fallu promettre... mentir, car un bateau était encore plus malaisé à découvrir qu'un doris. Cinq capitaines assiégeaient déjà l'armateur du *Saint-Maurice.* Vingt autres, sans commandement, couraient la côte. Il faisait bon, en ces temps de misère, être, comme lui, Forgeot, propriétaire d'un bon tiers de son voilier. On était libre de risquer le coup, au moins.

Il découvrit la liste et sortit de la salle à manger.

Sur la pointe des pieds, il monta l'escalier, ouvrit une porte au premier étage, et cria tout bas : « Au revoir », à un lit qui blanchissait près de la fenêtre.

— As-tu mangé comme il faut ? demanda une voix endormie. As-tu bien fermé le gaz ?

Dans la rue blême, l'auto attendait. La montre y marquait la demie de six heures. L'aube était froide, et le moteur cogna. Il ne se réchauffa qu'à la montée du Casse-Pot, en abordant la route de Lamballe.

Cette tournée d'engagement qui commençait, c'était, les années précédentes, l'importante occupation d'hiver des capitaines, une chasse qui exigeait de la force et de la ruse ; une course de vitesse où le premier arrivé emportait le bon marin.

Cela, pourtant, réclamait aussi du temps et des égards. Les capitaines qui, sur la côte, joueraient les sergents recruteurs, éprouveraient de singuliers déboires. Il fallait au moins trois visites. La première fois, Forgeot disait seulement, sur le seuil, en partant :

— Je serais content que tu reviennes avec moi cette année...

La seconde, après avoir cajolé les enfants et complimenté sur le cidre, il proposait :

— Alors, on remet ça ensemble ?

L'homme se dérobait :

— C'est core de bonne heure... Les capitaines ne font que commencer à passer... J'aime mieux attendre à voir si les prix vont monter.

— C'est bon. Réfléchis.

Mais, à la troisième visite, fin février, à peine entré :

— T'es décidé ?

— Pas trop... On a le temps...

— Ça fait trois fois que je viens, mon gars. C'est le moment.

Habituellement, c'était la femme, approchée, qui demandait :

— Combien que vous donnez ?

— Six mille.

L'homme, alors, marquait un grand étonnement :

— Six mille ! J'en ai trouvé huit et je les ai refusés.

Le rire du capitaine était préparé. Il éclatait :

— Huit mille ! Tu serais bien embarrassé de dire qui te les a offerts ?

L'autre citait un nom, au hasard :

— Sacré farceur ! Il n'a jamais mis le pied dans le pays, celui-là. C'est comme moi : les gars d'Erquy racontent à leurs capitaines que je leur ai proposé des mille et des cents, alors que de ma vie je n'ai engagé un seul homme par là.

Rompue aux marchandages, et plus constante dans la mauvaise foi, la femme venait au secours de son homme :

— Y en a pourtant qui donnent davantage. Vous n'payez point si cher que les autres !

Forgeot déployait alors sa grande feuille, celle qu'il venait, ce matin, d'emporter, et montrait le chiffre en regard d'autres noms : il n'y avait pas deux prix. Égalité pour tous. À prendre ou à laisser.

Puis il vantait la *Rosalba*, solide, bien armée :

— Je ne t'en dis pas plus... Les capitaines, à terre, ça fait toutes les promesses qu'on veut, et une fois à bord, quand ils tiennent les bonshommes, ça change. Le métier est le métier. Tu le connais aussi bien que moi. Décide.

— Et combien de denier à Dieu ?

— Huit cents, répondait-il l'année dernière, décidé à se laisser pousser jusqu'à mille.

Si la femme mettait le café au feu, il se réjouissait, il tenait l'homme. Après avoir signé, le marin le reconduisait jusqu'à son auto et murmurait :

— Vous mettrez ben encore cent francs... Pour mon tabac ?

— Va pour cent francs !

C'était vraiment avec ces cent francs-là qu'on achetait le pêcheur, ce dernier billet qu'il ne montrait point à sa femme...

Mais tout cela, c'était le passé...

La voiture glissait sans bruit dans une longue descente.

Cette année, pensa Forgeot, les engagements marcheront tout seuls, comme elle. Tant de bateaux désarment ! Tant d'offres ! Pourtant, il enfonça l'accélérateur :

« Ils ont si peur de rester à terre que le premier capitaine qui passera sera le bon ! »

Or, à part un ou deux qu'il laisserait tomber, il tenait à rattraper ses anciens. Ils étaient prévenus d'ailleurs que les conditions étaient changées, mais ils signeraient aux plus bas prix.

De fait, il fut accueilli partout comme le médecin.

— Ça va tout de même commencer !

— Oui, ça se décide tout de même... Alors, voilà : les années dernières, vous marchandiez. C'était votre droit, vous de réclamer, moi de refuser. On finissait tout de même par s'entendre. Cette année-ci, ce n'est pas pareil. Je suis allé à la réunion des armateurs. Ils ont fixé des conditions. Ils sont décidés à s'y tenir...

Les femmes, inquiètes, hochaient la tête :

— Vous allez core ben nous endormir ! Comben qu'ils veulent donner, donc ?

Forgeot tirait de sa poche l'*Ouest-Eclair* :

— Avez-vous lu le journal, ce matin ? Oui ? Alors vous êtes aussi avancés que moi. Les conditions sont énumérées par catégories : classez-vous dans celle qui vous revient, et vous saurez tout de suite combien je vais vous donner.

Il citait des chiffres et les femmes s'exclamaient :

— Oh ! c'est tout comme se foutre de nous ! Au prix-là ! Et le ciré qui ne diminue point, ni les bottes. Y a pas de quoi se greyer.

Les hommes, eux, faisaient les entendus :

— Ça ne va point tenir !

— Les armateurs ne lâcheront point. Il y a trois fois plus d'hommes qu'on ne peut en prendre.

Les marins tentaient alors de sauver quelque chose dans ce naufrage :

— Y aura comme ben un petit denier à Dieu ?

— Criminel qui en donnera ! Défendu ! Si c'était possible, vous devez bien comprendre que je le ferais pour vous, qui êtes mes anciens.

Ils s'engageaient, sans discuter plus avant, hantés, depuis des semaines, par la peur de manquer la campagne. Jamais Forgeot n'avait vu si beau jeu !

Il avait pourtant pitié de ses hommes, de celui qui, hochant la tête comme s'il se fût attelé à résoudre un difficile problème, répétait, après avoir tracé une croix sur la feuille :

— C'est que c'est pas le tout ! Mais quoi que les gosses vont manger pendant ce temps-là ?

Pitié du gamin efflanqué que sa tante lui avait présenté, en assurant :

— I'n'a point de mine, mais il est dur au mal, dur comme tout !

Forgeot ne se vanterait point à l'armateur de l'avoir engagé, celui-là ! Vraiment, il gueusait le métier...

— Enfin, pensa-t-il, il épluchera toujours bien les légumes...

En passant à Trévallon, il stoppa devant la maison de Pierre Gasnier et baissa la glace. Marie accourait, s'essuyant les mains à son tablier pour les lui tendre :

— Pierre est-il là ?

— Non, mais il ne va pas tarder. Entrez donc.

— Pas le temps. Je devrais déjà être à Trigavou... Je l'ai vu la semaine dernière, votre mari. Eh bien, vous l'avez soigné. Jamais il n'a été si costaud.

Elle le regardait sans l'écouter :

— Vous êtes en tournée d'engagements ?

Il hésita.

— Oui... Oh ! Ça commence seulement... Qu'est-ce qu'il va décider, Pierre ?

Elle déclara fermement :

— S'il m'écoute, il ne sera point question de repartir !

La machine vibra :

— Oui... Évidemment !... Après ce qui lui est arrivé, il lui faut le temps de se remettre tout à fait... D'ailleurs, les conditions n'ont rien de reluisant !

Comprenant qu'elle s'étonnait d'une si prompte approbation, il ajouta :

— Et puis, il n'y a rien de pressé. On n'est qu'à la fin de janvier. Je reviendrai lui parler. En tout cas, il aura toujours sa place à bord. Vous lui direz bonjour de ma part.

Il démarra, après lui avoir, par la portière, donné une poignée de main et un sourire qu'il ne prodiguait point, mais il estimait que parmi toutes les femmes des marins, Marie Gasnier était la plus franche et la plus fière, la plus avisée et la plus vaillante.

Les autres aussi, étaient de bonnes femmes. Deux ou trois farceuses au plus, dans le tas... Dans le ménage, sans doute, elles portaient les braies et dépensaient l'argent. Mais, quand il y en a si peu, c'est plus difficile encore que de le gagner ! L'été, oui, elles se consolaient ensemble et jouaient aux cartes, les unes chez les autres, autour du pot de café. Mais elles parlaient de leurs maris, en retournant des manillons... Les paysannes les accusaient de tout se mettre sur le dos, parce que, lors des retours et des avances, les marins, qui aiment la parure et les voulaient braves, ne trouvaient rien de trop beau pour elles. Elles possédaient donc des fourrures et des manteaux de demi-saison. Mais, pas une n'avait de robe claire car, au printemps, elles n'achetaient que des bottes, des tricots et des cirés.

Combien leur resterait-il, cette année, une fois leurs hommes équipés ? Voyons... Trois cents francs pour les bottes, quatre cirés de rechange à cent trente francs ; les « invalides » à retenir, les lainages, les provisions de bord, les dettes, — les fournisseurs, le jour de la revue d'armement, les guetteraient, à la porte même de la Marine, — en mettant deux mille francs pour vivre six mois, avec les enfants, on n'était pas loin de compte.

Le capitaine revit leur figure amère, le sourire chancelant des plus résolues. La voiture, sur le goudron ruisselant, fit une large embardée : il redevint attentif.

Pierre Gasnier eût pu croiser l'auto sur la route de Rennes, s'il ne s'était point attardé à regarder Le Floc qui minait des arbres.

Le Floc, à bord du *Guynemer*, était commis au soin du pierrier, qui de quart d'heure en quart d'heure, aboyait après les doris, les jours de brume. Il gardait une oreille paresseuse et un coin du menton entamé, parce que la mèche ayant un jour fait long feu, l'explosion l'avait durement sonné.

Accroupi, il forait l'arbre, et à mesure que la tarière s'enfonçait, la sciure coulait de plus en plus brune. Quand elle fut acajou, il s'arrêta et tendit la main : il se savait arrivé au cœur du chêne.

Comme tout le monde, il dit : « Alors, te v'là revenu ? », mais par politesse, sans curiosité, en gardant l'œil fixé sur le petit trou rond. C'était son plaisir de miner. Nul ne s'entendait comme lui aux exacts dosages, aux méticuleux bourrages. D'une poire, il fit tomber de la poudre en grains dans le creux de sa main, la versa dans la forure, y glissa une longue mèche et commença d'introduire le bran. En tassant, il déprisait les autres mineurs :

— Ça ne sait point seulement bourrer ! Ça se cavale... On dirait qu'ils ont toujours peur que ça leur pète au cul !... Faut y aller pincée par pincée... Comme ça, oui, ça fait du travail !

Il pétrit un bouchon de papier et l'enfonça :

— Fous le camp : j'allume.

Pierre s'en alla, à reculons, guettant le vacillement de la flamme entre les gros doigts. Soudain, Le Floc se redressa et se mit lourdement à courir en beuglant :

— Gare à la mine ! Aoutttt !

Lui d'abord explosait... Il entraîna Gasnier plus loin :

— Reste pas là : la mèche est courte.

Ils se courbèrent derrière un talus et attendirent :

— Brommm !

C'était net, sec, fracassant : un éclatement décisif et propre ; pas une de ces explosions théâtrales, à échos, qui se dépensent tout en tonnerre. Il plut des pierres et des branches. Après quelques secondes, les deux hommes marchèrent vers l'arbre. La souche paraissait d'abord intacte, mais, de plus près, ils la virent éclatée jusqu'à terre, divisée en longs morceaux presque égaux, comme des douves de tonneaux d'où sont tombés les cercles.

Avide d'achever la destruction, Le Floc saisit sa lourde hache.

Pierre demanda :

— T'en as encore beaucoup à abattre ?

— C'est le dernier... Après, j'irai à Saint-Juvat, à la carrière. Y a eu un bonhomme de tué avec de la mauvaise poudre. Alors, les gars ne veulent plus rien savoir pour miner.

— Tu lâches le Banc ?

— Tiens, tu parles ! Ça le vaudra tous les jours. Ma retraite est gagnée, moi... T'as su que sur les voiliers, ils veulent remplacer les pierriers par des canons à capsule ? Ça s'entendra tout juste d'aussi loin que les pétoires des gosses !... Ils peuvent aller en chercher d'autres, pour servir ces saloperies-là !

Il n'ajouta point que son bateau désarmait et qu'il avait fait écrire, sans succès, à cinq capitaines, par sa fille, qui avait son certificat d'études.

Pierre le quitta et descendit vers la Rance. Le père Le Boull, ancré sous un édredon rouge par une jambe rhumatisante, l'avait chargé de relever une ligne de fond, et cela, dès le baissant, afin que les crabes ne mangent point le poisson.

Les ornières débordaient. Les passages des vaches avaient criblé le chemin de trous où croupissait de la pluie jaune. À droite et à gauche, en marge des labours gras, des souches ligotées de lierre s'agenouillaient.

Le marin regardait à ses pieds, et marchait avec des précautions, comme s'il ne revenait point de Terre-Neuve. Là-bas, insoucieux de la fange des ponts, immunisés par les bottes de caoutchouc, les pas deviennent distraits, perdent toute vergogne ; aussi, au retour, enfoncent-ils étourdiment dans tous les bourbiers bretons :

— Tu t'es core mis de nulle valeur ! s'exclamaient les femmes quand les terre-neuvas rentraient, crottés jusqu'aux yeux.

Au bout du chemin spongieux, il y eut une route dure comme un quai, puis une descente pierreuse et une étroite jetée contre quoi la mer haute clapotait. Pierre détacha le canot et sauta :

— Ah çà ! Comment que c'est emmanché ?

Les avirons glissaient dans les tolets, s'engageaient trop, ou pas assez. Cependant, tout était en place... C'était le rameur qui nageait mal. Jusqu'à ses bras qui avaient oublié !

Il revint toutefois avec un lourd panier de plies et d'anguilles. Pendant que Marie les admirait, il prit à la machine à tricoter un bout de laine bleue, le cassa et s'approcha de la fenêtre :

— Eh ben ! V'là que je ne sais plus faire un nœud plat, à c'te heure !

Elle se mit à rire :

— Et Forgeot qui venait pour t'engager ! Un beau marin qu'il emmènerait là !

— Il est venu ? Déjà ?

— Dame, c'est le moment...

Elle le guettait et fut satisfaite de son désappointement. Il ne faisait qu'arriver, lui ! Qu'on vienne un peu parler aux autres de repartir, un mois après qu'ils sont débarqués ! Bien sûr, le temps avait marché... Pourtant, il était volé !... Oui, volé !

— Pourquoi que tu t'en fais, puisque tu ne partiras pas ?

Il exagéra l'étonnement :

— Comme t'y vas ! T'as vite fait d'arranger les affaires, toi !

Elle avait eu vite fait, c'est vrai, de renverser son plan de discours et de bataille. Le matin, sitôt le capitaine parti, elle avait mis le petit dans sa voiture et était courue au bourg recueillir les indignations et les plaintes. Elle était revenue, décidée à ne point faire état, pour garder son mari, de sa tête ouverte, de la tragique dérive, de ses semaines d'angoisse à elle, de tout ce qu'il avait oublié ou ignoré. Mais, bien armée de chiffres, elle était prête à attaquer son amour-propre et sa charte-partie.

S'engager ! Avec les conditions que faisaient les capitaines ! Mais, cette année, sur le Banc, il n'y aurait plus que des crève-la-faim ! Tous les malins se débrouillaient ailleurs : Robain entrait aux chemins de fer ; Piquois, dans un garage à Dinan ; Le Floc, aux carrières.

Et puis, La *Rosalba* armait encore cette fois... Mais Forgeot avait bien dit que ce serait la dernière, si la campagne était mauvaise. Son armateur lâcherait, comme les autres. Alors, ce serait reculer pour mieux sauter.

— Mais où que je vas trouver de l'embauche à terre, moi ?

Ah ! ça, par exemple, ce n'était pas inquiétant ! La première chose à faire, c'était justement de ne point se presser, de ne pas se jeter tout de suite sur n'importe quoi. Il pouvait attendre, voir venir. Les dernières avances étaient quasi intactes : sa machine l'avait fait vivre tout l'été avec le petit. Qu'il bricolât pendant un mois ou deux ; après on verrait...

— J'ai dans l'idée que tu n'auras pas loin à chercher. Le père va être trop content de te trouver, avec ses rhumatismes... Qu'est-ce qui t'empêchera de te mettre de moitié avec lui, et même, dans quelque temps, de prendre la poissonnerie à ton compte ?... Avec sa pension, il n'attend point après. Ça serait facile à arranger...

Et elle s'approcha de lui.

Comme toutes les femmes grandes, elle réussissait mal les caresses câlines, mais elle pouvait étreindre un homme debout, et mettre, sans lever le visage, ses yeux dans les siens. Elle le fit :

— T'es pas ben là ?...

Elle pencha la tête sur son épaule, afin de lui laisser voir les meubles brillants, les casseroles fumantes, la lumière tendre à travers les rideaux neufs.

— Ah, si !

— Alors ?...

— T'as p't-être raison...

Il ressentait un étonnement sourd qu'un tel abandon lui parût si simple, si agréable... Il songeait qu'il aurait dû regretter quelque chose, mais quoi ? En vain, il se penchait sur son dedans : la mer en avait disparu comme d'un polder, emportant tout ce qui était à elle, les souvenirs de la Grande Pêche, les habitudes marines, les goûts, les passions, les remords, peut-être, du Gasnier Pierre de la *Rosalba*.

Seule, Marie songeait aux cent mille poissons qu'il avait arrachés à l'eau trouble du Banc ; à leur force colossale contre laquelle il n'avait point été nécessaire de lutter ; à la tentation des myriades d'autres qui croisaient silencieusement sur le Bonnet Flamand, sur le Platier, le Banquereau, et elle se réjouissait qu'il ne les aperçût pas, comme elle, nageant en rangs serrés le long des lignes rousses.

VIII

LES arbres moites mordaient puissamment en étoile, de leur pied griffu, la pente rosie de feuilles et de faînes. L'élan droit et lisse des hêtres alignait de longues parallèles sur la rivière blanche, dont le scintillement s'entrevoyait encore parmi les fourches crispées, à travers le brouillard déjà pourpre des cimes.

Dans le ciel tendre, au-dessus de la vallée, traînaient des lambeaux de nuages où les vents inscrivaient leur courbe. Une grosse voix chanta, puis s'interrompit pour maudire des vaches invisibles.

Pierre Gasnier descendit le versant abrupt. Ses yeux descendaient à mesure, tout le long des fûts gris, jaspés de vert, et les arbres, derrière lui, grandissaient. Quand il fut en bas, au bord de la Rance, il s'arrêta, surpris. Le fleuve canalisé hésitait d'ordinaire sur le sens de son courant : aujourd'hui, à cause des pluies incessantes, il se hâtait, mauvais chemin d'eau ravinée dont toutes les fondrières étincelaient.

Voici que le bois retentit de grands coups clairs, rythmés en frappes de cloches. Il n'y eut d'abord qu'une cognée à sonner, puis une autre entra en branle et les volées s'intercalèrent, égales.

Pierre marcha vers la cadence bientôt interrompue par des rires et des cris qui pleuvaient d'un orme. Dans les hautes branches, les bûcherons jouaient : Burlot avait empoigné la jambe de Roinel et tâchait à le désarçonner. L'autre ripostait en le criblant, à coups de hache, de branches et de lourds éclats. Au pied de l'arbre s'entassaient déjà des fagots liés par des harts de chêne.

— Vous ne vous embêtez pas, là-haut !

Il se penchèrent dangereusement et reconnurent Gasnier :

— Attends. On a fini. On descend.

Ils furent en bas presque aussi vite que les branches coupées et suspendues qu'ils entraînaient dans leur glissade :

— Tu te balades au soleil, fainéant !

— T'es rien gras ! Vrai, t'as tout du pourcet !

Pierre s'épanouit à cette cordialité tombée de si haut :

— Vous n'aviez pas l'air de vous en faire non plus !... Vous en avez encore pour longtemps dans votre chantier ?

— Ça se tire, dit Burlot. Il n'est que temps !

Il semblait subitement préoccupé. Roinel expliqua :

— Oui. Il va falloir finir de bricoler, si on veut trouver un engagement.

— Si on n'a pas signé d'ici huit jours, déclara Burlot, on est fait comme des rats.

— Trois mille francs d'avance, qu'ils donnent, gémit Roinel. Et ils trouvent tout ce qu'ils veulent !

Son compagnon haussa les épaules :

— Trois mille coups de pied aux fesses, et tu marcherais encore ! Tu courrais, parce que c'est ton métier et que t'en as pas d'autre. T'es bon, comme moi, qu'à encharogner des lignes, jusqu'à ce que t'aies le dedans pourri par la brume ou que tu te fasses laver les yeux un jour de cyclone.

Il se tourna vers Pierre :

— Tu plaques, toi ? Paraît que tu te mets avec ton beau-père ?

— Il en est question...

Une association avec le père Le Boull ne lui avait jamais paru si avantageuse qu'en ce moment où il écoutait les deux hommes diffamer la Grande Pêche, maudire le sort qui les clouait aux bateaux.

— T'as raison de lâcher, puisque tu le peux... Et puis, t'as eu ta part !

Ils voulurent voir sa blessure et s'émerveillèrent du long bourrelet de chair chauve qui lui partageait le crâne.

— Et tu ne sais pas qui est-ce qui t'as mis ça ?

Roinel, batailleur, n'eut point aimé encaisser un coup pareil, sans savoir à qui il le devait.

Ils rêvèrent un instant aux mystérieuses dérives. Pierre s'était assis sur un fagot. Roinel et Burlot s'adossaient à un arbre, un de ces bons arbres solidement enracinés qu'ils n'aspiraient pourtant qu'à quitter pour les mâts houleux et tourmentés, tellement lisses qu'ils glisseront toujours des horizons et des regards, si inconstants qu'on ne sait jamais s'il sera permis de s'y appuyer à nouveau, après qu'on s'en est éloigné de quelques milles, pendant quelques moments.

Burlot fixa sur Gasnier, qui roulait une cigarette, le regard que les troupes de relève appuient sur les blessés que l'on emporte sanglants. Il conclut :

— Et dire que c'est pour des sauvageries pareilles qu'on est là à se tourner le sang, par frousse de ne point retourner au Banc récolter des gnions pareils ! C'est-il pas un grand malheur, tout comme, d'être aroutiné comme ça dans c'te saloperie de métier ! Six mois de bagne tous les ans et on en redemande !...

Roinel hocha la tête et essaya d'atteindre le fond même de son instinct de bête migratrice :

— Quoi que tu veux y faire ?... C'est une envie qui te prend... Une envie de foutre le camp.

Sans brusquerie, le jour baissait. Pierre devait aller jusqu'à Clos-Girot acheter du cidre. Il quitta les deux marins, avec un peu de honte et de contentement, pour avoir fait devant eux figure de privilégié.

Le coteau s'écartait de la rivière, laissant, entre elle et lui, une route et une large bande de prés inondés d'où émergeaient des gaulis de châtaigniers. L'eau morte, hérissée d'herbes fines, était bleuâtre, comme savonneuse, et elle semblait profonde de toute la hauteur des arbres qui s'y renversaient. Le crépuscule posait sur elle des taches mauves, ce mauve qui, en toutes saisons, descend avec le soir sur le pays de Rance, fonce ses arbres au lilas, ses labours au violet. Le soleil venait de s'effacer derrière une cime dorée où se suivaient des hêtres noirs. Au flanc des collines, murmuraient des filets d'eau possédant chacun une voix distincte, et des feuilles de bronze tenace s'attardaient sur les buissons ardents.

Je ne veux pas le payer plus de cent vingt francs la barrique, songeait Gasnier.

La ferme, quand il y arriva, était close, mais, dans le chemin, derrière des caquets d'oies encore blanches, il vit venir une gamine grise :

— Y a donc personne, petite ?

— Nenni.

— Où qu'ils sont ?

À la noce à Jeanne Chevet, dans le logement à Pierre Martin.

— T'as donc point été quant et eux ?

— Non.

— Qui que c'est, ton père ?

— Grosjean Alfred qui a coulé su'le banc l'année passée...

— Tiens. V'là pour t'acheter du bonbon.

Il s'en revint le long du chemin de halage que l'eau mangeait, attentif à distinguer la route noire de la rivière noire, dangereusement pareilles. Quelques jours auparavant, un chemineau s'était noyé là, un long chemineau voûté qu'on rencontrait depuis vingt années, bronchant sur toutes les routes, et qu'on relevait souvent plein de sang et de stupeur. Pierre pensait au bruit qu'avait dû faire le grand corps contre l'eau, à la surprise de l'homme dans cette chute qui ne lui faisait mal ni aux genoux, ni au nez ; au froid subit entré par le col, par les manches, par les œillets des gros souliers. Il se rangea, en entendant s'approcher le roulement gras d'une bicyclette et cria, cordial :

— Donne-toi garde de déraper !

Mais José Couesnard passa sans lui rien répondre.

Quand il monta la rue du bourg, des fenêtres s'allumaient. D'autres restaient noires, et derrière celles-là, des femmes étaient assises qui s'efforçaient de capter, pour leur tricot, les dernières lueurs attardées aux vitres. Elles regardaient dehors dès qu'elles entendaient un pas. Les hommes, rentrés des champs, mangeaient assis à l'épaisse table, dans l'ombre d'où les tirait, par intervalles, un sursaut de la flamme dans le foyer.

Au passage du rescapé, les rideaux s'écartaient :

— V'là Pierre Gasnier qui passe. Paraît que le trou qu'il a z'eu dans la tête, ça fait pou !...

— Le gars Roulier n'est quand même point revenu...

— Nenni.

— I' n's'entr'aimaient guère, ces deux-là...

Il passa devant le perron de Cahurel. La patronne se pencha et les yeux au ras des carreaux, elle le suivit longtemps du regard.

— Quand on lui demande, il dit toujours qu'il se rappelle de rien. Au fond, il se rappelle peut-être pas mal de choses... Mais il ne veut rien dire... Ça ne serait peut-être pas dans son intérêt...

Plus loin, l'épicière qui causait avec Félicie Bontemps l'aperçut et appela sa fille :

— Julie ! Ferme donc la porte... Y en a qui ne sont bons qu'à écouter...

Devant la fenêtre de Crochet, où noircissaient des géraniums abandonnés à l'hiver, le marin s'arrêta pour allumer une cigarette. Quand la Crochet, qui le guettait, eut parlé bas, son homme sursauta :

— Yan ! Penses-tu ! C'est un bon gars...

Il tournait à droite, devant l'église. Dans l'ombre creuse du porche, la femme du bedeau lâcha la corde de la cloche et dit à Blanche Toutain :

— C'est-i' pas Pierre Gasnier ?

— Oui, dame... Il est ben à plaindre, le pauvre gars, après un coup de même !

— P't'être ben pas tant que tu crois...

— Et pourquâ ?

— J'sais pas si j'dois te le dire, mais écoute tout comme...

Elle chuchota longtemps :

— V'là c'que dit Berthe Roulier, conclut-elle, et ma fa ! y aurait ren de drôle...

Au-dessus d'elles, l'angelus tinta : trois coups, très purs.

Maintenant, une pluie ténue mouillait la figure et les mains de Gasnier qui voulut, comme à son ordinaire, prendre par la traverse. Mais ses premiers pas s'enfoncèrent, et il rebroussa chemin. Il passerait par la Ville-ès-Coqs... Cinq minutes d'allonge, tout au plus.

À l'entrée du premier hameau, un long rectangle de lumière

rouge traversait la route. Dès qu'il eut marché dessus, Berthe Roulier l'appela par la porte entrouverte :

— Vous n'entrez pas un peu ?

La lampe posée sur la cheminée éclairait, clouées au mur, des cartes postales où des messieurs crème lutinaient des femmes roses.

Quelques jours après son retour, Pierre était venu là avec Marie. Berthe les avait reçus sans fautes de tact. Elle avait voulu voir la blessure ; puis elle avait conseillé au marin de ne point repartir au Banc. L'année dernière, elle aurait tant désiré que le sien lâchât le métier : elle pressentait le malheur.

Quand Pierre avait balbutié quelques paroles encourageantes, elle avait interrompu : « Chez vous, il y avait un gosse, le pauvre innocent !... »

En sortant, il en avait fait à Marie de grands compliments : une bonne fille, un peu coureuse, mais qui n'avait pas eu de chance avec un mari qui cassait tout et la battait. Car il se souvenait de Roulier à terre, de ses colères, quand il pâlissait avant de cogner.

Elle le fit asseoir et le regarda, avant que de parler, de son air qu'elle avait de toujours attendre une commande ou une inconvenance :

— Vous étiez à vous promener ?

— J'ai été jusqu'à Clos-Girot, mais y avait personne. Ils sont en noce, paraît-il.

Elle fit son petit rire qui ne passait point les lèvres :

— Oui... Oh ! il y a longtemps que la vraie noce est faite. Ça fait plus de six mois qu'il la galope... Et vous, ça va tout à fait bien, maintenant ?

Ça allait bien, tout à fait bien..., si bien qu'il avait honte de ses épaules, de ses joues, d'être assis justement dans cette maison devant un verre de cidre. La politesse exigeait qu'en retour il fît preuve de quelque espoir.

— Y a quelques jours, j'causais justement avec Le Mintier et il me disait que dans son idée...

Il raconta avec entrain le séjour probable de Roulier sur le bateau contrebandier, en retrouvant les intonations, les gestes convaincus de l'auteur. Elle l'écoutait attentivement, sans démenti de la tête, sans ce doute des doigts qui raturent, à petits coups, les paroles.

— Je ne serais pas étonné qu'il rapplique en douce un de ces soirs, le gars Louis...

Il but d'un trait sa bolée. Berthe s'était pendant ce temps détournée, et saisissant à côté d'elle, sur la machine à coudre, un paquet, elle le vida d'un coup adroit sur la table, en disant :

— Ils m'ont donné cela tantôt à la Marine...

C'était un ciré, un vieux ciré de fin de campagne, gercé, rongé, noirci, sur lequel elle posait une courte pipe, un briquet, une montre et un couteau rouillé.

— À qui que c'est ?

— Mais à Louis...

— Ils ne vous avaient donc pas encore rendu ses effets ?

Car il s'imaginait que cela venait de la *Rosalba.* Elle secoua la tête et répondit de sa voix distraite :

— Ils ne pouvaient pas... On a retrouvé ça dans le doris.

Il considéra, stupide, le ciré qui se levait lentement, étendait les bras : elle le tenait droit afin de le reployer. Il avait, ainsi étalé, un air sournois et méchant d'épouvantail.

— Ainsi, ils vous ont donné ça ?

— Oui, à Saint-Malo, tantôt...

Il cherchait assidûment une question, comprenant bien qu'il ne fallait point marquer tant de stupeur et qu'elle savourait son silence, en ramassant un à un les objets, en balançant la montre au bout de son lacet graisseux, le briquet au bout de sa chaînette rouillée ! Quand enfin, elle les eut rassemblés, elle s'en alla au bout de sa chambre, s'accroupit devant une commode.

— Comme ça, on a retrouvé le doris ?

Il s'était levé parce que, droit, la question pesante lui était plus facile à arracher. La réponse se fit attendre car Berthe se battait, avec des claques de paumes, contre un tiroir venu de travers. Elle était un peu essoufflée en répondant :

— Mais oui. C'était bien, comme vous disiez tout de suite, un contrebandier d'alcool. La douane américaine a saisi le bateau et ils ont trouvé le doris à bord, et tout ça.

Elle était revenue s'asseoir à demi sur la table, en face de lui, les mains fermées sur le rebord, la poitrine cambrée, les yeux à terre.

— Alors... et lui ?

Elle le regarda d'un air étonné.

— Mais vous savez bien qu'ils vous ont retrouvé tout seul dans le doris... Vous partez déjà ? Vous êtes si pressé ?

IX

— DIX-HUIT jours !

— Dame, du vingt-huit au seize, ça fait le compte.

Le chiffre était grandiose et Gasnier en tirait vanité. Dix-huit jours de dérive, dont la moitié au moins de tortures sans nom, et avoir tenu tout ce temps, en dormant ! Ne se souvenir de rien au réveil ! Il admirait, comme un somnambule à qui l'on raconte les acrobaties de son sommeil.

Le capitaine Forgeot venait de lui apprendre que le *Strong* l'avait retrouvé, le seize août, par 43 degrés de latitude, gisant dans son doris, la tête ouverte, et seul. Les *bootleggers* l'avaient gardé cinq jours, pendant lesquels avaient alterné le délire et le coma, puis, à leur première escale, ils l'avaient déposé à terre, la nuit. William Crooker, commandant le *Strong*, s'honorait pourtant d'avoir, à coups de poing dans leur porte, réveillé des pêcheurs, pour leur crier, avant d'embarquer, qu'un homme agonisait sur la plage.

Roulier ? On n'avait trouvé que son ciré, avec quelques bricoles dans les poches... On avait dû renvoyer le tout à sa femme.

— Oui. Elle me l'a montré.

— Tu l'as vue, Berthe Roulier ?

— Hier soir... C'est pour ça que je suis venu ce matin.

— T'as bien fait. Sans ça, je t'aurais écrit de venir... Et qu'est-ce qu'elle t'a dit ?

— Tout simplement que la prohibition avait saisi le bateau et qu'on avait retrouvé le doris à bord, avec le ciré dedans.

— C'est tout ?

— Oui. Elle n'est point causante. Qu'est-ce qu'il y a encore, donc ?

Forgeot se décida :

— Écoute. Après tout, vaut mieux que tu sois au courant... Ce n'est pas de sa faute, à Berthe Roulier, s'il ne t'est pas arrivé d'histoires... Il a fallu que je me mette en travers... Tu comprends, un bonhomme couché dans un doris, la tête fendue, enveloppé dans le ciré de l'autre, on a tout de suite inventé un drame : t'as balancé ton matelot à la flotte et t'as gardé son ciré pour te couvrir. Voilà ce que m'a raconté le procureur, à moi, et je n'ai pas besoin de te dire celle qui lui avait soufflé cette idée-là...

— Elle a dit ça, la Roulier... Eh ben !...

Il regarda autour de lui, en hochant la tête : il vit, sur la cheminée, des petits marins de terre cuite qui se préparaient à lui jeter une bouée où était inscrit : *Souvenir de Saint-Malo.* Pour la première fois, il regretta d'avoir la tête vide, de n'y pouvoir rien découvrir, depuis la veille, qu'une grande surprise, aggravée maintenant d'une grande inquiétude. Non ! Rien dans le crâne..., mais, quelque chose dessus ! Il ôta sa casquette et offrit sa blessure :

— Amoché comme ça, j'aurais pu faire basculer un gars comme était Roulier ?

— Évidemment ! Ça ne tient pas debout... Maintenant, le procureur dit qu'il ne sait pas si c'est un coup d'aviron que t'as reçu. Ils te l'ont dit à l'hôpital... Pendant qu'ils y étaient, ils auraient bien pu l'écrire. Or, il n'en est pas question dans les papiers qu'ils ont envoyés à la Marine... Ils parlent bien d'une fêlure de la base du crâne déterminée par un coup, mais quel coup ? T'as pu tomber de faiblesse sur le coin d'un banc, sur le bordé, et longtemps après t'être défait de l'autre...Voilà ce qu'ils ont trouvé, à la Justice !

Gasnier prit sur la table un presse-papier de verre, grossissant l'image d'une mer fort bleue, soigneusement ondulée. Il le fit tourner quelques instants dans ses doigts qu'il rafraîchissait, puis il le déposa rudement.

— Alors, capitaine, vous croyez, vous, qu'on peut se massacrer comme ça, en tombant de sa hauteur dans un doris ?

Forgeot haussa longuement les épaules :

— C'est ce que je leur ai dit, tu penses. Je la connaissais, moi, ton entaille : « Pour s'ouvrir la tête comme ça, que j'ai dit, faudrait au moins tomber de la grande vergue. J'en ai vu des têtes fêlées depuis vingt-trois ans ! Ce coup-là, c'est un coup d'aviron. » C'est écrit dessus : t'as encore le tranchant marqué dans le cuir. « Alors, après avoir reçu ça, il n'était pas bien dangereux, le pauvre bougre ! » Voilà ce que j'ai dit.

Pierre approuvait :

— Des bobards comme ça, vaudrait mieux en rigoler.

Il essayait, sans y parvenir...

— Alors le procureur m'a demandé : « Mais pourquoi ce coup d'aviron ? Il y a un motif. » Un motif !... C'est à embrasser, tu ne trouves pas, des types comme ça ! « Un motif, que je lui ai répondu, il y en a au moins dix-huit. » Dix-huit jours de dérive, ça ne lui suffisait pas pour expliquer un mauvais coup !... « Ils se sont probablement battus ? » m'a-t-il dit. « Certainement, que j'ai répondu, et quand il a eu assommé son matelot, Roulier a sauté. Voilà. » Il a bien voulu admettre que mon explication était la meilleure, ça fait que tu ne seras pas embêté, mon pauvre vieux. L'affaire a été classée... Je peux te dire que ça n'a point fait le bonheur de Berthe Roulier. Elle est venue ici, hier, et qu'est-ce qu'elle ne m'a pas raconté ! J'ai presque été obligé de la ficher dehors... Si j'ai un conseil à te donner, c'est de t'en défier.

Il se leva, et Pierre Gasnier après lui. Debout, le capitaine était d'une tête plus petit que le matelot et semblait plus jeune. Une lèvre un peu courte l'obligeait souvent à rire, mais, qu'il devînt seulement attentif, son visage et ses yeux durcissaient.

Si Gasnier l'écoutait avec tant de déférence, c'est qu'il était juste, pêchait bien, ne buvait jamais et mettait son équipage au biscuit et à l'eau si les dorisiers refusaient de sortir, quand il avait, lui, décidé que le temps était encore maniable. En fin de campagne, alors que les hommes à bout ne songeaient qu'au retour, il était assez fort pour retarder le départ de huit jours si la pêche se relâchait. Les armateurs se l'arrachaient et ses marins bien domptés disaient de lui, à terre : « Pas facile, le monsieur..., mais c'est un sacré gars ! »

— Viens voir ma construction... Ma femme voulait une

serre. J'ai eu plus tôt fait de bâtir que d'aller chercher un entrepreneur.

Dans le jardin humide, s'élevait, exposé au sud, un long cube de ciment et de verre. Forgeot venait de l'achever : le matin même, il avait barbouillé de chaux les vitres des châssis. Un grand mimosa étageait au-dessus du toit ses cascades de brume verte. L'arbre irritable, dont les feuilles ténues se rétractent au toucher de l'homme ou du froid, vivait sans émotions sous le doux climat de Dinan qui prodigue en toutes saisons les fleurs, les roses à Noël, les glaieuls éclatants et les fuchsias tricolores tout au long de ses hivers tièdes.

— J'ai des camélias en pleine terre. S'il ne gèle pas, ils seront ouverts avant huit jours.

Le capitaine montra le thermomètre accroché dans le mur du jardin :

— Plus douze, dehors, en février ! Hein, si on avait ça tous les jours d'été sur le Banc !

L'étreinte d'un bras de Gulf-Stream réchauffait, en effet, la côte et l'arrière-pays. Les arbres, mis au bain-marie des brumes moites, prenaient dès la mi-janvier des tons corail et crevette cuite... Et c'était ce même Gulf-Stream qui tiédissait les eaux de Terre-Neuve, mal frappées par les courants polaires appauvris, et qui en chassait, vers les mers froides, la morue prise de nausées. C'était encore lui qui bientôt, hâterait les débâcles et lancerait des hordes d'icebergs contre les voiliers à l'attache...

— Entre !

Dès le seuil, une chaleur agressive vous heurtait. Forgeot avait installé dans la serre un poêle à cloche qu'il maintenait au rouge, comme ceux de son bateau, à grand renfort de coke et de coups de ringard. Des colliers de fils de fer l'entouraient, car il avait déjà éclaté : une longue balafre ardente. Le capitaine ne chauffait point tous les jours, mais quand il forçait ses plantes, les murs neufs, eux aussi, se fendaient. Il bousculait la paresse du végétal comme celle d'un équipage rétif et une buée lourde montait des terreaux.

Sur les étagères, les camélias vernis épanouissaient leurs roses blanches veinées de carmin. Ils portaient des étiquettes de bois jaune où ils s'appelaient comme des bateaux, Étoile

Polaire, Galathée, Neptune, Alice. Des cinéraires, gorgés de guano, offraient, avec trois semaines d'avance, leurs disques bruns et leurs rayons rouges. À peine noircies, de çà, de là, par la mort, des bordures d'héliotropes vanillaient énergiquement l'air. Les oignons des jacinthes bouchaient les carafes remplies d'eau où plongeaient leur chevelu blanc. L'une d'elles, une bleue double qui se nommait: « Og, roi de Bazan », était éclose :

— Sens-moi ça !

Le parfum suave et subtil pénétra très loin dans l'homme, qui, poliment, aspirait. Soudain, il écarta brusquement le flacon, comme s'il eût été plein d'une ammoniaque suffocante, et, tout saisi, il regarda le capitaine :

— Ah !... Ça... C'est rigolo ! Voilà que je viens de me rappeler, tout de suite, là... Il y a eu une histoire de fleurs !

— Où ?

— Dans le doris.

Forgeot reposa la carafe et fit jouer un châssis : de l'air frais entra.

— Non, capitaine... Je ne suis pas malade. J'ai la tête solide. Mais, je suis sûr, comme on est là deux, qu'il y a eu une histoire de fleurs.

— Vous en aurez parlé, sans doute, dit Forgeot tranquillisé. T'auras pensé à ton jardin.

— C'est possible... Mais y a eu autre chose. C'était pas seulement d'y penser, comprenez-vous ?... Je ne sais pas comment vous expliquer ça, moi... Et puis, je ne me rappelle ni comment, ni pourquoi. Ce que je sais, c'est qu'il y a eu une histoire de fleurs.

Une histoire de fleurs, cela voulait dire, pour lui, que les fleurs avaient, dans le drame de la dérive, joué un rôle actif et peut-être redoutable. On avait eu affaire à des fleurs, à des fleurs qu'on plante, qu'on cueille. Il y avait eu une histoire de fleurs comme une histoire d'aviron. Mais c'était si absurde qu'il ne voulut point paraître attacher d'importance à ce premier souvenir pourtant authentique, et il conclut :

— Une bêtise.

Pourtant, cela le préoccupait : il se trompa de place en signant le reçu de l'assurance et ne recompta pas l'argent que lui donnait le capitaine. Quand il eut longuement noué, autour de son portefeuille, un lacet de cuir, il ne s'en alla point, et rêva, les yeux attachés sur la table.

Forgeot attendit. Il n'exigeait de la vivacité que dans le travail. Aux conversations importantes avec les hommes, il apportait une absolue patience, sachant, de longue date, qu'il devait leur laisser le temps de débrouiller leurs pensées, de rouler précautionneusement dans leur esprit, les offres ou les questions. Ils se conduisaient dans leurs réflexions ainsi que dans la brume, en tâtonnant, en louvoyant.

Il croyait d'ailleurs Pierre Gasnier inquiet d'avoir frôlé la Justice. Les marins en avaient une telle peur ! Parfois, à Terre-Neuve, quand l'un d'eux refusait d'embarquer dans son doris, il suffisait de le menacer d'une inscription au cahier disciplinaire pour que cela finisse tout de suite par des excuses et un quart de vin.

Il frappa donc sur l'épaule de Pierre assez cordialement pour le faire plier :

— Surtout ne va pas te faire de mousse pour l'enquête ! Ça se fait chaque fois qu'il y a un disparu ; tu le sais bien. Puisque je te donne ma parole que c'est fini, que tu ne seras pas embêté...

Quand Forgeot, sur les Bancs, disait : « Je vous donne ma parole que ça ne fraîchira pas maintenant », les hommes partaient rassurés.

Il restait à Pierre deux heures avant le départ du train. Il s'attabla dans un café, rue de la Poissonnerie, et y but quelques bolées d'un cidre nouveau, un peu écœurant.

Non... Ce n'étaient point les histoires du procureur qui le tracassaient. Comme l'avait dit le capitaine, c'était fini et ça ne tenait pas debout. C'était cette miette de souvenir retrouvée à l'instant, dans la serre, et qui lui irritait l'esprit, comme une parcelle de pain, la gorge.

Désormais, il le sentait bien, c'en était fait de sa tranquillité : il allait se tourmenter, se fouiller. Il tenait un bout de vérité : il faudrait tirer dessus jusqu'à ce que le reste vienne. Ainsi, sur le voilier, quand on se battait contre une manne de lignes brouillées, un inextricable paquet de cordes qu'il fallait démêler, dénouer, pendant des heures. Il y était pourtant habile et patient, à ce travail, parce qu'on ne s'y servait que des doigts et des yeux. Travailler de la tête, dame, ce n'était point son fait!

Souvent à Dinan, les jours de marché, on lui mettait en main une image-réclame, à devinettes bleues et rouges: « Ce berger a perdu son chien. Cherchez-le... », « Ce gendarme poursuit un voleur: il n'est pas loin... » Jamais il ne découvrait le chien dans le nuage, ni le voleur dans la botte. Il chiffonnait le papier et n'y pensait plus.

Mais il ne se débarrasserait point ainsi des fleurs du doris: elles étaient enracinées dans son inquiétude, une inquiétude neuve qu'il redoutait parce qu'il la nommait déjà « les idées », « les idées qu'on se fait ».

Sur le Banc, il les avait vues à l'œuvre, ces idées, chez ceux qui recevaient une lettre signée les avertissant d'une maladie, chez ceux encore qui recevaient une lettre sans signature les avertissant d'une infidélité. Ceux-là se consumaient à imaginer, incapables, eux aussi, de savoir ou d'agir. Ils gardaient, pendant des mois, l'esprit à vif, comme leurs mains et ne parlaient plus, ramassés farouchement autour de leur angoisse.

Et puis, qu'allait-il rencontrer, en explorant ainsi son désarroi, en essayant tout le jour d'arracher à son oubli des morceaux du drame? S'il allait apprendre des choses... Dix-huit jours de dérive... Un homme disparu. Un autre assommé. Comment? Pourquoi?... Il se souvint de camarades atterrés au récit des lourdes sottises qu'ils avaient commises dans l'ivresse, sottises oubliées dont il ne demeurait que la responsabilité.

— Marie!

Le nom de la servante crié par l'aubergiste le redressa, exorcisé. Il avait, lui aussi, une Marie à appeler, une Marie qui avait de la tête... Inventer, deviner, suggérer, c'était l'affaire des femmes à l'esprit délié. Elle saurait bien renouer les bouts du fil qu'il lui apporterait et faire avec cela les reprises nécessaires dans le passé troué. N'avait-il pas adopté, depuis sa convalescence, le facile parti de s'en remettre à elle pour les comptes, les démarches, les décisions, pour tout? À quoi bon, dès lors, se persécuter?

Elle était assise, et tricotait, les mains illuminées par la lampe, le visage dans la pénombre:

— Eh bien ?

Il ne parla qu'après l'avoir embrassée, deux baisers robustes mais inhabiles : il s'était perdu les lèvres sur son enfant... Eh bien : c'était une affaire réglée. L'enquête... Il ne serait pas embêté. Voilà.

Elle le pressa de questions inquiètes. Ainsi, tous les racontars du bourg, les perfides sous-entendus des femmes avaient pris corps dans les papiers des juges. Cela durait depuis trop longtemps ! Le moment était venu de tout tirer au clair pour répondre victorieusement à tous et à toutes.

Certes, Pierre lui faisait grande pitié, quand il tournait dans le vide, avec des yeux égarés d'écolier qui a oublié sa leçon ! D'habitude, elle cessait très vite de le questionner : il était si bien dans son oubli ! D'ailleurs, pourquoi ne point avouer qu'elle craignait parfois, elle aussi, d'apprendre... des choses. Mais elle le regarda : il avait une figure si franche, tellement l'air du meilleur des hommes, qu'elle eut honte de son inquiétude. La lampe la gênait pour le bien voir : elle l'écarta, et, les coudes sur la table, le menton appuyé sur ses mains jointes :

— Voyons ! Une fois pour toutes, essaie de te rappeler... Vous êtes dans le doris. Vous vous apercevez que vous avez dérivé. Vous ne pouvez plus retrouver le bateau. Qu'est-ce que vous avez fait ?

Il n'hésita pas :

— Là où on était, on n'a pu faire que du sud. Tu comprends, c'était notre seule chance de rencontrer un paquebot...

Elle ne releva point sa méprise :

— Vous avez eu à manger pendant combien de jours ?

— Neuf jours, à un biscuit par jour. Le capitaine a dit que les boîtes étaient au complet... L'eau a dû manquer avant, par exemple.

Ainsi, il ne livrait que les souvenirs des autres. Elle fit effort pour demander :

— Tu ne te rappelles pas n'avoir ni bu, ni mangé pendant neuf autres jours ?

Sa voix tremblait : deux cents heures affamées ! La dévorante brûlure de la soif au creux du pauvre corps !... Devant elle se dressa une effrayante vision de son enfance : la momie angoissée d'un chat que des maçons, jadis, avaient emmuré dans une soupente, pour conjurer le mauvais sort, et qu'on avait mis au jour comme elle passait. Un trou béant, la gueule ; un arc crevant la peau sèche, le dos ; des pattes frénétiques griffant la mort ; un squelette distordu par une souffrance sans nom...

Cependant, il répondit, tout penaud, d'un ton d'excuse :

— Non... Je me rappelle pas.

Marie toussa, afin de s'éclaircir la voix : il fallait maintenant parler de l'autre. Immobile d'attention, Pierre guettait les questions qu'il devinait importantes :

— Et Roulier... Tu ne te rappelles pas t'être disputé avec lui ?

— Sûrement que si ! Deux bonshommes, dans un doris, pendant dix-huit jours, ça ne fait que s'entre-engueuler... On a dérivé : chacun dit que c'est la faute de l'autre... L'un veut faire du sud, l'autre de l'ouest. Pour le partage des vivres aussi. Surtout que c'était moi le patron, et avec une tête comme il avait !

Elle se tut, découragée. Alors, il se leva, en s'injuriant :

— Pas moyen ! tu vois... C'est-il pas malheureux d'être aussi bête et de n'avoir plus rien là-dedans !

Il se lança dans le front un coup de poing qui lui fit mal à sa blessure, puis il s'en alla au foyer chercher un tison pour allumer sa pipe :

— Je ne me rappelle qu'une chose...

La pipe rougeoya et fit briller l'envers de la visière :

— Une chose que je me suis rappelée tantôt... chez le capitaine...

Il aspira longuement, et derrière un écran protecteur de fumée :

— ... C'est qu'il y a eu, dans le doris, une histoire de fleurs.

Les aiguilles d'acier cessèrent de modeler la laine : Marie le regardait :

— Oui... une histoire de fleurs... J'sais ben ! C'est plus bête que tout. Le capitaine m'a cru fou... Et pourtant, y a eu une histoire de fleurs. Ça, j'en suis sûr !

Dans l'ombre, près du mur, l'enfant cria. Marie, en allant au berceau, cherchait, de toutes ses forces, comment raviver l'hallucination. Une histoire de fleurs ?... Une histoire de fleurs ?... Ainsi, morts de faim, ils avaient eu des fleurs à sentir, à cueillir ? Délire, fièvre ! Ça ne lui apprendrait rien... Pourtant... Elle y rêvait, en revenant, avec le petit dans ses bras, s'asseoir au bord de la table, en se dégrafant. Lui, délivré de son aveu, souriait à la vue de son fils qui rivait goulûment sa bouche à la valve rose du sein bien gonflé. Celui-là, au moins, buvait tout son saoul !

Tout à coup, il devint tellement fixe qu'elle sentit entrer le malheur et leva les yeux. Hagard, il regardait, sous le sein qu'elle soulevait, une « envie », une framboise lie-de-vin...

Il la connaissait, cependant ! Il savait bien qu'il y en avait une autre, plus bas... sur la hanche. Alors, pourquoi tant d'horreur dans ce regard ? ces effrayantes prunelles de dément ?

Marie se leva, jeta presque le bébé dans le berceau et courut :

— Qu'est-ce que tu as ? Es-tu malade ?

Il restait debout, pétrifié, et son menton tremblait. Elle le saisit, voulut l'entraîner vers une chaise. Il la repoussa et elle comprit : *il se rappelait !*

La peur, la peur panique, celle du revenant sur le seuil, chez Victor Le Boull, empoigna Marie à la gorge. Elle se débattit, cria :

— Mais parle ! Parle ! Reste pas comme ça ! Qu'est-ce qu'il y a eu ? Dis ! Dis, Pierre !

D'une voix cassée, vieillie, arrachant les mots avec des efforts d'agonie, il balbutia :

— C'est... à cause des taches... des envies que tu as...

Elle crut à la fièvre chaude : elle et sa mère l'avaient tant redoutée, les premiers jours !

— Roulier en causait dans le doris... de tes taches.

L'enfant pleurait. Marie ne l'entendait pas, bien que son homme parlât tout bas, avec des mots qui lui crevaient aux lèvres, comme des hoquets :

— Il disait... qu'il les connaissait, parce que... parce qu'il t'avait vue toute... et qu'il t'avait... qu'il t'avait...

Il souffla tout bas un mot ignoble, sans avoir vu le regard qui le lui interdisait, puis il s'assit, pesamment, les coudes sur les genoux, le front dans les mains.

Marie regardait à terre, la bouche déviée par le mépris. Brusquement, elle releva la tête, et de la colère, la colère des Le Boull, plein les yeux :

— Si tu l'avais fait... t'aurais bien fait, dit-elle.

X

LES huit jours d'hiver annuels étaient passés sur le pays de Rance, traînant une queue de brouillards froids.

Le ciel touchait terre : le ciel livide des mois noirs, la terre molle de pluie et triste. La rivière gardait une étroite crépine de glace jaune. C'était, ce matin-là, tout ce qui se voyait d'elle : le reste était brume, brume dense et couleur d'eau, où se devinait, parfois, le cliquetis blanc des mouettes criardes...

Les deux hommes pêchaient au centre de la Plaine, un lac mat où couraient des fumées. Pierre ramait bruyamment, afin de rabattre le poisson vers la rive. Il cessa, parce que le père Le Boull, appuyé au treuil, avait fait un signe. Le canot, courant sur son erre, glissa au-dessus d'une fosse que tous les pêcheurs de la Rance connaissaient.

En prenant le clocher de Trévallon par la cheminée de Clos-Girot, on tombait en plein dessus ; mais, seul, Le Boull était capable de la trouver du premier coup, par les nuits noires et les temps les mieux bouchés.

Le treuil grinça, et le carrelet, une énorme araignée debout sur sa toile, creva la surface blême de l'eau. Les demi-cerceaux s'enfoncèrent jusqu'à leur croisement ; le bout de la perche, même, entra dans la rivière, et le bateau eut l'air de pêcher à la ligne.

Le Boull attendit quelques longues minutes, puis, d'une main, il tourna la manivelle du treuil, et la barque pencha, attirée par le lourd engin qui semblait s'être attaché au fond.

Il remontait, pourtant : d'abord, apparurent quatre remous tourbillonnant à la naissance des traverses ; ensuite, quatre arcs de bois noir, au bout desquels s'accrochaient quatre triangles de dentelle claire, aux mailles operculées d'une pellicule d'eau. La poche ronde du carrelet se rétrécit, encore... et encore.

Tout d'un coup, élastique, la nappe de fil se délivra de l'eau, vibra, projetant une pluie carrée et le frétillement vermeil des sardines, que le patron, d'une adroite secousse, fit ruisseler dans la barque.

Il prenait, d'habitude, l'humeur de la rivière, jovial quand elle se montrait prodigue. Pourtant, les sardines s'amoncelaient dans le parc et Victor Le Boull gardait le silence et un visage violent.

En sortant de chez lui, tout à l'heure, au matin, il avait trouvé, dans sa cour, le chien des Couesnard en train de plumer une de ses poules. Il l'avait empoigné par son collier et battu sauvagement. La fermière était accourue aux hurlements de sa bête :

— Si je l'y reprends, lui avait crié Le Boull, j'lui fais piquer une tête dans le doué, avec une pierre au cou. Tenez-vous-le pour dit.

La vieille lui avait jeté un mauvais regard :

— Ça ne m'étonne point !... Vous êtes à l'habitude de noyer, dans vot'famille.

Il avait marché sur elle :

— De quoi que vous dites ?

— Demandez-le à vot'gendre, de quoi que je dis...

Il en avait assez ! Sa femme lui avait déjà confié les racontars du bourg, en gémissant, les mains jointes sur son ventre :

— Le monde est-il méchant, tout comme !

Et les hommes qui, le dimanche, aux auberges, se taisaient à son entrée... Et ceux qui exagéraient la cordialité, puis chuchotaient entre eux dès qu'il tournait le dos ! La semaine dernière, cette histoire d'enquête. Ce matin, le coup de dent de la vieille ! Il allait lui causer, à son gendre !

Avant d'embarquer, en dénouant l'amarre :

— T'es au courant de ce qu'on raconte ?

— De quoi que vous voulez que ça me fasse ?

— Ça t'est égal qu'on dise que tu as foutu ton matelot à la mer ?

Il s'attendait à tout, sauf à la réponse du marin :

— Et après ? Même si je l'ai fait, c'est mes affaires !

Ils s'étaient défiés du regard, et le vieux avait murmuré :

— On va régler ça... après.

Comme il s'était alors détourné, pour se laisser glisser dans son bateau, avec des précautions — sa mauvaise jambe... — il n'avait vu ni le haussement d'épaules, ni l'insolent sourire.

Depuis, ils pêchaient, en remâchant leur rancune.

— Nage !

Ils firent le tour de la large fosse, sans frapper le fleuve, cette fois, et Pierre, distrait, ne sentait pas qu'il ramait avec toute la souplesse retrouvée de jadis, l'obscur plaisir ancien de tenter la souplesse de l'eau qui lui cédait exactement.

Au signal, il abandonna les avirons et regarda le long du bord : des branches d'ajonc, arrachées à la lande par un défricheur riverain, s'étaient rangées contre la coque, sous sa main. Elles étaient fleuries de la seconde floraison.

Les fleurs !... Il savait, à présent, qu'elles avaient fait peser sur le doris en dérive une incessante et tragique menace... Laquelle ? Il ne pouvait pas même le supposer.

Le second souvenir ? Ah ! Il était, celui-là, devenu terriblement précis ! Peu à peu, d'autres outrages avaient jailli de l'ombre, et le visage enragé de Roulier montant, descendant au gré du tangage et aboyant, dans les rafales. Toutes les saletés qu'il avait criées là-bas s'étaient coagulées dans la mémoire de Pierre, et sa pensée s'engluait là-dedans, tout le jour, ainsi qu'un voilier dans un banc visqueux de méduses.

Pourtant, caprice de l'amnésie, sans doute, ces affreuses paroles, il lui semblait qu'il ne les avait point entendues à Terre-Neuve, mais chez lui, au bord de sa table. C'étaient des paroles gelées, ainsi que les serpents d'hiver. Il les avait emportées lovées en lui, et ce n'était que dans la tiédeur du logis qu'elles s'étaient réveillées en mordant.

Marie avait dédaigneusement refusé de chercher une explication : jamais elle n'avait parlé à la Roulier des « envies » qu'elle avait sur le corps.

— Est-ce que cela la regarde ?

— Mais alors, comment que lui a pu savoir ?...

Dès qu'il s'essayait à raisonner là-dessus, elle interrompait son travail et lui lançait un dur regard :

— Crois-tu que c'est vrai ?

— Non.

— Eh bien, alors ?...

S'il osait insister, elle s'indignait :

— Tu n'as pas honte d'être toujours à remuer ces saloperies-là ! Je serais la dernière des traînées que tu ne me parlerais pas autrement, ma parole !

Elle lui gardait rancune de cette offense. De son côté, il lui reprochait de ne plus s'émouvoir ; un cri de colère, le premier soir. Mais, depuis...

— Tu voudrais que je me tourne le sang pour des choses que tu as rêvées ?

Ça non ! Il n'avait pas rêvé ! À présent encore, assis dans ce bateau, il entend ricaner le mort sardonique, et toutes les inflexions de sa voix creuse. C'est d'abord un âpre soliloque sur les nourritures et les femmes rassasiées : « T'es là, à crever. Elles, elles s'en mettent jusqu'aux yeux ! elles se font des omelettes ; elles s'achètent du gigot, du lapin... Tous les poulets, elles les fricassent... J'ai faim ! Elles ont des petits pois... au lard... dans le jardin... et des haricots au beurre... et de la galette... et du lait ribot, du pinard, du café. Oh ! oh ! Gasnier... j'ai faim !... Et elles ? Elles ! elles se font chauffer du vin blanc et elles foutent plein de goutte dedans, plein ! Ça s'en fourre, ça s'en fourre... à en baver ! À ta santé, vieux ! »

Voilà qu'il se lève, à présent. Pourtant le doris pointe, comme un cheval amoureux de l'homme... Roulier se lève et il crie qu'elles ont bien raison de ne pas s'en faire, parce qu'elles font campagne, elles aussi, campagne... sur le dos ! Qui en veut ! Et avec une science ignoble, ramassée dans les bouges du long-cours, il décrit les adultères, voue les coupables à de pénétrants supplices.

Berthe, sa femme ?... Il l'avait ramassée sur les genoux des débardeurs nègres dans un bar à filles de Brest. Mariée, elle continuait son métier... Y avait rien à dire... Il était prévenu... Elle lui glissait dans les mains, quand il voulait la tuer... Et puis, elle le tenait. Ça ne regardait que lui !

Mais, la sienne, à Gasnier ! Une faiseuse d'embarras que ça démangeait autant que les autres ! Elle avait beau être dévote, elle se payait, tous les ans, six mois de carambolages. La preuve ? Ces marques secrètes qu'il connaissait bien, lui, Roulier, et s'il les connaissait, c'est que, comme d'autres, sa Marie, il l'avait...

— Ah ! le salaud !

Un furieux coup de reins, une détente en pleine force sur les avirons. La barque lancée droit dans le carrelet. La détonation sèche du bois qui casse. Pierre, confus et réveillé, cule, tandis que le patron, se ruant sur le treuil, hisse le filet dont deux allonges pendent, fracturées.

Le vieux étouffe de colère et peut à peine jurer :

— Mais, va-t'en ! crie-t-il. Laisse les bateaux tranquilles ! T'y fais du propre !... Sur les barques, comme dans les doris.

Pierre obéit, et se jette à nager avec emportement, droit sur la jetée, dont, soudain, l'extrémité se dépouille de brouillard :

— Mollis ! crie Le Boull.

L'autre accélère encore le rythme forcené. Il lance un coup d'œil derrière lui : bon ! on court en plein dessus... Il lâche les avirons, saute sur l'avant, puis sur la digue au moment où la barque heurte durement l'angle vif. Pris entre le mur et la coque, l'aviron de tribord se rompt. Victor Le Boull enjambe douloureusement les bancs et mêle, sur son visage, les grimaces de ses rhumatismes et de sa fureur. Gasnier est déjà évanoui dans le brouillard.

Il remontait à grands pas vers la maison : il ne serait plus question, pensait-il, d'association avec le beau-père. Tout était bien cassé : carrelet, amitié, aviron. Il en faudrait de neufs !

Sa colère ne tint pas longtemps contre la côte. Il dut ralentir le pas et la pensée. C'est alors qu'une inquiétude naissante le tourmenta : pourquoi ne se souvenait-il que de Roulier, dans le doris, et pas le moins du monde de lui-même ? N'avait-il donc rien dit, rien fait ? Roulier parlait longtemps, librement... Alors ? Lui ? Il avait accepté ? Il était impuissant ? C'était pire que tout si après ça, il ne l'avait pas assommé !

Car, fallait-il pas avoir de la malfaisance plein son maudit corps pour s'acharner de même sur la femme d'un copain de misère !

Les postures immondes où il l'avait pliée et que Pierre, maintenant, imaginait, en la regardant...

Il connaissait, à Joualy, une église polluée par la fornication. Dans la nuit du mardi gras, des gars et des filles y étaient entrés... Depuis, malgré les chants de réconciliation, il n'y montait que des prières troubles. Le souvenir du stupre obsédait les fidèles et les prêtres... Ah ! malheur !

Dans le bourg, il marcha, la tête levée, quêtant des yeux une occasion de querelle, prêt à provoquer quiconque répondrait mal à son bonjour, ou le regarderait trop longtemps... La rue était vide, et la place.

Quand il entra chez lui, le capitaine Forgeot l'accueillit. Il finissait, cette fois, sa tournée d'engagements et il ne lui manquait que quelques hommes :

— Je disais à ta femme que ça marchait un peu mieux pour les pêcheurs. Le gouvernement a tout de même relevé les droits de douane sur la morue étrangère, et la Banque de France prête aux armateurs de l'argent à deux pour cent.

— Ah !...

— Il en restera encore trop à terre, sans parler des fainéants de ton espèce... — il lui tapa sur la cuisse. Alors, tu nous laisses boëtter tout seuls, cette année ?

— C'est selon...

Le marin était froissé d'être ainsi mis d'office au rancart. Il se souvenait aussi, pour s'en étonner, que lors de sa dernière visite à Dinan — le jour de la serre — le capitaine n'avait rien dit des engagements.

Forgeot, cependant, s'était mis à rire :

— Pour t'embarquer, il faudrait la permission de ton second, mon gars, et elle n'a point l'air disposée à te la donner. Elle a raison, si tu n'es pas tout à fait remis.

Gasnier haussa les épaules d'impatience :

— Je suis remis y a longtemps !... — Marie, en essuyant les verres, fit « non » de la tête, pour tous les deux. — Mais elle vous dira que je suis toujours mourant, si vous voulez l'écouter !

Il s'était assis sur la table et, d'un air faussement dégagé, comme un renseignement sans importance, il demanda :

— Combien que vous donnez ?

Forgeot n'aimait pas beaucoup étaler ses chiffres devant des curieux ; puis, l'air goguenard de Gasnier, un air nouveau et qui lui allait mal, lui déplaisait. Il cessa de rire :

— Si tu me demandes ça, c'est donc que tu veux qu'on cause ?

— Pourquoi pas ?... Si les conditions me conviennent.

Les yeux gris, insistants, le surveillaient. Il ajouta, gouailleur :

— Vous n'y comptiez pas ?

— Non, répondit nettement le capitaine.

— On dirait, tout comme, que ça vous embête... On vous a causé de moi, pas vrai ? Ils sont tout en goule, dans le pays !

Forgeot réfléchit un instant, puis posa bien à plat, sur la table, sa main droite. Elle était timbrée d'une ancre :

— Je te l'ai déjà dit, mon gars, et tu me connais, je n'ai qu'une parole : pour moi, ton histoire, c'est une chose classée, finie. Les racontars, tu sais assez le cas que j'en fais. Jamais les bobards ne m'ont empêché de faire ce que j'ai décidé. On en raconte tant qu'on veut sur mon compte. Seulement, ta femme vient de me dire que tu lâchais le métier ; on me l'a répété dans le bourg, on m'a même dit que tu te mettais avec ton beau-père...

Pierre rit le plus bruyamment qu'il lui fut possible :

— Allez donc lui demander, au patron, s'il a de l'embauche pour moi, à présent. Il doit être à raccommoder un aviron que je lui ai pété tout à l'heure pour lui apprendre à tenir sa langue !

Forgeot jeta un regard à Marie, soudain arrêtée, qui fronçait les sourcils. Il répliqua :

— Ce que tu as pu avoir avec ton beau-père ne me regarde pas. Ce que je veux savoir, c'est si tu as changé d'avis.

— Dites toujours ce que vous donnez, on verra après...

Le capitaine se retourna encore vers la femme. Elle se taisait : un mot d'elle, et son homme s'entêterait davantage. Un coup de tête de marin, c'est un grain qui s'essuie sans trop de casse, si on amène tout. Seuls ses yeux suppliaient : « Il est fou ! Ne faites pas attention. Ne profitez pas. »

Forgeot lui adressa un signe imperceptible et se leva.

— Écoute. Je ne veux pas te prendre comme ça à l'improviste, dans un moment de dépit ou de cafard. Tu vaux mieux que cela, et moi aussi... Cause avec ta femme. Pense à cela à loisir et viens me voir le jour du Liège, si tu es décidé.

— Je suis décidé.

— Et moi aussi, je suis décidé, décidé à te laisser huit jours pour réfléchir. Je ne veux pas de regrets.

En serrant la main à Maire, il sourit comme pour dire : « Maintenant, ça vous regarde. » Puis, il frappa sur l'épaule de Pierre :

— Entendu, hein ?

Le marin, toujours assis sur la table, balançait une jambe :

— On dirait que je ne prends pas autant de morues que les autres. J'ai pourtant pas la gale !...

Forgeot serra les mâchoires. La colère, malgré lui, le gagnait, cette colère froide que les hommes, sur le Banc, redoutaient :

— As-tu un matelot ?

La question si simple qu'il posait à chaque engagement était, cette fois, terrible. Cela voulait dire : « Je ne suis pas seul en cause, moi. Je puis bien t'admettre à bord, mais pour pêcher il faut être deux et les équipes se nouent d'amitié, comme les ménages. As-tu trouvé quelqu'un qui soit décidé à prendre, sur ton doris, la place de Louis Roulier ? »

Tout à l'heure, des hommes, sur la place, lui avaient demandé :

— Et Pierre Gasnier, l'engagerez-vous ?

Il avait répondu crânement :

— S'il veut.

Alors, ils avaient regardé leurs souliers, l'air buté, comme les matins de gros temps où il fallait renoncer à les faire sortir. Son trancheur, un vieux qui faisait campagne avec lui depuis quinze ans, avait prononcé :

— Ils sont quand même partis deux et il est revenu tout seul...

Le silence grave des autres approuvait.

Solidarité dans le salut ou dans la mort, telle est la loi de la dérive que Gasnier avait enfreinte...

— Oui. As-tu un matelot ?

Sombre, Pierre murmura entre ses dents, comme une menace :

— J'en trouverai.

— Sans adieu, alors.

Et Forgeot les quitta. Dans la maison, ils écoutèrent sa voiture vibrer, embrayer. Elle avait à peine disparu au tournant de la route que Pierre, à son tour, sortit. Marie ne lui demanda point où il allait. Elle ne le savait que trop, mais quand la porte, brutalement repoussée, eut retenti, elle s'attrista, à cause du mal qu'on allait lui faire, des dures mains qui le repousseraient vers elle.

Lorsqu'il entra dans l'auberge, ils étaient quatre à discuter le coup : Calvez, Burlot, Roinel et Sauvage, du *Guynemer*. La patronne, Mme Cahurel, assise près de la cheminée, tricotait, à bras tendus, à cause de son énorme poitrine qui lui cachait son ouvrage.

Seul à une table, un paysan buvait du café. Il avait entre les jambes un bâton de châtaignier pyrogravé à la bougie, et sur la tête un chapeau noir, rond, avec, dans la coiffe, une enfonçure ronde. La casquette des marins, posée de travers, leur cachait de sa visière, un œil, le gauche.

Pierre s'aperçut de la gêne qu'il apportait, à leur accoudement plus lourd, à la paresse molle des mains à demi offertes. Calvez, au bout du banc, ne se poussa pas : ce fut Sauvage qui fit place.

À peine assis, Gasnier demanda :

— Et alors, ces engagements ?... Avez-vous déjà fait affaire ?

Ce fut encore Sauvage qui, après quelque temps, répondit en montrant Burlot :

— On va ensemble.

— Sur le *Guynemer* ?

— Oui.

— Et toi, Armand ?

Roinel but sa bolée avant que de parler :

— La *Galathée* s'est décidée à armer. J'y retourne.

— Y en a point pour la *Rosalba* ?

— Si... Y a Calvez : il a signé tantôt.

Nouveau venu sur la *Rosalba*, Calvez ne pouvait point s'être encore inquiété d'un patron de doris. L'occasion était bonne. Pierre s'enquit, en le guettant :

— Et toi, qui as-tu comme matelot ?

L'autre, le visage clos, haussa les épaules :

— Est-ce que je sais...

Par-dessus la table, l'ancien patron de Roulier lui tendit une main ouverte qui tremblait :

— Viens quant et moi... Je t'embauche.

Roinel releva la tête, étonné :

— C'est-il que tu remets ça ?

Sans lui répondre, gardant la main tendue vers Calvez, Pierre répéta :

— Je t'embauche.

Calvez le regarda et vit que c'était sérieux. Mme Cahurel cessa de tricoter et les observa.

— Il n'en manque point d'autres...

Calvez avait craché sa cigarette, afin de dire cela bien nettement. Pierre, cependant, ne comprit point qu'il refusait. Il retira sa main, mais il insista :

— T'as promis à un autre ?

— Non.

— Alors ?

Sauvage intervint :

— S'il n'est point décidé, t'auras point de mal à en trouver un, de matelot !... Avec tous les gars qui espèrent un engagement !...

— Si j'en avais voulu un autre, répliqua Pierre, d'une voix qu'il sentait se gonfler, durcir à chaque mot, je l'aurais demandé. C'est à lui que je demande. Veux-tu ?

— Non !

Penchés sur leur bolée vide, les trois autres écoutaient : l'hôtesse aussi, près de la cheminée...

— T'as peur ?

Calvez ne répondit pas. Il revoyait Gasnier, le front bandé, ouvrir une porte, un soir de décembre, et cela l'arrêtait encore.

Un coup de poing fit sursauter les tasses et les bustes :

— T'as peur ?... T'as peur ?... Mais, dis-le ! T'as peur que je t'assomme... comme le gars Roulier, et que je te balance à la flotte ? Dis-le ? Y a assez longtemps que t'en as envie !

Calvez fronça les sourcils et s'appesantit encore sur la table :

— Laisse le gars Roulier où il est...

Pierre s'était levé :

— Dis-le, si t'es un homme, que j'ai foutu mon matelot à la mer. Puisque la Roulier t'a dit de le dire, dis-le !

Tout blême, Calvez se redressa :

— Laisse le gars Roulier où que tu l'as mis !

Ils s'empoignèrent. Les autres reculèrent les bancs pour leur faire place. Mme Cahurel râfla les bolées qui roulaient :

— On ne se bat pas chez moi...

Le branle de son irrésistible masse les poussa vers la porte.

Arrivés au seuil, ils se lâchèrent, cols arrachés, haletants, mais ils se reprirent sur le perron, en cherchant à se jeter dans l'escalier.

Il pleuvait.

Un instant, ils furent immobiles, parce que leurs efforts s'annulaient. Ceinturé par Calvez, qui le secouait pour l'arracher du sol, Pierre avait engagé une jambe entre les barreaux de fer de la rampe, et il s'attachait là, de toutes ses forces, tandis que ses doigts grimpaient, cherchant la gorge où ils se rivèrent. Calvez, à demi étranglé, recula jusqu'au bord des marches. Là, il leva le poing et l'abattit sur la tête ennemie, qui s'offrait ramassée dans les épaules.

Ils tombèrent tous deux : Calvez, le long de l'escalier, jusque sur la place, où il roula ; Pierre, sur le seuil froid. Une longue minute, il y resta, assommé, les yeux traversés de fulgurants météores. Cela cognait dans sa tête, à la briser... De grands chocs éclatants, puis une souffrance atroce qui s'épanchait partout et qu'il reconnut.

Péniblement, sur les mains, sur les genoux, en s'aidant de la rampe, il se releva enfin. Debout, il regarda la place. Elle était vide... Calvez avait disparu, disparu comme si le goudron luisant de pluie eût été une eau profonde qui se serait ouverte, puis refermée... comme si l'arête de la dernière marche qu'il fixait stupidement eût été le bordé d'un doris...

Burlot, Roinel et Sauvage étaient restés assis, impassibles, attendant le vainqueur. Par discrétion, ils gardèrent la tête basse pendant qu'il se rajustait, de ses mains lasses. Ils écoutaient son souffle court. Sauvage prit sa bolée et la remplit. Mais ils se levèrent tous trois ensemble, parce qu'il venait de s'abattre sur le carreau rouge et qu'il s'y comportait de manière etrange : les yeux révulsés, la tête tirée en arrière, il écumait.

Un côté, un seul côté de sa face se contractait en grimaces rythmées qu'accompagnaient des soubresauts du bras gauche. Et il était ainsi, avec ses deux moitiés de corps, l'une endormie, l'autre trépidante, si drôle, si drôle... qu'ils eurent peur.

— Y a rien à lui faire... Faut attendre que ça passe, déclara Mme Cahurel.

Il les reconnut, enfin, l'un après l'autre, et essaya de leur parler, de sa bouche encore tordue qui n'articulait que des mots difformes et inhumains.

— Faut le ramener chez lui, dit encore la patronne.

Il refusa de la main, mais il but l'eau-de-vie qu'elle lui offrait et, en reposant le verre, il demanda avec effort :

— Combien que je vous dois ?

Ils furent si étonnés qu'ils le laissèrent payer toutes les consommations, même les bolées de Calvez.

Puis il s'en alla, tout seul.

XI

Il se leva sans bruit, et, habile, comme sur le Banc à s'orienter dans l'ombre, il retrouva au dossier de la chaise les vêtements qu'il avait préparés.

— Tu vas à Dinan ?

La voix venue du lit était claire, parfaitement éveillée.

— Oui.

— Allume, alors...

Marie sauta sur la terre battue dès que le briquet eut fait feu. Elle fut prête avant lui à partir pour la ville :

— Est-ce que tu viens aussi ?

Elle répondit en versant le café :

— Tu sais bien que je ne manque jamais le Liège.

Mais elle ne lui reprocha point de s'être caché d'elle.

Le capitaine Forgeot avait ordonné à Pierre, huit jours auparavant : « Tu viendras me dire, le jour du Liège, si tu es toujours décidé. » C'est parce qu'il était toujours décidé, et qu'il allait le dire, qu'il souhaitait que Marie ne l'accompagnât point.

En sortant, quand elle ferma la porte, il l'épia, la supposant mécontente et maussade : elle paraissait seulement attentive à n'oublier aucun rite des départs, le grain des poules, la pâtée du chien, l'exacte fermeture des volets, le lait du petit qu'elle devait, en passant, confier à sa grand-mère.

Dans le train, elle regarda, tout le long de la ligne, le défilé trouble des arbres par la vitre embuée. Lui, se donnait du mal, en dedans, pour ranger des arguments destinés à Forgeot : « J'vas lui dire... J'vas lui dire... »

Il allait lui dire, d'abord, que s'il s'engageait, ce n'était plus par dépit, ni bravade, mais parce que le moment en était venu...

Le soir de la rixe, sitôt sorti de son étrange malaise, il avait retrouvé, installée en lui, la préoccupation du départ imminent et se souvenait à peine, comme d'une aberration, d'avoir songé à ne point partir. La loi pendulaire qui appelait, chaque année, ses regrets et ses désirs alternativement vers la terre et vers la mer, s'était remise à jouer sans secousse, mais avec une force de cloche en branle.

— Faut que j'embarque !

Au cours de longues promenades où il ne voyait plus les champs, il s'était, depuis huit jours, répété ce mot d'ordre, sous la dictée de ses muscles impatients à qui manquaient le grimper, le hisser, les repos bercés par la vague ; de ses yeux à longue portée qui ne se levaient, à terre, que pour se heurter à quelque écran ; de ses narines, imprégnées d'iode et de goudron, qui rebutaient la terre fade sentant l'eau douce ; de ses oreilles à qui manquait la rumeur du ciel et de l'océan : la campagne leur mesurait ses bruits intermittents et grêles, à elles qui s'emplissaient hier de cataractes et de cyclones. Il était, tout entier, redevenu perméable à la mer..., tout entier..., comme les autres..., avec du retard.

— Faut que j'embarque !

Marie n'avait point à connaître encore sa décision : on s'expliquerait après l'engagement... Par avance, cependant, il avait entrepris de la désarmer, en accomplissant les travaux que les terre-neuvas, sortis brusquement de leur torpeur hivernale, achevaient dans le voisinage. C'était le moment où ils retournaient les courtils, cassaient le bois, afin d'épargner à leurs femmes quelque chose des plus durs travaux.

Elles, de leur côté, tricotaient, reprisaient, lavaient sans relâche, afin que le trousseau du marin fût en état au jour fixé. L'entrain régnait. Personne, pourtant, n'était dupe, quand la femme disait, d'un air trop satisfait : « Là !... Comme ça, t'auras six bonnes paires de chaussettes », ou l'homme : « Ton étagère est solide, tu peux y aller ! » Ce n'était là, chacun le savait, qu'un langage chiffré par la pudeur, d'assidus témoignages de regret et de tendresse.

Le grand zèle de Pierre n'avait point paru surprendre Marie :

elle avait accepté ses prévenances, sans s'être aperçue, croyait-il, de leur hâte, et elle avait remercié de façon indifférente.

En sortant de la gare, il dit brusquement, après s'y être exhorté pendant tout le voyage :

— Va falloir que j'aille parler au capitaine...

— Pas à cette heure-ci ! Il n'est point levé... Est-ce que tu n'as pas toute la journée ?

Étonné, il tourna la tête, mais ne vit que son profil et ne put rencontrer ses yeux qui étaient allés tout droit au monument des morts, au bout de la rue. Etait-elle résignée ? Se réservait-elle de ne commencer la lutte qu'à son heure, chez le capitaine, son allié ? Il n'osa point le savoir, et se laissa porter docilement par la foule, vers le centre de la ville, en proie à la foire.

Dinan absorbait bêtes et gens par ses trois portes. Sous le château de la Duchesse Anne, les cochons menaient un tintamarre d'assaut, dans les caisses à claire-voie dont on les tire par la queue et une oreille. Des sacs de toile se démenaient sur le dos des paysans, ou, posés à terre, s'enfuyaient à l'aveuglette en hurlant comme des porcelets.

Pierre et Marie passèrent la revue des chevaux alignés sous le destrier de Duguesclin. C'étaient de fortes bêtes pommelées, tout en encolure et en croupe, qui mâchaient des mors en bois et roulaient de doux yeux myopes. La plupart étaient violets, lilas, à croire que les paysagistes locaux s'en étaient servis comme d'essuie-brosses. Ils trottaient entre deux haies de blouses noires, la queue enroulée autour d'une tresse de paille, grossier chignon tordu par une main d'homme, et les maquignons leur parlaient une langue rude, faite d'interjections rauques et de blasphèmes.

Marie parut s'intéresser aux vaches attachées au mur bas de la place. Il y avait là de bonnes bêtes, cornes arquées en guidon de bicyclette, dos carrés, museaux courts. D'autres, méprisables « biroques », bâties en toit de maison, les jambes en X, portaient des lunettes à la naissance de la queue, deux os ronds et saillants qui attestaient leur maigreur. Toutes étaient enduites, jusqu'au ventre, de bouse craquelée, et, sur les pavés, le lait ruisselait, mêlé à l'urine, car on les trayait pour les soulager.

Pierre s'amusa, un moment, d'une marchande qu'il connaissait bien, une géante rasée de frais, à veste et à chapeau de cuir. Sa voix de basse tutoyait les hommes et jurait. Pour vendre, elle prenait la tête d'une vache sous son bras, lui entrait les doigts dans les naseaux, afin de lui relever la lèvre :

— Vous n'pouvez point vous tromper pour l'âge : la petite dent n'est pas encore tombée.

Pour acheter, elle tirait rudement sur la peau des mamelles, et la bête frémissait quand, tâtant le ventre, tâtant le flanc, la femme enfonçait son gros pouce :

— Eh ben ! Les côtes se touchent ! Elle est grasse comme du vinaigre !...

Le marin la vit attirer un paysan dans un coin et l'endoctriner, avec des gestes du fouet, des rictus persuasifs qui tourmentaient sa face large d'empereur romain. Ils allèrent boire tous deux. En sortant, la bête vendue, la maquignonne s'essuya les lèvres d'un revers de main, mais elle retrouva des doigts de femme pour broder, aux ciseaux, d'élégants chiffres dans la bourre fauve.

Il fallut que Pierre ouvrît un passage à sa femme, à travers les paysans arrêtés et qui parlaient haut :

— Yan !

— Nenni !

— Chipotier ! Tu veux acheter bon marché et vendre cher !...

— Au Maroc ! qu'i' dit. On verra ça. Bon D'zi, qu'i' dit...

— Son mâtin de frère dévore les hardes que c'en est une pitié de l'habiller...

— Puisque j'te dis que j'étâs nu-pattes !...

Marie se détourna, en riant, sur un gamin à oreilles, que sa mère secouait dur et qui la menaçait :

— Si tu me qu'relles, j'vas braire !

Ils arrivèrent au marché au beurre, d'où les hommes semblaient exclus. Les paysannes, debout, maintenaient contre leur ventre un panier où bombaient les mottes recouvertes d'une serviette que les acheteuses écartaient.

Les marchandes avaient, les vieilles, des têtes en buis jaune qu'enserrait un mouchoir noué sous le menton ; les jeunes, des visages impassibles sous la coiffe, un crabe de dentelle accroché au chignon plat, et qui laissait pendre, sur leur cou et leurs épaules, des pattes en ruban.

Marie s'insinua entre leurs rangs pressés et commença de goûter, en y enfonçant la pointe de son couteau, les beurres qu'elle dénigrait ensuite :

— Il est bien blanc !

— C'est sa couleur...

Pierre l'attendit dans la rue. Il écouta quelques instants des marchands de chansons, acheta un système à nouer les cravates, alors qu'il avait le plus grand désir de renoncer à la sienne pour six mois ; enfin, il s'arrêta devant une devineresse vêtue en odalisque, qui, sous un turban graisseux, égarait, de son mieux, ses regards dans le vide. Un compère lui fit des passes sur les seins. Pierre, un des premiers, donna deux francs pour obtenir un papier où il lut : « Défiez-vous ! Quelques personnes de votre entourage vous veulent du mal. Prenez patience : il se passera bientôt des événements qui influeront sur votre destinée. Réponse à la question : Votre espoir ne sera pas déçu. »

Il plia soigneusement la feuille. On dit qu'on ne croit point aux diseurs de bonne aventure. Pourtant ! Quand ça tombe aussi juste !... Qu'il y en ait à lui en vouloir... il ne le savait que trop ! Et l'espoir qui l'amenait ici ce matin, et qui ne serait pas déçu ! Les événements prochains !... Tout cela n'était-il pas la vérité même ?

Afin de retrouver Marie, qui devait en avoir fini avec ses achats de beurre, il fit le tour de la petite place et longea les étals des marchands de salaison. Des « puants », des flétans fumés s'entassaient, qui semblaient des morceaux d'acajou, et des morues grises, momifiées.

C'était cela que devenaient les beaux poissons du Banc, les cabillauds d'argent, à chair éblouissante et nerveuse ! Il les revoyait se débattre entre deux eaux, fouetter durement les planches du doris, éclabousser les hommes de leurs fines écailles nacrées. Il les sentait encore vibrer au bout de la ligne, à son poing, ceux des dernières campagnes... de la dernière, même, bien que ce fût une campagne tronquée, dont le bout se perdait dans la brume.

La morue !

Comment la vue de cette marchandise racornie pouvait-elle déchaîner en lui, maintenant, la passion sauvage de la pêche qui allait le précipiter à la poursuite du poisson nomade ? La pêche... gagne-pain et âpre plaisir, celui du bourgeois dont le cœur s'affole, en noyant une carpe de deux livres.

La mer, si elle eût été vide de tous ces poissons, l'aurait bien mal appâté. Elle n'était, pour les long-courriers, qu'une route ; aussi, les terre-neuvas méprisaient le long-cours. À eux, l'océan offrait de profonds terrains de chasse ; l'Océan, pas les mers du Sud peuplées d'îles cocasses, bonnes à s'amuser quand on navigue à l'État, mais l'Atlantique nord, les eaux boréales, seules nourricières, où l'on prend des poissons à taille d'homme, et qui valent la peine, la dure peine qu'ils coûtent...

Pierre se sentit frapper sur l'épaule :

— Promène-toi un peu, lui dit Marie. J'ai des courses à faire... des choses à acheter pour le petit. Je te retrouverai sur le Jardin anglais.

Il prit, pour y descendre, la rue de la Boulangerie, rétrécie par des éventaires où pendaient des saucisses et des cordages.

Il passa sous le théâtre, entre les piaillements des volailles rousses, secouées de soubresauts lustrés. Mme Forgeot, la femme du capitaine, y marchandait un couple de poulets :

— Combien.

— Quarante francs.

— Ah non ! Il y en a un qui est beau, mais l'autre n'est point nourri, c'est un vrai pigeon !

— I' ne peut pas être gros comme vous, pour ce prix-là !

Pierre la salua, tandis qu'elle soupesait ses volailles :

— Le capitaine est-il chez lui ?

— Oui, oui. Il n'y a pas moyen de le dénicher. Il y sera toute la matinée... Trente-cinq, si vous voulez...

Sur la place Saint-Sauveur, on pesait des veaux, devant le porche où l'ange du Jugement pèse les damnés. Mais les damnés était moins pitoyables que les veaux, qui avaient leur quatre pieds réunis par les entraves en douloureux paquet, leur tête abandonnée hors de la balance et qui traînait sur le gravier, la langue pendante.

Derrière l'église commence le Jardin anglais, quelques

pelouses enrichies d'arbres d'Orient et bordées par la plate-forme des remparts plantée de hauts marronniers. Pierre alla s'accouder au parapet de la tour Sainte-Catherine, la tour-donjon, et regarda : la Rance, la vieille ville et le port dormaient, très bas, sous les murs crénelés de la place de bataille.

C'était un paysage de Nativité flamande : un fleuve sinueux, un pont gothique, des toits aigus, des lucarnes à chaperon de crépi blanc, des collines lointaines. La perspective s'enfuyait, minutieuse, sans rien omettre, ni les cassures rocheuses des falaises, ni les arêtes vives des pignons, ni les promeneurs menus sur le quai. Caressante au regard, vert humide et encore émaillée de miettes d'eau, une prairie s'arrondissait à la rivière. La longue bande du viaduc canalisait étroitement, très haut au-dessus des jardins et de la Rance, les mouvements et les bruits. Des cheminées, montaient indolentes, dans la pure clarté du ciel pâle, des banderoles bleues diaphanes.

Pierre resta penché : c'était si plaisant ! Cela vous ôtait le souvenir, la pensée, jusqu'à la peine d'exister. On ne voyait même plus son corps caché par le parapet de granit. Un moment, il chercha à distinguer le fil du fleuve couleur feuille morte. Il n'y put parvenir, et s'émerveilla qu'il y eût des eaux aussi immobiles que des terres, et tellement lisses, sans une ride de vent, sans une moirure de courant.

— Me voilà...

— T'as pas été longtemps !

À regret, il s'arracha du rempart et ne vit plus qu'une terrasse banale, bordée d'un petit mur, et bien pourvue de bancs verts. Marie, elle, n'avait pas jeté un coup d'œil sur la vallée.

Il tira sa montre :

— Onze heures et demie ! Il va être grand temps que j'aille chez le capitaine !

— C'est pas la peine... J'en viens.

— Tu y as été !

Il s'arrêta et elle ne put soutenir son regard. Triste, mais résolue, elle répondit :

— J'en sors.

— Quoi que tu lui as dit ?

— Qu'il ne compte pas sur toi...

Sans mot dire, il partit, à grandes enjambées, vers la ville.

Elle le rappela :

— Puisque je te dis que c'est pas la peine...

Il revint sur elle, et elle crut que pour la première fois de sa vie, il allait la battre, là, devant le monde :

— Tu vas me payer ça cher !... Pourquoi que c'est pas la peine ?

— Parce que j'ai été chez un médecin, avant.

— Chez un médecin ?

— Puisque t'es pas plus raisonnable qu'un gosse... Tu n'y serais pas venu, hein, si j'avais voulu t'y mener ?... T'as pourtant eu deux attaques, depuis celle de chez Cahurel.

Elle ne spécifia point quelles attaques. Le mot vague et redoutable se suffisait. Elle l'entraîna, hébété, vers un banc : il y avait longtemps qu'elle savait qu'il n'était point guéri... Mais, tout de même... quand Mme Cahurel lui avait raconté !... Quand, deux jours après, elle-même l'avait vu tomber dans sa cuisine !... Elle avait bien expliqué au médecin... Ça n'aurait servi à rien qu'il soit là, puisqu'il ne se rappelait plus rien, après... Le docteur avait dit que ça arrivait très souvent après des coups sur la tête. Ça pouvait le prendre partout, comme ça, à l'improviste... Mais ça se guérirait... Elle avait une potion... On l'essaierait, d'abord. Après... dame ! faudrait peut-être une opéraiton !

Il baissa la tête.

Ça pouvait le prendre partout !... Il tomberait où ça se trouverait : dans la rue, dans le feu..., dans un doris qu'il retournerait en se débattant ; le long des haubans où il entraînerait, sous sa chute, la bordée de ceux qui montent :

— T'as dit tout ça au capitaine ?

— Fallait bien... Maintenant, faut venir manger.

Ils déjeunèrent en silence, dans une auberge retentissante comme un réfectoire de collège. Une longue file de paysans attendaient, debout, des places vides. Pierre et Marie cédèrent leur table les premiers.

Dehors, il dit brusquement :

— J'veux m'en aller.

Elle s'étonna :

— Mais tu sais bien qu'il n'y a pas de train avant cinq heures !

— J'veux m'en aller de Trévallon...

Pendant le repas, elle n'avait fait que réfléchir aux bonnes paroles qu'elle allait lui dire dans la rue. Elle les oublia dès qu'il eut parlé, car, s'il voulait quitter le village, ce n'était pas seulement désir de dépayser sa déchéance, mais elle l'avait entendu dans sa voix, rancune contre elle, besoin méchant de la faire souffrir à son tour. Cependant, elle pensa aussitôt qu'ils étaient brouillés avec le père, qu'il serait bientôt nécessaire de trouver un emploi, et elle répondit :

— Je crois aussi que ça vaudra mieux.

Pour tuer le temps avant le départ, ils montèrent place Duguesclin où se déchaînaient les attractions foraines.

On se portait autour du kiosque à musique. Les gars de la campagne poussaient dur les filles hilares, dont les cous, aussi, riaient, à gros plis. Ils les entraînaient vers les « chenilles », où, dans des cris aigus, elles rabattaient sur leurs cuisses grasses leurs robes troussées par les soufflets électriques. D'autres, sur une piste ovale dallée de fer, conduisaient des automobiles à tampons. Elles se penchaient aux virages du côté où elles souhaitaient d'aller, et, quand après un grand choc, elles avaient jeté leur voiture en travers, contre les plates-formes, elles secouaient rudement le volant, comme des guides, pour repartir.

Pierre resta longtemps à les regarder tourner. Puis il accepta de parcourir la place, plusieurs fois, dans les deux sens. La foule et le vacarme ne lui permettaient point de songer à son malheur. Il fallait aussi marcher les yeux levés vers les roues crissantes des loteries, l'élan des balançoires, les glissières des toboggans, les parades détonnantes. Tout ce qu'on devait regarder était en l'air. On évitait ainsi le visage de Burlot et de sa femme, les regards de Cosquer qui portait fièrement le parapluie de sa connaissance, le bonjour de Sauvage, orgueilleux de la bouteille qu'il venait de gagner au tir.

Car tous les terre-neuvas de Trévallon allaient et venaient sur le mail étroit. C'était la seule fête de plein air qu'il leur fût permis de connaître, et, grâce à leur imprévoyance, ils s'y amusaient. Les femmes, d'ailleurs, les avaient laissés boire à leur gré :

— Le pauvre gars qui va s'en aller peiner ! C'est sa dernière bonne journée !

La dernière, en effet, puisque la revue d'armement d'où l'on n'emporterait, cette année, qu'un maigre chèque, marquerait, pour le ménage, le début de six mois misérables.

Dans le train bondé, Pierre et Marie ne purent parler que de la foire dont tout le compartiment revivait les séductions :

— C'étaient les chenilles qui tournâ ben !

— Yan, dame ! Par ma foi jurée ! C'est point croyable, ces inventions-là !

— Veux-tu un berlingot ? Ils sont vrai bons !...

— Regarde-moi l'trou qu'il a fait à sa défroque ! T'as pas honte, dis ? Ton bel habit de costume !

Certains, qui avaient leurs poches bourrées de prospectus forains, les épelaient. Les tasses chinoises gagnées aux loteries passaient de main en main, mais tout le monde protesta quand un marin voulut verser du vin dans le bocal où tournait un poisson rouge...

Les Gasnier demeuraient à deux bons kilomètres de la gare. Le long du chemin, ils furent dépassés par des voitures où des paysans debout fouaillaient leurs bêtes ; des bicyclettes hagardes les frôlèrent ; un vieil homme s'appliquait à ne tituber que sur la banquette de la route.

Pierre aperçut un paquet blanc, bien ficelé, près d'une borne : il le ramassa, l'ouvrit. Il en tomba un flot de poussière sur son pantalon et ses souliers : on éclata de rire derrière la haie.

Ils rattrapèrent des chevaux invendus reliés par de courts bâtons attachés aux croupières ; quand Marie passa, l'un deux fit un écart qui secoua toute la file. Plus loin, une vache traînait son conducteur...

— Aurait mieux valu qu'ils ne m'aient jamais retrouvé, dit Pierre.

— Dis donc point de bêtises...

— Oui... toi... te v'là contente !

— T'es fou...

Sur la place, Goasdoué, assis sur une marche du cimetière, se leva et leur donna le bonsoir :

— Si j'avais une bouteille, j'serais par long à la chiquer, confessa-t-il. J'ai une soif de lionne !

— Allez boire un verre, ordonna Marie. Je m'en vas devant.

Elle espérait que Pierre ne rentrerait que tard, et ivre.

XII

Gazonnette, Ki-san-fou, l'Abri-côtier, Manon, Couci-Couça, Charmeuse, les villas de Paramé défilaient le long de l'interminable rue qui conduisait Pierre Gasnier, depuis cinq jours, à son nouveau travail. Puis c'étaient de longs murs déchaussés qui emprisonnaient de grands arbres, de beaux arbres de parcs, et sitôt après, la campagne vague et nue. Il n'y poussait que des poteaux électriques, quelques pommiers obliques, rongés de lichen et de gui, des panneaux-réclames et des morceaux de haies.

C'était là que le marin ouvrait des kilomètres de sillons qu'il amorçait, tous les pas, d'un morceau de pomme de terre. Mais il faudrait attendre trois mois pour relever ces lignes, tandis que sur le Banc, deux fois par jour, on remplissait les mannes de la récolte de la mer.

Lente et fastidieuse, la besogne ne se mesurait qu'à la marche du temps. Le sol égalisé n'en gardait point trace et les dimensions du champ décourageaient le semeur, habitué à l'intimité des clos et des courtils. Puis la terre était mauvaise : une terre de terrain à bâtir !

Marie, elle, vivait dans une vaste chambre, au carrelage enfoncé, qui s'ouvrait sur une cour profonde, où, la nuit, criaient les rats. Le papier de la tapisserie tombait des murs salpêtrés, et il fallait dès quatre heures allumer la lampe.

Le dimanche qui suivit leur arrivée, Saint-Malo hissa le grand pavois, pour le Pardon des terre-neuvas.

Les armateurs et commerçants malouins avaient institué cette fête, quelques années auparavant, à l'instar de Paimpol, qui, depuis longtemps, honorait ses Islandais. Cela comportait une bénédiction épiscopale des voiliers, et une foire.

Une futaie de mâts : celle qui croît dans tout port. Mais ces mâts sont égaux. Ils sont cinquante navires, dans le bassin, à qui la dure expérience de la Grande Pêche enseigna les mesures exactes.

Des milliers de pavillons claquent le long des drisses : l'on dirait d'un vol de papillons se débattant dans la toile d'araignée profonde des haubans. Chacun d'eux, guidon, flamme ou pavillon carré, possède une signification précise, parfois tragique : Échoué. Peste à bord. Voie d'eau. À bout de vivres. Votre route est dangereuse. Je ne suis plus maître de ma manœuvre.

Aujourd'hui, ils ne sont que blancs, jaunes, bleus, verts, écartelés de rouge.

Alignés trois par trois, les terre-neuviers frottent l'une à l'autre leurs joues fraîches. Repeints et regréés, ils ont l'air et l'odeur de gros jouets neufs. Il s'y promène des hommes en casquette de drap brodé, les seconds, qui habitent les voiliers huit jours avant le départ, afin de contrôler l'arrimage des vivres dans la cambuse et l'envergure correcte des voiles. Des marins sont montés jusqu'en haut des mâts, non point pour voir, mais afin d'être vus et admirés. Debout sur les vergues, se tenant d'une main négligente aux balancines, ils émerveillent les terriens à bon compte. Ces acrobaties-là, qui tirent des cris aux cous levés des femmes, qu'est-ce, en effet, au prix du beau travail qu'ils accompliront bientôt au large, pour eux et pour l'armateur, alors que les mâts oscillant comme des métronomes, ils grimperont et que, collant du genou, du ventre, à la vergue battante, ils crocheront, mâchoires serrées, dans la voile pour l'étouffer, la voile qui les arrache, parfois, dans son gonflement soudain, et les jette, brisés, sur le pont qu'aujourd'hui les femmes envahissent.

Elles sont debout sur les postes, les femmes, juchées sur les guindeaux, penchées sur les lisses. Elles tachent leurs manteaux clairs aux voiles enverguées, enduites de tan et de graisse. Les messieurs en grappes dans les premiers haubans en redescendront, tout à l'heure, zébrés de goudron. Le voilier est gluant, comme jadis un lutteur.

Mais voici que survient une autre flottille, noircie, celle-là, par la fumée des cierges et l'ombre des nefs : des bateaux votifs, qui, sur des épaules d'enfants de chœur, voguent vers les bassins. Derrière eux, attentif à la boue, un prélat retrousse d'une main sa soutane rouge, et bénit de l'autre.

Fanfare : la vedette cardinalice appareille. Elle est garnie de cuivres catholiques, de chanoines fourrés et chauves, de messieurs en redingote, les armateurs. Elle passe le long des terre-neuviers et le cardinal salue chacun d'eux d'un coup de son aspersoir d'or. Un canot automobile la suit au plus près : des preneurs de vues... on tourne !

Dans les rues, on passe sous des arcs de triomphe décorés d'ancres et de bouées. Des banderoles tendent des souhaits cordiaux, des vivats : « Bonne campagne à nos chers terre-neuvas ! Honneur à nos braves pêcheurs ! »

Ces flatteries aériennes importunent les intéressés :

— Vaudrait mieux qu'ils te fassent payer les bottes moins cher !

— Regarde-les ben, ces avirons ! Tu vas haler dessus toute l'année. Ils ont vantié peur que t'oublies comment que c'est fait !

L'après-midi, jusqu'au soir, les touristes visitent les voiliers. Les seconds font les honneurs :

— On embarque trois cents tonnes de sel, sept tonnes de biscuit, trente-cinq barriques de vin, une par bonhomme, à peu près... C'est en désordre, mais vingt-quatre heures après le départ, vous ne trouveriez pas une épingle à la traîne !... La durée du voyage ? De quinze à soixante jours, madame.

Pierre Gasnier, mêlé aux promeneurs des quais, allait et venait le long des bateaux, respirait leur odeur forte, faite de chanvre, de goudron, de tan et de peinture, une odeur compacte, qu'ils avaient mis tout un hiver à se composer, et qui montait d'eux comme d'un troupeau en sueur.

Il en remarqua qui étaient parés, qui n'attendaient plus que l'équipage pour appareiller. La *Rosalba* était de ceux-là : toutes ses voiles étaient enverguées, ses doris à bord. Il s'en éloigna.

À l'arrière du *Capitaine-Huret*, deux hommes fumaient leur pipe. Ils étaient là pour garder. Ils n'embarquaient plus, ayant fait, disaient-ils, leur part. Gasnier se vanta de ne point vouloir faire la sienne : il connaissait le métier ! Avait-il assez mangé de brouillard et de têtes de morues ! Assez gelé pour les quatre sous d'avances qu'on osait leur proposer :

— Faut pas avoir de cœur, pour accepter ça !

Il leur expliqua que le Gouvernement, les armateurs, la Morue Française étaient tous d'ensemble :

— Ils font le trust, comprends-tu ?

Ce mot obscur recelait, pour lui, les effets et les causes ; il était fier de l'avoir acquis. Ensuite, il dénombra les bateaux :

— Y en a moitié moins que l'année dernière !

Il fallait être du métier pour s'en apercevoir, car les voiliers désarmés avaient, eux aussi, pavoisé... Dans les bals, les dédaignées, celles qui ne danseront pas, ont fait toilette, comme les autres :

— Trente-trois qui vont rester là ! Neuf cents bonshommes à pied !

Qu'est-ce qu'ils allaient faire, ceux-là ? Pour le moment, ils couraient affolés de Saint-Servan à Granville, le long des quais, comme au bord d'un train bondé : « Y a pas une place pour moi ? — Complet ! »

Et Saint-Malo, le port, deviendrait, comme Paimpol, désert de morutiers. Car il n'y avait plus que les Parisiens pour croire encore aux pêcheurs d'Islande... Deux bateaux qui partaient cette année de Paimpol contre trente-cinq et quarante, avant la guerre. On avait vendu, démoli les autres...

L'un de ceux à qui il parlait dit seulement :

— Suffirait d'une bonne année pour que tout reparte.

Mais Pierre s'indigna :

Une bonne année ! À chaque printemps, c'était la même antienne, et ça allait pourtant de mal en pis !... Et les chalutiers qui dévastaient les fonds, arrachaient les algues où le poisson vient frayer ! Et les eaux de Terre-Neuve qui devenaient, c'était prouvé, plus chaudes, d'année en année : des dix et douze degrés, la saison dernière. Comment que la morue pourrait s'y tenir ! Et l'encornet, cette boëtte de choix, qu'on ne piquait plus à la turlutte qu'un jour ou deux par campagne !

Il s'exaltait, à imaginer les bancs dépeuplés comme les bassins, à décrire avidement l'agonie de la Grande Pêche, si bien que les gardiens de bateaux le regardèrent, méfiants, et le plus vieux répondit, après avoir craché :

— Si y en a plus sur les bancs, y en a ailleurs... Faut bien qu'elle soit quelque part !... On racontait déjà tout ça en 91 et en 1904... Elle est pourtant revenue !

Pierre se tut : il regardait Forgeot venir d'un pas rapide vers la *Rosalba.*

— Salut, dit-il.

Et il s'en alla vers la foire, qui, dans le crépuscule prématuré d'une journée grise, allumait déjà ses herses. Il en fut repoussé par le tir des carabines, les explosions des orgues.

Il avait soif ! Cette terrible soif bretonne des estomacs dilatés par le cidre, et qui exige, pour s'étancher, qu'on boive longtemps.

Il entra donc dans une rue étroite où expirait le tumulte forain. Il continua quelque temps son chemin dans le labyrinthe des ruelles malouines déjà pleines de nuit. Les hautes maisons n'étaient plus que des murs noirs ; l'air sentait les légumes fermentés, le poisson, l'eau sale.

Un bruit assourdi de piano mécanique lui parvint, à un carrefour : Bar. Bar. Bar. Les lettres brunes se lisaient maintenant, à chaque pas, sur les vitres éclairées en vert par le gaz. Les lampes électriques, en effet, n'étaient point encore descendues dans les maisons : elles rougeoyaient, au bout de bras de fer, à l'angle des rues, et le brouillard les cernait d'un halo. Dessous, parfois, une immobile silhouette de fille qui guettait, les mains dans les poches.

L'entrebâillement d'une porte lui décocha des rires, des fracas de vaisselle et de voix. Il descendit trois marches et entra.

À travers la fumée, il aperçut une place vide et dut enjamber, pour l'atteindre, des pieds et des bottes d'artilleurs. Une bonne, la main sur le levier de la pompe à cidre, emplissait d'un trait les bolées vides. Au comptoir, la patronne corpulente et grise de visage rinçait des verres.

Une fille de salle circulait entre les tables, et elle les essuyait en rond, à coups rapides de serpillière. Elle vint à celle de Gasnier. Il la regarda, tandis qu'elle frottait : c'était une camuson rousse, de front bas, à chair veule.

— Qu'est-ce que vous prenez ?

Avant qu'il eût répondu, elle se retourna, tout d'une pièce : des soldats la pinçaient. Pour s'affaler sur leurs épaules, elle abandonna le marin, qui, des yeux, fit le tour de la pièce, afin d'appeler, de faire sa commande.

Justement, à une table voisine, une autre servante lui tournait le dos et attendait, debout, qu'un débardeur ivre eût aligné sa monnaie, dans l'eau-de-vie répandue sur le marbre. Il balbutiait, en se fouillant, des galanteries rauques :

— Vous me plaisez, vous !... Si vous voulez, on se mettra ensemble.

— Mais c'est à voir, monsieur...

— Parce qu'il faut des hommes aux femmes. C'est la nature.

— N'est-ce pas, monsieur ?

— Et, vous savez, j'suis pas saoul... J'ai bu, c'est vrai.

— Vous avez bien fait, monsieur, puisque vous aviez soif.

— C'est que moi, je me méfie des filles d'ici. On y a affaire à un tas...

À cause d'un rire subit à la table militaire, Pierre n'entendit que la calme réponse :

— Mais, c'est un nom de belle femme, ça, monsieur.

Les répliques tombaient patientes, distraites sur l'ivrogne qui se tut, comprenant enfin que cette femme était polie et froide comme une cuirasse.

— Berthe ! sers donc monsieur.

Ah ! c'était elle ! Comment Pierre ne s'en était-il pas douté ? Elle seule possédait cette voix retenue, tellement lisse qu'elle disjoignait à peine les lèvres :

— Tiens ! c'est vous ! Qu'est-ce que vous prenez ? De la bière ? Elle est fraîche.

Quand elle revint, avec le bock écumant, il n'osa ni la regarder, ni lui parler, de peur que sa rancune ne se trahît et fît scandale.

— Comme ça, vous êtes venu voir la fête ?

Il répondit par un signe maussade et but :

— Quand est-ce que vous embarquez ?

Il eut un haut-le-corps : si elle le cherchait, elle allait le trouver ! Il lui jeta un regard noir et vit un visage uni, comme la voix, et qui marquait, sans plus, l'intérêt dû au client :

— Je laisse ça à ceux qui en veulent... Merci pour moi !

— Oui. C'est-à-dire qu'il vous faut encore un bon été pour vous remettre complètement. Après, vous reprendrez le métier, si ça vous dit encore.

À demi assise sur la table, elle suivait de l'œil le balancement de son soulier verni, et sa sérénité qu'il guettait n'avait pas un défaut. Cela l'exaspéra :

— Retourner su' le Banc ! Y aller crever de misère, et puis, quand on réchappe, être obligé d'entendre... ce qu'on entend !

En secret, il s'injuria : Ah ça ! Il était donc fou ! Qu'est-ce qui le poussait donc, malgré lui, à regimber en public contre des accusations qu'en son particulier, hier encore, il avouait, il revendiquait, même. Et cela, justement, devant elle, pour la défier, pour qu'elle le dénonce à tous, qu'elle dise...

— S'il fallait s'occuper de tout ce qu'on raconte !... Vous avez du temps de reste d'écouter les gens !

Elle tordait distraitement le cordon de son tablier. Il attendit un long moment ; puis, dans la déroute de sa pensée, pour dire quelque chose :

— Alors, vous êtes bonne ici ?

— Oui. Je suis venue pour les fêtes, mais ils veulent me garder... Il y a du travail...

D'un coup de menton, il désigna l'autre fille, qui, assise sur les genoux d'un soldat, lui piquait de brefs baisers sur les lèvres :

— Je vois ça !...

Elle ne parut point avoir compris l'intention outrageante, et elle répliqua en riant :

— Oh ! ça, c'est du travail en supplément, et pour celles qui en veulent.

Puis, la tête penchée, elle le considéra de ses yeux gris qu'elle savait rendre si étrangement fixes :

— Et vous ? Vous avez un chantier, par ici ?

— Oui. Du côté de Paramé.

— Alors, vous reviendrez nous voir ?

Il fut tout étonné de le lui promettre, et elle lui fit ramasser, avec un clin d'œil complice, la pièce d'un franc qu'il allongeait.

XIII

PIERRE défouissait du guéret à flanc de coteau : un dur travail de conquête, des assauts contre une lande tissue de racines.

Six chevaux arc-boutés arrachaient la charrue aux réseaux souterrains, et les sillons qu'ils traçaient étaient chevelus de radicelles, jonchés de bois tors et noir. Les hommes, derrière eux, devaient extirper à la houe les tronçons que le soc avait seulement coupés et mis à nu ; pour cela, il fallait souvent plonger loin dans le sol.

Le marin était en retard sur les valets de ferme qui piochaient, rageurs. C'était entre eux et la racine qu'ils injuriaient une lutte de ténacité. Il fallait que la terre cédât. Sur le Banc, on se battait ainsi contre la lame ou le poisson, des choses vivantes ! Mais Gasnier ne savait point, comme les paysans, animer ces restes opiniâtres d'ajoncs ou d'épines ; à cause de cela, il était en retard. Sa houe s'abattait, sans colère, au bout de deux bras mous.

— Allons, là-bas, tu dors ?

Le fermier, qui s'était arrêté pour laisser souffler ses chevaux, le guettait. La veille, il l'avait surpris à semer les pommes de terre sur le haut du sillon, là où elles verdissent, et à les enfoncer, quand elles roulaient sur le revers, à coups de pied brutaux qui écrasaient les germes.

À cette distance, l'observation sonnait suffisamment cordiale. Gasnier, pourtant, haussa les épaules et, délibérément, frauda. Il négligea toutes les racines qui résistaient et les recouvrit, pour les dissimuler, de terre. Ainsi il arriva sur la crête, en même temps que les autres.

De là l'on voyait, au flanc de la ville emmurée, les mâts dans les bassins. Pierre, en regardant, reçut un choc : une large brèche s'était ouverte dans la futaie. Les voiliers étaient partis comme chaque année, en nombre, par quinze ou vingt, afin de profiter de la marée.

La *Rosalba*, la première du troisième rang, manquait.

Ce fut une longue stupeur, celle d'après les incendies, les inondations, les guerres, quand on ne retrouve plus que la place de sa maison. La brèche s'élargit en lui, puis le besoin de courir, de voir, tout de suite, sur place. Un vieil instinct veut que l'homme ne se convainque des ruines qu'en y piétinant, en les remuant pierre après pierre.

Car, comment croire qu'ils fussent partis, sans lui, ce matin, pour la première fois depuis vingt années ? En allant chercher son vêtement jeté sur la fourche d'un pommier bas, il ne ressentait encore qu'un grand étonnement :

— Quoi que tu fouines donc, bouéno [1]. Vas-tu quand même t'y mettre.

Les coups sourds des autres s'arrêtèrent ; le fermier avait lâché les mancherons du brabant pour se croiser les bras. Le veston endossé, Pierre déclara :

— J'm'en vas !

— Où ça ?

— Où que j'ai affaire...

Le paysan fit des pas vers lui, en gesticulant :

— Eh ben ! va-t'en et ne reviens pas ! Ça ne veut rien foutre, ces maudits marins. Ça vole l'argent que ça emporte !

Gasnier riposta, comme il se le devait, par une grossièreté, satisfait, pourtant, d'avoir été traité de marin. Ainsi, quand on l'avait été si longtemps, on le demeurait, pour tout le monde, malgré tout...

Tandis qu'il se hâtait, par la longue rue, vers le port, il ruminait ses précédents départs, chacun avec sa saveur particulière. Il marchait parmi les vingt Gasnier Pierre qui étaient partis au Banc, en ce même mois de mars ; aux côtés du premier, un gamin de treize ans, qui gardait les vaches, dans un pré

1. Lambin.

d'herbe courte, le long d'une voie de chemin de fer, un jour de pluie. Survient un homme couvert d'une pèlerine ruisselante, et qui s'arrête :

— Comment que tu t'appelles, petit ?

— Gasnier Pierre.

— Où habitent tes parents ?

— Ils sont morts...

— T'es placé ? Où ça ?

— Chez Julien Raveau, à la Noraie.

— Combien gagnes-tu ?

— Un habit à Pâques. Deux paires de sabots et vingt francs par an.

— T'as l'air d'un bon petit gars... Viens avec moi sur le Banc, j't'en donnerai cinq cents et tu ne seras point malheureux.

Ah ! l'enthousiasme de ce premier départ, la joie dissimulée par sauvagerie, par méfiance d'enfant rudoyé à la ferme. Les premières bottes ! Les lainages neufs ! Le ciré à sa taille ! Puis le poêle chaud, dans le poste d'équipage ; son appétit de morue fraîche qui amusait les hommes ; les taloches qu'il en recevait, « pour son bien » ; leur rude bienveillance, quand ils l'enseignaient, qu'ils l'emmenaient, les jours de beau temps, dans leur doris !

Pourtant, le métier ne l'avait pas pris en traître ; il s'était tout de suite montré tel qu'il était. Le mousse Gasnier Pierre faisait la cuisine en plein vent, derrière quelques planches. Les jours de gros temps, il avait souvent failli être assommé par l'énorme marmite de fonte qu'un coup de mer arrachait au fourneau inondé. Il fallait la rattraper à quatre pattes sur le pont parmi les trombes et les blasphèmes, la ramener, la hisser à coups de reins, rallumer le feu des cinq et six fois avec du bois ruisselant. Il en pleurait mais n'acceptait point que le capitaine, apitoyé, ordonnât, ces jours-là, un repas froid, car l'honneur, déjà, l'avait mordu.

Aux campagnes suivantes, il avait pris ses grades : novice, avant-de-doris, à quatre neuvièmes, puis à cinq ; patron, enfin, et tout jeune. Il embarquait alors sans déplaisir, l'esprit, le cœur libres, et la date ne s'inscrivait point en creux, sur son visage, comme sur celui des autres. Travaillant à terre de côté et d'autre, s'ennuyant dans une chambre morne, c'était le bateau qui mettait dans sa vie la continuité d'un logis, d'habitudes, d'amis, retrouvés.

Les capitaines, dès les premiers jours, l'appréciaient, parce qu'il était prompt à la manœuvre et n'y apportait point l'indifférence, la pesanteur ou la brutalité désespérée des hommes mariés.

Car, il n'y a, pour compter vraiment, que les départs de sa propre maison, où l'on quitte une femme.

Son mariage datait de quinze jours, quand avait eu lieu la revue d'armement. En sortant de la Marine, devant l'équipage, devant Marie toute rouge, Forgeot l'avait plaisanté :

— Il est grand temps que t'embarques, mon gars ! T'es sec comme un capelan ! Tu te fatigues plus dans ton lit que dans ton doris, pour sûr !...

Jamais il n'avait accepté que Marie l'accompagnât à la gare : ils se disaient adieu chez eux. C'était elle qui, en versant dans sa tasse de café un dernier coup d'eau-de-vie, murmurait :

— Faut point te mettre en retard...

Leur étreinte, sur le seuil, ne se pouvait dénouer. Comme elle le serrait et comme il la serrait ! Sa tête à elle qu'il saisissait à deux mains pour l'appuyer contre son baiser. Jamais, nulle part, il ne dépensait autant de force ; jamais, même à l'instant d'être arraché d'un marchepied de vergue par le vent et le roulis, il n'embrassait avec une plus désespérée vigueur...

Aux gares, seulement, la peine neuve des autres venait distraire la sienne. Désolations de La Hisse ! Accablements de Plerguer ! Navrances de Rolandrieux ! Attentes cruelles de Dol : dix minutes d'arrêt !

Des femmes en coiffe blanche disaient aux pêcheurs, sur les quais :

— Tu vas avoir beau temps...

— En voiture !

Alors, les figures grimaçaient ; les baisers se rivaient, et le train avait déjà pris de la vitesse, quand les marins s'enlevaient, quand, accrochés à une portière, dangereusement penchés, ils agitaient longtemps le bras vers un mouchoir blanc.

Et les enfants qu'on trompait, et qui, pourtant, pleuraient doucement, sans admirer la locomotive, parce qu'ils pressentaient le grand départ et qu'il faudrait répondre encore à ceux qui demanderaient : « Où est ton père ? — Sur le Banc à me gagner du pain. »

Accrochés au veston, ils gémissaient :

— Où que tu vas, dis, papa ?

— À Saint-Malo. J'vas te rapporter du bonbon...

Mais le petit garçon à béret bleu, la petite fille à boucles d'oreilles hoquetaient, barbouillés de larmes et de morve :

— Pleure donc pas, que j'te dis ! Puisque j'vas revenir tantôt, répétait le père, le cœur fendu.

Et la mère les secouait nerveusement :

— Mais, tais-tè donc !

Puis quand le marin était monté dans le compartiment où les autres, muets, courbés, fumaient et crachaient entre leurs pieds, il entreprenait un pauvre sourire, en installant dans le filet ses musettes et son sac de toile à voile :

— Les sacrés gosses !

Le sien, à Pierre, avait trois mois au dernier départ et il riait déjà...

À bord, les premiers jours, on buvait et on mangeait les provisions emportées de la maison, pieusement, comme on regarde des photographies. On partageait le cidre, le lard, le beurre, l'eau-de-vie, mais seulement avec ceux du pays qui pouvaient communier dans le souvenir.

C'est là qu'on se sent riche de tout ce qu'on laisse à terre ; qu'on estime à leur prix la femme, l'enfant, la maison, le village ! Ces départs annuels assouplissent les cœurs, exercent la tendresse, enseignent au plus épais le désir, le regret, le rêve. Comment ne pas mépriser, après cela, la succession semblable des jours, l'habitude et l'hébétude campagnardes ?

Se courber sur du guéret, dans de mornes landes ; gagner quinze francs par jour, quand il y en avait huit mille, l'année dernière, dans l'armoire ; être méprisé par les pieds-de-bœuf, quand on était si considéré par les capitaines et les équipages ; rejoindre, chaque soir, une femme soucieuse et maussade, au lieu de l'amoureuse en larmes qu'on emportait en soi pour six mois, de l'amoureuse rayonnante qu'on retrouvait après six mois, était-ce vivre, ça !

Après des dunes de charbon, des docks, des palissades goudronnées, ce fut le bassin à flot.

De larges trous d'eau noire clapotaient entre les bateaux. La troupe décimée ne s'était point resserrée pour combler ses vides.

Les marteaux des charpentiers sonnaient sur les voiliers retardataires. Les ponts s'encombraient de mannes, de bouées à pavillon qui marqueraient le bout des lignes, de bidons d'essence pour le Japy à virer la chaîne. On apportait des plats en fer-blanc pour la cuisine. On roulait des tonneaux fétides emplis de viande putréfiée de cheval qui amorcerait les casiers à bulots. Sur le quai, des doris s'empilaient, roses en dedans, vert tendre en dehors. Se pouvait-il qu'il existât des enfers si petits, si bien repeints !...

Les armateurs, à bord, surveillaient les arrivages, et les notaient, après contrôle, sur leur carnet. Des badauds compétents, de ceux qui n'ont point besoin de se réunir pour regarder, se tenaient debout sur les dalles, de place en place. Il y avait aussi des trous dans la robuste odeur de goudron et de cordages frais.

Pierre ne s'arrêta point à ces préparatifs. Il longea le port de marée, profonde et vaste fosse de vase grise où s'engluaient quelques barques, passa devant la porte de Dinan et gravit l'escalier des remparts.

Il les suivit jusqu'à la place de Hollande, d'où l'on voit déjà la rade. Tous les terre-neuviers s'alignaient dans le travers des Beys, la coque basse sur l'eau. La *Rosalba* tenait la tête de leur file : Forgeot ne perdait jamais de temps.

Pierre ne regarda qu'elle. C'est ainsi qu'elle apparaissait sur le Banc, à la cime d'une vague, quand il revenait transi, affamé, vers la chaleur, l'abri, la soupe épaisse. C'est pour ne l'avoir point rencontrée un matin qu'ils sont aujourd'hui séparés par des murs, des rochers, une large bande d'eau glauque.

Et voici que surgit, soudaine, l'angoisse jusqu'ici oubliée d'avoir perdu son bateau, perdu comme en juillet dernier ; d'être tout seul, retranché du bord ; de ne plus savoir que devenir, où aller. Ne pouvoir aborder, alors qu'on voit son navire, qu'il suffirait d'un signe au patron de ce canot qui vient de mouiller, là, à ses pieds ! Continuer la dérive dans les campagnes avares, les villes impassibles, la pauvre tête menaçante...

Quel arrachement pour se déclouer l'âme des bateaux !

À leur bord, cependant, des mêmes yeux avides, les équipages contemplaient la terre défendue, et les regards et les regrets se croisaient au-dessus du Grand Bey, au-dessus d'un tombeau sans nom.

Les trois-mâts se dressaient, exacts, sur la mer verte, et si légers !

Tout à coup, la *Rosalba* s'anime. Un long frémissement court le long du pont : les voiles ! Les focs, les voiles d'étai, l'artimon, les latines ! Pierre les voit battre, monter, palpiter, indécises, puis s'arrondir, étarques, pleines de bon suroît. La *Rosalba* s'incline ; l'écume glisse de l'avant et la souligne d'un large trait flexible... Ce fut comme si l'ancre qui venait, là-bas, de s'arracher au fond, labourait en lui, le dévastait.

Brusquement, il tourna le dos, en fuite. Il traversa le rempart et vint s'accouder au parapet, côté ville, face aux doubles fenêtres des maisons.

Une rue s'ouvrait devant lui. Il ne la reconnut qu'après un long temps à ses numéros rouges, de gros numéros sur des lanternes grises : la rue Thévenard. On en plaisantait souvent à bord, de ces maisons aux volets verts toujours clos. On en plaisantait... Chose pire, on en parlait comme de vraies femmes... Les marins, avant le mariage, sont pauvres en souvenirs tendres : les filles des campagnes sont ramassées, l'hiver. Les paysans seuls peuvent causer avec elles aux bals, aux assemblées d'été, dans les chemins d'été, pendant les travaux d'été. Alors, faute de mieux...

Pierre se souvint d'être entré au 12, quand il était encore garçon, et justement un matin de départ, comme celui-ci. Dans la solitude du bar, il avait confié à la première venue, Carmen, une grande, très maigre, qu'il partait pour un dur voyage. Elle avait répondu :

— On part, on revient... Faut bien partir pour revenir, pas vrai ?

Cela lui avait semblé juste et encourageant.

Elle avait insisté, pour qu'il montât.

— J'aimerais... avec un beau gosse comme toi !

Il s'était excusé sur la nécessité de regagner tout de suite le bateau.

— Tu le regretteras...

Sur le Banc, les jours où le gros temps interdit la pêche, il avait, en vérité, rêvé d'elle, jusqu'au passage bord à bord d'un grand paquebot où, du pont des premières, une petite blonde avait adressé longtemps au voilier en extase des signes de son tout petit mouchoir.

— Si elle tombait dans mon doris, j'lui ferais core ben une politesse ! avait déclaré le père Piel, le patriarche de la *Rosalba.*

Mais, de retour à Saint-Malo, Pierre était allé voir Carmen, et il s'était trouvé tout déçu qu'elle ne se souvînt pas de lui :

— Tu sais, on en voit tant, s'était-elle excusée.

Sa niaiserie d'alors l'attendrissait ce matin. De bien misérables souvenirs, comme provisions de campagne, oui... Tout de même... Des pauvres filles... et des pauvres gars !

Il descendit un escalier et entra dans la première auberge rencontrée. Deux hommes se retournèrent brusquement quand il ouvrit la porte et se remirent à boire dès qu'il la ferma. À leurs musettes, il reconnut des marins prêts à embarquer. Ils étaient ivres, car ils prenaient des précautions pour boire sans répandre. Toutefois, ils n'avaient point encore atteint l'inconscience : ils se tenaient encore assis, ils pouvaient encore parler, penser. Aussi se hâtaient-ils de vider leurs verres.

Pierre connaissait cela, les terre-neuvas qu'on embarque couchés dans des brouettes et que les Malouins, qui savent la mer, regardent passer sans rire. Dire qu'il y en avait qui souffraient tant de partir, d'autres tant de rester !

Il regarda vers l'entrée, afin de ne les point gêner. Machinalement, il lisait à l'envers le mot « café », sur les vitres, quand il vit deux lettres disparaître, celles qui étaient peintes sur la porte : deux gendarmes maritimes entraient, des papiers à la main. Les épaules des buveurs se courbèrent :

— C'est vous Rouzic et Goudel du *Saint-François?*

— Non...

Mais les gendarmes, ayant relu les signalements et dévisagé les hommes décidèrent :

— Si ! Allons, amenez-vous... Ça ne servirait à rien de faire des histoires.

C'était bien leur avis. Mais, un quart d'heure plus tard, après quelques verres de plus, ils auraient cogné. Ils se levèrent dociles, secrètement fiers de leur escorte, et de déboucher, tout à l'heure, sur le quai, glorieusement, devant le capitaine et l'équipage qui les attendaient.

D'autres parfois, venus jusqu'au bateau, s'enfuyaient en le voyant et ne s'arrêtaient que chez eux. Pour ceux-là, il fallait téléphoner à la brigade de leur pays qui les allait quérir à domicile, si les femmes n'avaient point encore réussi à les faire repartir.

Certains même, quand le navire était sur rade, mettaient à la mer un doris du bord et retournaient à terre.

Aussi les capitaines appareillent dès qu'ils ont embarqué tout leur monde. Aussi les armateurs retiennent mille francs sur les avances, mille francs d'assurance contre les coups de tête, qui ne sont envoyés aux femmes que quinze jours après le départ, lorsqu'on a, le cas échéant, prélevé dessus les primes aux gendarmes et la location de l'automobile qui a ramené les fuyards.

À bord, Pierre Gasnier, marin ponctuel, quand il voyait embarquer de force les déserteurs, haussait les épaules et demandait : « À quoi que ça sert ? »

Ce matin, il comprenait qu'ils fussent sans force contre leurs regrets.

Il paya, sortit, s'en alla par la rue tortueuse.

— Vous êtes bien fier, ce matin !

Berthe souriait sur le seuil, en contrebas. Lui examinait le bar, sans le reconnaître, pour ne l'avoir vu que la nuit.

— Entrez donc... Vous ne travaillez pas ?

— Non... J'étais allé faire un tour.

Elle comprit tout de suite, à son air, d'où il venait, et elle dit, en lui versant du vin blanc sans qu'il l'eût demandé :

— Vous n'allez tout de même pas vous tourner le sang pour une campagne manquée ! Vous n'en aurez que plus de cœur à partir l'année prochaine. Qu'est-ce que c'est que ça, un an ?... Le temps de vous remettre tout à fait de votre accident.

Ils étaient seuls, dans la salle. Comme la première fois, elle s'assit à demi au bord de la table : ainsi, elle le dominait, lui parlait, ployée :

— Vous en avez fait plus que votre compte... Vous n'avez rien à vous reprocher... Rien !... Je suis contente de vous voir ce matin et de pouvoir causer avec vous... On vous a fait des histoires sur moi... Il y en a les trois quarts d'inventées... Parfois, c'est vrai, dans un coup de colère, on dit, on dit..., et on regrette après. Moi, je vous ai toujours estimé...

Des soldats de la manutention voisine entrèrent :

— Léa !

La fille rousse sortit de la cuisine et vint, empressée, s'appuyer des deux mains à leur table. Ils commencèrent aussitôt de rire et de s'exclamer.

— On ne peut pas être tranquille, dit Berthe. Venez par ici...

Une demi-heure plus tard, il descendait de sa chambre, hébété, parce qu'elle l'avait fouetté de caresses rapides et expertes, qu'elle s'était emparée de lui comme une fille, la fille que, dans le doris, Roulier avait tant crié qu'elle était.

XIV

La tranchée rongeait la prairie pâle où paissaient des chevaux barbus de romanichels. On curait le Routhouan, un pouacre ruisseau suburbain qui croupissait, l'été, entre des poêles crevés et des monceaux de tessons, mais, qui, tous les hivers, menaçait la banlieue de Saint-Servan d'inondations pestilentielles.

Cinquante hommes lui refaisaient son lit. Trente, dans le pré spongieux, enfonçaient des bêches pour les relever chargées de blocs d'une vase dégouttante qu'ils amoncelaient en talus noirs, le long de l'eau noire. Les vingt autres remplissaient des bennes de cette boue.

Pierre Gasnier était de ce nombre et, debout dans le marais fétide, il poussait jusqu'au crochet de la grue les wagonnets roulant sur d'épaisses poutres. La benne, en s'enlevant, précipitait sur les travailleurs une pluie d'eau sale.

Le ruisseau n'arrivait qu'au genou les jours ordinaires. Mais, aux grandes marées, la mer y refluait, et il montait jusqu'au ventre. Cela valait trois francs de l'heure, et des fièvres. L'entrepreneur exigeait quatre cents bennes quotidiennes mais les bottes qu'il fournissait étaient percées, et les vents d'est, si froids en avril, soufflaient.

La grue haletait, et les bennes vides, décrivant un large demi-cercle, passaient à quelques pieds au-dessus des hommes, puis elles descendaient, tombaient presque au milieu du chantier, dans un déroulement bruyant de chaîne, de grands soupirs de vapeur.

Il arrivait que les travailleurs les évitaient d'un saut quand elles les frôlaient. Pierre n'en vit point une qui le menaçait :

elle le frappa à l'épaule et il roula dans le marais. Il se releva aussitôt, ruisselant de fange, crachant de la bourbe, parmi des brocards éclatants. Alors, empoignant sa bêche, il la fit tournoyer à deux mains et la lança de toutes ses forces contre la grue où le mécanicien cessa de rire, puis, à grands pas, il s'en alla vers une cabane où l'entrepreneur mettait à jour ses comptes. Là, il exigea son dû, en maudissant l'infecte besogne. L'autre, qu'il troublait, le reçut mal :

— Faut te mettre parfumeur, mon vieux, si tu ne veux travailler que dans l'eau de Cologne !

Lui ! Il avait fait des métiers plus malpropres sur le Banc. Le cœur ne tournait pas à un marin pour un peu d'eau sale !

— Eh bien, alors ?

— C'est pas la même chose !...

Il voulait dire que la crasse du pêcheur était héroïque comme celle du soldat en campagne ; que la boëtte pourrie, les foies putréfiés de morue dans les forescières étaient, malgré tout, denrées nobles qui coûtaient de la peine et valaient de l'argent. Il ne put que répéter :

— Ah non ! que c'est pas la même chose !

L'entrepreneur haussa les épaules et tendit quelques billets de cinq francs : Pierre sortit.

Dehors, il racla, de son couteau, la vase qui enduisait ses mains et ses vêtements. Un tonneau sur roues, rempli d'eau destinée à la grue, attendait un cheval : il s'y lava, mais il laissa exprès le robinet grand ouvert...

Le chantier, derrière lui, s'affairait : la machine poussait les hommes, les gourmandait d'un coup strident de sifflet, s'ils lui faisaient attendre, quelques secondes, sa charge. Pierre regretta de s'être sauvé trop vite, de n'avoir point, avant que de partir, cassé le rire dans quelques bouches, grimpé jusqu'à la tour de fer du mécanicien... Jamais, depuis qu'il n'était plus mousse, on n'avait osé rire de lui ! D'ailleurs, à bord, on ne rit guère des maladresses que la mort guette souvent.

Il traversa la route de Bordeaux, qui séparait la prairie du bassin de Saint-Servan. Sur le large rectangle d'eau, des balises de fer pointaient ; une vieille barque, ses couples à nu, gisait au bord d'une cale ; les dunes de charbon glissaient dans les soutes des vapeurs, alignés à l'autre bord, contre la digue de réduction.

Le quai du Val était désert. Le mois dernier encore, le long des terre-neuviers en partance, des marins erraient, tout le jour, obsédant de leurs offres les capitaines et les armateurs.

Sans se l'avouer, Pierre avait espéré que ceux qui, comme lui, avaient jusqu'à présent vécu de la pêche millénaire, se traîneraient longtemps, comme lui, après le départ des bateaux, sur ces pierres, ainsi que des amphibies coupés de la mer, ces phoques éplorés qu'il avait vus, sur les plages du Labrador où les avaient poussés les tueurs, regarder l'eau sombre avec un indicible regret.

Où étaient-ils donc allés, les pelletas ? C'était a croire qu'ils avaient tous réussi à s'embarquer ! Jamais il n'en avait rencontré sur le port ; pourtant, c'était là qu'ils accouraient, spontanément !

Ils étaient allés, les uns à Saïgon ou au Mexique, grossir les équipes de coolies bretons qui peinent sous toutes les latitudes ; les autres, dans les villes, pour y chômer. La plupart étaient restés chez eux, et mouraient de faim, tranquillement, à dix francs par jour, en famille.

Sur le quai du Naye se dressaient des piles de planches du Nord, des murs réguliers de bois couleur beurre frais. Il se promena par leurs allées qui sentaient bon la forêt de sapins, mais des centaines de milliers de fois, les bouts des chevrons lui répétaient en rouge « Dynas, Dynas » ou « Sulka, Sulka », des noms imprimés de firmes norvégiennes. Cela l'excéda. Il revint au bord de l'eau.

Des charpentiers y travaillaient un sapin de Troctin qui devait devenir un mât de barque.

— Y a du gauche, leur dit-il.

Puis, comme ils ne lui répondaient rien, humiliés qu'il eût vu du premier coup d'œil le défaut contre lequel ils se battaient depuis une heure, il ajouta :

— Ça pétera au premier grain !

Plus loin, deux pêcheurs d'anguilles avaient passé leurs gaules par les lourds anneaux du quai, et ils guettaient la danse de leurs bouchons rouges qui ne s'enfonçaient point.

— Vaudrait autant pêcher dans un baquet, prononça-t-il derrière leur dos.

Ils ne répliquèrent point non plus : le génie de la pêche à la ligne, qui est une longue patience, les habitait. Leur art, comme celui des paysagistes, s'exerçait en plein air : tous les deux exigent la plus complète indifférence aux critiques des passants. Le marin les abandonna.

Des mâts nombreux se dressaient, près des écluses. Désarmés, des trois-mâts, l'un derrière l'autre, s'alignaient, rivés au quai. Ces terre-neuviers découragés semblaient dispos. On eût dit d'une flotte de réserve, prête à reprendre la mer au premier signal. Mais ceux qui avaient longtemps vécu avec les bateaux savaient que ceux-là seraient vite rongés par les étés ; que les cordages qui inscrivaient leurs courbes élégantes dans le ciel gris, tomberaient en cendre aux premières rafales, et que les coques tuméfiées pourrissaient lentement dans cette eau tiède tachée d'arcs-en-ciel d'huile lourde. Les jours de vent, elles raclaient le mur, ainsi qu'un cheval impatient, le grès.

Bientôt, on scierait les mâts, on crèverait les ponts, on entasserait, dans les cales, des bidons et des barils, et les voiliers, devenus pontons, serviraient à entreposer du mazout ou de l'essence, afin qu'il n'y ait, à flamber sur l'eau, en cas d'incendie, qu'une carcasse méprisée.

De beaux voiliers pourtant, d'une bonne coupe, fins de lignes, et du solide chêne, bien rivé. On n'avait à craindre, là-dessus, que l'incendie ou l'abordage... Mais cela avait été bâti pour le Banc, et ce n'était propre à rien d'autre, ni au cabotage, ni au long cours... Comme lui !

Ils n'avaient cependant, eux, ni voie d'eau, ni tare : lui avait sa tête ouverte, déréglée. Terre-Neuve avait à peine éraillé leurs flancs : lui, le Banc lui avait cassé le crâne et détruit son goût pour les choses... Sans cela, il eût, comme d'autres, fait un beau métier. Les hommes intacts, mieux que les bateaux, peuvent changer de travail.

Une fois de plus, il s'efforça de maudire celui qui l'avait ainsi meurtri, ravalé : il ne le pouvait plus. C'était comme si toutes les couches profondes et sincères de son âme eussent, en dépit de ses ordres, refusé de se soulever.

— Des beaux bateaux de même !

Leur infortune lui apparaissait plus injuste encore et plus pitoyable que la sienne... Il ne savait pas jusqu'à quel point elles étaient semblables.

Car s'il était ainsi inapte à toutes les tâches des terriens, ce n'était point, comme il le croyait, la faute de son esprit endolori, de sa vaillance enfuie par la fente de ses os, mais parce qu'il était terre-neuva, comme ces bateaux-là étaient terre-neuviers. Il était, dans toute la force du terme, *fait*, comme eux pour la Grande Pêche.

De même que leurs coques, son corps avait reçu une façon spéciale, un buste allongé, élargi, sur des jambes presque grêles, des épaules et des reins modelés par l'aviron, un torse fait pour haler.

En dedans, l'empreinte du métier conquérant s'était frappée dans sa volonté tenace mais lourde, à qui le risque seul donnait le branle. Il était né au pays aventureux où les loteries foraines font une prompte fortune, et, après des milliers d'ancêtres, il avait choisi de hasarder sa vie contre un gain soudain et débordant. Comment attaquer de bon cœur un morceau de bois ou de terre, quand on a, chaque jour, vaincu la Mer et le Vent. On n'est plus qu'une manière de héros sans travail, le plus pitoyable des chômeurs.

Cela lui eût redonné quelque fierté s'il l'eût compris, et que ce n'était point paresse, mais mépris, s'il quittait, l'une après l'autre, toutes les besognes. Il l'ignorait et acceptait comme une maladie d'être devenu lâche devant le travail.

— Tout me dégoûte !

Parvenu aux côtés des bateaux, il marchait maintenant le long de leur bord, les parcourant soigneusement, pas à pas, du regard...

Le *Servannais*... C'était Besnard qui le commandait l'année dernière, Besnard qui avait une façon à lui de faire embarquer les hommes dans les doris, les jours de gros temps, en les traitant de « cultivateurs ».

Le *Saint-Brendan*... Il le connaissait bien, celui-là ! Ne l'avait-il pas vu de profil, comme ça, pendant vingt-quatre heures, sur le Grand Banc, quand le capitaine Lemarchand avait voulu, presque bord à bord avec Forgeot, passer au travers d'un ice-field qui leur barrait la route de l'est. Les deux bateaux étaient restés engagés dans la glace, comme des coins dans du bois dur, tout un jour et toute une nuit et les hommes écoutaient craquer leurs côtes... Le *Saint-Brendan* s'était délivré le premier et Lemarchand était parti en criant à la *Rosalba* des injures cordiales.

La *Mélusine*... Le bateau à ce sacré Couédic qui n'amenait jamais sa toile qu'au moment où tout allait péter.

Le *Tancrède*... Il entendait encore, sur le Platier, la voix du second, Lepage, un cousin à lui, mugir dans le porte-voix: « Gasnier Pierre, de Tré-val-lon, a un p'tit gars... Gasnier Pierre, de Tré-val-lon, a un p'tit gars. » Il l'avait su avant le père parce que le *Tancrède* avait, la veille, rencontré l'aviso qui portait le courrier...

Avec une souplesse dont il se tut gré, il en franchit la lisse mais à peine avait-il mis le pied sur l'échelle des cales qu'un chien noir jaillit et lui sauta aux jambes. D'un coup de pied rapide, il le rejeta, hurlant, jusqu'au dernier échelon. Puis, honteux, il s'en alla.

Pourtant, son désir de descendre dans un bateau grandissait : il revint à la *Mélusine*, sauta, traversa le pont. Une écoutille était ouverte ; au bas des degrés une porte céda : il était dans l'obscurité moisie du poste. Alors, il cria :

— Vous autres, allez faire vos saloperies ailleurs !

Le couple qu'il venait de découvrir embrassé sur une couchette se dénoua dans un sursaut, car la voix, dans le bateau creux, retentissait, terrible. L'homme, un gamin à la lumière, s'enfuit le premier. Il ne se détourna qu'en haut de l'échelle pour attendre la fille. La tête ramassée dans les épaules, elle se glissait, frottant la cloison. En passant devant le marin, elle effaça brusquement ses reins et fit un bond parce que Gasnier se penchait pour un coup. Quand elle eut rejoint son ami sur le pont, ils se forcèrent à rire, très haut...

Le terre-neuva était resté appuyé aux couchettes, de petits cercueils superposés, et il s'indignait : tous les pauvres gars qui s'étaient couchés là-dedans, à moitié morts de misère et de froid... Les cinq heures de sommeil consenties après dix-neuf d'effrayant travail... Les réveils hagards, chaque matin, à trois heures...

Et Mercier qui avait agonisé deux jours dans une cabane pareille, Mercier à qui le capitaine faisait boire de l'eau sucrée dans une petite cuiller et qu'on regardait longuement, le soir, avant de se hisser au-dessus de lui.

Et Cravan qui s'était brisé les jambes en tombant du perroquet de fougue et qui appelait sa femme et ses gosses. Même, que quand il fut mort, les gars eurent du regret de l'avoir engueulé parce qu'il les empêchait de dormir...

Et venir là-dedans pour... ! Est-ce que les armateurs ne devraient pas, au moins, avoir un chien sur tous leurs voiliers...

Il restait du temps avant le dîner. Il entra donc dans un café, une baraque de planches vertes dont un tuyau de poêle crevait le toit, et il but longtemps, sous un petit bateau coulé dans une bouteille, des mélanges qu'il savait éteindre vite les idées.

Une pourtant couva, puis flamba, éclatante, attisée par les alcools : tout ce qui arrivait, c'était la faute à Marie ! Si elle avait fait ce qu'elle devait, ça se serait arrangé. Il serait parti... Mais elle ne voulait rien savoir de sa peine, parce que c'était une peine d'homme...

— Quand même... Elle aurait dû... Oui qu'elle aurait dû... Pour sûr !

La pensée de Berthe, devant laquelle il se dérobait d'habitude, il la brandissait ce soir : Ça aussi, Marie l'avait bien cherché ! On ne laisse pas un homme, des semaines, sans une bonne parole. Et le matelas qu'elle étendait à terre, tous les soirs, pour elle, parce qu'il buvait un peu.. de temps en temps. Il résuma, tout haut :

— Les femmes, ça se fout de tout !

Cela déchaîna le rire blanc de trois charbonniers à la table voisine.

Un cercle rouge, quand il entra, bougeait au plafond de la mansarde. Un papillon de nuit, un gros papillon-diable, tambourinait contre l'abat-jour de carton d'où la lumière tombait dans deux assiettes épaisses et sur les barres d'acier de la machine. On entendait dehors cliqueter les ardoises que rebroussaient les rafales. Assise sur une haute chaise, Marie manœuvrait la poignée de la tricoteuse. En le voyant, elle se leva et s'en alla au fourneau. Lui sentait sur son ivresse une dure réprobation. Il gronda :

— Pas encore prêt !...

Elle ne répondit rien mais le petit cria : ses canines perçaient, et sa gencive tuméfiée inquiétait sa mère. Aussitôt, elle abandonna le souper pour prendre l'enfant, le bercer dans ses bras :

— Mon mignon, mon boudet...

Le marin les regardait mordu par une jalousie qui en rongeait, à cette heure, tant d'autres sur les Bancs : Ils se passaient bien de lui, ces deux-là ! Les femmes et les gosses s'organisaient, à terre, une petite vie tranquille, entre eux, et quand le mari était là, il gênait.

Afin de ramener sa femme, de force, il balbutia, provocant :

— Plaqué le chantier, ce soir...

Elle se força à ne point marquer de dépit, car cette dernière tâche était, par comparaison, bien payée. Mais puisqu'il cherchait des reproches, il n'en obtiendrait pas... Elle appliqua seulement ses lèvres sur la chair fiévreuse du bébé quand elle sentit sa colère prête à lui échapper :

Lui, qui tous les ans, sitôt débarqué, travaillait à tout ce qu'on voulait, lui, qui comme on disait, n'avait jamais de « non », et que les femmes citaient en exemple à leurs hommes, il n'était bon, maintenant, qu'à gueuser sur le port :

— Il est devenu fainéant !

Or, elle était du peuple où la paresse est le grand déshonneur.

Sa blessure ? Mais depuis six semaines qu'ils avaient quitté Trévallon, il n'avait pas eu la moindre crise.

Le changement de métier ? Est-ce que d'autres terre-neuvas ne gagnaient pas de belles journées à terre ? Il n'aurait pas fallu leur parler, à ceux-là, de remettre le pied sur un voilier, à Lejard, à Gendrot, à Le Gall, à Prijent ! Elle connaissait tous les renégats du Banc, mais elle voulait ignorer tous ceux que le métier tenait dur et qui ne se résignaient point.

— Tout ce que j'ai enduré de juillet à décembre, ça ne compte pas ! Y a pourtant que le Bon Dieu et moi pour savoir par où j'ai passé. Rester auprès de sa femme et de son petit gars, gagner sa vie comme tout le monde, ça le dégoûte...

L'enfant ne s'apaisait pas. Brusquement, comme les hommes qui dépouillent leur veste avant de se battre, Marie se dégrafa en arrachant des boutonnières : les deux seins s'échappèrent ensemble. La veille encore, elle se cachait de son homme pour allaiter : elle se souvenait du terrible soir... Maintenant, elle s'en voulait de ces précautions. Il ne les valait pas !

Il comprit le défi du geste et il jura en assenant un coup de poing sur la table. Elle dit sèchement :

— Ça va finir, ces manières-là ?

Il se souleva, plein de reproches, d'accusations, de plaidoyers. Mais, des mots... des mots ! Il en était pauvre, comme tout le peuple de la mer ! Dans son métier, on essayait souvent de le persuader ; lui n'avait jamais eu besoin de convaincre. Et les femmes, elles, qui parlent si longtemps, si vite ! Puis, il y avait trop de choses à dire, et des choses difficiles... de celles qui se passent en dedans... comme en disent les curés...

Il se sentit vaincu d'avance. Alors il déroba ses yeux au dur regard de Marie et les porta sur la cheminée. Là, ils s'arrêtèrent sur des fleurs, dans un vase, un gros bouquet paysan, serré et rond, de marguerites blanches.

Elle savait pourtant bien qu'il ne pouvait plus souffrir les fleurs, qu'il en avait peur...

— Enlève ça !

Elle ne répondit ni ne bougea. C'est qu'elle ne comprenait pas combien ce bouquet pouvait être redoutable et que les marguerites, il se rappelait bien maintenant, oui, justement, les marguerites les avaient cernés dans le doris, Roulier et lui, et c'était la mort qu'elles apportaient.

— Jette-moi ça, que je te dis !

Cette fois, elle releva la tête :

— Pourquoi ? Parce que c'est maman qui me les a apportées ?

Il se dressa. En deux larges enjambées il fut à la cheminée, arracha le bouquet en faisant tomber le vase qui se brisa, puis, à coups de talon, il écrasa hâtivement les fleurs jusqu'à ce qu'elles fussent toutes en bouillie. Il se sentit alors empoigner aux épaules :

— C'est pas assez de voler le pain que tu manges... T'es encore devenu une brute !

Elle le poussa vers la porte et la lui jeta de toutes ses forces sur le dos.

En descendant l'escalier, il hochait la tête, tristement, parce qu'une fois de plus elle s'était méprise.

Mais sur le trottoir, sous la pluie, une colère dangereuse lui gonfla les veines. Il pensa remonter, pour la battre, mais il se ravisa, et, dans la nuit trouble, il partit retrouver la femme de Louis Roulier, son matelot.

XV

BERTHE !

Léa, qui souvent guettait sur le seuil du cafe des passages de soldats, ne manquait jamais, des qu'elle apercevait Pierre, d'appeler. C'était, ce nom qu'elle criait, un signal plus qu'un appel. Après cela elle ne s'occupait plus du marin, hostile à sa figure soucieuse, à sa politesse humble, à ses murmures qui s'éteignaient dès qu'elle approchait de la table où il entretenait son amie.

— Ah ! voilà monsieur Gasnier !

Comment la patronne pouvait-elle le savoir, qu'il entrait, puisqu'elle ne le regardait jamais ; qu'il n'avait jamais rencontré ses yeux dressés à ne rien voir, ses yeux de tolérance qui veillaient, toutefois, assidus, par l'entrebâillement des lourdes paupières. Une perruque brune lui durcissait le visage, qui glissait par larges plis gras.

Elle avait des égards pour Gasnier, depuis qu'il chômait presque chaque jour. D'un ton mitoyen entre la prière et l'ordre, elle lui proposait des tâches qu'il accomplissait avec empressement, car il comprenait qu'il devait payer la chambre en bois cassé et en bouteilles lavées.

— Bonjour, qu'est-ce qu'on te sert, ce matin ?

Berthe venait à sa table sans marquer ni hâte, ni ennui. Il s'asseyait d'habitude au-dessous de la loi sur l'ivresse publique, et elle lui apportait du vin blanc, dans un verre épais.

— Alors ? demandait-il.

Négligemment, elle commençait aussitôt à parler de Terre-Neuve. Elle en connaissait toutes les nouvelles, la date où tel bateau s'était banqué, les lettres-Océan reçues dans les villages, le nombre de quintaux fournis par les premières pêches. Tout ce qu'elle disait était précis comme un courrier d'armateur.

— Ce n'est encore que le commencement de la campagne, mais enfin, ils ne se plaignent pas. Ça a l'air de mieux donner que l'année dernière.

— Tant mieux... Mais j'ai souvent vu ça. Ça part bien, et puis dès que mai arrive...

— Oui... Oh ! bien sûr !

Berthe savait aussi les misères des marins qui, comme lui, aux environs, n'étaient point partis ; les rixes au chantier pour une place vacante ; les enfants dressés à mendier ; les femmes battues, la faim, les suicides, parfois. Elle ne s'étendait point là-dessus, parce qu'il l'écoutait trop avidement, et elle concluait très vite :

— Ça se comprend, n'est-ce pas, qu'ils soient dégoûtés. Des hommes dont ce n'est point le métier...

Car elle l'approuvait de se refuser aux besognes des terriens. Quand on a été habitué à être son maître... Pour les quatre sous qu'il gagnerait... La patronne ratifiait, sentencieuse :

— Il faut bien parfois se donner du plaisir... Le travail, les occupations, ça se retrouve toujours, mais les occasions de passer un moment agréable, il faut en profiter.

Ces principes, qu'elle avait si longtemps chuchotés aux clients hésitants, n'étaient plus maintenant une réclame, mais un consentement, une invite discrète. Berthe écoutait en fixant sur le marin des yeux bridés par les paupières longues, ces yeux asiatiques que les flanc-gardes d'Attila lui avaient apportés, ainsi qu'à tant de Bretonnes. Pierre ne résistait point à leur regard étroit et il la suivait par l'escalier sombre.

— Non ! Tout à l'heure...

Elle jouait des coudes, dans la chambre, pour le faire lâcher ; puis elle rangeait des bibelots poussiéreux, fétiches de plâtre à ventre pointu, aux yeux glissés de côté ; vases de cuivre mince, poupées immodestes garnies d'un tutu en papier, tout un bric-à-brac de loteries foraines. Ou bien, elle découpait les feuilletons de journaux, et les lui faisait relier par des ficelles. Elle parlait beaucoup, dans cette chambre, et l'y tutoyait.

Elle parlait de Roulier, souvent, en jetant sur son amant de rapides regards qu'il n'avait point le temps de surprendre. Elle exaltait leurs sauvages luttes conjugales, les coups effrayants qu'il donnait, les coups perfides qu'il recevait, sa honte quand il devait sortir mordu, griffé ; ses injures à lui, ses sarcasmes à elle :

— Je l'ai vu en pleurer, tiens !

D'ailleurs, Pierre le connaissait... Toujours prêt à donner des volées... ou à en recevoir. Car il tombait parfois sur des gens qui ne se laissaient pas faire.

— Ça devait arriver qu'il se fasse assommer comme un chien enragé...

Pierre ne répondait point. Parfois même il excusait le mort. Alors, elle l'attirait et, en se dévêtant contre lui, quêtait un aveu :

— Tu peux bien me le dire à moi, va, comment que ça s'est passé...

Il roulait, avec lassitude, ses lourdes épaules :

— Qu'est-ce que tu veux que je te dise ? Est-ce que je sais ?...

Alors elle raillait :

— Si tu étais un peu galant, tu dirais au moins que tu étais jaloux de lui...

Mais il n'était plus jaloux ; il n'avait plus de haine contre son matelot. Les cuisants souvenirs s'étaient cicatrisés. Surtout, depuis qu'il savait sa tête si détraquée, il ne lui faisait plus confiance, pour rien... Les insultes de Roulier dans le doris ? des idées, des toquades..., sa maladie qui le cherchait déjà... Même, maintenant qu'il connaissait Berthe, il y avait bien des choses qu'il comprenait !...

Un jour qu'en attachant sur lui ses regards curieux et froids elle lui livrait, avilie, toute la pauvre intimité du mort, il la fit durement taire :

— Tu me dégoûtes, tiens !

Elle n'en parla plus jamais.

— Ta femme ne dépense pas beaucoup de laine à te raccommoder !

Elle errait par la chambre, à demi nue, et venait de prendre, sur une chaise, le tricot du marin. Elle l'examinait, passait le doigt dans les trous. Puis elle commença de le repriser.

— Elle a dit de moi, chez l'épicière, ta femme, que mes robes ne tenaient jamais qu'à un bouton... Je lui revaudrai ça !... En tout cas, tes boutons, à toi, ne tiennent guère non plus ! Elle ferait mieux de remettre tes affaires en état que d'être toujours fourrée à l'église... C'est ça que je n'aimerais pas, si j'étais un homme !... Tu peux être tranquille, les curés de Saint-Malo te connaissent, va !... Ils forcent les femmes à leur raconter tout ce qui se passe dans les ménages...

Adroitement, elle réveillait la jalousie, qui dort dans tout marin, contre le prêtre, confident des épouses pendant les absences des maris. Elle disait leur influence, et que les femmes des pêcheurs leur appartenaient six mois de l'année. Elle imaginait des aveux de Marie, des questions éhontées du confesseur :

— Tu comprends, c'est leur plaisir, à eux...

Pendant ce temps, un jeune viciaire phtisique de la cathédrale, que le péché vivant et la souffrance des âmes ravageaient de pitié et d'horreur, murmurait, en toussant, à une pénitente en coiffe blanche :

— C'est de la lâcheté, ça, ma fille. Vous compromettez l'avenir de votre mari, le vôtre, son salut même, par peur de l'inquiétude, de la souffrance. Puisque ce grand sacrifice doit le ramener au travail, à la vie de famille, vous avez le devoir de l'accepter, de le proposer même...

— Mais pourquoi n'es-tu pas parti, au juste, puisque t'en avais tellement envie ? Forgeot m'a dit, à moi-même, qu'il te reprendrait, si tu voulais.

— .....

— Oui. Oh ! c'est pas ce que les gens ont pu raconter sur l'histoire du doris qui t'aurait beaucoup gêné, si t'avais voulu. Y a pas que Saint-Malo. À Granville, à Fécamp, tu n'aurais pas eu de mal à trouver un engagement.

— .....

— Ta femme qui ne voulait pas ?... C'est toi qu'on fait rester de force, oui !

— .....

— Pas assez d'avances ! Mais, ce que tu n'aurais pas touché avant, tu l'aurais touché après. Ça t'aurait toujours plus rapporté que de faire tout le gros ouvrage d'en bas pour un verre de vin blanc.

— .....

— Ah ! ta tête te faisait encore mal !... Des éblouissements... Oui, oui, je comprends ! Ça allait jusqu'à perdre connaissance, hein ?

— .....

— Tu ne te rappelles pas ? Mais ta femme a bien dû te dire, après ?

— .....

— Comme les gosses qui ont des convulsions... Tu tombes du mal, quoi !... Mais tu te soignes, pour ça ? On t'a donné des remèdes ?

— .....

— Puisque ta bouteille est finie, et que tu as ton ordonnance, donne-la-moi : je te la ferai refaire. C'est point l'affaire d'un homme.

Le lendemain, il la trouva qui l'attendait sur le seuil, avec Léa. Elle était habillée, prête à sortir. Pour la première fois, elle le tutoya dans le café :

— Justement. J'ai été pour ton ordonnance. Elle n'a été donnée que pour un mois et le pharmacien ne veut pas la refaire. Faut qu'un docteur d'ici la récrive. Alors je l'ai portée chez un médecin... Il veut te voir. Il dit, et il a raison que, puisque tu vas mieux, il faudra peut-être changer le traitement. On va y aller.

Pierre regimba :

— En v'là des histoires pour faire mettre cent sous de saleté dans une bouteille... Et puis, ça va faire deux mois que ça ne m'a pas repris...

Pour la première fois encore, Berthe montra dans ses réponses une sollicitude inquiète et ferme. Elle le traita comme un enfant déraisonnable à qui l'on ne demande point son avis quand sa santé est en jeu. La patronne l'appuya. Léa elle-même déclara qu'on devait se soigner quand on était malade. Il fut flatté de l'intérêt qu'elles lui marquaient :

— Elle a soin de vous, hein, votre petite amie ?

Il objecta toutefois :

— Sale comme je suis.

— Attends...

Berthe grimpa quatre à quatre l'escalier et rapporta un pardessus :

— Mets ça. Ça devrait t'aller...

Malgré sa hâte de l'emmener, elle le guettait, tandis qu'il l'endossait. Il dit seulement :

— Il était juste aussi grand que moi.

Chez le médecin, elle tendit le papier :

— Ce serait pour refaire l'ordonnance, monsieur, ou la changer, si ça valait mieux...

Le médecin lut :

— Ah ! oui. C'est vous qui êtes venue me parler pour les accidents de votre mari... Le dernier date de quand ?

Elle répondit :

— Un mois... à peu près.

— Et le premier, vous l'avez eu combien de temps après votre retour ?

— Au moins quatre mois après, monsieur.

— Oui... Alors, c'est très espacé... Les crises sont courtes ?

Il voulut parler : elle l'arrêta en souriant.

— Tu ne sais pas...

Et au médecin :

— Encore assez, monsieur.

— Enfin, combien ? Cinq minutes ? Un quart d'heure ?

— À peu près, oui, monsieur.

— Voyons, votre blessure... Oh ! oh !... Ç'a été sérieux !... Ça vous fait mal, quand j'appuie ?

— Non.

— Et ici ?

— Non, monsieur.

— Bon... Vous apercevez-vous, au moment des crises, que vous éprouvez de la difficulté à parler ? Votre joue gauche durcit... Votre bras gauche tremble ; un tremblement que vous ne pouvez pas arrêter ?

— Oui, monsieur.

— C'est seulement après ça que vous perdez connaissance ?

— Oui.

Le médecin revint s'asseoir à son bureau :

— Eh bien... je crois qu'il faut attendre, avant de rien tenter comme intervention... Ça peut très bien s'arranger tout seul... Il n'y a pas d'enfoncement du crâne. Les crises sont courtes et, en somme, rares... Je vais vous redonner une potion... Maintenant, d'ici longtemps, il faudra prendre de grandes précautions. Évitez évidemment d'aller dans les endroits dangereux, où vous pourriez tomber, au bord de l'eau, sur une échelle... Vous, madame, on a dû vous dire déjà ce qu'il y avait à faire pour l'empêcher de se blesser.

Ce fut Berthe qui régla la consultation et retint, selon l'usage, le docteur quelques instants, pour lui parler seule à seul.

— Qu'est-ce qu'il t'a dit ?

— De t'éviter les émotions et faire attention à ce que tu prennes bien tes gouttes... Hein ? Tu vois si j'ai bien fait de t'emmener consulter. Te voilà tranquille, puisque ça s'arrangera avec du temps.

À compter de ce jour, elle l'obséda de recommandations ; sa maladie lui appartenait : elle en parlait sans cesse. Cela lui donnait occasion de dénoncer la négligence coupable de Marie : on ne laissait pas un homme, des deux mois entiers, sans soins !

C'était dans sa chambre qu'elle lui mesurait les cuillerées de potion.

— Si je n'étais pas là !... Ah ! ce que tu as eu raison de ne pas te gêner, de prendre ton plaisir où tu le trouves.

Peu à peu, la rancune qu'elle inoculait enfiévra son amant. Elle trouvait si bien ce qu'il fallait dire :

— Ta femme te voit trop, comprends-tu ? Tant que tu n'étais là que quelques mois par an, ça marchait encore... Et puis, tu ne lui rapportes plus d'argent : alors, tu ne vaux plus les quatre fers d'un chien !... Elle ne te cause plus ?... Elle a mis un matelas par terre, pour elle ? Et tu endures ça !

Elle exigea sur Marie des confidences totales. Un jour de colère, il la lui livra, corps et âme.

Un soir vint, un soir morne, obscurci encore de crachin

froid, où elle se crut assez forte. Jamais elle n'avait été aussi impudemment fille. Il s'effrayait presque de ce qu'elle avait pu dire et faire, de tout son vice débordé, de sa perversion compliquée et furieuse... Elle s'était soulevée sur un coude et penchée sur lui :

— Si elle t'avait vu tout de suite, hein, ta femme ?

— !!!

— Au fond, si ce n'était qu'un prêté pour un rendu... Si elle te faisait des traits, tu ne l'aurais pas volé, hein, coureur ?

— !!!

— Sais-tu qu'il la trouvait à son goût, ta femme ?

— Qui ?

— Roulier, donc. L'année qu'il n'a point fait campagne, il ne s'est pas privé de tourner autour.

Et, comme les sourcils froncés, il l'écoutait, sans répondre, elle lui parla tout bas... Mais aussitôt, elle cria, sous les coups de poing enragés qui tombaient sur ses épaules, sur ses seins, sur ses bras, dont elle se couvrait le visage, puis, parce que, pour s'enfuir, il l'écrasait.

Dès qu'il eut franchi la porte Saint-Vincent, où l'on vendait à grands cris les journaux du soir, il put enfin l'injurier tout haut, sans risquer, comme dans les rues étroites, d'arrêter les passants le long des trottoirs.

Elle avait chuchoté, mot pour mot, ce que Roulier avait vociféré dans le doris. Pourtant, il était forcé, il ne savait pourquoi, de mettre le disparu hors de cause. De l'accusation portée par Berthe contre son matelot et Marie, il ne retenait que l'affront fait à tous les deux.

Un mort ! Un pauvre mort qui avait tant mérité d'être tranquille !... Quelle haine ça pouvait avoir dans le corps, une femme ! Et Marie !... sur le compte de qui personne n'aurait jamais osé dire un mot. Il l'avait trahie pour ça ! Trahie, non pas sur l'ignoble lit : les épouses de marins pardonnent cela, à la rigueur, mais avant, dans la chambre, debout, en parlant jusqu'à ce que monte un grand rire canaille... Ah !...

Ce fut un dangereux accès de honte qui l'amena au bord du bassin, le pencha sur le miroitement rapide et froid de l'eau, où flottaient les feux des lampes à arc. On en avait repêché là-dedans pour moins que ça !

Mais il eut peur de nager après qu'il serait tombé, d'être vaincu par son vieil instinct de surface, livré, grotesque et ruisselant, au quai, par ses jambes et ses bras révoltés qui refuseraient, après vingt ans de luttes contre la mer, de se rendre sans combattre, à un peu d'eau sale, dans un bassin !

Puis, autre chose le retint au bord vertical de la mort, le sentiment obscur qui dicte aux gens de mer à demi engloutis, les vœux humiliants, marches pieds nus, en chemise ou veste retournée, aux sanctuaires renommés : la croyance à la vertu rédemptrice de l'opprobre. Il devait vivre en se dégoûtant soi-même, porter son remords comme un petit bateau votif.

Il monta l'escalier de la mansarde plus pesamment que les haubans, les jours où les capitaines empoignent les hommes au collet pour les faire grimper. Entre les marches de bois disjointes filtraient des raies de lampes et des voix...

— Ah ! te voilà... Devine où j'ai été ?

Il s'arrêta sur le seuil, saisi. Un instant, il pensa que Marie l'avait surpris, qu'elle savait... Mais le ton ne permettait point de le supposer : il était redevenu accueillant, presque gai. Et elle lui donnait quelque chose à deviner, par jeu ! Et elle remuait, sur le feu, sa sauce blanche, sans se retourner, comme si elle avait, elle aussi, un visage à cacher.

— Où tu as été ? Je ne sais pas. À la tricoterie ?

— Ah non, ce n'est pas le jour. Mme Forgeot, que j'ai rencontrée, m'a emmenée chez sa mère. Elle venait justement de recevoir des nouvelles du capitaine.

Depuis le jour du Liège, Marie avait toujours paru ignorer qu'il y eût la mer, les bateaux, les poissons. L'étonnement de Pierre s'augmentait.

— Il est content ?

— Non. Ils pêchent mal. Elle n'est pas à son premier regret qu'il ne soit pas parti au Groenland. Il paraît qu'ils y prennent ce qu'ils veulent... Le *Zaspiakbat* de la Morue Française, qui est arrivé là-bas le 17 juin, l'année dernière, en est reparti à bout de sel le 19 août. Deux mois de campagne !

Le Groenland, le Goéland, comme ils disaient, les marins

en rêvaient peu encore, mais le grand triangle blanc des cartes, dont la base s'évanouit dans le mystère du pôle, affolait, comme des boussoles, l'imagination des capitaines.

Marie avait appris les noms nouveaux dont ils se grisaient : cap Farewell, Banc Fylass, Grand Hellefiske, île Disko. C'était un pays blanc et tellement haut : la mer y était plus droite qu'à Terre-Neuve et il n'y avait ni brume, ni nuit. Plus on remontait au nord, moins il y avait de glaces. Du calme et du temps clair. Des morues meilleures que partout ; des flétans de cent livres et une mannée de pissenlit qu'un dorisier avait rapportée de terre !

Elle contait ces merveilles d'un ton égal, rempli de sympathie pour l'océan Arctique. Il y voguait déjà.

C'était une eau claire et froide, non plus les troubles courants de la Coursive, à Terre-Neuve, mais une mer d'un indigo glacé et si profond qu'on s'étonnait de ne point voir, sur la coque, de large festons bleus, après les coups de pinceau promenés par la houle le long des bordés. Une falaise noire, grillée, courait à l'est sous une frise de neige. Des icebergs dérivaient, creusés d'ombres bleues profondes ; des cathédrales, éblouissantes, des tables lisses couvertes d'algues brunes ; des caravelles dressant très haut leurs châteaux de poupe et de proue ; et tous basculaient, roulaient, silencieux, dans une eau pure comme celle des lacs de montagne, une eau où passaient des bancs innombrables de poissons cendrés, où les doris tournaient autour d'un bateau que le brouillard ni la nuit n'effaçaient jamais.

Non ! Marie n'aurait point la cruauté de lui montrer tout ça sans lui dire... ce qu'elle allait dire... ce qu'elle disait :

— Tu serais content d'y aller ?

Parce que c'était possible, s'il le voulait. Le capitaine Guéhenno — il le connaissait — appareillait à la mi-mai pour le Groenland, avec un vapeur, un cargo transformé pour la grande pêche, le *Colmar*. Il lui manquait encore des hommes, et Mme Forgeot était sûre de le faire embaucher. Il n'avait qu'un mot à dire.

— Moi, j'ai dit oui pour toi... Puisque c'est ton idée... Sur un vapeur on est tout de même plus en sûreté de sa vie... Mme Forgeot savait que tu as été malade et que ça pourrait te reprendre. Alors on te donnera une place pour rester à bord... Je dois aller avec elle à la fin de la semaine voir le capitaine... Faut manger ta soupe, elle va être froide.

La voix s'étranglait, ainsi qu'à l'instant des départs, quand elle disait : « Faut pas te mettre en retard ! »

Il comprit que c'en était fini de l'effrayante dérive ; qu'il venait, à la fois, de retrouver son bateau et sa femme. Il leva les yeux vers elle : elle avait vieilli et elle mangeait.

Lui, gardait sa cuiller levée : il allait parler, pleurer, dire merci, pardon ; avouer Berthe ; crier qu'elle n'avait été qu'un cauchemar de fièvre, un délire à plaindre, quand il était perdu sur terre, pendant cette seconde dérive, la pire.

Et Marie pardonnerait encore... Oui, elle se laisserait aller jusqu'au pardon : elle était si lasse, à présent, si démantelée, si bien vaincue. Ah ! se décharger... se décharger sur elle !

La pensée le traverse d'un corps inerte, sauvagement saisi et précipité pour l'allégement d'un doris accablé.

C'est un crime plus atroce qu'il va commettre s'il ne mange point sa soupe...

Il la mange.

XVI

MME Guéhenno traversa la salle à manger et tambourina aux vitres. Trois garçons qui jouaient férocement à la balle dans la petite cour s'arrêtèrent. Après avoir regardé, domptés par des yeux bleus, très grands et durs, ils s'en allèrent tête basse à des jouets sédentaires. La jeune femme vint reprendre sa place entre Mme Forgeot et Marie, le visage encore contracté par le commandement ; les lèvres indignées se détendirent les premières :

— Ils sont terribles ! On va commencer à se battre sitôt le père parti... Ils le sentent là, ils en profitent. Qu'ils jouissent de leur reste !

Elle renoua la conversation : Non, son mari ne voulait pas l'emmener à Fécamp assister au départ du *Colmar.* Au fond, il avait raison : de Fécamp à Saint-Servan, il y avait loin... toute seule... en pleurant. Elle haussa une épaule nerveuse.

— Ça va recommencer... Tous les matins à guetter l'*Ouest-Éclair*, à courir aux nouvelles des Bancs. Vous avez remarqué comme il roule le petit bateau qu'ils mettent à côté du titre « Grande Pêche », sur le journal ? Attendre huit jours une lettre de l'armateur où il n'est question que de quintaux !... Je vous envie d'avoir déjà repris le petit jeu de tous les étés. Pour vous, le saut est fait.

Mme Forgeot but une gorgée de madère.

— Vous savez, en vieillissant, on saute de plus en plus mal...

— Ah, sûrement ! En voilà une vie !

Pour la cacher, elle exagérait son indignation qui devenait plaisante et anodine, ainsi grossie. Elle parlait cabrée, la bouche frémissante de sourires subits et narquois, les yeux très ouverts :

La bonne part, c'était là, comme toujours, comme partout, les hommes qui l'avaient. Le temps ne leur pesait pas, à eux, grâce à leur travail. Or, ce travail, qui est-ce qui le préparait, sinon les femmes des capitaines. Les tournées d'engagement, elles les faisaient avec eux. Ils n'engagaient même que les marins qu'elles acceptaient, ceux à qui elles trouvaient une bonne tête. Le *Colmar*, elle l'armait autant que son mari. Il oubliait, lui, des tas de choses dans les états de matériel. Et quand tout était prêt, qu'il ne restait qu'à embarquer, « au revoir » : on les laissait sur le quai. Ah ! être un homme !

Elle avait croisé ses bras :

— Et les étés, sur la plage ! Toute seule avec mes trois garnements ! Ces femmes qui ont leur mari à côté d'elles et qui ne savent qu'en faire ! Les imbéciles qui viennent tourner autour de vous... Heureusement que mes trois sauvages ont vite fait de les faire filer !

Elle rit franchement cette fois, à des souvenirs drôles. Mme Forgeot affirma :

— Ils mériteraient pourtant qu'on les trompe un peu !

— Oui ? Eh bien, savez-vous ce que me répond le mien quand je lui dis ça ? « Je suis bien tranquille ! Une femme qui a eu un marin ne veut plus que des marins, et comme ils sont tous partis en même temps... »

Leur silence, à toutes trois, approuvait cette fatuité.

C'était vrai ; ils les avaient trop virilisées.

Ils leur avaient donné leur goût de toutes les forces afin que, d'épouses, elles devinssent compagnes.

Matelots et capitaines, ils disaient pour vanter les meilleurs d'entre eux, ce mot brutal et noble :

— Y a de l'homme.

Elles jugeaient comme eux, en barbares : il fallait « de l'homme » pour leur plaire ; or, c'est très rare dans les petites villes.

— Et ce Groenland ! Terre-Neuve, même pour nous, c'était une vieille habitude. Là-bas, il y a des courants, paraît-il, les glaces... Et puis, les garder ainsi trois mois de plus, on a trop le temps de s'habituer...

Tandis qu'elle parlait, Marie ne la quittait pas du regard : elle était blonde, fine, bien prise dans une robe élégante. Un piano s'ouvrait derrière elle. Elle avait un air déterminé de jeune garçon, un visage si franc qu'on l'en eût remerciée, si mobile qu'on l'écoutait avec les yeux. Elle se prit à rire amèrement :

— Maintenant je vais céder ma place à ma photo. Monsieur veut bien m'emmener, collée sur un carton, dans sa cabine... Mais ça ne donne rien. J'ai des yeux trop clairs. J'ai l'air d'une folle...

Une auto stoppa. Un homme traversa la cour, traînant, accrochés à son manteau, les trois enfants jusqu'au seuil.

— Nous disions du mal du métier, déclara Mme Forgeot, après avoir présenté Marie.

— De quoi pourriez-vous bien parler ?

Le capitaine Guéhenno se tourna en riant vers sa femme :

— Trouve-moi donc pourtant, toi, un métier où on soit payé comme dans celui-là, en travaillant trois mois de l'année. Tu m'as depuis trente-deux semaines, jour et nuit. Fais le compte. Compare avec ceux qui travaillent toute la journée et qui ne rentrent que le soir.

— Oui, mais ils rentrent le soir, tous les soirs.

— Pfutt ! Vous dites ça devant nous... Savez-vous, madame Forgeot, pourquoi j'ai raté un bon gars qui venait avec moi depuis huit ans ? Eh bien ! voilà : quand je me suis amené la bouche en cœur, dire qu'il ne partirait qu'en mai, qu'il resterait trois mois de plus à la maison, sa femme m'a répondu : « De quoi que vous voulez que j'en fasse tout ce temps-là à me manger de l'argent ? Vaut bien mieux qu'il parte avec les autres, en mars. » Alors ?

Elles rirent toutes les trois.

— En voilà pourtant une, dit Mme Forgeot, en montrant Marie, qui a tout fait pour empêcher son mari de partir, mais il est comme tous les autres, la terre lui brûle les pieds... Vous avez une place pour lui, je crois ?

Ce fut Mme Guéhenno qui répondit :

— Mais oui !

Ensuite, elle expliqua :

— Tu sais, Pierre Gasnier, dont je t'ai parlé, qui est parti en dérive l'année dernière et qui a été blessé. On avait convenu que tu le prendrais en place de Bourdelle, comme saleur parce qu'il est resté, forcément, sensible après son accident.

— Bon ! bon ! C'est entendu. Dites à votre mari de venir me trouver sans tarder pour que je l'arrange... Avez-vous eu d'autres nouvelles de Forgeot depuis mardi ?

— Un mot de l'armateur, hier... Ils pêchent mal.

— Il aurait dû venir avec moi essayer le Groenland.

— Ça n'a pas été de sa faute s'il ne l'a pas fait, mais l'armateur n'était pas décidé... On ne sait pas encore ce que ça va donner.

— Non, c'est un essai.

Mais, à la pensée de cet essai, du beau bateau qu'on lui confiait pour prospecter cette mer vierge, un sourire s'empara de tout son visage.

Sa femme le guettait :

— Regardez-le ! Mais, regardez-le, s'il jubile ! Cache-toi donc au moins !

Elle lui jeta un journal au visage.

— Tiens, là-dedans tu pourras apprendre par cœur le nom de tous les bateaux rencontrés... Il met bien une heure à lire les deux lignes de la Grande Pêche !

Il riait :

— C'est vrai... Quand je vois : « Rencontré tel bateau, telle latitude », je ne peux pas m'empêcher d'imaginer l'endroit... Vous savez, nous autres, on nomme les lieux de pêche par les lettres des deux mots Grand Banc, sur la carte. Alors, je me dis : « Ils sont entre le D et le B. Courtier pêche dans l'R, au trou Baleine ; le Cancalais, entre l'N et le C., sur les fonds glacés ; Moreau a dû aller faire son plein de bulots dans le pied de la déclinaison, au Virgin Rock...

— Et voilà à quoi ça pense ! s'exclama Mme Guéhenno. Pendant ce temps-là, je cours les marchands de primeurs pour lui trouver des fraises. J'espère même lui avoir des cerises. Il y a combien de temps que tu n'en as mangé ?

— Vingt-trois ans.

— Et dis un peu dans quel état tu es rentré hier... Tout son pantalon en loques, madame !... Monsieur n'avait-il pas inventé de grimper à un arbre dénicher des nids ! Parce que c'est le premier printemps qu'il voit depuis sa communion, il se croit revenu à l'âge de ses trois galopins !

Quand la grille se fut refermée, Mme Forgeot tendit la main à Marie.

— Je vais vous laisser, voilà mon tramway... Vous voyez, ça a marché tout seul ! Saleur, dans la cale... Vous serez tranquille. Vous êtes contente ?

Émerveillée de se retrouver vaillante et bonne, Marie répondit avec un grand élan :

— Oh oui ! je suis contente ! Bien contente ! Merci, madame, au revoir. Merci !

Elle regarda, sur l'avenue, si elle n'apercevrait point son mari : elle lui avait fait dire de venir à sa rencontre.

— C'est-i' vous ma'me Gasnier ?

Une fillette dépenaillée lui tendait une lettre.

— Oui.

— Alors, v'là pour vous. C'est pressé...

La commission faite, la petite prit sa course et rentra dans un café.

L'enveloppe était grasse, et le nom s'y inscrivait sans majuscule. Marie l'ouvrit, y trouva plusieurs feuilles quadrillées et lut, arrêtée d'abord, parce que tout en elle s'arrêtait à cette lecture. Mais les rideaux du débit, où s'était coulée la messagère, bougeaient : elle se sentit épiée, alors elle marcha.

Pierre allait, à pas de fou, le long des falaises, pétrissant une lettre toute pareille qu'un gamin lui avait remise sur le chantier.

À peine lue, il avait sauté sur le premier vélo venu, et s'était rué à la maison : sa femme n'y était pas. Mais une voisine l'avait appelé : Mme Gasnier ? Elle avait justement bien recommandé de dire à son mari qu'elle était chez le capitaine Guéhenno, rue de Grâce, et qu'il fallait qu'il aille à sa rencontre... Une lettre ?... Oui, il en était bien arrivé une, il y avait une heure environ. Mais la gamine n'avait point voulu la laisser : il fallait qu'elle la donne à Mme Gasnier elle-même. Alors, comme c'était très pressé, on l'avait envoyée chez le capitaine.

C'était même une chance que Mme Gasnier ait justement dit où elle allait...

Il était remonté sur sa machine. À un virage boueux, il avait dérapé, s'était relevé les genoux emportés, les mains en sang...

— Tiens, voilà M. Gasnier !

— Où est-elle ?

— Qui ? Mme Roulier ? Mais... elle est partie... Vous ne saviez pas ?... C'est étonnant qu'elle ne vous ait pas prévenu...

Pour la première fois, la patronne du bar l'avait regardé, et il avait vu ses yeux, des yeux insoutenables, pâles comme ceux des poissons morts. Puis une flamme impudente de gaieté s'y était allumée ; les coins de la bouche étaient remontés, pour un rire. Léa, sournoise, le guettait avidement, dans un coin.

Quand il était reparti, elles l'avaient injurié, parce qu'il avait refermé si fort la porte que du mastic était tombé des vitres.

— Voyons ! C'est pas possible !

Il s'est enfui, d'instinct, vers la mer, et il fonce dans l'averse et le vent, le long du chemin des douaniers, le ventre et les cuisses massés par les rafales.

En bas, à gauche, la charge pressée des vagues anguleuses déferle, de lourds et rapides talus d'eau meurtrie qui glissent, croulent, tonnent. De l'écume vole au-dessus des champs. Il relit :

« Tu m'as toujours dégoûtée, tu sais ! Faut en avoir, du vice, pour coucher avec une femme, quand on a tué son homme ! Car tu l'as tué, pour lui voler son ciré et son dernier biscuit... S'il y avait une justice, tu serais à Cayenne ! Mais c'est pas fini, cette affaire-là... Le type avec qui je pars a le bras long, et il connaît la loi... »

Le noroît le cingle de sa pluie oblique. Les paysans, qui se hâtent, dans les champs en bordure de mer, s'arrêtent pour rire de ce grand ivrogne, qui fait de si grands gestes, qui parle tout seul et marche si vite.

« Et puis, essaie un peu, pour voir, de partir avec Guéhenno ! Encore un qui est prévenu, tiens, à l'heure qu'il est ! Et le médecin ! C'est chez le nouveau médecin de la Marine que je t'ai emmené consulter ! Va-t'en lui passer la visite d'embarquement à celui-là ! Il n'envoie pas sur les bateaux des types qui tombent du mal ! »

En bas, à gauche, les rochers ruissellent d'eau laiteuse et fument. On dirait qu'un tir précis encadre de hautes gerbes blanches les forts de la Conchée. L'écume, dans les enfonçures noires de la falaise, bout et crève en trous livides, large effervescence de bas-fonds de cataracte.

« Je donnerais cher, tiens, pour voir la tête de ta femme quand elle va recevoir son paquet ! Elle l'a maintenant, sois tranquille ! Si je t'ai pris, c'est pour qu'elle te plaque. Aussi, je lui raconte tout, toute la chanson avec les gestes, et surtout ce que tu m'as dit sur elle. Et tu m'en as dit de poivrées. Je ne sais pas si tu t'en rends compte... »

Que le sentier devient étroit, glissant ! Il longe de si près le bord de la falaise que les passants ici font un crochet à travers le champ piétiné...

« Parce que moi, j'ai pas peur de te le dire en face : tu n'es qu'un assassin de matelots, et... »

Ah ! non ! non ! Ça ne devrait pas, ça ne dev... dev...

Son bras gauche qui bat une mesure démente ; sa joue gauche qui durcit... Le coin gauche de sa bouche qui se tire... Toute la moitié gauche de son corps qui pèse, qui l'entraîne, à gauche...

Il coula. Le grand choc glacé lui rendit de la conscience et tout son instinct pour se débattre. Il revint sur l'eau... mais sur l'eau farouche de Terre-Neuve. La houle le soulève... C'est la grosse houle des Bancs... S'accrocher ? Où ?... Là ?... Oui ?

Mais la houle va l'en arracher et puis, les paroles des

femmes font trop de mal, tout comme !... Non ! pas les mots que Roulier vient de dire sur les femmes, puisqu'il est fou, fou depuis quatre jours... Puisqu'il demande pardon, après, quand il a sa tête, d'avoir inventé de sales mensonges sur Marie... Puisque le père Le Boull avait bu le jour où il a raconté à Louis cette histoire de taches...

— Je me tiens presque plus... J'ai plus de forces... Mais non ! C'est pas des marguerites ! C'est la mer qui est toute blanche, voyons !...

Oh ! être si las, avoir si mal ! et être obligé de se battre, d'empêcher tout le temps son matelot d'enjamber, son pauvre matelot qui croit que c'est des fleurs, là, cette écume...

Mais pourquoi, pourquoi que je m'accroche comme ça ? J'en ai pas assez donc ! Pas le cœur de lâcher ?... Qu'est-ce qui parle ? Roulier ? Comme sa voix est loin...

— J'veux pas te laisser tout seul, mon pauvre gars Pierre ! J'vas me foutre à l'eau, mais j'veux pas te laisser là ! T'es un trop bon gars !

La bonne voix fraternelle qu'il a, le pauvre fou... Un bon gars, Gasnier Pierre ? Oui... À quoi que ça lui a servi, pourtant ?...

S'il veut que son matelot le tue d'un coup d'aviron avant de sauter ?... Eh bien, oui ! Il veut bien : dix-huit jours de dérive ! Non, pas dix-huit jours — bien plus longtemps, des mois ! C'est trop de misère tout de même !

Louis l'allongera dans son ciré à lui quand il va être mort ?... Il lui dira une prière ?... C'est ça ! Ça sera une fin bien comme il faut... Et puis lui, Pierre, en même temps, il va lâcher, parce qu'il souffre trop ! Il lâche...

Et une grande vague qui s'en retourne l'emporte, balaie le corps et la mémoire, les emplit d'eau et de clarté. Il sait ! Il sait tout, qu'il n'y a eu dans le doris qu'une grande bonté sauvage, et il en est si heureux qu'il ne faut plus qu'il coule.

— À moi !...

Le drap mortuaire n'est qu'étendu sur ce corps... Là-bas, le ciré de Roulier l'enveloppait.

La Caravane de Pâques

CHAPITRE I

LA bisquine du garde-juré, pavillon tricolore battant à bout de drisse, se dégagea lentement du troupeau. Un canot à moteur l'avait prise en remorque. Elle ne largua l'amarre qu'une fois doublé le môle, lorsqu'elle fut bien en vue de tous, comme si elle avait voulu faire admirer la danse lourde qu'elle commençait seule sur la lame.

Du quai, de la digue, les femmes l'avaient suivie avec des yeux mauvais.

Il soufflait jolie brise de noroît. Jusqu'à l'aube, il avait crachiné, mais la pluie restait pour l'instant suspendue, et à l'horizon de mer, le lavis des nuages se trouait déjà d'ombres plus claires. Sur le fond ardoisé du ciel, les blancheurs du port n'en éclataient que mieux, blancheur crue et fixe de la tour à feu debout sur le môle, blancheur frémissante des voiles qui faséyaient debout au vent et semblaient cribler de coups d'aile nerveux les barreaux d'une cage invisible.

Les bisquines, pour un instant encore, restaient à l'attache, amarrées par le nez à leur tangon, et presque bord à bord. Toutes avaient hissé la voilure de Caravane, foc, misaine et petit hunier, grand'voile et grand hunier, tape-cul enfin.

— V'là le signal !

Le pavillon H, blanc et rouge, montait à la corne de grand'voile sur la bisquine du garde-juré, et il se fit, dans la foule dense des bateaux, comme un paresseux réveil. Des bouts-dehors s'étirèrent, des flancs massifs lentement virèrent, et le mouvement s'empara de la flottille qui, tout ensemble, mit le cap sur la rade.

Alignées sur le quai, devant les maisons basses éparses sur la digue de la Fenêtre, les femmes endimanchées regardaient le départ. Elles avaient, en cette tiède journée d'avril, des visages de gros temps, contractés par l'inquiétude, qu'on leur voit seulement lorsqu'elles guettent, au large, une voile au bas ris, tourmentée par la bourrasque.

— Ça va... Puisqu'ils se foutent de Lui, Il se revanchera !

Elles bougèrent et se retournèrent sur celle qui venait de parler. C'était une grande femme, osseuse et sèche comme nord-est, qui se tenait debout à l'extrême bord du quai. Elle gardait les bras croisés sur sa robe noire, et les jambes écartées, comme on les écarte sur un pont de bateau pour se donner de l'assiette. Elle regardait la flottille de haut, la tête rejetée en arrière, le menton en galoche pointé, et ses durs yeux gris, à fixité rapace, semblaient épier au delà des voiles qui se bousculaient lentement pour doubler le môle. Quelques mèches de cheveux jaunes s'échappaient de sa coiffe, une pyramide de tulle gaufré, épinglée sur le haut du crâne.

Elle répéta :

— Pour sûr qu'Il se revanchera !

Une femme plus courte, aux cheveux noirs et comme huilés, tirés eux aussi en bandeaux luisants sous la coiffe de Cancale, avança le cou, derrière elle.

— C'est-il du recteur que tu causes, la Yande ?

— Nenni, répondit la femme, c'est du Bon Dieu, tout comme.

Elle l'avait dit si haut que toutes l'entendirent et avec une autorité qui semblait faire d'elle la messagère même de la Menace. Derrière elle, des épaules fléchirent, des têtes s'alourdirent sous le poids accru de l'appréhension. Pour la première fois de leur vie, ces femmes agglomérées par le départ de la Caravane, assistaient à un sacrilège.

On était en effet au matin de Pâques, et c'était la dernière marée que les règlements concédaient à Cancale pour remplir ses parcs. Chaque année, un décret ministériel accordait aux pêcheurs soixante heures de dragage. Les dernières de ces heures, la dernière marée utilisable tombaient, cette année-là, le dimanche même de Pâques.

Or, le samedi saint, il avait fait mauvais, et la Caravane n'avait point appareillé. Le temps ne s'était arrangé que vers le soir, et aussitôt, le bruit avait couru: « Ils veulent sortir demain ! » Le recteur s'était rendu chez l'administrateur de la Marine, et il l'avait adjuré d'interdire le départ. Mais le fonctionnaire s'était retranché derrière la communauté des pêcheurs. Présidée par les gardes-jurés, des patrons qui avaient prêté serment devant le tribunal de Saint-Malo, elle décidait souverainement.

Le prêtre, alors, était allé chez Pierre Colas, le plus vieux des quatre gardes, qui lui avait raconté la séance. Les « rouges » s'y étaient montrés habiles. Ils avaient dit : « On ne forcera personne. Ceux qui voudront partir, partiront. Ceux qui voudront rester, resteront, si c'est leur idée, et s'ils sont assez riches pour perdre une marée. » Il avait bien, lui Pierre Colas, essayé d'intervenir. Mais Bioche, le garde-juré, qui, justement, prenait le service le lendemain, et qui n'aimait point les curés, lui avait répliqué : « C'est-il ton Bon Dieu ou moi qui l'a mise ce jour-là, la marée ? S'il l'a faite, c'est pour qu'on s'en serve ! » Cette théologie avait désemparé Pierre Colas. Bref, les grandes gueules avaient entraîné les hésitants, et on avait décidé d'embarquer.

— Si ça pouvait arranger les choses, avait ajouté le vieux garde, je vous rendrais bien ma médaille et mon sabre, monsieur le Recteur !

C'étaient les insignes de sa fonction, et le sabre était un vieux sabre d'abordage à coquille.

Le prêtre avait hoché la tête et dit, en se levant :

— Le malheur et le péché sont frères, Pierre Colas. Ils se suivent toujours. Les hommes iront demain chercher l'un, qu'ils prennent garde de ramener l'autre !...

La nouvelle de ces visites était aussitôt descendue de la Ville-Haute, dans les ruelles de la Houle, le port. On y avait cru, jusqu'au dernier moment, que le recteur réussirait à empêcher l'appareillage. Les femmes l'assuraient. Les hommes haussaient les épaules et laissaient dire. Au fond d'eux-mêmes, pourtant, beaucoup n'eussent point été mécontents qu'on réglât l'affaire derrière leur dos, par une décision de l'administration.

Dès qu'il fut certain que le recteur avait échoué, les femmes jaillirent de leurs maisons dans les rues. Il en allait ainsi à chaque événement. Pressé entre sa falaise et son quai, le bourg marin resserrait trop les vies pour qu'elles ne se détendissent pas à toute occasion. Dans ces ruelles, dont on touchait les deux côtés en écartant les bras, on vivait portes et fenêtres ouvertes : tous les bruits du dehors entraient ainsi librement chez chacun.

Personne non plus ne prenait soin de cacher aux autres ce qu'il sentait et pensait. Les Cancalaises, singulièrement, s'épanchaient aux échos avec une exubérance qu'on eût dite méridionale, à croire qu'ils avaient raison, ceux qui assuraient que ces grandes femmes brunes, basanées, aux cheveux luisants, avaient dans les veines du sang de flibustiers espagnols. Marie-Anne Goulec — Marie-Anne, à Cancale, s'abrège en Yande — avait bondi une des premières hors de l'appentis où elle rinçait une panerée de moules. Le temps d'arpenter de son pas large la ruelle Félix-Faure, en jetant au passage quelques mots par les fenêtres ouvertes, elle eut ramassé un auditoire.

— Puisque ces crassoux-là, avait-elle dit, n'ont point honte d'engueuser le jour de Pâques, c'est à nous de les en empêcher !

— Ça ne sera point c'mode ! avait opiné une auditrice. Ils sont tous d'ensemble, et pour les déhaler !...

— Il n'en faudrait pas plus de dix de décidées pour les déculer demain de leurs bateaux, avait affirmé la Yande. Je l'ai fait pour les hîtes, je le referai ben pour le Bon Dieu !

Ce n'était point par hasard qu'elle avait fait allusion au fait d'armes qui lui avait valu, à la Houle, un prestige qu'aucun homme même n'eût osé lui disputer.

Quelques années auparavant, une société anonyme avait frété un petit vapeur, le *Jacques-Cartier*, afin d'amener d'Arcachon à Cancale une pleine cargaison d'huîtres. Sitôt la chose ébruitée, l'indignation avait, une fois de plus, vidé toutes les maisons dans les courtes ruelles, et dès qu'on avait signalé le vapeur, la cloche du port s'était ébranlée entre ses deux montants. La Yande, accrochée à la corde, y secouait un tocsin d'incendie. À ceux qui accouraient, elle avait crié :

— S'ils débarquent, tout est foutu ! Nos hîtes ne se vendront plus. La poison qu'ils amènent, ils vont la donner pour rien.

Malgré l'administrateur, elle avait conduit la foule sur la digue de la Fenêtre, sauté dans un canot avec quelques hommes, et abordé le *Jacques-Cartier.* À l'équipage de Malouins qui, perplexes, la regardaient enjamber la lisse, elle avait signifié :

— Vous, on ne vous veut point de mal. Allez-vous-en !

Puis, au capitaine :

— C'est not'misère que vous amenez là ! Vous ne la débarquerez pas !

Déjà, les Cancalais avaient couru au treuil et relevaient les ancres. D'autres jetaient des amarres à des canots qui les portaient à la digue. La foule s'y était attelée et tous avaient halé pied par pied le *Jacques-Cartier* jusqu'au bord. Pendant cette manœuvre, la Yande, bras écartés, repoussait ceux de l'équipage qui tentaient d'intervenir. Elle leur abattait sa poigne sèche sur l'épaule, les faisait pivoter :

— Fous ton camp. C'est point tes affaires ! Es-tu payé pour faire crever les femmes et les petits ?

Sitôt le bateau accosté, on avait éventré les sacs, pietiné les huîtres intruses. On n'avait arrêté la danse qu'une fois la dernière écrasée. Sans doute, il avait fallu payer la note, mais jamais personne, depuis, ne s'était risqué à ramener à Cancale une seule huître étrangère. L'honneur en était demeuré à la Yande.

Les femmes, pourtant, étaient moins sensibles que les hommes au rappel de l'épopée. Celles qui, le samedi saint, entouraient la Yande, jugeaient qu'on ne pouvait mettre sur le même pied les huîtres et le respect du jour de Pâques. Le coup de main, convenable aux unes, ne valait point pour l'autre. L'une d'elles avait murmuré :

— C'est point pareil...

Une vieille avait ajouté, en clignant un œil :

— C'est tâ qui commande chez tâ. Ton homme fera ce que tu diras, mais ils ne sont point tous de même.

— V'là-t-i' pourtant 'core des embêteries ! gémissait une troisième.

La Yande avait senti la partie perdue, et qu'elle ne serait

point suivie. Elle avait traité les commères de nosouses et de mal-hardies. Des Marie-tapettes, bonnes à braire et à se tortillonner quand le malheur menaçait, mais incapables de remuer un doigt pour l'éviter. Puis elle était rentrée chez elle.

Pas une, pourtant, même la Yande, n'avait exactement prévu ce que serait cette profanation. Elles pensaient toutes, seulement, au départ des bateaux un jour défendu. Mais dès l'aube, elles avaient été réveillées, comme chaque matin de Caravane, par les sabots des Marauds, carillonnant sur les quais. Trois cents hommes, les gens du Marais de Dol, ceux de Saint-Benoît-des-Ondes, de la Fresnais, ceux de Lillemer et de Saint-Guinoux, partis de chez eux à pied dès deux heures du matin, la musette sur le dos, avaient envahi les ruelles. Elles les avaient entendus heurter aux volets des cafés lents à s'ouvrir, « Chez Madeleine », au « Café de l'Arrivée », au « Café des Marins », de « L'Union »... Cette invasion de journaliers attestait mieux que tout la volonté d'ignorer la date et ce piétinement qui livrait, au matin du grand dimanche, la Houle aux mercenaires, avait atterré les femmes. La Yande avait raison : on engueusait Pâques !

Le jour venu, elles avaient vu les tâcherons répandus sur les quais, avec leurs pouchettes gonflées de pain et de lard. Ils étaient aussi sales qu'ils l'avaient pu, encore encroûtés des vases de l'avant-veille : on ne fait point toilette pour hisser à bout de bras des dragues ruisselantes de boue. Paysans qui louaient leurs bras aux pêcheurs pour quelques marées par an, ils ne possédaient ni cirés ni bottes, et ils rentreraient le soir, trempés jusqu'aux os par les coups de mer et l'égout des dragues. D'accepter de travailler dans de si détestables conditions ne leur valait non plus aucun prestige.

Les femmes avaient vu ensuite quelques Cancalais sortir à leur tour des maisons, allonger sur les pavés leurs longs pas feutrés par le crêpe des cuissardes. Ils avaient commencé leur va-et-vient dans les doris, du quai aux bisquines. Chaque dimanche, ce quai était net et désert. Et voilà qu'il s'encombrait de mannes et de brouettes. Ce vide dominical, auquel personne jamais n'avait pris garde, tous comprenaient maintenant, devant l'insolite agitation du port, qu'il attestait le respect d'une loi pour la première fois violée.

Certains, cependant, convaincus que Bioche n'oserait pas hisser son signal, s'étaient habillés en dimanche, et ils montaient vers l'église, pour la messe de huit heures, quand ils avaient vu le pavillon flotter en tête de mât, sur la Marine. Demi-tour, bottes et bleus... Ils groumaient, mais tant que la Caravane dure, c'est le garde qui commande, pas le curé.

Celui-ci, au prône du matin, avait tonné contre les mécréants. Il n'avait nommé personne, mais les femmes, en sortant, disaient :

— Il pensait les noms si haut, qu'on les entendait ben !

Les bisquines, maintenant, doublaient le môle, certaines à en toucher les pierres. D'autres couraient, flanc contre flanc. Il arrivait que l'une masquât le vent de sa voisine, dont les voiles retombaient un instant, vidées et flasques. Les habiles s'insinuaient entre leurs devancières, s'enfonçaient comme un coin dans les rangs serrés des poupes. Le môle doublé, la bousculade s'ouvrait en éventail, et les hommes, debout sur les ponts, laissaient filer, les mains au fond des poches.

Les cloches, sonnant pour la grand'messe, frappèrent sur la colline leurs premiers coups hésitants, cherchant la cadence. La Yande, sans cesser de tenir la Caravane sous son regard fixe, dit, comme pour elle-même :

— Écoute le Bon Dieu les appeler, et regarde-les !

Puis elle se détourna enfin.

— Je voudrais 'core qu'ils n'en ramènent pas une !

Dosithée Bourcet, qui ne l'aimait point, une commère grasse de partout, de ventre, d'habits et d'âme, demanda, en plissant encore ses yeux de cochon goguenard :

— C'est-i' pour le tien que tu dis ça ?

La Yande, qui avait senti le trait, riposta :

— Pour le mien comme pour l's autres !

— Pourquâ que tu l'as laissé aller ?

— Fallait-i' qu'il soit le seul à ne rien ramasser ? C'était pas un, ou tous !

Cela parut pertinent.

La Yande ajouta avec amertume :

— Et puis, je suis tranquille ! Si le Bon Dieu les pèse au

retour, c'est pas la *Notre-Dame-des-Flots* qu'aura le cul le plus lourd. Avec les deux-là !...

Les deux-là, c'étaient Goulec père et fils : le père, un fainéant ivrogne, le plus fin marin de la Houle quand cela lui disait, mais cela lui disait de moins en moins ; le fils, le meilleur des gars, mais qui n'avait dans l'idée que de s'en aller bricoler en ville de la mécanique, et qui rechignait sur les bateaux comme un pou sur une truie. La Yande, qui ne manquait jamais une occasion de dénoncer l'apathie de ses hommes, se plaignait d'eux même à confesse, si bien que le recteur lui avait conseillé :

— Regardez-les comme les deux bras de votre croix.

L'image l'avait un instant séduite, et durant le trajet de l'église jusque chez elle, les deux Goulec avaient bénéficié dans son esprit d'une manière de considération, dont ils ne s'étaient jamais doutés, tant elle s'était vite évaporée.

Pour l'instant, ils couraient avec les autres vers le banc de Beauvoir-ô-le-Mont.

C'était, sous la mer, un large talus d'huîtres entassées, un remblai de coquilles plcines ou vides, où les dragues allaient mordre. On comptait, le long de la côte, sept bancs, sept monceaux nourriciers, dont Cancale tirait plus d'orgueil que Rome de ses collines, et que les gardes-maritimes devaient défendre, à longueur d'année, contre les appétits côtiers. C'étaient *Bouqueri*, dans le prolongement des Rimains ; le *Bas-de-l'eau*, le *Parc à Meury*, au large du Vivier ; *la Raie*, devant Cherrueix, *Saint-Georges.* Enfin, plus loin dans le nordé, *Beauvoir-ô-le-Mont* et le *Banc-de-la-Rive* qui gisait sous Tombelaine... La flottille glissait, vent arrière. Les bouts-dehors raturaient le Mont-Saint-Michel qui, par intervalles, sortait de la boucaille. Le torpilleur avait pris du champ vers le large, comme un arbitre prend du recul.

Noires, vert bronze, bleu de Prusse ou terre d'ombre, toutes teintes de couleurs profondes et solides, les soixante bisquines tapaient puissamment dans la lame. C'étaient des bateaux tout en étraves, dont les poitrines gonflées se raccordaient par des lignes courtes à des arrières larges et carrés. Les poupes débordantes se timbraient toutes des trois lettres C.A.N. suivies du numéro d'immatriculation. À cause de toute la toile qu'enduraient leurs mâts obliques, ces bateaux de trait restaient rapides, et les bannières carrées des voiles leur donnaient des airs de bateaux chinois. On eût dit d'un essaim de jonques surgissant d'un trou de la côte et se hâtant à des razzias.

Sur la *Notre-Dame-des-Flots*, Goulec le père, la barre maintenue sous le bras, gardait le cap sur le Mont-Saint-Michel, un étroit triangle de fusain en frottis sur l'horizon.

C'était un courtaud, rouge de poil, et qui n'était point encore parvenu à devenir gras. Le visage plat n'exprimait qu'une tranquille hébétude. Les yeux de poisson, à fleur de tête, et injectés, luttaient difficilement contre le poids des lourdes paupières. Les bourrelets mauves des lèvres joignaient mal sur le brûle-gueule éteint, et c'était la barre, passée sous l'aisselle, qui semblait garder debout le corps flasque, flechi aux jointures. Il avait fait avant de partir, comme chaque matin, la tournée des bistrots, et avalé en une demi-heure les verres de blanche qu'il répartissait d'ordinaire sur une matinée.

Maintenant, il les méditait, dans un sentiment de vaporeux bien-être, de vague plénitude coupée de brusques pertes de conscience, où la tête basculait dans le col du ciré, pour se rejeter aussitôt en arrière, et vérifier le cap d'un coup d'œil. Goulec, c'était connu, dormait sa boisson, même et surtout à bord. Jamais cependant, sa bisquine n'embardait. Même endormi, il subsistait en lui comme un sens magnétique en équilibre avec la route, et il corrigeait inconsciemment les écarts du bateau. D'ailleurs, il se réveillait vingt fois par minute, pour retrouver à sa place, sur l'horizon, le point vers lequel il courait. Le rapide regard qu'il lui jetait alors semblait signifier : « Tu es là ? Ça va. À tout à l'heure... » « Une pouchée ! » disait de lui la Yande avec un indicible mépris. Et c'était bien à un sac qu'il faisait penser ce matin, ainsi accoté contre la barre, un sac qu'on n'aurait pas fini de remplir, et qui jouait de l'accordéon.

Goulec fils, P'tit Louis, qui raidissait une écoute, avait hérité, lui, le long corps osseux de sa mère, son nez en bec de corbin, mais il avait des yeux a lui, trop mobiles et inquiets. Dédaignant le suroît, il avait enfoncé sur ses cheveux plats une casquette huileuse. Ses doigts longs bougeaient sans relâche comme ses yeux. On sentait qu'ils n'étaient point faits pour les besognes lentes et fortes de la mer, mais pour les gestes menus et rapides du garage, dévisser, limer, ajuster. Les filles, autour de qui il tournait avec un ricanement gêné, disaient : « C'est une andouille », ce qui était faux. Les mères corrigeaient : « C'est sa mère qui l'assottit ». C'était plus juste, mais cela ne se référait encore qu'à l'aspect dadais du garçon. Au vrai, il savait exactement ce qu'il voulait et ne voulait point, mais il savait mieux encore qu'il n'oserait jamais le dire du ton qu'il fallait, et c'était cela qui lui donnait cette allure inquiète et harcelée.

Il fit du regard, par-dessus la lisse, le tour de la flottille. Ce qu'il voyait eût enchanté des yeux qui n'eussent point été du pays, ni habitués dès l'enfance aux routines de la Caravane.

Sur la mer calme et gris d'argent, que soulevaient à peine des houles larges et lentes, les bisquines s'enlevaient avec une ampleur de frégates. L'éclatante géométrie des voiles progressait dans l'air pâle, comme un défilé d'étendards. Elles gardaient, dans leurs courbures, des creux d'ombres chaudes. Le soleil pascal, dont on sentait la présence au fond du ciel, ainsi qu'on voit le jour au fond d'un tunnel, épanouissait maintenant au ras de l'eau les rutilantes corolles des coques épaisses. À l'avant des proues, le Mont-Saint-Michel flottait sur les eaux, comme le triangle de lumière, symbole de la Trinité, où, sur les vieilles estampes, s'ouvre l'œil de Dieu.

P'tit Louis prononça :

— Ça va se lever.

Une étroite bande de clarté s'allongeait en effet au nord sur l'horizon du large. Mais on sentait à sa profondeur qu'elle avait en elle assez de force pour se dilater et envahir tout le ciel.

P'tit Louis dit encore :

— On est dans les bons.

Elles étaient trois bisquines à courir de front vers la côte d'Avranches, la *Notre-Dame-des-Flots* au centre, le *V'lan* à droite, et le *Forban* à gauche.

Puis Goulec fils regarda vers l'arrière, et haussa les epaules :

— V'là encore Cul-de-Cane qu'est à la traîne ! Combien de temps qu'il va falloir l'attendre ?

Car le torpilleur ne tirait le coup de canon de l'ouverture qu'une fois tous les bateaux arrivés sur le banc. Les grands devaient attendre les petits, et les rapides les lambins. Mais les premiers venus choisissaient les bonnes places... Derrière P'tit Louis, les Marauds s'étaient adossés au rebord des panneaux, et assis, ils laissaient approcher, les yeux fixés sur les planches, l'heure du travail dans une immobilité de paysans au repos.

— Si vous voulez cassez la croûte, c'est le moment.

Goulec père les avertissait de l'arrière. Sa voix broutait les mots, qui, sur les grosses lèvres à peine remuées, devenaient un de ces aboiements retenus que l'on entend des chiens quand ils rêvent.

Les journaliers ne le firent point répéter. Ils tirèrent de leur pouchette le pain et le lard, de leur poche leur couteau, et se mirent à mâcher les premières bouchées, soigneusement découpées en carrés. On ne mangeait qu'à l'aller et au retour, car il ne pouvait être question de perdre un des précieux instants de la pêche. Toutefois, les malins épluchaient d'avance des œufs durs pour les engloutir d'un coup, en tirant sur les dragues.

Devant eux, le Mont-Saint-Michel s'installait maintenant solidement sur l'horizon. Il laissait deviner des morceaux de son relief, des grandes arêtes plus claires dans la grisaille de la masse.

Outre les deux Goulec, l'équipage de la *Notre-Dame-des-Flots* comportait encore deux Cancalais, Fonchet, dit *le Biffin*, parce que, dans ce pays d'inscrits maritimes, il s'était donné la singularité de faire son service dans l'infanterie, et Helleux, dit *le Luzard*, un gars râblé et vif. Pour l'instant, il picorait dans une gamelle des morceaux de bœuf en daube et des carottes froides. Il eut fini le premier, se cura les dents de la pointe de sa lame, et s'en alla vers tribord, à l'écoute de misaine. P'tit Louis veillait aux amures de grand'voile.

— Pare à virer !

Le patron l'avait grommelé en poussant la barre à tribord. La *Notre-Dame-des-Flots* vira avec une souplesse qu'on n'eût point attendue de ce bateau trapu et court. Elle courait maintenant son premier bord au-dessus des terrains de pêche. Les autres bisquines commençaient, elles aussi, à défiler sur le banc de Beauvoir-ô-le-Mont. Elles avaient diminué l'allure, et remontaient dans le vent pour se bien placer à la descente. Goulec père commanda, de sa voix engourdie :

— Aux fers !

Les Marauds se levèrent paresseusement, jouissant encore des dernières secondes de repos, avant l'exténuant travail, et ils allèrent se ranger près de la lisse où les dragues attendaient.

Il y avait quatre « fers », un grand, deux moyens, un petit. C'était d'abord trois barres ouvertes en éventail, les « bras », qui aboutissaient à une lame coupante de deux mètres de long. Derrière ce soc qui allait piocher dans les talus de coquilles, était fixée une profonde poche de filet, où tomberaient les huîtres arrachées. Une corde d'attelage se nouait à une boucle, au sommet des barres. Debout contre la lisse, les fers étaient plus hauts que les hommes, qui attendaient le moment de les jeter à la mer.

À bord des soixante bateaux, tous les yeux se fixaient à présent sur le torpilleur qui longeait la flottille à petite vitesse, comme s'il avait voulu compter son monde. Il allait se promener ainsi, pendant cinq heures, tout le long d'une ligne qu'il interdisait de dépasser, car on ne devait pêcher chaque année que sur une portion des bancs.

— On ne doit pas être loin de l'heure, murmura P'tit Louis.

Il regardait maintenant la bisquine du garde-juré qui louvoyait à leur droite. Ils virent enfin à son mât s'élever le pavillon rouge. Le coup de canon du torpilleur appuya, à la seconde près, la montée du signal : la pêche était ouverte.

— Les fers à la mer ! Vingt-cinq mètres sur la lisse !

Pour la première fois, tous comprirent l'ordre. Goulec père s'était donné la peine de l'articuler. Il mesurait toujours au plus juste son effort à l'importance des manœuvres. Ni trop certes ! Ni trop peu quand même. Et on pressentait que dans une tempête à tout arracher, il eût, comme un autre, rugi pardessus la mer et le vent, avec une de ces voix terribles qu'on attrape dans le métier.

Les quatre fers tombèrent ensemble, et la *Notre-Dame-des-Flots* prit son allure de pêche. Elle était venue en travers au vent et au courant, et elle dérivait maintenant, en crabe, tenue seulement par ses quatre dragues, dont les lames bêchaient déjà, à dix mètres sous la surface, dans l'épaisse levée de coquilles. Le gouvernail n'agissait plus. Le bateau naviguait en large, et deux sillages légers naissaient à la fois à la poupe et à la proue. Les quatre câbles des fers se tendaient en oblique, au vent de la bisquine, et tous du même côté. Parfois, l'un deux, un fragment de seconde, se détendait, la corde faisait ventre : quelque chose au fond qui venait de s'arracher.

On fit ainsi une première rayée d'un quart d'heure.

— Vire !

Son ordre donné, Goulec cracha dans l'eau.

Sur la lisse étaient plantés des supports, où tournaient les « rias » des poulies. Les cordes y passaient. Elles allaient de là s'enrouler sur les tambours des treuils, celui d'avant, celui d'arrière. Les Marauds en avaient empoigné les manivelles. Fléchis, ils poussaient et tiraient, avec des saccades de reins, des grimaces d'effort, avalant tour par tour les vingt mètres de corde, que la charge énorme tendait comme une barre.

Les bras du premier fer apparurent au ras de la lisse. Laissant le treuil calé, des hommes y coururent et empoignèrent les barres. C'était cela le travail épuisant, de haler et de faire basculer par-dessus le bordé cette drague déjà pesante à vide, mais dont la poche se chargeait maintenant d'une masse boueuse, qui était les huîtres. Engagés à mi-corps, leur ventre maigre calé contre le rebord de bois, les Marauds halaient, bouche ouverte, dents au vent.

Le roulis parfois les faisait chanceler, et ils manquaient de lâcher prise. Ils gagnaient en ahanant, main sur main, le long des barres ruisselantes, et la charge de vase grise montait lentement le long du bordé. Puis ils crochèrent dans la poche, dont les bords effleuraient la lisse. C'était comme s'ils avaient arraché du fond d'un puits et hissé jusqu'à la margelle, à la force des bras, une pleine benne de pierraille. P'tit Louis vint en renfort au grand fer, que les quatre hommes arc-boutés ne parvenaient pas à faire basculer. À cinq, ils culbutèrent la masse et la charge s'écroula sur le pont.

On eût dit vraiment qu'on venait d'y vider le godet d'une « Marie-salope », d'un de ces dragueurs qui remontent à la chaîne les boues du fond des chenaux. C'était un tas de galets plats, englués de marne gris-vert, parmi lesquels gesticulait une seiche. Un Maraud se précipita, l'assomma à coups de talon, retourna la poche, et jeta la bête agonisante sous la lisse.

On virait deux fers à la fois, un par treuil. Ces deux-là virés et vidés, on les rejeta et on s'attela aux deux autres. P'tit Louis, Fonchet et Helleux donnaient la main à l'équipe du Marais. Goulec père regardait. C'était son droit de patron, mais c'était en même temps sa force de ne se trouver jamais gêné par la vue des autres au travail.

Les Marauds avaient saisi maintenant des pelles et enfournaient par le panneau les huîtres dans la cale. P'tit Louis et Helleux venaient d'y descendre, et les repoussaient à grandes pelletées vers le fond.

— Elles sont plus grosses qu'hier, constata un gars du Marais.

— Dame, c'est des œufs de Pâques ! répliqua Helleux d'en dessous.

Comme il était d'idées avancées, il ajouta :

— T'en porteras à t'c'soir une douzaine au curé, histoire de lui montrer que son Bon Dieu lui donne tort.

P'tit Louis, conciliant, rétorqua :

— Il fait son métier.

— Ils appellent ça un métier, d'enquiquiner le monde ?

— Ne le sont que ceux qui veulent, répliqua P'tit Louis qui, comme tous les serfs, avait un sentiment très vif de la liberté.

— D'accord, reconnut Helleux en continuant de pellayer ses huîtres. N'empêche qu'il nous faisait perdre une marée ! C'est-il lui qui donnera du pain à la femme et aux gosses ? Quand il te tend sa boursée, c'est pour que t'y mettes, pas pour que t'y prennes... Il a raison, puisqu'il trouve des bégoules pour cracher la monnaie.

— C'est leur idée, déclara P'tit Louis.

— Oh, ils sont libres, admit Helleux. Mais qu'il ne compte pas sur moi pour araignasser sa souricière !

Il appelait ainsi le confessionnal. On rit, et P'tit Louis le premier.

Les rayées se succédaient, et les dragues remontaient pleines d'huîtres plates et larges. Sur tout le banc, les bisquines halaient en diagonale. Les câbles d'attelage semblaient les attacher à la mer par quatre barres obliques. Le Mont-Saint-Michel glissait à présent lentement à tribord. Goulec père, qui n'avait qu'à regarder, amusa un instant ses yeux à suivre ses rapides métamorphoses dans le ciel instable. Tantôt un de ses pans se détachait de l'amas gris des murailles, et blanchissait jusqu'à éblouir. Tantôt, une clarté passait comme une onde à travers la forêt des pinacles, et ils découpaient tous ensemble leurs ciselures, avec une précision de mirage. Un instant, frappé d'un rais de soleil qui se glissait entre deux nuages, l'archange d'or scintilla, point vermeil dans le ciel mat. Goulec, qui s'intéressait volontiers aux choses, mais qui évitait autant que possible de le montrer, trouvait cela curieux, ces culbutes de la lumière...

Puis il regarda, autour de lui, les bisquines au travail. Elles tiraient de toute leur largeur cambrée, comme si elles avaient voulu échapper à des doigts qui les retenaient rivés à leur plat bord. Goulec remarqua, à cent mètres au vent, la *Belle-Cancalaise*, qui culait comme les autres, par le travers, dans le vent et le courant. Ses yeux lents, à qui pourtant rien n'échappait, y distinguèrent parmi les Marauds au travail, Belloc, le patron, qui besognait de la pelle pour finir de dégager son pont. Il l'en méprisa doucement : les laborieux lui semblaient toujours des dupes.

Soudain, il sentit un choc léger, et le bateau s'arrêta.

Quelqu'un dit, derrière lui :

— Les fers sablent !

C'était un incident courant. Les lames des dragues enfonçaient parfois profondément dans la vase, et faisant office d'ancres, maintenaient quelque temps le bateau immobile. Cela se produisait encore lors d'une accalmie, ou au passage d'une grande bisquine qui vous masquait, chaque fois enfin que la force du fond l'emportait sur l'effort des voiles. La plupart du temps, le fond finissait par céder, après une retenue plus ou moins longue. Autrement, il fallait relever les fers au treuil pour les dégager.

— Il ne va pas virer ses fers ! Il ne voit pas qu'il nous vient dessus !

P'tit Louis, qui venait de remonter de la cale, guettait avec des yeux féroces l'arrivée de la *Belle-Cancalaise.* Continuant sa rayée, elle dérivait droit sur la *Notre-Dame-des-Flots.* Pour éviter l'abordage, Goulec eût dû virer rapidement ses fers et se détacher du fond. Redevenu un bateau maniable, il évitait le collègue d'un coup de barre. Il n'en fit rien, jugeant que c'était à celui qui lui venait dessus de l'éviter.

P'tit Louis beugla :

— Oh, oh !

Des hommes, sur le pont de la *Belle-Cancalaise,* se retournèrent sans hâte.

Goulec fils hurla dans ses mains en porte-voix :

— Virez vos fers ! Vous allez nous emboutir !

Personne ne bougea sur le pont de l'autre bisquine, qui n'était plus maintenant qu'à cinquante mètres. Ceux de la *Belle-Cancalaise* se laissaient descendre sur l'avant de la *Notre-Dame-des-Flots,* plutôt que de perdre leur rayée. Ils se disaient qu'elle se dégagerait peut-être à temps, ou bien ils escomptaient qu'on passerait de justesse.

On ne passa pas. L'arrière de la *Belle-Cancalaise* rompit net, au ras de l'emplanture, le bout-dehors des Goulec, et aussitôt les malédictions jaillirent.

P'tit Louis avait couru à l'avant, où le mât cassé brimbalait au bout de ses étais. Penché sur la lisse, il gueulait des injures ordurières. Le vent les poussait sur les abordeurs, qui, immobiles et l'air distrait, ne semblaient point entendre. Le père, lui, ne dit rien puisque le fils s'en chargeait...

On perdit une demi-heure à une répartition de fortune, une demi-heure qu'on ne regagnerait point, puisque c'était la dernière marée. Le retapage achevé, Goulec se remonta tant bien que mal dans le vent avec son beaupré écourté. Il voulait retrouver un bon coin qu'il connaissait. Pour tomber juste dessus, il avait pris des marques sur la côte, mais il ne les découvrait plus au travers de toutes ces voiles mouvantes. Le torpilleur croisait tout près, et ils apercevaient, sur la passerelle, le commandant, jumelles aux yeux, qui inspectait la flottille dispersée.

Quatre rayées avaient de nouveau amassé dans la cale un tas

d'huîtres ruisselantes, quand P'tit Louis lâcha sa pelle pour courir à la lisse.

— Les sacrés maudits pieds de bœuf! s'écria-t-il. Les v'là baisés! C'est bien leur tour!

Tous regardèrent ce qu'il regardait. Là-bas, à l'extrémité sud-est du banc, le torpilleur avait stoppé près d'une grosse bisquine vert pomme, et lentement, les voiles descendaient des mâts: la *Belle-Cancalaise*!... Elle avait dépassé les bouées, tracé une rayée sur les fonds interdits. Elle avait été vue. Le commandant lui avait crié, dans son mégaphone:

— Bateau *Belle-Cancalaise*, amenez vos voiles et mouillez!

Elle avait dû obéir, et elle était, par punition, clouée sur place jusqu'à la fin de la pêche.

P'tit Louis gronda:

— Ça ne les empêchera pas, à l'arrivée, d'avoir mon poing sur la gueule!

— Ça ne t'avancera point, prononça Goulec, qui avec une fermeté inattendue, ajouta:

— C'est moi que ça regarde.

P'tit Louis en resta la bouche ouverte.

La mer avait maintenant largement delace. De vastes etendues de grèves s'étaient découvertes. On s'en apercevait seulement aux points noirs qui remuaient sur les étendues, coquetières, pêcheurs au bas de l'eau. Car les tangues et la mer brillaient du même éclat froid, sans qu'on pût, du large, savoir où elles commençaient et finissaient.

— On ne doit plus être bien loin du bas, dit un Maraud.

C'était la basse mer qui marquait la fin des dragages.

De fait, ils aperçurent bientôt le signal hisse a mi-drisse sur la bisquine du garde-juré. Cela signifiait: « Encore vingt minutes de pêche. »

C'était le temps d'une dernière rayée. Elle ramena comme les autres, sur le pont, un tas ruisselant d'huîtres vaseuses. Helleux, du bout de bout de sa pelle, en cueillit une, aussi large qu'une assiette, la fit tourner à petits coups comme une crêpe dans une poêle.

— Vise le pied-de-cheval! Elle a dû s'engraisser dans l'eau bénite!

Enfin, le pavillon monta en tête du mât, et un coup de

canon ferma la pêche. Goulec ne parut point l'avoir entendu, et la bisquine continua sa rayée.

Le torpilleur courait rapidement d'un bout à l'autre du banc, pour faire rentrer les fers des retardataires. Il s'arrêta presque bord à bord avec la *Notre-Dame-des-Flots*.

— Vous n'avez pas vu le signal? cria le commandant.

— On a été embouti, on a perdu une heure, répliqua P'tit Louis indigné.

— Je regrette, mais l'heure est l'heure.

Ils commencèrent alors à virer les fers: quelques tours de manivelle aux treuils. Mais à peine le torpilleur était-il reparti vers un autre, qu'ils rendirent la main. Ils pêchèrent encore dix minutes, puis le patrouilleur revint, et cette fois, resta à quelques mètres d'eux, jusqu'à ce qu'ils eussent rentré leurs dragues.

Le retour se fit avec le flot, grand largue. Les femmes le guettaient du quai. Dès qu'elles virent les premières bisquines, elles murmurèrent:

— Ils sont lourds. Ils ont chargé!

Leurs visages se détendaient: le succès effaçait la faute, car au fond d'elles-mêmes, elles n'étaient pas loin de penser que le Bon Dieu, comme l'avait dit Helleux, pourrait bien donner tort au recteur, et qu'il comprenait mieux les choses. Sinon, eût-il rempli les cales?... Seule, la Yande serra les lèvres comme elle le faisait quand elle recevait un démenti.

Les premiers bateaux dépassèrent leurs tangons, et n'amenèrent leurs voiles que tout près des quais. Sur chacun, deux hommes, descendus dans la cale jetaient en haut les huîtres à deux autres qui les envoyaient vers la lisse. Là, deux autres encore les lançaient à grandes pelletées par-dessus bord, et cela semblait un travail imbécile de rejeter ainsi à la mer la récolte qu'on en avait tirée.

Mais chacun de ces coups de pelle grossissait, sur le sable de la grève, le tas d'huîtres qu'on retrouverait le lendemain. Pourtant, là encore, il fallait avoir l'œil. Car si deux bisquines voisines mélangeaient leurs tas, cela ferait à l'heure du tri, une drôle de musique. On en citait à la Houle qui ne se parlaient plus depuis des années, des fâcheries qui dureraient une vie, parce que des tas s'étaient confondus, un jour de mauvais temps, où l'on pellayait, comme on pouvait.

Quand la *Notre-Dame-des-Flots* eut, une des dernières, vidé sa cale, elle s'en fut à son tangon, et l'équipage quitta le bord dans les doris. Un des Marauds emportait deux margates, c'est le nom breton de la seiche, suspendues à une ficelle.

— Les margates, dit-il, c'est comme les femmes, c'est bon dans leur primeur.

Car celles-là étaient jeunes, et bien battues, se laisseraient cuire.

Lorsque P'tit Louis apprit à sa mère l'abordage de la *Belle-Cancalaise*, qui leur avait fait perdre deux rayées, la Yande secoua la tête :

— Elle ne vous a pas encore assez abîmés. Ce n'est qu'un acompte sur ce qu'on aura tous à payer, pour la journée-là...

P'tit Louis parut quelque peu inquiet des rançons qu'elle annonçait, mais Goulec, qui s'attendait à des hurlements pour son beaupré en deux, conclut, devant ce calme inattendu que, décidément, la religion était bonne pour les femmes.

CHAPITRE II

Le lendemain, dès le baissant, la Yande descendit à la grève. Sur le sable, entre les doris échoués, les tas d'huîtres pointaient. Elles ressembaient si bien à des galets fangeux, qu'un terrien eût pu croire qu'on se proposait d'empierrer avec ces cailloux un coin du port.

Déjà des femmes les entouraient, les femmes d'équipage embauchées pour le tri. La Yande, le visage fermé, passa toute raide entre les groupes, sans paraître voir personne. Cela signifiait que son orthodoxie ne désarmait pas, et qu'en cela, elle se séparait de la foule. Car il lui avait suffi de quelques pas dans les ruelles pour constater que le remords s'en était envolé sitôt le succès connu.

La pêche pascale avait en effet battu tous les records. Dès le soir du grand dimanche, les femmes avaient mesuré la hauteur des tas, en allant les recouvrir de vieux filets, de morceaux de chaluts, qu'elle fixaient au sol par des piquets, afin d'empêcher les vols nocturnes. C'était leur rôle à chaque marée de Caravane. Et cette fois, la plupart de ces défenses s'étaient trouvées trop courtes.

La Yande, après une cruelle lutte intérieure, s'était interdit ce travail. Elle s'était remise à la Providence et aux gardiens assermentés de protéger sa récolte contre les pillards de nuit. Cette abstention avait frappé les voisines, car on la savait âpre et jalouse de son bien.

En la voyant passer, Dosithée Bourcet cligna de l'œil.

— Elle y vient comme l's'autres, aux hîtes, même si elles ne sont point confessées.

Six femmes entouraient déjà le tas de la *Notre-Dame-des-*

Flots et elles attendaient la patronne pour commencer le triage. Quand la Yande fut arrivée, après l'échange des « bonjour », Mathurine Camus, une rougeaude qui s'était ficelé sur le ventre un sac à patates en guise de devantier, montra d'un coup de tête l'amoncellement des huîtres et dit d'un air innocent :

— Y en a des mannées, dame ! Et des belles !

Les autres guettaient la réponse : ce fut une question qui vint.

— Quand tu dois et que tu as des sous, aimes-tu mieux payer tout de suite, ou attendre ?

— Je n'aime point devoir, assura Mathurine étonnée.

— T'as raison, repartit la Yande. Plus on attend, plus c'est cher.

Elle fit du regard le tour des tas d'huîtres qui bosselaient la grève, et déclara :

— Le compte est déjà gros...

Ce fut en silence qu'elles commencèrent à trier.

Penchées en avant, elles jetaient les débris entre leurs jambes. Elles comptaient les huîtres, en les triant par grosseur. Dans chaque main, elles en prenaient deux : ces quatres huîtres formaient une « mannée ». Devant les travailleuses s'alignaient des mannes d'osier, où les huîtres tombaient avec un bruit gras. Des gamins qui erraient par la grève, avec un air grave et des yeux attentifs, s'arrêtèrent à quelques pas derrière la Yande, et attendirent.

Elle se retourna.

— Y a rien à faire ici pour les rabinoux !

À chaque tri, les gosses fouillaient parmi les coques rejetées, dans le « gras », afin d'y découvrir de petites huîtres qu'ils vendaient quelques sous. La Yande n'aimait pas cela, car il arrivait souvent que les trieuses jetaient exprès des huîtres de bonne taille avec les déchets, pour grossir la glane de leurs gamins. Et la Yande avait reconnu parmi les chercheurs le gars de Mathurine Camus. Ce n'était pas sans raison que celui-là venait tout droit au tas où travaillait sa mère.

Comme elle ne le quittait pas du regard, le garçon prit un air indifférent, et entraîna les autres vers des tas voisins.

Mathurine, qui avait senti l'affront, s'etait penchée plus bas sur sa manne.

Soudain, sur le quai, une musique eclata, celle d'un manège qui venait d'abattre sa bâche, et appelait les clients. Le mois de Caravane, en effet, était mois de fête. Les baraques se montaient sur la place de la Houle. Les marchandes de gâteaux et de berlingots alignaient leurs éventaires tout le long de l'Épi.

— Qu'est-ce qui leur prend, demanda la Yande, de faire aller leur musique à une heure pareille ?

— C'est le lundi de Pâques, rappela une des femmes.

La Yande, mortifiée de l'avoir oublie, grommela :

— On ne sait plus comment on vit !

Entre les bisquines dressées sur leurs bequilles, les canots tombés sur le côté et les doris à plat, le tri battait son plein. La grève ressemblait à un vaste champ boursouflé par des taupes géantes. Aussi loin que portait la vue, les femmes en cercles picoraient les tas, avec de courts élans du buste, qui secouaient la crête de leur coiffe. Des pêcheurs en bleus étaient descendus, et, les poings sur les hanches, contemplaient les meulons d'huîtres avec de longs contentements ; on se montrait des hommes en pardessus et en bottes, les gros ostréiculteurs de Dieppe, de la Hougue et de Saint-Waast, qui circulaient parmi les tas, leur carnet à la main.

Les mannes de la Yande s'emplissaient. Les patronnes ne travaillaient pas. Le plus souvent, assises au bord du tas, elles contrôlaient ce qu'on jetait dans le gras, car les femmes, pressées d'en finir, y expédiaient souvent, avec les écailles, de petites huîtres bonnes pour les parcs. La Yande, elle, était restée debout derrière ses ouvrières. Elle savait que la surveillance pèse plus lourd sur le dos que sur les visages, qu'un regard qu'on ne voit pas, mais dont on sent sur soi l'appui, inquiète et ne se laisse jamais oublier.

On bavardait ferme autour de l'ouvrage, et la patronne n'y trouvait point à redire. Car chez les femmes, la parole, quand elle s'échauffe assez, soutient et accélère le geste, comme une chanson de route le pas des soldats.

Elles causaient de leurs hommes, des travaux qu'elles leur extorquaient pour la maison ou le courtil, de leur caractère, de leurs saouleries, surtout, auxquelles elles étaient indulgentes, lorsque les bordées ne nuisaient pas au travail et n'aplatissaient pas trop la bourse.

— Les soirs de Caravane, c'est tout comme terrible ! De trois jours, le mien n'a pas déblanchi !

Car si l'on se « noircit » ailleurs, on se « blanchit » à Cancale, avec la « blanche », l'eau-de-vie de cidre.

Une petite, menue, mariée à un gaillard d'un mètre quatre-vingt-dix, qu'elle tournait et retournait, haussa une épaule.

— C'est comme le mien, il était joli, hier à t'soir ! Je n'étais point contente !... Il a fait bon qu'il vienne me recauser de ressortir !

— Victor tournaillait ce matin autour de mâ : « Vas-tu me donner mon prêt ? » — « Ton prêt, que je lui ai dit, maudit grand cochon, quand je t'ai trouvé à l'accore de la porte, saoul à ne même pas pouvoir rentrer ! »

La Yande prononça derrière elles :

— « À moi les murs, la terre me manque !... » Les vôtres, s'ils se décrassent le cœur par-ci par-là, au moins, ils travaillent ! Mais il y en a qui se lavent les tripes du lundi au lundi, et ceux-là, ce n'est pas un poil qu'ils ont dans la main, c'est une queue de vache !

Toutes comprirent qu'elle parlait de Goulec, mais sa dignité exigeait qu'elle ne le nommât pas. La confidence causa pourtant un instant de gêne, que Blanche Béjin, une noiraude frisée, dissipa, en déclarant :

— Mon bourgeois, lui, dès qu'il a liché trois ou quatre verres de rikiki, il ne peut plus s'allonger dans son lit. Il est tout acrotichonné. C'est comme si la blanche lui nouait le corps.

On épilogua un instant sur cette curiosité, pour conclure que les hommes ne pouvaient se passer de l'alcool, qui les réchauffe dans les brumes et les vents. Il fallait cela pour leur jeter au corps cette force soudaine, seule capable d'étaler les mauvais coups de la mer.

Il n'était que de les tenir dans une juste mesure, en leur criant dessus et en leur refusant des sous. Mais il fallait savoir, de temps à autre, leur passer une fantaisie.

— Ça les purge, assura Mathurine.

Puis la conversation dériva sur l'éducation des filles. Elle consistait, pour l'essentiel, à les empêcher d'aller rejoindre les garçons, à la brune, sur les Crolles ou le Tertre à la Caille.

— Les sacrées coccinelles, dit Marie Tuliau, une rousse grêlée, à la tête ronde comme une théière, où la coiffe posait un couvercle trop petit, c'est point commode a tenir ! La mienne est mariée, Dieu merci, et bien mariée. Mais avant, m'avait-elle fûtée, la petite vache !

— La mienne est guérie de courir, affirma Marie-Rose Boudan, une grande femme osseuse, dont les mains dures pignochaient dans le tas, avec une force qui remuait des douzaines d'huîtres à la fois. Je l'ai pincée, il y a huit jours, avec le gars Bouilloux, le grand maigre-là, le grand sans-fesses, qui est comme le Bon Dieu du catéchi'me, qui n'a ni corps ni figure...

Au nom de Bouilloux, les mères se récrièrent.

— Y en a pas un comme celui-là à ahaner après la chair fraîche !

— C'est la vérité, attesta Marie-Rose. Aussi je t'ai foutu une si sacrée douille à la fille que la terre lui en a foutu une autre !

Le cercle approuva. La fille à Marie-Rose avait de la chance d'avoir une mère avertie qui l'empêcherait de faire son malheur.

— J'aime mieux les filles qui ont du sang que les mochetées ou les sournoises, affirma la Yande. Mais si on veut les garder propres, faut leur donner de la religion.

— Oh, avec votre Roseline, vous n'aurez que de l'agrément, promit Marie-Rose.

— Elle ne sera point vilaine femme, assura Blanche Bejin. Elle n'est déjà point indifférente.

— Pourquoi donc qu'elle n'est point venue ? demanda Mathurine.

— Elle garde le père, répondit la Yande. Depuis hier, i' ne va point. Toute la nuit, i' toussit à s'en étouffer l'âme. On lui a fait refaire sa potion de l'an dernier. Mais les premiers soleils, c'est mauvais pour les vieux.

— Quel âge qu'il a, donc ?

— Il va sur ses soixante-dix huit.

— On ne le dirait point, dame. Il se trimousse comme un jeune.

— Oh, pour ça, attesta la Yande, le pauvre homme, ça a

toujours été un travailleur. Et aimable, avec ça ! Jamais un « non ». Il n'aime qu'a rendre service, et il trouve toujours qu'on lui en fait de trop.

Elle hocha la tête, attendrie. Le regard seul s'était adouci dans le dur visage, trop avare de chair pour se détendre.

À la Houle, peuplée de braves gens, les vieux étaient heureux. Les plus braillardes retrouvaient, pour crier sur le père, les affectueuses injures dont elles assourdissaient les gosses, et qui réchauffent les cœurs. Elles le servaient le premier à table, le tenaient propre, scrupuleusement, et ne le laissaient jamais manquer de tabac. Chaque beau jour que le Bon Dieu faisait, les anciens se retrouvaient assis, sur un banc étonnamment long et large, planté en haut de la falaise du Hock, d'où ils dominaient le port et la mer. Ils y ressassaient, à longueur de journée, les souvenirs de leur jeune temps, au long cours, à Terre-Neuve. Souvent la Yande empoignait son père par le bras et le poussait dehors, afin qu'il allât rejoindre ses amis, quand il s'entêtait à sarcler le jardin.

— T'as assez tripoté. Je ne veux point te revoir avant la soupe...

Et quand le vieux, sur le quai, fouillait dans sa poche pour prendre son tabac, il y trouvait un billet de dix francs plié en quatre, qui n'y était pas le matin.

Aussi Blanche Béjin résuma le sentiment général, en déclarant :

— Il est trop ben chez vous pour s'en aller !

— Pour ça, personne ne lui manque, approuva la Yande, qui crut devoir affirmer : « Il n'y ferait point bon ! » Mais comme elle était juste, elle ajouta :

— Et personne n'en a envie.

Elle n'avoua point qu'elle s'était fait attendre au tri parce qu'elle avait couru, toute bouleversée, à l'église, pour y mettre un cierge, quand le père lui avait dit, au bout d'une déchirante quinte :

— Ma pauv' Yande, v'là qui sent l'embarcation...

L'embarcation, la dernière, le cercueil !

Marie-Anne Goulec rêvait au mot terrible, en regardant les doris échoués. Aussi, les femmes, la sentant distraite, cessèrent un instant le travail pour se redresser, étirer leurs reins courbatus.

— Tiens, dit Marie-Rose, v'là le Rédempteur.

Elles regardèrent toutes un large bonhomme lippu, à poil blanc, à teint de brique, aux petits yeux rigoleurs, qui se déhanchait, en traînant à travers les tas ses sabots cerclés de fil de fer.

Le Rédempteur... On était prodigue de surnoms à Cancale. Il y avait *Péchaille*, qui pêchait mal ; *le marquis de la Croupière*, le bourrelier ; *la Malice*, *Panard*, qui est le nom terreneuvas du grand vent et désignait un gars énorme, à figure éclatante comme une tranche de bœuf et qui ne connaissait pas sa force ; *le grand* et *le petit Moco*, Noël, enfin, *le Rédempteur* : « Noël, Noël, voici le Rédempteur... » Les meilleures chrétiennes le nommaient ainsi sans y voir d'irrévérence.

C'était un ancien du long cours, qui, parce que l'argent est fait pour être bu et non pour payer un propriétaire, habitait l'épave des *Trois-Frères*, une bisquine à la retraite. Il s'était installé dans la chambre, où il avait trouvé le moyen de mettre debout sur deux pattes un poêle fendu. Les beaux jours d'été ou les après-midi ensoleillées de septembre, il cuisait, allongé sur le pont.

Fin matelot, il ravaudait, avec une habileté de dentellière, tous les genres de filets, en particulier les « rets de pied », ces longs panneaux que l'on visite à mer basse, et où l'on trouve emmaillés du mulet et de petits maquereaux. Cela s'ajoutait à sa pension, qu'il touchait tous les mois, alors que les autres, les économes, ne passaient à la Recette que chaque trimestre. Pendant la saison, il portait encore des barres de glace, de la fabrique aux restaurants. Tant qu'il avait de l'argent, la Houle ne dormait plus, car il chantait et gueulait par les ruelles, jusqu'à des trois heures du matin. Il finissait, cependant, par retrouver sa bisquine et s'écroulait sur les planches du roof, une gueuse de fonte pour oreiller. Quand il pleuvait et que cela pissait par tous les joints de son logis, on admirait qu'aussi fin saoul qu'il fût, il se réveillât toujours parfaitement sec. La preuve qu'il était malin et qu'il savait, même plein comme une hîte numéro zéro, repérer le bon coin.

— J'suis pour l'inondation par le dedans, point par le d'hors, disait-il quand on lui en faisait compliment.

M. le Maire, qui l'avait vu, aux fins de mois, arracher les bernicles pour les manger avec un croûton de pain, avait réussi à le faire entrer chez les bonnes sœurs de l'hôpital.

— C'est un enfant du pays, ma sœur. Il faut le prendre.

Mais enfermé, le Rédempteur avait fait le diable à quatre. On ne lui distribuait, bien entendu, sa pension qu'au compte-gouttes, mais on le laissait, pour s'occuper, jouer de sa navette et vendre du tramail à ses clients. Avec l'argent, il faisait le plein dans tous les bistrots, et quand il rentrait, passé minuit, il chantait aux sœurs de drôles de matines ! On l'avait, finalement, mis à la porte, et il avait réintégré son épave.

Cette après-midi, il était sorti de chez lui pour voir le mouvement et s'arrêtait à tous les tas, afin de blaguer avec les femmes. Mais en abordant le chantier de la Yande, il rencontra le regard hostile de la patronne et il continua sa route, en se contentant d'un clignement d'œil à l'adresse des trieuses, qui se mirent à rire et se détournèrent pour le suivre des yeux.

— Il s'est offert une salle de bains, dit Marie Tuliau.

— Une salle de bains, le Rédempteur ?...

Marie expliqua :

— À la dernière marée, avec le vent qui poussait le flot, sa bisquine a fait de l'eau, et au jusant, elle s'est couchée. Lui, il était au bistrot... Quand il est sorti et qu'il a vu sa maison sur le flanc, tu l'aurais entendu jurer d'ici. Le grand Moco lui a dit : « De quoi que tu te plains ? V'là que t'as une salle de bains, à c'te heure !... »

— Alors, ça se remplit, les corbillons ?

Le marchand, un nommé Heurtier, de la Hougue, le demandait, à deux pas de la Yande, qui pivota sans hâte pour lui faire face. Les femmes se turent et écoutèrent. Heurtier se pencha, afin de regarder, par-dessus l'épaule de la patronne, les huîtres dans les mannes.

— Combien pouvez-vous m'en garder ?

— C'est selon...

Il repartit, rondement :

— C'est selon ce qu'il y en aura, d'accord. Mais si c'est des prix que vous voulez parler, ils sont faits.

— Vère, repartit la Yande. Encore faut-il qu'ils me conviennent !

Ils discutèrent longuement. En notant les chiffres sur son carnet, Heurtier secoua la tête.

— Vous êtes dure, la patronne !

— Pas tant que le mal qu'on se donne pour aller les quéri'.

Le tri s'achevait. Les femmes lasses ne parlaient plus. Parfois l'une d'elles se relevait, appliquait sur ses reins endoloris ses paumes ouvertes. Puis on fit les parts, car les travailleuses étaient payées en huîtres, sept lots pour la patronne, un lot pour chacune des trieuses. Elles tendaient leurs paniers, où la Yande laissait tomber une à une, en les comptant à voix haute, les huîtres larges. Quand elle arriva à Mathurine Camus, la mère du gamin qu'elle avait rebuté, elle puisa à deux mains dans une manne de petites huîtres, de celle qu'on destinait aux parcs, et elle les répandit sur le dessus du panier.

— C'est pour ton gars. Il n'y perdra point. Mais je n'aime pas les avoir dans les jambes, quand on travaille.

Mathurine remerciait encore, lorsque la Yande aperçut P'tit Louis qui enjambait à travers la grève et venait sur elle.

Il marchait en fauchant de ses longues jambes et en balançant exagérément les bras. Il avait le grand corps de sa mère, mais mal serré aux jointures et qui jouait.

— Faut que tu t'en viennes, m'man, le père ne va point.

La Yande se redressa, comme elle le faisait toujours quand elle était frappée.

— J'viens juste de rentrer, expliqua P'tit Louis. Il était tout seul. J'lui ai causé : il ne m'a point entendu.

— Il était tout seul !...

Puis, comme elle sentait sur elle le regard trop attentif des femmes, qui flairaient, elles aussi, un manquement grave, elle expliqua :

— Ta sœur aura couru chercher un médecin.

— Pourquoi qu'elle n'a pas demandé à une voisine ? s'étonna P'tit Louis, avec innocence.

— Elle se sera dit qu'elle aurait plus tôt fait d'y courir elle-même... Mathurine, occupe-toi de charger le doris et de mener les mannes à Heurtier. Toi, viens.

Au bout de quelques pas, elle ordonna :

— Cours chez le recteur... Et chez le médecin, après.

P'tit Louis, aussitôt, s'écarta d'elle, pour prendre la grève en biais, à larges enjambées.

Quand elle arriva chez elle, elle trouva le vieux, tout cireux déjà, la bouche grande ouverte et qui râlait. Elle entendait, dans la poitrine, des borborygmes gras, comme d'un robinet dont on vient de couper l'eau. Elle prit la main sèche, et penchée, demanda :

— M'entends-tu, papa ?

Et comme seul lui répondait le gargouillement de pompe mal amorcée qui bafouillait sous les côtes du mourant, elle se redressa, regarda autour d'elle, comme pour quêter un secours.

— Mon Dieu !...

Habituée qu'elle était à décider, à trancher, elle s'épouvantait à se trouver, pour la première fois, pire qu'impuissante, inutile. Il y avait sûrement quelque chose à faire pour retenir la vie qui s'enfuyait, mais quoi... ? Elle songeait à ce tonneau de cidre débondé, qu'elle avait, un matin, obturé de son fichu roulé en boule, jusqu'à ce qu'elle eût retrouvé la bonde, emportée sous un chantier. Elle avait, ce matin-là, découvert, comme cela, tout de suite, le geste à faire, la parade à l'accident. Mais elle ne pouvait qu'écouter ce bruit atroce d'engorgement. Asseoir le père, le caler avec des oreillers ?... Cela l'avait soulagé, la nuit d'avant. Mais elle sentait bien qu'on n'en était plus là... Et si, en le remuant, elle éteignait cette lueur de vie qui couvait encore ? Cela arrivait, quand il ne restait plus qu'un peu de braise rouge dans le foyer. Dès qu'on y touchait, la cendre s'effondrait et étouffait les derniers tisons. À le bouger, elle risquait de lui faire retomber sur le cœur cette masse visqueuse qu'il soulevait encore et qui laissait passer un reste de souffle.

Il lui vint cependant une pauvre idée. Elle monta quatre à quatre dans la chambre de Roseline, prit sur la table de toilette, à jupe de cretonne rose, une bouteille d'eau de Cologne, dans le tiroir de la commode, un mouchoir de fil qu'elle imbiba largement, en descendant l'escalier. Elle le passa doucement sur le front de l'agonisant, sur les joues creuses et comme aspirées du dedans.

Puis elle s'agenouilla au bord du lit et se mit à prier, si l'on pouvait appeler prière la mise en demeure qu'elle répétait intérieurement : « Bonne Mère, laissez-nous notre père ! » Elle le demandait avec l'accent dont elle eût ordonné : « N'y touchez pas ! »

La porte s'ouvrit. La Yande, sans se relever, se retourna et jeta un coup d'œil à l'arrivante, qui s'était arrêtée, toute saisie, sur le seuil.

— Te v'là !

Roseline murmura :

— Il va plus mal ?

— Ça serait à toi à me le dire... Où étais-tu ?

La fille, qui s'attendait à trouver la maison vide et n'avait préparé aucun alibi, rougit de constater qu'elle ne découvrait pas de lieu plausible à indiquer ainsi, sur-le-champ. Elle murmura :

— Il dormait tranquillement. Je suis sortie cinq minutes...

— Tu mens ! Il y a une demi-heure que je suis là... Et avant moi, ton frère était venu, et tu étais déjà partie. Il a eu le temps d'aller me chercher jusqu'à la grève. Où étais-tu ?

— Mais là, sur le quai.

— À quoi faire ?

— Rien... Je jetais un coup d'œil sur les baraques.

— T'étais à la foire, quand ton grand-père se mourait ?

C'était vraiment une question, et posée d'un ton incrédule. Cela ne s'imaginait pas que Roseline se fût rendue coupable d'abandon de poste pour courir à des manèges, à des loteries, qui étaient là depuis quinze jours et auxquels jamais elle n'avait manifesté grand intérêt. De fait, la jeune fille haussait les épaules.

— Oh, la foire !...

— Alors, qu'est-ce que tu faisais ? Pourquoi es-tu restée une heure dehors ?

— Pas une heure...

— Peut-être plus !

Elle regarda sa fille, pour la première fois depuis son entrée Roseline Goulec, comme les trieuses le disaient, tout à l'heure sur la grève, deviendrait belle femme, au sens où on l'entendait à Cancale. Cela exigait de la prestance, de la solidité, une chair ferme sur une charpente de bon gabarit. Il fallait à la beauté des hanches et des épaules, des cuisses et des seins, le tout développé jusqu'à une plénitude agréable, sans mollesse comme sans lourdeur.

Roseline, à vingt ans, promettait tout cela. Elle était grande, avec des épaules assez rondes pour qu'on ne la chicanât pas sur leur largeur, des seins durs qui bombaient jusqu'aux épaisses étoffes des manteaux. Après le ventre droit, les hanches se galbaient fermement, et les jambes un peu fortes donnaient à ce corps succulent une assise robuste.

Quelque chose, pourtant, lorsqu'on la regardait bien, gênait le plaisir : la tête et le visage n'avaient point tout à fait suivi l'épanouissement du corps. Les traits n'allaient pas sans sécheresse, depuis le menton aigu, jusqu'au front obstiné qu'écrasait la masse épaisse des frisures brunes. Roseline avait aussi les yeux de la Yande, ces yeux gris-de-mer capables de soutenir maintenant, sans ciller, le dur regard qui y appuyait.

— Tu ne veux pas me dire où tu étais ?

— Je te l'ai dit.

— On en recausera. C'est point le moment.

La Yande reprit le mouchoir imbibé d'eau de Cologne et le promena de nouveau, doucement, sur le visage convulsé. Mais c'était, cette fois, à sa fille qu'elle songeait. « Elle n'aime pas son grand-père. Sans quoi est-ce que l'inquiétude ne l'aurait pas attachée au lit du pauvre homme ?... Quand elle est rentrée, c'est de moi qu'elle a eu peur, pas de ce qu'il était devenu, lui, pendant le temps qu'elle l'a laissé. Dieu sait pourtant s'il a été bon pour elle. Quand, toute gamine elle se pendait à sa manche : « Pépé, donne-moi des sous », il sortait toujours une pièce de sa poche. Il lui achetait du bonbon en cachette... C'est à ça que ça sert, le malheur, à vous montrer le cœur des siens. Le danger vous met la sonde en main, dans la vie comme sur la mer. Du cœur, celle-là n'en a point. »

Elle le constatait sans indignation, comme les dégâts dans le jardin, après une gelée. D'autres, presque toutes à la Houle, auraient crié, calotté, une chaleur de colère qui se fût dissipée en paroles. Mais c'était une chose trop sérieuse, la Yande le pressentait, pour se régler avec une paire de claques. Une fille nouvelle venait d'entrer, toute différente de l'image convenue, que jusqu'ici, toute différente de l'image convenue, que jusqu'ici, paresseusement, on se faisait d'elle. Celle-là n'était pas sortie pour rien, pas plus qu'elle, la Yande, ne sortait pour rien... Sa fille tenait d'elle pour détester flâner. Ce n'en était point une que cela démange, comme ça, subitement, de s'échapper pour des bêtises, un rayon de soleil, un brin de musique sur le quai. Elle était allée quelque part et n'avait pas voulu dire où. Par respect pour le père, la Yande remettait à plus tard de lui en tirer l'aveu, car elle savait que cela serait long et dur, à supposer qu'elle y parvînt.

Dehors, des pieds frappèrent contre le seuil : le recteur qui avant d'entrer secouait la boue ramassée dans la ruelle. La Yande fit signe à Roseline.

— Va ouvrir.

Elle s'était laissé surprendre par l'arrivée du prêtre et n'avait encore rien préparé. Elle se précipita vers la haute cheminée, y cueillit un crucifix de bois noir, l'essuya sur sa manche. Elle ouvrit l'armoire, en tira une serviette damassée, la déplia et l'étendit sur la table de nuit. Elle y posa le crucifix, retourna à la cheminée, y prit deux bougeoirs de laiton, qu'elle fourbit, en les rapportant, avec un coin de son tablier. Le prêtre qui était entré pendant ce temps et qui se tenait debout près du lit, ne l'interrompit ni d'un mot ni d'un geste. Ce fut seulement après qu'elle eut disposé sur la table une soucoupe pleine d'eau bénite, où trempait une branche de buis verte — on était encore tout près des Rameaux — qu'il murmura :

— Cela a été bien soudain...

Elle s'était rangée auprès de lui.

— Comme vous le dites, monsieur le Recteur. Quand je suis partie pour la grève, il m'a parlé. Je le trouvais mieux que cette nuit. Et quand je suis rentrée...

Elle ne savait rien, ne pouvait rien dire de ce qui s'était passé dans l'intervalle, rien du moment où était survenue l'aggravation soudaine. Roseline lui avait volé ce moment-là ! En s'en apercevant, la colère l'emplit, la gonfla. C'était une poussée intérieure, l'expansion d'une terrible force, sur laquelle elle serrait les dents et qu'elle parvint malaisément à contenir.

Le recteur demanda à voix basse :

— Voulez-vous me donner de l'ouate.

Elle en apporta un paquet intact. Il en fit six petites boules.

— De la mie de pain...

Elle en découpa une large tranche dans le chantiau.

Alors le recteur tira d'une sacoche, avec l'ampoule des Saintes-Huiles, un surplis chiffonné, une étole violette d'étoffe molle. On eût pu croire à de l'incurie, quand c'était des vêtements faits pour l'urgence, toujours roulés dans cette sacoche et prêts à être emportés... Le prêtre ouvrit l'ampoule d'Huile des Malades. Les deux femmes s'agenouillèrent.

— *Pax huic domui...* Paix à cette maison ! Q'avec notre humble personne, y entre, Seigneur Jésus, la félicité éternelle, la divine prospérité, la joie sereine, la charité féconde, la santé qui ne s'altère jamais...

La Yande écoutait le murmure des paroles latines et elle épiait l'agonisant, comme si elle eût guetté sur son visage les premiers effets de l'incantation. Elle ignorait qu'il ne s'agissait pas encore du mourant ; que les prières sacramentelles se refusaient à l'isoler de sa famille, de Goulec, de P'tit Louis, de Roseline, d'elle-même ; qu'elles les confondaient tous dans les mêmes souhaits...

— Que le Seigneur Jésus bénisse abondamment cette maison et ses habitants, qu'il les délivre de la crainte et du trouble... Envoyez du ciel votre saint ange, pour qu'il garde, entoure de soins, protège et défende tous les habitants de cette maison.

Si elle avait compris, elle aurait crié : « Mais occupez-vous donc de lui ! » Elle n'eût point accepté que dans le plus humain, le plus pitoyable de ses sacrements, l'Église s'inquiétât autant de ceux qui restent que de celui qui part...

Mais le prêtre, maintenant, passait aux onctions sur les yeux, les oreilles, les narines, la bouche et les mains.

— Que Dieu vous pardonne les péchés que vous avez commis par le sens de la vue, de l'ouïe, de l'odorat, du goût, du toucher.

Après chacune, il s'essuyait les doigts avec la mie de pain.

Pour la Yande, c'était la médecine divine qui jouait à plein. Les yeux ainsi touchés du baume recommenceraient à la voir, les oreilles à l'entendre, la bouche à lui parler. L'espérance la dévastait. Elle ne vit point le recteur qui lui faisait signe de retrousser le bas de la couverture pour l'onction des pieds. Ce fut Roseline qui se leva.

Après avoir émietté la mie entre ses doigts, afin d'ôter toute trace des Saintes-Huiles, le recteur recommanda, en montrant les débris de pain et d'ouate :

— Vous brûlerez tout cela.

Puis, en quittant son surplis :

— Il faut avoir assez de foi pour ne pas voir dans l'extrême-onction un signe avant-coureur de la mort. Il arrive très souvent que l'état des malades s'améliore après le sacrement.

— Oui, monsieur le Recteur.

La Yande le reconduisit. Ils croisèrent sur le seuil P'tit Louis et le médecin qu'il ramenait.

C'était un jeune. Il prit le pouls du malade et déclara, après un hochement de tête :

— Je vais lui faire une piqûre.

Il s'en acquittait comme d'une formalité. Pour la Yande aussi ce n'était qu'un geste : la partie se jouait sur un autre terrain ! Elle le laissa partir, sans même lui demander un pronostic. Il la crut résignée à l'inévitable.

La nuit tombait quand Goulec rentra. Il écarquilla ses yeux pesants, ouvrit la bouche, puis murmura enfin :

— Alors, il ne va point ?

Il n'attendait aucune réponse.

La Yande commanda seulement à Roseline :

— Va-t'en leur faire à manger.

P'tit Louis, qui était resté assis au fond de la chambre, sans rien dire et sans bouger, depuis le départ du médecin, se leva. Avec son père et sa sœur, il passa dans la cuisine. La Yande resta seule avec le moribond.

Les autres partis, elle se sentit plus libre. Elle savait que pour ce qu'elle voulait faire, comme pour tout le reste, elle n'avait à compter que sur elle-même. Or, elle voulait arracher au Bon Dieu la vie de son père, forcer le miracle. Le recteur avait parlé de foi... S'y fût-il hasardé, s'il avait mesuré la force de celle qui se ramassait, pour lutter, au bord des draps gris, cette indomptable certitude que la prière, si elle atteignait le degré exigé, faisait violence à ce ciel, qui souffre violence? « Tout ce que vous demanderez, si vous croyez, vous le recevrez... Si vous aviez de la foi gros comme un grain de sénevé, vous diriez à cette montagne : « Transporte-toi d'ici, là, et elle s'y transporterait. » L'avait-il dit, oui ou non ? N'avait-il pas osé se comparer à un juge fainéant, qui ne vous rend votre dû que lorsqu'on l'a bien assailli, de peur qu'on ne continue à lui casser la tête ?... Puisque le père était perdu, — elle avait assez l'habitude des mourants pour en être sûre, — les conditions étaient remplies. Les voies étaient coupées vers les secours humains. Il ne lui restait plus qu'à demander, et de façon à obtenir!

Elle s'assit au pied du lit et commença l'imploration. Un vœu, d'abord, parce que cela vous met tout de suite de plain-pied pour discuter: donnant, donnant... « S'il en réchappe, j'irai nu-pattes et les poches vides à Notre-Dame de Toute-Aide. » Elle avait sa chapelle à la Prenessaye, en bordure de la forêt de Loudéac. La Yande l'avait visitée, dans son enfance. C'était quatre jours de marche, pieds nus, ce qui n'était rien, mais en mendiant son pain : de quoi faire saigner une terrible fierté !

— Viens-tu manger ?

Roseline le demandait par l'entrebâillement de la porte. Le parfum de l'omelette entrait avec elle. La Yande refusa d'un signe.

Les hommes la retrouvèrent, abîmée dans sa supplication, quand ils montèrent aux mansardes. P'tit Louis murmura :

— Si t'as besoin de moi, cette nuit..

— Je t'appellerai.

Goulec se contenta de hocher la tête. Roseline, la vaisselle finie, vint s'asseoir derrière sa mère.

— Prends au moins ton chapelet, dit la Yande.

À dix heures, elle ordonna :

— Monte.

— Tu m'appelleras ?

— Oui.

Le souffle du vieillard était plus calme. Au fond de la poitrine, la Yande n'entendait plus qu'un clapotis léger. Dans le silence de la nuit, dans le silence des lèvres, sa prière clamait de plus en plus haut. Elle revendiquait, implorait, sommait, sans s'interrompre, avec la faconde passionnée, la volonté farouche qui avait électrisé la foule, le jour du *Jacques-Cartier*, et l'avaient jetée à l'assaut du cargo.

Elle pensa soudain qu'on s'étonnerait peut-être, là-haut, qu'elle tînt si fort à ce vieux. N'avait-il pas fait son temps ? Quand les parents s'en allaient, les meilleures se faisaient une raison. Ils ont beau ne pas beaucoup embarrasser, c'est tout de même du mal en moins, de la place en plus. Même s'ils ont toute leur tête, ils restent en arrière, dans leur temps. Ils se mettent d'eux-mêmes à l'écart. C'est pour cela qu'ils manquent moins, quand ils partent.

Tout cela, elle le sentait, comme les autres.

— Mais, expliquait-elle, ça n'est point pareil et il faut le comprendre. Au fond, je n'ai que lui ! Il était le seul à ne point me peser sur les épaules : « T'as ben assez à faire sans t'occuper de moi... » P'tit Louis n'est point mauvais, mais ça ne pense à rien. Lui, pensait à tout !... Goulec ? Quand il est venu me demander, bon marin, pourtant, comme il était dans ce temps-là, le père n'en avait point voulu. Il devinait trop ce qu'il deviendrait. « Tu le prends par dépit, qu'il disait, parce que t'as vingt-huit ans et que t'as honte de n'être point mariée. Tu t'en repentiras. » Mais il ne m'en a jamais reparlé depuis... « Ma pauv' Yande », qu'il disait seulement. Il était le seul à dire ça, à pouvoir le dire... Sa pauv' Yande ! Il était si doux, si doux !...

C'était cette douceur, la seule de sa vie, qui la faisait maintenant mordre son mouchoir, pour étouffer ses sanglots.

Il mourut à trois heures du matin.

CHAPITRE III

LES morts, à Cancale, restaient exposés pendant trois jours.

C'était la seconde nuit, et les femmes veillaient le père. La Yande était assise sur une chaise, en arrière de leur groupe.

On causait autour du défunt, sans baisser la voix, parce que la mort est chose naturelle et que ce n'est point manquer de respect aux trépassés que de s'entretenir près d'eux de ce qui les intéressait de leur vivant. Mais de temps en temps, on coupait les conversations par une dizaine de chapelet.

À propos d'un des derniers trois-mâts qu'on réarmait dans le port, une ancienne venait d'évoquer les temps d'avant-guerre.

— Quarante et un gros trois-mâts, en 1911, qui étaient mouillés dans la grève. Tu n'avais pas entre eux le passage d'une charette !

Une grève de terre-neuvas avait chassé tous ces bateaux du port. Les armateurs, furieux de ce que les équipages mettaient l'un après l'autre sac à terre, avaient emmené leurs bateaux.

— On ne m'ôtera pas de l'idée que c'est la Chambre de Commerce de Saint-Malo qui les a poussés. Saint-Malo n'avait-il pas trop peur que Cancale le remplace ?

La morue partie, restait le poisson courant, que les mareyeurs payaient mal.

— À ces prix-là, ils ne l'auront point, dame ! J'aimerais encore mieux emporter des cailloux plein ma devantière et les caillouter !

Heureusement, les huîtres se vendaient bien. Pourtant, on était loin des prix de jadis !

— Dire qu'on les vendait quinze et dix-huit francs le mille ! J'en ai vendu quinze francs le mille à la saint Michel, des hîtes pêchées en avril !

— Paraît que c't'année, comme grosseur, c'est la meilleure année depuis dix ans.

— Puisqu'ils avaient déjà fait six bonnes marées, ils auraient pu, tout comme, chômer le jour de Pâques...

— Pourquoi ? demanda la Yande, d'un ton si agressif que plusieurs, sur leurs chaises, eurent un petit sursaut. Oui, pourquoi qu'ils se seraient gênés ? Leurs messes, leurs prières, à quoi que ça sert ? Ça a-t-il empêché le pauvre homme-là de s'en aller ? C'est pourtant pas ça qui lui a manqué, ni les cierges, ni les neuvaines. Mais autant demander du pain à une pierrre.

Les femmes, gênées, se taisaient, en baissant la tête. Une à une, elles courbaient les épaules sous les propos révoltés que la Yande continuait à décocher derrière elles.

— S'il Lui en fallait un, y en avait d'autres, sans aller chercher loin... Il ne pouvait pas nous laisser notre pauvre père ? Il ne demandait point à partir, et on ne demandait qu'à le garder.

— Il avait son âge, objecta une femme.

— Combien que t'en vois d'ici, riposta la Yande, qui vont sur leurs quatre-vingt-cinq, leurs quatre-vingt-dix ? Alerte comme il était, et jeune de caractère, on devait le garder au moins dix ans de plus. Mais non ! Il s'en fout, que le bon monde crève, ou Il n'est pas foutu de l'empêcher.

Mélanie Rabus, une vieille sans dents, mais très droite, avec deux touches de moustache blanche au coin de sa lèvre mince, ordonna :

— Tire la corde, la Yande, tire la corde ! T'étais trop dans la religion pour parler comme ça du Bon Dieu. Il sait ce qu'il fait. Notre Père qui êtes au cieux...

D'autorité, Mélanie entamait une dizaine de chapelet. Après chacune de ces dizaines, il se faisait un long silence, jusqu'à ce que l'une des femmes eût repris pied dans le profane et renoué la conversation rompue. Cette fois, la voix amère reprit derrière elles, aussitôt après le dernier *ave*:

— C'est la vérité vraie ! De la religion, j'en avais... Plus que d'autres... Mais c'est fini ! Tu me laisses tomber, je te laisse tomber !

Mélanie Rabus hocha la tête avec pitié.

— Quoi que t'en sais qu'Il te laisse tomber, ma pauv' fille ?

Mais, sans paraître entendre, la Yande montra une boîte cylindrique sur la cheminée :

— Je suis sortie tantôt. Je n'aurais point dû, mais je suis sortie, rien que pour acheter la boîte-là. De la peinture... Et t'entends bien : sitôt que le pauvre père sera dans la terre, j'irai moi-même au bateau, l'effacer, ta *Notre-Dame-des-Flots.*

Mélanie assura :

— Tu ne feras point ça, la Yande !

— Tu le verras !

Sophie Bourdais, une large commère à cheveux gras, aux joues rouges et comme cirées, murmura :

— Moi, j'aurais peur que ça porte malheur au bateau.

La Yande se força à ricaner.

— Pas p'us malheur que bonheur ! Pas p'us capable d'empêcher les hommes de remplir leurs cales un jour de Pâques, qu'un pauvre vieux d'étouffer dans son lit.

Minuit sonnait, elle se leva. La cafetière chauffait dans l'âtre, à même les tisons. La Yande distribua des tasses et versa, les lèvres encore serrées par sa terrible rancune. Ce n'était pas seulement une Cancalaise que l'on venait de voler, mais une femme désespérée d'avoir éprouvé l'insensibilité d'un Dieu qu'elle croyait ami. Les choses, toutes les choses qu'elle regardait s'en étaient ternies. Cela arrive quand une menace pèse sur les gens. Leur maison même leur paraît devenue étrangère, elle semble s'apprêter à se retirer d'eux... C'était cela qu'elle éprouvait en versant le « café de mort », ce café très fort qui devait tenir éveillées les commères pendant les plus mauvaises heures de la nuit. En penchant la cafetière, elle avait l'impression de manier un objet distrait, qui ne la connaissait pas. Mélanie Rabus conseilla, quand elle la servit :

— Tu devrais aller te coucher. T'as encore demain. Tu ne tiendras plus debout, et puisqu'on est là...

Elle répondit, sans presque remuer les lèvres :

— J'aurai assez le temps de dormir !

Elle fit encore passer des craquelins, des tranches de pain au lèveton. Les femmes, en buvant, disaient : « Est-il fort ! » Puis, dans le bien-être qui suivit le réveillon, elles firent des compliments du mort, bien allonge dans son complet noir, sur la couverture de coton.

— Il n'a point changé depuis hier.

— Ah, c'est un beau mort ! Il porte dix ans de moins. Est-il tranquille !

La porte s'ouvrit, et P'tit Louis rentra. Tout de suite, il devint un peu hagard, comme à chaque fois qu'il y avait du monde. Fallait-il, en entrant ainsi, s'occuper d'abord du grand-père et l'asperger d'eau bénite, ou rendre compte a la mere de ses diverses missions, ou encore saluer les voisines ?... La tête, les yeux lui viraient, comme s'il venait de perdre quelque chose. La Yande lui mit une tasse dans les mains, et cela le fixa.

Quand il eut bu, sa mère demanda :

— Tu les as vues ?

— Oui... Elles n'étaient point contentes.

— Pourquoi ?

— De n'avoir point été prévenues hier.

— Si je m'étais écoutée, il aurait été ben temps demain. Les avoir à fourrager ici !... Pour ce qu'elles lui ont été bonnes !

Mélanie Rabus demanda :

— C'est tes belles-sœurs ?

— Yan. Le gars s'est donné le mal d'y aller en vélo. Si elles n'ont point été contentes, elles se contenteront. Elles ne s'en occupaient point de son vivant, elles n'ont point à être autour à cette heure.

— Je croyais que tes frères lui faisaient une petite rente, dit Sophie Bourdais.

— Pas 'core de quoi lui payer ses sabots ! On l'avait à notre charge, et on ne s'en plaignait point. Mais puisqu'il était chez nous, il était à nous.

Sa voix s'adoucit, pour dire à P'tit Louis :

— Va te coucher. Toute la journée à pédaler par les chemins, beurroux comme ils sont, tu dois avoir le corps comme une pouchée de chevilles.

P'tit Louis adressa à l'assistance un bonsoir collectif, qu'il ponctua de petits hochements de tête, et monta dans sa mansarde. Quand il fut parti, on en fit l'eloge : un petit gars sérieux, point coureur, économe.

La Yande attesta :

— Il a toujours été bon pour son grand-pere. Jamais il ne lui a dit un mot plus haut que l'autre.

De P'tit Louis, on en vint à parler des autres gars, puis des filles qu'ils hantaient, des mariages en vue. Cette fois, la conversation devint générale. La Yande seule s'était remise à l'écart, et immobile, les mains jointes sur les genoux, il lui semblait que tous les mots passaient tres haut au-dessus d'elle, comme si elle eût été accroupie au fond d'un trou noir et froid.

La discussion, pourtant, s'échauffait. Quelqu'un venait de lancer le nom d'Aline Carré. Elle était fiancee avec Jose Poupin, mais on la soupçonnait de frequenter un jeune employé de la poste. Les unes étaient pour, les autres contre, et les voix s'élevaient. Melanie Rabus en profita pour reculer sa chaise contre celle de la Yande, et elle murmura :

— À propos de filles, sais-tu ou etait la tienne, avant-hier, quand t'es rentrée ?

La Yande la regarda, prête a la rembarrer. Elle la savait franche et point malveillante : cela ne devait pas être par méchanceté qu'elle lui posait cette question. Elle ne voulait que lui rendre service. Pourtant, la Yande, désormais, se méfiait de tout et de tous.

— Pourquoi que tu me demandes ça ?

Et montrant du menton les causeuses :

— Tu trouves qu'y a pas 'core assez de diries ?

— C'est point des diries, affirma Mélanie. Roseline était sur la falaise, devant les Rimains, avec un baraquier.

— Avec un baraquier ?

— Comme je te le dis. C'est Yvonne, en rentrant, qui me l'a dit. « Tiens, qu'elle a dit, je viens de voir Roseline, sur la falaise, avec le type qui tient la loterie. Il lui causait de près !... » Tu connais Yvonne, elle ne l'aurait pas inventé. Te v'là prévenue... Ne la querelle pas trop, la pauvre garce : y a pas de quoi être aux cent coups ! Mais — et à son tour elle désigna les femmes — tu les entends ? En faut bien moins que ça pour qu'elles mettent une fille plus noire qu'une cheminée.

Sa commission faite, Mélanie reporta sa chaise en avant. Puis, profitant d'une accalmie, elle commença une nouvelle dizaine. Sur les chaises, les femmes s'immobilisèrent par degrés, les visages animés s'éteignirent.

La dizaine de chapelet s'achevait, quand on entendit dehors, dans la ruelle, un chant éraillé. Cela n'avait ni paroles ni air. On eût dit que l'homme vociférait une mélopée indistincte de raccommodeur ou de chiffonnier. Cela s'éteignait pour rebondir en beuglements soudains. C'était le Rédempteur qui se tenait compagnie par les ruelles. Il s'était arrêté juste devant la porte, et ses braillements, coupés de silences pénétraient dans la chambre mortuaire avec une étonnante force. La Yande, outree, se leva et sortit.

Il faisait clair de lune, mais dans la ruelle, seuls les toits brillaient. La lumiere, encore oblique, n'était point descendue au fond de l'étroite fosse. L'homme était accoté au mur d'en face et la lueur de la porte qui s'ouvrait, en le frappant, l'immobilisa. C'était d'ordinaire des fenêtres que lui tombaient les injures, les injonctions de vider les lieux et de laisser dormir le monde. Alors, il répliquait, tête levee, ou traversé d'une flambée de colere, il se ruait contre le mur de la maison hostile, le poussait de toute sa vigueur, en grondant :

— Ah ! si j'avais la force !

Comme sa malice n'était jamais tout a fait noyée, il ne s'en prenait point aux portes qui peuvent s'ouvrir... Celle-là s'ouvrait, et sans qu'il l'eût touchée ! Il en restait pantois ! La Yande, en une enjambée, franchit la ruelle, lui prit le bras et sans un mot, l'entraîna vers le port.

Il tenta de se dégager : les doigts secs et durs lui entrèrent dans la graisse. Il fit quelques pas, mais en passant devant un décrochement de la muraille, il s'y colla des deux épaules, et regarda son ennemie d'un air de défi. La Yande l'en arracha d'une secousse, puis elle l'empoigna par le col de sa veste, et le poussa devant elle à bras tendu. Les ivrognes, au plus profond du coton où ils se meuvent, mesurent toujours exactement les forces qui les attaquent : cette poigne était péremptoire. Le Rédempteur n'essaya plus d'y échapper et se laissa refouler, mais en se penchant en arrière. La Yande ne le lâcha qu'au milieu du quai, juste devant l'épave des *Trois-Frères*, où il avait son domicile.

La mer était basse, et la grève luisait. Les bisquines ventrues y projetaient des ombres difformes. Dans leur troupeau massif, les yeux de la femme isolèrent la *Notre-Dame-des-Flots*, et subitement, elle s'immobilisa, stupéfaite puis furieuse : le mât était vide, sans pavillon.

Elle revint à grands pas vers la maison, traversa sans un mot la chambre, où les femmes étonnées la suivirent des yeux. Elle monta l'escalier. Sur le palier, elle ouvrit une des trois portes, celle du milieu. Par la fenêtre étroite, le clair de lune entrait à plein et bleuissait les murs passés à la chaux. Un ronflement emplissait la pièce, des grognements et des souffles de bête repue. La Yande alla droit au lit bateau, arracha d'un coup les couvertures. L'homme, brusquement dénudé, lança les mains en avant pour les rattraper, et égaré, les paupières battantes, balbutia :

— Ben quoi ? Quoi ?...

— Maudit salaud, dit-elle d'une voix basse, mais qui détachait chaque syllabe, ton pavillon !... Où est-il ton pavillon, dis ?... V'là que tu voles les morts, que tu leur prends leur dû ! Allez, file, et tout de suite !

Quand elle redescendit, Sophie Bourdais, sans faire mine de rien, s'informa :

— C'est quelque chose qui n'allait point ?

— Non, dit-elle, c'est arrangé.

Quelques instants après, Goulec descendait, en se boutonnant le long des marches. Lui non plus, ne parut voir personne en traversant la chambre. Il sortit, et les femmes écoutèrent décroître dans la ruelle le bruit de ses sabots, sans oser poser tout haut la question que chacune ruminait :

— Mais où peut-il aller à une heure pareille ?

Il allait à la bisquine, mettre son pavillon en berne, car les bateaux, eux aussi, eux d'abord, devaient prendre le deuil.

Le frère et les belle-sœurs n'arrivèrent que pour l'enterrement.

Lui, Bouvet Francis, habitait Chateauneuf. Ancien rat de

cave, depuis sa retraite, il occupait un poste de surveillant à la poudrière. Il était aussi court et boudiné que la Yande était longue et plate. D'interminables heures de service assis l'avaient peu à peu appesanti. Pour avoir appris à dissimuler même la vie de son regard, il semblait toujours mal éveillé. Mais on ne lui passait rien, et la Yande le savait capable, comme elle-même, d'obstinations irréductibles. Toutefois, alors qu'elle se bandait toute pour l'attaque ou la défense, lui, dans la discussion, se détendait, semblait s'absenter de sa masse inerte, laissait passer les cris et les injures, sans paraître entendre, et sans jamais répondre. Quand c'était fini, il revenait à lui, remuait.

— Je disais donc... reprenait-il, comme si tout ce qui venait d'être débité par l'adversaire n'avait jamais été dit.

Sa femme, Élisa, avait un visage lourd, des joues qui semblaient s'évaser de chaque côté d'une bouche mince et droite, une de ces fentes qu'on appelait à la Houle, une goule de plie. Elle avait aussi des yeux ronds et butés de poisson. Demi-bourgeoise, elle portait sa robe écourtée à la mode des villes, et cela se remarquerait tout à l'heure, parmi les robes noires qui balaieraient le pavé. Son voile était neuf, cela se voyait à son apprêt. Il retombait d'un chapeau de crêpe où l'on sentait partout le fil de fer, et elle étrennait une paire de gants de peau. La Yande la méprisait d'être bête et prétentieuse, de parler quand il fallait se taire, et de toujours découvrir, avec un constant bonheur, la chose à ne pas dire.

Quand elle entra, devant son mari, la bouche pincée jusqu'à n'être plus qu'une ligne rouge, elle annonça :

— On a pris notre temps pour venir, comme vous l'avez pris pour nous prévenir.

— Puisque vous voilà, c'est le principal, repartit négligemment la Yande.

Son frère, en l'embrassant joue sur joue, murmura :

— Ça a été vite ! A-t-il souffert ?

— T'aurais pu t'en rendre compte, si t'étais venu le voir avant qu'il soit en bière.

Francis n'insista pas, et passa dans la chambre, où le cercueil attendait, sur deux tréteaux.

— Bonjour Marie-Anne.

Celle qui entrait maintenant, en relevant son voile de grenadine, était une blonde à figure étroite et déjà fripée, à bouche garance qui souriait, mais dont les yeux verts, insistants et durs, scrutaient dès le seuil le visage de la Cancalaise qui, à son entrée, s'était clos.

— Bonjour Hortense.

La Yande lui tendait la main d'assez loin pour esquiver le baiser.

— Alors, dit l'arrivante, le pauvre papa ?...

Ce fut vers Roseline, assise à gauche du cercueil, qu'elle se pencha pour demander des détails, avec des hochements de tête désolés. La Yande, qui s'était placée auprès de son frère, arrangeait les bouquets sur le drap mortuaire. Les chuchotements d'Hortense, ses exclamations à mi-voix, ses mines dolentes la révoltaient au point qu'elle abandonna la place et passa dans la cuisine. « Cette grande salope, que son corniaud de frère avait été pêcher dans une Maison de Fécamp. — Il disait, lui, un « hôtel » où elle était gérante. Mais allez voir ! — Un bon gars comme Ernest, instruit, avec la belle position qu'il avait, puisqu'il était second sur un chalutier... Il était parti, il y avait de cela quinze jours, pour les bancs, et la créature-là, sitôt qu'il avait pris la planche, servait de paillasse à qui voulait !... « Le pauvre papa »... Ce n'était toujours pas avec les cadeaux qu'elle lui faisait qu'il s'était rendu malade ! Une pompe à gros sous, qui ne crachait que pour elle ! Tout pour se mettre sur le dos et faire la noce à Paramé, avec des jeunes qu'elle payait ! »

La Yande ne rentra dans la chambre que lorsque les hommes des cierges se présentèrent pour chercher leurs gants. C'était de tradition de leur offrir à chacun la paire qu'ils porteraient autour du corbillard. Elle les atteignit au fond d'un tiroir.

Puis elle commença à serrer des mains. Une fois amorcé, le défilé des assistants ne devait plus s'interrompre jusqu'à l'arrivée du clergé...

Le père s'en va, pour la dernière fois le long du quai, dans le petit corbillard maigre comme une cage. De loin, dans les canots, des hommes en bleus lèvent leur casquette. Un douanier, devant le corps de garde, fait le salut militaire. Puis c'est une longue montée tournante, par la rue large qui conduit à la Ville-Haute. Les femmes descendues sur le trottoir se signent...

L'église... Un instant d'arrêt pour descendre le cercueil, engager dessous des brancards que les porteurs appuient sur leur ventre. On repart, mais devant le perron de granit, le convoi se partage, comme le flot devant un musoir. Les hommes, sauf ceux de la famille, se recoiffent et s'écartent : ils attendront au café le coup de cloche de la sortie. Les femmes montent les degrés et pénètrent dans la grande église blanche, les femmes sauf la Yande qui, devant la première marche, fait deux pas de côté, tourne le dos, s'en va.

— Marie-Anne !

Hortense, stupéfaite, s'est arrêtée, et l'a appelée. Élisa, elle aussi, s'immobilise un instant sous le porche, puis hausse les épaules et repart. Elle entraîne le reste des Cancalaises, mais toutes se détournent pour suivre du regard la maigre silhouette noire qui s'éloigne.

— Elle est folle ! murmure Hortense à Élisa.

— Ne faut-il pas qu'elle se fasse remarquer ? répond l'autre.

Derrière elles, toutes les femmes qui entrent dans les rangées de chaises chuchotent. Le scandale est de taille ! On ne se rappelle point à Cancale qu'une seule femme ait jamais refusé de suivre un mort à l'église....

Quand le cercueil ressortit, la Yande, debout derrière le corbillard, l'attendait, fixe et droite, avec un visage de pierre. Ses belles-sœurs se rangèrent à sa droite et à sa gauche. Hortense, sous son voile, lui glissa un regard de côté, sans oser pourtant l'interroger. Élisa, méprisante, élargit seulement d'un demi-pas l'espace entre elles.

Le repas d'enterrement eut lieu dans une auberge de la rue Victor-Hugo. Comme il arrive toujours, après la contrainte et le silence des obsèques, on s'y épanouit à se retrouver entre vivants. Francis entraîna pourtant sa sœur à l'écart.

— Qu'est-ce qui t'a pris ? T'es mal avec le curé ?

— Quand le père est mort, je me suis juré de ne plus remettre les pieds à l'église.

Francis était subtil. Il discerna à peu près qu'il s'agissait d'une brouille entre la Yande et le Bon Dieu : des idées de femme... Cela prouvait, en tout cas, qu'elle tenait au vieux, dévote comme elle était avant...

— Je ne te dis pas, mais c'est pour le monde.

Après le café, la famille est revenue, à petits pas, vers la maison de la rue Félix-Faure. On a pris par le quai. Il fait un temps superbe. La mer, à mi-marée, est d'un beau bleu bien franc. Le bois de pins du Tertre à la Caille est vert, pour une fois, lui qui paraît toujours noir. Avec le soleil, tout rentre dans l'ordre...

Francis remarque un bouquet en tête de mât, sur un dundee. Il demande :

— Qui est-ce qui se marie ?

— La fille à Toutain.

L'oncle posa la main sur l'épaule de P'tit Louis.

— Alors, et toi ? Qu'est-ce que t'attends ? Ça serait mieux de venir à la noce qu'à l'enterrement.

P'tit Louis ricane :

— Oh moi, je ne suis point pressé...

— Tiens, se souvient Francis, j'ai le bonjour à te souhaiter de la part de Beuclerc, ton copain. Ça marche, son affaire. Il ne faisait que la moto : maintenant, il se lance dans les réparations de voitures.

— Oui, répond P'tit Louis subitement rembruni. Il me l'a dit...

En quittant ce soleil éclatant, la maison où ils rentrent leur paraît sombre et froide. La Yande et Roseline avancent des chaises. Francis, qui sent l'heure du car approcher, met les coudes sur la table.

— Si on causait un peu de nos affaires ? propose-t-il. Ça ne sera pas long.

Élisa s'est assise près de lui, la Yande en face, Hortense près d'Élisa, mais en retrait, et elle affecte de ne pas interrompre sa conversation à mi-voix avec Roseline. Goulec, qui trouve la journée interminable, et à qui son faux-col lime le cou, songe que sa pipe est restée dans son bleu, et qu'avant une bonne heure, il n'a aucune chance de la rattraper. C'est P'tit Louis le plus nerveux, au début de cette discussion d'intérêts. Il sait très bien encaisser les choses désagréables, mais ça le rend malade de les attendre.

— Je disais donc que ça ne serait point long, reprend Francis. Le père laisse la maison d'ici, le terrain de Chateauneuf et les étalages. C'est de loin la maison qui a le plus de valeur.

Il regarde la Yande.

— Ça a toujours été entendu avec Ernest : on te la laisse... Tu t'es occupée du père, et on ne peut pas dire qu'il n'a pas été heureux chez toi. Ce n'est que justice.

Élisa reste roide, mais Hortense approuve plusieurs fois de la tête, avec componction. La Yande, impassible, attend la suite.

— Le terrain de Chateauneuf, poursuit Francis, ça aussi, c'est d'accord avec Ernest : il me revient. De ce côté-là non plus, il n'y aura rien de changé, puisque je le louais au père. Il n'y aura que la petite rente que je ne verserai plus... Je ne suis pas gourmand !

Cette fois, il regarde la Yande et attend son approbation. Elle dit seulement :

— Va toujours !

— J'ai fini, déclare Francis. Il reste les étalages qui reviennent à Ernest. Voilà : ce n'était pas difficile à arranger.

Comme si tout était conclu, il se renverse dans sa chaise, et fouille dans sa poche pour y prendre son tabac. La Yande ne dit mot, mais sa tête vire de droite à gauche, de gauche à droite, lentement, longuement... Elle refuse. Francis roule une cigarette.

— Il y a quelque chose qui n'est pas à ta convenance ? demande-t-il.

Goulec, à ce moment, pousse du coude son beau-frère, et fait des doigts le geste d'en rouler une. Francis lui passe la blague et le papier.

— D'abord, pour le terrain, expose la Yande de sa voix la plus paisible, le père te l'a toujours loué au-dessous de ce qu'il vaut.

— En tout cas, on a toujours payé plus qu'il ne nous rapportait, jette la voix pointue d'Élisa.

— Placé comme il est, en plein carrefour...

— Les patates viennent-elles mieux à un carrefour qu'ailleurs ?

Francis les écoute, légèrement tassé, et il allume sa cigarette.

— Tu dis que tu ne feras plus la rente, continue la Yande, mais tu devras toujours les six mois depuis la Saint-Michel.

— Jamais de la vie ! s'écrie Élisa. C'était au père qu'on payait, et il n'est plus là. Pourquoi vous les devrait-on, à vous ? Il n'était pas à votre charge : vous aviez l'argent de sa retraite, vous vous y retrouviez !

— S'il y avait tant à gagner, pourquoi ne l'avez-vous pas pris chez vous ?

Francis frappe du bout des doigts sur la table.

— Tu aurais raison, dit-il à sa sœur, si on faisait le partage comme on pourrait le faire : estimer le tout, et partager en trois. Alors, les deux cents francs de location reviendraient à la succession, mais ce n'est pas le cas.

— Ah non !

Et Élisa ricane amèrement.

— Cela fait donc une première chose sur quoi on n'est point d'accord, enregistre la Yande. Maintenant, faudrait causer des frais d'enterrement, du repas...

Hortense s'exclame avec reproche :

— Oh, Marie-Anne, avec la part qu'on vous laisse !

— Le père a dû toucher son trimestre à la fin du mois dernier, fait observer Francis. Avec ce qui reste, ça doit aller pour les frais.

— Tout a été mangé par les remèdes et le médecin.

— Ce sera à voir...

Il la regarde dans les yeux :

— C'est tout ce que tu as à dire ?

— J'ai encore à dire, répond la Yande, que pour les étalages du père, les hîtes qu'on vient d'y mettre, on les reprend.

Sur sa chaise, Hortense a un haut-le-corps.

— Mais c'est cela ! Laissez-nous le sable et les cailloux !... Ah non, n'essayez pas de profiter de ce qu'Ernest n'est pas là !

— Laissez donc Ernest où il est, conseille la Yande. Moi, je vous dis ce que Francis disait tout à l'heure : ces hîtes-là, c'est au père qu'on les payait. Il n'est plus là, pourquoi que je vous les paierais à vous.

— Mais ce n'est pas du tout pareil ! proteste Hortense.

— Pas du tout, assure à son tour Francis, qui est au surplus incapable d'expliquer en quoi cela diffère.

Hortense a rougi, ses narines frémissent, elle tord nerveusement ses gants.

— Vous avez tort, Marie-Anne. Si Ernest était là, vous ne parleriez pas comme cela.

La Yande hausse les épaules.

— Si Ernest était là, croyez-moi, ça ne serait pas moi la plus gênée...

Le visage étroit d'Hortense s'aiguise encore ; elle a blêmi sous l'insulte.

— Je ne serais pas plus gênée, assure-t-elle d'une voix sifflante, que je ne vais me gêner avec vous !... Par exemple, mon beau-père avait du linge, des habits, pourquoi n'en parlerait-on pas ?

La Yande braque sur elle ses yeux gris.

— C'est à ses pauvres hardes que vous en avez ? Vous qui ne lui avez seulement jamais donné un cache-nez ou tricoté une paire de chaussettes ? Je vous préviens : vos petits copains n'en voudront pas, si c'est à eux que vous voulez en faire cadeau. Vous les avez habitués à mieux.

Hortense se lève, si brusquement que sa chaise tombe en arrière. Goulec la relève.

— Je pars, déclare la belle-sœur. C'est à l'avoué que vous aurez affaire.

Francis se lève à son tour, puis Élisa.

— Attendez-nous, dit-il à Hortense. On part avec vous.

Élisa sort la première, sans se retourner. Francis, lui, s'arrête un instant sur le seuil.

— Tu le regretteras, promet-il à sa sœur.

CHAPITRE IV

ROSELINE marchait très droite, mais avec la lenteur appuyée qu'imposait la botte, sur la vase grise farcie de coquilles d'huîtres. Elle allait, tête levée, poitrine tendue, toute offerte au vent égal et les yeux au large.

Devant elle, la grève luisait jusqu'à la laisse de basse mer, une longue plaque gris acier, que bordaient au loin les terres du Marais de Dol, et qui rejoignait librement, à l'horizon de l'ouest, un ciel blanc, mais transparent et profond.

La jeune fille était bottée jusqu'aux genoux de caoutchouc rouge. Une autre large feuille de caoutchouc la cuirassait des seins jusqu'a mi-jambes. Une hotte à bretelles bâillait sur son dos.

La brise tiède et le soleil de mai ne parvenaient pas à détendre son visage encore fripé de rancune. Cette après-midi de travail, c'était la seule sortie qui lui eût été consentie depuis l'enterrement du grand-père. Le soir même des obsèques, sa mère, qui pendant tout le dîner, avait tonné contre Francis et les belles-sœurs, reproché à ses deux hommes de ne l'avoir point soutenue dans la discussion du partage, avait retenu la jeune fille comme elle montait à sa chambre.

— Alors, paraît que tu hantes un baraquier ? C'était là que t'étais, au lieu de garder ton grand-père ! De quoi que t'as dans le ventre, donc ? Et t'as eu le front de te promener avec lui !

— Je ne me suis pas promenée. Il m'a rencontrée, il m'a causé.

— Et tu lui as répondu !... Écoute-moi : que ce soit fini, cette affaire-là, ou je te garantis que je la finirai ! File te coucher.

Dès le lendemain, comme Roseline allait sortir, pour les commissions du matin :

— Reste là.

De dix jours, la fille n'avait pas mis le pied dehors.

— Non, reste là.

Tout à l'heure, quand sa mère lui avait dit : « Tu vas t'en aller travailler aux clas », elle avait trouvé le quai vide, les dernières baraques envolées. Elle en était sûre avant même d'avoir ouvert la porte.

Pendant sa captivité, elle ne s'était point trahie. L'œil aigu qui la scrutait s'était toujours heurté à un visage indifférent, indéchiffrable. « Tu ne veux pas me laisser sortir ? Ça va... Tu t'en lasseras avant moi. » Même, l'après-midi du dimanche, elle était montée tranquillement dans sa chambre, sans demander à rejoindre ses amies, mais elle y avait pleuré de rage. Et maintenant, de sentir s'ouvrir devant elle cet espace désormais inutile, puisque le seul qu'elle eût voulu y rencontrer n'était plus là, elle enrageait encore, au point de frapper furieusement de son crochet des coquilles vides qui s'envolaient en sifflant.

Ce fut seulement en arrivant aux premiers étalages qu'elle se domina et composa son visage, car elle savait qu'elle serait regardée.

Les premiers parcs équarrissaient maintenant, à quelques pas d'elle, leurs muretins verdis par les frondes retombantes des algues. On eût dit de ces ouvrages d'enfants, tels qu'ils en élèvent contre le flot sur les plages, tant ils étaient bas. Seule, la murette dressée du côté de la terre, face aux houles et aux vents, atteignait le genou de la marcheuse ; les trois autres ne dépassaient guère la cheville, simples alignements de pierres qui délimitaient un large carré de vase.

Roseline dépassa les deux premiers étalages asséchés, puis elle entra dans un « ruisseau », un chemin d'eau ménagé entre les murettes des parcs et où le reflux s'épuisait en torrents rapides.

Déjà, dans les enclos, des femmes courbées s'affairaient, des Cancalaises à bérets basques enfoncés, d'autre enturbannées de foulards. Quelques vieilles avaient gardé la coiffe à jugulaire. Les unes ratissaient avec la « patte d'oie », les autres retournaient des choses à terre. Entre ces murs dérisoires, qu'elles ne franchissaient jamais et qui semblaient les enfermer plus strictement que des remparts de ville, elles paraissaient se livrer à un labeur sans objet. À quoi bon gratter la surface de cette grève que le flux allait bientôt recouvrir et dont elles ne tiraient rien ?

Il eût fallu à un étranger se pencher longuement au-dessus des murettes des parcs pour s'apercevoir qu'ils étaient, à la lettre, pavés d'huîtres rondes : que ces plaques de glaise, ramenées en surface par les râteaux, étaient ces huîtres fameuses vantées par Ausone, dont tout le moyen âge s'était gorgé, que les bateaux normands et anglais draguaient par millions chaque année, à la fin du XVIIIe siècle... D'autres travailleuses cueillaient entre les pierres de ces murettes, qu'elles appelaient des « clas », les huîtres que le flot y avait entassées et les répartissaient ensuite sur tout le parc, en prenant soin de ne pas les faire se toucher.

Au passage de Roseline, elles se redressaient et la suivaient des yeux. Aucune ne l'interpellait.

Mais la jeune fille sentait sur elle leurs regards alertés. Elle devinait qu'on parlait d'elle, en se penchant de nouveau sur l'ouvrage. Elles pouvaient y aller ! Cela ne l'empêcherait pas de faire ce qu'elle voudrait et rien que cela ! Elle ralentit exprès sa marche, prit une allure flâneuse, traînant ses bottes dans le ruisseau et rebroussant le courant avec de longs clapotis.

Elle doubla d'autres parcs. Les « clas » de ceux-ci étaient de vraies claies, faites de piquets solides et de branchages de bouleaux entrelacés. C'était les étalages situés le plus au large, les meilleurs, ceux qui n'assèchent qu'aux plus forts coefficients des marées et n'exigent pas la garde de jour et de nuit, ainsi que les parcs plantés le long de la côte, qui découvrent dès que le flot se retire et exposent dangereusement les hôtes aux convoitises comme aux gelées d'hiver.

Roseline avait maintenant de l'eau jusqu'à mi-bottes et cela ralentissait sa marche. Au passage, elle fouillait machinalement du regard les pierres des « clas ». Subitement, elle s'arrêta. Sous une pierre, à l'ombre, elle venait de voir dépasser comme le bout d'une lanière bleutée. Elle se baissa, souleva la roche : le congre surpris fouetta la pierre de sa queue, puis disparut, en se glissant sans bruit à travers les algues mouillées.

Roseline, rapidement, allongea son croc entre les blocs, puis le retira d'un coup sec. Le congre, harponné, serpentait sur le sable. Elle l'assomma, en deux coups de son crochet de fer, puis le saisit au-dessous de la tête. Les coups de queue de l'agonie lui fouettaient le ventre. De l'autre main, elle saisit son couteau dans la poche de la devantière, l'ouvrit avec ses dents et coupa la tête de la bête, au ras de son poing. Les ondulations du corps décapité montaient encore jusque sous ses doigts fermés. Elle jeta sa prise, par-dessus son épaule, dans sa hotte. Une congrette de cette taille n'était guère mangeable. C'était encore tout farci d'arêtes, mais on en faisait de bonne soupe.

La brutale capture l'avait distraite quelques instants. Elle avait pris plaisir à sentir le congre se tordre dans son poing fermé, le corps visqueux et froid tenter de lui glisser entre les doigts, puis se raidir comme un bâton, lorsque le couteau lui avait entaillé le cou. Cela lui avait calmé les nerfs, après son défilé sous les regards narquois. Les plis de son visage s'effaçaient. Le front redevenait plus lisse sous les cheveux drus. Elle put de nouveau penser avec gourmandise au garçon interdit.

Tant que sa mère l'enfermait, l'image qu'elle gardait de lui n'avait fait qu'exaspérer sa colère. Il n'etait pas question d'en jouir, de la cajoler. Elle en fuyait d'instinct la brûlure, de même qu'on se défend, lorsqu'on meurt de soif, d'imaginer la buée d'un verre rempli d'une boisson fraîche. Détendue maintenant par la marche, par le large écoulement des eaux, si egal et si calme, elle pouvait reprendre un à un ses souvenirs, en refaire le compte, de peur que l'un d'eux ne vînt à s'égarer.

La fin d'une après-midi de dimanche... Elle venait de quitter ses amies, devant la grille du calvaire et elle s'en allait, sur le quai, le long des baraques foraines, où ne s'attardaient plus que quelques rares curieux.

— Mademoiselle, vous perdez quelque chose !

Quelqu'un le lui criait de derrière un comptoir, où des bijoux en simili étincelaient dans la sciure.

Elle s'était arrêtée, puis détournée pour regarder derrière elle, sur le pavé. Après, elle s'était inspectée jusqu'au bord de sa robe, d'où aurait pu dépasser la dentelle de sa combinaison. Mais comme elle ne trouvait rien, elle avait demandé sèchement :

— Quoi ?

— L'occasion de gagner une jolie broche.

Elle avait haussé les épaules, pour s'être laissé prendre, sans trop de dépit, toutefois, parce que le farceur était beau garçon, qu'il avait des cheveux luisants et noirs, lissés comme un disque de phono, des yeux hardis et gouailleurs, des dents solides que le rire découvrait. Elle repartait, quand il avait dit :

— Je vous offre une partie. Une belle fille comme vous, ça ne doit point payer.

Elle avait hésité, et sans se rapprocher de la tente, s'était tournée vers lui.

— Tenez. Je mets pour vous sur le 2. Deux, comme vos yeux. Ils sont jolis, vos yeux, et fripons !... Ne les baissez pas, voyons. Et allez donc !

Il avait lancé la grande roue, puis au moment où sa vitesse diminuait, il avait, du plat de la main, bloqué le chiffre 2 juste sous l'index de cuivre qui désignait le gagnant.

— Eh bien, vous voyez si vous avez eu raison de jouer ! Vous avez gagné.

Elle avait répondu stupidement :

— Ce n'est pas moi, c'est vous.

— Mais puisque je jouais pour vous. Allons, venez choisir.

Elle s'était rapprochée, avec un demi-sourire, cette fois. Mais elle était tout de suite devenue sérieuse, en fouillant du bout des doigts dans la sciure.

— Une broche ?... Regardez si elle est mignonne, cette petite-là, avec l'émeraude... Un clip ? Vous avez même la place pour en mettre deux...

Il montrait du doigt, l'une après l'autre, sur le chemisier de crêpe marocain, les pointes des seins qui s'y dessinaient. Elle s'était rejetée en arrière, tandis que penché de nouveau sur la sciure, il en tirait d'autres bijoux.

— Une barrette ? Celle-là, avec des brillants ?... Elle vous plaît ? Alors, laissez-moi vous l'attacher. Vous la mettriez de travers... Vous n'avez pas besoin d'avoir peur; je ne vous piquerai pas. Je ne vous chatouillerai qu'un petit peu. Voilà... Attendez : j'ai une glace. Regardez-vous... Est-elle jolie ! Non, pas la barrette, la demoiselle. Qu'est-ce qu'elle fait de tous ces cheveux-là ?... Et de toutes ces dents ? Mais vous en avez plus que le compte, il n'y en a que pour vous !

De ses index pointés, il revenait aux seins.

— Attention ! Ici, il y en a assez de deux. Un troisième serait de trop.

Il le disait d'un ton sévère. Elle avait haussé les épaules, en se retenant de rire.

Il s'était alors penché sur elle.

— Vous n'êtes pas d'ici, vous.

— Si.

— Allons donc ! Si c'était vrai, ça se saurait. Ce serait affiché à la mairie... Vous ne les avez pas regardées, les filles d'ici ? Elles n'ont rien de ce que vous avez, ou elles en ont de trop. Parce que vous savez, vous, comme corps !...

C'était un mot qu'elle s'entendait appliquer pour la première fois. Il y en avait des mots, à la Houle, et de toutes sortes, pour vanter les filles du haut en bas ! Mais celui-là, qui vous dénudait toute d'un seul coup, l'avait rendu cramoisie, elle qui encaissait sans broncher les pires compliments des ruelles.

— Ne rougissez pas : vous n'y êtes pour rien... C'est vrai que vous avez un corps à rendre les hommes fous. — Elle sentait qu'il répétait exprès le mot qui l'avait troublée. — Tant pis pour vous : il faut se prendre comme on est, hein ?... Vous partez déjà ? Je ne regrette plus, maintenant, que vous soyez d'ici, parce que, comme cela, vous reviendrez demain.

Il avait plongé ses mains dans la sciure, fait ruisseler entre ses doigts les bagues, les épingles, les bracelets, les pendeloques.

— Il en reste, et puisque vous avez de la chance...

Comme si elle venait d'échapper aux doigts du baraquier, elle vit filer entre ses bottes, emportée par le courant, une étoile de mer. Elle la saisit et la déchira soigneusement. Puis ce fut un coquillage à bouche large, hérissé d'épines comme un murex, qu'elle cueillit sur une pierre, au passage et jeta dans sa hotte. Son instinct de gardienne jouait encore sous son rêve et lui avait signalé ces deux ennemis. L'étoile se glissait dans l'huître entr'ouverte, s'y laissait enfermer, la dévorait lentement, puis, gavée, ressortait de la coquille inerte. Le bigorneau perceur, lui, attaquait du dehors. Il forçait la valve plate d'un trou d'aiguille et enfonçait sa tarière droit au cœur du mollusque, un chirurgien d'une virtuosité étourdissante, qui opérait sans tâtonnement, sans une erreur d'un dixième de millimètre, et sur un patient enfermé dans un coffre de pierre.

Elle arrivait au premier étalage des Goulec. Elle enjamba la clas, déboucla sa hotte qu'elle déposa près d'elle sur la vase. Puis elle jeta un premier regard sur le parc.

En fille pratique, elle se réjouissait toujours, après la Caravane, de trouver l'étalage bien garni d'huîtres d'élevage. Elle savait que tous ces galets fangeux, après une année d'eau calme, auraient doublé de volume et de prix, triplé en deux ans. Il n'y aurait plus qu'à les charger dans le doris, qui reviendrait aux parcs d'expédition lourd d'une véritable fortune.

Et cela n'exigeait, le long de l'année, aux après-midi de grande marée, comme celle-ci, que quelques heures de ratissage ou de nettoyage. Les marées de nuit, on n'avait même pas à se déranger pour veiller à son bien : on payait des gardes qui surveillaient chaque secteur d'étalages. Le terrain des parcs ne coûtait rien : on le louait pour vingt-cinq ans et pour quelques francs à l'Inscription maritime. On bâtissait soi-même ses « clas », puis il n'y avait plus qu'à attendre la prochaine caravane, à appareiller sur sa bisquine, à draguer jusqu'au coup de canon de la fermeture, puis à déverser le lendemain des mannées de petites huîtres en passant en doris au-dessus de son parc. La mer nourricière faisait le reste, on n'avait qu'à regarder grossir son argent, des pièces de dix sous qui devenaient des pièces de vingt, puis de quarante. Un bon métier !

La jeune fille prit sa patte d'oie, et commença à gratter le sol. Les huîtres, légèrement envasées, sortaient par quatre et cinq, sous les dents du râteau. Elles les répartissait à légers coups, et elle alla ainsi jusqu'au bout du parc, du côté de la mer. Là, elle s'arrêta, surprise.

Dans l'angle formé par les deux murettes, un amas de vase

grise bombait. D'un coup de sa patte d'oie, elle découvrit un tas d'huîtres à peine cachées sous la mince couche de glaise. Il était impossible que le flot les eût ainsi entassées, du côté du large, alors que, justement, il les repoussait vers la terre. Tout à l'heure, n'aurait-elle pas à recueillir toutes celles que la marée aurait déportées vers la clas du fond et à les rejeter au milieu du parc ? Celles-là, il fallait qu'on les eût apportées : c'était une mannée qu'on avait jetée en vrac dans un coin, sans prendre le temps de les égailler.

Sans prendre le temps, ou sans avoir le temps ?...

Roseline réfléchit un instant, puis dit tout haut, d'un ton à la fois satisfait et menaçant :

— Ah, je comprends pourquoi je l'ai entendue se lever cette nuit...

Elle ne doutait plus que sa mère n'eût apporté elle-même ces huîtres à l'étalage, après les avoir prises dans les parcs de la belle-sœur. Il y avait trois jours que le notaire l'avait appelée, et il avait fallu en passer par les conditions de Francis : le terrain de Chateauneuf à l'oncle, les parcs garnis à Ernest et à Hortense. La Yande était revenue muette, avec son visage des plus mauvais jours, que Roseline avait guetté avec une satisfaction sournoise. Mais cette nuit, sa mère s'était levée, elle était allée à la grève et avait commencé à transvaser dans ses étalages les huîtres d'élevage, déversées à la dernière caravane, dans ce qu'elle appelait encore les parcs du père. Sans aucun doute, alarmée par l'approche d'un des gardes, elle avait dû se débarrasser d'une mannée d'huîtres volées, en la vidant le long de la clas, sans avoir le temps de la répandre.

« Pourquoi m'a-t-elle envoyée, moi ? se demandait Roseline. Afin de ne pas donner l'éveil, en y venant elle-même ? Pourquoi, alors, ne m'a-t-elle pas prévenue ? Me croit-elle assez bête pour penser qu'elles ont débarqué là toutes seules ? En tout cas, je ne lui en parlerai pas... Pas encore. »

Elle regarda autour d'elle. Les étalages voisins étaient déserts. Elle s'agenouilla pourtant, afin de cacher sa besogne à ceux qui, de loin, eussent pu la voir. Puis, promptement, à deux mains, elle entassa les huîtres dans sa hotte qu'elle traîna jusqu'au milieu du parc. Là, elle la vida, en trois ou quatre tas, qu'elle étendit à grands coups de sa patte d'oie. Toute trace du larcin eut bientôt disparu.

Cela fait, elle regarda autour d'elle. D'avoir été enfermée, dix jours durant, lui donnait un peu d'amitié pour les horizons familiers, auxquels elle n'avait jamais pris garde. À gauche, vers le Tertre à la Caille, la falaise s'achevait en colline. Un bois de pin moutonnait, un moulin coiffait la butte. À droite, au delà de la pointe du Hock, la mer se heurtait, comme à un butoir, au Rocher de Cancale, qui, des grèves, apparaissait une sorte de cathédrale fruste, une tour massive précédant une nef trapue. Derrière lui, s'échelonnaient les Rimains, socle de granit pour un fort de Vauban, puis la Cormorandière. Sur les trois rochers, la mer avait tracé sa laize, une zone rectiligne de pierres nues et sombres. L'Avranchin blanchoyait au large.

Le regard de Roseline se fixait maintenant, avec une dure insistance, sur un ressaut de la falaise, à l'aplomb des Rimains. C'était là qu'après deux autres visites à la loterie, elle avait rejoint Tony, le lundi de Pâques, lorqu'elle s'était échappée d'auprès du grand-père.

Il s'était assis près d'elle, et lui avait pris la taille, une taille qui restait dure et ne s'abandonnait point. Elle savait que commençait une partie décisive, et qu'elle devait la mener sans perdre la tête. C'était l'éternelle partie que jouent les filles avisées, pour prendre et garder le garçon qui les veut : ne donner que ce qu'il faut pour irriter le désir, refuser le reste. « Il l'a plaquée avec un gosse... » La courte phrase, tant de fois entendue, précisait le danger et donnait à Roseline avant l'assaut, cet air à la fois préoccupé et absent que le forain guettait par en dessous.

Sa chance à lui, il le sentait, c'était de la faire surprendre par son corps à elle, un corps de chair avide dont elle ne soupçonnait pas la violence.

Il l'avait d'abord étourdie de compliments rapides, d'audacieuses calembredaines, de sous-entendus égrillards, un défilé de lestes propos qu'elle se fatiguait à suivre et qui la fascinait en l'engourdissant. Elle n'avait appris à se servir des mots que pour leur utilité, non pour le plaisir qu'ils donnent à prononcer ou à entendre.

Puis il l'avait enveloppée de tout un réseau de prestes

caresses, promptes comme ses paroles, lui jetant ses lèvres dans le cou, sur les yeux, au coin de la bouche, dans l'oreille, tandis que ses doigts couraient sur elle. C'était un tourbillon dans lequel elle était prise et contre quoi il n'y avait point de défense, parce que Tony l'attaquait partout à la fois. Les mains agiles, des mains de prestidigitateur, étaient déjà ailleurs avant qu'elle les eût écartées ; en dérobant son visage, elle ne faisait qu'en livrer un autre coin aux lèvres humides et chaudes. Elle s'était bornée à serrer l'ourlet de sa robe contre ses genoux. Alors, il lui avait renversé la tête et avait pris sa bouche.

— As-tu jamais été embrassée comme cela ?

Non, jamais, et ce baiser l'avait emplie d'un tel tumulte, qu'elle en avait été épouvantée. De s'être sentie, pendant une seconde, prête à tout, l'avait jetée debout sur des jambes molles et chancelantes. Lui, couché à terre, l'avait regardée sans rien dire. Satisfait du visage qu'il venait de lui pétrir, de la voir, bouche entr'ouverte, rattraper son souffle, il avait compris que ce n'était ni ici ni maintenant qu'il devait pousser son avantage. Lorsqu'elle avait dit : « Marchons un peu », il s'était levé, et sans la toucher, il avait marché près d'elle.

Mais tout de suite, il avait recommencé à parler, à déformer de son mieux, avec le mépris enragé des bohèmes pour la vie des braves gens, l'existence qui l'attendait.

— Un morceau de roi, comme toi, pour un gars d'ici, qui te fera un gosse tous les ans, quand il rentrera saoul, c'est donner de la crème à un cochon !... Avec le petit Tony, pas d'histoires et pas de boniments ! De l'amour, et comment ! Du cousu main, du premier tiré : la maison n'a jamais eu de reproches, mais pas d'erreur, hein : elle ne tient pas la layette !... Alors, qu'est-ce qu'on risque ? Tu me plais, je te plais ; je te le prouve, tu me le reprouves, on se le rereprouve... Et puis tu sais, pour les cadeaux, je ne crains personne. Je gagne bien ma croûte : tu en profiterais... Qu'est-ce que tu dis ? Je vais partir ? Il y a des chances ! Dans quatre jours... Mais tu l'as dit toi-même, trésor, on ne peut pas se voir ici, sans ameuter tout le patelin. J'ai une moto, tu as un vélo. Il y a dix copains pour un, aux alentours, chez qui on pourra se retrouver... Ce que ça durera ?... Tu ne t'es pas regardée, non ?... Quand on est roulée comme toi, on tient les hommes ;

ce n'est pas eux qui vous tiennent... On en recausera demain, tu veux ?

Il l'avait laissée partir, en ne lui adressant qu'un petit signe. Elle était décidée à aller loin, très loin le lendemain, pour l'amener à causer sérieusement des choses sérieuses. En rentrant, elle avait trouvé sa mère debout près du grand-pere à l'agonie. Puis on l'avait enfermée. Aujourd'hui, le quai etait vide... Elle n'attendrait sûrement pas le dimanche, pour sauter sur son vélo et courir à sa recherche, partout où elle entendrait parler d'une foire ! Mais le retrouverait-elle à temps ?... Son regard se dirigea vers le coin de l'étalage où s'entassaient tout à l'heure les huîtres volées.

« Elle me le paiera », pensa-t-elle avec haine.

Et elle cria dans le vent :

— J'en foutrai le camp de sa baraque !

Elle devait encore, avant de s'en retourner, reporter dans le parc les huîtres que le flot avait repoussées vers la clas du fond. Elle usa sa colère à les y relancer violemment, comme des cailloux. Sa besogne achevée, elle rejeta d'un coup d'épaules sa hotte sur son dos, prit sa patte d'oie, son crochet et repartit.

Un chien jaune la rattrapa : il était tout encroûté de vase séchée. Dans l'eau où elle marchait, des bancs d'hayettes, le frai de sardines, éparpillaient leurs virgules bleues sous ses bottes.

— Alors, vous venez de sarcler vos parterres ?

La femme qui l'arrêtait au passage avait un visage à plis et grêlé comme une saumure. Mais elle maintenait ses cheveux roux par une écharpe de soie, et quand elle parlait, on voyait ses dents d'or. Une chevalière massive brillait à son annulaire gauche. C'était la patronne de l'*Abordage.* On disait que ses quatres étalages lui rapportaient moins que les parties fines, qu'on venait faire chez elle, de dix lieues à la ronde, parce qu'elle cuisinait comme un ange et que son établissement était installé dans un coin tranquille, derrière un bois de pins, vers Porspican, où personne ne venait vous déranger...

En femme d'ordre, elle ramassait maintenant, dans le ruisseau, le long de ses clas, les plus petites de ses huîtres qui s'étaient échappées, celles auxquelles s'était collée une algue verte, épanouie en corolle. Cette algue faisait office de flotteur et quand la mer l'atteignait, elle soulevait l'huître encore légère, qui franchissait en surface la limite des clas. Aussi était-il interdit à tout passant de ramasser une huître dans le ruisseau, à moins de trois mètres des parcs.

— Quand elles ont comme ça le vert au cul, dit la femme, elles s'envolent comme des papillons.

Elle fit quelques pas dans l'eau courante, scrutant le sol couvert d'écailles. Il fallait un œil exercé, pour découvrir une huître pleine, parmi ces milliers de coquilles vides. Un novice se baissait dix fois pour une... Elle interrompit un instant sa quête pour crever d'un coup sec de son crochet un crabe qui filait dans l'eau claire, puis, gardant la tête basse :

— On ne vous a point vue, tous ces jours... Vous étiez malade ?

— Oui.

— J'en connais un dont ça ne faisait point l'affaire...

Elle continuait à avancer, pas à pas ; Roseline la suivait un peu en retrait.

— Il m'a même donné une commission pour vous...

La jeune fille se taisait toujours, mais la femme savait ecouter les silences.

— Il viendra samedi. Je lui louais une chambre, et il y a laissé quelques affaires qu'il n'a pas pu emporter sur la moto. Il reviendra les chercher dans l'après-midi, vers les trois heures... Il m'a chargé de vous le dire. C'est pas une commission que je ferais à tout le monde...

CHAPITRE V

ROSELINE avait pris par l'escalier des Crolles, des degrés usés de schiste bleu, qui escaladaient la falaise. À mesure qu'elle montait, des hangars s'aplatissaient à sa droite, en contrebas. Elle aperçut des mannes vides, jetées sur leurs toits de tôle ondulée, des filets qui séchaient dans les cours étroites. Puis son regard fut accroché par un triangle de treillage métallique, tendu sur deux perches, une drague de braconnier, debout au soleil contre une cage à lapins.

« Ils vont fort ! » pensa-t-elle.

Un de ceux qui s'en allaient, la nuit venue, pousser cet engin à l'accore même des bancs, avec de l'eau jusqu'au cou, en dépit de toutes les rondes de gardes maritimes, laissait insolemment sa drague exposée à tous les regards. Elle sourit, complice : sa révolte sympathisait avec celle de l'homme.

Elle prit pied sur un rond-point qui dominait le large. Des bancs de pierre, entre quelques acacias maigres, le bordaient. Au centre, se dressait le Monument aux Morts, une Victoire de granit, dont les bras sous-tendaient des ailes de scarabée égyptien. Au-dessous d'elle se tenaient un poilu au repos, un marin dont les mains se croisaient sur une ancre.

Roseline suivit quelque temps le bord de la falaise. Devant elle, le Rocher enlevait puissamment sa pyramide tronquée : il ressemblait aux coiffes du pays. Sur la grève du Hock, les parcs d'expédition, les viviers à langoustes alignaient leurs cuves de ciment. La mer était plane, ocrée au bord. Puis elle étalait une large bande vert jade. Des plaques violacées la marbraient au delà. Quelques barques, déjà, rentraient avec le flot.

Arrivée à la pointe, la jeune fille obliqua à travers une lande et s'engagea dans un chemin de terre, serré entre deux murs. Un de ces murs, celui de droite, s'arrêta, et une maison basse recula au fond d'une cour raboteuse. Des géraniums en pot fleurissaient l'appui des fenêtres. Elle entra, remit à une vieille femme, toute tordue de rhumatismes, un petit paquet enveloppé dans une serviette : les coiffes de sa mère à empeser et à gaufrer. La vieille eût volontiers bavardé, mais la fille coupa court : elle n'était venue chercher qu'un alibi.

De là, par la lande et les champs labourés, elle rejoignit la route de Port-Briac, qui descendait au fond d'une vallée, entre des talus où s'accrochaient des chênes et des châtaigniers. Elle déboucha bientôt sur une grève étroite, entre des morceaux de murs ruinés.

Cette grève se hérissait de rochers bas et noirs : on eût dit d'énormes guérets. Des falaises, à courts éperons, trouées de grottes, la resserraient. La falaise de droite était rase, celle de gauche se coiffait d'un bois de pins. Ce fut celle-là que Roseline escalada, par un sentier escarpé, coupé de seuils de roches. Les stellaires blanches, les silènes, les clochettes pointaient, de chaque côté, entre les touffes d'ajoncs bas.

La marcheuse atteignit les premiers pins qui gravissaient la pente. Ils montaient, comme à bout de forces, rejetes en arrière, prêts à s'abandonner. Certains se penchaient, la tête déjà renversée au-dessus du vide. Le tronc des autres se cintrait, dès la base : le vent les avait gauchis, estropiés.

Roseline dépassa leur déroute et atteignit le sentier qui entaillait le haut de la falaise. Au bout de quelques pas, elle ouvrit, sur sa gauche, une barrière blanche.

Elle se trouvait maintenant dans un bosquet épais de fusains et de cupressus. On y avait ménagé des plates-formes, où étaient plantées des tables rustiques. Des bancs semblaient des planches clouées sur quatre poteaux bruts. Tout cela était fait de ciment, travaillé en faux bois, avec des nœuds et des stries.

Le restaurant apparut enfin, au fond d'une terrasse. C'était un long bâtiment, doublé d'une galerie vitrée qui se hissait sur de courts piliers de briques. Le nom « À l'abordage » s'inscrivait largement, en lettres vertes, au-dessous des fenêtres de l'étage.

Roseline monta l'escalier qui accédait au bungalow, entre

deux rangées de pots de grès, d'où pendaient des boutures encore maigres de geraniums-lierre. Quand elle fut entree, elle appela :

— Madame Florentine !

Elle dut attendre de longues minutes avant que l'aubergiste n'apparût au bout de la galerie, en rabattant lentement ses manches sur ses gros avant-bras nus.

— J'étais en lessive, expliqua-t-elle.

Elle appuya sur la jeune fille son regard lourd.

— Vous êtes la premiere... Où allez-vous vous mettre ?

— Dans la salle.

— Si vous voulez. Vous n'y serez point derangée. L'apres-midi, il ne vient personne. Je ne vous sers rien. Je reviendrai prendre la commande quand il sera la.

La jeune fille traversa la galerie vitree et franchit une porte étroite. On avait vraiment colle la maison de verre contre la maison de pierre, dont on n'avait elargi ni les portes, ni les fenêtres, si bien que la vaste salle etait comme la réplique du bungalow tout traversé de lumière. L'ombre y stagnait, plus profonde et plus dense aux extremites. Le jour qui entrait par les étroites ouvertures, apres s'être decante au passage de la véranda, s'étalait sur les murs, morne et plat comme un badigeon. Le plafond semblait surbaissé par la longueur même de la pièce. Encastrées dans la muraille, de larges glaces laissaient couler tous les reflets : on les eût dites ensommeillees, malades, tachées de dartres et de pelade. Un gramophone, à pavillon tromblon, s'accroupissait sur une étagère, où il attendait les danseurs du dimanche.

Roseline se mussa dans l'angle le plus noir. Le silence et l'isolement, qu'elle était pourtant venue chercher, l'etreignaient d'une anxiété maussade. Cela arrive chaque fois qu'un lieu contredit, par son atmosphère et son aspect, la destination qu'on lui a arbitrairement imposée. Elle venait à un rendez-vous d'amoureux : elle ne pensait pas « d'amour », qui est un mot de roman ou de cinéma, dont il serait ridicule de se servir dans la vie courante... Mais elle songeait que lorsque Tony serait là, il faudrait d'abord secouer la desolation de cet espace noir, se défendre contre le souffle froid que l'interminable salle projetait à présent sur elle.

C'était la seconde fois qu'elle venait à l'Abordage. Lors du premier rendez-vous, celui du samedi que Florentine lui avait donné sur la grève, l'impression avait été toute autre. D'abord, il faisait chaud et elle avait fait la route en vélo, en forçant sur les pédales, si bien que la fraîcheur de la salle avait été bienvenue. Mais surtout Tony était arrivé le premier. Il la guettait, le front appuyé contre la verrière. C'était lui qui avait ouvert la porte. Puis, il avait pris ses lèvres, en disant avec un accent de contentement vrai :

— Ah, tout de même ! C'était long...

Aussitôt, il avait vante la commodité de l'auberge :

— On n'a pas besoin de chercher autre chose, quand on a ça sous la main. Et avec Mme Florentine, qui comprend la jeunesse...

La patronne d'un hochement de tête, avait signifié sa parfaite indifférence et s'en etait allée, en traînant ses savates.

— Alors, tu m'as laisse choir, lâcheuse !

Roseline avait conte la mort du grand-père, sa claustration. Il s'etait mis a rire.

— Ta mere veut te garder le teint frais... Avec ça, j'ai fait le bigorneau sur la greve pendant deux heures ! Je ne maronnais qu'un petit peu, en rentrant !... Mais Florentine m'a dit : « Il a fallu qu'on l'empêche de venir. C'est pas une fille à se dégonfler ». Elle, elle avait tout de suite pigé : elle est du pays ! Après ça, elle a arrangé le rancart... Alors, t'as quartier libre ?

Pas pour longtemps ! Elle avait emprunté le vélo d'une copine, en ayant bien soin de laisser le sien dans la cuisine. Cela lui donnait un quart d'heure, pas plus.

La réussite de son évasion, le feu de la course, la certitude aussi que dans le temps dont ils disposaient, il était impossible de faire des bêtises, l'avaient déchaînée. Elle s'était rivée aux baisers de l'homme avec une violence muette. Elle s'était laissée empoigner, pétrir, dénuder à demi par le forain, penché sur elle, que son énervement gagnait. Puis elle avait rabattu sa robe, s'était levée, tandis que Tony dépité murmurait :

— Alors, tu les mets ? Pour une fois que tu te dégelais...

— Si je veux revenir, il ne faut pas que ma mère puisse se demander où j'étais.

Il avait rejeté l'argument d'un coup de coude.

— Si tu voulais vraiment, tu saurais bien te trotter.

— Oui. À condition de ne plus rentrer.

Il s'était levé à son tour.

— Ce n'est pas tout ça... Quand se revoit-on ?

Il avait alors expliqué qu'on dansait tous les dimanches à Paramé, dans une petite boîte sympa. Il l'attendrait, vers trois heures, avec sa moto, sur la route de Saint-Coulomb et la ramènerait à la brune.

— Je tâcherai.

Le dimanche, à deux heures, quand elle s'était habillée, la Yande avait demandé :

— Où vas-tu ?

— Chez Louisette.

— C'est une délurée qui ne me plaît guère...

— Avec qui veux-tu que j'aille ? Toutes les autres sont au cinéma. En deuil, il n'en est pas question.

De fait, elle était allée droit chez Louisette, pour lui faire le mot. Mais la fille était déjà sortie. Alors elle était montée, par le cimetière, jusqu'à la route de Saint-Coulomb où elle avait trouvé Tony qui l'attendait, assis dans un fossé. Il l'avait regardée s'approcher avec une surprise mécontente : toute en noir, avec son chapeau de crêpe, son voile, l'écharpe de grenadine qui l'engonçait... Il ne pensait plus à son deuil.

— Il va falloir changer d'abreuvoir... À moins qu'on ne dégotte le bal des croque-morts.

— Ne t'en fais pas : c'est prévu.

Elle avait sauté dans un champ, et derrière la haie, elle avait commencé par retirer ses bas noirs, pour enfiler une paire de bas chair qu'elle avait tirés de son sac. Puis elle s'était décoiffée, avait noué sur sa tête une écharpe à larges fleurs. Enfin, arrachant son écharpe noire et ouvrant largement sa jaquette, elle avait découvert son chemisier bleu. Il en était resté ébahi.

— Eh bien, pour les transformations à vue, tu ne crains personne !

Elle avait ri et enjambé le siège arrière. Elle gardait posé devant elle, son chapeau autour duquel le voile était roulé.

À se sentir emporter par la machine puissante, une exaltation de victoire l'avait gagnée. En dépouillant son deuil, elle venait d'éprouver la même chaleur de bravade que la Yande à effacer de la bisquine, à grands coups de pinceau, le nom de *Notre-Dame-des-Flots*. Puis, cette vitesse, ce vent, ce dos large et souple devant elle qui tendait la veste de cuir... Partir ainsi, en force, s'arracher aux contraintes, aux routines, aux criailleries, à tout ce qui vous faisait crever d'ennui...

Ils avaient dansé. Il n'y avait eu d'abord, de sa part à elle, qu'un consentement mécanique du corps, qui se laissait emporter, ployer, passivement. Puis, très vite, un accord profond s'était fait avec le rythme inquiétant du danseur, à la fois souple et heurté, mais toujours imprévisible. Tony multipliait les déboîtés, les renversés, les croisés, les pas de profil. Son corps à elle gardait un contact si étroit qu'il répétait les mouvements de l'homme avec une exactitude de reflet. Elle ne devinait rien de ce qu'il allait faire. Mais elle sentait les moindres intentions des muscles, et les suivait immédiatement.

On leur avait fait place au milieu de la piste, et quelques-uns s'étaient arrêtés pour les observer, des garçons, tête basse, qui guettaient les pieds, afin de saisir le mécanisme des pas, des filles qui regardaient jouer le corps de l'homme tout entier, avec de l'admiration et une sourde envie...

Roseline n'avait pas manqué une danse, jusqu'au moment où elle avait demandé l'heure.

— Il n'est pas six heures et demie.

Elle avait sursauté : avec ces journées de mai qui rallongent, on se trompait facilement d'une heure.

— Je devrais être rentrée.

Il avait laissé tomber ses bras, secoué une tête excédée.

— Tu commences par me courir, avec tes rentrées !

Et il s'était plaint qu'il n'y eût rien à faire avec elle, moyen de rien organiser. On aurait pu aller ensemble dans un petit bistrot, où ils vous mijotaient de ces moules marinières ! Et après, le cinéma... Mais non ! Une idée fixe : rentrer, et encore rentrer, comme s'il lui pleuvait dessus à sceaux !

Elle avait méprisé d'être incapable de comprendre que, justement, ce qui marquait son prix, c'était d'être gardée. Il n'avait qu'à prendre une de ces coureuses, à qui personne ne demandait d'explications, au lieu d'une fille sérieuse et qui devait compte de ses sorties. Dans le même temps, elle détestait sa mère et elle comprenait pour la première fois l'intérêt et le sens de sa surveillance. Lui, un « baraquier », ne pouvait pas même imaginer que cette contrainte fût faite pour autre chose que pour l'embêter : il en était de même de tous les règlements qu'il s'ingéniait à tourner. Mais elle, formée aux disciplines de la Caravane, et à la garde des parcs, savait que l'on n'enferme que ce qui vaut cher. Elle avait ordonné :

— Allez, remmène-moi.

Il avait démarré si brutalement qu'elle avait failli être arrachée de son siège, et ils avaient foncé à toute allure sur la route.

Mais à une descente de côte, elle l'avait vu tripoter des manettes. Il lui avait crié par-dessus son épaule :

— Elle ne donne plus !

De fait, le moteur avait eu des ratés qui s'étaient rapprochés, pour claquer en véritable fusillade, et la moto s'était arrêtée à peu près à la hauteur du Pavillon Bleu, un vide-bouteilles, à balançoires et à jeux de boules. Ils étaient descendus. Tony avait tourné autour de la machine.

— Non, mais, qu'est-ce qu'il lui prend ?... Tu as vu pourtant si elle gazait au départ !

Il avait tenté de la relancer trois ou quatre fois, avant de conclure :

— Ça vient de l'allumage : il peut y en avoir pour cinq minutes comme pour une heure.

Puis il l'avait regardée en dessous, et montrant de la tête le Pavillon Bleu.

— Écoute : de toute façon, tu seras en retard. Allons toujours casser la croûte. À la rigueur, tu prendrais le car de huit heures.

— Tu ne crois pas, avait-elle demandé, que si tu rouvrais ton arrivée d'essence que tu as fermée en haut de la côte, ça aurait des chances de repartir ?...

Il lui avait jeté un regard haineux.

— Je n'aime pas qu'on se paie ma gueule, apprends-le !

C'était si absurde qu'elle avait éclaté de rire, et c'était elle qui avait ouvert la manette d'arrivée...

Ils s'étaient arrêtés au bord même de la Houle, à l'aplomb d'un talus hérissé de buissons, derrière lesquels elle pourrait remettre ses bas noirs et son chapeau. Afin de le désarmer, elle avait dit en descendant :

— Ne fais pas cette tête-là... Mon frère, qui est toujours dans son hangar, en train de demonter la moto d'un copain, me l'a assez expliquee, la façon de mettre en route... Si tu l'avais su, tu aurais choisi une panne plus soignée...

Elle croyait avoir trouvé ce qu'il fallait pour panser son amour-propre. De fait, en relançant la machine, il lui avait crié :

— À jeudi, chez Flo-Flo !

Voilà pourquoi elle etait là, a l'attendre, et à ressasser, dans cette ombre morne, ses déceptions. Elle avait compris à ses dérobades qu'il ne s'engagerait à rien pour l'avoir. Il la voulait gratis. Le mot l'indignait, à la fois dans son âpreté de marchande et son orgueil de belle fille. Tous ceux qui, jusque-là, avaient tourné autour d'elle lui avaient laissé entendre qu'ils ne demandaient qu'à l'emmener jusqu'au bout du chemin régulier, et celui-là ne lui avait pas même fait la politesse d'une promesse.

Ce qui faisait sa force, et elle n'en avait pas la moindre conscience, c'était de penser les choses de l'amour sèchement, schématiquement, comme on les pense à la campagne, sans ces déguisements dont on use à la ville et avec lesquels les femmes se dupent. Rien n'avait obscurci en elle cet instinct profond des filles, que le plaisir qu'elles donnent n'est pas assez payé par celui qu'elles reçoivent. Ce n'est là qu'une prime, comme celle des bazars, qui vient en supplément de la marchandise, de cet « établissement », auquel vous donne droit le don de votre personne.

C'était cela qu'elle voulait lui dire : qu'il ne l'aurait que contre garantie. À lui d'offrir. Après, on verrait...

— Et bien, dites-donc, il se fait attendre...

Florentine venait de rentrer, là-bas, par le bout de la salle, et ce devait être l'éloignement qui lui donnait cette voix rauque. Mais quand elle s'approcha, Roseline s'aperçut qu'elle avait les joues allumées, les yeux troubles. On assurait qu'elle tenait couramment le demi-litre de blanche, qu'elle le dépassait même les jours de gros travaux, nettoyages ou lessives.

— Il est bon gars, reprit l'aubergiste que l'alcool avait humanisée, et pour la langue, il ne craint personne !

— Ah pour ça !...

— On peut dire, en tout cas, assura la femme, avec des gestes mous, qu'il a bien su repérer la plus belle fille du pays. Y en a même qui diraient que c'est un trop fin morceau pour sa goule... Mais c'est vous qu'êtes placée pour le savoir.

Elle vint s'asseoir sur la banquette, contre Roseline, ses avant-bras rouges étalés sur la table.

— Mon idée, annonça-t-elle solennellement, je vas vous la dire. Une belle fille comme vous, c'est pas ici qu'elle peut trouver, c'est à Paris. Moi, j'y suis allée, et j'en suis revenue. Quand je partis, j'avais même pas une paire de souliers : des sabots... Et quand je suis revenue, j'ai acheté ça, et j'ai fait toutes les réparations... Si j'avais été belle fille comme tu l'es, c'est pas la maison-là que j'aurais, c'est un château, t'entends !... Qu'est-ce qu'il faut pour arriver ? Je vas te le dire : de la tête, rien que de la tête !

Roseline écoutait, saisie, la confession cynique. Elle trouvait en elle un chemin obscur. C'était vrai que cette femme, qui avait été en classe avec sa mère, était partie un jour, comme cela, sur la route, et qu'elle était revenue, quarante ans après, au pays, de l'argent plein ses poches, et avec ce visage impassible. Ce qu'elle avait fait dans l'intervalle ? « De la tête, rien que de la tête... »

— Vère, ma cane, c'est ben la vérité, attesta Florentine, à qui le parler de Cancale revenait toujours dans les effusions de l'ivresse. Si t'as pas la comprenoire bouchée, tu te déhaleras d'ici. C'est mon pays : ça n'empêche pas que c'est un pays de sauvages. Moches ou jolies, les gars prennent tout, ils ne font point la différence. T'as des grandes gigourdaines qui se marieront avant des boudettes comme tâ, et qui te regarderont de leur haut, comme un pou qui marche sur du velou'. Et p'is après ? Que tu prennes un gars d'ici, tu passeras ta vie, toute pocrassouse, entre ta tambouille et une bourgignée de gosses. Tandis qu'à Paris, celle qui ne fait point sa goule sucrée, c'est autre chose !...

Elle se tut un moment, pour laisser pénétrer l'abjecte tentation, puis elle se leva.

— Seulement, ajouta-t-elle, hochant sa tête large, donne-toi garde ! Te laisse pas mettre en position, avec un trop-tôt-fait dans le ventre ! Sans ça, ma pauv' garce, t'es perdue.

Roseline murmura :

— N'ayez pas peur de ça !

Elle regardait maintenant la patronne s'en aller lourdement dans la pénombre de la salle. Sa blouse bise tombait comme une chemise le long de son corps énorme, et une terreur de son enfance envahit la jeune fille. C'était le jour où elle était allée en commission chez Chrétien, l'ensevelisseur. Sa femme, la Chrétienne, lui avait dit : « Tu le trouveras chez la Ribaude. » Mais elle n'avait pas expliqué que la Ribaude, une vieille toute gonflée d'hydropisie, était morte... Quand Roseline était entrée, elle avait vu la grosse femme qui se balançait en chemise à un croc du plafond, et au-dessous, Chrétien qui s'affairait à lui enfiler un cotillon. Pour la remuer à lui seul, commodément, et l'habiller, il avait imaginé de lui passer une corde sous les aisselles et de la hisser au croc qui servait à gratter le cochon. Roseline s'était enfuie en hurlant, et il lui semblait maintenant que Florentine, arrêtée au milieu de la salle, allait, elle aussi, monter par saccades au plafond, et tourner comme une pendue dans l'ombre humide.

Elle attendit encore dix interminables minutes, et Tony parut enfin.

— Faut s'en ressentir, gronda-t-il, pour venir dans ton pays de croquants ! Ils ont dû inventer de semer les clous de leurs juments pour récolter des poulains : j'ai crevé deux fois sur tes routes.

Il regarda la table vide.

— C'est tout ce qu'on boit ? Dans ce cas, je me sers moi-même.

Il s'en alla au bar, y prit des verres et une bouteille qu'il rapporta.

— La vieille est saoule à tomber dans son chaudron. Je l'ai vue en arrivant. On peut toujours l'attendre !

Il avala d'un trait son verre, le remplit à nouveau, le vida et le reposa sur la table. Puis il se tourna brusquement vers Roseline.

— Tu montes avec moi dans ma carrée ? J'ai des trucs à y prendre...

— Je peux t'attendre ici.

Le ton marquait assez qu'elle n'etait point dupe du pretexte qu'il prenait pour l'emmener dans une chambre. Il avait allumé une cigarette, et la tête renversée, il souffla longuement un cône de fumée.

— C'est comme tu veux, dit-il sèchement. Seulement, si tu crois que je me suis appuyé cinquante kilomètres pour te pousser la romance, tu m'as mal regardé ! J'ai fait assez de plat, j'ai mon compte. Si tu n'as pas ta ration tu t'adresseras ailleurs. Aujourd'hui, ce sera oui ou non, tu as compris ?

La brutalité des garçons ne l'avait jamais intimidee. Elle le regarda de coin, et fit un petit signe de tête très sage, pour marquer qu'elle avait bien compris.

— Alors, tu t'amènes ?

Elle s'était enfoncée dans la banquette, et contemplait le plafond gris.

— Je ne demande pas mieux, assura-t-elle, si on se met d'accord...

Comme elle restait, tête levee, l'air à la fois absent et bute, sans rien ajouter, il abattit son poing sur la table, un coup qui fit sauter le verre et la bouteille.

— Mais accouche, vingt dieux ! cria-t-il. Qu'est-ce que tu veux ? Qu'est-ce que tu cherches ? A piquer un mari ?...

À son tour, il se tassa, furibond, dans la banquette, et tête basse, le menton à toucher la poitrine, il s'enferma dans une méditation irritée. Après un long temps, il demanda d'une voix sans timbre qui explorait :

— Si je te disais oui ?... Pas pour tout de suite, il faut le temps de ramasser un peu de pèze, mais oui tout de même, tu monterais ?

Il mentait si mal qu'il n'esperait même pas la tromper. Aussi fut-il stupéfait quand elle lui passa le bras autour du cou et chercha ses lèvres. Mais lorsqu'elle se redressa, il vit qu'elle souriait amusée.

— Qu'est-ce qui te fait rire ?

— Ce que tu as dit...Tu l'as dit pour ne pas le faire, mais tu le feras !

Elle parlait doucement, sans cesser de sourire, mais des lèvres seulement, car ses yeux qu'elle appuyait sur lui ne riaient pas. Ils paraissaient, dans cette ombre, d'un noir d'encre, avec au centre une petite flamme fixe.

— Je veux bien ce que tu voudras, reprit-elle de sa voix calme, mais je te préviens qu'après, je ne te lâcherai plus ! Tu comprends ce que cela veut dire ?...

Il crut que ce n'était qu'un mot de fille jalouse, et rasséréné, il approuva :

— Pour moi, ça veut dire que je rappliquerai ici tous les jours, pour que tu t'en mettes, du p'tit Tony, jusque-là ! Et lui, trouvera que ce n'est pas encore assez.

Elle secoua la tête.

— Non, ça veut dire que je partirai avec toi, ce soir, sur ta moto.

Sans lui laisser le temps de se reconnaître, elle se leva.

— Alors, tu viens ?

Il restait écrasé sur la banquette, les idées en deroute, plus atteint encore par la douceur impitoyable de la voix, que par la décision qu'elle lui signifiait. C'etait comme s'il avait reçu le coup d'une masse enveloppee d'une feuille d'ouate.

Juste à ce moment, ils entendirent un hurlement de douleur, rauque comme un monstrueux croassement.

Le visage de Tony s'eclaira, comme si le cri l'avait délivré. Celle-là huchait à point pour le sortir d'embarras !

— Je te l'avais dit, rappela-t-il en se levant, qu'elle ferait le plongeon dans la lessiveuse.

La buanderie se trouvait dans un appentis, à droite de la maison. Ils y coururent.

Roseline entra la première, et s'arrêta, pétrifiée. Dans un nuage de vapeur, deux formes se débattaient sur le ciment. Florentine était écroulée dans l'eau fumante, parmi le linge et les braises renversées. À genoux, presque couchée sur elle, une femme échevelee, caraco arrache, l'avait empoignée par les cheveux et lui cognait la tête contre le sol. Roseline effaree reconnut sa mère. Elle pensa :

« Elle l'a tuée. »

Cela l'empêcha de fuir.

Tony était arrivé à côté d'elle. Il crut à un règlement de

comptes entre les commères, et l'éclat de rire qu'il ne put retenir glaça la jeune fille, comme la plus tragique des méprises. La Yande se retourna et les vit.

Elle se releva lentement et marcha sur sa fille. Sans un mot, elle commença de la gifler, des gifles qu'alternaient les deux bras tendus, rejetés en arrière, puis lancés à toute volée. Sous chacune, la fille, pâle comme une morte, oscillait, mais sans essayer même de se protéger les joues, sans faire un pas en arrière. Derrière elle, Florentine s'était remise debout, et fumait de toute l'eau chaude qui l'imbibait. Elle écarta, pour mieux voir, les cheveux qui lui retombaient sur le visage : elle avait la figure en sang, une tuméfaction violette à l'œil gauche. Elle fit pourtant un pas, saisit au poignet le grand bras qui continuait son martelage, et dit :

— Il y en a assez !

La Yande, haletante, s'arrêta.

Tony n'avait pas bougé. Quand la Cancalaise se tourna vers lui, il blêmit.

— T'as vu ? T'as bien vu ? gronda la Yande avec un mépris indicible. Tu dois être d'accord, puisque tu n'as pas seulement groumé ! Faut que tu sois le dernier des péteux, de ne l'avoir pas défendue ! Une puce à genoux te pisserait dans la goule, tellement t'es bas !

Elle lui montra la porte, d'un geste si brusque qu'il en eut un sursaut.

— Fous le camp ! Ou je vas te l'épiauter, mâ, ta gueule de maquereau !

Quand il eut disparu, elle se retourna vers Roseline.

— Le v'là, ton chéri, sacrée maudit'bête ! T'as vu ce qu'il valait ?

— C'est un salaud, approuva Florentine.

Elle tendait à deux mains sa robe, afin de l'écarter de son derrière ébouillanté.

— Garde tes amen, lui jeta la Yande, et va p'utôt graisser ton caliberdas, avant que le diable ne te le cuise... Toi, marche !

CHAPITRE VI

LA chaleur, dans l'étroite chapelle, était suffocante. Il pesait, entre les murs tapissés d'ex-voto de marbre, une touffeur douce et écœurante, à odeur de cire et de fumée. Des fagots de cierges brûlaient, piqués sur une herse, devant une statue de la Vierge. Des Cancalaises en coiffe cuisaient stoïquement devant l'autel de bois, dans la courte nef, sous les statues blanches de saint Isidore et de saint Roch. Au-dessus de la porte grande ouverte, un fantôme blanc, sommé d'une croix, apparaissait à des marins à grosse tête, à bras tendus, rangés de chaque côté d'une barre de bateau, aux rayons brisés. Au-dessous de la fresque était inscrit : *l'Équipage en péril fait un vœu à Notre-Dame-du-Verger.* Aux murs, sous les vitraux acides, des tableaux votifs représentaient, dans des tempêtes de goudron, des navires qui n'avaient gardé que leurs voiles de cape. Un trois-mâts minuscule s'offrait à la proue d'un transatlantique obèse, qui allait le couper en deux. L'autel était couvert de roses blanches déjà pâmées.

Des coups de grosse caisse entrèrent par la porte beante. Ce fut comme un signal qui vida la chapelle. Mélanie Rabus, seule, acheva sa dizaine de chapelet, avant de sortir.

Dehors, sur le talus herbu qui descendait vers l'oratoire, des gens étaient assis en groupe. Certains s'étaient coiffés de chapeaux de gendarme confectionnés avec des journaux. D'autres pèlerins attendaient, dans les champs voisins, sur les fossés, à l'ombre maigre des pommiers. Devant le petit porche, on avait élevé une chaire à baldaquin. À droite, et largement en retrait, se dressaient quelques tentes étroites de marchands de berlingots et d'amandes sèches, de mirlitons et d'eventails. Une buvette s'appuyait au talus d'où jaillissaient quelques arbres tors.

On apercevait la mer tout près, au fond d'une anse de sable rose, qui se relevait en bourrelet de dune. Derriere le bouquet de pins où s'abritait la chapelle, et en contrebas, un marecage de joncs brûlés se reliait au sable de l'anse. Des grenouilles y coassaient. Au-dessus du marais, la falaise se prolongeait en colline ; des champs labourés y succedaient aux ajoncs.

Tout Cancale était la, et dans la foule, le noir dominait, piqué çà et la de quelques corsages clairs de filles, de quelques robes à fleurs de baigneuses. On n'entendait ni bavardages ni rires, sans qu'on pût deviner si le silence etait le fait de ce soleil torride de mi-août ou du recueillement... Des clairons sonnèrent, dont les cris arides semblaient la voix même de la chaleur. On se leva, et l'on vint former la haie de chaque côté du chemin.

Ce fut en cherchant ou elle pourrait le mieux se placer pour voir déboucher la procession, que Melanie Rabus aperçut la Yande. Elle s'était arrêtée a la hauteur des tentes foraines. Mélanie hesita à la rejoindre. Le souvenir du recent scandale l'arrêtait. Pas celui de l'enterrement, un autre, pire...

Le jour des Sacres, — on appelle ainsi à Cancale le dimanche de la Fête-Dieu — la Yande avait ordonné a Goulec :

— Va donc ès maquereaux !

Lui, qui obtempérait toujours sans jamais repliquer, il avait ouvert des yeux ronds.

— Un jour de Sacres !

— Justement, vous serez tout seuls, vous en prendrez plus !

Et il avait dû partir, avec Helleux, le seul qui eût consenti a l'accompagner. De fait, ils avaient pris du maquereau a la demande. La Yande les attendait au retour avec sa brouette où elle avait entassé les paniers pleins de poissons, que lui passaient les deux hommes.

Mais en la poussant, le long du quai, elle etait tombee juste dans la procession, comme si vraiment elle l'eût cherchee.

On l'avait d'abord regardee avec stupefaction, mais tres vite, des femmes indignées avaient interrompu le cantique pour lui jeter au passage des reproches et des injures.

— Tu n'as pas honte !... T'en vendras pas 'core un seul de tes maquereaux... Ils t'étoufferont, si t'en manges !

De fait, le lendemain, toute la Houle s'était donné le mot, et la Yande n'avait pu vendre aucun de ses poissons. Il lui avait fallu les embarquer dans le tramway breton.

C'était à cette manifestation d'impiété que pensait Mélanie Rabus, avec la crainte sourde que la mécréante ne fût venue à Notre-Dame-du-Verger dans le dessein d'y faire un nouvel éclat. C'était son devoir de chrétienne de le savoir et d'y parer. Elle abandonna sa place, et rejoignit Marie-Anne Goulec.

— Alors, dit-elle d'un ton méfiant, te v'là tout comme venue à la procession ?...

La Yande secoua la tête.

— Nenni. Je suis venue pour voir quelque chose qu'il valait mieux que je ne voie pas. Je ne l'ai point vu, je m'en retourne.

De ces paroles sibyllines, Mélanie ne retint que la dernière, la promesse d'un départ immédiat, et rassurée, elle tenta de raisonner la réfractaire.

— T'as grand tort de rester fâchee avec le Bon Dieu. T'es point de force. Pour une femme juste, t'es une femme juste, mais tu te crois trop, vois-tu, et Il n'aime point ça.

Et comme la Yande fronçait le sourcil, elle ajouta :

— Ton pauvre père serait bien le premier à te le dire. C'est pas comme ça que t'avanceras tes affaires.

La Yande répliqua, méprisante :

— Mes affaires ! Qu'Il ne s'en occupe pas plus que je ne m'occupe des Siennes !

Mélanie, désolée de cet endurcissement, avertit :

— Il pourrait ben s'en occuper plus que tu ne voudrais, et ça serait quand même pour ton bien.

La Yande leva ses épaules osseuses, fit un petit signe de tête sec, et partit.

La procession arrivait. Un nuage de poussière progressait avec elle. En tête, le suisse rutilait dans son habit bleu et sa culotte rouge. Sous l'ardent soleil, sa canne à pommeau de cuivre, sa hallebarde dorée lançaient des éclairs. Les enfants de chœur, avec des joues aussi rouges que leurs soutanes, et les prêtres, emmantelés de lourdes chapes s'épongeaient.

Derrière eux, venaient les scouts, puis les jeunes filles portant sur un brancard décoré de filets bleus une Vierge blanche et rose. Des doris suivaient, montés sur roues, avec des équipages d'enfants. La clique du patronage rythmait le pas processionnel, sur des tambours dont les peaux détendues par la chaleur avaient des résonances de futailles. La poussière dense retombait sur le piétinement court des pèlerins, qui reprenaient en chœur le refrain balancé d'un cantique :

Vierge propice au marin
Conduis ma barque au rivage...

Pour éviter le cortège, la Yande avait pris par les champs. Une réverbération ardente montait des guérets, mais elle allait, de son grand pas, sans une goutte de sueur sur sa chair maigre. Les dernières paroles de la Rabuse l'inquiétaient sourdement. Non. Il n'y avait point eu encore de coups frappés en punition de sa révolte. L'histoire du baraquier avait commencé avant sa désertion de l'église et semblait finie.

Roseline, depuis sa dérouillée, ne sortait plus. Mais elle ne soufflait mot, faisait son va-ci, va-là, l'air absent. On eût dit qu'elle attendait que l'heure tournât. Sa mère, une fois sa colère tombée, avait essayé de la chapitrer, de lui démontrer le malheur où elle courait. Elle l'avait écoutée, sans interrompre sa besogne, sans une parole, sans un pli sur son visage fermé.

— M'entends-tu ?

— Oui, je t'entends.

— C'est tout ce que tu trouves à dire ?

— Que veux-tu que je te dise ?...

Un jour, la Yande avait osé la question qui la brûlait et qu'elle n'avait encore jamais hasardée. Elle en avait longuement pesé les termes. Certes, il y avait cent façons, à la Houle, de dire qu'une fille avait fauté, mais les plus voilées lui paraissaient encore trop crues, comme si de nommer le malheur aujourd'hui risquait de le rendre réel deux mois en deçà.

— Il ne t'est rien arrivé avec lui ?

Elle avait bien cru que cette fois encore Roseline ne répondrait pas. Elle avait lu dans les yeux de la fille la tentation de lui laisser son inquiétude pour compte. Pourtant, elle s'était décidée.

— Non. Que voulais-tu qui m'arrive ?...

Puis un jour qu'elle lui parlait encore du baraquier, la jeune fille l'avait regardée avec une pitié dédaigneuse.

— T'y penses plus que moi, je t'assure !

C'était à compter de ce jour-là que la Yande avait été tout à fait tranquillisée. Si elle était venue aujourd'hui au Verger, jeter un coup d'œil aux baraques, ce n'était point méfiance, mais parce qu'elle n'eût point toléré une offense à Roseline. À supposer que le type ait eu l'impudence de venir étaler sa camelote sur le terre-plein, elle serait allée le trouver et lui eût dit, sans crier, sans que personne pût entendre :

— Ramasse ton bazar et file, ou je vas t'aider...

Il serait parti, mais mieux valait qu'il ne fût pas venu.

Donc, du côté de Roseline, c'était paré. Sans doute, la fille cachait quelque chose derrière son front buté. Des idées... Mais, avec le temps, les idées, ça passe.

P'tit Louis l'inquiétait davantage. Lui, il n'en pensait pas si long et il ne faisait pas un mystère de ce qu'il pensait. Toujours la mécanique !... Depuis que son copain, à Chateauneuf, s'était installé dans un hangar, calfaté avec des panneaux-réclame en tôle, le gars n'en dormait plus. Tous les dimanches, il courait en vélo jusqu'à Chateauneuf et quand il rentrait, il avait l'air d'un *Ecce Homo*. Il ne se réveillait que pour monter une moto qu'il rapportait pièce par pièce de chez Beuclerc, son ami. Sa mère savait bien ce qu'il eût fallu pour l'attacher au pays, puisque la mer le futait et qu'il embarquait maintenant sur la bisquine comme s'il eût grimpé à la guillotine. Une fille, une fille à promener, à chérir... Mais ce n'était pas un gars à savoir les amiauler. Ça n'était point hardi et n'avait point de parlance.

Il y en avait une, pourtant, qu'il avait trouvée à son goût, la petite Camard qui était venue de l'Hôtel des Pins, pour la chambre. Car la Yande s'était décidée à louer la chambre du grand-père, pour la saison, comme annexe d'un hôtel. La petite-là, une fille d'épicier, qui se gageait l'été comme caissière et qui était boudette comme tout, avec son brin de nez en l'air, avait tout de suite émistonné le fils. Elle, la Yande, l'avait poussé à la retrouver le soir, après son service, à lui faire de petits cadeaux. C'était franc, la cropette-là, honnête et ça avait de l'instruction. Avec une femme de même, un gars travailleur ferait son chemin.

Le malheur, c'est qu'elle n'avait point sa sortie du dimanche. Alors, il ne restait d'autres ressources au gars que de s'asseoir des heures à boire à la terrasse des Pins, pour lui causer un petit, de temps en temps. Et il ne supportait point la boisson... Il devait pourtant la retrouver ce soir, à la fête. La Yande se promettait d'y jeter un coup d'œil, pour voir si ses affaires avançaient, car là-dessus, il était comme la fille : il n'y avait pas moyen de lui tirer un mot !...

Elle était parvenue sur une butte criblée de soleil. On apercevait de là la plage du Verger, au nord, le Grouin de Cancale, et entre les pins, la foule noire des pèlerins, agglomérée autour de la chaire.

Fut-ce ce rappel de la cérémonie ? Il semblait à la Yande qu'ainsi exposée à tous les points de l'horizon, seule sur ce sommet torride, elle devenait l'objet d'une malveillance diffuse. À y bien réfléchir, il n'était pas possible que « Lui » ainsi qu'elle osait maintenant nommer le Bon Dieu, prît longtemps ses blasphèmes comme une bénédiction !... Surtout, sans qu'elle voulût se l'avouer, l'église lui manquait. Plus de messes, plus de prières, plus de dimanches !... Que lui restait-il ? À se crever de travail et l'orgueil de pouvoir dire de Dieu même : « Il m'a manqué : qu'il aille !... » Mais leur brouille prouvait justement dans quelle familiarité ils vivaient auparavant, l'un avec l'autre, quand ils étaient du même bord. Alors, quand cela vous lâchait, ça faisait un fameux trou ! La religion, en se retirant, l'avait laissée vide et nue comme une plage.

Vers la fin de l'après-midi, elle monta la garde à ses parcs, que la marée délaçait. Comme la grève grouillait de promeneurs, elle dut courir d'un coin à l'autre de ses étalages, aboyer après ceux qui démaçonnaient ses clas. Roseline, elle, était au salut. Sa mère l'y avait envoyée, car ses affaires avec le ciel ne regardaient qu'elle. La fille y était partie de l'air indifférent qu'elle avait maintenant : « Ça ou autre chose !... » P'tit Louis, pour se faire de l'argent de poche, était allé conduire des Parisiens aux îles Chausey, en canot à moteur. Il ne rentrerait que le soir.

Quand elle le tint, à dîner, accoudé sur la table, devant les assiettes de soupe épaisse, elle le prêcha. À vingt-trois ans qu'il avait, il était grand temps de se déhaler avec les filles, au lieu d'être à leur richonner au nez et à leur déboguer des yeux, comme une chatte qui avorte. Ça se voyait, qu'il ne lui déplaisait pas, à la petite-là... Et puisqu'il était en âge de s'établir, il devrait avoir honte de faire son Jean-qui-branle et de rester plus emperouillé qu'un lima dans du bran.

P'tit Louis écoutait, docile, mais sans marquer l'exaltation que sa mère espérait de la mercuriale. Goulec, qui en avait essuyé bien d'autres, pensait : « Elle peut toujours dire : si ça n'est point en lui... » Car il savait qu'on ne se refait pas.

La Yande enfin conseilla, parce que le fils s'éternisait sur le fromage :

— Pousse un petit le moteur. Faut pas que tu la fasses t'espérer.

Les reposoirs s'allumaient. On les avait dressés au fond de toutes les ruelles. Il y en avait encore un sur la place, devant le calvaire, qui figurait une grotte de Lourdes.

Celui-là, bâti en papier rocher, était le plus grand, mais le plus beau s'élevait rue Félix-Faure. Une vierge bleue et blanche y trônait sur une falaise d'un bon mètre de haut, avec au-dessus d'elle une étoile lumineuse et à sa droite un croissant de lune jaune. Au pied du rocher, des bisquines en miniature, des doris pour poupées, avec tous leurs apparaux, gisaient au sec sur une grève de sable et de galets. Plus loin, commençait une mer de papier bleu ondulé, où couraient des bateaux, toutes voiles dehors. Un phare de carton peint émerveillait les passants de son feu à éclipse. Un buisson de cierges flambait au bord du reposoir.

On avait aussi orné les niches vitrées des Vierges qui creusaient çà et là les murs de la Houle. Des torchères de fer se piquaient tout autour dans les joints. Ici, un pavillon tricolore s'éclairait par transparence ; plus loin, des guirlandes de fleurs en papier tombaient d'un diadème en bois doré. Des lampions brasillaient au fond des venelles sombres, où l'on avait éteint les lampes électriques. De chaque côté des reposoirs, des vieilles se tenaient assises, graves et muettes, avec, sur leur coiffe, une fanchon noire. Elles veillaient à ce qu'on ne touchât à rien. Elles recueillaient aussi le tribut de louanges dû à la rue, pour son effort et sa dépense.

La nuit était tombée. Déjà, les premiers groupes, bras dessus, bras dessous, parcouraient les rues, en bavardant et en chantant. Mais dès qu'on arrivait devant un reposoir, les bras retombaient, un silence instantané s'étalait, pendant quelques secondes, puis une voix entonnait un cantique.

C'était : *Je suis la moissonneuse divine* ou *Sur les bancs de Saint-Pierre.* Dans celui-là, il était question de brumes, de naufrages et de flots en fureur... Les vieilles suivaient sur des cahiers jaunis, transmis par les aïeules, où étaient copiés tous les cantiques de Cancale. Elles les tenaient de biais, pour les éclairer à la lueur des bougies. On chantait immobile, épaule contre épaule, les yeux fixés sur la Vierge avec une ferveur émouvante. Puis, le cantique achevé, on se reprenait le bras et on repartait.

Les stations se succédaient ainsi, toute une partie de la nuit, avec les défilés bruyants des bandes dans les ruelles trop étroites pour cette foule, où l'on se poussait, où l'on se tirait, au milieu des rires et des cris. Des estivants, à l'écart, écoutaient et regardaient, interloqués. Ils s'informaient parfois auprès d'une vieille assise au pas de sa porte, qui assurait :

— C'était autrefois qu'il fallait le voir. Aujourd'hui, on manque de chanteuses...

La Yande sortit de chez elle vers les dix heures, pour faire son tour. Elle passa devant les voisins assis sur des chaises, le long des murs, dans l'obscurité de la rue étroite, et elle arriva au premier reposoir. Ce n'était qu'une niche de bois bleu, où luisait une Vierge de porcelaine, devant laquelle se fanaient des roses. Un groupe de femmes, dont les tresses grises se tordaient en chignon sous le serre-tête, l'environnait, chapelet au poing. Celles-là priaient, n'étant plus d'âge à chanter. Isolées dans leur oraison, on les sentait vraiment en présence de Dieu : « Je l'avise et il m'avise. »

C'étaient pourtant les plus grandes goules de la Houle, les

plus coriaces poissonnières, celles qui s'écoquaillaient le mieux à la criée, autour du poisson. L'année dernière, encore, la Yande avait fait avec elles le tour des stations. Elle passa.

Ce fut seulement vers les onze heures qu'elle aperçut P'tit Louis et sa bande. Le failli busot était encore à la traîne ! Il avait laissé prendre un bras de la petite Camard par le grand Thomas, de Port-Briac. Un autre, qui devait être de l'hôtel, car la Yande ne le connaissait pas, lui tenait l'autre bras, et entre les deux, elle riait de toutes ses dents, la mâtine ! P'tit Louis suivait, comme un pauvre chien... Sa mère s'en revint, découragée.

En arrivant à sa porte, elle aperçut, au-dessus d'elle, la fenêtre de Roseline éclairée. La fille était déjà rentrée. Cela voulait dire qu'elle se fichait de tout, maintenant, de l'amusement comme du reste. La Yande secoua la tête : où étaient les mi-août d'autrefois, quand ils étaient petits ?...

Le lendemain, la grande marée du mois montait à son plus fort coefficient. P'tit Louis, qui depuis la veille gardait un visage malade, sortit son vélo, en disant :

— J'vas faire la maree avec Raymond.

Raymond Beuclerc, le mécano de Chateauneuf... Et la pêche chez les Marauds, des gens qui, à eux tous, n'ont pas un bateau ! La pêche à pied, celle des Parisiens qui s'appellent d'un bout de la grève à l'autre, quand ils ont trouvé un bigorneau ! Et ça, quand on avait une bisquine à soi, comme la *Victorine*. (C'était son nouveau nom, Victor étant le nom du grand-père.) Pouvait-on montrer plus clairement qu'on laissait tout tomber ?...

Roseline, elle, partit pour garder à son tour les parcs, qui ne manqueraient point d'être achalandés de curieux et de rapineurs. Ces touristes, qui n'avaient jamais vu de sardines qu'en boîtes et poussaient des cris pour une poignée de sprats qui leur filaient entre les jambes, devenaient enragés dès que le goût de la pêche les mordait. Ils étaient capables de dégrabâtir toutes les pierres d'une clas, pour un crabe, un brin de crevette qui se seraient fourrés dessous.

Et puis, ils vous auraient aussi bien volé une douzaine d'hîtes, dans les ruisseaux, dans les etalages, même, sous prétexte qu'ils les trouvaient dans le sable et qu'il n'y avait qu'à se baisser pour les prendre. L'habitude qu'ils ont de ne voir la marchandise qu'en boutique, avec les prix. On ne pouvait pas, tout comme, coller à chaque hîte une étiquette au derrière !...

Roseline devait surveiller deux parcs. Elle n'avait pas même emporté sa patte d'oie pour gratter le sable, car sa mère avait travaille, la veille, malgré le 15 août, dans les étalages, et tout l'ouvrage était fait. Elle n'eut donc qu'à s'asseoir sur la clas et à attendre le flot qui la libérerait. Elle était d'humeur maussade, comme cela lui arrivait souvent, pendant la saison, à regarder les autres s'amuser, tandis qu'elle travaillait.

Car la grève était farcie de baigneurs. Des gens passaient dans le ruisseau qui courait entre les murettes. Ce furent d'abord des gosses, qui marchaient, tête baissée, uniquement attentifs a l'eau claire et mouvante, a ce qu'elle charriait.

Il vint aussi des femmes en maillot de bain, que Roseline se donna le plaisir acide de détailler au passage, des Parisiennes trop grasses, avec des chairs molles qui tremblaient maintenant que la gaine les avait lâchees, des seins qui fuyaient par la valve. Ou alors, c'étaient de grandes planches, avec des hanches maigres et des nids de poule aux epaules. Cela ne les empêchait pas, en passant, de regarder de haut sa vieille robe de travail, puis de pincer du bec, en s'apercevant que ce qu'il y avait dedans était mieux que ce qu'elles montraient.

Elle entendit une blondasse, toute décarcassee dans un sweater framboise, demander, en se retournant, a une copine :

— Qu'est-ce qu'elle attend, celle-là ?

Elle lui jeta :

— Que tes mollets grossissent : ça sera long !

Elles s'éloignèrent, sans se retourner, cette fois...

Puis ce furent des hommes qui poussaient dans le ruisseau, d'un air absorbé, de petits haveneaux ridicules. Un seul, qui avait relevé en gros bourrelets, au-dessus de ses genoux, son pantalon de toile blanche, la dévisagea avec insistance, sans qu'elle parût s'en apercevoir.

Survinrent ensuite deux bonnes sœurs, pieds nus, suivies d'une douzaine de gamines, qui s'accroupissaient à chaque pas, pour fureter entre les pierres des clas.

— Allons, avançons...

Une femme pousse un cri et fait un saut en arrière : elle a marché sur un crabe ensablé, qui lui a chatouillé la plante du pied ! Elle le regarde maintenant s'éloigner, comme si c'était un serpent à sonnettes.

Maintenant ce sont deux gars, d'une vingtaine d'annees, l'un, en faux pêcheur, veste et pantalon de toile rouge, l'autre en tricot de coton blanc, sans manches, tendu par des pectoraux de moniteur-gymnaste. Celui-là, en la dépassant, pousse son camarade du coude.

— T'as vu ? « Mignon regrettant sa patrie »...

C'est elle, parce qu'elle est assise sur un rocher et qu'elle semble ne regarder nulle part... Elle rougit, mais de colère contre elle-même, qui ne trouve point, comme tout à l'heure, la réplique foudroyante.

Ses deux parcs sont les derniers vers la laisse de basse mer. Tous les promeneurs qui les dépassent vont se rassembler, à cinquante mètres de là, le long des « rets de pied ». Ce sont des haies verticales de filets, trois cents mètres de long sur un cinquante de haut, que des Marauds, descendus de Saint-Benoît-des-Ondes, sont venus tendre. De petits maquereaux, les « agneaux », des merlans, des guitans, se maillent dans le bas qui forme poche. Les Parisiens ont le nez dessus et gênent les hommes qui les visitent. Roseline en aperçoit même qui se baissent trop vite, pour ramasser quelque chose au bord des engins. Tout à l'heure, pense-t-elle, ça fera de la musique... Soudain, elle se lève.

— Vous voulez que je vous aide ?...

Elle vient d'en voir un, là-bas, au bout du second parc, qui demolit méthodiquement la clas, arrache les pierres, l'une après l'autre, pour rattraper ce qui s'est glissé dessous. Elle arrive sur lui. L'homme s'interrompt et lève la tête, pour la regarder. Elle en reçoit un choc au cœur : il ressemble à Tony ! Même visage étroit, même peau mate. Mais les lèvres, où reste collé un mégot, sont plus lourdes.

— Vous êtes payé pour démolir le travail des autres ?

Il hausse les épaules.

— Pleurez pas, on va les remettre.

De fait, il les entasse, mais à la diable.

— Ce n'est pas comme ça que vous les avez trouvées.

— Elles n'étaient pas numérotées, hein ? Ça va...

— Non, ça ne va pas.

Elle pousse du pied la murette chancelante, qui sécroule dans lę ruisseau. Il se redresse, outré.

— Eh bien, refaites-le à votre goût.

À son tour elle se baisse et il s'étonne en lui-même de sa docilité Elle saisit la plus grosse pierre... C'est pour la lever d'un geste prompt d'athlète jusqu'à ses épaules et l'assener juste aux pieds de l'homme, qu'elle éclabousse d'un jet d'eau et de vase. Il s'essuie rageusement le visage de sa manche, puis, poings et dents serrés, fait un pas vers elle. Elle a déjà ramassé un autre caillou, et prévient :

— Celui-là, je vous l'envoie sur la gueule.

Puis elle lui tourne le dos et commence à réparer la brèche.

Elle finit à peine qu'un hourvari la détourne vers les rets de pied. On s'empoigne, là-bas... Cela devait arriver ! Comme tout le monde y court, personne ne disloquera plus ses clas. Elle peut donc y aller, elle aussi. Avec les Marauds, c'est parfois drôle... Ils ne disent rien pendant des quarts d'heure, mais le sang, petit à petit, leur monte à la tête, et quand il y a la dose, ils cognent.

La grève, près des rets, était piétinée, creusée d'empreintes de bottes, comme un chemin d'abreuvoir défoncé par le passage des bêtes. De l'eau vaseuse stagnait dans tous les trous, si bien que les pêcheurs d'occasion, les serreurs d'huîtres, avaient renoncé à chercher leur vie dans ce marécage et s'étaient rabattus sur l'aubaine des filets, en curieux prêts à devenir maraudeurs. Car des anguilles bleues et grasses, maillées dans les panneaux, arrivaient parfois à s'en dégager et s'échappaient vers la haute mer. Des baigneurs, alors, les pourchassaient, les assommaient à coups de crochet, de haveneau, à deux pas des filets, dans des jaillissements d'eau bourbeuse qui les maculait des pieds à la tête sans qu'ils parussent s'en soucier. Le Maraud accourait.

— Voulez-vous laisser ça, voleurs ! C'est notre poisson. On paie, pour le pêcher. Si j'allais chez vous, fouiller dans votre armoire, vous seriez content ?

Il avait voulu arracher une anguille, des plus grosses, à une femme qui n'avait point lâché prise. Elle l'avait, affirmait-elle, pêchée avec son haveneau à crevettes, dix bons mètres au delà des rets, et elle criait :

— Prouvez-le, qu'elle est à vous ! Prouvez-le !

Exaspéré par les rires qui gagnaient dans la foule, il l'avait prouvé d'un coup de son « seniau » en plein visage. Lorsque Roseline arriva, la femme saignait du nez, en hurlant :

— Des témoins, des témoins ! Son nom !

— Lâche, lâche, clamait le chœur. Battre une femme !

L'homme, penaud, se taisait. Il s'était penché sur ses rets, le dos tourné aux spectateurs, et paraissait absorbé dans sa cueillette. Beaucoup en profitaient pour escamoter des anguilles qui zizaguaient au pied des filets, dans la pellicule d'eau.

— Mais ce sont des brutes, ces gens-là... Assommer une femme pour une anguille ! Quel sauvage ! Vous ne trouvez pas, mademoiselle ?

Roseline tourna la tête. C'était à elle qu'on parlait : un monsieur replet, d'une cinquantaine d'années, d'aspect cossu, vêtu d'un complet de flanelle claire. Il avait relevé soigneusement le bas de son pantalon et portait à la main ses souliers de tennis.

— C'était son poisson, répondit-elle.

— C'est possible. Mais de là à frapper aussi brutalement une femme !... Vous êtes du pays, vous, mademoiselle. Cela vous choque peut-être moins, mais des étrangers...

Elle le regarda mieux. Il avait le teint clair et rose d'un homme heureux, une bouche gourmande, qui se forçait mal à la sévérité. Roseline s'aperçut vite qu'il l'examinait avec un plaisir qu'il ne cherchait nullement à lui cacher. Avant de répondre, elle sourit, un demi-sourire qui la rendait charmante et elle le savait...

— Ce n'est pas quelqu'un d'ici, expliqua-t-elle. C'est un cultivateur du Marais de Dol, et vous savez, ils sont près de leurs sous !

Son interlocuteur parut soulagé d'un grand poids.

— Je me disais, aussi : « Ce n'est pas un marin qui a fait cela. » Ils sont vifs, mais jamais ils ne lèveraient la main sur une femme.

Elle en était moins sûre, mais elle se garda de le déclarer.

Comme les curieux commençaient à refluer vers les parcs, elle se retourna.

— Vous descendez sans doute ? dit le monsieur. Vous permettez que je vous accompagne ?

En marchant, il admira ses bottes de caoutchouc.

— Voilà la vraie chaussure des greves... Vous êtes de Cancale même ?

— Oui.

Il pencha la tête, la regardant de côte avec une moue de connaisseur.

— On m'avait bien dit que les Cancalaises etaient souvent très jolies. Je vois qu'on n'exagerait pas !

Elle rit de nouveau et surveilla sa demarche, afin de ne pas faire des pas trop grands.

— C'est presque dommage, reprit-il, d'être si jolie a Cancale. On n'y est certainement pas apprecie comme on le mérite.

Ce qu'avaient dit Tony, Florentine...

— Moi, enchaîna-t-il, je suis Parisien. Mais j'adore la mer, et depuis que je suis retire des affaires, je passe tous mes etés en Bretagne, tantôt ici, tantôt la.

— Cette fois, a Cancale ?

— Non, a Parame... Mais je trouve Cancale ravissant, comme toute la côte, d'ailleurs. Quand je rentre a Paris, en septembre, pendant les premiers jours, votre Bretagne me manque. Ça ne dure pas, parce que, évidemment, Paris, c'est Paris... Vous y êtes allee ?

— Non, jamais.

Il fit un geste des deux mains qu'il avait grasses, mais blanches.

— Il faudra y venir et venir me voir.

Elle rit encore, sans répondre.

Ils étaient arrivés au bord des parcs. Quand il sut qu'ils lui appartenaient, il parut vaguement déçu. Pourtant, il s'informa, écouta ses explications avec interêt, pui, comme s'il suivait une pensée :

— Évidemment, tout cela vous attache ici : cet élevage, votre famille... C'est dommage !

Ce n'était plus, cette fois, un compliment, mais un regret. Elle le regarda soudain sérieuse.

— Pourquoi ?

— Oh, dit-il, une idée qui m'était venue, là, tout de suite, en vous écoutant, en vous regardant... Je vis seul, dans un appartement très agréable. Je prends mes repas au restaurant qui se trouve au rez-de-chaussée de mon immeuble, si bien que je n'ai même pas à sortir. Pourtant, quand il n'y a pas de femme dans un intérieur... Aussi, en venant cette année en Bretagne, j'avais l'intention de chercher quelqu'un de jeune, d'honnête et de gentil qui tiendrait mon petit ménage et en même temps me tiendrait compagnie...

Elle ne fut point surprise : les Parisiens, en quête de domestiques, n'hésitent pas à arrêter ainsi une fille rencontrée en campagne ou sur le port. Et si extraordinaire que ce fût, cela leur réussissait souvent... Celui-là souriait en fixant sur elle un regard brillant.

— En somme, deux choses à tenir, vous voyez. Mais qui ne seraient ni trop difficiles, ni j'espère, trop désagréables... Alors, au cas où vous ne seriez pas absolument décidée à rester ici, où vous aimeriez voir autre chose, mener une autre vie... C'était une petite bonne que je cherchais, mais vous, vous ne seriez pas une bonne. Étant ce que vous êtes, il ne pourrait pas en être question...

Comme elle ne l'interrompait pas, qu'elle paraissait l'écouter avec une attention extrême, il ajouta d'une voix qui s'enrouait légèrement :

— Vous m'avez plu tout de suite, beaucoup... Je suis sûr qu'on s'entendrait très bien et très vite tous les deux. Qu'en pensez-vous ? Vous n'aimeriez pas Paris ?

Elle repondit posément :

— Je crois que si. Seulement, je ne m'attendais pas...

— Mais je pense bien ! Moi non plus, croyez-le... Mais ne vous en prenez qu'à vous... Je ne vous demande évidemment pas votre réponse maintenant. Prenez tout le temps de réfléchir. Je vais vous laisser mon adresse. Vous m'écrirez.

Tandis qu'il cherchait une carte dans son portefeuille, elle précisa :

— En tout cas, cela ne pourrait pas se faire avant la fin de l'année.

— Je vous attendrai jusqu'en janvier, plus longtemps si vous me le demandez...

Elle prit la carte gravée, y lut

ALFRED MASSONNEAU

115, Avenue d'Eylau

Elle la glisa dans son corsage.

Il l'accompagna jusqu'au bord du quai. Il parlait, parlait, la tête de côté, pour la voir...

Beuclerc avait donné rendez-vous à P'tit Louis devant l'église de Hirel.

Ils partirent côte à côte, sur la vaste étendue, où la mer, les tangues, les sables mouillés et le ciel blanc se confondaient dans une irradiation ardente. Çà et là, sur les grèves, des doris noirs s'échouaient; les pêcheries ouvraient devant les marcheurs leurs grands V de clayonnage. Les pieux qui en dépassaient semblaient des arbres courts, à cause de tout le goémon qui leur attachait comme un feuillage.

Des lignes de poteaux, eux aussi, coiffés d'algues, jalonnaient les pistes marines, les trajets qui serpentaient afin de retrouver le « dur », éviter les molasses, les maroux profonds dont l'eau monte par-dessus les cuissardes. P'tit Louis et Raymond mirent le cap sur les premiers pieux.

Avec eux, tout le Marais descendait sur les grèves, de Saint-Méloir, de Saint-Benoît-des-Ondes, de la Fresnais, à leur gauche. À leur droite, c'étaient le Vivier, Cherrueix, Saint-Breladre, qui vidaient tout leur monde sur les tangues.

P'tit Louis et son ami emportaient un seniau pour le « bouc », la crevette grise. Mais les Marauds allaient rarement au bas de l'eau sans un autre engin, prohibé celui-là, la drague triangulaire dont la base, une planchette, devait raboter le fond, tandis que la poche de grillage ramassait les huîtres. Rien n'était plus facile que de la laisser tomber, si l'on apercevait de loin, — et dans cette étendue, c'était toujours de loin — une sihouette inquiétante. Beuclerc avait la sienne, et il en avait trouvé une pour son ami. Avec cela, on remplirait les hottes !

Tandis qu'ils traînaient leurs bottes dans l'eau, le mécanicien commença de parler affaires. Il en avait tout le temps, car il leur fallait marcher quatre kilomètres avant d'être parvenus au bord du flot. Beuclerc était un petit gars rond de partout, vif et causant. Tout l'opposé de P'tit Louis, son camarade depuis l'école... Il dit longuement sa réussite, l'intérêt du travail, avec des pannes peu ordinaires qu'il avait découvertes, les clients qui l'assiégeaient depuis la saison. Mais lui, pas bileux, n'hésitait pas à lâcher le boulot pour s'offrir une partie de pêche avec le copain. Il avait embauché un gosse de quinze ans, un petit déluré, capable de réparations courantes comme de faire patienter les gens trop pressés. Seulement, il ne pourrait pas étaler longtemps avec un apprenti. Il aurait déjà pris un compagnon, s'il n'avait pas voulu garder la place à P'tit Louis.

— Décide-toi, mon petit vieux. C'est un business qui te plaît, hein ?

— Oh, pour ça oui...

— Tu sais bien aussi qu'il n'y aura que des copains, pas de patron. Alors ?

P'tit Louis, très malheureux, répondait :

— Je ne peux pas lâcher comme ça. Faudrait une occasion.

— Si tu l'attends...

Un marou, une large plaine d'eau qui montait aux genoux, les interrompit. Ils en avaient assez de haler les lourdes bottes, de leur ouvrir un chemin. Après, ils parlèrent pêche. Beuclerc demanda des détails sur la Caravane. P'tit Louis les fournit, sans passion.

Ils arrivèrent enfin au bord du flot, de minces plans d'eau qui se superposaient comme les tuiles d'un toit. Ils entrèrent en mer jusqu'à la poitrine, et tout de suite, ils se mirent à draguer. Ils se trouvaient à l'accore d'un banc d'huîtres large et bien fourni.

Le manche de la drague appuyé contre son ventre, P'tit Louis poussait vigoureusement, et les trois ou quatre hîtes qu'il trouvait dans la poche de fil de fer, mêlées à des galets, à des paquets de varech, lui causaient à chaque fois un grand plaisir, alors qu'il n'avait que de l'ennui à en lever par centaines dans les dragues de la *Notre-Dame-des-Flots*. Tout autour de lui, des bustes penchés, que l'eau coupait à hauteur de poitrine, progressaient avec les mêmes balancements d'épaules. Les hottes s'alourdissaient sur les dos.

— Y en a, et de la belle ! prononça à sa droite la voix gaillarde de Raymond qui, parce qu'il était petit, pêchait avec de l'eau jusqu'au cou.

Puis aussitôt, il murmura d'un ton consterné :

— On est baisé !

Ils avaient bien remarqué cette vedette qui s'approchait avec deux doris en remorque, mais les jours de marée, tout le monde se promène. Et voilà qu'elle venait de hisser, à cinquante mètres d'eux, le pavillon tricolore, qu'elle stoppait, et qu'ils voyaient des gardes maritimes sauter dans des doris et nager vers eux.

Ce fut un reflux général des corps penchés qui essayaient, comme dans les cauchemars, de courir vers la grève, sans y parvenir, paralysés par cette eau qui leur arrivait au-dessus du ventre. Certains trébuchaient et s'abattaient, d'autres laissaient tomber leurs dragues au fond. Mais les doris les gagnaient. Les retardataires étaient déjà entourés. Les gardes maritimes leur criaient :

— Vous êtes faits ! Envoyez vos dragues !

P'tit Louis, que servaient ses grandes jambes, avait empoigné Raymond dont la surface offrait plus de résistance, et il le halait à grands pas. Quand ils arrivèrent au sec, ils n'avaient point lâché leurs dragues.

Ils prirent leur course vers la terre, et tout autour d'eux, d'autres galopades s'enfuyaient dans les éclaboussures. Soudain, Raymond, qui avait l'œil, s'arrêta net.

— Oh ! dit-il.

Devant eux, une ligne se déployait : d'autres gardes maritimes mêlés à des gendarmes descendus d'Hirel. Cette ligne avait un défaut : pour s'allonger, elle s'etait amincie au point de laisser en son centre un vide assez large.

— On passera ! cria P'tit Louis, terrible comme un mouton enragé.

Ce cri rallia autour de lui tous les rescapés, une cinquantaine. Formés en un groupe compact, hérissé de dragues, ils marchèrent à l'ennemi, résolus a l'enfoncer. Mais à leur mine, les gendarmes tirèrent les revolvers des étuis, et il fallut s'arrêter. Beuclerc, rageusement, brisa la hampe de sa drague sous sa botte ; d'autres les assenaient a grands coups contre le sol.

— P'tit Louis, pour n'avoir point voulu lâcher la sienne qu'avait empoignée un grand brigadier, et l'avoir en même temps agoni d'injures, fut emmené, avec trois ou quatre autres irréductibles.

Le soir, Beuclerc, navré, vint en moto annoncer la nouvelle à la Yande. Il la connaissait de réputation, et ce fut en balbutiant qu'il expliqua la chose.

La Yande écoutait, impassible. Goulec ouvrait des yeux étonnés : cela le dépassait que son fils, qui jetait à peine un coup d'œil à un tas d'hîtes plus haut que lui, quand la bisquine les rapportait, fût allé se faire emboîter jusqu'à Hirel pour en ramasser trois douzaines.

La Yande, elle, demanda :

— T'as bien dit qu'il était le seul à ne point avoir voulu leur rendre sa drague ?

Beuclerc, malin, sentit tout de suite qu'il fallait insister sur l'héroïsme de cette défense, et il le fit, sans rien oublier, en ajoutant même quelques injures à celles que P'tit Louis avait jetées à la face du brigadier.

– Ils ont relâché les trois autres et point lui ? demanda encore la Yande.

— Après ça, vous pensez !... répondit Beuclerc d'un air pénétré.

— C'est tout comme point un éclocu, dit la Yande.

L'éclocu est le dernier-né d'une couvée de poussins, le plus chétif...

Elle se leva.

— Tu dois avoir soif, après la course-là.

Et elle abreuva largement le messager de gloire.

CHAPITRE VII

SEPTEMBRE, avec l'équinoxe, poussa ses rouleaux contre les falaises. Les eaux tuméfiées et mouvantes s'écroulaient sur les grèves, ainsi que des pans de mur qu'on sape. Un rythme puissant de respiration, pendant cinq jours, souleva et creusa la mer.

Après la marée, il y eut, comme toujours, du travail dans les étalages, où les grandes houles démolissaient les clas, promenaient les hîtes et les bourraient en tas.

La Yande s'abstint, le 24 du mois, de suivre la procession du Tour de Paroisse, qui descendait de l'église au calvaire de la Houle, puis remontait par Terlabouet, au chant des litanies des saints. Les Cancalaises ne manquaient pourtant point d'y guetter, avec malice et contentement, le défi qui s'y renouvelait chaque année. Le chantre, en effet, s'arrangeait pour atteindre, dans les litanies, le *Peccatores, Te rogamus, audi nos*, au moment juste où la procession traversait la route qui mène à Saint-Coulomb. Et ce *Peccatores* il l'éructait de toutes ses forces, bien campé sur ses deux jambes, et son antiphonaire tendu à bout de bras, à l'adresse du bourg voisin, et souvent ennemi.

Octobre ramena l'été de la Saint-Michel et la sérénité dans le temps, après les désordres de l'équinoxe. Les bisquines échouées au sec alignaient leurs proues massives devant les quais et se préparaient à hiverner. L'air et la mer étaient redevenus purs et calmes. Subitement, le maquereau donna, à faire fumier ! L'eau tranquille était striée, jusqu'à quelques mètres des quais, de leurs dos rayés et noirs. On eût dit une invasion de rats. Les canots les ramassaient par quintaux, et les rets de pied en crevaient. Des camionnettes les emportaient par pleines mannées, jusqu'à Dol et Dinan. On en salait par centaines dans des pots de grès, mais on dut en enterrer bien davantage encore dans les jardins.

La Toussaint refoula toute la Houle dans le cimetière sablé de frais et fleuri de chrysanthèmes. La Yande, comme les autres, monta vers sa tombe avec des brouettes de sable de mer, étincelant de miettes de coquillages. Elle bêcha, ratissa. Mais de nouveau, sa révolte l'envahissait à rendre ainsi au père des soins qu'il recevait avant son temps.

D'habitude, elle ressentait pourtant, ainsi que toutes les femmes de Bretagne, le profond apaisement de la Fête des Morts. Les trépassés attendent les vivants à une date ou ils sont quittes des agitations de l'été, lorsque s'ouvrent pour eux les journées pluvieuses et vides, que la paix des défunts peut emplir. Il se fait alors comme un échange entre la ville et le cimetière. L'une donne des fleurs et des prières, l'autre une âme tranquille et vacante, disposée aux patiences de l'automne et de l'hiver. Mais la Yande ne rapporta de chez les morts qu'un cœur indigné et frémissant.

Goulec surveillait le tas de pommes du courtil, verni par le crachin. Novembre était le mois du cidre, et Goulec faisait le sien avec amour et science. Son petit cidre, qu'il tirait du « retas », le marc retaillé et arrosé d'eau, était, chaque année, une réussite. Alors que d'autres le noyaient ou le pressaient sans discrétion, il savait cuire le sien et le garder clair comme l'eau de roche. Quant à son pur-jus, gouleyant, droit en goût et cœuru, il lui avait valu une réputation de connaisseur, qui se traduisait, les années pommeuses, par des invitations à goûter le piot dans tous les celliers.

Lorsqu'il annonçait, l'air soucieux :

— Il va platir.

ou :

— Il est déjà fûté,

il laissait tout le monde consterné, car il était trop certain que le cidre ainsi condamné perdrait sa force ou prendrait goût de fût. Mais lorsque, en claquant la langue, il appréciait : « C'est du fout à bas », les visages s'éclairaient largement : c'était là boisson forte et drue, capable de chavirer les hommes. Le métier d'augure rapportait ainsi à Goulec des chapelets de bolées, qu'il dévidait tout le long de l'hiver, car le cidre est fragile et demande de longues surveillances. Il ne s'y dérobait point et voyait tous les ans revenir l'automne avec satisfaction. La Yande, elle, devait répondre pendant des semaines, à tous ceux qui demanderaient son mari :

— Où voulez-vous qu'il soit ? Il est au cul d'un fût...

Décembre amena de fortes gelées. Les grèves se bordèrent d'une mince frange de glace cassante, et l'on se hâta d'entourer les pompes de fumier. Après les longues pluies d'automne, qui avaient enfermé les femmes chez elles, on recommença de saboter par les ruelles.

Cependant, P'tit Louis et Roseline sortaient peu. Le garçon, qui gardait son air hagard et absent, avait enfin achevé de monter dans le hangar sa moto, sur laquelle il avait accumulé des perfectionnements tels, qu'elle n'obéissait qu'à lui. Roseline vaquait au ménage, avec la même régularité mécanique et dans un silence concentré que sa mère ne tentait même plus de forcer. Le dimanche, elle s'enfermait dans sa chambre avec un roman à cinquante centimes : *Chaste et flétrie*, *l'Ardente nuit de Yolande*... Sa mère, que cette solitude inquietait, car elle y sentait une menace, conseillait :

— Sors avec tes copines.

Roseline haussait seulement les épaules.

Un dimanche, bien que son deuil ne fût pas fini, la Yande avait même conseillé :

— Va au cinéma.

La fille avait secoué la tête, et était montée chez elle.

— Qu'est-ce qu'elle a ? se demandait sa mère en la voyant tourner dans l'escalier. Elle est trop fière pour regretter son baraquier. On dirait qu'elle attend quelque chose, mais quoi ?...

Le lendemain, comme Roseline reprenait sa besogne avec une indifférence d'horloge, elle se rassura : « Ça lui passera, mais elle a, tout comme, une sacrée tête de cochon ! »

Ce matin-là, la mer délaçait pour la première fois apres les gelées, et la Yande, bottée, en cotillon court, sa patte d'oie au poing, partit de bonne heure pour les étalages. Il faisait un froid sec, un temps clair et gai. Les pins du Tertre à la Caille étincelaient de givre, et les pierres verglacées des premières clas luisaient, comme vernies... Devant l'hiver venu, la Yande songea : « À la prochaine marée, on sera à la Noël. »

Cela lui donna un coup. À la Noël, elle serait toujours en dissidence. Ce serait dur de tenir le coup contre l'Enfant de la Crèche : les petits ne sont pas responsables des bêtises qu'ils feront plus tard... Puis elle se rappela que ce Jésus naissant, qui menaçait de l'attendrir, était ce même Dieu qui avait pris le père. Il était sans âge et les avait tous... Une théologie confuse, qu'elle remuait dans sa cervelle et qui la décevait plus encore à tenter de la débrouiller. Elle la rejeta d'un haussement d'épaule.

Elle arrivait à ses parcs. Avant d'enjamber la clas, elle jeta, derrière elle, un regard sur les grèves. Des points noirs s'y hâtaient : les autres femmes qui partaient au travail. Certaines étaient déjà à pied d'œuvre, dans les premiers étalages, et ce fut celles-là que la Yande observa bientôt avec une attention extrême. Elle les voyait immobiles et droites au centre de leurs parcs, quand elles eussent dû, cassées en deux, pignocher le sable avec leurs pattes d'oie. Par ce froid, il ne faisait pourtant pas bon busoter : on ne pouvait se rechauffer qu'en travaillant, et vite... Elle franchit la murette et entra chez elle.

Aussitôt, elle ouvrit des yeux ébahis. Un epais talus de coques était amoncelé contre le mur de la clas la plus proche de la côte. Ces coques étaient vides, ce qui expliquait que le flot les eut si facilement repoussées vers le fond. À chaque marée, on en trouvait ainsi quelques-unes contre les pierres, des huîtres mortes dont la mer promenait les coquilles. Mais cette fois, elles étaient un tel nombre qu'il fallait que toutes ou presque toutes les huîtres de l'étalage eussent péri.

Abasourdie, la Yande fit quelques pas à l'intérieur du parc. Il restait, çà et là, quelques huîtres plus profondément envasées, que le flux n'avait pas réussi à emmener. Elle les fit sauter d'un coup de sa patte d'oie : les coques étaient vides ! En cinq minutes elle fut fixée : le parc était aneanti, il ne contenait plus une seule huître vivante.

Elle ne parvenait pas à secouer le saisissement qui la clouait sur place. Elle gardait les yeux fixés sur le sable vide, ce sable que quinze jours plus tôt, elle avait vu pavé d'huîtres larges comme des assiettes et qui s'y touchaient. La disparition s'était faite d'une marée à l'autre, avec une rapidité, une perfection telles que l'idée la traversa d'un attentat, d'une vengeance : on avait, de nuit, volé ses hîtes, et basculé, par dérision, une dorissée de coques vides le long de la clas. Elle songea à Hortense, qui lui avait, qui sait ? rendu la monnaie de sa pièce...

Mais un coup d'œil sur les grèves lui fit écarter cette idée. Il était trop visible, à l'attitude des femmes déjà répandues dans les autres parcs, qu'elles étaient en proie à la même stupeur. Elles restaient sans bouger, les bras tombés, la tête penchée sur le même sol indéchiffrable. Le vent, qui venait de la côte, lui apportait déjà leurs cris d'appel, les exclamations qu'elles se jetaient d'un étalage à l'autre. Elle ne distinguait pas les paroles, mais elle reconnaissait l'accent, celui du malheur.

Elle se baissa, ramassa une coquille, l'examina avec soin. Avait-on affaire à une invasion de bigorneaux perceurs ? La coque était intacte : elle n'y vit point le petit trou à l'emporte-pièce percé par la tarière. Les gelées ?... Mais elle se souvenait de froids autrement rudes que les hîtes avaient supportés sans dommage. Quelques-unes seulement avaient gelé, dans les étalages près de la côte, mal exposés et trop longtemps découverts. Son instinct lui affirmait qu'aucun fléau naturel n'eût pu détruire de façon aussi instantanée et aussi complète.

Elle passa dans le second parc. Le désastre y était aussi total. Un remblai de coques y bordait la clas, coques vides et nettes comme si jamais elles n'avaient été habitées. Impossible d'y ramasser même une huître pourrie. On eût dit qu'elles s'étaient envolées à un signal.

La Yande contempla un instant le long tas blanc et gris. Le soleil allumait des reflets sur les coins des nacres pâles. Elle inclina enfin la tête, non parce qu'elle acceptait, mais parce qu'elle avait compris... Puis elle s'en revint à grands pas vers la côte.

Les femmes s'enfuyaient à présent de tous les étalages. Spontanément, elles se rassemblaient ; des groupes s'attendaient puis repartaient vers la Houle, afin de porter la nouvelle aux hommes, qui flânaient sur le port ou autour des bisquines.

Les dernières s'arrêtèrent, en entendant les bottes de la Yande clapoter derrière elles.

— C'est-i' de même chez tâ ?

— Yan.

— On se disait : « Ses étalages sont plus au large. Ils n'auront pas gelé si fort. Elle en a sauvé... » Alors, c'est que tout est perdu.

— Ce n'est pas le froid, affirma la Yande.

— Nenni, approuva une vieille. Je me rappelle du grand hiver de 94. Les froids n'avaient pris qu'en février, mais quels froids ! Des banquises sur toute la baie. Des glaçons de trois ou quatre mètres de haut, que le vent poussait sur les grèves... Ça a tout dégratté, tout démoli ! Plus de clas. Les hîtes étaient parties par charretées, mais celles qui restaient étaient saines comme un sou neuf.

— Alors ? fit une femme rubiconde, dont les gros yeux viraient, d'où que ça peut venir ? On ne peut pas dire comme ailleurs : « C'est la faute des déchets d'usine », ou bien « C'est les fonds qui s'envasent. » Y a rien de changé, l'eau et les fonds sont les mêmes.

Une autre renchérit.

— À chaque marée, t'en trouves toujours de malades. Tu les vois qui bâillent : elles sont pourries et toutes racrotichonnées. Tu les jettes et tout est dit... Mais là, rien, rien que des coques, et partout de même !

Elles n'y pouvaient croire encore, aussi ne commençaient-elles point à se lamenter. Cet escamotage géant les laissait confondues, comme devant les tours des baraquiers. Il n'y avait de place en elles que pour l'étonnement, pour cette question qu'elles ressassaient :

— Mais d'où que ça peut venir ?

La Yande haussa une épaule.

— C'est p't-être pas si difficile à comprendre...

Elle l'avait dit si haut que celles qui marchaient devant elle l'entendirent et firent subitement demi-tour.

La Yande, sans cesser d'aller, prononça :

— Ils l'ont voulue, leur Caravane de Pâques. Ils l'ont !

Elle traversa sans ralentir le groupe des femmes atterrées.

— Je l'avais-t-i' assez dit, que ça se paierait ?

Le troupeau la suivait, tout alourdi de consternation. L'idée du châtiment descendait en chacune et s'y installait. Toutes l'acceptaient d'emblée. N'y avait-il pas là réunis tous les caractères du fléau divin, de la plaie d'Égypte ? La catastrophe était inattendue, soudaine, inexplicable. Elle avait frappé partout a la fois et sans oublier la plus petite huître vivante... Rudement talonnée, au cours des missions, par des prêtres rigides, la crainte de Dieu, chez elles, restait vivante. Elle les avait dressées, le jour de Pâques contre l'insolent départ de la Caravane. Maintenant, elle les écrasait. Une vieille gémit :

— C'est un grand malheur !

Une jeune hasarda :

— P't-être que celles des bancs sont restées...

La Yande n'eut même pas à répliquer. Le désespoir avait déjà fait son chemin et de toutes parts jaillirent les refus d'espérer.

— Les bancs ! On y ramassera le même fumier qu'ici !

— Si celles des étalages sont parties, soignees comme elles sont, qu'est-ce que ça sera sur les bancs où elles se passent la maladie de tu à toi !

— Cancale est bien foutu !

Elles approchaient des quais. Elles apercevaient dejà leurs hommes qui les regardaient venir, un peu surpris, sans doute, de les revoir si tôt, mais sans faire néanmoins un pas pour s'informer. Cette tranquillité les irrita. Elles forcèrent l'allure, et dès qu'elles furent à portée de voix, Marie-Rose Boudan cria dans ses larges mains en cornet :

— Y en a p'us une seule dans les étalages. Rien que des coques !

Les hommes assis au bord du quai ne bougèrent pas de leur coin de soleil, mais ceux qui travaillaient le long des bisquines se retournèrent.

Maintenant qu'elles étaient tout près, elles parlaient toutes à la fois.

— P'us une faillie misérable !... T'en trouveras pas une d'ici la mer !... Y a p'us rien, rien que des coques !

Lebranchu, dit « Courtes Pattes », en retira sa pipe de sa bouche.

— De quoi que vous dites-là ? P'us une ?

Hargneuses, elles crièrent ensemble :

— Puisqu'on te le dit !

Tuliau, dit « Carnaval », pour s'être déguisé, un mardi gras, avec les cotillons de sa femme, haussa les épaules.

— Vous deviez avoir les yeux dévirés.

Mais la Tuliau, empourprée de honte et de rage à le voir rigoler, hurla :

— Puisqu'on en revient, sacré vieux machin, et à cinquante qu'on est ! Si c'était toi, on pourrait dire que t'étais saoul ! Mais pas une de celles qui sont là n'a trouvé une seule hîte vivante dans les étalages. Vas-y voir.

Ameutés par les cris et les gesticulations, les hommes se rapprochaient. Devant les visages chavirés de leurs femmes, ils commençaient à se demander ce qui se passait. Il était certes anormal qu'elles fussent revenues si vite et sans avoir donné un seul coup de patte d'oie. Mais de là à croire aux étalages vides... Tout de même, il valait peut-être mieux y aller voir.

À ce moment, le gros Bioche, le garde-juré qui avait hissé le pavillon de départ au matin de Pâques, écarta les dos, et fort de sa fonction, vint au premier rang, pour s'enquérir.

— Alors, qu'est-ce qui se passe ?

— Il se passe, lui cria Mélanie Rabus, que t'as attiré le malheur sur le pays.

— Le malheur ?

— Elles disent, lui expliqua un copain, que toutes les hîtes des étalages sont crevées.

Mélanie, la tête tirant sur le cou tendu, cria à Bioche :

— Toutes !... Va les quérir' tes hîtes de Pâques.

— C'est la misère que vous avez été draguer, ce matin-là, vociféra Marie Tuliau. Allez la voir : elle est là !

Sans paraître entendre, Bioche se retourna vers les hommes pour proposer :

— On y va ?

— Vas-y, mon gars Bioche, encouragea sarcastique Marie-Rose Boudan. Il est grand temps ! Tu t'assis sur le pot quand il est plein !

Les hommes partirent, en ayant soin de ne pas marquer de hâte. Les femmes grimpèrent sur les quais, et les traversant se répandirent dans la Houle qui les absorba par toutes ses ruelles. Le bourg pêcheur s'emplit aussitôt d'une rumeur de ruche menacée.

Au passage des messagères du désastre, les portes vitrées, peintes de vert ou de jaune, s'ouvrirent en même temps. Du fond obscur des maisons, des cours et des appentis, les femmes sortaient en foule, des vieilles tassées, à bouche avalée, à visage marbré de taches ; d'autres droites, sèches, à figure rigoureuse ; de plus jeunes, déjà rondes et lourdes, mal contenues dans les corsages, le ventre sanglé d'un tablier noir, des filles délurées, qui avaient le droit de placer leur mot, parce qu'elles travaillaient.

Les rues étroites retentirent toutes à la fois de parleries passionnées et rapides, d'éclats de voix ardentes. Les femmes s'interpellaient d'un bout à l'autre de la rue Carnot, de la rue Nationale, de la rue Félix-Faure, qui portaient ces noms ambitieux sur des planches de bois bleues, aux caractères effacés. Le ton montait subitement dans un coin de venelle, puis s'éteignait, pour flamber plus loin. Ce qu'on eût gémi ailleurs était vociféré là avec un désespoir furieux. Les plaintes devenaient stridentes comme des cris d'alarme.

— C'est le pain de Cancale qui s'en va !

Une longue femme, extraordinairement sale, avec deux tresses maigres qui retombaient par devant sur son corsage crevé, braillait :

— Not' vie, not' faillie vie ! Où qu'on va la défouir, à c't'heure !

— Il nous y ont mis, dans la crotte ! La misère va nous dévorer.

Quelqu'un demanda :

— L'administrateur est-il au courant !

— Quoi que tu veux qu'il fasse ? s'écria Marie Tuliau. Il écrira à ses chefs. Ils feront venir un type de Paris, un qui n'aura jamais vu d'hîtes que dans son assiette. Il regardera. Il emportera une demi-douzaine de coques. Et puis après des mois, il nous enverront des « instructions ». Y aura beau temps que tout sera perdu !

Une fille dépeignée, aux yeux hardis, aux genoux nus, car elle avait rabattu sur ses bottes ses bas de laine rouge, et cela lui faisait des jambes mousquetaire, haussa les épaules, outrée de ces abandons.

— Enfin, ça vient bien de quelque part ! Si le mal est dans le sable, ils le trouveront.

— Et t'iras labourer la baie pour l'enterrer, tâ ?

La fille se tut.

— C'est le curé Camus qu'il nous faudrait, dit Mélanie Rabus.

Elles se turent, frappées. Le curé Camus, le martyr des hîtes !... Cela datait de 1870, mais des vieilles l'avaient connu. Depuis trois ans, on ne trouvait plus dans la baie ni huîtres, ni poissons, et la misère était terrible. Alors, le recteur, l'abbé Camus, avait ordonné une procession au calvaire. Il avait béni la baie, et à la fin de son sermon, un sermon à arracher des larmes aux pierres, il s'était écrié :

« Seigneur, je vous offre ma vie pour apaiser votre colère, et ramener le bien-être parmi mes bien-aimés paroissiens. »

— Eh ben, il mourut dans l'année, et jamais on ne vit autant de poissons dans les chaluts, ni autant d'huîtres dans les fers que l'année qui suivit sa mort.

On se rendait encore en pèlerinage de reconnaissance sur sa tombe.

— C'est pas celui de maintenant qui recommencerait, affirma la fille.

— Quoi que t'en sais ? reprit Mélanie Rabus.

Elles examinèrent un instant en silence si le recteur actuel serait capable de se sacrifier au retour des hîtes, et n'osèrent en décider. Elles étaient déçues de ne pouvoir l'affirmer, mais le bon sens et l'équité leur disaient qu'on ne pouvait demander à tous les curés de Cancale d'être prêts à donner leur vie pour la prospérité des parcs. D'ailleurs comme Marie-Rose Boudan l'assura :

— C'est pas sûr que le curé Camus aurait marché, c'te fois, vu ce que les bonshommes ont fait !

Après avoir lavé ses bottes boueuses, dans un creux de roche où stagnait de l'eau de mer, la Yande avait pris pied devant le calvaire. Une grille de fer y contenait les masses sombres et vernies des fusains serrés. Tout près de là, se dressait au bord du quai comme une haute et étroite guillotine de bois. En haut des montants, se suspendait une cloche, la cloche des criées, celle qui avait sonné la grande branlée du *Jacques-Cartier.* Plus bas, à la hauteur des yeux, sous deux ais en X, un tableau d'affichage s'abritait derrière une grille. La Yande s'en approcha et lut :

Avis d'enquête de commodo et incommodo...

Un qui demandait la concession d'un parc d'expédition sur la grève du Hock !... Pour ce qu'il y aurait bientôt à expédier !

Sans même rentrer chez elle pour s'y changer, la Yande aborda les Vaux-Bourdais, la grande rue déclive qui débouche sur les quais, et conduit à la Ville-Haute. La nouvelle du malheur n'avait encore atteint que les maisons proches de la mer, celles d'avant le tournant. Les commerçants qui bordaient la rue marchande ne sortaient pas, pour la palabre, comme à la Houle, mais chaque boutique, en cette fin d'après-midi, était déjà devenue un foyer de désolation. La mort des huîtres atteindrait le commerce aussi sûrement que la pêche, et presque en même temps. La bouchère, une hors-venue, expliquait à ses clientes :

— Comment voulez-vous qu'elles ne soient pas empoisonnées, avec tout ce qu'ils jettent dans le port ?

Les dévotes en chapeau s'attendaient sur le seuil des petits magasins, causaient un instant du fléau qui n'affecterait pas leur vie étroite et concluaient :

— Ils ont fini par lasser le Bon Dieu !

Ainsi, Cancale-Ville, commerçante et bourgeoise, se retranchait de la Houle et lui rejetait tout le poids de la faute.

La Yande montait à grands pas. Elle déboucha sur la large place carrée, bordée de moignons de tilleuls et de boutiques basses. Devant elle, l'église de granit, grise et bleue, enlevait sa haute tour carrée, sans flèche, flanquée d'une tourelle à clochetons. La femme la contourna, sonna au presbytère et demanda le recteur.

La vieille bonne l'introduisit de mauvaise grâce : elle n'avait pas honte, celle-là, d'arriver toute crassouse et après ce qu'elle avait fait et dit ?... Elle l'enferma, avec des regards méfiants, dans un petit parloir ciré. Après une courte attente, le recteur entra, un prêtre de quarante ans, à robuste visage, dont les yeux perçants scrutèrent l'arrivante.

— Monsieur le Recteur, commença la Yande, saviez-vous déjà qu'il ne reste plus une seule hîte de vivante dans les étalages ? C'est la ruine sur le pays.

— Vraiment ! s'exclama le prêtre qui s'attendait à tout autre chose. Mais qu'est-il arrivé ?... Asseyez-vous.

Elle s'assit toute droite, au bord d'un fauteuil, raconta la visite aux parcs, la découverte des coques en tas et conclut :

— Le Bon Dieu les a eus ! Je l'avais toujours dit, qu'il les aurait, pour le péché du jour de Pâques... Vous aussi, monsieur le Recteur, vous l'aviez dit.

Mais le recteur ne paraissait point sensible à cet hommage rendu à sa divination, ni heureux d'avoir eu trop raison. Sincèrement désolé, il s'apitoyait sur le sort des pêcheurs, supputait les mesures à prendre, demandait, lui aussi, si l'administrateur était au courant, affirmait enfin son espoir que les bancs n'étaient point contaminés. La Yande ne le quittait point de son regard sévère, et du mépris lui venait, à l'écouter. Pour elle, il n'avait qu'une mission, celle des anciens prophètes : faire toucher du doigt la vengeance divine et appeler à la pénitence. Au lieu de cela, il se répandait en « hélas »... Elle coupa court, se leva.

— Monsieur le Recteur, je suis venue aussi pour me confesser. Je n'ai jamais voulu remettre les pieds à l'église depuis la mort du père. Mais après ce qui vient d'arriver...

Le prêtre ne comprit pas exactement quel rapport elle entendait établir entre la dévastation des parcs et son retour à la foi. Il songea seulement : « En voilà une que le malheur ramène : ce n'est que la première... »

C'était pourtant autre chose. La Yande avait profondément méprisé un Dieu inerte et sourd, qui négligeait jusqu'aux affaires capitales de celles qui s'en remettaient à lui. Elle lui revenait, parce qu'il avait prouvé qu'il savait conduire rudement les siennes et n'était pas de ceux qui se laissent bafouer. Elle ne capitulait ni par crainte, ni par amour, mais par estime... Le recteur, lui, dans sa réponse, ne crut devoir évoquer que le souvenir du mort, et en quelques mots, sans le chercher, il acheva la déroute de la rebelle.

— Je sais, Marie-Anne, dit-il. Vous avez reproché au Bon Dieu d'avoir repris votre père, alors que peut-être, il voulait seulement lui donner plus tôt sa récompense de brave homme et de bon chrétien.

La Yande, saisie, en resta bouche ouverte. Elle n'avait jamais pensé que le père pût être mieux ailleurs que chez elle...

Goulec était assis au Café des Marins, devant François le charpentier, et tous deux guettaient par la porte ouverte. D'autres pêcheurs, déjà lourdement accoudés aux petites tables, buvaient sans presque parler. Aux premiers verres, ils avaient commenté le désastre. Cela n'avait fait qu'aviver leurs regrets. Alors, ils s'étaient occupés de les noyer.

Plus encore qu'à la perte d'argent, Goulec, lui, était sensible à la menace de travail forcé que présageait la catastrophe. Il n'était pas douteux que la Yande le forcerait de rattraper le prix des hîtes disparues par une activité redoublée. Cela en représentait des palangres à aller tendre au large des Sauvages ou de la Suarde!... Il avait, lui aussi, amolli de son mieux ses soucis dans le vin blanc, et cela lui avait rendu assez de calme pour qu'il pût maintenant recommencer à surveiller de sa place les lignes à canias qu'il avait tendues dans le port.

C'était son plaisir d'attraper les oiseaux. Il pêchait les mauves et les « canias », qui sont de grands goélands gris, les meilleurs. Il tendait pour cela des « hérissons », des grappins d'hameçons boettés d'un foie de poisson et supportés par un liège lesté, que fixaient au fond un orin et un caillou. Ses engins tendus, il avait rallié le Café des Marins.

Il trempait sa moustache délavée dans un mique fortement appuyé de « blanche », lorsque François qui tenait le guet, lui cria :

— T'en as un, Mimile ! Un gros !

Émile Goulec sortit du café, et malgré ses cuissardes, courut comme un jeune vers son doris. Les buveurs quittèrent les tables pour venir, sur le pas de la porte, suivre sa manœuvre.

— Il va se placer au vent.

— Ah, il ne le tient pas !

Tandis que Goulec nageait à petits coups d'avirons vers sa prise, on conta des histoires de canias malicieux, qui en volant dans le vent, réussissaient à s'échapper. Pendant ce temps, Goulec approchait à petite allure de l'oiseau hameçonné, dont les ailes larges fouettaient l'eau. D'autres goélands, avec des piaulements déchirants, volaient très bas autour de la victime. Goulec passa au vent, soulagea la ligne avec son aviron, embarqua l'oiseau, arracha l'hameçon de la gorge, écrasa la tête du talon de sa botte.

C'était fini.

— Ils ne reviendront pas avant une heure d'ici, dirent les pêcheurs en retournant s'asseoir.

Ils parlaient des goélands qui avaient pris le large. La chasse rapide et adroite leur avait fait oublier un instant leurs tracas. Goulec avait tiré son doris au sec et se préparait à rallier le Café des Marins avec sa capture, pour y reprendre son affût confortable, quand il aperçut la Yande qui l'attendait debout sur le bord du quai. Elle jeta un coup d'œil noir à l'oiseau qu'il tenait par les pattes, et tendit à Goulec un pot de peinture.

— Tu vas aller tout de suite, ordonna-t-elle, repeindre *Notre-Dame-des-Flots* sur la bisquine, dès qu'elle sera au sec.

Malgré son entraînement, Goulec en resta cloué sur les dalles.

— À t'c'soir ?

Elle le toisa.

— On n'a p't'être pas 'core assez attendu ?

Résigné à ne jamais comprendre, il changea son cania de main, pour prendre le pot de peinture.

CHAPITRE VIII

COMME les femmes l'avaient prévu, il vint quelqu'un de Paris.

L'Office Scientifique et Technique des Pêches Maritimes envoya un de ses membres enquêter sur place. On fit des sondages au large, on préleva des échantillons de vase et de sable, qui furent envoyés à Paris dans des flacons cachetés. L'administrateur de la Marine assurait qu'on n'épargnerait rien pour découvrir la cause du mal et y remédier.

Les hommes et les jeunes gens s'intéressaient aux recherches. Certains pensaient que c'était les rivières du Marais qui avaient dégorgé le mal sur les parcs, et ils s'irritaient de ce qu'on ne poussait point assez les sondages de ce côté. Ils disaient aussi :

— S'ils pouvaient seulement en trouver deux ou trois de malades, ils auraient vite vu ce qu'elles ont dans le corps.

Mais on ne trouvait toujours que des coquilles vides !

La Yande, elle, Mélanie Rabus, Marie Tuliau et tout le clan mystique, répétaient :

— Ils peuvent toujours fouiner !

Elles triomphèrent bientôt. Au bout de quinze jours, le délégué de l'Office partit en déclarant que d'après les laboratoires, on ne pouvait jusqu'ici incriminer aucun des agents habituels de mortalité, ni le froid, ni l'apport d'eau douce, ni une maladie parasitaire due aux vers, aux bactéries, aux champignons, ou aux algues perforantes. La cause restait inconnue.

— Pour lui !... ricanait la Yande.

Mais quelques jours plus tard, P'tit Louis rentra avec un journal. Il y était écrit que la maladie mystérieuse ne s'attaquait pas seulement aux huîtres de Cancale. Auray, Arcachon, Ostende même, étaient également frappés. Il semblait que l'épidémie s'étendît à l'Europe entière.

La Yande n'aimait pas cela ! Cancale devait garder le monopole du châtiment, comme il avait celui de la faute. Elle allait riposter à la fois sur les menteries des journaux et sur le gouvernement, qui faisait répandre le bruit d'une catastrophe générale, pour se dispenser d'aider la ville, quand P'tit Louis, brusquement, circonscrit la question, en déclarant que, cette fois, il n'y avait plus à s'obstiner, que tous les jeunes étaient décidés à quitter le pays condamné, et que, comme eux, il allait partir.

Il le disait à table, en enfournant violemment sa soupe, sans regarder personne. Non, il n'y avait plus rien à faire ici pour la jeunesse. Les uns s'engageaient à la Grande Pêche, les autres au Commerce. José Tuliau avait trouvé quelque chose à Dakar. Grosbois s'en allait au Maroc... L'ostracisme... Ni P'tit Louis ni les autres ne connaissaient le mot, pourtant, c'était comme si l'arrêt qui exilait toute la jeunesse de Cancale était inscrit sur ces coquilles vides.

Le gars affirmait aussi que les bisquines, faites pour la Caravane, et rien que pour elle, trop lourdes et trop lentes pour la pêche côtière, désarmeraient l'une après l'autre, faute de pêcher assez pour payer leurs équipages. Il annonçait des jours noirs de chômage et de misère... Puis il s'arrêta net. Il venait de se souvenir que les parents, eux, ne partiraient pas, qu'ils restaient cloués au port moribond. Gauchement, il essaya de se rattraper en assurant qu'ils vivraient toujours, avec la retraite du père et le poisson qu'ils grappilleraient l'été.

La Yande coupa :

— Puisque t'es décidé, t'as point à t'occuper du reste. Tu n'as qu'à partir quand tu voudras.

Et tout fut dit.

P'tit Louis, rouge de honte, tenta encore d'avancer quelques arguments : les parents devraient comprendre... Les vieux, c'était une chose, les jeunes une autre... Il aurait un bon métier... Plus tard, qu'est-ce qui l'empêcherait de revenir s'installer au pays ?...

Sa mère, le visage muré, ne semblait point entendre. Goulec mâchait. Roseline, impénétrable, se levait parfois pour aller au fourneau ou au buffet. Le garçon se débattit encore quelques instants contre le silence, et la figure crispée, les lèvres serrées, il se tut, découpant son fromage avec rancune, en petits cubes réguliers. Le repas fini, il monta dans sa chambre. Là, il s'assit sur son lit, la tête dans ses poings.

Il avait compris quelle tactique sa mère allait lui appliquer : la pire, celle du vide ! Alors que la contradiction l'eût soulagé, qu'elle lui eût au moins permis de crier, il n'entendrait ni reproches ni objections. Il aurait tout à faire, seul, sans même le soutien de la colère, ses paquets, son petit déménagement. On lui laisserait tout l'odieux de l'abandon. Rien que d'y penser le rendait malade. Ah, que la mère le connaissait bien ! Même si elle avait consenti, qu'elle eût paru se résigner, il ne serait encore parti qu'avec le remords de « plaquer », de la laisser se débrouiller seule. Mais elle lui avait refusé jusqu'au droit de s'inquiéter d'elle !

Un bruit de pluie contre ses vitres le fit se dresser, ouvrir la fenêtre, car avec ce soleil, il ne pouvait être question d'averse. Roseline était debout, dans la cour, juste au-dessous de la fenêtre, avec en main une autre poignée de sable tout prête. Collée au mur, elle leva la tête.

— Elle est à la cuisine, dit-elle. Je ne pouvais pas monter te parler. Mais je suis avec toi ! Quand vas-tu partir ?

Tout désemparé encore, il fit un signe d'incertitude.

— Pars dès ce soir, conseilla-t-elle. Autrement, je te connais, tu ne partirais plus. Et depuis que tu en as envie.

Il objecta, épouvanté par la décision si proche :

— Je n'aurai jamais le temps... Mes affaires, mon linge...

— Ton linge, tu le feras laver là-bas. Tes affaires, je m'en occuperai... Cette après-midi, elle doit aller à la Marine : c'est le jour de la pension de papa. Je t'aiderai à faire ta valise. Reste là à m'attendre.

Elle rentra, et P'tit Louis ferma la fenêtre. Un vide s'était fait en lui, comme après un accident, ou quand on est roulé par une lame. Le rythme accéléré des événements l'abrutissait. Il était à la fois vaguement satisfait de n'avoir plus à décider lui-même des détails, et épouvanté de sentir son affaire entre des mains aussi rapides. Car lorsque Roseline s'y mettait, c'était incroyable ce qu'elle pouvait abattre en une heure. Cela la prenait par bouffées, et elle vous torchait une lessive, repassait sans souffler des paquets plus gros qu'elle. Or, il venait de lui voir les yeux excités qu'elle avait ces jours de frénésie. Après cela, elle traînait ses savates pendant une semaine, l'air dégoûté de tout.

Il ne se faisait point d'illusions. Si elle s'était proposée, imposée pour l'aider, ce n'était point par affection. Pour elle, il ne comptait guère plus qu'un meuble. Elle ne se cachait pas de mépriser sa docilité aux ordres de la mère, autant que sa gaucherie envers les filles. Quand il s'était fait soulever la petite Camard, le soir du quinze août, elle n'avait rien dit, mais elle l'avait observé avec des yeux si moqueurs, qu'il avait failli cogner. Sa sympathie inattendue venait de ce que sa révolte à lui rejoignait la sienne, une révolte sourde, patiente, qu'il sentait, qu'il était le seul à sentir. Car la mère, trop habituée à être obéie, croyait la fille définitivement matée. Mais lui, à chaque fois qu'il la regardait, se mettait à réfléchir, bouche ouverte, jusqu'à ce qu'il reçût d'elle un coup d'œil qui disait nettement : « Tu as fini ? Mêle-toi de tes affaires. » Il en était sûr, elle venait encore de le prouver : elle ne désarmait point. L'autorité de la mère lui pesait plus qu'à lui-même, et il pressentait qu'elle chercherait bientôt à s'y soustraire. Cela lui fit un remords de plus, d'avoir ainsi ouvert la route.

La Yande, dès deux heures de l'après-midi, s'habilla pour sortir. Comme l'avait dit Roseline, elle allait conduire Goulec à l'Inscription maritime, et se faire remettre le trimestre de pension qu'il devait toucher. Elle n'était pas la seule à prendre ainsi ses sûretés, mais les autres y mettaient plus de discrétion. Elles stationnaient suffisamment loin de l'Administration, pour que les copains de leurs époux pussent feindre de croire, lorsqu'elles les abordaient, à une rencontre fortuite. La Yande, elle, qui n'avait à ménager aucun amour-propre, entrait dans le bureau et s'asseyait sur le banc d'attente. De cette façon, Goulec n'avait même pas la peine de ramasser l'argent. Sitôt touché, il lui tendait la liasse, avec une indifférence souveraine. Il n'en voyait jamais un sou, pas plus que de l'argent des huîtres ni du poisson qu'il rapportait, et que sa femme vendait à la criée.

Cela n'empêchait pas qu'il eût toujours de quoi boire à sa soif et payer le coup aux amis, et la Yande, depuis des années qu'elle menait ses enquêtes, n'avait jamais réussi à savoir comment il s'y prenait.

Car elle avait beau retourner ses poches, le soir, quand il ronflait, elle les trouvait toujours vides. Pourtant, il ne buvait jamais à crédit. Questionné, il répondait que les copains lui offraient à boire. Or, s'il est une loi observée dans les bistrots, c'est qu'une tournée offerte doit être aussitôt rendue. Cela ne semblait point concerner Goulec. Parfois, la Yande, excédée de sa mauvaise foi, s'écriait :

— Enfin, au prix de la boisson, ils ne te saoulent tout de même pas la gueule, à longueur de journée, pour le plaisir de te voir enfler comme un viau neyé !

Goulec alors expliquait placidement qu'on le priait à boire en reconnaissance de menus services : il avait donné la main à celui-là pour rentrer son doris, dépanné cet autre à bout de boette...

Lui seul eût pu débrouiller l'enchevêtrement de sûres complicités qu'il avait réussi à nouer avec d'autres patrons, des mareyeurs. Pourtant, le lundi d'avant, tandis que la Yande surveillait sa lessiveuse dans la cour, Roseline, lui avait dit, en essuyant sa vaisselle, et sans même le regarder :

— Pendant que j'y pense, ne refile donc plus ton poisson à Cul de Cane. Ou alors, qu'il aille le prendre lui-même dans ton caisson... Il y envoie Anna. Et celle-là, tu sais, comme jappe...

Goulec, confondu, autant par cette connivence inattendue que par la découverte de la meilleure des ses sources, ne l'avait remerciée que le lendemain matin. Elle avait eu alors cette parole surprenante, mais qui avait semblé toute naturelle au père :

— Faut bien se soutenir...

Elle entra chez son frère, sitôt les parents tournés au coin de la ruelle, et elle prit sur le champ le commandement.

— Alors ?... Tu ne peux pas tout emporter : tu n'as qu'une valise. Je vais t'y mettre deux complets et du linge. Dès demain, tu la porteras au car, et je te la renverrai le soir avec le reste. Si tu as des bleus et des outils à emporter, tu les mettras dans un sac, et on l'attachera avec la valise.

Elle ouvrit aussitôt les tiroirs et commença de choisir parmi les chemises et les caleçons. P'tit Louis, les bras tombés, les jambes molles, la regardait faire.

— Tu vois, je ne te mets que des chemises de flanelle et deux en zéphyr, pour le dimanche.

Il approuvait distraitement, puis il osa demander :

— Et toi, quand je serai parti, qu'est-ce qu'elle tu vas faire ?

— Ne t'occupe pas, répondit-elle.

Il insista :

— Mais tu ne penses pas à t'en aller ?

La question était à peine posée, qu'il en sentit l'inconséquence, l'odieux même. C'était quand il s'enfuyait, qu'il s'inquiétait de savoir si sa sœur, elle, consentirait à rester... Puis il se dit que ce n'était pas la même chose, qu'il avait lui, sa vie à gagner, et un emploi qui l'attendait.

De fait, Roseline répondit seulement :

— Pour partir, il faudrait, comme toi, savoir où aller.

Cela le tranquillisa, sans pourtant le débarrasser du souci qui demeurait fiché en lui.

— Comment qu'ils vont se débrouiller, je me le demande !

Elle risposta cruellement, en bourrant le coin de la valise de chaussettes de laine :

— Comme tous ceux d'ici, en travaillant. Et il y en a que ça changera ! Les huîtres sont parties, mais le maquereau reviendra dans la baie, non ? Il y aura toujours des congres et des roussettes pour les palangriers... Seulement, ils prennent la mer le lundi, et le mercredi, ils s'arrêtent s'ils ont de l'argent. Les hîtes, c'était commode : quand ils les avaient fait ramasser par les Marauds, ils n'avaient plus qu'à les regarder engraisser... Là, c'est prêt. Aide-moi à la fermer.

P'tit Louis boucla la valise et la descendit dans l'appentis où sa moto attendait, levée sur son support.

— Et ici, qu'est-ce que tu emportes ?

Le garçon fit du regard le tour du petit atelier qu'il avait installé dans le fond du hangar : un établi, une forge volante, un tour, et toute une ferraille amoncelée à terre contre les planches de la paroi, de vieux radiateurs, des pistons et des bielles rouillées, des phares crevés, des accus rongés d'acide. Il eût voulu tout emporter. Mais Roseline, encore une fois, décida :

— Tu reviendras avec une camionnette. Pour aujourd'hui, tu n'as qu'à prendre tes outils.

Il détacha les jeux de clefs anglaises du tableau de bois où elles s'alignaient par rang de taille, et il les jeta dans un sac tout gras d'huile, qu'elle maintenait ouvert.

Quand la valise et le sac furent solidement arrimés sur le siège arrière de la moto, Roseline ordonna :

— Sors-la.

La machine dans la rue, c'était le départ inéluctable, presque immédiat. Anxieux, il la regarda.

— Maintenant ?...

Mais il rencontra ses yeux opiniâtres, les yeux de la Yande quand elle s'acharnait.

— Qu'est-ce que tu veux ? Partir ou rester ?... Si c'est rester, tu n'as qu'à traînasser, et tu le sais bien.

Vaincu, il souleva l'arrière de la moto, releva le support, et la poussa jusque dans la ruelle. Une courroie était détendue : il s'agenouilla pour la resserrer à grands coups d'épaule. Quand il se releva, il aperçut sa mère qui arrivait. Traversé d'un grand froid, il l'attendit.

Elle rentra tranquillement, comme si elle ne l'avait point vu, ni lui, ni sa moto chargée de bagages. Mais par la porte restée entr'ouverte, il entendit Roseline annoncer d'une voix où le défi se retenait mal de sonner :

— P'tit Louis part tout de suite. Je l'ai aidé à faire sa valise.

Et comme aucune réponse ne lui arrivait, il rentra.

Sa mère, les bras levés, suspendait son manteau noir dans l'armoire.

— Roseline t'a dit ? murmura-t-il derrière elle.

Elle ne se détourna point, elle continait à tendre le manteau sur un cintre. Pendant de longues secondes, il attendit un mot qui ne vint pas, et il se sentait devenir de plomb.

— Alors... au revoir, balbutia-t-il.

— Au revoir.

Il ne voyait toujours d'elle que son dos maigre, la nuque tannée, hachée de petites rides, les cheveux gris qui s'échappaient de la coiffe. Il fit un geste pour la saisir, l'embrasser de toutes ses forces. Mais ses bras et sa tête retombèrent ensemble. Il sentit alors une tape sèche sur son épaule. Roseline, d'un signe, lui montra la porte : de ce côté, les adieux étaient terminés.

Mais avant de passer le seuil, la jeune fille se retourna.

— Où est papa ? demanda-t-elle.

Là-bas, devant son armoire, la Yande, d'un haussement d'épaules, fit signe qu'elle n'en savait rien.

Alors Roseline poussa fermement son frère dehors, sortit avec lui et referma la porte.

Ils trouvèrent Goulec sur la digue de la Fenêtre. Les mains dans les poches, il regardait très au-dessous de lui, les gars de la *Perle* décharger des paniers de chiens de mer, que la bisquine était allée chercher jusque sous Paimpol. En voyant arriver ensemble son fils et sa fille, il comprit que c'était le signe d'un événement important. Sans aller jusqu'à faire un pas à leur rencontre, il se détourna pour les attendre.

— Je viens te dire au revoir, papa.

Une buée d'émotion passa sur les gros yeux.

— Alors, comme ça, tu pars ?

P'tit Louis parvint à dire :

— P'us tôt ou p'us tard, ça n'aurait rien changé.

Goulec parut réfléchir.

— T'as raison, dit-il enfin.

Puis une inquiétude le prit :

— T'as vu ta mère ?

Il s'en inquiétait moins par souci des convenances que par peur d'avoir à annoncer lui-même le départ.

P'tit Louis inclina la tête.

— Alors, dit Goulec, bonne chance... C'est pas que tu n'aurais point trouvé à t'occuper ici, mais puisque ce n'est point ton goût...

Il demanda encore, quand P'tit Louis l'eut embrassé joue sur joue :

— On se reverra ?

— Ben, tu penses !

— Ta mère t'en voudra les premiers jours, mais elle s'y fera, faudra ben... Faut pas que ça t'empêche de revenir.

Comme réponse, son fils l'embrassa de nouveau, et plus fort.

— Tu donneras le bonjour à ton copain, dit encore Goulec.

Et, afin de signifier la fin de l'audience, il se retourna vers le bord du quai, et se remit à contempler l'équipage de la *Perle* et ses paniers de poissons. Dans la bisquine, ils gardaient encore la tête levée vers la jetée. Ils avaient assisté, fort intéressés, à la scène d'adieu, et ils comprenaient seulement qu'elle était terminée, à revoir Goulec de face, car d'en bas, ils ne pouvaient apercevoir P'tit Louis ni Roseline qui s'en allaient.

— Alors, jeta le patron, un vieux à casquette, debout à l'arrière. Il s'en va, le gars ?

Goulec fit un signe affirmatif.

— Il n'est pas le seul... Et ils ont raison. Ici, il n'y a plus d'avenir.

Goulec hocha deux fois la tête.

Roseline revoyait Florentine.

Elle l'avait rencontrée, huit jours avant la découverte des parcs vides, aux Galeries Modernes, et l'aubergiste lui avait dit bonjour la première, un bonjour des paupières clignées. Puis elle l'avait arrêtée près de la porte. Elle gardait la main sur la poignée, mais sans ouvrir.

— Tu sais que tu as oublié chez moi ton écharpe ?

Roseline avait répondu :

— Je savais bien que je l'avais perdue, mais où ?

— T'avais autre chose à penser ce jour-là, en t'en allant... Et moi, je n'aurais pas pu te courir après pour te la rendre.

Après ces allusions au pugilat dans la buanderie, elles s'étaient regardées avec un demi-sourire qui les renvoyait à égalité : chacune acceptant désormais que l'autre eût assisté à son humiliation.

— Viens la chercher un de ces jours, si t'as un moment...

En le disant, Florentine observait la jeune fille d'un air qui sous-entendait : « Et si tu en as le courage. » Roseline avait promis :

— J'irai.

Elle y alla, au prix d'un détour, le lendemain même du départ de P'tit Louis. Elle devait se rendre, cette après-midi-là, à Paramé, en vélo, pour y chercher une navette de machine à coudre. Elle trouva Florentine assise à une table de la salle, et remuant dans un verre un mélange noir : c'était un « jambinet », café, sucre, eau-de-vie chauffés ensemble.

— Je ne croyais pas que tu reviendrais, avoua l'aubergiste, sitôt Roseline assise. Ça te revaudrait une jolie plumée si elle le savait ! M'a-t-elle pourtant tossée, la maudit' grande biroque !

Elle secoua sa grosse tête.

— Je ne lui en veux plus. Ça m'a guéri mes rhumatismes, de faire la culpète dans mon cuvier. Toi, Perrine, comme tatouilles, t'as été servie aussi.

Elle abattit le poing sur la table.

— Veux-tu que je te dise ? C'est elle qui avait raison ! Ça ne pouvait te mener nulle part d'amiauler un gars pareil.

Tout cela, elle le disait d'un air froid, d'une voix qui ne semblait se hasarder qu'avec méfiance. Elle avait gardé les mots du cru, mais elle les laissait tomber de ce ton réticent, surveillé, qu'ont les femmes qui ont beaucoup roulé, et Roseline, habituée à les entendre frapper d'un accent autrement véhément, en éprouvait une gêne persistante.

— Qu'est-ce que tu vas faire maintenant ? Tu restes ?

— Non.

— Où que t'irais ?

— J'aimerais bien Paris.

— T'as chez qui aller ?

La fille hésita un instant, avant de faire non de la tête.

Florentine, alors, la regarda fixement, comme pour la soupeser.

— Si t'as toujours dans l'idée de te marier, une fille sans le sou, sans personne, à Paris, ça ne trouvera que de la crasse. Pire qu'ici ! Et puis, tu n'as point de métier, tu ne pourrais aller que bonne.

— Vous connaissez l'avenue d'Eylau ?

— Oui. C'est auprès du Trocadéro.

— C'est bien, par là ?

— J'te crois, c'est dans le XVIe. Tu connais quelqu'un avenue d'Eylau ?

Roseline raconta sa rencontre du mois d'août sur la grève, et les offres du promeneur. Florentine ne cacha pas son scepticisme.

— Depuis ça, tu penses, il se sera servi ailleurs. Enfin, écris-lui. Qu'est-ce que tu risques ?

— Je ne peux pas lui donner mon adresse.

Florentine se laissa aller à un gros rire.

— Probable ! Ça te coûterait une sacrée douille. Et ben, fais-toi écrire ici, sous double enveloppe.

Et devant le regard interrogateur de la jeune fille, elle expliqua :

— Tu ne veux pas que le facteur lise sur l'adresse : Mlle Goulec, chez Florentine ?... C'est pour le coup qu'elle rappliquerait, ta mère. Et cette fois, ça ne serait point beau, parce que je l'attendrais... Ton Parisien n'a qu'à faire comme s'il m'écrivait à moi, et dans son enveloppe, il en mettra une autre, pour toi.

Elle se gratta la tête.

— Seulement, fais attention : ça se pourrait qu'il ne cherche qu'une bonniche au rabais. Faut que tu saches, avant de partir. C'est pas quand le canot est à l'eau, qu'on regarde s'il est percé, sans quoi on se fait laver les fesses. Tu dois d'abord être sûre de ce qu'il veut : après, ce sera à toi de décider.

Soudain, il lui vint une idée :

— Mais pourquoi que tu ne l'écrirais pas ici, ta lettre ? Il me reste du papier comme t'en trouveras pas dans les boutiques, et ça aussi, ça compte.

Roseline accepta, et la femme s'en alla de son pas pesant. Elle revint avec une large boîte de papier bleuté, mais elle apportait en même temps une feuille quadrillée pour le brouillon.

Elles le bâtirent ensemble. Roseline y disait le bon souvenir gardé de la rencontre de l'été. Décidée à quitter Cancale pour Paris, elle s'était rappelé les aimables propositions. Elle ne voulait pas se placer comme bonne. Par contre, à condition qu'il n'y eût ni cuisine, ni gros ouvrage à faire, elle accepterait volontiers de tenir le ménage d'un monsieur seul.

— Ajoute : « Et de lui rendre la vie agréable. »

Comme la plume hésitait, Florentine haussa les épaules.

— Va donc. À quoi que ça t'engage ? C'est des mots.

La lettre recopiée et l'adresse mise, l'aubergiste exposa l'arrangement à prendre pour que Roseline fût prévenue de l'arrivée d'une réponse.

— Écoute : j'ai là des prospectus de marchand de vin. Si je reçois quelque chose, j'en enverrai un chez toi par la poste. Tu sauras ce que ça veut dire... T'es toujours là, quand le facteur passe ?

Roseline objecta :

— Oui... Mais ça viendra de Cancale ?

— Si ta mère s'en avise, elle croira que c'est une blague d'un copain de ton père. Sans lui faire tort, le vin blanc, c'est sa partie.

La Yande ne regarda pas le timbre de la poste, lorsque, huit jours plus tard, elle reçut le prix courant d'un négociant de Bordeaux. Roseline, qui épluchait des poireaux à table demanda :

— Qu'est-ce que c'est ?

— Oh, un papier de vendoux de vin... Ils s'adressent ben ! Quand tout le monde à Cancale ne va plus avoir qu'à boire de l'eau et à manger sa barque.

Elle avait cru à une tournée générale de prospectus, adressée à tout le pays.

Roseline s'échappa le soir même, pour courir jusqu'à Porspican, sur le vélo d'une amie. La lettre disait :

« Chère petite Mademoiselle,

« Moi non plus, je n'ai pas oublié la charmante rencontre de cet été, et j'espérais toujours recevoir de vos nouvelles. Je commençais pourtant à désespérer et à croire que vous ne vous souveniez plus de moi. Comme je vous l'avais promis, je vous aurais attendue jusqu'à janvier, dans l'espoir que vous finiriez par vous décider. Ce que je vous ai offert tient plus que jamais. Soyez bien certaine que je n'ai jamais pensé une seconde que vous pourriez entrer chez moi comme bonne... »

Afin de le prouver, la lettre spécifiait tout ce que Roseline n'aurait pas à faire : les repas monteraient du restaurant, dont M. Massonneau était propriétaire. À plus forte raison, ne pouvait-il être question des nettoyages, dont resterait chargée une femme de ménage. Ce qu'on cherchait, parce qu'on était resté jeune de cœur et de tempérament, c'était de l'affection, une mignonne petite amie. Si on la trouvait, elle pouvait être assurée d'un très joli avenir.

— Et ben, ma fille, conclut Florentine, t'es née coiffée ! Si j'avais eu ça, moi, pour commencer !...

Mais elle la vit qui repliait la lettre lentement, avec un visage tourmenté. L'aubergiste se leva, alla chercher sur l'étagère du bar une bouteille de curaçao, en remplit un verre à Bordeaux qu'elle lui tendit.

— Ça t'a toute retournée. Bois ça : c'est doux.

Roseline vida le verre presque d'un trait. Florentine attendit que la chaleur de l'alcool se fût épanouie dans la fille, pour ajouter :

— Personne ne te prie de te presser. Comme il est hameçonné là, il attendra tant que tu voudras. C'est à toi à savoir ce que tu veux.

Roseline avait caché la lettre dans sa commode, entre ses chemises, et elle la relisait dix fois par jour, comme si elle avait voulu, à force d'y revenir, en user les termes, émousser leur tranchant. « C'est à toi à savoir ce que tu veux... » Or, elle savait seulement ce qu'elle ne voulait pas : la vie qui l'attendait, si elle restait, si elle se mariait dans ce pays. Là, sa haine n'avait pas fléchi. Tout la nourrissait, le père ivrogne, la mère rigoureuse, les heures écœurantes, les ruelles, les femmes écrasées d'enfants, de travaux et de misère qu'elle y rencontrait. Car ses yeux durs, au guet sous le front buté, refusaient de voir plus loin que l'apparence. La mort des parcs n'avait fait qu'enlever à Cancale ses dernières chances de la retenir.

Mais elle méprisait peut-être plus encore, maintenant, la stupide évasion qu'elle avait tentée avec Tony, son expérience, même tronquée, de ce qu'elle appelait l'amour. Courir les foires pendant toute l'année, tourner sous une tente misérable une roue de loterie, devant une demi-douzaine de gosses ou d'imbéciles, dire qu'elle avait cru cela possible, qu'elle était prête à passer là-dessus pour décrocher le mariage !... Le mariage, un mot, une chose qui vous collent à la peau, quand on a été élevée à croire qu'on ne peut pas s'en passer pour avoir un homme ! Même à présent, malgré sa résolution si profondément ancrée de s'enfuir à tout prix, elle ne parvenait pas à en rejeter l'idée. « Elle va se marier », « elle est mariée »... Les mots mille fois entendus lui sonnaient dans la tête. Elle enrageait de cette duperie dont elle ne pouvait se déprendre. Se marier ici, ou alors, un vieux !

Il fallait ausi, pour faire sa vie, arracher ces idées de péché, dont les curés vous farcissent la tête, et qui tiennent plus qu'on ne voudrait ! D'avoir si souvent entendu, à la paroisse, flétrir et condamner l'impureté, même si on n'écoute que d'une oreille des gens dont c'est le métier de prêcher ça, on en reste marqué... Oui, il y avait encore la religion à lâcher.

Heureusement, elle l'avait vue à l'œuvre, chez sa mère ! Si c'était à cela que ça menait, d'être dans l'église, à devenir pire qu'une sauvage avec les siens, il n'y avait qu'à envoyer ça par-dessus bord, avec le reste...

Mélanie Rabus, cependant, avait dit un jour :

— Comment donc que tu te figures le Bon Dieu, ma pauv' Yande ? Comme le plus sans-cœur des gendarmes ?... C'est pourtant, à tout le moins, un brave homme...

Mais Roseline n'était pas là...

Elle reprenait la lettre qu'elle savait par cœur, la relisait avec une figure torturée. Toute sa chair se soulevait, en même temps, son ambition avide se tendait, appâtée.

— Qu'est-ce que t'as là ?

Elle n'avait pas entendu sa mère monter sur ses chaussons, et la porte s'était ouverte si brusquement, qu'elle avait seulement eu le temps de cacher la lettre derrière son dos. Mais le geste n'avait pas échappé à la Yande, ni l'éclair blanc du papier.

— Donne !... Donne, que je t'ai dit !...

Sa mère lui avait saisi le poignet. Elle le tordit brutalement. Le dos de la fille tourna, découvrant la lettre, que la Yande saisit.

Roseline s'attendait à tout, sauf à ce qui se passa. Stupide, elle vit sa mère rouvrir la porte et s'en aller, emportant le papier : elle n'avait pas ses lunettes...

La jeune fille s'était ramassée dans un coin de la chambre, les yeux sur la porte.

— Descends !

L'ordre lui arriva, hurlé, terrible. Elle hésita une seconde, puis descendit. Sa mère était debout au milieu de la pièce, plus haute et plus droite que jamais. À la table, Goulec coupait des bouchées de pain et de fromage.

— D'où que ça vient ? Qui, qui t'écrit ça ?

Comme la jeune fille se taisait, sa mère marcha sur elle.

— Tu vas le dire !

— Non !

Elle para de son bras levé l'élan du poing qui cherchait le visage, mais elle fut aussitôt enveloppée d'un tourbillon de coups. Sauvagement, les sabots de la Yande lui crossaient les jambes. D'une main, sa mère l'avait empoignée aux cheveux ; l'autre poing cognait avec une régularité de pioche. Roseline protégeait son visage de ses deux bras croisés.

— Putain... Saloperie !

— Eh ben, eh ben, dit Goulec, tu vas la tuer !

Il se leva, leur abattit à toutes deux une lourde poigne sur l'épaule, et d'un seul coup, les désunit.

— En v'là assez, dit-il.

La Yande, la bouche ouverte, les yeux vagues, comme si elle avait bu, le regarda.

— Tu sais ce que tu fais là ?... Tu la jettes à un vieux cochon, ta fille, à un vieux de Paris, qui l'attend, qui lui a écrit. Elle ne pense qu'à s'ensauver pour y aller.

Goulec restait là, abruti, entre elles. Roseline, rattachant avec des mains tremblantes ses cheveux défaits, murmura :

— Non, je ne me sauverai pas.

Le surlendemain pourtant, ils trouvèrent sa chambre vide, l'échelle de l'appentis dressée contre la fenêtre ouverte, et sur le lit, une feuille où elle avait écrit au crayon : « N'essayez pas de me rattraper : j'ai eu vingt et un ans cette nuit... »

CHAPITRE IX

LA Yande, elle-même, annonça par les ruelles la nouvelle de la fuite.

— Elle a attendu ses vingt et un ans pour partir comme une voleuse. Ah, elle a ben fait : je l'aurais tuée ! Jamais elle ne refoutra les pieds ici. Ça veut se placer à Paris ! Si elle pouvait y crever de faim et de mal !

Ainsi, elle faisait la part du feu, et cachait la honte majeure, celle de trouver là-bas la table mise et le lit fait. Goulec, sommé d'oublier l'apostrophe sur le vieux cochon à qui il jetait sa fille, y avait consenti d'autant mieux qu'il l'avait assez mal saisie. Ainsi, la mère gardait pour elle seule la brûlure du déshonneur.

Elle n'en dormait plus. Elle sentait physiquement la lourde main de Dieu s'appesantir sur elle. Car elle ne doutait pas de recevoir, cette fois, la punition de sa révolte, d'être l'objet d'une terrible mesure de talion. Tu M'as lâché : ton gars et ta fille te lâchent. Tu M'as bafoué, en paroles et en actes : ta fille se traîne et te traîne dans la boue... » Elle en pleurait toute seule, à longueur de nuit.

« Comment a-t-elle pu ? se demandait-elle. Élevée comme elle l'a été ? Qu'est-ce qu'elle a dans le sang, donc ? »

Ce sang, justement, charriait les mêmes rébellions, les mêmes refus que le sien ; c'était pour avoir été trop sa fille que Roseline s'était perdue. La même force de ressentiment qui l'avait jetée, elle, hors de l'église, le jour de l'enterrement du père, avait jeté sa fille hors de l'honneur, qui est aussi une religion. Leurs révoltes sortaient bien l'une de l'autre, mais sans qu'il y fût besoin d'un coup du ciel... Comment l'eût-elle compris ?... Ainsi, les êtres sont condamnés à ne pouvoir qu'approcher leur vérité, ou à la défigurer lorsqu'ils l'atteignent.

À la criée, elle supposait des lettres de la fugitive.

— Elle a écrit qu'elle a trouvé une place. Elle va voir un peu ce que c'est d'être chez les autres.

— Quand elle l'aura ben vu, elle reviendra, assuraient les commères.

— Elle ? Fière comme elle est ? Jamais de la vie ! Elle se laissera plutôt péri'. Comme ça, j'aurai point le mal de lui fermer la porte.

Ainsi, elle prenait les devants et expliquait pourquoi la disparition serait définitive. Les femmes haussaient les épaules.

— Tu dis ça !...

Mais entre elles, la voyant si changée, elles chuchotaient :

— Ça la mine.

P'tit Louis s'était hasardé à revenir un dimanche après-midi, tout perclus d'appréhension. Il était entré par la petite porte de la cour, de peur qu'on ne lui claquât au nez celle de la rue. Quand elle l'avait aperçu par la fenêtre, la Yande avait couru lui ouvrir.

— Te v'là, mon gars !

Elle l'avait embrassé joue sur joue, et le garçon avait failli s'en effondrer de saisissement.

— As-tu mangé ?

— Oui, avant de partir.

— Eh ben, tu vas recommencer !...

Sitôt après le repas, elle s'était habillée pour sortir avec lui. Sur le quai Gambetta, il avait demandé, et depuis son arrivée, il reculait devant la question :

— Alors, paraît que Roseline est placée à Paris ?

Elle s'était arrêtée net.

— Ne m'en reparle jamais !

Puis, elle s'était reprise.

— Oui, elle est placée, mais après ce qu'elle nous a fait... Partir comme elle est partie !

Il avait rougi : son départ, à lui, n'avait pas non plus été très reluisant... La Yande avait senti qu'il avait pris le change, et qu'il n'oserait pas s'informer plus avant.

Le soir, après le dîner, quand P'tit Louis avait enfourché sa moto, elle lui avait dit, sur le pas de la porte :

— Tu reviendras dimanche ?

— Ben, tu penses ! avait-il répondu d'une voix délivrée.

Ils s'étaient souri, et quand il avait tourné au coin de la ruelle, elle avait pensé :

— En v'là au moins un de content !..

Ces semaines de chagrin pour la Yande avaient amené Cancale au bord de la Caravane. Comme chaque année, après l'hiver, les hommes en bleus réarmaient les bisquines. Ils traînaient leurs cuissardes timbrées de pièces rouges sur les vases, autour des doris échoués, des lourds bateaux debout entre leurs béquilles. Mais le cœur n'y était pas. Ces bancs, dont on rêvait hier encore, comme de larges remblais d'huîtres grasses, dont les dragues ne griffaient que le sommet, ces amas, qu'on n'eût pas été surpris de voir affleurer un jour en surface et sécréter des îles comme le font les coraux, on était sûr, avant même d'y être allé voir, qu'ils fermentaient de la même pourriture qui avait liquéfié les hîtes des étalages.

Certains disaient pourtant :

— Si c'est venu du froid, celles des bancs sont mieux couvertes, elles n'assèchent point. Elles auront peut-être résisté...

Mais les sondages de l'Office Technique des Pêches maritimes, poussés jusque sur les bancs, et qui n'avaient pas ramené une huître vivante, n'autorisaient point l'espoir. De la terre ennemie des Marauds, arrivaient aussi des bruits décourageants. Les enragés « Ventres Jaunes » qui, à la dernière marée de mars, s'étaient risqués, dans l'eau froide, jusqu'aux bancs riverains, n'avaient ramassé que des coques.

— Bon Dieu, qu'on en finisse, et qu'on soit fixé une bonne fois ! disaient les hommes.

C'est dans cet esprit qu'ils partirent. Mais les premières bisquines revinrent du banc, deux heures au moins avant le coup de canon de clôture. Elles étaient hautes sur l'eau, vides : on avait tout rejeté à la mer, à coups de pelle, sitôt les fers vidés sur le pont, car on ne remontait rien, rien que des coques. Les bancs étaient morts comme les parcs !

Cette fois, on ne cria pas, dans les ruelles. Jusqu'à celles qui avaient espéré, s'en défendaient.

— C'était couru !

Elles attendirent pourtant jusqu'au retour de la dernière bisquine. Les premiers arrivés avaient beau leur affirmer que c'était pour tous pareil, certaines hasardaient :

— S'ils restent, c'est peut-être que maintenant, ils pêchent un petit...

Mais ils ne restaient que par routine, et aussi parce qu'ils relevaient dans les dragues quelques margates, des seiches qui crachaient leur encre sur la nacre des écailles vides. Ils rentrèrent un à un, puis en paquets. Quelques traînards roulaient en queue.

— C'est 'core Goulec qui tient le balai.

La persistance de la *Notre-Dame-des-Flots* à rentrer la dernière parvint à les distraire une minute. Quand elle se fut amarrée à son tangon, une cloche sonna, la cloche du port, qui appelait les Marauds au tableau d'affichage, où l'on venait de placarder l'heure de départ du lendemain. Car les rites de la Caravane continuaient, malgré le fléau. Tant que le dernier banc, à la dernière marée, n'aurait pas livré sa dernière crasse, l'Administration ferait sonner ainsi la cloche, après le retour.

Les Marauds, trempés par l'eau de mer, qui, des dragues, leur avait ruisselé dessus, une après-midi entière, s'en allèrent relire longuement le papier. Puis ils repartirent à pied ou en vélo, vers le Marais, sans trop s'en faire, parce qu'ils étaient payés à la marée, et non au rendement, et qu'ils retrouveraient, au bout du chemin, la bonne terre grasse, plus lente que la mer à payer leurs sueurs, mais qui n'était point sujette, comme elle, à ces effrayants caprices.

Mélanie Rabus, qui demeurait sur le quai, se retourna sur sa fille, en entendant la cloche.

— Écoute, c'est le glas de Cancale qui sonne... C'était point à cette cloche-là qu'il fallait se rendre, y a un an !... Ils peuvent dire qu'ils se sont abattus la bancelle sur les jambes !

Après la cloche, ce fut un manège forain qui, soudain, déclencha son orgue. Car les baraquiers étaient revenus, rappelés par la date, et au complet, sauf la loterie de Tony.

Du coup, les femmes indignées sortirent sur leur seuil.

— C'est ben le moment de la faire aller, leu' musique !

— Avec le ventre vide, tu pèseras moins sur les casse-gueules, tu monteras plus haut !

Il y eut encore, aux marées suivantes, quelques dragages, sur les autres bancs, que l'Administration avait tous ensemble dédouanés. Quelques enragés s'entêtaient et refusaient d'abandonner avant la fin de la Caravane, de peur que la pensée d'un banc encore inexploré ne revînt les hanter, les tourmenter d'un espoir dont ils ne voulaient plus. Mais ils étaient chaque jour de moins en moins nombreux. Goulec, lui, avait mis sac à terre dès la fin de la première journée, et la Yande avait dédaigné de le relancer.

La Houle, d'ailleurs, se désinteressait des dernières tentatives. On espérait dans les pêches de printemps et d'été, dans les margates qui semblaient abondantes et qui se vendaient un peu aux alentours, dans le maquereau, la crevette grise, tout un bricolage qu'on dédaignait jadis, et sur lequel il faudrait se rabattre.

Les femmes, elles, songeaient à la saison, aux baigneurs, un bon mois plus tôt qu'à l'accoutumée. Les autres années, la Caravane terminée, les huîtres vendues, les parcs regarnis, les ruelles soufflaient. L'année était gagnée. Il n'y avait plus qu'à laisser les hîtes engraisser sur les cent soixante-douze hectares des étalages, s'y gaver de plancton, la poussière vivante, à cette époque printanière où la mer explose de vie, bourgeonne et fleurit comme la terre.

Cette fois, dès le mois de mai, les femmes d'équipage commencèrent à s'enquérir auprès des gardiennes, de villas à nettoyer, de vitres à frotter, de planchers à cirer. Elles hanterent les patronnes d'hôtels, pour se faire engager comme plongeuses, comme blanchisseuses de renfort, et ce fut, par toutes les ruelles, une dure course aux emplois. La Houle résonna de disputes criardes entre les élues et les refusées.

La Yande, elle, restait étrangère à cette agitation. Elle vivait avec ses idées, qui la courbaient tous les jours un peu plus. Goulec, sur qui elle ne criait même plus, la regardait souvent avec des yeux inquiets. Il faisait maintenant ce qu'il voulait, c'est-à-dire rien, mais il pouvait le faire sans disputes, sans injures, sans menaces, et cela le troublait. La Yande n'attendait plus que le dimanche, et P'tit Louis, comme son père, s'inquiétait de la trouver inerte, et presque douce.

— Tu n'es pas malade ?

— Mais non !

Elle fréquentait de nouveau assidûment l'eglise. Elle y entrait comme chez un créancier envers qui l'on s'est acquitte, mais en se ruinant. On se présente, la tête trop haute, à cause de l'amertume qu'on garde dans le cœur.

Un jour, Goulec, apres le déjeuner, en se curant les dents de son couteau, annonça :

— Paraît que le *Cormoran* est vendu...

La Yande, à l'évier où elle rinçait les assiettes, se retourna.

— Vendu, le *Cormoran* ?

C'était une des plus grandes bisquines de Cancale.

— Paraît... Un pêcheur de harengs de Trouville.

— Ah !...

Quelques jours plus tard, elle trouva la rue Nationale barrée par un groupe de femmes qui discutaient ferme.

— C'est un de Douarnenez, qui est venu pour l'acheter.

— Huit hommes de p'us de foutus a quai !

— Dame, huit hommes, ça mange, et faut que ça pêche pour manger !

— Mais s'il n'y a plus de bateaux, avec quoi qu'ils pêcheront ?...

Il s'agissait, cette fois de la *Marie-Jeanne*, qui, elle aussi, désarmait.

La Houle savait qu'une à une ses bisquine disparaîtraient ainsi, en commençant par les plus grosses. Depuis la ruine des bancs, elles étaient devenues incapables de nourrir un equipage trop nombreux. Quand la Caravane payait les frais d'armement, les autres pêches n'etaient que d'appoint. Aujourd'hui, elles devraient entretenir le bateau et les hommes. On s'y crèverait sans rien gagner ! Certains l'avaient compris tout de suite, et vendaient. Pour cela, ils étaient maudits par les uns, approuves avec resignation par les autres.

D'autres tentaient de s'adapter, eux et leurs bateaux, a la nouvelle vie, mais avec une lenteur, des hesitations, des gaucheries de mutilés qu'on reéduque. Des palangriers reprenaient par tous les temps le chemin des Roches Douvres, du

Cap Fréhel ou de Paimpol. Ils partaient avec des lignes lovées dans leurs mannes, et deux canots à bord. Arrivés sur les lieux de pêche, trois hommes s'affalaient dans chaque embarcation, et déroulaient les grandes lignes entre des bouées à pavillon. Ils revenaient, après deux ou trois jours, avec du congre, de la julienne, de la raie, mais surtout des « hâs », de petits squales à gueule de requin, qu'on vendait en Normandie, où on les mangeait à la crème. En ce mois de mai, où le beau temps n'était pas encore établi, on était souvent pris en mer par des coups de temps, et des femmes, cinglées de pluie, s'enracinaient pendant des heures sur la falaise du Hock, jusqu'à ce qu'elles eussent aperçu, sur la grisaille tumultueuse des eaux, le retour des voiles au bas ris.

Puis, comme toutes les pêches à la ligne, celle-là était hasardeuse. Il arrivait que les ligneurs ne pussent vendre les tonnes de poisson qui chargeaient leurs cordes : on devait en jeter la moitié sur les vases, quand il commençait à sentir. Par contre, ceux du *Courlis* revinrent un soir n'ayant relevé qu'un hâ sur leurs trente lignes.

— Pauv' gars ! C'est ben faire cent sauts pour une prune !

— C'est ça, la mé' ! Un jour, elle t'en foutra une ventrée à t'en crever les tripes ; le lendemain, elle est maigre comme les fesses d'un pauvre homme.

Et les femmes de rappeler les temps heureux et encore si proches, où la vente et l'élevage des huîtres permettait de prendre gaîment ces aléas.

— Dire qu'on les blaguait, quand ils rentraient bourriaux !

— Avec des pêches de même, les gosses auront bientôt les côtes comme des barreaux d'échelle !

Un matin ensoleillé, Mélanie Rabus, qui passait sur le quai, montra à sa fille Yvonne les parcs abandonnés, dont les enclos se dessinaient, étonnamment distincts, dans la jeune lumière.

— Cancale, à c't'heure, dit-elle, vit entre deux cimetières...

Ce dimanche-là, en servant le café, à P'tit Louis d'abord, puis à Goulec, la Yande déclara, s'adressant à son fils :

— Y a une chose que je voulais te dire, parce que c'est décidé depuis un bout de temps, on va vendre la bisquine.

Goulec, qui buvait, releva tout de même la tête d'un coup,

comme s'il s'était brûlé. P'tit Louis fit une grimace de colique et la garda, tandis que sa mère expliquait :

— Depuis quinze jours, il n'a pas encore embarqué une fois ! Ses hommes se dépitent. Faut qu'ils mangent, ces hommes-là !

Elle parlait des quatre qui formaient équipage sur la *Notre-Dame-des-Flots.*

Goulec hasarda :

— Dame, le temps...

— À qui que tu causes ? coupa la Yande. Le temps, le Bon Dieu le fait pour tous. Même gâpi, les patrons travailleurs s'en arrangent, les fainéants, ça les arrange ! Tu vas le laisser pourrir au sec, ton bateau ! Mieux vaut le vendre tant que ses coutures tiennent !

Elle se retourna vers P'tit Louis.

— Avec l'argent, on achètera un canot, un petit, qui sera 'core trop grand pour lui !... Je te garantis, pourtant, que faudra ben qu'il y embarque, dans celui-là !

Elle apporta du papier, un porte-plume, la bouteille d'encre, les posa devant le fils.

— Alors, voilà : tu vas me faire un mot comme par lequel on a un bateau à céder.

La mort dans l'âme, P'tit Louis écrivit, en s'appliquant. Comme la mère ne lui avait fait aucun reproche, il se les faisait tout le long des lignes.

— Dis ben qu'elle est en bon état, repeinte du mois dernier...

Quand il eut fini, le gars, repris par sa passion, recommanda :

— Si vous achetez un canot, faudra le prendre à moteur.

Goulec aimait les oiseaux. D'abord, pour les prendre et les manger. Mais il les regardait aussi, avec plaisir, voler, pêcher, et cela pendant des heures. Il savait les reconnaître et les nommer, à des distances incroyables : mouettes blanches ou sénateurs, mouettes rieuses, mouettes à tête noire, hirondelles de mer, pétrels, qui parfois remontaient de l'Atlantique. L'hiver, il guettait les passées de tadornes, d'oies bernaches et de cols verts.

— À quoi que ça te sert ? lui demandait-on. T'as même pas de fusil !

— C'est plaisant à voir, répondait-il.

Ce soir-là, il avait recueilli sur la grève un cormoran à l'aile brisée. Maintenant, il le promenait le long de la digue, au ras de la mer plate et grise. Il s'agenouillait parfois, posait l'oiseau sur l'eau, le regardait nager, une nage qui s'embrouillait très vite, tournait en rond. Alors, il le reprenait.

Puis il s'assit, la bête sur ses genoux. Le flot mouillait la semelle de ses bottes. Il tira de sa poche une petite plie, enveloppée dans un morceau de journal, ouvrit le bec de l'oiseau, lui enfonça avec précaution le poisson dans la gorge, et se mit à lui masser le cou, doucement, pour faire descendre la nourriture. Boulic et Pourcel, qui, comme Goulec, étaient de loisir, s'étaient arrêtés derrière lui, les mains dans les poches, et intéressés, le regardaient faire. Il secoua la tête.

— Il est coti, prononça-t-il.

Cela ne signifiait point qu'il était mort, mais qu'il n'en valait guère mieux. Il était éclaté, fendu comme le verre qui cotit à la gelée... De fait, l'os de l'aile brisée perçait la chair, et les mouches déjà y pullulaient. L'oiseau avait de brusques retombées de tête, comme quelqu'un qui s'endort.

— Il est coti, répéta Goulec... Il va crever.

Alors, il l'abandonna au flot, où il ne fut bientôt qu'une boule noire et mouillée, secouée parfois d'un soubresaut.

C'est à ce moment que l'*Espérance* doubla le môle. Goulec, Boulic et Pourcel la virent abattre ses voiles, courir sur son erre et venir se ranger contre les pilotis de la digue, à quelques pas d'eux. Cadiou, le patron, leur fit un clin d'œil de politesse, puis il se baissa, empoigna sur le pont une manne et la leur tendit, à deux bras.

— Regardez un peu ce qu'on rapporte !...

Ils en restèrent les sept pertus ouverts, la bouche, les yeux, autant que les quatre autres trous de la tête. La manne était pleine d'huîtres énormes.

— Où que t'as pris ça ? demanda Goulec.

— Sur le Banc-es-Coucous. Plus de deux mille qu'on a ramassées.

Le Banc-ès-Coucous, le Banc-aux-Bulots, ces escargots de

mer que les livres appellent buccins, pour leur forme de trompette torse, était un banc sableux qui s'étalait largement hors de la baie de Cancale, à l'ouest des îles Chausey. La Caravane ne l'exploitait pas. Il était trop loin et surtout trop profond, des fonds de vingt-cinq et trente mètres, où seules les grandes bisquines pouvaient chaluter et draguer.

— J'avais ça dans l'idée, expliqua Cadiou, que la maladie n'était pas descendue si bas. Au premier trait, v'là que j'en ramène, et des belles, des hîtes de dix ans. J'avais embarqué mes fers. Tu parles si on a lâché le chalut pour les mettre à l'eau!

La nouvelle emplit toute la Houle à la fois, comme l'eût fait un coup de vent. On accourut sur la digue, et un cercle d'admiratrices se resserra autour du tas gris rosé des grandes huîtres plates. On les regardait avec des yeux affamés.

— On croyait pourtant bien ne plus jamais en revoir!

— Et des grosses de même!

Il venait aux femmes un attendrissement, comme si elles contemplaient quelqu'un de cher, miraculeusement sauvé.

Puis les épouses des heureux pêcheurs arrivèrent, épanouies, poussant fièrement les brouettes à claire-voie où elles allaient charger leur part. Mais les hommes, eux, refusaient de grossir l'aubaine. Ça ne voulait rien dire! Un banc qu'on ne se donnait jamais la peine de draguer, parce qu'il était difficile et maigre, avait été épargné. D'accord. Pendant un bout de temps, les uns ou les autres y ramasseraient quelques mannées, jusqu'à ce que la dérifouiche l'ait gagné comme les autres! Il n'y avait pas là de quoi illuminer!...

La Yande était chez elle, quand la première brouette d'huîtres passa devant sa fenêtre. Elle jaillit dehors, rattrapa la femme, la força à s'arrêter, à raconter. Puis elle prit un « pied de cheval » dans la manne, le regarda longuement, le retourna entre ses doigts secs, avec les précautions qu'elle avait pour essuyer les deux tasses de porcelaine que son frère Ernest, après son service, lui avait rapportées d'Indochine. À manier la lourde coque, c'était comme si elle avait senti se desserrer l'étreinte qui la broyait. Dans la rentrée des hîtes à Cancale, elle voyait un signe: la Colère fléchissait... Le recteur, lui-même, crut pouvoir, le dimanche d'après, l'affirmer en chaire.

Quand elle fut rentrée de la messe, la Yande déchira la lettre préparée pour la vente du bateau, et elle se félicita de ne point lui avoir encore trouvé de destinataire.

P'tit Louis arriva, comme chaque dimanche, pour déjeuner. La Yande était debout devant le feu, en train de faire les galettes de blé noir qu'il aimait. Elle versait sur le galetier plat une louche de détrempe, qu'elle étalait en disque, d'une torsion de poignet. Puis, quand la pâte commençait à prendre, elle la détachait des bords avec sa tournette, une palette de bois à bords émincés.

Debout derrière elle, P'tit Louis ouvrait et fermait les doigts au fond de ses poches. C'était un tic qui le reprenait dès qu'il était embarrassé, mais il avait appris, depuis peu, à le cacher. Il annonça soudain :

— J'ai reçu une lettre de Roseline.

Il voulait le dire d'une voix indifférente, mais dans son désir de trop bien faire, il avait forcé le ton, jusqu'à une désinvolture badine, qui eût paru une provocation à toute autre que sa mère. Car la Yande le connaissait et savait qu'il ne ricanait ainsi que lorsqu'il était presque malade de confusion et d'émoi. Elle venait de retourner sa galette d'un élan sec du bras. Elle attendit qu'elle fût cuite sur l'autre face. Puis quand elle l'eût versée sur celles qui s'empilaient déjà dans l'assiette, elle demanda :

— Tu l'as, sa lettre ?

P'tit Louis se fouilla, tira de son portefeuille un papier bleuté, le tendit.

— Ça pue ! dit la Yande en le prenant, car la lettre était parfumée.

Elle atteignit ses lunettes dans le tiroir, les chaussa, et commença sa lecture. Roseline écrivait, pour donner de ses nouvelles, qui étaient très bonnes. « Tu sais que je suis partie, parce que, tout de même, ça ne pouvait plus aller avec la mère. À vingt et un ans, on ne peut plus se laisser traîner par les cheveux et assommer comme une gamine. Et puis, j'avais compris, comme toi, qu'il n'y avait pas pour moi d'avenir a Cancale. »

La Yande leva le nez, regarda P'tit Louis par-dessus ses lunettes.

— « Comme toi » !... Y a pourtant une différence entre les deux !

P'tit Louis, qui avait vu avec épouvante les yeux de la mère descendre jusqu'à cet endroit de la lettre, où était marqué ce terrible « comme toi », se sentit soudain soulagé d'un grand poids.

La Yande tourna la feuille et continua. Roseline annonçait à son frère qu'elle avait trouvé une bonne place, chez un monsieur d'un certain âge, qui ne la traitait pas en domestique. « J'ai déjà engraissé, et mon patron »...

— Son patron !...

« Ne sait que faire pour me faire plaisir. Tu ne me reconnaîtrais pas. Il m'a fait cadeau de deux jolies robes et d'un manteau. »

— C'est pas cher !

Roseline souhaitait, en terminant, que son frère fût en bonne santé et aussi satisfait qu'elle-même de sa nouvelle vie. Mais prudente, elle n'indiquait, pour la réponse, qu'une boîte de poste restante.

— Elle n'a que faire de craindre, gronda la Yande en repliant la feuille. Je n'irai point la chercher dans le bran où elle s'est mise.

— Ce que je me demande, dit P'tit Louis, c'est pourquoi elle a voulu m'écrire.

Sa mère le regarda avec un peu de pitié.

— C'est pas à toi qu'elle écrit, mon pauvre gars ! Elle a voulu me faire savoir, à moi, qu'elle était ben aise de faire la putain... Eh ben, vois-tu, ça me fait plaisir ! Si ça la contentait tellement, elle ne le crierait pas. Je la connais, elle crâne. Elle a beau faire : ici, chez nous, au catéchisme, elle a entendu des choses qui lui restent, et qui lui font mal au ventre, la garce, quand elle s'achienne avec son vieux.

Emportée, elle oubliait qu'elle avait caché à P'tit Louis, comme aux autres, la honte de sa sœur. Elle ne le voyait pas qui la regardait, pétrifié, et elle reprit, d'une voix plus courte, en fixant sur lui des yeux où se mêlaient étrangement une poignante tristesse et une détestation sauvage :

— Écoute-moi bien, Louis : qui vit, mourra... Le jour où il m'arrivera malheur, tu vas me jurer devant le Bon Dieu de ne jamais la laisser passer le pas de la porte. Je m'en relèverais entre mes planches ! Tu me le jures ?

P'tit Louis, encore bouleversé, jura à hochements de tête précipités.

Puis Goulec rentra, et il ne fut plus question de Roseline.

En roulant de la saucisse chaude dans les galettes, la Yande demanda subitement au fils :

— Es-tu si pressé, cette semaine ? Si tu disposais d'une couple de jours, tu l'aiderais à réarmer.

Goulec, qui finissait sa soupe, en resta la cuiller en l'air.

— Mais t'avais dit... objecta-t-il.

Sans y prendre garde, la Yande, en servant P'tit Louis, lui conta la pêche prodigieuse de l'*Espérance.* Il restait des huîtres au large. Allait-on lâcher, quand de meilleurs jours s'annonçaient ? La *Notre-Dame-des-Flots* valait tous les jours l'*Espérance*, et deux mille huîtres, au prix où étaient montées celles-là, que les mareyeurs s'étaient arrachées dans l'heure qui avait suivi le débarquement, ça faisait une somme ! On avait remis la bisquine en état pour la Caravane. Il n'y avait qu'une des ouinches à recercler, un engrenage à remplacer dans l'autre, un ou deux colliers à resserrer. C'était son affaire, à lui qui était dans la mécanique... Pas plus d'une couple de jours !

P'tit Louis promit :

— Entendu, je m'arrangerai avec Beuclerc.

Il revint en effet, dès le mercredi suivant. Mais ce fut trois jours qu'il eut à besogner, tout démanché, sur la bisquine. Assis sur un panneau, Goulec, en épissant une écoute, en consolidant une ralingue de voile, le regardait marteler, scier, limer, avec cette estime qu'il ne mesurait jamais au travail des autres. Quand tout fut paré, il remercia.

— T'es vrai bon gars !... Si y avait eu que moi, je t'aurais pas donné tout le mal-là !... Mais tu connais ta mère... Trois au quatre panerées d'hîtes, et la v'là toute émistonnée. On ne va pourtant faire qu'en ratisser quelques vieilles qui ont oublié de crever. Enfin, faut ben la contenter !... Mais à ta place, mon gars, je ne me laisserais point anicher, et je m'en irais à t'c'soir. Elle serait 'core capable de te supplier d'embarquer, et tu te laisserais faire.

CHAPITRE X

LES deux bisquines doublèrent ensemble l'estacade à neuf heures du matin, un peu après le plein. Elles tinrent d'abord un cap nordee, pour passer entre la côte et les grands socles insulaires, Rocher, Rimains, Cormorandière.

Sitôt franchi le seuil du Môle, la Houle, tout entière appliquée au pied de sa falaise, disparut comme derrière un ecran. Ils n'eurent plus à leur gauche que Cancale-la-Haute, ses villas à toits pointus, ses maisons à lucarnes, d'abord egaillées, puis regroupées vers l'ouest, autour de l'eglise sans tour, qui semblait une plus haute maison à trois corps et à fenêtres aiguës.

À gauche, après le burg ruiné du Rocher, les Rimains defilèrent, enfonçant très bas, entre les pieds de leurs roches, le moutonnement de leurs arbres, des coulees d'un vert tendre, derrière lesquels blanchissaient les murailles du fort déclassé.

Alors, l'*Espérance* et la *Notre-Dame-des-Flots* s'orientèrent franchement au nord, afin d'embouquer le chenal de la Vieille-Rivière, entre l'île des Landes et la pointe camuse du Grouin.

Le temps était chaud et lourd dès le matin. Le vent faible venait de terre, et les bisquines, de peur d'en rien laisser perdre, auraient, pour un peu, hisse leur voilure de régates. Mais Goulec, comme Cadiou, espéraient rencontrer de la brise au large.

Goulec n'avait point exagérement désire ce départ, le premier depuis que P'tit Louis avait si activement poussé le réarmement du bateau. Il savait qu'il serait, helas, suivi de beaucoup d'autres !... Quand la Yande avait décidé de vendre la bisquine, il avait envisagé sans déplaisir de prendre sa retraite de patron. Un canot, et à moteur, pour boetter le maquereau dans la rade, voire un doris, de ceux qui, à la godille, font carrousel autour du Rocher pour alimenter la criée de vieilles et de guitans, l'eussent parfaitement contenté. Avec un canot, on part quand on est décidé, sans avoir sur le dos des quatre et cinq hommes d'équipage, toujours enragés pour embarquer. On n'a jamais loin à revenir quand ça fraîchit, parce qu'on a eu soin de ne jamais s'éloigner beaucoup.

Ce n'est point que Goulec Émile craignît le temps : il était marin comme pas un, et connaissait la côte autant que sa pipe.

Jadis, au long cours, il avait etalé, sur le *Périclès*, — qu'il appelait, comme tout le monde, le *Père Giclès*, parce que ce nom-là, au moins, se comprend — des coups comme cette mer en bouteille n'avait jamais pu lui en montrer. Seulement, plus il vieillissait, moins il aimait avoir à donner au métier trop d'attention, à secouer, pour un courant, un caillou ou un grain, cette tiède torpeur qui était son état de choix. En lui, comme sur la mer ce matin, s'étendaient de vastes espaces lisses où sous une brume lente, se formaient et se défaisaient quelques vagues remous de rêveries, qui ne s'achevaient jamais.

— Te v'là 'core à bédouiner ! criait la Yande, qui tombait dessus en bourrasque, vingt fois par jour, sans jamais faire courir autre chose qu'une risée à la surface de cette lourde tranquillite.

De fait, il y avait en lui de l'indolence arabe, le sentiment oriental que le mouvement est vain et l'effort superflu. Des longues patiences qu'exige la mer, il avait glissé à l'apathie ; c'est pourquoi il évitait le plus possible sa femme et le large, tous deux capables de le forcer à en sortir.

Pour ce dragage sur le Banc-ès-Coucous, il avait fallu que la Yande elle-même, en une tournée d'une heure, rassemblât l'equipage, car Goulec avait vainement tenté, trois jours durant, de l'embrigader pour une date fixe. À l'entendre, il y en avait toujours un d'indisponible... Sa femme, elle, avait eu tôt fait de les rallier, et ce matin, ils étaient là tous les quatre.

C'etait, outre Fonchet et Helleux, Loiseau, dit « Loup de Brousse », parce qu'il était grinchu et hirsute, Denis enfin, dit « Râloux », parce que, comme Goulec, il n'était plus jeune et devenait poussif.

Sitôt le Herpin doublé, l'*Espérance*, qui était en tête, mit le cap au nordée. La *Notre-Dame-des-Flots* l'imita et se traîna à sa suite, car le vent refusait souvent et les voiles retombaient flasques.

— Heureusement que le courant y mène, dit Helleux, qui était resté debout parmi les autres assis sur le plat-bord.

C'était le courant de jusant, qui prenait dans la rade, une demi-heure après le plein, et poussait au nord, à trois nœuds.

L'horizon de mer était brouillé comme un frottis de mine de plomb. À l'avant, les Chausey étiraient sur sept milles, d'ouest en est, un chapelet de fuseaux. C'était un archipel de cinquante îlots stériles et inhabités, à l'exception de la Grande-Ile à phare et à sémaphore, où les Granvillais venaient en pique-nique le dimanche. De Saint-Malo comme de Cancale, les touristes d'été y abordaient pour pêcher la crevette.

Afin de passer le temps, les cinq hommes mangèrent et burent. Ils firent durer le plaisir, puis ils roulèrent une cigarette, bourrèrent une pipe. Les fumées restaient longtemps à bord. Helleux, dont les doigts ne pouvaient demeurer au repos, taillait de son couteau, dans une planche, un taquet d'aviron. Des risées, venues de terre les poussaient parfois sur un quart de mille, mais mollement, et comme à regret. C'était surtout le courant qui les aidait. Le soleil tapait dur à travers une brume ténue comme une buée. On eût dit qu'il ramassait ses rayons dans une loupe pour vous en faire sentir la brûlure sur les mains et les joues. Un souffle de chaleur leur arrivait par bouffées, comme si l'on eût ouvert la porte d'un four. La mer, plane et polie comme une feuille de tôle, aveuglait. Loup de Brousse murmura :

— L'orage monte.

— Il y a trois jours qu'il ne fait que ça, répliqua Helleux, et il s'en va avec le flot.

Une somnolence les envahissait, avec ce glissement insensible, entre le flamboiement de la mer et du ciel. Peu à peu, cependant, les îles grossissaient : on y distinguait maintenant des granulations. L'archipel prenait de l'épaisseur : on devinait d'autres îlots derrière l'alignement des premiers. Le phare du Pignon, planté à la pointe sud-est de la Grande-Ile, fut d'abord un piquet gris, puis un phare. On ne doubla pourtant qu'à trois heures après midi la tourelle de l'Enseigne, un cône blanc à sommet noir. Elle se tenait debout au milieu des îles de l'ouest qui, à deux milles sur tribord, bombaient leur dos fauve, taché d'une pelade d'herbe sèche. À ce moment, un peu de brise se leva.

— Le vent a tourné, remarqua Helleux.

Il arrivait cette fois du large.

— Il aura fait tout le tour avant ce soir, assura Fonchet.

Au prix de lentes bordées, les deux bateaux se remontèrent dans le nord. Enfin, l'*Espérance*, arrivée à l'accore du banc, mit en pêche. L'eau sonore apporta jusqu'à la *Notre-Dame-des-Flots* les « ploc » de ses fers qui tombaient à la mer.

— Eh ben, allons-y, dit Goulec.

Du ton dont il le marmonnait, c'était comme s'il eût ajouté : « Puisque, après tout, on est venu pour ça ! »

Avant de lâcher la barre qui allait devenir inutile, il reprit derrière sa botte qui le calait, un litre de bon cidre déjà largement entamé, et y puisa une longue goulée. Puis il fit passer le reste à l'équipage. Chacun, avant de boire, levait le litre à la hauteur des yeux, pour mesurer, avec le niveau, de combien il était permis de le faire descendre sans nuire aux autres. Le litre vidé, ils balancèrent les fers par-dessus bord.

Les cordes, graduées de cinq mètres en cinq mètres, glissaient sur les « rias », des poulies fixées à la lisse, et les hommes freinaient leur descente, étonnés de la voir durer si longtemps et de devoir filer de tels métrages, car ils étaient habitués, dans la baie, à draguer sur des fonds autrement hauts.

Le vent restait faible et irrégulier. À l'ouest des Chausey, heureusement, le courant porte au sud, et les aidait à redescendre. Il les emmenait bien encore à trois nœuds, mais il allait faiblir, avant de se renverser au moment de la basse mer.

La première rayée dura une demi-heure, alors qu'on relevait les fers tous les quarts d'heure quand le vent tirait bien, et qu'on se promenait sur les fonds. Les fers virés versèrent sur le pont deux ou trois cents huîtres, plus jaunes que celles de la baie. Les hommes tordirent le nez : ça ne valait pas le dérangement ! Quand on pensait que la *Notre-Dame-des-Flots* en avait ramené jusqu'à cinquante mille dans une caravane !

— La fois dernière, l'*Espérance* sera tombée sur une tache, dit Helleux.

Ils les trièrent par taille, afin de s'occuper pendant la seconde rayée.

— Nous v'là ensouillés, dit tout à coup Denis.

La bisquine, en effet, restait immobile : on s'en apercevait au lent mouvement des eaux qui s'ourlaient le long de ses bords. La brise avait une fois de plus molli, et le courant, à l'étale de basse mer, était maintenant presque insensible et prêt à se renverser. Il fallut virer les dragues, où l'on ne trouva cette fois que deux ou trois douzaines d'huîtres perdues dans de la crasse.

— On ne va pas s'atariner dessus, proposa Helleux.

« S'atariner », s'acharner, comme le tarin, ce chardonneret qui s'attaque furieusement aux bourgeons des arbres fruitiers.

— Ça ne valait pas de mouiller les fers, grogna Loup de Brousse.

— À mon idée, expliqua Denis, dont l'asthme soufflait après l'effort de la remontée, t'en as quelques nids par-ci par-là. Si tu ne tombes pas dessus, tu ne ramasses que celles qui sont à la traîne, et y en a pas épais. C'est pas les bancs de chez nous, dame !

Goulec, lui, ne disait rien. Tout au fond de lui, il n'était point fâché de l'échec, qui allait doucher les dangereux enthousiasmes de sa femme. Avait-elle flambé pour les quelques mannées de l'*Espérance* !... Qui sait si elle ne reparlerait pas la première de vendre le bateau ? Car elle était comme ça, depuis quelque temps surtout, toute à trac, et courant d'un bord sur l'autre...

Helleux regarda le collègue, qui dérivait encore faiblement dans le nord.

— Ils essaient de retrouver leur tache de l'autre jour, mais le vent est le même pour tout le monde...

Le patron, comme si quelqu'un l'avait appelé, s'était retourné. L'orage, en ce milieu d'après-midi, se massait sur Saint-Malo et Paramé, ainsi qu'un mur d'ardoise qui débordait largement à l'est. À partir de cette bande noire, on sentait que tout le ciel de la mer se corrompait, lui aussi, peu à peu, mais en profondeur. Il virait rapidement à des jaunes boueux, à des roux sans éclat. Seul, le nord restait encore ouvert. Mais chacun le sait, c'est, de toute l'aire de la rose, la partie la plus fragile, toujours prête à suivre le reste quand le temps se gâte... Avec cela, pas plus de brise maintenant qu'à l'église : la flamme des cierges y eût brûlé aussi droite ! Et une mer d'huile, mais là en plein, une eau morte qu'on eût dite visqueuse et prête à se figer.

Son tour d'horizon achevé, Goulec pensa :

— Ça, c'est un grain, et de première, avant une demi-heure.

D'un coup de sa tête lente, il montra les voiles molles.

— Amenez-moi tout cela, les gars. Va falloir en rouler. On aura vantié plus de vent qu'on n'en voudra pour s'en retourner.

Il fit mettre au bas ris la grande voile et la misaine, puis on les rehissa. Ces précautions étonnaient moins les hommes que l'air extraordinairement éveillé du patron. Pour la première fois, ils lui voyaient les yeux grands ouverts et bougeants. On sentait que, pour un peu, il eût fait des gestes.

— On va tirer sur le sapin, tant que le courant n'est pas établi, ajouta-t-il. Je voudrais ben être déhalé d'auprès des pierres-là, avant que la branlée ne nous tombe dessus.

Sans mot dire, les hommes attirèrent de dessous les bordés deux énormes avirons de six mètres de long. Ils nageaient à deux, debout, puis presque couchés, quand ils se renversaient. C'était un effort qui devenait vite épuisant. Certains se rappelaient, comme leur plus mauvais souvenir de mer, être revenus ainsi, un jour de calme, jusque dessous Beauvoir-ô-le-Mont. De vraies galères !... Mais sur la mer droite, la *Notre-Dame-des-Flots*, le nez vers la côte, s'éloignait lentement des îles, dans le sud. Ils avaient maintenant devant eux le Grouin et les falaises, brutalement détachées sur le noir du ciel et peintes à grands coups de badigeon jaune, comme par un pinceau sale. Seul Goulec, à la barre, les voyait : les quatre autres, tout entiers à leur effort, ne s'en laissaient point distraire...

Le grain s'abattit avec une soudaineté électrique, sans que la mer se fût même ridée, un coup terrible qui fauchait en surface. La bisquine se coucha toute, dans un claquement de gifle gigantesque. Les voiles chargées par la rafale détonaient en se tendant. Les hommes, déplantés, trébuchèrent tous ensemble. Goulec, plaqué contre la barre, se redressa pourtant d'un furieux effort de reins, pour lofer et tenter de remettre son bateau le nez dans le vent. Fonchet et Denis s'empêtraient dans les avirons qu'ils venaient de lâcher. Loiseau, projeté contre l'oinche d'avant, se relevait péniblement. Ce fut Helleux, tombé à genoux presque contre l'écoute de grand-voile, où il s'accrochait d'une main, qui tira de l'autre son couteau, l'ouvrit entre ses dents, et trancha le cordage. La toile libérée se mit à battre avec des craquements de mitrailleuse. La bisquine se redressa lentement, et cette lenteur, dans la furie de mouvement qui commençait, avait quelque chose de sinistre. À l'avant, le foc arraché se débattait au bout de sa drisse comme un goéland pris à la ligne. Mais la misaine, au bas ris, avait tenu, et sous son abatée, la bisquine arriva vent arrière.

Les quatre hommes étaient à peine debout, que des giclées rageuses de pluie et de grêle les frappèrent. C'étaient des jets presque horizontaux, comme échappés d'une vanne, des coups cuisants de mèche de fouets, sur les faces, sur les mains, de ceux que lancent, par-dessus l'épaule, les paysans aux gosses accrochés au cul des charrettes : « Vas-tu lâcher ça !... »

Ils ne lâchèrent pourtant point les drisses de la grand-voile qu'ils étaient en train d'amener. Ils se garaient, en s'accroupissant, des coups de revers que la vergue assenait et qui cherchaient à leur casser la tête.

Quand elle fut assez basse, Loiseau se jeta dessus à plat ventre, afin d'étouffer les ballons de la toile qui, au ras du pont se gonflaient encore, aussi durs et aussi prompts que si un poing énorme les eût repoussés du dedans.

Dans l'espace raturé de pluie, haché par les grêlons, ils ne distinguaient même plus la mer, qui se levait hâtivement, comme pour rattraper son retard sur le vent, une mer râpeuse, pointue où la bisquine dansait à soubresauts. À quoi va-t-on penser ?... Goulec, en sentant son bateau tricoter sous lui, se rappela soudain les mers de Chine, les pointes à cinq étoiles qu'on jetait sur les ponts aux abordages de pirates nu-pieds : ils sautillaient comme cela, les Chintocs... Ce souvenir ne l'égaya point, parce que l'eau entrait par le col de sa veste lui coulait jusque sur le ventre, et qu'il était transpercé de partout : le matin, aucun d'eux n'avait pris de ciré.

Ils cahotaient ainsi durement, entre les rideaux serrés de pluie, au milieu de fracas d'écroulement. Et chacun savait que ce n'était qu'un début, quand la musique prélude, et qu'on n'est pas encore échauffé... La misaine, amenée pourtant à mi-mât, tirait comme une bête pour s'échapper, et l'avant cognait dans des lames subitement surgies, trébuchait lourdement dans des trous : on eût dit qu'on les piochait devant l'étrave.

Mais le pire peut-être, c'était le vent qui courait en rond comme un enfermé, vous arrivait, coup sur coup, des points opposés de l'horizon. Le patron lofait dix fois par minute, et malgré cela, on risquait à chaque saute de tout arracher, quand la voile, brutalement prise à revers, faisait le tour et qu'on empannait. Goulec eut presque à se défendre contre une obscure satisfaction, lorsqu'il fut bien entendu que l'ouragan s'était établi au S.-S.-E. et n'en bougerait plus pour le moment.

C'était pourtant un sacré maudit coin de l'aire des vents ! Sans parler que ça soufflait à l'envers de tout retour possible, ça vous poussait tout droit vers une série échelonnée de casse-gueule. Les Minquiers d'abord. Puis, si pour leur donner un bon tour, on tirait trop dans le noroît, on allait s'ouvrir sur Barnouic ou les Douvres.

Car le patron l'avait compris, on allait se promener ! Il ne pouvait être question de mettre en cape, là où on était, à toucher les îles, pour y talonner ! Le courant, déjà, vous y drossait. Sans parler du chiffon de toile qui restait hissé, le vent tapait dans le tableau, et vous chassait à dix nœuds. À l'allure-là, en fuyant devant le temps, il n'était pas défendu de penser qu'on relâcherait à Guernesey, à condition que tout se passât bien ! Cela s'était vu d'autres fois...

La pluie ne décessait pas, une boucaille qui masquait toute vue. À l'estime, on devait avoir doublé les dernières Chausey, dans l'ouest. On filait tribord amures, en plein dans le lit du vent. Ainsi, c'était l'arrière et Goulec qui prenaient. Car la mer, avec du retard, avait saisi le mouvement, et accourait toute, comme si la terre l'avait vomie. Et avec le courant qui s'y ajoutait maintenant, cela faisait vers le nord une ruée de lames énormes, une mer à contresens, qui galopait de la côte vers le large. Par contre, si la pluie avait cessé, les gosses, sur les plages, auraient pu mettre à nager leurs petits bateaux, sans crainte de les voir chavirer.

Goulec s'était amarré à un taquet par sa ceinture, et deux fois déjà, la précaution s'était avérée bonne : sans cela, il partait, emporté par les paquets d'eau furieux qui fouettaient de l'arrière. De grandes lames griffues, à crêtes déchiquetées, s'abattaient sur son dos, le tassaient en accordéon, puis filaient tout le long de son corps, en l'aspirant. Cela lui coupait le souffle. Les quatre autres, eux aussi, tout dégoulinants de coups de mer, les bleus plaqués au corps et de l'eau plein les bottes, s'étaient calés, comme ils l'avaient pu, contre le grand mât, contre les treuils, accrochés à la bigue d'avant, à toutes les choses courtes qui s'enracinaient dans le pont noyé.

C'est marin, une bisquine ! Ils le savaient tous, mais ils le voyaient. La grosse barque, ventrue et courte, toute mangee qu'elle était par la mer, et malgré les coups à defoncer qu'elle encaissait sur l'arrière, s'enlevait à la lame avec une souplesse, une légèreté incroyables, dans des cabrades presque verticales. C'était encore un bonheur d'avoir été bourriau sur les bancs, car si on y avait chargé dix à douze mille huîtres, le bateau alourdi n'eût point obéi comme il le faisait. Aussi, tant que le patron le tiendrait comme maintenant, sous sa misaine...

Car pour les quatre, Goulec était maintenant le *patron*. Le gros homme, aux bras en anse de cruche, qui traînait sur le quai Gambetta ses pas lourds, l'ivrogne enfoncé pour des heures dans une banquette de bistrot et suivant de ses gros yeux un rêve noyé, le pêcheur de canias, le fainéant que la Yande pourchassait de ruelle en ruelle, celui-là tenait maintenant leurs vies entre ses poignes qui, à terre, tremblaient sans cesse du petit tremblement de l'alcool, et il les tenait bien ! Il avait reniflé le grain, et pris à temps ses dispositions pour le recevoir. Ceux de l'*Espérance* avaient dû rigoler, en le voyant amener sa toile et se déhaler de dessous les îles à l'aviron... Ils ne rigolaient plus, à cette heure ! Pas plus qu'il n'y avait a rigoler de la façon dont il vous prenait la lame.. Ils se detournaient parfois et le contemplaient, courbé, fléchi sur les genoux, ruisselant comme eux, mais aussi épais que le bateau, et planté dedans comme un treuil. Ils s'en sentaient réchauffés.

Tout d'un coup, ils l'entendirent appeler. C'était après qu'une masse d'eau avait coiffé le bateau entier, comme un plafond liquide qui s'abat. Ils en crachaient encore, et leurs yeux brûlés clignotaient, quand le mugissement d'appel leur était arrivé de l'arrière, porté par le vent. Goulec, arc-bouté à la barre, leur faisait signe à grands gestes du bras gauche.

C'était que lui, à travers le temps bouché, voyait le danger sur lequel on courait tout droit : les Minquiers, une chaussée d'écueils de sept kilomètres de large, trois cents kilomètres carrés de cailloux, à mi-route entre Jersey et la France. Et l'ouragan vous y poussait, comme dans un berceau de lancement, et à quel train ! Il fallait absolument déborder ça par l'ouest ! C'était pour cela que Goulec les hélait, afin d'essayer de border tant bien que mal la misaine, de tenter de venir au vent et de tenir un largue qui permettrait peut-être de glisser en ciseau le long de l'archipel, de decrocher quelques degrés de plus dans le noroît et de passer.

Les quatre hommes, trébuchant, en paquet, empoignèrent l'écoute, tendue comme un barreau de fer. Au coup de roulis, Goulec lofa pour la mollir, leur permettre de gagner quelques tours au taquet, mais la bisquine se coucha brutalement sur bâbord. La mer s'engouffra par-dessus le bordé. On allait s'engager, prendre une gîte dont on ne se relèverait plus. Le patron fit un geste d'impuissance, laissa de nouveau porter vent arrière, et l'on reprit la fuite.

Il était six heures. La pluie, moins dense pourtant, ne cessait point. Au plus creux des effrayantes plongées, on restait quelques secondes enfoncé dans un trou d'ombre blême et quand on se relevait, à la crête d'une lame, on ne voyait ni horizon ni ciel, rien que des écroulements de pluie, des talus mouvants d'eau vitreuse, des talus concaves, qui semblaient vouloir se mouler sur la grande barque pour mieux la rouler et la tordre. Les hommes, abrutis par les coups de mer, s'étaient de nouveau accroupis au pied des treuils. Helleux avait déniché sous un des bordées, un prélart, et avec Fonchet, il tentait de s'en couvrir le dos. Ils se serraient l'un contre l'autre, comme des orphelins, afin de pouvoir tenir tous deux sous la bâche étroite. Denis, lui, s'était traîné presque à genoux jusqu'à l'arrière, et, accroché au grand mât, il avait crié à Goulec :

— Veux-tu me la donner ?

Il parlait de la barre. Il jugeait que le patron, depuis qu'il la tenait, devait en avoir plein les bras, et qu'il avait mérité de souffler. Mais Goulec, cessant un instant de guetter son avant, fixa sur « Râloux » des yeux stupéfaits, comme s'il venait de dire quelque chose d'extravagant. Puis, lançant un coup de menton devant lui et à droite, il conseilla simplement :

— Regarde.

Il ne le cria pas. C'était vraiment un conseil qu'il donnait. Denis se retourna, et entre deux rafales de pluie, il aperçut à tribord une tache noire, ceinturée d'une large bande d'écume.

— Nom de Dieu ! murmura-t-il.

Puis il gesticula, en marchant vers l'avant, dans la direction de la chose. Les autres se redressèrent et cherchèrent à voir ce qu'il montrait. Cela faisait parfois sur l'eau battue en neige un rapide éclair noir, aussitôt submergé : les premiers cailloux des Minquiers !

Mais sur quel point de la chaussée de brisants courait-on ainsi ? Aucun ne le savait. Pas un n'était capable de reconnaître quelque chose à travers les hachures de la pluie, sur ce bateau à culbutes. Lorsqu'une lame, pendant une seconde, le hissait sur sa crête, pour lui montrer la mer, ainsi qu'un gosse qu'on soulève un instant à bout de bras au-dessus d'une foule, une autre le repoussait en bas du talus, une chute dont tout tremblait, les planches et les carcasses. Qu'est-ce que c'était ?... Les brisants du Nord-Ouest, le Four, la Souarde, les Sauvages, les Ardentes ?... À quoi bon le savoir ? Toutes les pierres se valent, pour s'y écraser ! Ils avaient bien compris, quand le patron les avait appelés pour changer le cap, qu'il allait essayer de s'échapper dans le noroît. Il y avait renoncé, quand la baille avait pris une telle bande, qu'on allait fouetter l'eau de sa vergue. Alors, il avait remis en fuite, vent arrière, une allure possible quand on avait de l'eau devant soi, indéfiniment, mais dans le cas, c'était comme s'il les avait lancés sur une pente dont un mur barrait le bas.

Ils s'étaient, tous les quatre à la fois, détournés sur Goulec. Il allait faire quelque chose, crier d'abattre la voile, pour au moins retarder le choc, essayer de mouiller, peut-être !... Ils sentirent qu'il ne les voyait pas. Dans la pénombre qui tombait déjà, il leur parut avoir repris l'air abruti qu'il avait à terre, avec ses yeux mi-clos, son menton tombé dans le gilet. Ils furent trois à penser ensemble, avec terreur :

— On dirait qu'il est saoul !

Denis, seul, se dit :

« Il est à bout, il dort à moitié. »

Mais en même temps que la peur les envahissait, il leur venait une haine enragée pour cet homme hébété qui allait les fracasser. Helleux empoigna une drisse : abattre voile, gagner du temps...

— Laisse ça.

Goulec l'ordonnait, comme il avait dit tout à l'heure : « Regarde », sans gueuler.

Avec des gestes de pantin cassé, Helleux hurla dans sa direction :

— Mais tu nous fous sur les cailloux !

— Fous m'la paix, grogna Goulec d'un ton obsédé.

Ce qui suivit, tous devaient s'en souvenir jusqu'à leur mort. D'abord, Goulec cala solidement la barre sous son bras, puis il ôta sa casquette et fit un signe de croix. Ah, pas un grand signe de croix de théâtre, jusqu'au nombril et à bout d'épaules, un petit signe de croix en chasse-mouches, front, menton, puis d'un bas de joue à l'autre, celui que font les hommes qui n'en font pas souvent. Ensuite, il se recoiffa.

Denis et Fonchet l'imitèrent. Loup de Brousse s'etait retourné vers l'avant, et guettait les brisants, les yeux bas, comme une bête acculée. Helleux, la bouche tordue, murmura :

— Ça veut dire qu'il n'y a plus qu'à crever !

À ce moment, la proue entra dans l'écume.

Ils en éprouvèrent, malgré eux, un soulagement animal, parce qu'avant de leur briser les reins, les bancs de roches, au moins, brisaient la mer. Là où ils couraient maintenant, ce n'était plus le bouleversement des lames, les escalades et les chutes à même leurs versants abrupts, mais un chaos de remous, de courants, une eau déconcertée qui les ramenait quatre heures en deçà, a la danse courte et heurtee qui avait ouvert le bal...

Debout, les quatre hommes regardaient a l'avant. La peur les évidait, cette peur paralysante qui vous dissout, semble vous bourrer de coton jusqu'aux levres. De chaque côte ils devinaient les roches au passage, sans les voir, des roches qui devaient être de larges tables, a peine couvertes, puisque l'eau faisait au-dessus des mouvements ronds et plats. Il en venait d'autres, à l'avant, qui explosaient. Un instant, ils aperçurent, a tribord un rocher noir, comme un marsouin enorme qui replongeait après avoir fait la roue de son dos dechiquete. Puis la bisquine doubla à le raser, un jaillissement furieux, une roche encore, qui crachait. Ils se sentaient comme devant un jeu de quilles terrifiant, si on leur avait dit : « Lance ta boule, mais si tu en fais tomber une, on t'abat ! » Il fallait se couler entre toutes, s'enfoncer a toute allure, de peur de deriver, dans ses chenaux, où seuls des canots à moteur se risquaient a petite vitesse et par beau temps.

Par où passèrent-ils ? Aucun ne le sut jamais, parce que personne n'osa le demander au patron, quand il en etait temps encore. Avaient-ils embouqué la passe entre les Ardentes et les Caux des Minquiers ? Ou bien, avait-on traverse dans l'est des Ardentes, ce qu'on fait par temps clair, en prenant le sémaphore de Chausey par la tourelle de l'Enseigne ?

Ils en discutèrent des semaines apres la prouesse, sans pouvoir se mettre d'accord. Helleux assurait bien avoir reconnu, entre deux lames, la bouee lumineuse mouillee dans le nord-est des Caux, mais ça ne collait ni avec l'heure, ni avec la direction.

Ce qu'il y avait de sûr, c'est que, lorsqu'ils eurent double les derniers rocs, apparents ceux-là, ils se crurent sauves. Pourtant, la mer énorme les avait repris sitôt quittes des brisants. Elle recommençait à les assommer, à s'abattre par pans monstrueux sur le pont. Puis, avec la nuit, le vent fraîchit encore. Ils claquaient des dents, avec leurs vêtements glaces colles à la peau, sans rien dans le buffet depuis le matin, car ils comptaient manger au retour, et il y avait beau temps que paniers et musettes avaient passé par-dessus bord, que les litres de cidre s'étaient fracassés. Seulement, ils avaient maintenant où courir...

Denis, en rampant, presque à plat ventre, retourna vers l'arrière.

— Donne-la-moi !

Comme Goulec, presque affalé sur la barre, ne répondait pas, Denis insista :

— Donne-la moi, je te dis.

— Fous-m'la paix.

Denis revint se tapir au pied du grand mât, écrasé d'admiration et de pitié.

Ce fut un peu après minuit que la misaine se fendit.

Elle éclata au-dessus d'eux comme un coup de fusil, et aussitôt, le bateau tomba en travers. Les quatre hommes culbutèrent, le ventre et les côtes sonnés par le treuil, les mâts. Pendant près de dix heures, leurs corps s'était plié au tangage, à son branle. Ils avaient appris à coller aux mouvements en long de la bisquine. Lorsque, prise de flanc, elle s'était couchée jusqu'à ramasser de la mer à pleins bords, ils avaient failli être vidés. Goulec seul, attaché, était resté à sa place à l'arrière et au centre. Ils l'entendirent appeler :

— Denis !

Ce fut à quatre pattes que le matelot l'atteignit, pour leur crier :

— Cette fois, on est bien foutu !

— Détache-moi, dit Goulec.

Il essayait depuis une minute de se démarrer de son taquet, mais ses mains étaient comme mortes de fatigue. Délivré de la barre, il chancela, crocha dans le bleu de Denis.

— Faut retrouver les avirons, les mannes, ordonna-t-il, quand il eut rejoint les autres, accrochés aux deux mâts comme des ivrognes à un réverbère.

Cette fois encore, ils le crurent idiot. S'inquiéter d'une paire d'avirons, de deux ou trois mannes d'huîtres, quand on s'en allait démoli d'un bord, démoli de l'autre, qu'on n'était plus qu'une épave en dérive, tout prête à faire le tour ! Mais Goulec répéta :

— Le faut !

À tâtons, à plat ventre, plus nageant que rampant, ils retrouvèrent un aviron et deux mannes que lestaient les huîtres. Helleux, qui avait compris le premier, coupait déjà les cordes des fers, au ras des dragues, et les nouait l'une à l'autre. À chaque bout de l'aviron, ils fixèrent une manne d'osier, y frappèrent deux faux-bras auxquels ils attachèrent les cordes. Ils travaillaient assis, les jambes emmêlées les unes dans les autres pour avoir plus d'assiette, et l'eau leur montait parfois jusqu'au ventre. L'engin achevé, ils le balancèrent par-dessus bord, puis Helleux put amarrer le bout de l'aussière autour de la bigue. C'était une ancre flottante qu'ils venaient d'improviser. Elle dériverait moins qu'eux autres, ferait résistance et les tiendrait tant bien que mal debout à la lame.

— Maintenant, y a plus qu'à espérer, murmura Goulec.

Il voulait dire à attendre.

Il garda près de lui Denis pour veiller à l'ancre. Accrochés à la lisse, ils la garnirent de sacs là où l'aussière frottait. Les autres s'étaient abrités dans la cale. À minuit, Loiseau et Fonchet montèrent les relever.

En bas, c'était autre chose que sur le pont. On y sentait la mer cogner sur toute la bisquine à la fois. Elle tombait sur leurs têtes qui touchaient les planches noires. Elle appliquait des coups terribles sur les flancs du bateau où ils s'appuyaient. Ils la sentaient prête à défoncer le plancher, quand le bateau retombait au creux d'une lame en tremblant de toute sa coquille. Parfois, c'était comme s'ils étaient enfermés dans un tonneau lancé sur un talus semé de trous et de pierres. Ils glissaient, se relevaient pour être plaqués de nouveau contre la coque. L'un entraînait l'autre, et ils s'abattaient en grappe. Pourtant, un instinct leur interdisait de se coucher : ils voulaient être prêts à courir dans l'échelle, à déverrouiller le panneau, afin de ne pas mourir emmurés.

Goulec, dont le front ouvert saignait, et qui l'épongeait de temps à autre d'un revers de main, appela de nouveau dans le noir :

— Où que t'es, Denis ?

— Là.

Leurs mains tâtonnantes se cherchèrent, et quand elles se furent trouvées, le patron cria :

— Tiens-moi un peu, que je pisse.

On ne l'entendit plus pendant une heure, jusqu'au moment où il dit :

— Ça a un peu calmi, et le vent a changé.

Ils avaient fini par se laisser tomber sur le tillac. Trop fourbus pour flairer le temps à travers les planches, ils le crurent.

À l'aube, ils sortirent. La pluie avait cessé. Les vents remontaient au noroît, et c'était vrai que les lames étaient moins hautes. Goulec se faufila jusqu'à l'avant : le câble de l'ancre flottante, que le frottement avait usé, ne tenait plus que par quelques torons.

— On va essayer de rallier sous la grande voile, annonça le patron. C'est devenu plus maniable.

Ils l'établirent, comme ils avaient établi la misaine, à mi-mât, et Goulec reprit la barre après s'être de nouveau attaché.

Les lames paraissaient moins brisantes. À sept heures, la *Notre-Dame-des-Flots* put venir grand largue, et elle courut, tribord amures, sa lisse de bâbord à écorcher le flot, mais sans embarquer dangereusement. À huit heures, le Grouin de Cancale devint un bloc après n'avoir été longtemps qu'un nuage bas et fixe. À neuf heures, on doubla le phare de Herpin : on allait entrer en rade. Seulement alors, Goulec appela Denis, et quand le matelot fut arrivé :

— Tiens, prends-la.

Cette fois, il se détacha seul.

— Oh la la, dit-il d'une pauvre voix, il était temps d'arriver !

Sur le pont toujours penché, il fit deux pas en arrière, enfin de dégager la barre. Denis la prit dans une abatée de la bisquine. Frappé par une des dernières grandes lames qui s'engouffraient sur la Basse du Milieu, l'arrière se souleva comme un haussement brusque d'épaules.

Fut-ce ce mouvement qui surprit Goulec exténué ?... Denis le vit trébucher en arrière, battre l'air de ses bras tournoyants, et basculer par-dessus la lisse basse.

CHAPITRE XI

La Yande s'était jure de le retrouver.

Les quatre, quand le patron avait disparu, avaient bien mis en panne, scruté la mer, des bouées aux poings, mais Goulec avait coulé comme une pierre, et après avoir attendu le temps convenable, les hommes avaient rallie la Houle.

Denis et Helleux étaient allés prevenir la Yande.

— Le patron est tombé...

Elle avait cru à une suprême veulerie. Elle ne le savait que trop, qu'il ne tenait pas sur quille ; que l'alcool l'avait comme miné du bas ! À force de l'avoir vu saoul et rouler sur des jambes incertaines, elle imaginait trop bien ce qu'avait dû être cette chute, la dernière dévirée d'un mal-debout, qui se laissait glisser là ou un Parisien aurait tenu ! Ça lui ressemblait bien !

Denis et Helleux avaient aussitôt compris à son air qu'elle en restait au Goulec ancien, a celui de tous les jours... Ah non, ce n'était pas le même qui était parti, et qui n'était pas revenu ! Sans se donner le tour, ils avaient conte la journee, la nuit, le matin. Goulec avait ramené son bateau et son équipage, tandis que Cadiou n'avait su que foutre le sien au plein sur la Grande-Ile : l'*Espérance* était bonne à faire du petit bois, et avait perdu deux hommes. Lui, le patron, il avait reçu la branlée comme il fallait, traversé de part en part les Minquiers, comme le tonnerre de Dieu, sans y érafler même sa peinture. Sa voile emportée, son bateau tombé en travers, il avait inventé ce qu'il fallait pour le tenir debout à la lame. Que même ils l'avaient cru fou, avec ses avirons et ses mannes, alors qu'un capitaine n'aurait peut-être pas pensé à ça ! Et il n'avait voulu lâcher la barre qu'à l'entrée en rade, quand il ne se soutenait plus d'épuisement. C'était de là qu'était venu le malheur !... Ah, c'était un marin et un homme !

La Yande les avait écoutés, debout d'abord, puis assise, parce que ses jambes, à elle aussi, refusaient. Les deux matelots étaient partis, choqués de ce qu'ils croyaient de l'indifférence, quand c'était le saisissement devant un miracle. La mort lui rendait celui qu'elle avait choisi, il y avait de cela trente-trois ans, parce que c'était un gars solide, fin marin, que les capitaines du long cours s'arrachaient. Cet homme-là, elle l'avait vu s'acagnarder, mollir jour par jour, s'en aller en boisson pendant trente-trois années. Et voilà qu'il était revenu ! Dans toutes les maisons, ce matin, on ne causait que de ce qu'il avait fait. Ah, elle ne le laisserait point aux crabes !

Pendant trois semaines, tous les jours, elle courut la côte, alertant tout ce qui avait une barque, tout ce qui pêchait au bas de l'eau. Elle embarqua, tantôt avec l'un, tantôt avec l'autre, quémandant quelques heures de dragages sur les basses, autour de la Fille, du Herpin. On n'osait point lui refuser, mais on lui disait :

— Il aura été emmené par un courant.

Elle répliquait :

— Les courants les mènent et les ramènent.

Quand elle comprit, aux mauvaises excuses, que les pêcheurs ne voulaient plus perdre leur temps à traîner des dragues pour un mort, elle le chercha seule, le long des grèves, à la mer basse. On disait, à la Houle :

— Elle lui court après, mort comme vivant !

Mais celles qui étaient au courant expliquaient :

— Elle fait une neuvaine à Notre-Dame-du-Verger. Et jusqu'à ce qu'elle soye au bout, elle fera toutes les marées, de nuit comme de jour !

Dans les cafés, les hommes, eux, commençaient à en rigoler.

— Il se donnera ben garde de revenir. Pour une fois qu'il est tranquille !...

Elle le retrouva un matin, roulé entre deux roches, sur la grève de Porspican. Il n'avait plus de tête, plus de bottes. La tête, c'étaient les crabes, qui commencent toujours par là, pour les gens comme pour les poissons. Les bottes, c'était un voleur, car les pieds tuméfiés étaient intacts. Un rôdeur de grèves avait dû le trouver avant elle. Elle s'indigna plus pour les bottes qu'elle ne s'attendrit pour la tête : c'était chose naturelle qu'un noyé d'un mois l'eût perdue. Mais voler ses bottes à un mort !

Par la falaise, en s'accrochant aux ressauts des rocs, puis aux sapins obliques, elle arriva au chemin de ronde, et de là, gagna la ferme la plus proche. Dès le seuil de la salle obscure, elle dit à des gens qui cassaient la croûte à table, et qu'elle ne connaissait pas :

— Je viens de retrouver en bas mon homme qu'était noyé. La mer l'a rendu. Faudrait que vous m'aidiez à l'enlever.

La femme qui servait les trois hommes assis, le fermier, son fils, un valet, la regarda, perplexe : ce n'était guère leur ouvrage... Mais le maître, un homme de quarante ans, à moustaches jaunes, ferma son couteau, s'essuya la bouche d'un revers de main, et se leva.

— Faudrait que vous preniez une bâche, conseilla la Yande.

Le fils alla en quérir une dans le cellier. La Yande y jeta un coup d'œil.

— Vous n'en avez pas une autre plus vieille ?... Parce que ça ne va point l'arranger.

La fermière l'approuvait de la tête, inquiète pour la bâche neuve. Mais le fermier fit un geste :

— Ça se lave...

Ils partirent avec elle.

— C'est-il pas Goulec votre nom ? demanda l'homme

— Si.

— Ah, c'est donc ça... On l'avait ben vu dans le journal, qu'un nommé Goulec s'était noyé. Mais y a près d'un mois de ça.

— Il y aura un mois après-demain.

— Il doit déjà être ben abîmé.

La Yande hocha la tête, d'un air de dire : « Pas encore trop... »

Elle les guida jusqu'au cadavre. Ils regardèrent, surpris, ce mort qui paraissait n'avoir jamais eu de tête, et qui montrait en place un gros moignon, bien propre, ma foi.

— Vaudrait mieux pas trop le remuer, dit le fermier. Gonflé comme il l'est, il n'aurait qu'à s'ouvrir...

Il réfléchit, comme il le faisait devant une souche de chêne à déraciner, lorsqu'il cherchait le meilleur point d'attaque.

— Faut qu'on lui passe la toile dessous, sans le soulever.

Quand ce fut fini, tous les trois et la Yande empoignèrent chacun un coin et l'emportèrent.

Le fermier et le valet, qui étaient en tête, se dirigerent droit vers l'escalier entaillé dans le roc qui menait a « l'Abordage ». La Yande fut sur le point de leur crier : « Pas par là ! » Elle se retint, parce qu'il n'y avait pas d'autre chemin possible. Ils eurent d'ailleurs du mal a hisser la charge dans l'escalier étroit, puis à charrier le noyé le long du sentier. Quand ils furent arrivès devant la large barrière blanche qui fermait la terrasse de l'auberge, ils déposèrent le corps sur l'herbe, au bord du fossé, et en s'épongeant, le fermier déclara :

— Il était vrai lourd ! C'est toute l'eau qu'il a dans le corps...

— Il était déjà pesant de son naturel, expliqua la Yande.

— Qu'est-ce qu'on va faire à c't'heure ? reprit l'homme. Même avec une charrette, on ne peut pas le descendre comme ça jusque chez nous. Le plus convenable, ça serait de l'entrer là — il montrait de la tête l'auberge — et de revenir avec un cercueil. La patronne ne refusera pas.

— Non, dit la Yande, il n'entrera pas là-dedans... Avec la charrette, vous n'avez qu'à descendre, et ramener le cercueil. Je vous paierai votre dérangement.

Hésitant, le paysan entr'ouvrit une bouche édentée, et se gratta le menton.

— C'est point tant le dérangement... Mais c'est de laisser un homme là, sur le fossé.

— Allez donc, ordonna la Yande, et ne vous occupez point.

Elle s'agenouilla près du corps et tira son chapelet.

Les hommes ôtèrent leur casquette, restèrent immobiles un

moment, puis se recoiffèrent et partirent, tranquillisés : les choses se faisaient maintenant comme ça se devait.

Florentine, à qui rien n'échappait de ce qui se passait autour de chez elle, guetta pendant des heures, de derrière un rideau, la Yande à genoux près de son homme, mais elle n'osa point sortir, tant qu'on n'eut point enlevé le cadavre.

— Qu'est-ce que tu vas faire ? demanda P'tit Louis, après l'enterrement.

Elle comprit que cela voulait dire : « Comment vas-tu vivre ? » et le tranquillisa. Le bateau vendu, l'assurance, ce qui lui reviendrait de la pension, les chambres qu'elle pourrait louer, sans parler des paniers de poisson qu'elle irait toujours vendre, elle en aurait de trop pour elle.

— Tu vas être toute seule, insista-t-il.

Après un silence, il parvint à s'arracher du corps l'offre qui lui coûtait, mais qu'il devait faire :

— Veux-tu que je revienne ?

Elle secoua la tête.

— T'es un bon gars, et je te remercie, mais je ne serai point toute seule...

Il vit passer dans les yeux gris une lueur de tendresse, tandis qu'elle expliquait :

— J'ai mes morts.

DU MÊME AUTEUR
Aux Editions Albin Michel

ROMANS

Notre Père Trajan. *Préface de Jérôme et Jean Tharaud*
Au large de l'Eden. *Prix du Comité Fémina France-Amérique*
Le Maître du Rêve
Capitaine Conan. *Prix Goncourt 1934*
Léna
Sous le pied de l'Archange
Jean Villemeur
La Hourie
Aurore Boréale
La Fosse aux Vents :
  * Ceux de la « Galatée »
  ** La Peau du Diable
  *** Atalante
Visage perdu
L'Ile des Revenants
Été Indien
Au bout du Môle
Le Roman d'Agrippine

RÉCITS

Ange-Marie, négrier sensible. *Collection « Les Belles Aventures »*
Croisière blanche
A l'assaut des Pôles
Visages de Corsaires
Saint-Malo et l'Ame malouine
Les Iles Anglo-Normandes
Bretagne aux cent visages

BIOGRAPHIES

Du Guesclin
Le Bienheureux Charles de Blois. *Collection « Pages Catholiques »*
Francis Garnier : A l'assaut des Fleuves

NOUVELLES

La Clandestine
Rafales
Goar et l'Ombre

Chez d'autre éditeurs

ESSAIS

Les Images de Corneille (Champion). *Épuisé*
Lexique des Images de Corneille et de Racine (Champion). *Épuisé. Prix Saintour de l'Académie française*

NOUVELLES

Rencontrées sur l'Épave (N.R.F.)

La composition de ce livre
a été effectuée par Comp'Infor à Saint-Quentin
l'impression et le brochage ont été effectués
sur presse CAMERON
dans les ateliers de la S.E.P.C. à Saint-Amand-Montrond (Cher)
pour les Éditions Albin Michel

Achevé d'imprimer en mai 1988
N° d'édition: 10297. N° d'impression: 1054
Dépôt légal: mai 1988

Imprimé en France